シェイプ・オブ・ウォーター

THE SHAPE OF WATER

GUILLERMO DEL TORO
AND
DANIEL KRAUS

［著］
ギレルモ・デル・トロ
ダニエル・クラウス
［訳］
阿部清美

竹書房文庫

日本語版翻訳権独占
竹書房

CONTENTS

——目次——

幾多にも姿形を変える、愛のために

水が流れ落ちるがごとく、花びらや葉が舞い散るがごとく、何かを奪い、何かを与えるがごとく、死は束《つか》の間《ま》の出来事だ。呼吸は、こんなにも自然で、こんなにも儚《はかな》い。私の愛。それは悲しみなのだ。

――コンラッド・エイケン

水が冷たかろうが、温かろうが、どちらでも構わない。水を歩いて進むことになろうが、問題ではない。

――ピエール・テイヤール・ド・シャルダン

シェイプ・オブ・ウォーター

生物原基
PRIMORDIUM

1

リチャード・ストリックランドは、ホイト元帥《げんすい》から受け取った文書に目を通していた。彼は今、上空三千三百メートルの地点にいる。双発プロペラ機は、ボクサーの拳を喰《く》らっているかのごとく激しく揺れていた。フライトは、アメリカのフロリダ州オーランドからベネズエラの首都カラカス、コロンビアの首都ボゴタを経て、コロンビア、ブラジルの国境にほど近いペルーのピフアヤルに向けた最後の航程だった。文書は簡潔な状況報告で、黒塗りの箇所が目立っていた。歯切れのよい軍隊調の文章で、ジャングルの神の伝説が説明されている。ブラジル人はそれを、〝Deus Brânquia《デウスブランキア》〟——ギル神——と呼ぶ。「ギル」とは魚の「えら」の意。ストリックランドは、雇ったハンターたちの付き添いをホイトから命じられた。その生き物がなんであれ、彼らがそいつを捕まえる手助けをし、アメリカに連れ帰るのだ。

ストリックランドは、この任務を成功させようと意欲を燃やしていた。これが、ホイト元帥のための最後のミッションとなる。間違いない。ホイトのもと、韓国で彼が行ったことのせいで、かれこれ十二年もこの司令官に束縛される羽目になった。ホイトとの関係はもはや脅迫に近く、ストリックランドはそれをきれいさっぱり解消したいと思っている。

そういう経緯があり、今回の仕事はこれまでで一番の大仕事ではあるが、なんとしてでも成功させるつもりだった。そうすれば、ホイトに仕える立場から解放されるのだ。そして、オーランドの自宅に向かい、妻レイニーと子供たち、ティミーとタミーのもとへ帰ろう。ようやく良き夫、良き父になることができる。それは、ホイトのための汚れ仕事のせいでこれまで決して許されなかったことだった。だが、自分は完全に真っさらな男に生まれ変われる。自由になるのだ。この仕事が無事終わりさえすれば――。

ストリックランドは再び文書に注意を向けた。彼は、感情に左右されない軍隊式の思考を取り入れている。南米はクソみたいに残念な場所だ。住民たちの貧困に対して咎《とが》められるべくは、標準以下の農業経営ではない。もちろん違う。熱帯雨林の世話役に嫌気がさしているギル神こそ、非難されるべきだ。すると突然、文書に染みができた。プロペラ機が雨漏りしているのだ。彼は憮然《ぶぜん》としたまま、書類をズボンで拭った。アメリカ陸軍は、ギル神に軍事利用が可能な性質が備わっていると信じている、というようなことが文書に書かれていた。ストリックランドの仕事は、〝アメリカの利益〟を探し出し、連れのハンターたちに対し、ホイトの言葉を使えば〝士気を鼓舞し続ける〟ことだった。ホイトが部下にやる気を出させるための理論については、彼は直接経験しているので十分承知していた。

レイニーのことを考えた。しかし、自分が今何をすべきかが頭に浮かび、妻に思いを馳《は》せるのをやめた。

パイロットがポルトガル語で罵りの言葉を口走っていたが、それも当然だと思えるくらい、着陸はまさしく恐怖だった。滑走路は、鬱蒼《うっそう》としたジャングルの真ん中を貫いていた。飛行機からよろめきながら降りたストリックランドは、熱帯の暑さに迎えられ、身体にまとわりつく熱気が目に見える気がした。熱気が痣《あざ》のようにまだらに変色し、あちこちに浮遊しているかのようだ。

　ブルックリン・ドジャースのTシャツにハワイアンの短パンというカジュアルな格好のコロンビア人が、ピックアップトラックに向かうストリックランドに手を振った。トラックの荷台にいた少女が、彼にバナナを投げてよこしたが、揺れのひどいフライトで今にも吐きそうになっていたので、手を伸ばす気にはなれなかった。コロンビア人の運転手は、彼を街まで乗せていってくれた。そこは、カタカタと音を立てて進む木製車輪の果物売りのカートと、瘦《や》せて腹だけが膨れた裸足の子供たちであふれている。ストリックランドは歩き回って、あちこちの店に寄り、直感のままに買い物をした。購入したのは、ライター、毒々しい色の清涼飲料、密封できるプラスチックの袋、足用のパウダーだ。彼がペソ紙幣を置いたカウンターは、湿気のために水滴が染み出していた。

　ストリックランドは、飛行中に読んだポルトガル語会話表現集のフレーズを試してみた。

「Você《ヴォセ》 viu《ヴィユ》 Deus《ドゥス》 Brânquia《ブランキア》 ?」

　ギル神を見たことがあるか、と質問したのだ。そう訊《き》かれた店主はケラケラと笑い、首の前で手を振ってみせた。この土地の男たちの体臭はきつく、鼻を突く。まるで解体されたばかりの家畜の臭《にお》いだ。結局、なんの手がかりも摑《つか》めぬまま、ストリックランドはアスファルトの舗装道路へと戻った。暑さで柔らかくなったタールの感触が靴底から伝わってくる。溶けた道路の黒い液体にまみれ、トゲのあるネズミが手足をバタバタさせて死にかけていた。死はゆっくりと訪れるも、それからは急速に変化する。肉は崩れ、白い骨が露出する。そして、何もかもが真っ黒なタールの中に沈んでいくのだ。こんな道路でも、これからの一年半の間にストリックランドが目にする中で、ここが最もマシな道だったことを、このときの彼はまだ知らなかった。

2

ベッド脇のテーブルで目覚まし時計が鳴っている。イライザは目を開けずに腕を伸ばし、時計のスイッチを手探りで探した。時計は氷のように冷たい。自分は、柔らかくて温かい夢の深層部にいたはずなのに。できればそこに戻りたい。あとほんの少しだけ。しかし、容赦ない目覚めの勢いに、夢はあっという間に遠ざかっていく。いつだってそう。夢では、全てが水に覆われていた。仄暗《ほのぐら》い水の中――彼女が覚えているのはそれくらいだ。膨大な量の水。自分の身体はその水圧を覚えている。だけど、彼女は溺れたりはしない。水中なのに息をすることもできた。目覚めた世界にいる今より、呼吸はずっと楽だった。覚醒すれば、そこは、いつもの寝室。隙間風の入る自宅。質素な食事。パチパチと音を立てる電気。それが彼女の現実だ。

階下からチューバの音が鳴り響き、女性の金切り声が聞こえてきた。イライザは枕に顔をうずめ、ため息を吐く。今日は金曜日。映画館〈アーケード・シネマ・マーキー〉では、新作映画が封切られていた。今回はホラー映画か。新しい意味深な会話、不気味な音響効果、唐突に音楽が鳴り出すタイミングを彼女の目覚めの儀式の一部にしない限り、連日、心臓が止まりそうになる恐怖からは逃れられない。今度はトランペット。ああ、次は大勢の絶叫。イライザはまぶたを開いた。最初に視界に入ってきたのは、午後十時を示す時計の文字盤だ。それから視線を滑らせ、床板から漏れ入る映写機の光を見た。塵《ちり》や埃《ほこり》がテクニカラーの色味を帯び、床を貫く剣《ブレード》のような光と一体化して揺らめいている。

イライザはベッドの縁に座り、寒さで肩を丸めた。どうして今夜の空気はココアの香りがするのかしら？　その匂いが、パターソン公園の北東から聞こえてきた耳障《みみざわ》りな消防車のサイレンと融合し、いつもとは違う夜の雰囲気を作り出している。イライザは冷たい床に足を下ろし、映写機の光が揺れ動き、点滅する様子を見つめた。少なくともこの新作は、前回のモノクロ映画『恐怖の足跡』よりも明るい。足元にあふれる彩り豊かな光は、彼女を夢の中に引き戻してくれそうだ。夢の世界の私は、お金持ち。お金をあり余るほど持っている。足元にしゃがみ込み、靴を履かせてくれる男性販売員。ずらりと並んだカラフルな靴たち。「お客様、とてもお似合いですよ」。そうよ。こんな素敵な靴を履けば、世界は私にひれ伏すはず。

しかし現実は、それとは真逆だった。世界は勝ち誇ったように、イライザを見下していた。ガレージセールで購入した数ペニーの安ぴか物のアクセサリーを壁際に下げていたが、シロアリに齧《かじ》られた柱を隠したり、明かりを点《つ》けた途端にライトの間近で音を立てて飛び交う虫から気を逸《そ》らしたりすることはない。だから彼女は、気にしないことにした。来る日も来る日も、その日をやり切ればいい。それだけがイライザの望みであり、彼女の日々だった。小さなキッチンスペースに歩き、ゆで卵タイマーをセットし、水を注いだ鍋に卵を三個落とす。それから、バスルームに向かった。

イライザはシャワーで済ませるのではなく、もっぱら風呂に浸《つ》かる。浴槽にお湯を張っている間に、フランネルの寝具を脱ぐ。職場の女性たちは、休憩時間が終わると、カフェテリアのテーブルに婦人雑誌を置いていくので、彼女はこれまで数え切れないほどの記事を読み、こだわるべき身体の正確なサイズまで知っていた。しかし、ヒップやバストの形がきれいだったとしても、首筋の両側に走るピンクに盛り上がったケロイド状の傷が全てを台なしにしている。鏡を覗《のぞ》き込むうちについ前のめりになり過ぎて、裸の肩を壁にぶつけてしまった。両首にある傷跡はいずれも七センチを超える長さで、頸動脈《けいどうみゃく》の辺りから咽頭部分まで伸びている。遠くの方でサイレンが鳴っていた。イライザは、生まれてから三十三年、ずっとボルチモアで人生を送ってきたので、消防自動車を追ってブロードウェイ通りまでも行ける。首の傷跡は嫌な過去を示すロードマップだ。ずっとこの傷を抱えて生きてきた自分が、街のどこでこれを揶揄《やゆ》されたのかを、忘れさせまいとしている。だが、敢《あ》えて記憶をたどる必要などない。

浴槽にお湯の下まで耳を浸けると、下から響いてくる映画音楽の音量が増幅したように思えた。

「ケモシュのために死ねば、永遠の命を得られるのよ！」

映画の中の少女が叫んでいる。聞こえたセリフが果たして正しいかどうか自信はないけれど、イライザにはそんなふうに聞こえた。

小さくなった石鹸《せっけん》を両手の間でスライドさせていくうち、それが湯水で濡《ぬ》れていく感触を楽しんだ。石鹸は次第に滑りやすくなり、まるで素手で水から掬《すく》い上げた魚にでもなったかのように、手の中から逃げようとしている——そんなふうに思えた。心地よい夢の余韻が、あたかも重みのある男性の身体のように、ズシリと彼女にのしかかってくる。突然、それは途方もなくエロティックな感覚となってイライザを疼《うず》かせ、彼女は泡だらけの指をそっと太ももの間に滑らせた。これまで、誰かとデートをし、セックスをした経験くらいある。ただし、もう何年も前だ。口の利《き》けない女と出会っても、男は彼女を利用するだけ。意思の疎通をまともに図ろうとはしない。彼らは彼女を乱暴に引き寄せ、一方的に欲求を満たして果てるだけ。声を出せない彼女を、まるで動物のように扱うのだ。こっちの方がずっといい。妄想の中の誰かはおぼろげだが、実際に身体を重ねた男たちよりずっと良かった。

しかし、タイマーがいきなりけたたましく吠《ほ》え、彼女は一瞬で現実に引き戻された。イライザはひとりきりだったものの、急に恥ずかしさを覚えた。慌てて立ち上がると水滴が跳ね、足は濡れて艶めいていた。バスローブに身を包み、震えながらキッチンに戻った彼女は、ガスレンジの火を消した。時計を見て、イライザはため息をつく。針は午後十一時七分を指していた。もうこんな時間？　一体どこで時間を無駄遣いしたのだろう？　彼女は適当に掴んだブラを着け、適当に手にしたブラウスのボタンをかけ、適当に選んだスカートを穿《は》いた。夢の中では、生きていることを実感していたのに、現実世界に戻った今の自分は、皿の上で冷えていくゆで卵みたいに不活性だ。寝室にも鏡があったが、彼女は敢えて見ようとしない。時折、自分が透明人間になっているんじゃないかと不安に感じるのだが、その予感が当たっていたら嫌だからだ。

3

指定された場所で、全長約十五メートルの川船を見つけたストリックランドは、ライターを取り出してホイトの文書に火を点けた。ＳＯＰ（Standard《スタンダード》 Operating《オペレーティング》 Procedure《プロシージャ》）。〝手順通り〟という意味だ。炎は全てを包み込み、紙はみるみるうちに黒焦げになっていく。もはや全てが黒塗り状態だ。彼はそう思った。この土地のあらゆるもの同様に、ボートは彼の知る軍の基準からはるかに劣っている。ガラクタにガラクタを釘《くぎ》で打ちつけて作ったような船だ。ハンマーで叩《たた》いて取りつけた煙突の接続部分などは、見るからにひどい有り様で、船体の脇に設置されているタイヤは空気が抜けている。四本のポールの間に並ぶシートが、辛うじて日陰になっているものの、これでは航行中はかなり暑いだろう。しかし、それでもいい。妻レイニーや、きれいに整頓された涼しげな我が家、風に揺れるフロリダのヤシの葉が擦《こす》れる心地よい音。それらを思い出すたび、ここで拷問でも受けているかのような気分に陥るのだが、強烈な熱波は、脳内の良き記憶すら焼き払い、この任務が必要とする怒りの感情だけを頭の中で煮立たせる。

桟橋の薄い羽目板の隙間から、濁りきった茶色の水が覗いている。船員の中には白人もいれば、褐色の肌の者もいる。日焼けして赤茶色くなっている船員もいた。地元の伝統のフェイスペイントをしている連中もいたし、ピアスを付けている男もいた。外見はそれぞれ違うが、皆、積み荷の木箱を運んでいる。桟橋から船に渡した厚板が、行き交う彼らの重みで大きくしなった。木箱の運搬が済むと、ストリックランドもあとに続き、Josefina《ジョセフィーナ》号という型抜き文字が塗られた船体に乗り込んだ。舷窓はあったものの、小さすぎて下甲板では役に立ちそうもない。十分な大きさがある窓は、船長《キャプテン》用のものだけだ。この〝captain《キャプテン》〟という言葉は、無性に彼の癇《かん》に障った。この任務の真の指導者《キャプテン》であるホイトを想起させ、自分が彼の代理人……いや、体のいい使い走りに過ぎない現実を思い知らされるからだ。ストリックランドは、作戦の舵取《かじと》りを任されただけで、全てを操れると勘違いするほど愚か者ではなかった。

　ストリックランドは船長を見つけた。眼鏡をかけた白い髭《ひげ》のメキシコ人で、白いTシャツ、白いズボンという出《い》で立《た》ちをしており、はたまた麦わら帽子までもが白い。船長は、大袈裟《おおげさ》な身振りで積荷目録に署名をしているところだった。

「ミースター・ストリークランド！」

　こちらに気づいた船長は、わざとらしく叫んだ。強い訛《なま》りのある英語は、妙に芝居がかっていて、ストリックランドは、息子のお気に入りのアニメ『ルーニー・テューンズ』に出てきそうな〝ミースター・ストリークランドとゆかいな仲間たち〟の世界にでも入り込んでしまったのかと錯覚しそうになった。船長の名前は、ラウル・ローモ・ザヴァラ・エンリケ。飛行機がハイチ上空を飛んでいる辺りで、ストリックランドはしっかり頭に叩き込んでおいた。その名前は、ラウル・ローモくらいなら普通なのだが、ザヴァラ、エンリケと続くと、どんどん膨らんで大きくなる風船のごとく大仰になっていく。まあ、膨張した身体の船長に似合っているのだが。

「マイ・フレンド、こいつを見てくれ！　スコッチとキューバ産の葉巻だ。全部あんたのだよ！」

エンリケは葉巻を一本こちらに手渡し、自分の分に火を点けると、ふたつのグラスにスコッチを注ぎ始めた。ストリックランドは仕事中に酒を飲まないように訓練されていたが、エンリケと一、二杯交わすくらいは社交辞令として大目に見るつもりだった。

「素晴らしい冒険に乾杯！」

彼らはグラスを口に運んだ。滑らかな液体が喉を滑り落ちていく。その感覚のなんと爽快なことか。少しの間だけでも、頭の中から払拭しよう。ストリックランドの人生に、影を落とすホイト元帥の存在を。もしエンリケをやる気にさせられなかった場合、自分の将来がどうなってしまうのかを。スコッチの効果が持続している間、ストリックランドが体内で感じる熱は、熱帯雨林の熱気と同じだった。

エンリケは、葉巻の煙で輪っかを作っている。こちらが呆《あき》れるほど、ずっと輪っかを吐き出していたが、その紫煙の輪は完璧だった。

「どんどん吸って、どんどん飲もうじゃないか！　しばらくは、贅沢《ぜいたく》といえばタバコと酒だけになるからな」

すでに上機嫌のエンリケは豪快に笑った。「とにかく、あんたが遅れずに乗船してくれて良かったよ、ミースター・ストリークランド。ジョセフィーナ号は出発したくてジリジりしているんだ。アマゾンの熱帯雨林が人間の都合に合わせてくれないのと同じで、時間もこっちのことなどお構いなしで、どんどん過ぎ去っちまう」

哲学的な発言をしたと勘違いして悦に入っているのか、船長は遠くの川面《かわも》に目をやった。時間厳守をさりげなく示唆しているのだろうが、気にもならない。ストリックランドはグラスをテーブルに置き、相手をじっと見た。するとエンリケは、こちらの視線に気づき、声を出して笑った。何がそんなにおかしいのか、上半身を曲げ、手を叩いて爆笑している。ひとしきり笑った後、船長はさらに続けた。

「至極《しごく》もっともだ。俺たちのようなブラジルの乾燥地帯セルトンの開拓者たちは、この胸躍る気持ちをわざわざ表現する必要はない。ありがたいことに、ブラジル人には〝sertanista《セルタニスタ》〟って言葉があるからな。『森を知る者』っていう意味だが、熱帯雨林の奥地を専門に探検する連中を意味する。アマゾンのジャングルには何が潜んでいるかわかりやしない。文明と接触したことのない原住民もいれば、獰猛《どうもう》な獣も毒を持った虫や植物もウジャウジャいる」

そこまで一気にしゃべり、エンリケはグラスに残っていたスコッチをあおった。無表情のストリックランドを見ても、口を閉じる気はないらしい。「セルタニスタ。いい響きだ。血が騒ぐだろう?」

船長は、海洋生物学センターの出張施設までの行程をうだうだと説明した後、自分はギル神と特徴が似た化石を扱ったことがあると主張した（しかも素手で!）。科学者たちは、その化石の年代をデボン紀のものだと推測したという。

「ミースター・ストリークランド、デボン紀は古生代の中頃なんだぜ、知ってたか？」

　エンリケの舌は滑らかで、ひとりで勝手に盛り上がっている。こういった連中がアマゾニア——アマゾンの熱帯雨林——に惹《ひ》きつけられる理由は、大昔へのロマンとか憧れなんだろうか。原始的な暮らしが未《いま》だ手つかずに残っている地。歴史を遡《さかのぼ》り、人間が一度も触れたことのない領域に触れられる場所。それが、アマゾニアなのだ。

　ストリックランドは一時間、こう質問するのを待たなければならなかった。

　——チャーター機は手配したのか？

　彼が静かに苛立《いらだ》ちを募らせていることなど気づかない陽気な船長は、葉巻の火を揉《も》み消し、小窓から外を覗いた。何が見えたのか知らないが、相手はにやりと笑い、傲慢さをにじませた手振りで言った。

「船員のフェイスタトゥーを見たか？　鼻に釘を刺している奴《やつ》もいただろ？　彼らは、あんたらの国のアパッチ族のような先住民とは違う。〝indios bravos《インディオス　ブラヴォス》〟、つまり勇敢なインディアンだ。ネグロ川、ブランコ川からシングー川に至るまで、彼らはアマゾンを知り尽くしている。先祖から受け継いだ血の中に、アマゾンの熱帯雨林の知識も入っているかのようにな。そもそも彼らは、異なる四部族から始まったと言われている」

　エンリケは言葉を切り、咳払《せきばら》いをして胸を張った。「で、俺は原住民と接触するガイド《セルタニスタ》として彼らを雇い、同時に守ってやっているんだ！　ミースター・ストリークランド、俺の部下と一緒なら、探検の途中で道に迷うなど、まずあり得んね」

　ストリックランドは心の中で繰り返した。

——チャーター機は手配したのか？

ひとりでしゃべりまくって汗ばんだ船長は、帽子を団扇《うちわ》代わりにし始めた。話はまだまだ続く。

「あんたらアメリカ人は、わざわざ今回の科学的遠征の地図を印刷し、俺に送ってよこした。ありがたいこった。できる限り、あんたらの指示通りのルートで川を進むが、最後は歩くことになるぞ！」

エンリケは額の汗を手の甲で拭い、帽子をこちらに突きつけて、少しばかり声を潜めた。どうやら、話はようやく本題に入るようだ。

「なんでも、例の痕跡は、わずかに現存しているある原住民と関係があるらしい。場所は突き止めてある。その原住民たちはあんたが想像している以上に現代人の産業に苦しめられてきた。ジャングルは彼らの苦悶《くもん》の叫びを呑《の》み込んじまうから、俺たちが知ることはない。こっちに友好的かどうかは定かじゃねえが、俺たちは平和的に近づき、贈り物を渡す。もしもギル神さんが実在するとしたら、彼らがその居場所を知っているはずだ」

船長はやる気満々だ。ホイト元帥の狙い通りなのだが、今後もエンリケのやる気を維持させなければならない。しかし、少しばかり気になる兆候もあった。ストリックランドが未踏の領域について知る限り、それが深い森であろうと、砂漠であろうと、地下洞窟であろうと、探検すれば、頭から足の先まで徹底的に汚れるはずだ。だから、よほどその土地に精通し、己の一挙一動を予測できないのならば、白い服など到底着れやしない。彼は改めて船長の服装を見つめ、眉をひそめた。

4

　イライザは、その瞬間が来るまで西側の壁を見ないようにしている。視界に一気に飛び込んできた光景が、彼女に日々新たなインスピレーションを与えるからだ。その直感を、彼女は大事にしている。自分の部屋は大きくはない。したがって壁だって大きくない。高さと幅ともに、それぞれ二メートル半くらいだろうか。何年にもわたって集めた靴で、西側の壁は見事に埋まっていた。思い切って大枚をはたいたブランドものの新品もあれば、リサイクルショップで手に入れた素敵な靴もある。羽根のように軽いチェリー色のパンプス。つま先がガーデニング用のシャベルみたいなカスタムクラフトブランドのツートンカラー。シャンパン色のサテン地のオープントゥのハイヒール。これは、ふんわりしたシフォンのウェディングドレスにぴったりなはず。タウン&カントリーブランドの八センチのヒールは、目が覚めるような赤い色だ。この靴を履くと、足先に幾重ものバラの花びらをまとっている気分になる。汚れてしまったストラップのないミュール、バックベルトのサンダル、ビニール製の安物のローファー、過去の思い出の品と化した不恰好なヌバックの靴――。

　どの靴も、壁に打たれた小さな釘からぶら下げられている。彼女はこの部屋を借りているだけなので、釘など打つ権利はないのだが、靴のコレクションを一望できる方法としては、これ以外に選択肢はなかった。そうこうしているうちに、時間はどんどん過ぎていく。それでもイライザは、靴選びには慎重だった。そのときの気分にきちんと合った靴を履くことが、人生で最も重要であるかのように。そして、実際にそうだった。本日の一足は、履き口が透明なビニールでパイピングされ、そこに青い革製の花があしらわれているデイジーブランドのパンプスに決めた。このデイジーの靴が、今宵《こよい》彼女が成し遂げる唯一の〝冒険〟だ。そして、毎晩、彼女が己の大胆さを密《ひそ》かに靴で表現する。足は、自分が地面とつながる場所。貧しければ、つながる地面はどこにもない。

　イライザはベッドの端に腰掛け、片足ずつ靴の中に滑り入れた。鋼《はがね》の籠手《こて》に手を挿《さ》し込む騎士の気分だ。足を小刻みに動かして靴にフィットさせつつ、視線を何気なく古いLPレコードの山に向ける。その多くは何年も前に買った中古レコードで、ポリ塩化ビニール盤の溝に刻まれた音楽を再生すれば、凝縮された楽しかった思い出が、たちまち曲と一緒に溶け出してくるのだ。

　例えば、『ザ・ヴォイス』というフランク・シナトラのアルバムを買った日の朝、彼女は緑のおばさん《ロリポップ・レディー》よろしく、カルガモの親子が道路を横断するのを手伝った。ヒナのふわふわの綿毛が可愛《かわい》らしかったのを覚えている。〝スウィングの王様〟と称されるカウント・ベイシーのアルバム『ワン・オクロック・ジャンプ』。これを購入した日、彼女はメモリアル・スタジアムから飛び出した大ホームランを目撃した。場外ホームランの球は放物線を描いて落下し、道路脇の消火栓にぶつかって跳ね返った。そんな一部始終を見るのは、足の赤いハヤブサを目にするのと同じくらい珍しいだろう。ビング・クロスビーの『スターダスト』の曲を流せば、お隣のジャイルズと階下の映画館で観た、バーバラ・スタンウィック、フレッド・マクマレイ共演の『リメンバー・ザ・ナイト』を思い出す。映画を見終えた後、イライザはこのレコードに針を落とし、寝室のベッドで横たわった。スタンウィック演じる性根の優しい万引き犯のように、この厳しい人生で刑に服するなら、マクマレイのような誰かが釈放される日に自分を待っていてくれるだろうかと、あれこれ空想して過ごしたのだった。

——もう十分だわ。想像するだけ無駄よ。自分のことを待っている人などいない。これまで誰かが自分を待っていたことなどなかった。勤務先のタイムカードレコーダー以外は。イライザはコートを羽織り、卵の皿を摑んだ。短い廊下に出ると、甘い匂いが漂っていた。紛れもなくココアの香りだ。廊下は、埃を被《かぶ》ったフィルム缶で散らかっていた。映画好きだけがその価値を知るお宝らしい。右手にはアパートの別の部屋。彼女は二回ノックをし、そこに入っていった。

5

出発まで一時間を切った。船員兼ガイドの男たちが言うには、喜ばしいのは乾季（ポルトガル語では「verão《ヴェラオ》」。すなわち、〝夏〟だ）で、雨季は悲惨らしい。だが、雨季をポルトガル語でなんというのかは、誰も教えてくれなかった。過去の雨季で伝説となっているのは、増水で川が氾濫《はんらん》し、湾曲部分で他の川との近道が形成され、彼らもジョセフィーナ号で行き来できたという。

U字カーブが続くジグザグのルートに入ると、アマゾン川は野獣へと変貌した。流れが突然速くなった。危険は至るところに潜み、船に急襲してきた。エンリケは興奮と歓喜の声を上げ、エンジンをスロットルで調節する。豊かな緑と泥炭のジャングルに、船は有毒な黒い煙を撒《ま》き散らした。ストリックランドはレールを握り、川面を見つめた。茶色く濁った水はまるでチョコレートミルクのようで、ところどころマシュマロ色の泡が浮かんでは消えていく。川岸には、エレファントグラスと呼ばれる、五メートルはあろうかと思われる背の高い葦《あし》が密生している。まるでそれは、冬眠から覚めた大きなクマが背中の毛を逆立てているかのように思えた。

エンリケは一等航海士に舵取りを任せ、航海日誌を手に取った。将来、冒険譚《ぼうけんたん》として出版し、名声を得るために日誌を書いているのだと豪語した。偉大な冒険家ラウル・ローモ・ザヴァラ・エンリケの名を誰もが知ることになるだろう、と。そう語る船長は航海日誌を胸に抱き、にやりと笑って見せた。すでに著者近影の写真用のポーズを練習しているのか、その笑顔は適度な自惚《うぬぼ》れをにじませている。ストリックランドは拳を握り、己の中で首をもたげつつあった憎悪と嫌悪と懸念を抑え込んだ。この三つの感情は、作戦の大いなる妨げとなる。人間の本性を露呈させてしまうからだ。韓国にいたとき、ホイトからそう教わった。ただ自分の仕事をしろ、最も有益な感情は無の境地だ、と。

ジャングルでは、様々な刺客が音も立てずに忍び寄ってくるのだが、その最たるものが〝単調さ〟だった。ジョセフィーナ号は、果てしなく広がる霧の下で延々と伸びる川を黙々と進んでいく。ある日、顔を上げたストリックランドは、大きな黒い鳥が飛んでいるのを見つけた。それは、抜けるような青空に付いた一点の油染みのようでもあった。目を細めて何の鳥かを確認する。ハゲワシか。一旦その存在に気づくと、毎日ハゲワシを目にするようになった。そして、大きな円を描くように滑空する姿を眺めるのが、のんびりとした時間潰しの日課になった。しかし、ハゲワシは死肉を餌とする鳥だ。こちらの死を予想し、連日頭上で舞っているのではないかとも考えてしまう。ストリックランドは、この船旅に完全武装で臨んでいる。船倉では、アサルトライフルのストーナーM63が、身に着けたホルスターでは、セミオートマチック拳銃のベレッタ70が出番を待っていた。ホルスターに触れて銃器の存在を確認した彼は、ふと、ハゲワシを撃ち落としたい衝動に駆られた。あの鳥はホイトだ。俺を見張ってやがる。あの鳥は妻のレイニーだ。別れを切り出すタイミングを見計らっている。どちらなのか、わからなかったし、わかりたいとも思わなかった。

　夜間の水上移動は危険なので、日が落ちると船は錨《いかり》を下ろして停泊した。ストリックランドは、いつも船尾でひとり佇《たたず》むことにしていた。船員たちが、アメリカ産の化け物でも見るような目を彼に向け、ひそひそ話をしているのは気づいていたものの、好きなようにさせ、彼は月を眺めて過ごすのだ。特に今宵は美しかった。青白く発光する満月で、闇の肉体をくり抜いた穴から覗く骨を連想させた。思わず見とれていたストリックランドは、背後からエンリケが近づいてくることに気づかなかった。

「あれが見えるか？　川で浮かれ騒いでるピンク色のやつだ」

　突然そう声をかけられたストリックランドは、ギョッとすると同時に、無性に腹が立った。船長に怒っているのではない。背後から不意を突かれた自分自身が許せなかったのだ。戦士たる者が、なんと無防備なことか！　しかも、月に気を取られていたなんて。慌てて川面を見ると、確かにほのかなピンク色の何かが泳いでいた。その姿はどことなく女性的で、レイニーを思わせた。「手を握って」と、甘えて言ってくる彼女を――。

ストリックランドは肩をすくめてみせた。願わくば、エンリケが立ち去ってくれればと微《かす》かな期待を抱いたが、船長はその場に留まり、航海日誌を振って川を示している。再び相手が指す方に視線を向けると、月明かりに照らされた水面《みなも》がしなやかに弧を描き、銀色の水しぶきが上がった。

「あれは、〝boto《ボト》〟、オスのカワイルカじゃないか？　あんたはどう思う？」

エンリケはそう訊いてきたものの、さらに言葉を続けた。「二メートル、いや、二メートル半はありそうだ。オスだけがピンク色なんだとよ。見られた俺たちはラッキーだ。孤独を好み、いつも単独行動を取るらしいからな」

ストリックランドは、その発言に眉をひそめた。周囲と打ち解けようとせずに、いつまでもよそよそしい態度でいる自分を揶揄しているのかと思ったからだ。しかしエンリケは、何食わぬ顔で川面を眺めている。麦わら帽子を取ると、船長の白髪頭《しらがあたま》が月の光を受けて輝いた。

「ボトの伝説を聞いたことがあるかい？　おそらくないだろうな。鉄砲や銃弾は出てこないが、そんな話よりよっぽど奥が深い」

そう口火を切ったエンリケは、不思議な言い伝えを教えてくれた。

原住民の多くは、ピンクのカワイルカが変幻自在に姿を変えられると信じている。ある晩、イルカは最高に魅惑的な男性に変身し、最寄りの村へと歩いていった。相手がイルカかどうかを見極めるのは、噴気孔を隠すために被った帽子が目印だ。こうして絶世の色男に化けた彼は、村一番の美女を誘惑し、川の中の住処《すみか》へと女性たちを連れ去るのだ。夜の川沿いで女性を見ることがほとんどないのは、カワイルカに誘拐されるのを恐れているからだという。

「だがね、この話には希望も込められているんだ。水の中の楽園は、貧困、近親相姦《そうかん》、暴力に満ちた現実の暮らしより、ずっといいのかもしれない」

そう語る船長に視線を向けず、ストリックランドは川を眺めたままだった。

「――こっちに近づいている」

独り言のようにつぶやいたつもりだったが、エンリケに即座に反応されてしまった。

「おやおや、どうやら船員たちのところに行った方がよさそうだ。色男に変身したボトと目を合わせると、呪いで夜な夜な悪夢にうなされ、しまいには気が触れてしまうらしいからな」

船長は友だちにするように、こちらの背中をポンと叩き、口笛を吹きながら、ゆっくりと歩いていった。口笛が遠ざかっていくのを聞きつつも、ストリックランドは川から目が離せないでいた。もっとよく見ようと、手すりの横に膝をつき、身を乗り出す。カワイルカは、編み物中の編棒のごとく水中に潜ったり、水面に上がってきたりを繰り返しながら近寄ってくる。おそらくこれが人間の船で、何をするものなのかわかっているのかもしれない。残飯でもほしいのだろうか。ストリックランドは腰のホルスターからベレッタを抜き、次にイルカが浮上してきそうな場所に狙いを定めた。作り話の呪いなど、誰が信じるものか。想像上の化け物ではなく、実在する生き物。それがホイトの望むものであり、ストリックランドが生きてここから脱するのに見つけなければならないものだった。水の下に、イルカの曖昧《あいまい》な姿が見てとれた。まだ早い。焦るな。ストリックランドは絶好のタイミングを待った。そいつと目を合わせてみたい。悪夢を与えるのは俺の方だ。俺がジャングルの方を狂わせてやるんだ。拳銃を握る手に、彼は力を込めた。

6

アパートの部屋の中で、楽しそうな人々が彼女に挨拶をする。喜びに満ちた主婦、気取った笑顔の夫、心を弾ませる子供たち、自信たっぷりのティーンエイジャー。だが、彼らはアーケード・シネマで上映中の映画の中の役柄ほどリアルではない。彼らは広告のキャラクターだ。もともとの絵は素晴らしい技術で描かれているものの、誰ひとりとして大勢に見られる場所で商品をアピールしてはいなかった。〈簡単に落ちる防水仕様のつけまつげ〉のポスターは、冷たい隙間風が入る壁のひび割れを防ぐのに使われている。やはり隙間風が吹き込むドアに貼られているのは、〈ふんわり光るフェイスパウダー〉の看板だ。〈十人中九人の女性の靴下の悩みを解決！〉の看板は、作業中の仕事の塗料缶を置くテーブル代わりになっている。すっかりプライドを捨て切ったかのようなポスターの扱いを見るたびに、イライザはガッカリする。だが、五匹の猫は何も気にしていないようだった。あちこちに散らかったキャンバスの上で、猫たちはくつろぎ、ネズミの居場所を探している。

うち一匹は、男性用のかつらを被った頭だけのマネキンに寄りかかり、髭を舐《な》めたり、毛づくろいをしたりしている。イライザはいつも忘れてしまうのだが、確かアンジェイという名前のついたマネキンで、そのかつらは猫の動きに合わせて揺れていた。これらの広告アートの生みの親であるアーティスト、ジャイルズ・ガンダーソンがシッシッと声を出すと、猫はジャンプして猫用トイレに逃げた。そして弱々しく鳴き、腹いせと言わんばかりに猫砂を勢いよく掻《か》き始めた。ジャイルズはイーゼルに身を傾け、絵の具がまだらに付着したべっこう縁の眼鏡越しに目を細めている。そして、やや伸びすぎ感のある眉毛の上には、二個目の眼鏡をかけ、さらに、禿《は》げ上がった頭頂部には三個目の眼鏡が載っていた。

デイジーブランドの靴のかかとを上げてつま先立ちになり、イライザは彼の肩越しの作成中の絵を覗き込んだ。それは、ドーム状の赤いゼリーの上に並ぶ、顔だけの家族だった。空腹をアピールするかのように大口を開けた二人の子供、顎を指でつまんで称賛のしぐさを見せる父親、興奮気味の子供たちに満足げな母親。ジャイルズは、父親の唇を描くのに苦労していた。イライザは、ジャイルズが男性の表情にいつも苦労するのを知っていた。彼女がさらに身を乗り出して見ると、彼は描きたい唇の形を見つけようとして口角を上げたり、下げたりしている。こちらに見られているとも知らずに。イライザは、そんなジャイルズを可愛いと思った。彼は自分よりずっと年上だが、その気持ちは否めなかった。彼女はかかとを下ろし、この愛《いと》おしい中年男性の頬にキスをした。

視線を上げた彼は、驚くと同時に小声で笑った。

「君が入ってくる音に気づかなかったよ！　一体何時だ？　あのサイレンに起こされたのかな？　なんでもチョコレート工場で火災だそうだ。実に嘆《なげ》かわしい。あちらこちらの子供たちが睡眠中だというのに、香ばしいチョコレートの匂いで何度も寝返りを打っているだろうな」

今夜ココアの匂いが漂っている理由はそれか。イライザは納得した。

ジャイルズは、細心の注意を払って整えた鉛筆型の口髭の下で笑顔を作り、両手を挙げた。右手は赤、左手は緑の絵筆を握っていた。

「禍福は――」と、彼は言った。「糾《あざな》える縄のごとし、だ」

ジャイルズの背後では、キャスター付きの台の上の白黒テレビが点いている。時折画面が乱れたが、そこには、深夜放送の映画が映し出されていた。『小聯隊長《しょうれんたいちょう》』という作品の中で、タップダンスをしながら階段を後ろ向きに上がっていくのは、ビル・〝ボージャングル〟・ロビンソンだ。この黒人ダンサーの華麗なステップは、いつだって自分の友人を元気づける。それをイライザは知っていた。ボージャングルが共演のシャーリー・テンプルと一緒にタップダンスをして階段を上っていくシーンに差しかかる前に、彼女は急いで二本指を動かして伝えた。

〈見て〉

ジャイルズは手話に気づいて、画面を見た。幼いシャーリー・テンプルとタップダンスの神様の見事なコラボレーションに、彼は頬を緩め、拍手をした。絵筆を持ったままだったので、筆先の赤い絵の具が緑に触れて、混ざっていく。ボージャングルの身のこなしは、信じられないほど素晴らしい。しかし、心の中で彼のダンスに称賛を贈りながら、ふと芽生えた自尊心にイライザは恥ずかしさを覚えた。自分の方が、子役の少女より、ボージャングルのペースに合わせて踊れそうだと思ってしまったのだ。もし自分が現実と全く異なる世界に生まれ落ちていれば、の話だが。

イライザはいつもダンスをしたいと思っていた。彼女の靴のコレクションは、その願望の表われだ。靴は潜在的なエネルギー。使われる機会をじっと待っている。目を細めてテレビ画面を見つめていたイライザは、自然とデイジーのパンプスで拍子を取り出した。テレビの音と張り合うように階下から聞こえてくる劇場の映画音楽は無視した。そして、俳優の動きに合わせてタップを踏む。悪くはない。ボージャングルが階段のステップを軽やかに蹴るたび、イライザは足元にあった、ジャイルズが座っている椅子を蹴り、彼を笑わせた。

「こんなふうに軽快に階段でタップダンスできる俳優を他に知ってるかい？　ジェームズ・キャグニーだよ！　『ヤンキー・ドゥードゥル・ダンディ』は一緒に観たんだったっけ？　いや、まだだ。あれは観なきゃ。キャグニーの階段の降り方ときたら！　彼は最高だ。尻に火でも点いたかのように、目にも留まらぬ足さばき。しかも、あのシーンは完全に即興でやったものらしい」

ジャイルズは目をキラキラと輝かせて話していたが、ハッとした顔になった。

「でも、映画を観た後に、階段で彼の真似《まね》はしないでくれ。危ないからね。とはいえ、真の芸術は、危うさをはらんでいるものだ」

イライザはゆで卵とサンドイッチが載った皿を差し出し、〔これ、食べてね〕と、手話で伝えた。ジャイルズは切なげに微笑《ほほえ》み、皿を受け取った。

「君がいなけりゃ、私は文字通り、食えない芸術家だ。仕事を終えて帰宅したときに起こしてくれ。朝食をおごるよ。あ、君にとっては就寝前のディナーになるが」

イライザはうなずき、それから壁に収納されているマーフィーベッドを指差した。折りたたみ式のベッドを下ろして、早く寝なさいという意味だ。

「眠気の王子が軽やかに階段を降りてきて、手を差し伸べてきたら、仰せの通りにしますよ。約束します、ジャイルズ・ガンダーソンは夢の国へ降りていく、と」

ジャイルズは大きく破顔した。そして、〈十人中九人の女性の靴下の悩みを解決！〉の看板の端で卵の殻を割り、丁寧に剝《む》いていく。すでに顔はキャンバスに向き直っており、再び口角を上げ下げし始めた。彼が作る笑顔はさっきより大きくなっている。そのことにイライザは満足した。下の階からはファンファーレが聞こえてきた。映画館で上映中の映画も終盤だ。イライザは次に何が起こるか知っている。「Ｔｈｅ　Ｅｎｄ」という文字がスクリーンに出た後にクレジットロールが流れ、場内の明かりが点く。隠れ場所を失った観客は、無理やり現実に引き戻されるのだ。

7

アマゾン生まれの連中は、突然変異体なのか？　うだるような暑さでも、その動きが緩慢になることはない。奴らはペースを乱すことなく長時間歩き続け、山や岩を登り、行く手を阻む草木を叩き切っていく。ストリックランドは中南米人が使う山刀《マチェーテ》をこれほど一度にたくさん見るのは初めてだった。彼らはそれを「鷹《たか》」を意味する〝falcons《ファルコンス》〟と呼んでいる。なんとでも好きに呼べばいい。俺は自分のM63で十分だから。川から上陸した後は、どこの誰かもわからない無名の英雄が熱帯雨林を切り開いて作ってくれた道を徒歩で進むことになった。歩き始めてまもなく、ストリックランドは気づいた。どこもかしこも、つる植物に覆い尽くされているのだ。千百時間歩いたとしても、緑の触手にがんじがらめにされた森からは逃れられない。いいだろう。ジャングルでは、拳銃よりもっと実用的な道具を持つべきだ。ストリックランドはマチェーテを一本手に取った。

　自分は強靱《きょうじん》な男だと自負してきたつもりだが、午後には筋肉が液状化している気分になった。ジャングルは、あのハゲワシのように、弱っている存在に目ざとい。頭上に茂ったつるが、頭から帽子を剝ぎ取る。折れて尖《とが》った竹が、伸ばした手足を容赦なく突き刺す。指の長さほどの毒針を持つスズメバチたちが、巣の上で唸《うな》りを上げて大挙し、襲いかかる相手を待ち構えている。ブンブンと音を立てる振動が伝わってきそうなほど巣の近くを、恐る恐る通り過ぎた全員が安堵《あんど》のため息をついていた。船員のひとりが木に寄りかかったところ、木の皮がぐしゃりと潰れた。それは木の皮ではなかった。おぞましい数のシロアリが樹木の表面にたかっていたのだ。彼の袖は、たちまちシロアリが群がり、皮膚を食い破って体内に入り込まんばかりの勢いだった。

ジャングルの案内役の男たちは地図など持っていなかったが、ある方角を指し続け、精力的に歩き続けた。

歩き始めてから数週間が過ぎた。もしかしたら何ヶ月も経《た》っているのかもしれない。夜間は昼間よりひどかった。泥が乾いて岩のように重くなったズボンの汚れを落とし、ブーツに溜《た》まった何リットルもの汗を捨て、蚊帳《かや》付きのハンモックに横たわり、赤ん坊に等しい己の無力さを噛《か》み締めながら眠った。カエルの合唱や、隙あらばマラリアを感染させようと手をこまねく蚊の羽音が子守唄代わりだった。

これだけ広大なジャングルの中にいるというのに、なぜ閉所恐怖症を引き起こしそうな狭苦しさを感じるのか？　ストリッククランドには、ホイトの顔が至るところに見えていた。木の幹のサルノコシカケの塊、モンキヨコクビガメの甲羅の模様、青いコンゴウインコが群れを成して飛ぶ様子。どれも、ホイトの視線を感じた。一方で、妻レイニーの気配はどこにも感じられなかった。弱まっていく脈のように、彼女の存在自体が消えかかっている。それは、ストリッククランドを不安にさせた。しかしここでは、彼を不安にさせる要素は他にもごまんとあり、心が休まる間など一瞬たりとてなかった。

それから数日後、彼らはようやく例の痕跡があるとされる村にたどり着いた。ジャングルから急に開《ひら》けたそこは、小さな空間だった。マロカと呼ばれる茅葺《かやぶ》き屋根の共同住居が点在し、動物から剝いだ皮が樹木の間に掛けられている。エンリケはキョロキョロと周囲を見渡すなり、部下たちにマチェーテをしまえと告げた。ストリックランドも指示に従ったが、これで銃器を引き抜きやすくなったと思った。武装することも仕事のうちだ。

数分後、マロカの暗がりから原住民三人が顔を覗かせた。ストリックランドは慄《おのの》くと同時に、不快な熱気の中、吐き気を催した。顔に引き続き、原住民の身体も露《あら》わになる。敷地をゆっくりと進む様は、蜘蛛《くも》の動きを思わせた。

ストリックランドは、それを見るや否や、病的な感じを覚え、反射的にライフルに手をかけた。

——奴らを殺してしまえ。

彼は我に返り、そう考えたことにショックを受けた。それはホイトの考えだ。しかし、心惹かれる考えであることは否めない。さっさと任務を遂行し、家に帰ろう。そして、今の自分がオーランドを出発したときと同じ人間かを確認するのだ。

エンリケが贈り物の料理用深鍋を取り出し、ガイドのひとりが商売の取引よろしく、接触を開始すると、物陰から次々に部族の人間が姿を現わした。十数人はいるだろうか。彼らは皆、こちらの銃、マチェーテ、幽霊のように白い肌を凝視している。ジロジロ見られ続けたストリックランドは、服から何から全部剝ぎ取られるような居心地の悪さを始終感じた。その後に続いた歓迎の宴《うたげ》でも、楽しいとか興味深いとかは全く思わなかった。火で調理したはずなのに、野鳥の卵料理は酸っぱかったし、儀式の半分は船員たちの顔や首に顔料を塗りたくることに終始した。逃げ出したい気持ちを堪《こら》え、祝宴が終わるのを辛抱強く待つしかない。エンリケはそのうち、先住民の連中にギル神のことを訊いてくれるはずだ。一刻も早くそうしてほしい。このまま虫に食われ続けたら、自分なりのやり方で行動を起こしてしまいそうだ。

　エンリケが焚《た》き火のそばを離れ、ハンモックに向かったのを見て、ストリックランドはツカツカと歩み寄って行く手をさえぎった。

「船長、諦めたのか」

「他にも原住民はいる。そっちを探し出そう」

「何ヶ月もかけて川を下ってきて、ただ歩き去るってわけか」

「彼らはギル神について話すと、活力を奪われると思っている」

　悪びれるふうでも、申し訳なさそうにするわけでもなく肩をすくめて陳腐な弁解をするエンリケに、ストリックランドははらわたが煮えくり返る思いだった。

「それは、核心に近づいている証拠じゃないか！　奴らはギル神を守ってるんだ」

「ほう、ミースター・ストリークランドもついにギル神さんを信じるようになったか」

「俺が信じようが信じまいが、関係ない。俺がここにいるのは、ギル神を捕まえて持ち帰るためだ」

「誰かが何かを守っていると、口で言うのは簡単だが、実際は単純じゃない。ジャングルは複雑怪奇な場所なんだ。ここで暮らす奴らは、森羅万象、あらゆるものがつながっていると信じている。俺たちは、彼らにとって侵略者も同然。そんなよそ者を紹介することは、火を点ける行為に等しい。全てが燃えてしまう」

真顔で話す船長は、こちらのM63に目を向けつつさらに続けた。「ミースター・ストリークランド、あんた、そんなに強く銃を握り締めて、よっぽど怖いんだな」

「俺には家族がいる。あんたは丸々一年、家族から離れてここにいたいのか？　それとも二年間か？　あんたは部下たちに、そんな長期の探検をさせる気なのか？」

ストリックランドの鋭い視線を受け、強気だったエンリケの表情が変わった。出発時には真っ白だったシャツはどす黒く汚れ、風船のような体格もすっかりしぼんでしまっている。ダニに刺された首の発疹《ほっしん》は化膿《かのう》し、掻きむしった箇所から血がにじんでいた。ここまでの道中で、道に迷った際、船長が部下たちの目の届かないところで嘔吐《おうと》をしているのを彼は見ていた。エンリケの手は、航海日誌を握り締め、身体の震えを止めようとしている。ストリックランドは、その役に立たない紙切れの束を地面に投げ捨て、踏みにじりたい衝動に駆られた。おそらく、そうした方が、船長のやる気を維持できるのかもしれない。

「部族の若者たちなら――」と、エンリケはため息をついた。「年長者が寝た後、彼らを集めよう。斧頭《ふとう》と砥石《といし》を餌に、情報を引き出せるかもしれない」

船長の案は、呆気《あっけ》ないほどうまくいった。原住民の青年たちは贈り物に目がなく、ギル神について詳しく描写してくれた。その詳細に、ストリックランドも納得がいった。ピンクのカワイルカのような伝説ではなく、ギル神はれっきとした生物――泳ぎ、食べ、呼吸する半人半魚のようなもの――だと思われた。エンリケの地図に興味を示した原住民の若者たちは、タパジョス川支流域を指し示した。ギル神は、何世代も前から季節ごとに川を移動しているのだと、ガイドが青年たちの言葉を通訳した。ストリックランドはそれでは辻褄《つじつま》が合わないと訴えた。

「ギル神は一匹だけではなく、複数いるのか？」

ガイドが若い部族の男たちに訊《たず》ねた。すると、ひとりの青年が「昔はそうだった」と、答えた。しかし、今はたった一匹しか残っていないらしい。すると、彼らのうち数人が泣き始めた。自分たちの欲深さがギル神を危険に晒《さら》すのではないかと不安になったのだと、ストリックランドは解釈した。そして、実際にその通りだった。

8

イライザが利用するバス停の向かいに、店が二軒建っている。これまで何千回とその店先を見つめてきたが、一度も営業時間内に足を踏み入れたことはない。そうしてしまうと、夢を壊すも同然だと思っている。うち一軒は、〈コシチュシュコ電気店〉。本日の特売品は、ウォールナット無垢材《むくざい》のテレビ台付きの大型スクリーンのカラーテレビだ。複数のモデルがあり、それぞれに世界初のソ連製人工衛星スプートニク1号のアンテナを思わせる脚が付いている。どの画面にも、本日の放送が終了することを知らせる映像が流れていた。しばしアメリカの国旗が映された後、“Seal of Good Practice《シール オブ グッド プラクティス》”という優良放送である証《あかし》のロゴが出て、画面は暗くなる。これを目にするのは、いかに遅い時間にイライザがここにいるかを意味している。彼女は、早くバスが来るように祈った。アーケード・シネマの今夜の映画に出てきた少女は、何に祈っていたっけ？　モアブ人の主神ケモシュ？　ケモシュの方が他の神様より仕事は早いかもしれない。

　イライザは二軒目の店に視線を移した。〈ジュリアの素敵な靴屋さん〉。そういう名前の店だ。店名のジュリアが誰なのかは知らないが、今夜のイライザは、涙が出るほどその女性をうらやんだ。自分でビジネスを起こしたジュリアは、自立した大胆な女性。自信に満ちあふれ、階段を軽やかに降りるたびに豊かな髪が揺れる。フェルズポイント地区に構えたこの店の価値を誇りに思う彼女は、夜間に店の明かりを全部消すのではなく、ショーウィンドウの象牙《ぞうげ》の円柱台に置いた一足の靴にスポットライトを浴びせたままにしているのだ。

　ジュリアの戦略は実に効果的だった。ああ、なんて心憎い演出なんだろう。時間に余裕がある夜は、イライザは道路を横切り、ショーウィンドウに額を押しつけて、じっくりとディスプレイの靴を眺める。この靴はボルチモアにはふさわしくない。パリのファッションショーで履かれるために存在しているといっても過言ではなかった。それでも、この靴はここにあり、しかも、イライザの足のサイズだった。四角いつま先のローヒール。ヒールが低いので、一見すぐに脱げてしまいそうに見えるが、靴の内側の傾斜具合が絶妙だ。きっと履いた瞬間に、足に吸いつくようにフィットするのだろう。ユニコーンの蹄《ひづめ》や海の人魚の魚の下半身と同様に、靴も身体の一部と化す。ラメ入りの靴の表面は銀色に輝き、鏡かと思うほど艶めいていた。イライザは、この靴を履いた自分をいとも簡単に思い描ける。見るだけで、こんなにも胸が躍るなんて。子供の頃の孤児院の記憶は、すでに頭の中から追い出した。自分はあちこち旅をすることもできるし、重要な人間にだってなれる。

可能性という名の王国では、全ての夢がかなうのだ。

ケモシュは彼女の祈りに応《こた》えてくれた。バスがシューという音を立て、丘を下ってきた。運転手は普段通り、高齢で、疲労困憊《こんぱい》で、魂の抜け殻みたいに無表情で、とても安全運転ができるとは思えない人物だった。バスはイースタン通りで右に急カーブを切り、ブロードウェイ通りでも乱暴に右折した。さらに、火事で燃え盛るチョコレート工場に集まった消防車の横を減速なしで通過し、かなりのスピードで北へと走り続けた。高く上がる炎が工場の建物を舐め尽くしていく様は、どこか現実離れしていた。身体をねじって火災現場にいつまでも目をやっていたイライザは、しばしの間、文明がカビ菌のごとく根を張った街の中をガタガタと揺られながら進んでいるのではなく、邪悪で危険なジャングルを通り抜けている気がした。

〈オッカム航空宇宙研究センター〉のゲートをくぐると、建物に続く長い道が黄緑色に光って見える。一歩敷地に入るなり、何もかもがこの場の雰囲気に威圧されて縮み上がってしまう。冷たい顔をさらに冷たいガラス窓に押しつけ、明かりに照らされた外の時計を確認する。その針は、午後十一時五十五分を指していた。

デイジーブランドの靴は、バスの一番下のステップ——外の世界との境界線——を踏んだ。ちょうど半夜勤シフトと深夜勤務の人間の入れ替わり時間で、夜更けだというのに黄緑色の道は人にあふれて慌ただしく、イライザは自然と動きが速くなる。ガゼルの気分で跳ねるようにバスから降り、シカのごとくしなやかに、かつ力強く歩道を歩いた。無機質で無感情で無慈悲な投光照明——オッカムの照明はどれもそうなのだが——の下で、彼女は青くぼやけて見えた。

　イライザはエレベーターで地下一階に行くだけなのだが、格納庫並みの巨大さを誇る実験室があるため、三十秒はかかってしまう。二階建てほどの高さがある荷積みや荷下ろしをする場所の支柱には、狭い歩行者用の道路に沿って職員たちを各所に誘導する案内板が貼ってある。床から三メートルほどの高所には、プレキシグラスに囲まれた監視室が設けられており、その中に、デイヴィッド・フレミングは立っていた。彼はいつも、クリップボードを手にしているので、左手の代わりにクリップボードを持って生まれてきたのではないかと思うほどだ。今は、対象者を評価するために、それを下げていた。十年以上も前のことだが、この職に就《つ》くとき、イライザの面接をしたのがフレミングだった。そして、彼は今も定位置にいる。ハイエナのごとく鋭い観察眼の持ち主で、にらみつけるだけで相手を黙らせてきたのだが、年々、口頭での命令が増えている。今では建物全体を担当しているにもかかわらず、最下級の従業員に干渉せずにはいられないらしい。この十年余りで、イライザは掃除係が行くべき場所は全て網羅した。だからと言って、なんの意味もないのだが。

　彼女はデイジーの靴を履いてきて失敗だと思った。この靴は目立つのだ。それが特徴なのだが、もろ刃の剣であった。視線の先には、深夜シフトの同僚たちの姿がある。アントニオ、デュアン、ルシール、ヨランダ、そして、ゼルダ。最初の三人が廊下の向こうに消えていったとき、ゼルダは、メニューから今夜の食事を選ぶかのように、自分のタイムカードを探している。カードはいつも同じスロットに挿し込まれているのだが、ゼルダは、イライザのためにわざとゆっくり動き、タイムレコーダーのところで時間稼ぎをしているのだ。肩越しにこちらを見つけたゼルダは、「イライザ、早くおいで！」と手招きをした。後ろに並ぶヨランダが「ちょっと、割り込みはずるいわよ！」と文句を言っても知らんぷりをし、遅刻寸前のイライザにタイムカードを押させてくれた。ほぼ毎日、深夜組の出勤時はこんな感じだ。

　出勤時間の刻印は、こんなにも苛酷であるべきではない。ゼルダは黒人女性で太っている。ヨランダはメキシコ人で、家庭的だ。アントニオは寄り目気味のドミニカ人。混血のデュアンには歯が一本もない。ルシールはアルビノだ。そして、イライザは口が利けない。上司のフレミングにとって、彼らは皆同じ。他の職業には不向きゆえ、この仕事を失うまいと真面目《まじめ》に仕事をする。だから、信頼しやすい、という構図だ。彼の考え方は正しいのか？　いや、それはイライザにとって屈辱だ。自分が話せたらいいのに、と彼女は思う。そうしたら、ロッカールームのベンチの上に立ち、「ひとりひとりの個性は尊重されるべきだ！」と、スピーチをして同僚たちを鼓舞させるわ。しかし、オッカムはそんなことが期待できる場所ではない。イライザが知る限り、アメリカという国自体がそうではなかった。

　だけど、ゼルダは例外。いつだってイライザを守ろうとしてくれている。自分のカバンを漁ってメガネ――なぜか決してかけないのだが――を取り出し、それを大袈裟に振って、時間がないから早くしてと急《せ》かすヨランダの文句を受け流している。この大胆不敵さは、ゼルダらしさの象徴。イライザはそう結論づけていた。ボージャングルを頭に思い浮かべた彼女は、背筋を伸ばし、歩く速度を心持ち速めた。マンボのリズムであくびをしている従業員たちの間をすり抜け、社交ダンスのフォックストロットのステップを踏むかのごとくコートのボタンを外している同僚たちの横を通り過ぎる。監視室から見下ろしているフレミングは、イライザの青い靴に目を留めるだろう。そして、彼女の振る舞いはチェックリストに書き加えられるかもしれない。オッカムでは、疲れてダラけた行動ほど、疑いの目を向けられるものはない。しかし、すぐさまイライザはゼルダのもとにたどり着き、彼女はダンスを終える。地下から上階へ上がれば、まるで温かな心地よいお風呂に浸かって二度と上がれないかのように、その日の仕事の流れにゆるりと身を任せることになる。

9

タパジョス川とアマゾン川の合流域にほど近いサンタレンの南西部に着く頃には、彼らの食料は底をつき始めていた。同行者たちは飢え、衰弱し、頭がうまく回らず、身体もふらふらしていた。あちこちから聞こえてくるサルたちのけたたましい陽気なおしゃべりは、こちらの窮状をあざ笑っているかのようだ。耳障りな鳴き声に堪忍袋の緒が切れたストリックランドは、拳銃を取り出し、矢継ぎ早に発砲した。サルは熟れた果実のごとくボタボタと木から落ち、近くにいた男たちは恐ろしさのあまり息を呑んでいる。彼らの反応もまた、ストリックランドの癇に障った。彼は大股で腹を撃たれたサルに歩み寄り、マチェーテを摑んで振り上げた。柔らかな毛に包まれたサルは小さく身体を丸め、その手は悲痛な面持ちの顔を覆っていた。まるで小さな子供に見える。息子のティミーか娘のタミーのように。これでは、子供を虐殺するも同然ではないか。突然、彼の脳裏に韓国での記憶が蘇《よみがえ》った。戦火の中で震える幼子たち。怯《おび》えきった女たち。これが、今の自分なのか？　生き残ったサルたちは悲しげな声を上げた。その鳴き声が、ストリックランドの頭蓋に突き刺さってくる。彼はサルに背を向け、近くにあった木の幹にマチェーテを振り下ろした。何度も叩きつけ、削《そ》がれた木の皮や白い木片が飛び散った。

しかし、今度はストリックランドが目を剝く番だった。他の男たちはサルたちを集めると、沸騰した湯の中に落としたのだ。こいつらにはサルの悲鳴が聞こえないのか？　彼は苔《こけ》をむしり取り、耳の中に詰めたものの、即席の耳栓は役に立たなかった。サルは苦しみ悶《もだ》え、絶叫している。夕飯は、灰色のゴムボールに見える筋張ったサルの煮込みとなった。ストリックランドに、それを食する資格などなかったが、とにかく口に放り込んだ。サルの悲鳴は耳の内側にべっとりとへばりついていた。

雨季——連中の呼び名がなんであれ——は、人間を嗅ぎつける。雨は、ピンポイントでこちらに狙いを定めて降っているのではないかと思わせた。土砂降りは生温かく、細かく刻まれた臓物が空から無造作に捨てられ、それが自分の頭上に降り注いでいる感覚だった。エンリケは、メガネのレンズの曇りを拭き取るのをやめた。メガネが曇って何も見えない状態で歩いている。実際に、船長は何も見えていないし、見える気もしなかったのだ。ストリックランドはそう思った。先を見据えることなく、なんとかなるだろうと、この探検に飛びついた。エンリケは戦争で戦った経験がない。サルの悲鳴も聞こえない。あの叫び声は、韓国の村人たちが上げていた声と同じだと、ストリックランドは気づいた。彼らは悲鳴で訴えていたのだ。どれだけ残酷なことを彼がしているのかを。

敢えてクーデターを煽《あお》る必要はなかった。自然の脅威が仕事をしてくれた。アマゾン川にはカンディルというナマズの一種が生息しているのだが、猛烈な雨によって扇動された一匹が、川に向かって小便をしている船員のひとりの尿道に入り込んだのだ。三人の仲間が彼を最寄りの町の病院に連れていったが、二度と会うことはなかった。その翌日、ペルー人のエンジニアが、目覚めたときに紫色の刺し傷があるのを見つけた。吸血コウモリの仕業だった。彼と彼の友人は迷信を信じていたため、恐れをなして逃げ出した。数週間後、蚊帳《かや》の破れた穴が、勇敢なインディアンのひとりを死に追いやった。彼の身体はグンタイアリにびっしりと覆われていたのだ。とうとう、エリンケの右腕であるメキシコ人の甲板長もやられた。鮮やかな緑色の毒ヘビに喉を噛まれ、数秒後には毛穴という毛穴から血が噴き出した。もはや手の施しようがなかった。ストリックランドは、どこに銃口を突きつければいいのかをホイト元帥から教わっていた。ベレッタを取り出して頭蓋骨の根元に狙いを定めると、あっという間に死は甲板長に訪れた。

こうして、残ったのはわずか五人となった。ガイドを含めると、計七人。エンリケは船内にこもり、忌まわしい白昼夢を日誌に綴《つづ》り続けた。かつてはパリッとしていた白い麦わら帽子はぐにゃぐにゃになり、今はおまるとして使われている。ストリックランドはエンリケの部屋に訪れ、相手のモグモグした奇妙なしゃべり方を笑った。

「やる気はあるのか？」

ストリックランドは船長に訊ねた。「やる気はあるのか、って訊いてるんだ」

リチャード・ストリックランドに、やる気の有無を訊ねる者はいないが、もし訊ねられたとしても、彼は答えを持っていなかった。これまでは。今なら、こう言い放ってやる。ギル神は原住民には畏《おそ》れ多い存在なのかもしれないが、そんなこと知るか。ああ、俺にとっちゃ神でも伝説でもない。ギル神のせいで、人生はめちゃくちゃだ。もう後戻りはできない。ジョセフィーナ号の残ったメンバーだけで、絶対に捕まえてやる。ただの伝説でした、なんて結末はなしだ。そして、俺は家に帰る。家族の待つ家に。今となっては、どんな価値があるのかわからないが。いや、どんな価値であろうと構わない。とにかく帰宅するんだ。

ストリックランドは自慰をした。熱い雨が降る中で。ヘビのねぐらの上で。レイニーと静かに愛を交わす様を想像しながら。どこまでも続く草原のような清潔な白いシーツの上で、ふたりの乾いた身体は、滑らかな木材のごとく動く。家に戻ったら、それは現実になる。絶対にそうしてやる。妻の吐息や喘《あえ》ぎや叫びが、頭からあのサルどもの悲痛な声を消してくれるはず。そのときに初めて、この任務は完全に終了するのだ。

10

イライザはかつて、自分のよそ行きの靴をロッカールームでスニーカーに履き替えていた。ハイヒールを履いて掃除はできない――採用されたその日に聞かされた、フレミングの格言のひとつだ。滑ったり転んだりされたら困る。黒いかかとも禁止。実験室の床には〝科学的な印《しるし》〟があって、印を損なってはいけないからだ。数え切れないほどフレミングに禁止事項を聞かされてきた。だが近頃、彼の注意は他に向けられていることが多く、イライザが職場でハイヒールを履くと感じる不快感は和らいできた。そこで彼女は目覚めた。好きな靴を履いてワクワクする気持ちこそ、自分が生きている証なのだ、と。それが、イライザ流のほんのささやかな抵抗かつ冒険心の表われだった。

長いこと使われていなかったシャワールームが、清掃員のクローゼットになっている。ゼルダが年季の入ったカートを押し、イライザも自分のカートを押して歩き始めた。彼女たちは、三ヶ月に一度支給される品をそのカートに入れておくのだ。カートの八つの車輪と、モップバケツ用カートの八つの車輪が、音を立てながらオッカムの長く白い廊下を進んでいく。通路の壁に音が反響し、それは、のろのろと走る、行く宛てのない列車を思わせた。

従業員は、常にプロフェッショナルであることが求められた。白衣姿の男たちの中には、午前二時、三時まで実験室に居残る者もいる。オッカムの科学者は、奇妙な人間の亜種だ。その仕事は、ときに彼らを狂気に陥れる。科学者たちが部屋を使っているとわかったら、掃除人たちは速やかに実験室を出るようにと、イライザはフレミングから指示されていた。そういう事態は、定期的に起きた。科学者ふたりがようやく実験室から出てきたとき、彼らは目を細めて時計を見るや、時刻を確認して信じられないといったふうの顔をした。そして、妻のもとに帰るなんて地獄だと笑い、愛人の膝枕が恋しいとため息をついていた。

彼らはイライザとゼルダの姿に気づいても、挨拶するでも発言を撤回するでもなく、ふたりが見ていないかのように通り過ぎていった。掃除を専門とする彼女たちが、オッカムの施設の埃やゴミだけが目に入るように訓練されているのと同じで、科学者連中は、自身の頭脳明晰《めいせき》さの証明に専念するよう訓練されているのだ。ずいぶん前、イライザは職場恋愛に思い焦がれ、彼女の夢の闇夜で踊ってくれる男性と出会うことに憧れていたが、それは、若い女の子のたわいもない思いつきに過ぎないと思い知らされた。今の仕事に就き、彼女は悟った。清掃者、メイド、用務員の類《たぐい》になるということは、相手に気づかれぬよう動き回ることだ、と。水面下の魚のように。

11

頭上で円を描いて飛ぶハゲワシを気にすることはもうない。ストリックランドが、残ったふたりの勇敢なインディアンに捕まえさせたのだ。彼らがどうやって生け捕りにしたのかはわからない。そんなことはどうでもよかった。ストリックランドはジョセフィーナ号の船尾に打ちつけた長い釘に、紐《ひも》で縛った鳥をつないだ。そして、鳥の目の前で干したピラニアを夕飯として食べた。ピラニアには小骨が多かった。彼が吐き出した骨は、一本たりとてハゲワシがついばめる位置に届かなかった。ハゲワシの顔は紫色で、くちばしは赤。首の感じは楽器のファゴットに似ていた。鳥は翼を大きく広げたりもしていたが、基本的にぎこちなく足を引きずる以外何もできなかった。

「腹が減って死にそうだろ」

　ストリックランドは鳥に話しかけた。「どんな気分か味わえ」

　鳥を船に置き去りにし、エンリケとジャングルに戻る。今度は自分のやり方でいく。贈り物などなしだ。代わりに、たくさんの銃器を使う。彼は、あたかもホイト元帥自身がそこに立ち、命令を下しているかのように原住民を追い求めた。彼は、同行している現地の男たちに軍隊のハンドシグナルを教えた。連中の覚えは早かった。探検の一行は規模こそ小さくなったものの、その分、息は見事に合った。ある村にたどり着き、最初に見つけた村人を撃った。誰が強いのか、強烈な印象を瞬時に植えつけるためだ。村人は泥の中に倒れ、泣きじゃくりながら秘密を明かした。原住民によるギル神の最新の目撃情報。その正確な詳細が、ようやく、いとも簡単に手に入った。

　通訳は告げた。村人たちは、ストリックランドが伝説の外国人——“corta《コルタ》 cabeza《カベーザ》”だと信じるだろうと。それは英語で“head《ヘッド》 cuter《カッター》”を意味する。すなわち、斬首人。ペルーのインカ帝国を征服したスペインの軍人フランシスコ・ピサロや、石器時代さながらの生活を送っていても、白人とは十八世紀に接触しているイェクアナ族のような外部からの略奪者ではなく、熱帯雨林そのものから生まれた何か、とでも言おうか。土着の人間にとって、ストリックランドの白い肌はピラニア、彼の髪は脂ぎった大型ネズミのパカ、歯は恐ろしい毒ヘビであるテルシオペロの牙、脚はアナコンダを彷彿《ほうふつ》とさせる。彼はもはや、ギル神に匹敵するジャングルの神だ。決定的な命令を下したとき、鳴きわめくサルのせいで、自分の声は聞こえなかった。だが、船員たちには聞こえたらしい。彼らは、村人という村人の首を斬り落とした。

ギル神の匂いがする。川底から上がってくる乳白色の沈泥《シルト》のような匂い。いや、パッションフルーツの香りにも、干上がった海水のそれにも似ている。眠らずに済めばいいのだが、なんで勇敢なインディアンたちは疲れ知らずなんだ？　月明かりの中、ストリックランドは彼らにそっと忍び寄り、秘密の儀式を目の当《ま》たりにした。剝いだ木の皮を粉にしてペースト状にしたものを、シュロの葉の上に塗りたくっていく。ひとりがひざまずき、まぶたを押さえて目を開けたままにしていた。もうひとりはペーストを塗った葉を丸め、そこからにじみ出た液体を一滴、目玉の上に垂らした。すると、ひざまずいていた方が、拳で泥の地面を殴り始めた。何度も何度も。男が苦しむ様子に引き寄せられ、ストリックランドは自然と彼らに近づいていった。そして、立っている男の前で膝をつき、片方のまぶたを指で押さえて目を見開いた。相手は躊躇《ちゅうちょ》していた。これは"buchité《ブシテ》"と呼ばれる液体だという。そして、警告するようなジェスチャーをした。だが、ストリックランドはたじろがなかった。男はこちらの決意を了解したのか、シュロの葉を強く握り、ペーストをギュッと絞った。こうして、ストリックランドの世界は白濁したブシテに覆われた。

筆舌に尽くしがたい激痛だった。彼はのたうち回り、足をバタつかせ、わめき散らした。だが、ストリックランドは生き延びた。眼窩《がんか》から頭蓋の内側にかけて焼けつくような痛みを感じたが、少しの間耐えると、次第に和らいでいった。彼は上体を起こし、涙を

拭った。目を細めて顔を上げると、ガイドの男たちが青ざめた表情でこちらを覗き込んでいた。ぼやけていた視界が徐々に戻り、彼らのことがはっきりと見えていた。単に見えていただけではない。目にするものに、これまでは全く違う感覚が生まれていた。男たちの顔のシワは湾曲した運河。髪の森林の向こうで太陽が昇る。人間が自然の一部だと開眼したストリックランドは、アマゾンの無限の深さと彩りを見抜いていた。身体は、驚くほどの活力に満ちている。脚は、ソクラテア・エクソリザのような〝自力で歩く木〟となり、十五メートルほどの根っこと足の腱《けん》が一体化した気分だ。彼は着ていた服を脱ぎ捨てた。もはや、身を包むものなど必要ない。雨が彼の全身の皮膚に当たって跳ね、落ちていく。まるで岩肌に雨粒が当たるかのようだ。

　ギル神は、この〝ジャングルの神〟を制止することはできないと知っている。ストリックランドがジョセフィーナ号のエンジンを全開し、その船体が思い切り川に飛び込むと、ギル神は湿地の入江に逃げ、追いかけた船はそこで故障してしまった。船底から侵入してきた水を排出するためのパイプは、すっかり固まっており、もはや船長室も水浸しだ。水没するのは時間の問題だったが、エンリケは頑として動こうとしなかった。だが、船員たちの動きは見事だった。ボリビア人は道具を取り出し、ブラジル人は捕鯨用の銛《もり》、潜水用《アクア》呼吸装置《ラング》、それから網を前の方に移動した。エクアドル人は、クズイモから抽出した殺魚剤ロテノンの樽《たる》を転がしている。ロテノンを撒けば、ギル神は水面から顔を出すと、ストリックランドが主張したのだ。

「投入しろ！」

ストリックランドは言った。彼は裸のまま船首で仁王立ちになり、腕を広げた。全身に浴びる雨の感触に胸が躍る。熱帯雨林との強いつながりを感じていた。どれほどの時間が経過したのかはわからない、数日か。もしかしたら数週間だろうか。

ついに、その瞬間が来た。ギル神が浅瀬から浮上してきたのだ。タンザニアのセレンゲティ国立公園を切り開く血のような太陽。日蝕《にっしょく》という名の太古の目。新世界の際《きわ》を形成する大洋。全てを呑み込もうとする貪欲な氷河。バクテリアの咬《か》み傷。単細胞生物が群生する水の泡。特定の種の唾液。心臓部に向かって川という血管を流れていく船舶。山々の隆起。揺れるヒマワリの太い幹。毛皮を剝がれる灰色の毛の動物たちの無念。ピンク色をした潰瘍《かいよう》。己をその起源と結びつけるヘソの緒。ギル神は、まさしく森羅万象の不可思議で畏れ多い存在のひとつだった。

勇敢なインディアンたちは膝を落として赦《ゆる》しを乞い、マチェーテで己の喉を搔っ切って自殺した。その謎めいたクリーチャーの野性美は、ストリックランドをも打ち砕いた。彼は、膀胱《ぼうこう》、腸、胃などはらわたがごっそり抜き取られるかのような虚無感すら覚えた。レイニーが通う教会の牧師は、聖書の一節を引用し、罪を犯した人間の魂が炎で清められる煉獄《れんごく》についてダラダラと話していたが、ストリックランドが行ったブシテの儀式は、罪人を浄化するに違いない。太陽の下に新しいものなど、何ひとつない。宇宙の歴史を考えると、この世紀もまばたきひとつで過ぎ去ってしまうほどの短さだ。誰にでも死は訪れる。ギル神とジャングルの神だけが生きるのだ。

ストリックランドが機能停止したのは、ほんの短い間。しかも、それが起きたのは一度だけ。起こったという事実すら、今後忘れようとするだろう。数週間後、四十五度傾き、沈みかけたジョセフィーナ号でブラジル北部のベレンの街に到着した際、ストリッククランドは通訳の服を着ていた。多くを知りすぎてしまったため、通訳の男は始末された。その頃までに、エンリケは元通りになっており、メインマストにしがみつき、霞《かす》んだ春の空気に目をまたたかせている。そして、ストリッククランドに与えられた空想を信じようとして、喉を小刻みに動かしていた。エンリケは素晴らしい船長だ。エンリケは例のクリーチャーを捕まえた。何もかもが想定通りだった。航海日誌を開き、エンリケは裏づけとなる証拠を探したが、見つけることはできなかった。ストリッククランドはそれをハゲワシに餌として与え、ハゲワシが喉を詰まらせ、痙攣《けいれん》して死ぬ様をじっと見つめていた。

　ホイト元帥に電話し、彼は全てを報告した。緑色の飴玉《あめだま》を舐めて気分転換を図りつつ、その電話をなんとか切り抜けた。飴はノーブランド製品で人工的な味だったが、非常に濃い味で、まるで通電しているかのような刺激を舌に感じた。電話をかける前、彼はベレンの街にある店という店を回り、百袋ほどを買い占めておいたのだ。飴を噛むと、思いの他、大きな音を立てた。何千キロも離れているというのに、元帥の声はそれ以上に大きく聞こえた。あたかもホイトがずっとジャングルのどこかで、シュロの葉や蚊の大群が作るベールの向こう側にいるストリッククランドを監視していたかのように。

　ホイト元帥に嘘をつくこと以上に自分を不安にさせるものを、彼は思いつくことができない。ギル神と呼ばれる生き物を捕らえたときの詳細をなんとか思い出そうとしたのだが、どうにもこうにも辻褄が合わない。殺魚剤ロテノンは、ある時点で川に投入されたはずだ。シューという音とともに水面が泡立ったのを覚えている。M63の感触も肩にこびりついている。熱を持った肩に氷の塊でも押しつけたかのようだった。それ以外は全部、夢。クリーチャーが川の深みを華麗に遊泳する様。奴の秘密の洞窟。ギル神がそこでストリックランドをどのように待っていたか。いかに相手が戦わなかったか。サルの叫び声がどんなふうに岩に反射したか。銛の狙いを定める前に、クリーチャーがどのようにこちらに近づいてきたか。ギル神とジャングルの神。彼らは同じだ。自由でいられる可能性はある。

　彼は目を固く閉じ、記憶を打ち消そうとした。ホイトは、ストリックランド版の捕り物劇を真に受けるか、気にしないかのどちらかだ。そうであってくれと強く願いすぎたのか、受話器を持つ手が震えていた。俺を家に帰してくれと、彼は祈った。もはや自分の家庭がどんなものだったのかを思い浮かべることすらできないとしても、だ。しかし、ホイトは祈りに応えてくれる人間ではない。元帥は、ストリックランドにミッションを最後まで見届けることを要求した。手に入れた〝貴重品〟のオッカム航空宇宙研究センターへの搬送を護衛し、科学者が然《しか》るべき処置を施すまで、クリーチャーの安全を確保し、秘密を維持。彼は飴の破片を飲み込んだ。血の味がし、頭の中の自分が命令に従うと答えるのがわかった。それが旅の最後の航程。それで全てが終わる。ストリックランドはボルチモアに移動しなければならない。それほど悪いことではなさそうだ。フロリダ州オーランドにいる家族を北に呼び寄せればいいし、自分は清潔で静かなオフィスの小さなデスクに座っていればいいのだ。彼にはわかっていた。これは、もう一度やり直すチャンスだ。戻れる手段を見つけられればの話だが。

無教養の女たち
UNEDUCATED WOMEN

1

「彼を絞め殺してやるわ。先週、トイレを修理するって約束したのに。トイレの水が止まらなくて一日中ずっと音を立ててるから、それを直して、夜勤明けの私を一日でいいからぐっすり寝させてって頼んだの。一晩中働いて家に帰っても、まるで誰かが八時間ぶっ続けで用を足してるようなものなんだから、熟睡なんてできるわけないわよ。でもね、彼の言い分はこうよ。おまえは掃除するのが仕事だろ。トイレ掃除もしてるんだから、修理するなんてお手のもんだろって。問題はそこじゃないでしょうが。論点を履き違えてる。私はクタクタに疲れて帰宅する毎日よ。足なんかもうむくんじゃって、つま先なんて風船ガムみたいに腫れちゃってる。それなのに、喜んで氷のように冷たいトイレタンクの水に手を突っ込めと？　代わりにあいつの頭をタンクに突っ込んでやるわよ！」

　ゼルダはブリュースターの話を延々と続けている。ブリュースターは、ゼルダの夫だ。どうにもこうにも役立たずの男だと、彼女はことあるごとに嘆いていた。あまりにも仕事を転々としているため、彼の奇妙な職歴も、クビになったその都度の理由も、イライザには、もうわからなくなっている。今では家に引きこもり、バーカラウンジャー社製の高級リクライニングチェアに一度座ると、何週間も離れないといった体たらくにゼルダは辟《へき》易《えき》していた。しかしイライザにとって、そんな詳細はどうだっていいのだ。イライザは、ゼルダと出会い、こうして会話できる自分たちの関係に感謝していた。ゼルダは、自分がオッカムに来たその日から手話を習い始めてくれた。今、なんでも腹を割って語り合えるのは、彼女が信じられないほどの努力してくれたおかげだ。

「前に話したけど、台所の流しも水漏れしてるの。で、ブリュースターがなんて言ったと思う？　トイレと流し、水回り同士で結託してイカれたんだな、だってよ！　ここまでくると、もうアインシュタイン並みにわけわかんないわ。水回りがおかしいって結論に達したのなら、なんでホームセンターに行こうって発想にならないのかしらね。しかも、こうも抜かしたのよ。おまえが職場から修理に必要な部品をかすめてこいってね！　ブリュースターは、私がどんなところで働いてるか、知ってるのかしら。あちこちに無数のセキュリティカメラが設置されているっていうのに！　イライザ、正直に打ち明けるわ。私はあの男を絞め殺し、みじん切りにして、あのトイレに流してやる。そうしたら少なくとも、一日中チョロチョロと水が垂れてトイレがこちらの睡眠妨害を続けても、ああ、ブリュースターの肉片は下水に流れたんだ、彼はもう下水管の住人になったんだって、せいせいすることができる」

イライザはあくびを噛《か》み殺し、一気にまくしたてたゼルダに微笑《ほほえ》んだ。そして、これまでの殺人計画ではマシな方ね、と手話で返す。

「だから、今夜も仕事のために起きたわよ。家族の誰かが働かなきゃね。結託してイカれる水回りを修理するお金が必要なんだもの。キッチンの床は水浸しで、チェサピーク湾と化してる。起きた私はすぐに寝室に戻った。まだ首を絞めるためのロープを買ってなかったから、ブリュースターを起こしてこう言ってやったわ。ノアの箱舟は相変わらず水漏れ中だってね。そしたら、そいつは良かったって返事したのよ、あの男は！　ボルチモアはしばらく雨が降っていないから、私が雨の話をしているとでも思ったのかしらね。全く！」

　イライザはコピーされたＱ《Quality》Ｃ《Control》Ｃ《Checklist》（品質管理チェックリスト）に目を下ろした。フレミングはリストの内容を変更しても従業員に知らせてくれたりはしない。こちらが自主的にリストをチェックして、変更に自ら気づき、臨機応変に対応できるようにするフレミングの戦略のひとつだった。三枚の紙は、それぞれの清掃者に割り当てられた、実験室、ロビー、トイレ、玄関ホール、廊下、階段の一覧表になっている。それぞれの場所で清掃すべき箇所や行うべき作業が、番号を振られて列挙されているのだ。取り付けられた付属品、噴水式水飲み器、壁に貼られた床との境目の幅木《はばき》——。イライザは再びあくびをした。踊り場、間仕切り、手すり。その日掃除する項目を確認しつつも、目が文字を滑っていく。

「で、私はブリュースターを台所に引きずっていったの。どれだけの惨状になっているかを見せるためにね。彼の靴下はたちまち濡《ぬ》れたわ。なのに、なんて言ったと思う？　彼ったら、オーストラリアのことを話し始めたのよ！　オーストラリア大陸は、年間五センチずつ移動しているとニュースで聞いたらしいわ。うちの排水パイプの水漏れは、その影響があるのかもしれないなって、真顔で言うのよ。世界の大陸は、その昔、ひとつだったって。もし世界全体がそんなふうに移動していたら、全てのパイプが一日で破裂してしまう。だから、これくらいでイライラしても意味はない。それが、彼の持論なのよ」

イライザは、ゼルダの声の震えに気づいた。そして、この話がどこに向かうのかもわかった。

「ねえ、イライザ。私はあの男の頭を摑《つか》んで、わずか五センチの深さの水で溺死させることも可能だったのに、結局、今夜も真夜中までに出勤したわ。だけど、深い眠りから覚めて、そんなふうに話す奴《やつ》なんて他にいる？　ブリュースターは私をひどく混乱させるの。数週間、私は働き詰めでまともな食事も出せないのに、旦那の口から出たのは、〝オーストラリア〟。ああ、私ったら急に感情的になっちゃったかしら。ブリュースター・フラーのせいで、私は死んじゃうかも。でもね、こうも言えるのよ。彼は何かを見越している。先見の明ってやつ？　で、一瞬、私にも彼に見えている何かが見える気がするの。オッカム研究施設なんかより大きい何かが。それは確かよ。でもね、台所にできたチェサピーク湾が太平洋になる前に、なんとかしなくちゃ」

実験室から左に曲がると、大きな物音が聞こえ、カートを押していたふたりは足を止めた。洗濯バサミから下げられたトイレブラシが揺れる。彼女たちは何週間も、このドアの奥の建造物から異様な打撃音が響いてくるのを知っていた。だがそれは、今に始まったことではない。自分のリストに載っていない部屋は無視すべき。それが基本だ。しかし今宵《こよい》は、いつもとは違っていた。これまで何も付いていなかった目の前のドアには、「F－1」と書かれたプレートが付いている。イライザとゼルダは、一度も「F」と記されたプレートを見たことがなかった。毎晩、ふたりは勤務時間の最初の半分で一緒に掃除をし、眉間《みけん》にシワを寄せて自分たちの品質管理チェックリストを確認するのだ。そして今夜、リストに「F-1」とあるのを見つけたふたりは、爆弾でも発見したかのように驚いたのだった。

　イライザとゼルダは、ドアにそっと耳を近づけた。複数の声。足音。パチパチというノイズ。ゼルダは不安そうな表情でイライザを見た。おしゃべりのゼルダをこれほど簡単に黙らせてしまうなんて。イライザは胸が苦しくなった。ならば、今度は自分の番。

　彼女は己に言い聞かせた。思い切って行動するのよ、イライザは自信に満ちた笑顔を作り、手話でこう告げた。

〔行くわよ〕

　ゼルダは息を吐き、カードキーを取り出してそれを錠に差し込んだ。歯車が噛み合って音を立て、ゼルダはドアを引いて開けた。中から噴き出された冷たい空気に当たるなり、イライザは即座に直感した。たった今、自分はとんでもない間違いを犯したのだ、と。

2

　レイニー・ストリッククランドは、新品のアイロンに微笑《ほほえ》んだ。ウェスティングハウス・エレクトリック社製のスチーム式のやつだ。ウェスティングは、初のポラリス潜水艦を動かす原子力エンジンを造った会社。それって、すごいことよね？　製品だけじゃなく、会社そのものも、すごいと思う。彼女はフード型ヘアドライヤーの椅子に腰掛け、ピンクのプラスチック製フードを頭に被《かぶ》せ、ハチの巣のように盛り上がったヘアスタイル〝ビーハイブ〟をこしらえている最中だった。読んでいた週刊誌のメコン・デルタに関する物語は盛り上がりつつ、重要な場面に差しかかっていたが、彼女は小休止をとることにした。ベトコンと呼ばれる南ベトナム解放民族戦線のグループが、米軍のヘリコプターを五機撃ち落とし、アメリカ人三十名を殺したのだ。犠牲者は、夫のような米兵だった――。気分を変えるため、彼女は代わりに見開きページの広告に目を落とした。そこには、大海の白波を切り裂くように水面下に沈みつつある潜水艦が載っていた。乗船している勇敢な若者たち。水に本来備わっている危険性。鉄の塊で深海に潜るなんて。彼らは死んでしまうかもしれない。青年たちの命はウェスティングの技術にかかっているのだ。

広告の写真に触発され、彼女は夫にどんなタイプの潜水艦が〝ポラリス〟なのか訊《たず》ねようと心に決めた。リチャードは十九歳で入隊し、身も心も陸軍に捧《ささ》げてきた。彼に仕事に関する質問をすると、決まって黙り込んでしまう。なので、おいしい食事で満腹になり、テレビドラマ『ライフルマン』のポップコーンみたいな音を立てる銃撃戦を見て落ち着くまで待った。

主演のチャック・コナーズが見事な二丁拳銃を披露する画面を驚嘆のまなざしで見つめ続け、リチャードは肩をすくめた。

「ポラリスは潜水艦の種類じゃない。朝食のシリアルとは違うんだ」

「シリアル」という言葉は、テレビに釘《くぎ》づけになっていた息子のティミーをハッとさせた。毛足の長いじゅうたんとコーデュロイのズボンを穿《は》いた膝の間で電気がビリリと走ったかのごとく、彼は目を見開いて二日前に交わした会話をいきなり再開させた。

「ねえ、ママ。だから、僕はシュガーポップスが食べたいんだってば！」

「私はフルート・ループスがいい！」

娘のタミーもシリアル談義に加わった。「ママ、お願い！」

子供が駄々をこねても、リチャードはいつだってぶっきらぼうだった。それが、リチャード・ストリックランドの素の姿なのだ。このような事態に、子供たちを扱いきれずに無視という手段をとる妻を許さなかった。とはいえ、どうしていいかわからずに、こちらが崖っぷちからぶら下がっている気分で必死に腕を伸ばしても、夫が救いの手を差し伸べてくれることはなかった。じろりとにらみつけ、おまえがなんとかしろと無言で威圧してくるだけ。アマゾンに行く前の夫だったならば――。彼に不快感を与えるよりも先回りして対処する術《すべ》を習得していたレイニーは、即座に適切な反応を判断し、今回は笑い飛ばすという選択肢をチョイスした。すると、テレビ画面はチャック・コナーズからフーバー社の掃除機のコマーシャルに取って代わった。吸引力をダイヤルで調整できる新型を、どこかレイニーに似た女優が楽しげに操作している。リチャードは唇を噛み、まるで自責の念に駆られているかのように膝に視線を落とした。

「ポラリスはミサイルのことだ」

彼は突然ぽつりと言った。「核弾頭を搭載した戦略弾道ミサイルなんだ」

「まあ！」

おそらく言いたくなかったことを渋々でも教えてくれた夫をなだめなければと思い、レイニーは驚いたふうに返答してみせた。「危険なんでしょうね」

「射程距離が改善され、より正確さが増した、と言われている」

「今日見た雑誌にポラリス潜水艦が載ってて、あなたなら詳しいことを知ってるだろうなと思ったの。その通りだったわ」

「そこまでは詳しくない。海軍のものだからな。俺は、そういったろくでもないものとは、できる限り距離を置こうと思ってる」

「そうね。それがいいわ。常々、あなたはそう言っているものね」

「潜水艦なんてデストラップにはまったら、君は俺を見つけ出すことはできないだろう。今度、その理由を説明するよ」

彼はレイニーを見て微笑んだ。ああ、可哀想なリチャード。軍隊で常に強い男でなければならない彼は、笑顔を作るのがどれだけ苦痛なのか。その苦しみが作り笑顔にもろに表われていることに、彼は全く気づいていない。夫は韓国で、アマゾンで、あまりに多くを目にしてきたのだと、レイニーは感じていた。彼は、一生誰とも分かち合えないどす黒い何かを胸に抱えている。心の闇や痛みを完全に己の奥底に押し込み、妻にも明かさないのは、ある意味、こちらに対する優しさなのかもしれない。とはいえ、そのせいで彼女は孤独感に苛《さいな》まれ、ヘリウムガスを充塡した風船のごとく周囲をふらふらと漂っているのだが。

十七ヶ月もアマゾンの熱帯雨林で過ごした者が、このような一般市民の暮らしに再び慣れるのはそう簡単ではない。レイニーはそれを知っており、忍耐強くあろうとしていた。しかし一方で、なかなか難しいとも感じていた。夫が不在の十七ヶ月で、彼女の方も変わったのだ。一夜にして、リチャードは鬼のようなホイト元帥《げんすい》によって自分のもとから連れ去られ、電話はおろか、郵便でも連絡することができなくなった。家事をこなして家庭を切り盛りするだけでなく、家族のあらゆる問題にひとりで対処しなければならなくなり、それは、散弾銃の弾丸のごとく容赦なくレイニーを打ちのめした。車が壊れたら、どこで修理すればいいのか。裏庭でスカンクの死体を見つけたら、どう処理すればいいのか。配管工や銀行員をはじめ、女ひとりだとわかるとここぞとばかり騙《だま》してやろうと考える男たちに対して、どのように立ち振る舞えばいいのか。さらには、忽然《こつぜん》と父親が姿を消したことに戸惑い、傷ついた子供たちとどう接すればいいのかも、レイニーだけで解決しなければならなかったのだ。

　彼女はうまくやってきた。それでも、最初の二ヶ月のほとんどは不安でしょうがなく、ひたすら涙に暮れていた。カーテンをズタズタに引き裂き、壁をクレヨンの落書きだらけにする手に負えないやんちゃな子供ふたりを抱えた、未亡人の母親は、やがて料理用シェリー酒をガブ飲みするようになって……というシナリオが頭に浮かんでは消えていったが、泣き暮れていた夜は、くたくたに疲れても一日をやり終えたという満足感を得られるひとときへと変わるのに、そう時間はかからなかった。次第に、そしてためらいがちに、レイニーは頭の片隅で、リチャードが任務中に行方不明になり、陸軍が彼女に夫の給料を支払うのをやめたときの計画を思い描くようになっていく。紙のマッチ箱の上やティミーの学校からのプリントの裏、自分の手の甲に、給料の見積もりと具体的な支出の計算を走り書きした。自分でも何かしら仕事ができるのはわかっていた。外で働くことを考えるだけで、彼女の胸は躍った。一方で、夫がいなくなったというのに、仮にも熱意を感じる何かを見つけてしまうとは、世界最低の妻だとうしろめたさも覚えた。とはいえ、リチャードの不在が、レイニーにある種の安らぎを与えていたのも否めない。彼はいつも気難しかった。冷たいと思うときもあった。だから、いないことに安堵《あんど》を？

いまさら蒸し返しても意味はない。結局、リチャードは帰還した。家に戻ってきて一週間、家族は何事もなかったかのように過ごしている。私は以前と同じ妻だろうか？　仕事とはいえ、十七ヶ月も妻を置き去りにした彼は、妻がアマゾンに行く前後で何も変わっていないことを当然だと思っているのか？　無理やり笑顔を作るうち、彼女はこれでいいのだと考え始めた。リチャードには元通りの家庭、元通りの妻が必要だ。あの潜水艦がウェスティングハウス社の原子力エンジンを信頼しているなら、私だって凛《りん》として居間に立ち、ボルチモアに来て最初に買った家電製品のフーバー社製掃除機を使うことを誇りに思うべきだ。リチャードは、オッカム航空なんとかセンターと呼ばれる場所での新たな仕事をてきぱきとこなす必要があり、レイニーが優先させるべきは、シャツのアイロンがけとなった。洗濯カゴには家族の服が山のようになっている。夫のワイシャツだけでなく、子供たちの服にもアイロンをかけないといけない。ティミーは、ほつれた遊び着姿でいると野生児みたいに見えるし、タミーのお気に入りのビロードのジャンパーは、使い古した布《ふ》巾《きん》のように擦《す》り切れてきている。そうよ。主婦には、面白くてやりがいのある仕事がたくさんある――彼女は自分に言い聞かせた。

かつらは人毛でできている。ジャイルズのヘアピースは、耳の上に生えている自毛とマッチしない。それがどうにも不満だった。彼自身の毛は茶色だ。かつらの方もかなり近い色なのだが、よく見ると、ブロンドとオンレジのストライプが微妙に混じっているのがわかるのだ。しかしながら、もう何年もそこまで間近まで彼に近づく者などいなかった。三十代までに、やがて自分の頭がドーム型に禿《は》げるとわかっていたのなら、来《きた》るべき数十年後に備えて自毛をストックし始めていただろう。男性は若いうちに皆そうするべきだ。保健の授業で教えればいい。ジャイルズは、自分の髪の毛を詰め込んでパンパンに膨れた複数のゴミ袋を想像した。それは、子供のときから使っていたクローゼットにしまってあり、ひとり暮らしを始める際に、実家から最初のアパートに苦労して運び込むのだ。その後も引っ越すたびに持ち運ぶことになる――。ジャイルズは小さく噴き出した。いやいや、さすがにそこまでするのは、奇妙キテレツすぎるか。

3

ジャイルズは眼鏡をポケットにしまい、額の上に載せていたもうひとつの眼鏡を鼻の上に下ろした。それから、スエードのコートの前合わせをグイと引っ張り、英国車ベッドフォード社製バンのステップを降りた。アーケード・シネマのオーナー、ミスター・アルゾニアンが、劇場裏にジャイルズの車を停めてもいいと言ってくれているのだ。年季の入ったバンのスライド式のドアは錆《さ》び、シートには水の染みができているが、正面から見た顔が似ているので、イライザは親しみを込めて〝パグ〟と呼ぶ。そういえばここ何ヶ月も、ボルチモアでは一滴も雨が降っていない。しかし、風ときたら、九尾の猫鞭《ねこむち》（結び目が付いた九本縄の鞭）でも振り回しているかのような音を立てて吹いている。時折、頭頂部に載せたかつらが風で持ち上げられるのを感じた。手のひらを頭に押しつけ、接着テープを再び固定させる。パグの横に立ち、向かい風に負けじと頭を低くした。

それは、喧嘩《けんか》っ早い荒くれ者のとる姿勢だが、ジャイルズにはまるで真逆――貧弱で傲慢――だと感じた。彼はバンのサイドドアと格闘し、真鍮《しんちゅう》のバックルが付いた赤い革の絵画運搬用のアートフォリオバッグを取り出した。それを手に持つと、自分が重要な存在になったかに思える。三十代の頃、一年間倹約して購入した品で、昔も今も、マンハッタンを闊歩《かっぽ》する有能なビジネスマンの持ち物に匹敵する、ジャイルズが持つ唯一のプロフェッショナルなアイテムだ。歩道に向かうと、強風が小気味良いリズムで彼を押してきた。風の中を颯爽《さっそう》と歩いてジャイルズが店内に入ると、大きな革のカバンを持った粋な紳士について人々がシャレたカバンを手にして扉を開けるのは、なんとも洗練されたやり方だ。風の中を颯爽と歩いてジャイルズが店内に入ると、大きな革のカバンを持った粋な紳士について人々がひそひそと話し出すはず――。

ところがジャイルズは、己の心地よい予想とは異なる現実を突きつけられる形となった。そんなことはしょっちゅうなので、もはや慣れっこになっているといっていい。それでも、自分のエゴが粉々に打ち砕かれる際の緩衝材は必要だった。それはそれで、実に悲惨。特に、このような店では。彼は周囲を見回した。誰ひとりとして、ジャイルズが店に入ってきたことに気づいている人間はいない。彼は、気恥ずかしさを露呈しまいとして、わざと背筋を伸ばして立っていた。客が自分に見向きもしなかったのは、このダイナーに原因があるのだろうか？〈ディキシー・ダグのパイ〉の店内は、とてもカラフルだ。プラスチック製の見本のパイが載っている台から、ジュークボックスを思わせるカラフルなプラスチックとクロームの縁取りの商品陳列ケース（冷蔵機能、バックライト付き）まで、色とりどりのライトがあちこちに施され、光沢のある素材がその光を反射しているせいだ。

ジャイルズはまごつきながらも、列に並んだ。平日の昼下がり。大勢がパイを求める時間ではない。彼の前に並んでいるのは、ひとりだけだった。ここは、お気に入りの店――彼は心の中でそう独り言を言った。こぢんまりとして暖かく、シナモンとシュガーの匂いが立ち込める居心地のいい空間だ。彼は、レジの方に目を向けてはいなかった。そっちを見るのは、まだだ。年のせいか、胸がドキドキしたりはしていない。レジではなく、高さが一メートル半はあると思われるガラスのタワーを見つめていた。数段に分かれている円柱形のディスプレイで、それぞれの段に違ったデザートが置かれている。百貨店の帽子の箱のような二段重ねのパイ。装飾を施されたチェロの側面のくびれみたいなパイ。女性の胸に似たシュークリーム。ありとあらゆる種類が飾られた空間だった。

4

「F-1」と表示された部屋の中は、とにかく広かった。イライザのアパートの部屋の六倍以上あるかもしれない。内装は、オッカム研究施設にしては質素だと言える。壁は白くピカピカで、コンクリートの床はゴミひとつ落ちていない。壁沿いには、シルバーのテーブルが列を成して置かれており、荷物運搬用カートは、一斗缶《いっと》で焚《た》かれた火を囲むホームレスのごとく一ヶ所にまとめられていた。天井からは束ねられたケーブルがぶら下がり、病院の手術室にあるようなアーム付きのライトが何も照らすことなく設置されていた。部屋の東側には、ベージュ色の機械類が並んでいる。イライザはそれらが〝コンピュータ〟と呼ばれるものだと耳にしたことがある。清掃担当者が、圧倒的な存在感でずらりと並んだ装置のスイッチやダイヤルに触れることは禁じられていた。ただし、毎月最終金曜日には、エアダスターでそれらに付着した埃《ほこり》をきれいにすることになっていた。

F-1は他の部屋とは違う。そう思わせたのは、ある特徴的な設備だった。尻込みしているゼルダと対照的に興味津々のイライザの目を引いたそれは、プールだった。彼女たちが扉の外で聞いた音は、その巨大なステレンスのタンクのような代物《しろもの》に工業用ホースから注がれる水の音だったのだ。それは、床にはめ込み式で造られており、膝の高さほどの出っ張りを持つ側壁に囲まれている。出っ張った部分では、三人の建設作業員がブーツを履いた足を突っ込んでいた。彼らはボルチモア在住の肉体労働者で、この仕事の機密性に不快感を抱いているのは明らかだった。自分たちの主任がペンとクリップボードを隣に立つ誰かに差し出しているのを、じっと見ている。差し出された方は、後退しつつある茶色の前髪と眼鏡が特徴的な男性で、今までイライザが見たことのない顔だが、オッカムの科学者に違いない。年の頃は四十代後半。しかし、活動過多の子供のように出っ張りの上にしゃがみ、自分のノートをプールから延びた三本のゲージと比較するのに夢中なのか、主任など目に入らないようだった。

「熱すぎる！」と、彼は叫んだ。「度を越した熱さだ。ゆで上げる気か？」

彼の英語には訛《なま》りがあったが、イライザはどこの訛りかまではわからなかった。だがそれよりも、別の事実の方に彼女は驚かされた。ここにいる人間は、誰ひとりとして見覚えがないのだ。三人の建設作業員はもとより、六人の従業員、五人の科学者まで全員知らない顔だった。そもそも、こんな夜更けにオッカムでこれだけたくさんの人々が働いているのを見たことがない。ゼルダに肘を摑まれたイライザは、そのまま後ろに引っ張っていかれた。すると、聞き覚えのある——骨の髄まで染み込んでいて絶対に間違えるはずのない——声がこう言った。

「いいかい、みんな聞いてくれ！　例の貴重品は、すでに荷物積み下ろし場に到着した。繰り返す。例の貴重品はすでに荷物積み下ろし場に到着し、こちらに向かっている。工事作業員は仕事をストップし、右手のドアから速やかにこの実験室から出ていくように」

ギョッとして顔を向けると、案の定、声の主はよく知っている人間だった。

デイヴィッド・フレミングの白いシャツと、これといって特徴のないことが特徴のズボンは、コンピュータを背にしてカモフラージュとなっている。彼は指をフォークのようにして、ある扉を指差した。そして、その扉の前で、イライザとゼルダは叱られた子供のように立っていた。つまり、その場にいた彼女たち以外の人間の視線が、一斉にふたりに注がれたのだ。規則に背いただけでも十分いたたまれないのに、自分は薄汚れた清掃員のユニフォーム姿。生きてきた白髪《しらが》の本数まで見透かされそうで、カッと頬が熱くなる。

「みんな、申し訳ない。うちの女性客はここにいるべきではなかった」

フレミングは声を低め、妻をたしなめる夫のように言った。

「ゼルダ、イライザ。何度言ったらわかるんだ？　中で男性陣が働いているときは――」

ゼルダは、文句を言われることに慣れている人間が己の身を守るときのようにおとなしく身を縮めていたが、イライザは横に一歩踏み出し、同僚の前に立った。ゼルダの盾になり、大股でまっすぐに近寄ってくる男に真っ向から立ち向かうかのごとく。彼女は息を吸い、肩を怒らせた。若い頃、体罰は習慣となっていた。それも、もう十五年も前のことだ。オッカムでも、暴力的な扱いを受けたことはある。不安定な椅子の上に乗って蜘蛛《くも》の巣を取っているときに、フレミングが彼女を乱暴に押した。またあるときは、古くなったコーヒーかと思って紙コップに手を伸ばしたとき、そこには大事なサンプルが入っていたらしく生物学者に手を叩《たた》かれた。エレベーターに向かう途中で、警備員から強く尻を叩かれたこともあった。

「出ていく必要はない」

訛りのある男性が口を開いた。白衣の裾がプールに浸《つ》かって灰色に濡れており、編上げの半長靴《はんちょうか》のつま先は、犬の舌の形に湿っている。何かを訴えるかのように水が滴る手のひらを上に向けると、彼はフレミングに向き合った。

「彼女たちは別に怪しい者なんかじゃないんだろう？」

「彼女たちは清掃者です。ええ、清掃業務を行う場所のみ、立ち入りが許可されています」

「許可されてるなら、ここにいても構わないじゃないか」

「博士、お言葉を返すようですが、あなたはここに来て間もない。オッカムにはオッカムなりのルールがあるんです」

「だけど、ときどきこの実験室を掃除することになるんじゃないのか？」

「はい。ですが、私の指示があったときのみです」

フレミングの視線が科学者からイライザへと移る。上司の顔には明らかに、〝しまった。F-1をQCC（品質管理チェックリスト）に入れるのが時期尚早だった〟と書いてあった。目が合った瞬間、彼女は慌てて頭を下げ、手元のカートを見た。そこには、いつもの掃除用品のボトルが置かれている。しかし、自分の棘《とげ》のある眼差《まなざ》しを撤回するには遅すぎた。批判的な視線は、フレミングの威厳を傷つけた。ああ、これで、自分とゼルダには罰として、余計な仕事が与えられるだろう。訛りのある科学者は、この状況を全く理解していない様子だった。笑みをたたえたまま、善い行いをしたと信じて疑っていない。イライザがこれまで出会った善意ある特権階級の人々のほとんどのように、彼には、権威に服従しないといけない立場の人間の優先順位など、想像もつかないのだろう。イライザたちの望みは、波風を立てることなくシフトをこなすことだけなのに。

「よし、いいだろう」

科学者は満足げにうなずいた後、表情を引き締めた。「全員が、これから到着する〝貴重品〟の重要性を理解しておく必要がある。失敗は許されない」

フレミングは苦虫を噛み潰したような顔をし、建設作業員が出ていくのを待った。イライザとゼルダは、通り過ぎる際にこちらを品定めするような目を向けるがたいのいい男たちから顔を背け、小さくなっていた。すると例の科学者は、イライザの不快感に全く気づかないどころか、こちらに握手しようと手を差し伸べてきたではないか。相手の指の爪は見事に整えられ、手のひらはつるんとしてきれいで、シャツの袖口はパリッと糊《のり》づけされている。隙のない潔癖さに、イライザはゾッとした。しかし、差し出された手を無視するなど、言語道断。ここで非礼を働けば、フレミングのさらなる逆鱗《げきりん》に触れてしまう。イライザは、できるだけ力を入れずに科学者の手を握り返した。彼の手は湿っていたものの、その握手には誠実さが感じられた。

「私は、ボブ・ホフステテトラー博士だ」

科学者はにこやかに微笑んだ。「ずいぶんとオシャレな靴を履いてるね」

イライザはハッとして、十センチほど後ろに下がった。そうすれば、足がカートの陰に隠れてフレミングには見えないはずだ。一度靴のことで厳重注意を受けている身としては、バレるわけにはいかない。このささやかな反抗的楽しみを奪われたくはなかった。仮にそんな最悪な事態になったとしても、ホフステテトラーの方は何も失わないのだ。イライザが小さく後退したのを見て、博士は不思議そうに首を傾《かし》げた。どうやらイライザの返事を待っているようだ。そこで彼女は、赤らめた顔に笑みを浮かべ、胸元の名札を指で叩いてみせた。そのしぐさでホフステテトラーは彼女の〝状況〟を理解したのか、同情の念を示すように眉を下げ、ささやくようにこう告げた。

「知的な生き物ほど、音を立てないんだよ」

再びにこりとした後、彼は右にずれ、ゼルダにも同様に自己紹介をした。他人からの注目を避け、肩を丸めてできるだけ小さくなって過ごしてきたイライザだったが、ホフステトラー博士の笑みは、オッカムで働き始めて以来、彼女に向けられた中で最も温かな笑顔だった。

5

素晴らしいアイロンだわ。間違いない。水から鉱物質を取り除く厄介な手間が省け、水道水をそのまま使えるなんて。しかも、ダイヤルひとつで全てセッティングできて、本当に快適なの。アイロン台は壁に備え付け。大きな台をいちいち移動する必要がないから、便利だわ。居間に設置したから、テレビを見ながらアイロンがけができる。これは、フロリダ州オーランドの陸軍の夫を持つ友人の家事のやり方を真似《まね》ただけ。実は、レイニーはずっとこれを拒んできた。夫のリチャードがアマゾンに赴任している間、彼女はアイロンがけの最中、『ヤング・ドクター・マローン』や『弁護士ペリー・メイスン』といったラジオドラマを聴いていたけれど、気晴らしにしては、あまりにもドラマに気を取られすぎて、アイロンがけをしていることを忘れてしまっていた。ふと気がつくと洗濯物のカゴが空《から》になっていて、いつこんなにアイロンがけをしたのか記憶にないのが気持ち悪かった。だから、やり遂げたという達成感もなかったし、惰性で繰り返しているに過ぎなかった。

だけど昨日の晩、なかなか寝つけないでいるときに、素敵な考えが頭に浮かんだ。

ちょっと趣向を変えてみよう。他の主婦みたいに、『アイ・ラブ・ルーシー』や『ガイディング・ライト』などのテレビドラマや『パスワード・プラス』といったクイズ番組を観る必要はなく、ニュース番組『トゥデイ』『NBCニュース』『ABCアーリー・アフタヌーン・リポート』を視聴すればいい。それは新鮮なアイデアで、レイニーの胸は躍った。今のところ、ボルチモアに関するあらゆることが彼女をワクワクさせていた。

今朝はちょっとオシャレしてみよう。なぜか、知識人が参加するカクテルパーティにでも出かけるみたいな気分だった。アイロン台を開く前に、ビーハイブの髪型を美しくセットしたはいいが、こめかみが締めつけられるように痛む。頭痛はしばらく続くだろうと思ったものの、幸い、十分間のニュース番組を見ているうちに少し楽になった。ソ連の最高指導者フルシチョフのベルリンの壁訪問が伝えられている。一九六一年八月、ベルリンを東と西に分断する壁の建設が始まったのだ。アナウンサーの口から発せられた「フルシチョフ」という言葉を耳にし、レイニーは思わず赤面した。三年前、ワシントンのお偉方が集うパーティの席で、彼女はその名前を間違って発音してしまい、夫を愕然《がくぜん》とさせると同時に、彼に恥をかかせたのだ。そして、ベルリンの壁。テレビ番組『キャプテン・カンガルー』の登場人物の名は全員正確に把握しているというのに、なぜベルリン危機に関しての記憶はこうも曖昧《あいまい》なのだろう。

レイニーはアイロンの目盛りを調節した。それでも、衣類のしわを劇的になくす最適の設定を一度で簡単に決めるのは不可能に近かった。ウェスティングハウス社は、アメリカの女性たちに選択肢を与えすぎているのだろうか。彼女はアイロンをまじまじと見つめた。底には、スチームが出る穴が十七個ある。十七は、リチャードがアマゾンで過ごした月数と同じだ。彼女はアイロンを持ち上げ、穴からスチームが出る様子を凝視した。噴出する蒸気が視界をさえぎるのを見て、彼女は想像してみた。アマゾンの熱帯雨林の湿気もこんな感じだったのだろうか、と。

リチャードがブラジルから電話を寄こした際、彼は世界をこんなふうに感じていたに違いない。あのときの電話は幽霊の声を聞いているかのようだった。ちょうど彼女は、ピーナッツバターのサンドイッチを作っている最中だった。食パンの耳を切り落としているときに電話が鳴り出し、受話器を取ろうとしてナイフを落としたのだ。思わず金切り声を上げてしまったものの、久しぶりに聞く夫の声に、レイニーは涙した。そして、これは奇跡だと夫に断言した。だが、自分は無理やり泣いてみせたのではなかったか？　まあ、仮にそうだったとしても、誰にも責められないだろう。しかし、レイニーが驚いたのは、十七ヶ月も音信不通だったリチャードが連絡してきたという事実だけではなかった。夫は彼女にこう返事をしたのだ。

――君が恋しい。

しかし、その声には生気が感じられなかった。あたかも英語を忘れてしまったかのように、どんよりとした口調だった。何かを噛んでいるのか、食べ物を噛み砕くような音もした。十七ヶ月ぶりの妻との会話だというのに（しかも、恋しいと思ってくれていたのなら）、どうして彼は食べ物を口にしながら話すのだろう？

言い訳を考えるのは簡単だった。リチャードはジャングルで猛烈な空腹と戦っていたに違いない。夫は、家族でボルチモアに引っ越すと告げた。レイニーが質問をするより先に、彼はこれから搭乗するオーランド行きのフライト番号を伝え、電話を切った。電話が切れる瞬間まで、リチャードは何かを噛んでいた。彼女は床に座り込み、この一年半、快適で機能的に思えていた家の中を見回した。まるで、独身男性の家のように最悪な状態だった。塗料は剝げ、光沢のある場所などどこにもない。アイロンは八ヶ月前に壊れ、買い換えてもいなかった。夫が帰宅するまでの二日間で、どうやって全てをきれいにすればいいのだろう。食器洗い用のゴム手袋に手を突っ込み、あちこちをゴシゴシと擦《こす》り、あちこちをモップがけした。手には水ぶくれができ、関節の皮は剝《む》けて血がにじんだ。ところが、ワシントンからの電話が彼女に救いの手を差し伸べた。リチャードは海路でボルチモアに到着することとなり、二週間後に、政府が手配した家で彼女と再会するという話だった。

ボルチモアの家の玄関から、リチャードが最初に姿を現わした光景を、レイニーはこれまで何度も思い出していた。真新しいシャツのボタンを首まできちんと留めているが、まるでケルト人司祭ドルイドのマントのようにシャツはブカブカだ。かなり体重が落ち、骨ばった身体になっている。慎重に行動する様は、狡猾《こうかつ》なキツネを思わせた。ジャングル生活で伸びていたはずの髭《ひげ》は剃《そ》られており、肌にはゴムのような光沢がある。髭に覆われていた頰や顎は真っ白だったが、太陽に晒《さら》されていた部分は褐色に焼けていた。長い間、夫婦は互いに見つめ合った。妻が判別できないかのように、リチャードは目を細めてこちらを見ている。レイニーは指先でビーハイブの頭を撫《な》で、唇に触れ、それから爪を擦《さす》った。

大袈裟《おおげさ》なジェスチャーだったかもしれない。粗暴で不潔なジャングルの男たちしか見てこなかった彼には、刺激が強すぎただろうか？

リチャードは静かにカバンを床に下ろすと、ブルッと身震いをし、ふた粒の涙を流した。それぞれの目からひと粒ずつ、涙の雫《しずく》が滑らかな頬を伝っていく。レイニーは夫が涙を流す姿を一度たりとも見たことはなく、涙を体内に溜《た》めておけるかどうかも疑わしいと思っていた。涙する彼の姿に彼女は衝撃を受け、正直なところ怖いとも思った。だがそれは、自分が夫にとって特別な存在で、自分たちが夫婦であることも彼にとっては特別な意味があるという証《あかし》でもあった。レイニーは駆け寄り、その腕をリチャードに巻きつけ、涙で濡れた顔を新品のゴワゴワしたシャツの胸にうずめた。ほどなく、彼女は背中に夫の手のぬくもりを感じた。その動作は、ひどく用心深かった。まるで彼は、己に飛びかかってくる生物を身体から引き剝がすことにだけ慣れてしまっていたかに思えた。

「すまなかった……」

リチャードは吐息まじりに言った。

レイニーはまだ戸惑っていた。夫が私に謝っている？　何を謝っているのか。長いこと不在だったこと？　泣いてしまったこと？　普通の男性のように抱擁できないこと？

「謝らないで」

彼女は優しく返した。「あなたは戻ってきた。私とここにいる。全て大丈夫よ」

「君は……まるで……」

その言葉にも彼女は面食らった。十七ヶ月前にリチャードが現地に初めて足を踏み入れたときに南米の動物たちが奇妙に見えたのと同様、今は妻の顔が奇妙に見えるのだろうか。腕に抱いたレイニーの柔らかさが、熱帯雨林に潜む底なしの泥池やイノシシの死体、あるいは彼女が想像もつかない、ジャングルの中で腐敗した何かの感触に似ていたとか？レイニーはリチャードの耳元で「シーッ」とささやいて彼を黙らせ、ただ自分を抱き締めさせた。しかし、そうしたことを彼女は後悔している。彼の涙が物語っていたのは、なんらかの感情の喪失であり、それがなんであれ、翌日には熱いかさぶたで覆われてしまっていたのだ。レイニーがやんわりと聞き出そうとしても、すでに何も受けつけなくなっていた。おそらくそれは、方向感覚を失わせるほどの都会の〝攻撃〟に対するリチャードなりの防衛本能だったに違いない。

ティミーとタミーが父親に挨拶すべく、二階から浮かれながら降りてくるのに気づき、ようやくレイニーはリチャードから離れた。彼女は振り返り、自分の背後の空っぽで家具も何も置いていない部屋を見た。彼女の膝は、恐ろしい疑念でガクガクと震えていた。リチャードの涙が自分と無関係だったら？　自分の背後にある完璧に清潔で、ひどく静かな部屋に彼が涙したのだったら？

レイニーはアイロン台の鼻先で、リチャードがそのときに着ていたのと同じシャツのしわと格闘していた。そんな考えをめぐらせない方がいいに決まっている。より良き妻になるために今できることを精一杯やるべきだ。リチャードのオッカムでの仕事は重要なのだ。彼のシャツを焦がしたらどうなるか、想像してみればいい。替えのシャツはないのだ。リチャードの仕事は戦争の後始末をすること。仕事でどれだけ打ちのめされても、妻である自分は夫を支える。シャツの汚れ、油染み、銃の火薬、汗を擦って落とす。いかなる状況でそうなったかは聞かずに、口紅だって着いていたら洗い流し、アイロンでしわを伸ばす。それが妻の仕事だ。全ては夫と家族のため。もちろん、祖国アメリカのためでもあった。

6

相手の名札には、「ブラッド」と記されていた。しかし、ジャイルズは、彼がときには「ジョン」という名札を付けたのも知っているし、名札が「ロレッタ」だったことにも気づいていた。二度目のとき、ジャイルズはうっかり間違えたのだろうと推測し、三度目で、ああ、これはジョークなんだと思ったものの、さすがにわざと違う名札を付けているのは明らかだった。その理由が不明ゆえ、ジャイルズはどの名前でも呼ぶまいと決めた。とはいえ自分の中で、彼は十中八九「ブラッド」に見える。百八十五センチを超える身長。猫背でなければ、百八十八センチにはなるだろう。左右対称の鼻筋の通った面長の顔には、まっすぐな歯が並ぶ。ブロンドの短髪は清潔感があふれ、その目は、焼け落ちてしまったチョコレート工場のとろけたチョコレートを思わせるブラウンだ。彼を見た工場の人間がその瞳に魅せられて、同じ色のチョコを作ったに違いない。断言できる。

「やあ、お馴染《なじ》みさん！　久しぶりだね」

ブラッドの声は甘く柔らかく、どことは正確に言えないものの南部の訛りが感じられた。糖蜜のような声がジャイルズの耳や心にねっとりと絡みつく。うっとりする傍《かたわ》ら、自分の毛髪が急に心配になった。頭頂部のカツラは曲がっていないか。口髭はきちんと整えてあったか。耳や眉から一本だけ毛が飛び出して目立ってはいないか——。

ジャイルズは胸を張り、小さくうなずいた。

「ああ、本当に。君の調子は良さそうだな」

ダメだ。固すぎる。ジャイルズは少しくだけてみた。「こっちも絶好調だ、相棒」。なんてこった、相手は高校生じゃないんだぞ。「君にまた会えてうれしい。まあ、そんな感じかな」。余計だったかもしれないが、雰囲気を変えて三回挨拶の言葉をぶつけてみた。これって完璧じゃないか？

「さて、今日は何をご所望で？」

「難しい質問だな」

君だよ、と言いたいのを抑えつつ、ジャイルズは言葉を交わせる喜びで饒舌《じょうぜつ》になっていた。「君の個人的なオススメを聞かせてもらえるかな？」

ブラッドは考え込んで指でカウンターを叩いた。指が動くと、拳の突起の指関節も妖しく動く。ジャイルズは、森のように樹木が茂る裏庭で、焚き火の中に薪《たきぎ》を投げ入れるブラッドの手を想像した。逞《たくま》しさと繊細さが同居する手から離れた薪は、火の中で湿り気のある樹皮が剝けて炎に包まれ、黄金の蝶《ちょう》のようになっていく。

「キーライムパイはいかがです？　そのおいしさであなたをノックアウトするはずですよ。このタワーの一番上にあるやつです」

　タワー型のガラスのディスプレイは数段に分かれており、ブラッドの手指が示す一番上の段にジャイルズは目をやった。

「これまた、ずいぶんと鮮やかな緑色だね」

「見事でしょう？　あなたのために、特別に大きなスライスを用意しますよ。いかがですか？」

「この食欲を刺激する色合い。断れるわけあるまい」

　ブラッドは伝票に注文を書き記しながら、笑い声を上げた。

「あなたの物言いは、いつもシャレていますね」

　その褒め言葉にジャイルズは首まで赤くなった気がした。「食欲を刺激する」の意味で、〝tantalizing《タンタライジング》〟を選択したことが功を奏したようだ。悦に入った彼は、さらにこう説明を加えた。「〝tantalizing〟という単語の語源はギリシャ語の〝Tantalus《タンタラス》〟。全知全能の神ゼウスの息子のひとりの名前だ。父親ゼウスの力を試すため、タンタラスは自分のひとり息子ペロプスを殺した。なんと、その肉をシチューに入れて、父親に食べさせようとしたんだ。ところが、即座にゼウスに悪事を見破られてしまう。神を試そうとした罪は重く、タンタラスは冥府《めいふ》に送られる。池の水を飲もうとして身をかがめると池は涸《か》れ、枝の果実を食べようと手を伸ばせば、一陣の風が枝を吹き上げて決して果実を取ることができない。一生、渇きと飢えの地獄に苦しむことになったという話だ」

　ブラッドは目を丸くした。

「自分の息子をシチューの具にしたんですか？」

「そうだよ。私が思うに、タンタラスは死んで、地獄の苦しみから解放されることは許されなかった。自分が望むものがすぐ目の前にあるというのに、何ひとつ食べたり飲んだりできずに苦しみ続けなければならなかったんだ」

ジャイルズの話を噛み締めるように沈思するブラッドを見つめるうち、ジャイルズは再び赤面するのがわかった。それは同時に、北風が運んできた寒さに触れたときのように心を震わせた。物言わぬ一枚の絵画が大勢の人々にいかに多くを物語るか、ジャイルズはよく驚かされる。それとは対照的に、言葉を使えば使うほど、言葉は話者を興奮させ、語っている話題以上に話者の本質を露呈させてしまうのだ。ブラッドはそれ以上ギリシャ神話を分析するのをやめ、注文の品を皿に取った。それを見て、ジャイルズは胸を撫で下ろした。

「その大きなカバン、絵が入っているんですか？　なんかすごい作品でも描いているのかな」

それは、年寄りを喜ばせる社交辞令だとわかっていたものの、ブラッドの問いにジャイルズは胸をときめかせた。心の中で、（彼がこのバッグに気づいてくれた！）と小躍りしても、それを表に出すことは決してなかった。自分は六十四歳。ブラッドは三十五歳より上ということはないだろう。だが、それが何か問題か？　親子ほど年が離れている相手とは、会話のキャッチボールを楽しんではいけないのか？　人生で会話を楽しんだことなど滅多になかったからといって、自分自身に満足できないことではない。ジャイルズはごく自然の成り行きを装い、手にしていた絵画を入れるためのアートフォリオバッグを持ち上げてみせた。

「ああ、これかね。大したものではない。ある食品の新製品の準備の一環で、私はキャンペーン用のアートを任されていてね。これから広告代理店とのミーティングがあるんだ」

「マジですか？　どんな新製品なんですか？」

ジャイルズはその質問に答えるべく口を開けたが、〝ゼリー〟という言葉を発することはできなかった。

「そいつは教えられないな。企業秘密なんでね」

「そうなんですか!?　すごいな。企業秘密って言葉だけでスリリングですよね。アーティスト。秘密のプロジェクト。ただパイを売ってるだけよりずっとワクワクしますよね」

「だが、食べ物はアート作品だ。ずっと訊《き》きたいと思ってたんだが、この店の名前〈ディキシー・ダグのパイ〉のディキシー・ダグは、君のことなのかね？」

それを聞いたブラッドは噴き出した。あまりに盛大に噴き出したので、ジャイルズの頭頂部のカツラを吹き飛ばすのではないかと思ったほどだ。

「そうだといいんですがね。僕がディキシー・ダグなら、今頃札束の上であぐらをかいてますよ。実を言うと、ディキシー・ダグのパイの店は、ここだけじゃないんです。全部で十二店舗あるんです。〝フランチャイズ〟ってやつですか。フランチャイズに参加すると、会社は手引書を送ってきます。そこには、この店の全てが書かれている。店の塗装、装飾、なんでも指示されてます。店のマスコットのディキシー・ドッグについての説明も載ってるし、メニューも全部決まってます。会社はかなり研究しているようですね。人々がどんなものを好むかを、科学的に分析している。店は全国で展開し、僕たち従業員がこうして売ってるってわけです」

「なかなか興味深い」と、ジャイルズは顎を擦った。

ブラッドは店内を見回し、カウンターから身を乗り出してきた。

「秘密を知りたいですか？」

正直なところ、ジャイルズがそれ以上知りたいと思うものは何もなかったが、誰かの秘密を教えてもらうことは、秘密を明かす方も聞く方も両方を喜ばせることを十分に知っていた。だから、こくりとうなずいてみせた。ブラッドの本名がわかるかもしれない。

「僕のこの話し方、本物じゃないんです。実はオタワ出身で、南部の訛りは一度も聞いたことがない。映画以外では」

なるほど。結局、ブラッドが本名かどうかを今日は確かめることはできなかった。しかしまあ、特別の収穫があった。ある日、ブラッドは彼の本当のしゃべり方を披露してくれることだろう。エキゾチックなカナダ訛り！　それが全ての発端《ほったん》になるかもしれない。大型カバンを誇らしげに携え、ワクワクしながら鮮やかな緑色のパイを待つジャイルズは、ここ何年も感じていなかった気持ちを抱いていた。ささやかながらも、自分がこの世界に関わりを持つ存在なんだ、と。

「あなた方には、私の優秀な人材の多大なる努力がこれを可能にしたことや、皆がその業績を共有しに戻ってこられるわけではない理由を繰り返しお伝えする必要はないんですけどね」

7

フレミングは、そう回りくどく前置きしてから次のように続けた。「ただ私には申し上げておく責任があると感じているんです。私の下で働く清掃係のこの勤勉な彼女たちは、これから到着するのがオッカム航空宇宙研究センター創設以来、最も繊細な〝貴重品〟であり、取り扱い厳重注意のものであることを聞くためにここにいるんです。このことをお知らせできて、私は非常にうれしく思います。あなた方は全員、書類に署名していることを存知ております。しかし、再度言わせてください。極秘情報は奥方のためにあるのでも、ご子息たちのものでもありません。幼少期から知っている親友のためのものでも、もちろんありません。これは国家の機密情報。この自由な世界の命運がかかっているのです。オッカムの取締役たちは、あなた方のお名前を把握しています。心からお願い申し上げます。どうかこのことは内密に――」

イライザの緊張した身体は、ロックを解除するために誰かがコードキーを入力する音に即座に反応した。自分の背後から聞こえてくるのではない。このF-1の他の壁面にある、高さ三メートルの両開きの扉だ。荷物積み下ろし場へと延びる通路につながるそのドアが、思い切り開かれた。ヘルメットを被り、くすんだ色の軍のユニフォームに身を包んだひとりの男が大股で入ってきて、室内から扉の安全を確保する。次々と姿を表わしたのは、いずれも武装した人間――全員オッカムの警備員だった。武装といっても、目立たないホルスターに小さな拳銃を入れているのではない。黒くて大きな銃剣付きライフルを背中に下げていたのだ。

　すると、乗用車ほどの長さでゴム製の車輪が付いた荷台が、三、四人の兵士に従われて実験室に入ってきた。ひと目見ただけで、イライザは、それが〝鉄の肺〟と呼ばれる装置だとわかった。児童養護施設では、ポリオという病は、決して追い払うことのできない悪霊《ブギーマン》だった。神父の長すぎる説教が終わるまで、どの子供も座っていなければならず、面白さの欠片《かけら》もない無味乾燥な話を聞いているうちに、自分が永遠に棺《ひつぎ》の中に囚《とら》われるのではないかという恐怖を与えた。棺に横たわる誰かの死体。そのほとんどが白い布や花に覆われているが、死者の顔だけが露呈している。恐る恐る棺を覗《のぞ》き込むと、そこにあったのは骸《むくろ》となった自分――というおぞましい光景が頭に浮かんだものだった。目の前に出現した物体は、どこか棺を彷彿《ほうふつ》とさせる豆の莢《さや》のような形だったが、桁違いに長く、鋲《びょう》で留められた鋼鉄の本体、タンク密閉用の蓋、ゴム加工が施された接合部、それと圧力計でできていた。中にいるのが誰であれ、タンクに頭まですっぽりと入れられているなんて、ひどく病《や》んでいるに違いない。病気で弱った小さな男の子をイライザは想像した。フレミングは数歩踏み出し、その謎めいた容器をプールのそばに移動するよう指示を出している。だが、すぐにイライザは自分の愚直さに気づいた。病んで弱った少年が、これだけの武装兵士にエスコートされてくるわけがない。

最後に両開きドアから入室してきたのは、短髪でゴリラのような腕をした大柄の男だった。室内に怪しい奴はいないかと、疑いの目を光らせ、怪物のごとき足取りで迫ってくる。その男は、馬の蹄鉄《ていてつ》にも似た濃いグレーのツイル生地のコートを着ていたのだが、まるでその外套《がいとう》は彼を拘束しているかに思えた。容器の周りをゆっくりと歩きつつ、彼は車輪をロックし、把手《とって》を調整するように指図しているものの、指で容器を指し示したりはしていない。その手首には、革製のストラップが巻かれており、ストラップの先にはオレンジ色の警棒みたいなものが下がっていた。長い棒ゆえ、彼はそれを引きずるようにして歩いており、棒の先端には金属の小さな突起物が二本出ているのが見て取れた。定かではなかったが、それは〝牛追い棒〟ではないかとイライザはにらんだ。電気ショックを与えて、家畜を追い立てるときに使うものだ。本来の用途ならば。

フレミングとボブ・ホフステトラー博士の両者は、右手を伸ばしてその男の方へと歩みよっていく。しかし、しかめ面《つら》をした相手の鋭い目は、握手する気満々のふたりを通り越し、実験室の反対側に立つイライザとゼルダにまっすぐに向けられた。額に走る二本の静脈がみるみるうちに浮き立つ様は、まるで隠れた角がむくむくと頭をもたげ、今にも皮膚を突き破りそうに思えた。

「彼女たちはここで何をしてる?」

あたかもその問いに答えるかのように、荷台に載せられた容器が激しく揺れた。タンク内で水が跳ね、甲高い唸《うな》り声が聞こえてきたのだ。戦慄した兵士たちは罵りの言葉を口にし、一斉にライフルを構えた。タンクの小窓のひとつに、突然、内側から何かが叩きつけられた。人の手のひらのように見えたが、ありえない。人間の手にしては大きすぎる。ものすごい勢いで手が打ちつけられたというのに、タンクの窓ガラスにヒビひとつ入らなかったことが、イライザには信じられなかった。鉄の肺の容器は内側から揺さぶられ、兵士たちは扇形にフォーメーションを組んだ。フレミングがこちらに駆け寄ってきて何かをわめき、ホフステトラーは、ここに入ってきた清掃者をかばおうとした己の失敗を認めたかのように表情を曇らせている。ゼルダはイライザの袖を引っ張り、カートと一緒に廊下に出た。牛追い棒を持った男が恐ろしい形相でこちらをにらみつけていたが、すぐに頭を下げ、鋼鉄の容器に囚われたまま叫び声を上げ続ける何かに視線を移した。

8

フロリダからの引越し荷物はなかなか厄介な問題だった。レイニーは荷解きの大変さを知っており、荷物が届いたらすぐに荷解きに取りかかるべし、と己に言い聞かせていた。これは命令よ、レイニー！　もう何年も前のことになるが、彼女はリチャードと過ごした楽しかった時期を思い出した。若かった彼は精力があり余っており、すぐに身体が反応した。彼女はその状態を〝軍隊式の気をつけの姿勢〟みたいだと冗談を言ったことがあった。だが結婚生活も長くなると、レイニーが下品な発言をするたび、リチャードはあからさまに嫌悪感を態度で示すようになった。しかし当時の彼は、レイニーのセックスジョークに声を立てて笑い、実際の軍隊式の気をつけをして説明してくれたのだった。かかとを付け、腹を凹ませ、腕は身体の脇に密着し、笑みは浮かべない――。

軍人である夫の手際の良さは、見習うべきだ。彼女は荷物の箱を開けるのに、カッターナイフを手にした。洗剤付き金タワシ、塩素系漂白剤、フローリング用ワックス剤、洗濯用洗剤、クレンザーなどの掃除用品も揃《そろ》っており、出番を待っている。

本気を出せば、荷解きは二日で終わるだろう。しかし、それは無理な話だ。ダンボール箱のガムテープを切り開くたび、シカの腹を切り裂いている気分になる。箱の中には、今とは違う十七ヶ月分の生活が詰まっていた。レイニーは、デートをして結婚し、子供を産んで家事に勤《いそ》しむという、少女の頃から思い描いてきた道を選んできた。しかし、箱から品々を取り出し始めると、レイニー・ストリックランドの別バージョンの体内から内臓を引き抜いているようなものだと思い始めた。夫に頼らず、夫の顔色を窺《うかが》う必要もなく、希望と活力と決意に満ちていた私。そんなの一時の虚像だったのよ。なんてバカげていたことか。さあ、さっさと荷解きを終えてしまわないと。レイニーはカッターの刃を次の箱に挿《さ》した。

今、自分はボルチモアにいる。窓の外に広がる景色は、オーランドとはまるで異なる。間違いなくボルチモアだ。その事実だけでも、荷解きの手を鈍くさせた。新しい土地での生活が始まったわけだが、子供たちを学校に出した後、レイニーは決まって無性に耐えられなくなる。毎日のように、彼女は朝からリチャードのためにハイヒールを履く。素足が見えると、夫はイライラし出すからだ。これもアマゾンのせいだわ。レイニーはうらめしく思った。きっと現地の裸足の部族に、よほどうんざりさせられたに違いない。リチャードがオッカムに出勤するなり、彼女は靴を脱ぎ、裸足の指先を毛足の長いカーペットに思い切り擦りつけ、その感触を楽しむ。靴で歩き回った後でも、砂利《じゃり》が素足に当たったりはしない。たまに、ちょっとしたパンくずが触れるくらいで清潔なものだ。ひとしきりその行為に耽《ふけ》って満足すると、レイニーは着替えて外出し、バスに乗る。

最初、彼女は教会を探しているふりをしていた。それが真っ赤な嘘かというと、そうでもない。家族には教会が必要だ。オーランドで通っていた教会は、リチャードが不在の期間、文字通り天の恵みとなり、彼女を支えてくれた。自分でしっかりとした足場を築くまでは。しっかりとした足場。自分の足で立てる場所。再びそれが必要だ。見つけなければ。問題は、ボルチモアには教会が多すぎることだ。各ブロックに教会が建っている。自分はバプテスト派なのだろうか？　バージニア州にいたときは、バプテスト教会に通っていた。それとも、米国聖公会？　そもそも聖公会がどんな宗派なのかも定かではない。ルター派、メソジスト派、長老派……それらは皆、無難で、派手ではない感じがする。

バスの座席に腰を下ろした彼女は、姿勢を正し、膝に載せたバッグの上で手を組んだ。口紅を引いた唇を小さく動かし、窓から見えた教会の名前をそっと口に出してみる。オールセインツ教会、聖トリニティ教会、ニューライフ教会。だが、バスの窓が曇り、街の景色が見えなくなった。最後に見えたのが、ニューライフ教会。新しい人生の門出にふさわしい名前ではないか。そこを選ばない理由など、どこにもないように思えた。

9

働く女性は、仕事中に怒鳴られても、大急ぎで家に帰って、枕に顔をうずめたりはしない。震える手は、仕事道具を握って落ち着かせる。そして、仕事に戻るのだ。イライザは、自分が見聞きしたことについて話したいと思っていた。タンクの窓に打ちつけられた巨大な手。動物のような唸り声。ゼルダに確認したところ、彼女はその手を見ていなかったし、動物のような唸り声は、詳細を考えるのもおぞましい動物実験によるものだと考えていた。そこでイライザは、己の考えをまとめてみることにした。ゼルダの言っていることが正しくて、自分は全てを勘違いしているだけ、という可能性はあるだろうか。

今夜は、もう考えるのはやめよう。自分の頭から、巨大な手のイメージや耳障《みみざわ》りな声を払拭するのだ。幸い、イライザは嫌なことを追い払う術に長《た》けていた。ちょうどふたりは、北東棟の男性用トイレの掃除に勤しんでいた。イライザは個室に出入りし、便器の中にタワシを突っ込んでピカピカに磨き、床のモップがけを終えたゼルダは軽石をシンクで濡らし、尿石がこびりついた小便器の黄ばみをにらみつけていた。それは、ゼルダが長年闘い続けてきた汚れだが、自分たちの気分を上げるべく新しい不平不満の種を探しているようだった。イライザは、信頼を寄せる仲間が何人かいるが、そのひとりがゼルダだ。彼女は何かにつけて文句を言っているのだが、面白おかしく表現するので、聞いていて苦ではない。それどころか、ついつい笑ってしまうのだ。明るくおしゃべり好きのゼルダに、イライザは大いに助けられていた。とにもかくにも、人を非難ばかりしている男どもが残した品位のなさの証であるベタベタ汚れを取り除くため、ふたりは悪戦苦闘しなければならない。

「彼らはこう言ったのよ。この国の最も優れた人間が、ここオッカムに集められているって。どんなに頭が良くても、このざまよ。天井にまで黄色い染みを付けるなんて、どんなふうに用を足せば、ここまで飛び散るのかしら。うちの旦那のブリュースターは、そんなに聡明じゃないけど、狙いは確かね。七十五パーセントの的中率を誇るわ。この事態を憂うべきなのか、それとも、ギネス記録として申請すべきなのかわからないけれど、ギネス記録として認められたら、推薦者も何かしら金一封がもらえるかもしれないわね」

ゼルダの言葉にうなずき、イライザは手話で〔なら、電話をかけなきゃ〕と返した。イライザは敢《あ》えて、ひと昔前のふたつのピースに分かれた電話のモデルを選んで、手話で表現した。その方が、中折れ帽子のリボン部分にプレスパスを差し込んだ大勢のニューヨークの記者たちが、特ダネだとばかりに公衆電話に殺到する場面を想起させるからだ。ゼルダはイライザの意図を汲《く》み、にやりと笑った。彼女なりの光景を想像して、安堵したらしい。イライザはさらにジョークを畳みかけた。指を小刻みに動かして〔テレタイプ〕という単語を伝えた後、〔鳩で手紙を送れば？〕と手話で提案した。ゼルダは笑い、天井を指し示した。

「それにしても、天井に届くには一体どんな角度でって思っちゃう。イライザ、私の言いたいことがわかる？　ここで下品な話はしたくないけど、物理の法則を考えても、ちょっと信じがたいわよね。ガーデンホースで水やりするときの角度とか、スプレーの方向とかを考えるのと一緒よね」

イライザは声を立てずに小さく笑った。想像したくはないが、想像してみると、呆《あき》れてしまう。それにしても、楽しくない仕事を楽しくさせてくれるゼルダに感謝だ。

「考えられ得るケースは、ただひとつ。競争したのよ、きっと。オリンピック競技みたいな感じ？　この場合は高さと距離を競うのよ。スタイルも採点の対象になるから、絶妙な揺れ具合だとポイントが高いはず。そして、考えてみてよ。これまでずっと、私たちは、オッカムの科学者には身体的スキルなんて必要ないと思ってたけど、大きな間違いだったわね」

ゼルダの饒舌ぶりは相変わらずで、イライザは腹を抱えて爆笑した。ただし、声は全く出ていない。トイレの個室に寄りかかり、身体を前後に曲げて笑った。ゼルダのきわどい話で盛り上がりながら、深夜の漂白作業は着々と進んでいった。

「ちょっと、こんなところにも黄ばんだ染みがふたつ付いてる」

ゼルダはケラケラと笑った。「シンクロナイズド・スイミングならぬ、シンクロナイズド・ピーイング（排尿）は、意外とありかもしれないと思えてきたわ」

そのとき、ひとりの男性が入ってきた。個室側に立っていたイライザと小便器側に立っていたゼルダは、一斉に入り口に顔を向けた。あの男だ。まさか。信じられない。彼女たちは、咄嗟《とっさ》に何も反応できなかった。トイレの前に置いた「清掃中につき使用禁止」のプラスチックの立て看板が、男性の侵入という脅威から女性清掃員を守る唯一の策で、これまでずっと効果的だったのだ。ゼルダがその看板を指で示そうとして、腕を半分上げたところで動きが止まっている。そもそもここは、身分の高い男性に対し、〝物理的対象（平たくいえば、おしっこの異様な飛び散り）〟の存在を強く主張する清掃係の場所ではないのだ。男性の用足しについての彼女のあざけりが、トイレのあらゆるパイプ、緩み止めナット、流しの下の飾り座金に反射して、音を鳴らしている気分だ。イライザは恥じた。恥ずかしいと感じたことを恥じた。この場所をイライザとゼルダは幾度となく掃除してきた。男性トイレにいるのは、れっきとした仕事だからだ。なのに、たったひとりの男性の出現で、自分たちがまるで猥褻《わいせつ》な人間であるかのように思ってしまったのだ。

その男は、動じることなくトイレの中央まで堂々と歩いてきた。

右手には、オレンジ色の牛追い棒が握られていた。

10

〈クライン&サウンダース〉の回転扉の動きは、さながら曲芸のようだ。道路側では、会議へ向かうビジネスマンたちが、ブリーフケースを持ち、ダンスのステップを踏むがごとく次々と回転扉に滑り込んでいく。扉に入る前のジャイルズは、目標を失った年寄りの役立たずだ。しかし、回転扉はメタモルフォーゼが起こる場所。ガラスドアは無限の可能性を反射する。そこを抜ければ、もっとマシな自分になれるのだ。チェス盤のような大理石の床のロビーに吐き出されたジャイルズは、新しい人間に生まれ変わっていた。手には自身が描いた絵画。そして、それを持っていく場所を持つ。そう、自分は重要人物――。彼がなりたいと望む具体例とは、ずっとそういう感じだった。自分がアートを生み出すのは、誰かがアートを所有する喜びの単なる前段階に過ぎないと、気づいてからずっと。

　自分が持っている他のものといったら、ボロボロの自分のアパートくらいだ。毎日の最後に行き着く先。結局は間借りしているに過ぎない空間。最初に彼が所有したアートといえるものは、父親がポーカーで勝った賞品で、人間の頭蓋骨だった。頭蓋骨の名前はアンジェイといい、前の所有者は父親が打ち負かしたポーランド人だった。それは、ジャイルズの最初の絵のモデルとなった。彼は何百回となく頭蓋骨をデッサンした。封筒の裏、新聞の上の余白部分、自分の手の甲など、思いついたときに、いろいろなところに描いていた。

　頭蓋骨のスケッチをしていた少年の自分が二十年後に広告代理店クライン&サウンダースで働くようになった経緯を、ジャイルズは微《かす》かに覚えていた。彼の最初の就職先は、父親同様、ハムデン・ウッドベリー製綿工場だった。綿の繊維が鼻腔《びこう》に入り、鼻がムズムズするのには慣れっこになった。ミシシッピ州から届く梱包《こんぽう》された綿を運んでは、所定の場所に放るという単純作業の繰り返しで、指にはタコができた。彼の第二の皮膚となったタコは、ミシシッピの荷物に付着していた赤い粘土に似ていた。

　夜になると、ときにはひと晩中、彼は職場から失敬してきた廃棄された紙に肖像画を描いた。描きたいという衝動は強く、激しく、抑制が効《き》かなかった。絵を描くことで、明らかに、食事をするよりも己を健全な状態に保てた。ジャイルズは絵を描くことに激しく飢えていたのだ。腕をパレット代わりにし、ミシシッピの赤粘土を使って自分だけのオレンジ色を作っていた。何十年経《た》った今も、それは未《いま》だに彼だけの秘密だった。

製綿工場で働き出して二年、ハッツラー百貨店の美術部門に就職を決めたジャイルズは、とっとと製綿工場を辞《や》め、なんでそんなところで働くのかと困惑する父親からも離れた。さらに数年が経過し、彼はクライン＆サウンダースに移り、キャリアのほとんどをそこで過ごした。自分の仕事ぶりを誇りに思っていたが、満足はしていなかった。つきまとう不満は、いつだってアートに対する向き合い方だった。真のアート。ジャイルズはこれまで、自分自身を言葉で定義したことがあっただろうか？　アンジェイの抽象芸術作品の全て。梱包された綿を運んでできたタコのある指と、ミシシッピ州ビロクシ産の泥で作ったブラッドオレンジ色の塗料、どこか荒々しいラインで描いた男性ヌード画の数々。クライン＆サウンダースの広告のために作り物の喜びと偽物の笑顔を描くたび、吸血鬼に血を吸われるがごとく、自分の本当の喜びや笑顔が吸い取られていくのだと、ジャイルズは徐々に感じるようになっていく。広告で描かれる幸せの基準に達成するのは、自分には不可能だったのだ。新品の家電製品に囲まれ、楽しそうに食卓を囲む夫婦と子供ふたりの四人家族。それが幸福のスタンダードにしたのは広告会社の功罪だ。

クライン＆サウンダースのクライアントは、名だたる一流企業ばかりだ。それゆえ、社内の待合室には、最新デザインの真紅のドイツ製チェアが揃っており、恐ろしいほど腕の立つ受付嬢へイゼルが管理するウェルカムドリンクのカートが置いてある。しかしながら、今にすると、ジャイルズはまるっきり時代遅れの人間に見えてしまう。ヘイゼルを前日、ヘイゼルは休みだ。代わりに、子鹿のような華奢《きゃしゃ》な脚をした、ある広告マンの秘書が十数人の重役たちを前に強張《こわば》った笑顔を見せていた。もはや笑顔というより、恐怖が顔に張りついている、と形容した方がいいかもしれない。トレイの上の作りかけのドリンクにイライラし、彼女がうっかり外からかかってきた電話を切ってしまったのを、ジャイルズは目撃した。彼は部屋に漂うタバコの煙から、室内の雰囲気を推し量った。ミケランジェロのフレスコ画『アダムの創造』のアダムみたいにくつろぐことはできないだろう。機関車の吐き出す煙のように、あちこちで軽快に紫煙が吹き出されていた。

秘書がこちらに気づくのに少し時間がかかったが、そのくらいは許容範囲だ。

「ミスター・ジャイルズ・ガンダーソン。アーティストだ」

彼はそう告げた。「ミスター・バーナード・クレイと二時十五分に約束が」

秘書は電話のボタンを押し、受話器に向かって彼の名前を言った。ジャイルズはそのメッセージがきちんと伝わっているか確信はできなかったものの、もう一度繰り返してくれと頼むのは忍びなかった。ジャイルズは顔を歪《ゆが》めた。信じられない。二十年経った今も、彼の一部分は、自己主張、身勝手さ、上から目線、罵声、怒声、困惑、動揺がぎゅっと詰まった場所で働きたいと望んでいるのか。うむ。望んでいるんだろうな。

ジャイルズは、パニックに陥りそうな秘書と様々なドリンクが置かれたカートに目をやった。ため息をひとつつき、彼はカートに歩み寄った。そして手を叩き、周囲の注目を引いた。

「さあ、皆さん」

彼はその場にいた者たちに呼びかけた。「本日の気分にぴったりなドリンクはなんですか？　作って差し上げますよ」

驚いたことに、男性陣は、場の雰囲気を壊したと言わんばかりに不快感を露《あら》わにした。こいつは何をやってる？　この男、一体何様のつもりなんだ。これでもかというほど高く上げられた彼らの片眉が、口々にそう言っている。ジャイルズはその感情を知っていた。嫌悪や怒りが「こいつは大丈夫なのか？」的な疑念へとスライドしていく感じ。しかし、結局のところ、今回、人々がどうしてこんなにも即座にジャイルズが〝違っている〟と嗅ぎつけたのかはわからない。頭頂部のカツラが剝がれかかっていたのか？　カツラがずれている感覚がするような気もするし、ただの気のせいかもしれない。本当の問題は、カツラにあるのではないのだろうが。

「ボルチモアがドライな場所なら、飲み物で潤いを与えようじゃありませんか。さあ、ドライ・マティーニがご所望の方はいらっしゃいますか？」

一か八かの賭《か》けは好転した。昼下がりのビジネスマンは、根本的に、よちよち歩きの幼児みたいなものだ。脱水症状で不機嫌になっている。ひとりが文句を言いだせば、たちまちひとり、ふたりと文句の賛同者がそれに続く。しかし、ウェルカムドリンク担当となったジャイルズが手際よくアルコールを注ぎ、見事に飾り切りしたレモンをグラスに載せるというパフォーマンスを披露すると、雰囲気は一変。その場はたちまち男子学生寮のパーティ会場と化し、歓声であふれた。宴《うたげ》が盛り上がる最中、ジャイルズは酒のお代わりを待つ人々にちょっと待つようジェスチャーで示し、シェイカーを振ってアレクサンダーというカクテルを作った。ブランデーに生クリームとクレーム・ド・カカオを混ぜた、甘くて口当たりの良いカクテルだ。彼は淡い茶褐色に彩られたグラスをつまみ上げ、アカデミー賞を受賞した女優にでも提供するように、さっきまで慌てふためいていた秘書の前にそっと差し出した。男たちは拍手喝采し、秘書は赤面し、窓から注ぎ込む陽光がハワイの水平線を思わせる泡立ったカクテルの表面を照らした。この一瞬、ジャイルズはふと思った。自分の世界もまだ捨てたもんじゃない。世の中は可能性に満ちているかもしれない、と。

11

ゼルダは何をすべきかわかっていた。これまでも仕事で、何千回と多様に対応してきた。しかしいつだって、彼女の人生は、男どもにあれをしろこれをしろと急《せ》き立てられてきた。視界から消え失《う》せるのよ。さっさと。支配される側の人間の作り笑顔を浮かべ、カートの把手を握り、歩き出す。しかし、床は洗剤でつるつると滑り、カートは脇のゴミ箱にぶつかって、トイレ中に耳障りな音が鳴り響いた。ありがたいことに中身を空にしたばかりだったので、急いでゴミ箱を立てるだけで済んだ。ひざまずくことで己の身体の重さを強調し、失笑を買う。こちらが惨めな存在だと相手に思わせ、優越感に浸らせるのだ。そして、ゼルダはすばやくその行動を取った。ひざまずいたとき、彼女の耳にカサカサという音が聞こえてきた。顔を上げると、男はゼルダが想像もしなかったものを手にしていた。おそらく、電気の牛追い棒の対極にあるもの。鮮やかな緑色のキャンディの袋だった。

「待て。出ていくな。君たちは楽しそうに談笑していたじゃないか。ガールズトークってやつか。ガールズトークに花を咲かせるのは、別に悪いことでもなんでもない。どうぞ続けてくれ。こちらはすぐに済むから」

その口調に南部訛りはなかったが、ワニのしっぽが左右に振れ、シュッシュッと音を立てるのと似たリズムがあった。男はそのまま前進し、イライザが立つ個室へと向かっていく。イライザはゼルダが見逃した何かをF－1の部屋で見ていたはず。そうよね？　イライザはいつだって彼女を怒鳴りつける人間に対して敏感なのだが、F－1から逃げ出してきて以来、彼女のふるまいはどことなく普段と違っている。ほとんど茫然《ぼうぜん》自失といっていい。この男は、イライザを連れ出すためにここに来たの？　両の足で立ち上がったゼルダは、次の行動に出た。武器になるような道具を求め、カートに手を伸ばしたのだ。ヤカン注ぎ口用ブラシ？　窓ガラスの水切りワイパー？　戦わねばならなくなるのは承知していた。夫のブリュースターの戦傷は自分より多いが、私だって擦り傷切り傷を分かち合ってきた。目の前のこの男は、イライザを傷つけようとしている。親友を守るため、自分はやるべきことをする必要がある。ゼルダの人生は台なしになるかもしれない。それでも、他に選択肢はなかった。

ところが、男はまっすぐに個室に向かうのではなく、手洗いシンクに牛追い棒とキャンディの袋を置いた。それから小便器に向かい、ズボンのファスナーを下ろす。

今度は、ゼルダが助けを求める番だった。彼女はイライザを見た。驚きのあまり、F－

1で何かを見落としていたのだったら、おそらくここでも彼女は自分の目を信頼できないだろう。この男、私たちの前でイチモツを引っ張り出す気？　イライザはすでにその事態を予測し、頭を上下左右に揺らして見ないようにしていた。確かなことはひとつだけあった。ゼルダはこの男を見ることができない。ここで、そういうことをしようとしている際に相手を見るのは、単に無礼というだけでなく、罰金ものの犯罪行為に等しい。自分たちは、節度を欠いた不快極まりない清掃者だとフレミングに報告され、記録に残されることになる。もちろんふたりはお払い箱だ。ゼルダは床をじっと見つめた。視線が強すぎて、床にひびが入るのではないかと思えるほどに。

掃除したばかりのきれいな小便器に液体が当たる音が聞こえ始めた。

「名前はストリックランドだ」

小便の音に共鳴するように男の声がした。「ここで警備を担当する」

ゼルダはごくりと唾を飲み込んだ。

「そう……ですか」と、答えるのが精一杯だった。

床を凝視し続けていた彼女だったが、その大きくて丸い目がますます丸くなった。モップをかけたばかりの床に、大量の飛沫《しぶき》が飛び散るのを目撃したからだ。わざと狙いを外しているとしか思えない量だった。

「おっと。君たちの仕事を増やしてしまったようだな」

ストリックランドはケラケラと笑った。

12

リチャードにバレたら、自分がこっそり観光に出かけていることを時間の無駄だと責めるだろう。そして、彼は正しい。レイニーは呼吸を早め、罪の意識を逸《そ》らそうとした。高層ビルの数々。巨大な広告看板。ロボットの形をしたガソリンスタンドの給油ポンプ。チェダーチーズみたいな色をした車。目に映るボルチモアの光景に胸を躍らすものの、己の中で、何かがつかえている。まるで身体の中にほつれた部分があって、そこに結び目ができている気分だ。しかも結び目をカッターナイフで切ろうとしたのに、カッターナイフの刃が食い込んで動かなくなり、そのままほつれ部分にぶら下がってしまっている感じ、とでも言おうか。バスは、空想癖のある者の白昼夢を助長させるような看板の横を通り過ぎていく。「マフラー設置します」「1ドル　バラエティ・ショップ」「スポーツ用品店」「空軍に入隊しよう」などなど。

ブザーを押したレイニーは、地元民が〝ジ・アベニュー〟と呼ぶ西三十六番街のショッピングエリアでバスを降り、ずらりと並ぶ店舗に目をやった。こちらの財布の紐《ひも》を緩めさせるかどうかお手並み拝見といこうじゃないの。

歩いて誰かとすれ違うたびに、彼女は「ハロー」と笑顔で声をかけようと思った。特に女性には。自分がこうして街をぶらつく秘密を知っている友人と一緒に歩けたら、きっと素敵だろうに。うんざりするような物価上昇についてひたすら嘆くこともなく、入り江から吹く風のせいで髪型が決まらないと愚痴をこぼしたりもしない誰か。レイニーに金を払わせるのが目的ではなく、彼女ひとりでやってきたこの十七ヶ月の間に感じていた特別かつ密《ひそ》かなバイタリティを賞賛してくれるために近寄ってくる誰か。ところが、ボルチモアの女性は見も知らぬレイニーの挨拶にギョッとし、ぎこちない笑顔を返すのが精一杯だった。一時間もすると、アウトサイダーが受ける洗礼の連続に、彼女は底知れぬ孤独に包まれていた。家路につこうとバスに乗ると、あとから乗ってきた男性に旅行者だと勘違いされた。彼は観光客用のガイドブックを売ろうとしてきたので、レイニーの胸は再び締めつけられた。それって、私の髪型のせい？　フロリダでは、このビーハイブは流行の先端だったけれど、ここでは違うらしい。彼女は突然、深淵《しんえん》のような悲しみに包まれた。もしかしたら、観光ガイドブッグが必要なのかもしれない。そして、レイニーは一冊買い求めることにした。

　ガイドブックを開いた彼女は、まるで説教されている気分になった。ボルチモアには、アメリカの家族を満足させるあらゆるものが備わっていた。だが、それは問題だろうか？

　娘のタミーはボルチモア美術館を気に入るだろうし、息子のティミーは〈ヒストリカル・ソサエティ〉という歴史博物館に行きたがるはずだ。街の西側には、〈エンチャンテッド・フォレスト〉というテーマパークが建っている。童話のアトラクションが売りらしく、ガイドブックには、お城や森、お姫さまや魔女の写真が載っていた。今年の夏は、そこで誕生日パーティを開くのもいいかもしれない。完璧なアイデアだと思ったものの、ひとつだけ気になる点があった。エンチャンテッド・フォレストのアトラクションのひとつに、ジャングルランドと呼ばれるサファリライドがあるのだ。「ジャングル」という言葉に、夫はひどく敏感になっている。その単語を見たり聞いたりした途端、新聞を置き、テレビのチャンネルを変えてしまうほどなのだ。とはいえ、園内に入ったら、その言葉に出くわさないよう気をつければいいだけの話だ。

以前の散策で、フェルズポイントの桟橋まで足を延ばしたことがある。彼女はこのときの散歩を忘れようとしたが、毎朝のスチームアイロンの家事で汗をかくと、どうしてもある事実を直視してしまう。アマゾンの熱と湿気で、リチャードは骨の髄までドロドロに煮込まれてしまったのかしら？　あれは、青空に灰色がかった雲が薄く漂う午後だった。海面も同じように暗い青色で、寄せる小波で桟橋にぶつかる船がリズミカルな音を立てていた。彼女はゆっくりとパタプスコ川の川縁まで歩み寄り、コートの襟を立てて顎まで隠した。バスを降りると、ボロをまとったホームレスが屋根付きのバス停を自宅代わりにしていた。川へ向かう道には割れたボトルが散乱し、あれほど汚れた地区を歩くのは人生で初めてだった。そこには、映画館も建っていた。自分に向けられる好奇のまなざしを避けるため、もう少しで映画のチケットを買うところだった。しかし、劇場入り口のひさしの電球が何個もなくなっているのを見て、レイニーは眉をひそめた。その映画館の中も、建っている地区同様、快適とはほど遠いに違いない。

なんとも侘《わび》しい場所だった。彼女が何かを話しても、聞いてくれる人など誰もいない。だから、これ以上話すことがなくなるまで、さざ波が打ち寄せる冷ややかな川面《かわも》に向かって、嘘八百を並べ立てた。夫が帰ってきて、本当にうれしい。自分は満たされている。未来はきっと素晴らしいに違いない。リチャードから渡されていたボルチモアの資料の統計結果を全部信じている。それによれば、ボルチモア全世帯のたった二十パーセントしか、マイカーを所有していないという。自慢に聞こえるかもしれないが、我が家では、リチャードが近いうちに二台目を持つと言ってくれている。彼は、今乗っているフォード・サンダーバードが壊れかかっているのにうんざりしているし、二台あれば、世界を救うために出かけている間、彼は妻である私に公共の交通機関を使わせないで済むからだ。

バス停に戻る途中、どうにもこうにも好きになれないエリアで、歩道にホースで水を撒《ま》いている市の作業員がいた。レイニーは、道路に当たって跳ねる水滴を避けて歩いた。市が街をいい状態に保つことに誇りを持っているのを見るのはなんて素敵なことかしら。彼女は己に言い聞かせた。そして、地面に叩きつけられるホースの水が、路上でなりを潜めていた犬の尿や腐敗した魚、朽ちた落ち葉、固く干上がった汚水、塩分を含む水たまり、焦げた油、人間の排泄物《はいせつぶつ》の悪臭をわざわざ拡散していることなどないと思うふりをした。帰路につく前の最後の嘘は、また明日の朝にアイロンがけをするのが楽しみだと思うようにしたことだった。しわひとつなく完璧に家族の服を仕上げるのが、どれだけやりがいのある仕事か。青灰色《せいかいしょく》の寂寥感《せきりょうかん》に染まった昼下がりの真っ赤な嘘たちは、レイニーの心を確実に押し潰していた。

13

打ち合わせの相手、ミスター・バーナード・クレイことバーニーは、ジャイルズを奥の部屋へと先導した。てっきり会議室に案内されるのだとばかり思っていたが、連れていかれた場所は、テーブルと椅子二脚だけのがらんとしたオフィスだった。バーニーが椅子に座ろうとしなかったので、ジャイルズも立ったままでいることにした。待合室で笑みを浮かべて握手した後の、このぎこちない雰囲気はなんなのか。この会社に友人がいるとすれば、それはバーニーだ。ロビーで彼がシェイクしたカクテルを飲んで上機嫌になっていたあの金持ち連中は、友だちなどではない。バーニーは二十年前、リストラの対象にジャイルズを選んだ人間のひとりだった。あのときは、バーニーの本心とは切り離された苦渋の選択だったはずだ。会社のためにそうでもしないと、バーニーは家族を食わせていけなくなる。だから、そうしたんだろう？　しかしそれは、信仰する宗教のために命を捨てる殉教行為が結局無駄骨に終わるようなものだ。

この出来事の記憶は、ジャイルズを意気消沈させた。おそらく、あまりにも平凡な発想がリストラの理由だろう。いつも同じようなものしか生み出せなくなる――いわば才能の枯渇は、アーティストにとっては致命的だ。マウント・バーノンのとあるバーで酔い潰れ、自暴自棄になって暴れまくっていると、警察がバッジを掲げて突入してきた。拘置所で過ごすことになったその晩、ジャイルズはあることを考えた。父親は昔から、地元紙の警察の事件記録欄を楽しみに読んでいたが、年老いて老眼が進んだ父には――今の自分のように――あの小さな文字を読めなくなっていてほしい、と願った。しかしながら、父親からの音信が途切れたとき、父親はまだ新聞を読め、息子の名前を見つけてしまったのだとジャイルズは悟った。こうして会社を解雇されて一週間も経たないうちに、彼は最初の猫を飼い始めた。

結局その後、どこかの正社員になるのは諦め、バーニーの情けでフリーランスのアーティストとしてクライン＆サウンダースのために絵を描き続けた。姑息な手段でバーニーとの打ち合わせに漕《こ》ぎつくこと自体が、ジャイルズの仕事の大きな部分を占めるようになっていた。しかし、それに対して不満など言えるわけがない。この会社で、創業者のミスター・クラインとミスター・サウンダースを含め、バーニー以外に、自分がフリーランスのアーティストとして企画に関わることを認めてくれる人間はいない。ジャイルズは顔を赤らめ、大きく破顔した。その笑顔は、最近描いた絵の中の父親のそれに似ている気がした。もっと自己アピールしなければ、と彼は思った。

「ヘイゼルに一体全体何があったんだ？　彼女はこれまで無遅刻無欠勤だったのに」

ネクタイの結び目を緩めながら、バーニーはこう答えた。

「ジャイルズ、君には信じられないかもしれないが、彼女は清涼飲料製造業者とねんごろになってね。駆け落ちしてロサンゼルスに行っちまったんだ。突然、仕事を全部放り出して」

「なんてこった。彼女、やるじゃないか！」

「おかげでこっちは踏んだり蹴ったりだよ。会社がてんやわんやの状態になっているのは、そういう理由だ。部屋のことは申し訳ない。この状況をなんとかしないと。君は若い娘を知ってるだろう。適任がいたら、教えてくれ」

実際にジャイルズは適任の若い娘を知っていた。彼女は今、何年もいかなる研究結果も出していない全体主義の研究施設で働いている。電話の応対がイライザの得意分野であったならば、喜んで推薦するのだが。そう考えていたジャイルズは数秒間無言となり、バーニーの気を揉《も》ませた。イライザを取り巻く現実は厳しい。改めてそう知ったジャイルズの心は沈んだ。バーニーは密室の中に、確実な同性愛者とふたりきりでいる。広告業界で働くこの人のいい中年男について早口でどれだけ熱心に語っても、ジャイルズがバーニーの恋愛対象として悩みの種になることはあり得ない。

「さてと、今日ここに来たのは、この絵を見せに――」

「実は、君に言わなければ――」

ふたりとも話し終えないうちに、ジャイルズは革のアートフォリオバッグの留め金をパチンと外し、中からごそごそとキャンバスを取り出した。その音に会話がさえぎられたことを、自分だけでなくバーニーの方もホッとしているかに見えた。テーブルの上に絵を置くと、誇らしげに渾身《こんしん》の自信作と言わんばかりに手のひらを向けた。しかし次の瞬間、ジャイルズはパニックに陥りそうになった。何かがおかしい。頭上の照明のせいなのか、絵の色調がジャイルズの意図したものと大きく違って見えたからだ。そこに描かれた幸せな家族は、なぜか顔の骨格ばかりがやたらと強調されている。まるで顔の皮膚が崩れて、アンジェイの頭蓋骨になってしまったみたいだった。自分は胴体のない四人の頭部を描くつもりだったのか？　これでは悪霊に取り憑《つ》かれた一家のようではないか。自分はそれに気づかなかったのか？　それはゼリーの広告用の絵で、母親の手作りゼリーが中央で目立っているわけだが、不気味な顔色の家族に囲まれたマグマのごとく真っ赤なゼリーはさらに悪魔的に見えてしまう。なんだこれは⁉

「赤いな」と、バーニーは息を吐いた。

「赤が強すぎる」

ジャイルズも顔をしかめた。「全くもって同感だ」

「赤はそこまで強くはない。ただ、父親の唇がちょっと……血の色みたいだ。色味は普通だよ。赤がダメだ。うちじゃ、一番目立たせたい商品に赤を使うのをやめたんだ。君にそれを伝えていなかったか？　たぶん伝えていなかったんだろう。今、社内はゴタゴタしてるからな。全体的に、今後、赤い色は主役ではなく、脇に回ってもらうことにした。世の中の流行《はや》りはどんどん新しくなっているんだ。いいかい、新しく主要な色になったのは緑だ」

「緑色？」

「自転車。エレキギター。朝食用シリアル。アイシャドウ。グリーンが突然、未来の色になったんだ。食べ物に関しても、グリーンのものの人気が急上昇している。リンゴ。メロン。マスカット。バジルソース。ピスタチオ。ミントなんかだ」

ジャイルズは、こちらを嘲るような笑みを浮かべた頭蓋骨四人組を無視し、会社が望むゼリーを頭に思い浮かべようとした。だが、自分がうまく状況判断ができない愚か者に思えてきてしょうがなかった。バーニーが色の変更を自分に伝えていたかどうかは問題ではない。ジャイルズが世の中の流行に敏感で、然《しか》るべき判断能力を持っていたなら、言われなくても相手が欲する絵を描けたはずだ。拍動する心臓を切り取ったような真紅のゼリーなど、人食い鬼《オーガ》の食欲ですら刺激しないだろう。

「――私のせいではない、ジャイルズ」

バーニーが肩を落とした。「写真のせいだ。今日会社に訪れたクライアント全員が、写真の撮影を希望している。ハンバーガーを手にした可愛《かわい》い女の子、百科事典のセット、これから宣伝しようとしている物全ての広告に写真を使いたいと言ってきているんだ。撮影に使うモデルや商品の写り具合を確認するため、彼らは会社に呼ばれたんだ」

そこまで伏し目がちに一気に話したバーニーだったが、今度は顔を上げ、ジャイルズをまっすぐに見つめてきた。「私はこの会社で、上司に絵を採用しましょうと訴えてきた最後の人間だった。素晴らしい絵画は、時代に左右されることなく、いつだって素晴らしい。私は上の人間にそう言い続けてきた。ジャイルズ、君は素晴らしいアーティストだ。なあ、広告じゃなく、そろそろ独自の作品を描いたらどうだ？」

ディキシー・ダグの店のまばゆいライトの下では実においしそうに見えたキーライムパイだが、目の前の絵は、照明が当たらないところに置かれた食べ残しのパイのようだった。つまり、食指が全く動かない。ジャイルズはキャンバスをカバンにしまった。家まで持ち帰るこのカバンの重さは、ここに来るまでに感じていた高揚感も期待感も幸福感も何も与えてくれないだろう。ただ重くて不快なだけだ。これは自分のものなのか？　いや、バーニーのものだ。何年も、ジャイルズが描いてきた絵は自分のものではなかった。誰も食べたいと思わないようなゼリーを描くのに、自分の時間をどれほど費やしてきたことか。未来の色が赤から緑に変わったなど、ジャイルズにとってはどうでもよくなっていた。

14

ストリックランドは、皮膚を焦がす熱波のごとく、羞恥心が身体をチリチリさせながら這《は》い回っている感覚を覚えていた。便器から漏れてスレート材の床を伝う小便の量は、ちょっとどころではなかった。だが彼は、掃除係の女たちを怖がらせる意図でやっているのだ。今夜、あの実験室で〝貴重品〟を目にした全員を威嚇《いかく》するつもりだ。これは、東京に配属されていたときに、ホイト元帥から学んだやり方だった。格下の人間と初めて会う際、相手が自分にとっていかに取るに足らない存在かを示しておく。黒人の清掃者を見るやいなや、背を丸めて縮こまっている白人の掃除人、男性小便器……全てが嚙み合った。依然として、床に小便を撒き散らすのは不快な行為であるものの、それは、彼がアマゾンでしてきたことだった。清潔。泥と汗と様々な不潔なもので満たされたジャングルでは、それとは無縁の生活だった。今の彼は清潔であることを望んでいる。文字通り、ストリックランドは彼女たちが掃除した清潔な場所を小便で台なしにしたのだ。

彼は肩越しに目をやり、清掃者の小柄な方を見た。彼女はどことなく無邪気な表情をしている。妻レイニーも、顔の上のどろりとした層を取り除いたら、きっとそういう表情が露呈するかもしれない。この考えは彼の気分をますます悪化させ、今すぐ膀胱《ぼうこう》を空にしたい衝動に駆られた。他に何か言うことがないか周囲を見回すと、シンクに載せた牛追い棒が目に入った。紛れもなく、女たちはふたりともそれを凝視していた。ブラジルを発《た》つ前に、値切りに値切って現地の農夫から入手したものだ。英語をまともに話せる小作人はほとんどいないに等しいのだが、なぜか連中はそれを〝Alabama《アラバマ》 Howdy-do《ハウディドゥ》〟と呼んでいた。アラバマ州をはじめ、南部では「ハロー」の代わりに「ハウディ・ドゥ」が使われるのだが、とにかく例の貴重品に挨拶《あいさつ》代わりに喝を入れ、水槽から出したり入れたりするのに大いに役立っている。棒の先端には、電流が放出される真鍮の突起が二本あるのだが、そのうちの片方に、褐色がかった赤い血がべっとりと着いていた。白い陶器の洗面台にも血が付着している。清潔をぶち壊したのは、小便だけではなかったようだ。

　自己嫌悪から気持ちを逸らすように、ストリックランドはわざとらしく明るい声を上げた。

「そいつは、一九五四年版ファーム・マスター30という極めて頑丈なモデルでね。最新のファイバーグラスでできたクソみたいなやつとは違う。柄はスチール製で、把手にはオーク材が使われている。放出電流は、五〇〇ボルトから一万ボルトまで変えることが可能だ。さあ、近くに行って見てみな。だが、くれぐれも触らないでくれよ」

　ストリックランドの顔はどんどん熱くなってきた。まるで自分のイチモツについて語っているみたいに聞こえる。ああ、胸糞《むなくそ》悪い。最低だ。父親がこんなふうに話しているのを聞いたら、息子のティミーはどう思うだろうか？　娘のタミーは？　ストリックランドは子供たちを愛していた。怖くてふたりに触れることができなくても、だ。彼らを傷つけるのが怖いのだ。スキンシップがないため、子供たちが自分を父親として判断する材料は、彼の口から出る言葉だけ。自分の醜悪な部分を見られてしまったことで、このふたりの掃除人に対する怒りが一気に湧き上がってきた。もちろん、この部屋にいた彼女たちが悪いのではない。そもそも、こいつらがこんな仕事に就いてることが悪いんじゃないか？ こんな最下層に自らを置くこと自体が。小便の最後の一滴が垂れた。それは、〝アラバマ・ハウディ〟から垂れ下がる粘り気のある血の雫を思わせた。

ストリックランドは、キユッと骨盤を上げて局部を押し込み、ズボンのファスナーを上げた。ファスナーは悲痛な遠吠《とおぼ》えのような音を立て、女たちは慌てて横を向いた。ズボンに小便の飛沫が跳ねただろうか？ 自分はもうジャングルにいるのではない。今は、そういう些細《ささい》なことにも頭を回さないといけないのだ。彼は自分が汚したこの場所から、一刻も早く立ち去りたかった。さっさとずらかれ。そう自分に言った。

「君たちはふたりとも、あの男が実験室で何を話していたか聞いていたな。できれば私は同じことを繰り返したくない」

「私たちは出入りを許可されてました」

黒人の方がそう答えた。

「君たちが許可されていたのは知っている。こっちで確認した」

「はい」

「確認するのが私の仕事だ」

「……すみません」

なぜこの女は事を面倒にするんだ？　なぜもうひとりの方はそうしない？　ずっと美人で、ずっとおとなしそうに見える彼女は、どうして何もしゃべらない？　ここの空気は、まるで沼地だ。やけにジトジトしている。ストリックランドは己の想像の世界に引き込まれ、あるはずのないマチェーテに手を伸ばした。そこにあったのは、牛追い棒、別名〝アラバマ・ハウディ〟だ。マチェーテの代わりとしてはなかなかいい。その柄に指を回すのを彼は待ち望んでいた。歯をしっかり噛み合わせ、彼は笑いを殺した。

「いいか。俺は人種隔離を叫ぶ政治家ジョージ・ウォレスの一派なんかじゃない。黒人にも居場所はあると思っている。そうだとも。職場でも、学校でも、白人と同等の権利を持つべきだ。だが、君たちは、自らの語彙力《ごいりょく》に見合った仕事が必要なんだ。自分自身に耳を傾けているのか？　同じ言葉ばかりを繰り返している。韓国では、黒人兵のすぐ隣で戦った。彼はやってもいないことで軍法会議にかけられた。裁判官が彼に自分の言い分を話すように求めたのに、彼は「イエス、サー」と「ノー、サー」以外、言えなかったからだ。黒人が大勢刑務所送りになる理由はそれだ。個人的な意味は何もない。聞いた話によれば、近いうちに、アルカトラズ島刑務所が閉鎖されるようだ。この国最悪の犯罪者が送られる場所だが、そこには黒人受刑者はほとんどいない。君たちの人種の評価を高める事実だ。自慢すべきだよ」

俺は何を話してるんだ？　アルカトラズだと？　清掃者の女たちに愚か者だと思われてもおかしくない。自分が出ていった瞬間、トイレは爆笑の渦に包まれるだろう。ストリックランドの顔に汗が伝う。トイレ内の壁がどんどん自分に迫ってくるような圧迫感を覚えた。自分の周囲が三百度の角度に狭まっていく。彼はうなずき、キャンディの袋を見てから、手を伸ばして中を漁った。用を足したのに、手を洗おうともしなかった。清掃者の女たちに気づかれてしまう。汚い。気持ち悪い。緑色の飴玉《あめだま》を取り出し、口の中に入れた。こちらを見つめる女たちに最後の一瞥《いちべつ》を送る。

「君たち、キャンディがほしいかい?」

そう言ったつもりだが、口の中の緑の飴が轡《くつわ》の役割を果たし、きちんと質問を発音できなかった。いいだろう。おかしければ笑えばいい。掃除女め、くたばりやがれ。どいつもこいつもクソ野郎だ。彼はこのあと、科学者たちと話し合うのだが、そこではこんなヘマはできない。オッカムはジョセフィーナ号と同じだ。このストリックランドが指揮を執っていることを皆に知らしめなければならない。掃除人たちの直属の上司はデイヴィッド・フレミングかもしれないが、このオッカムの指揮官は俺だ。フレミングは国防総省の下僕に過ぎない。温和な科学者ボブ・ホフステトラー博士も、指揮官ではない。ストリックランドはふと足元を見た。ツルツルした感触を覚えたのだ。小便ではなく、掃除用の洗剤だといいが。彼はキャンディを奥歯でバリバリと噛み始めた。こうすれば、濡れた床を歩く足音が聞こえない。そして、牛追い棒を握った。先端で垂れていた血液は、おそらく洗面台の上に落ちる。あとは彼女たちに拭き取ってもらおう。その事実は、掃除人ふたりの記憶に刻まれることになる。自分のことも、だ。ああ、なんと気持ち悪いことか。もう、うんざりだ。

15

ストリックランドがキャンディを勧めたことは、胸が悪くなるようなその場の雰囲気に、さらに気持ち悪くなるような甘ったるさを加えた。飴につられて知らない人についていき、挙《あ》げ句《く》の果てに殺される幼児たちの年頃に、イライザはキャンディに飽きた。ジャイルズに無《む》理《り》強《じ》いさせられるディキシー・ダグの店のひどく甘いパイは、彼女の喉をなかなか通ってくれない。ストリックランドと同じくらい不可解な、怪物ゴルゴンを思わせる大人を見ていた子供の自分を思い出し、上の人間にへつらう立場の者の視点から、イライザは己の嫌悪感の源を思い出した。幼い自分の世話人から見ると、イライザは身体障害者ではなく、頭の回転が遅く、反抗的な子供だとされていた。そこは、〈小さき迷い子のためのボルチモア・ホーム〉というなんとも可愛らしい名前の孤児院だったものの、そこで暮らす者たちは、可愛らしい部分を省略して、単に「ホーム」と呼んでいた。子供の好きなお話に出てくる〝家《ホーム》〟の特徴——安全で安心で快適で、笑顔にあふれ、庭にはブランコや砂場があり、抱き締めてくれるパパやママがいる——への皮肉も込められていた。

　ある程度の年齢になると、子供たちは施設の各所や道具類にうっすらと残った文字に気づくようになる。知的障害者施設〈フレンズラー・スクール〉。それは、ホームの以前の名前だった。イライザが施設に入れられた当時、ダウン症、心神喪失、精神及び行動障害の子供たちも、一様に「知能遅れ」の烙印《らくいん》を押されてひと括《くく》りにされていた。一区画先のユダヤ人やカトリックの孤児院と違い、ホーム側は、ただ子供たちを生かしておけばいいと考えていた。十八歳になると施設から出ていくために、立場が上の人間にへつらう仕事を見つける必要があった。

ホームの子供たちは、ある意味、団結していたと言ってもいいのかもしれない。ちょうどオッカムの掃除人たちのように。食べ物と愛情の慢性的な欠如のせいで、施設入居者は残酷な心に慣れっこになっていた。それは、いつまでも治らない咳《せき》と同じで、不快なのだけれど、どうすることもできずに諦めの境地で身体に根づかせるしかなかった。どの子供も、ライバル相手の弱点を知っていた。子供にありがちな残酷な行為のひとつは、一方的にひどいあだ名を付けることだった。おまえがホームに入れられたのは、貧困家庭に生まれたから？　なら、おまえは腹ぺこベティだ。両親は死んだのか？　じゃあ、おまえは墓場のギルバートだ。おまえは移民か？　おまえはレッド・ローザ、そっちはフン族のハロルドにしよう。入居している間ずっと本名を知らないで一緒に過ごした子供たちもいて、彼らが施設を出ていく日に、イライザは初めて本名を聞かされたりしたものだった。

イライザ自身のあだ名は、「無言」という意味の「Ｍ《マ》ｕｍ《ム》」だった。しかし、寮母たちには、そのあだ名より〝22番〟として知られていた。番号は、望まれぬ子供たちの乱雑な世界で、問題ごとを整理する役割を果たし、それぞれに数字が当てられていた。各自に配給される持ち物にも番号が付いていたので、間違った持ち主のもとにいった場合に簡単にわかるようになっていた。マムのように仲間外れにされた子供たちは不幸だった。いじめっこが彼女の毛布をコートの下に隠して外に持ち運び、泥の中に投げ捨てたのだが、寮母が見つけた毛布に「22番」のタグが付いていたため、理不尽にも、いじめの被害者であるマムがお仕置きを受けることになった。

懲罰の権限は寮母に一任されていた。中でも、寮母長は一度に罰を与えるのではなく、何回にも分けて罰するのを好んだ。寮母長はホームのオーナーではなかったので、その権限だけが彼女が施設で自分の好きなようにできるものだった。三歳になったイライザは、寮母長は手に負えない問題児を自身の不安定な精神の反映として見ているのだと直観した。孤児たちを規則に従わせ続けることは、彼女自身の正気を保つことなのだ、と。しかし、それはうまくいかなかったようだ。彼女は子供たちを泣かせてしまうほど激しく笑った後、突然、号泣する。その急変ぶりは幼子たちをこの上なく怯《おび》えさせたものだ。寮母長は、木の枝で彼らの足や腕の裏側の柔らかい部分を鞭打ちし、定規で手の指関節を叩き、下剤であるヒマシ油を無理やり飲ませるのだった。

寮母長はお菓子を持ってきたりもしたが、信用はできなかった。お菓子をくださいとねだったり、甘い匂いをくんくん嗅いだりする子供側の反応を、懲罰の度合いの判断基準にしていたので、ほとんど無反応だった無言のマムは、他の誰よりも強くぶたれた。彼女は、イライザのことを〝救い難《がた》い小さな怪物〟と呼んだ。無言を貫いてなんでもかんでも秘密にするのは、良からぬことを企んでいるからだ、と。相手が妙に優しく接してくるときの方が、もっとひどかった。白髪混じりのボサボサのお下げ髪の寮母長はイライザを部屋の隅に追い込み、人形遊びをしたいのかと問い詰めた。お漏らしをした悪い子はいないかと皆に訊いてきた場合、イライザは怖がるふりをしてその場を切り抜けた。そこで、お菓子が登場する。寮母長はキャンディを見せ、秘密を明かしても大丈夫なのよ、と言う。子供たちを指差し、あなたたちの悪いところを直してあげるから、と微笑む。イライザには、それが罠《わな》にしか思えなかったし、実際に罠だった。セロファンの飴の袋を触ってカサカサと音を立てるミスター・ストリックランドも同じ。どちらにしても、「食べたい？」と差し出されるお菓子は全部、毒なのだ。

十二、十三、十四歳と、イライザは年齢を重ねていった。他の少女たちとは距離を置いてソーダ水売り場でひとり座り、彼女たちが酒を飲む話をしているのを聞いた。そのとき、自分のコップに入った水は洗剤の味がした。他の娘たちがダンス教室について話しているのを聞いたときは、手が凍えるまでアイスクリームの入った器を握らなければならなかった。冷たさで手が痲痺《まひ》すれば、ダンス教室がうらやましいからと拳を何度も机に打ちうつけなくて済むからだ。彼女たちがキスについて語っていたとき、ひとりの子が「彼とキスすると、自分が別の誰かになったみたいに思えるの」と言った。その発言は、何ヶ月もイライザの頭から離れなかった。そんなふうに思えるのって、どんな感じだろう？　自分だけの世界で存在するのではなく、突如として、他の誰かの世界でも存在するということなのだろうか。

他の少女たちの後をついていった場所のひとつが、映画館のアーケード・シネマ・マーキーだった。それまで、イライザはその劇場内に入ったことはなかった。チケットを買ったものの、どうすればいいかわからず、中に移動するよう言われるまで、チケット売り場に立ち尽くしていた。まるで人生の分岐点でどの道を選ぶかによって人生が左右されるかのごとく、五分かけて慎重に座席を選んだ。それは、あながち間違いではなかったかもしれない。そのときの映画は『子鹿物語』だった。のちにジャイルズと一緒にテレビで見て、あまりの感傷主義を笑いものにすることになるのだが、映画館で初めて鑑賞した際は、教会でも得られなかった宗教的な体験となった。映画館は、ファンタジーが現実を覆い尽くしてしまう場所。暗すぎて首の傷跡など見えず、黙っていることが歓迎されるだけでなく、懐中電灯を持った案内係に「お静かに」と強要される場所。二時間と八分の間、イライザは〝完璧〟な存在でいられた。

彼女がそこで二度目に観た映画は、『郵便配達は二度ベルを鳴らす』というタイトルのもので、セックスと暴力の官能と熱情、虚無主義に満ちた作品だった。そんな内容は、ホームの図書館で見つけたこともなかったし、ホームの大人から聞いたことも、他の少女たちの会話で耳にしたこともなかったので、イライザはなんの準備もしていなかった。第二次世界大戦が終結した直後で、ボルチモアの街路にはクルーカットの兵士たちが闊歩《かっぽ》していた。映画館からの帰り道、イライザの目には彼らが違って見えた。もしかしたら、彼らにも自分が違って見えているかもしれないと思った。しかしながら、彼女の交流は失敗に終わった。手話しかできない彼女との会話に、若い男たちはほとんど耐えられなかったのだ。

ざっと見積もっても、ホームで過ごした最後の三年間で、イライザは百五十回以上アーケード・シネマにこっそり忍び込んでいる。これは、劇場の売り上げが低迷する前のことだ。天井のしっくいはまだ剥がれてなかったし、支配人のミスター・アルゾニアンがやけくそになって二十四時間年中無休で営業するようにもなっていなかった。映画から彼女は多くを学んだ。映画こそ彼女が受けた真の教育だった。『汚名』で、喘《あえ》ぎ合うケーリー・グラントとイングリッド・バーグマン。『蛇の穴』の気が触れた女から逃れようと身悶《みもだ》えするオリヴィア・デ・ハヴィランド。『赤い河』で埃が舞う中をさまよい歩くモンゴメリー・クリフト。『私は殺される』を観に潜り込んだときに、ようやくイライザは案内係に取り押さえられた。だが、それ以前は、特に問題はなかった。ホームがイライザの十八歳の誕生日だと考えている日まで、あと二週間だった。彼女はホームを追い出され、唐突に、住む場所と生きていく術を見つけなければならなくなった。世の中にひとりで放り出されたのは怖かったものの、一方で胸が躍った。自分でお金を稼いで、好きなように映画のチケットを買えばいい。スクリーンの中で何かに喘ぎ、何かから逃れようと身をよじり、何かの中をさまよい歩く者たちを探し求めればいい。

イライザの退所にあたって話し合ったとき、寮母長はタバコを吸い、オフィス内をイラつきながら歩き回っていた。イライザに救いの手が差し伸べられ、生き延びられることに激怒していたのだ。地元の女性団体が、ホームの卒業者には一ヶ月分の生活費とリサイクルの服三十五着がぎっしり詰まったスーツケースを与えることになっていたからだ。彼女はお気に入りの深緑色のウールのブラウスに、ポケット付きのスカートという出で立《た》ちだった。あとは、首の傷跡が隠せるスカーフがあればいい。頭の中のチェックリストには、ぎっしりとこれからやるべきことが並んでいたが、彼女はそこに「スカーフを買う」を付け足した。

「クリスマスまでには売春婦になってるでしょうね」

寮母長がそう言い放ったが、もはや相手の発言にイライザが怯えることはなかった。その事実に彼女はゾクゾクした。寮母長の言葉など脅しにはならない。ハリウッド映画を山ほど見てきたおかげで、どんな娼婦も心が優しく、遅かれ早かれ、クラーク・ゲーブルか、クライヴ・ブルックか、レスリー・ハワードに輝きを見出されると知っていたからだ。今となってみれば、このときの物思いが、イライザを女性のための宿泊施設ではなく、この世で最も好きな場所であるアーケード・シネマ・マーキーに向かわせたのかもしれない。イングリッド・バーグマン主演の『ジャンヌ・ダーク』を観るお金はなかったが、ポスターの謳《うた》い文句〝何千人もの出演者〟の世界に没頭してみたいと思った。何千人もの人間が登場する世界に己を投じるのは、ちょうどこの広いボルチモアの一部となった今のようなものだろうか。ただし、スクリーンの中だけに制限される映画の世界は、どんな危険な冒険が待っていようとも、現実よりはるかに安全だった。

財布の中から慌ててチケット代の四十セントを取り出そうとして、イライザは頭を下げた。ちょうどそのとき、今にも剝がれそうな一枚の張り紙が目に留まった。

空《あ》き部屋有り。御用の方は中へ

イライザはハッとした。なんの迷いもなかった。こうして空き部屋は埋まり、数週間後には、オッカム航空宇宙研究センターという研究施設の清掃係の募集広告を見つけた。彼女は応募する旨をしたためた手紙を書いて面接の約束を取りつけ、当日の朝は深緑色のブラウスにアイロンをかけ、バス時間をチェックして過ごした。家を出る一時間前、思いがけない事態になった。まるで天の神様が銀色の大鎌を振るっているかのような横殴りの雨となったのだ。しかも、自分は傘を持っていない。イライザはパニックになったが、泣くまいと必死に堪《こら》えた。映画館の上にあるこのアパートは、隣の部屋からの物音や小言が筒抜けなのを承知していたからだ。ホームを出て自立し始めた今、自分には助けてくれる人が皆無だった。どうしよう。意味もなく、自分の部屋を見回した。隣室と隔てる壁に目を向けたとき、いつもブツブツと何かをつぶやいている隣の住人のことが頭に浮かんだ。隣室には確かに誰かが住んでいる。そこにいるという存在だけは感じていたが、挨拶どころか、顔を見たこともなかった。自分の殻に閉じ込もるタイプだと、イライザは勝手に隣人を推測していた。そんな赤の他人に、どうして助けを求められるだろうか。彼女は躊躇《ちゅうちょ》したが、時計の針はこちらの事情など汲み取ろうとせず、せっかちに動き続けている。ああ、もうしょうがない！　鉄壁の用心深さを誇ってきたイライザだったが、今はその壁を壊すしかなかった。そして、彼女は隣の部屋のドアをノックした。

ずんぐりむっくり。髪はボサボサ。髭はぼうぼう。いやらしい目つき。それがイライザの想像上の隣人だったが、全く似つかわしくない、どこか上流階級の雰囲気を漂わせた声がドアの向こうから返ってきた。顔を覗かせたのは、ジャケット、セーター、ベスト、ワイシャツをきちんと着こなした男性だった。上着のポケットには封筒が差し込まれており、五十代だろうが、メガネの向こうの瞳はキラキラしている。男性は目をパチクリさせ、あたかも帽子を被り忘れたかのように禿げた頭頂部を擦った。彼はこちらの悲痛さを察知し、穏やかな笑みを浮かべた。

「やあ。どうも。私に何か用でも？」

　イライザは首を触って、謝罪を示す手話をしてみせた。それから、手話を知らなくても理解できるよう、ジェスチャーで傘を表わした。彼女が言葉を発しないことに驚いたらしく、男性は数秒間目と口を丸くしていたが、その後ハッとしたように声を上げた。

「傘か！　もちろん！　お嬢さん、中に入って待っててくれ。アーサー王の名剣エクスカリバーを石から引き抜くように、山積みの私物から傘を引っ張り出してくるから」

　そう言って、彼は自室の奥へと歩いていった。イライザはためらった。ホーム以外の誰かの家に足を踏み入れたことなどなかったからだ。右の方に身体を傾けて中を見ると、暗く陰になっている場所でコソコソと動く猫たちの姿が見えた。

「君は、新しく入居したお隣さんだね。引っ越してきた直後にクッキーをお皿に盛って歓迎の挨拶に伺うべきだったのに、なんて無愛想なことを。言い訳をさせてもらうと、私は締め切りでデスクから離れられなかったものでね」

　男性の発言に出てきた問題のデスクだが、どう見ても〝デスク〟と言われるような体裁ではなかった。テーブルの上にちょうつがいが付いていて、角度が調節できるようになっている。この男性は画家か何かだろうか。イライザは風に吹かれてゾクゾクするような感じを覚えた。果たしてそのデスクとやらには、描きかけの絵が置いてあった。ある女性が振り向きざまにこちらに顔を向け、髪がふんわりと揺れた瞬間を切り取ったような絵だ。カールされたその髪に焦点が合っている。女性の下には、「くすんだ髪色にさようなら」と宣伝文句らしき言葉が並んでいた。

「私は無頓着な人間だが、必要なものがあったら、なんでも声をかけてくれ。とはいえ、君は自分の傘を持つことを強くオススメするよ」

そう言いながら戻ってきた彼は、傘を差し出し、さらに言葉を続けた。「君が乗らなきゃいけないバスの時間が迫っていて、バス停までは結構距離があるのは承知している。君はもう気づいていると思うが、多くの点で、このアーケード・シネマのアパートは決して理想的な住居とはいえない。それでも、Carpe《カルプ》 Diem《ディエム》――ラテン語で〝今日を楽しめ〟という意味だ。今日という一日には、素敵なことがあちこちにちりばめられている。君はきっとうまくやれると信じているよ。いいね?」

そこまで話した彼は口を閉じ、何枚も重ねられたキャンバスに目を向けてから、イライザに視線を戻した。ああ、また相手は私が返事をするのを待っている。この展開には、慣れっこになっている。人はひと度しゃべり出すと、イライザが声を出せないことを忘れ、彼女の返事を待ち続けるのだ。イライザは耳が聞こえるので、相手が何を言っているかは理解できる。だから、相手が話している間にうなずいたり、首を傾げたりという反応を示すのが、ますます相手をイライザの「話せない」という現実から遠ざけてしまうようだ。

ところが、目の前の中年男性は、きょとんとした顔をするのではなく、大きく破顔したのだ。細い口髭が唇の動きに引っ張られてますます細くなり、大きく広げた両腕のようにも見えた。

「常々手話を覚えたいと思っていたんだ。君と出会えて、うれしいよ。今度こそ本格的に手話を覚える絶好の機会だ」

私と出会えて、うれしい？　なんて優しい言葉。イライザはずっと孤独だった。幼い頃から、いじめと体罰と好奇の目に耐えてきた。冷たいホームからやっと逃げ出せても、現実世界は冷ややかな色で塗り固められたままだったのだ。この数週間、本当にひとりでやっていけるのだろうかと不安で不安でしょうがなかった。泣くまいと堪え、自分の中に溜め込んできた涙が、隣人のひと言で一気にあふれ出しそうになる。しかし、彼女はそれを必死に抑えた。化粧直しの時間などない。ジャイルズ・ガンダーソン――彼は大袈裟《おおげさ》な自己紹介でそう名乗った――は、ようやく傘を手渡したものの、やっぱり車で送っていこうと提案した。イライザは手話で断ったものの、彼はそれを認めなかった。面接先までの道中、ジャイルズは、清掃係を表わす「janitor《ジャニター》」という言葉は、「Janus《ヤヌス》」というローマ神話の神が由来になっていると蘊蓄《うんちく》を話して聞かせ、イライザの緊張を解《ほぐ》そうとしてくれた。ヤヌスは前後を見る二つの顔を持ち、天国の入り口と出口を守護する神だという。さらには、「January《ジャニュアリー》」という「一月」を意味する単語の語源にもなっているらしい。彼の興味深い講義は、オッカム航空宇宙研究センターに到着し、オッカムの門番に車を止められて唐突に終了した。オッカムの門番が、ジャイルズの名前が訪問者リストにないため、これ以上車は先に進めないと主張したのだ。門番は、面接を受けるイライザに車を降りて、ここから建物まで歩けと指示した。猛烈な勢いで降る雨の中を。

「君がどこに向かおうと、幸運の女神は履き古した片方の靴を投げてくる――」

　施設の建物へと進み出したイライザの背後で、ジャイルズがそう叫んだ。「イギリスの詩人アルフレッド・テニスンの詩の一節だ。君にも幸せの欠片《かけら》が飛んでくるよ！」

靴。彼女は自分の履いている靴をじっと見た。かかとが擦り減った不格好なリサイクルの靴は雨に濡れ、ピシャピシャと音を立てている。

ここで働けるようになったら、とびきり素敵な靴を買ってやる。イライザは自分にそう言い聞かせた。

16

ストリックランドという男の謎だらけの登場のせいで、ゼルダのおしゃべりから夫のブリュースターは鳴りを潜めた。イライザはついつい、実験室のタンクの中にいたのが何だったのかを考えてしまっていたが、ゼルダにはもう話さないでおくことにした。その日、あれを目撃した記憶は、段々バカげたものに思えるようになっていたからだ。ありがたいことに、ゼルダは施設の人間を片《かた》っ端《ぱし》からからかって、緊張を和らげてくれた。例えば、「フレミングはストリックランドの武装護衛をMilitary《ミリタリー》 Police《ポリス》の略称〝MPs《エムピーズ》〟って呼んでるけど、あの憲兵たちはいっつも小難しい顔をして黙っていて、誰もがみんな同じ行動をする。まるで魂の抜け殻が軍服を着ているみたい。だったら、MPsじゃなくて、空っぽの意味の〝Empties《エンプティーズ》〟って呼ぶべきよね」といった具合に。

エンプティーズは、彼女たちにとって、研究のことで頭がいっぱいで他のことに注意を向けずに通路を歩いている科学者たちを避けるより、避けやすい存在だった。兵士たちは、金属の留め金をジャラジャラ鳴らして行進してくるからだ。神出鬼没で幽霊みたいにふらふらしている科学者に、そこまで己の存在感を強調する能力はない。

「エンプティーズたちが、戦闘態勢に入って走りまくってなくとも、どこにいるか私にはわかるわ」

ゼルダは丸い目をクリクリさせて言った。「あの兵隊たち、何をするにも息がぴったりなんだけど、呼吸自体がそうなのよ。息を吸うのも吐くのも同じタイミング。それに気づいてた？　まるで空調設備から出てくる空気と一緒。みんな揃ってシューッて吐くんだから。エンプティーズたちがここにいても、行進してないときは、以前と変わらぬ静かさよね。それってなんか不自然じゃない？」

イライザが手話で返事をしようとした矢先、ゼルダが口にしていた静かさ——ここで働きだして以来十年間、乱されたことがなかった静寂——が、真っ二つにかち割られた。

バン！　打撃音とも破裂音ともつかない大きな音だった。

イライザの住むエリアでそのような音が鳴ったら、車のバックファイヤー？　もしかして組織犯罪の前触れ？　じゃあ、どこかに身を隠さなきゃ、となるかもしれない。常に静寂に包まれているオッカムの内部でそんな音が鳴るのは、宇宙船が墜落したに等しい驚きだった。洗剤のプラスチックボトル類を盾にするかのごとく、ゼルダは慌てて掃除用具の入ったカートの後ろで身を丸めた。

再び大きな音が鳴った。そして、さらにもう一度。鋭い音だった。何か重いものを床に落とした音ではない。機械的な構造を持つ何かが発する音。引き金によって引き起こされる音。イライザは他に思い当たる節がなかった——銃声以外。続いて叫び声と逃げ惑う足音も聞こえた。どちらも扉にさえぎられ、くぐもった音になっている。その扉とは、目の前のF-1の部屋のものだった。

「身を屈《かが》めて！」

ゼルダが訴えた。

手話でもそう言ってきた。いつも気をかけてくれるのは、本当にうれしいのだが、なぜか今はありがた迷惑だと思ってしまった。そんなイライザは、その場に立ち尽くしたままだ。突然乱暴に開いたドアは壁に激しくぶつかり、四発目の銃声かと聞き間違えるほどの音を立てた。ゼルダは、あたかも被弾したかのごとく後ろに飛び退《の》いて尻餅をつき、両腕で顔を隠した。イライザの全身は一度ガクンと痙攣《けいれん》し、飛び出してきた人間たちの大きさ、速さ、強さに愕然として凍りついた。

先頭に立って出てきたのは、フレミングだった。そのしかめ面は、彼が詰まったトイレや廊下にこぼれた液体に過剰反応するのを見た者には、見慣れた表情だったが、いつもと違っていたのは、彼の両袖にくっきりと着いた血だらけの手の跡だった。三番目に出てきたのは、ボブ・ホフステトラー博士で、彼は明らかに他の誰よりも気分を害していた。ずり落ちてきた眼鏡を指で押し上げると、腰に手を当てて肘を張り、仁王立ちになった。薄くなりかけている頭髪が逆立ち、頭に藁葺《わらぶ》き屋根を載せているみたいに見える。片方の手には、赤く染まった布——タオルにもスモックにも肌着にも見えた——を持っていた。いつも穏やかなまなざしなのに、今日の博士の目は、矢のように鋭くイライザを貫いた。

「救急車を呼んでくれ！」

外国語訛りのある、いつも通りにとても繊細な声。だが緊急事態で、少しかすれている。

フレミングとホフステトラー博士という普通サイズのふたりの間には、図体のでかさが際立つストリックランドが立っていた。暗い谷間のようにくぼんだ眼窩《がんか》に収まった目が血走り、固く結ばれた唇は黒ずんでいる。右手で強く握られた左手首の下には、五本の花のブーケのごとく指が伸びていて然るべきなのに、どこかがおかしい。血がボタボタと落ち、剝がれた皮膚が垂れていた。血が床に当たる音は、ボールベアリングを思わせる。あまりの異様な光景に、イライザはぽかんと口を開けた。ルビーのビーズみたい。血の雫を見て、ふとそう思った。しかし同時に、自分が片づけなければならない汚れであることも悟った。

エンプティーズも部屋の外になだれ出て、床の上の血のビーズを無造作に踏み潰した。護衛ふたりがストリックランドの両脇を抱えて立たせ、他の兵士がイライザとゼルダの方にやってきた。彼らはライフルを、ダンサーがステッキを自在に扱うように滑らかな動きで回転させ、見事な早技でその先端をこちらに向けた。これは群衆をコントロールする術。事態を落ち着かせるやり方のひとつだ。イライザは掃除カートの把手を摑み、くるりと方向転換をした。しかし、後輪が血を踏んで滑り、カートは不安定に蛇行しながら進んでいった。

17

最初にカフェテリアに到着し、全て大丈夫なのかと訊いてきたのは、アントニオだった。彼は視線をイライザとゼルダに交互に向けていたが、ゼルダはその問いに答えるのは自分だとわかっていた。他の清掃者仲間は、手話のアルファベットすら覚えようとしていない。全部私に頼りっぱなし。ゼルダは辟易していた。仕事場でも家でも他の場所でも、なんでもかんでも自分がやらなければならないのには、うんざりだった。本当に疲れる。自分の手を見下ろすと、両方とも震えていた。しかし、彼女は自動販売機に顔を向け、その事実を知らんぷりした。自動販売機では、幾何学模様のサンドイッチとフルーツが毒々しい色の電光で表示されている。今は午前三時。深夜勤務の者たちにとってのディナータイムだ。

次にやってきたのは、デュアンだった。歯がなく、キーキーと妙な音を立ててしゃべるヤモリのような男だ。それからヨランダがつむじ風のようにやってきて、臆病者の男たちを圧倒した。「あれって、誰かが関節を撃ち抜いたような音よね」「こんな環境じゃ働けないわよ」「これからどうしようかしらね」などと、一方的にまくし立てた。ゼルダは自動販売機の五セント硬貨投入口だけに目の焦点を合わせ、残りの世界は敢えてぼやけさせた。サンドイッチやフルーツはそれぞれ仕切られた小部屋に入っており、お金を入れて小部屋のドアを開け、中の食品を取り出すという仕組みだ。小部屋が並ぶ様はまるで団地のようで、見ているうちに『不思議の国のアリス』に出てきた小さなドアを思い出した。もし自分が小さくなったら、ここから逃げ出すために、どれかの扉を開けて中に入り込むかもしれない。

ゼルダの脳裏には、一面血の海と化したF-1内の光景が何度も蘇《よみがえ》った。ミスター・ストリックランドになんとか同情してみよう。次に男性用トイレに入ってきたときは、ズボンのファスナーをまともに下げられないかもしれない。ふん、あんな男に同情するなんて、素手で氷をかち割るのと同じだわ。牛追い棒を持つ白人男性に目をつけられることが、黒人女性にとってどんな感じなのか男どもには想像もつかないだろう。彼女が顔を上げると、ルシールがいた。そのアルビノの肌のせいで、ルシールはカフェテリアの壁に溶け込んでしまっていた。

「見てよ。ルシールでさえイラついてるわ」と、ヨランダが言った。「一体全体何が起きてるの？」

ゼルダは周囲を見回した。このところイライザを避けてきた。今は顔を合わせたくない。彼女はあの華奢で小柄な娘が大好きだが、この事態がイライザのせいだという確固たる事実を揺るがすことは不可能だ。F-1に入るよう指示するQCC（品質管理チェックリスト）は、疑問の余地があると誰もが思っているのに、イライザだけは、それに従うべきだと主張していた。F-1は、ストリックランドが異様に目を光らせている部屋で、他の部屋とは話が違う。ゼルダには、今夜、イライザがわざとあの部屋の前から離れようとしなかったとしか思えなかった。そのせいで、発砲が始まったと思われたときに、最悪の地点に留まることになったのだ。

イライザは、椅子に座って小さくなっていた。まるでゼルダに胸を踏み潰されたかのようだ。彼女はひどい気分だった。それから、自分自身にひどい気分だと思うのをやめろと言い聞かせた。イライザはいい子よ。だけど、理解できない。どうして？　オッカムで、事態は悪い方向に動いている。なのに責められるのは、この白人女性ではないのだ。ムカつくわ。彼女はなんでもないふりをして実験室を回り、小銭をくすね歩いている。テーブルの上に置かれた小銭が罠だったらどうするの？　イライザはそんなこと、思いもしないだろうけど。科学者が夜中に実験室を掃除する私たちを試すために小銭を残しておいておくのだったら？　小銭がなくなったと聞かされたフレミングは、それが誰の仕業で誰をクビにすべきかを考えるはず。そうなったらどうするの？

イライザは、彼女自身が考え出した世界で生きている。履いている靴を見れば明らかだ。その感覚は、ゼルダが美術館で見たジオラマのひとつみたいだと思う。完璧な小さな王国なのだが、そっと歩かないと簡単に壊れてしまう。そんなのは、ゼルダの世界ではない。テレビを点《つ》ければ、怒りに満ちた空気の中で行進し、看板を突き刺している黒人たちを無視するわけにはいかないのだ。そういった映像が流れると、ブリュースターはチャンネルを変えてしまう。目を逸らすなんて腰抜けのやることだとわかっていても、心の中で、ゼルダは夫に感謝する。人種差別はアメリカ中に蔓延《まんえん》していて、翌日に彼女がタイムレコーダーのところで目にする光景は殺人だ。この国の至るところで、デイヴィッド・フレミングのような男どもが、ゼルダ・フラーのような女たちをクビにする理由を探しているのだ。

自分が他にどんな仕事ができるというのだろう？　生まれたときから、彼女はオールド・ウェスト・ボルチモアで暮らしてきた。その地区の集合住宅は、昔からほとんど変わっていない。今日、近隣はさらに住人が増え、さらに人種差別が進んだ。黒人が移り住んでくるから、地価が下がるかもしれないと白人の住民を不安にさせて不動産を安く手放させる不動産業者の手口〝ブロックバスティング〟や、黒人の転入を嫌う白人が大挙して他に移り住む〝ホワイト・フライト〟なるものがあるのだと知ったものの、ゼルダは取り立てて気にも留めなかった。郊外に住むのは、彼女の夢だ。松やマーマレードの香りがする空気を吸い込めば、オッカムで取り込んだ毒が心身から洗い流されるのを感じられるはず。郊外に住む頃には、もうオッカムでは働いていないだろう。オッカムまで通勤するのは遠すぎる。自分でクリーニング店を経営するのだ。イライザには、この夢を軽く百回は話している。イライザも一緒に連れていく。他にも賢い女性たちを雇い、男どもとは違って、きっちりと給金を支払うのだ、と。ゼルダは、イライザがこれを真剣に受け止めてくれるのを待っている。彼女は一度もまともに取り合ってくれていないが、それは当然なのかもしれない。気が向いたときにしか働かず、普段は家でテレビばかり見ている夫を抱えていたら金など貯《た》まらず、そんな話は単なる夢のまた夢。黒人の女にビジネスを始める資金を貸してくれる銀行など皆無だ。

昼間のカフェテリアは、上機嫌に笑い合う白人男性の溜まり場なのだろう、とゼルダは想像した。だが、夜のカフェテリアは、訳ありの下層階級の人間が身を寄せ合う洞穴みたいなものだ。岩肌が剥き出しで、蹴った石が反響して大きな音を立てるような——。隣接した通路から、靴底がカッカッと硬い床を叩く音が聞こえた。それは一定のリズムを保ち、どんどん大きくなっている。この確固たる足取り。こっちに迫ってくるのは……やはり、フレミングだった。ゼルダはイライザを見た。自分の親友。でも、もしかしたら自分の人生を破滅させる可能性があるかもしれない人物。そして、オールド・ウェスト・ボルチモアやオッカムから逃れるという自分の夢が、ストリックランドの牛追い棒の突起物の先から滴る血のように、彼女の人生から滑り落ちていくのを感じた。

18

「面倒な状況に巻き込まれてしまった。全くもって厄介だ」

フレミングは頭を抱えている。

その場の状況から、何か大変なことが起きたのだとはっきりとわかった。事件の余韻が、空気にまで漂っているかのように目には見えない奇妙なバイブレーションを感じる。命じられる前に、イライザは手際よく掃除を始めた。洗剤を溶かしたバケツの水にモップを突っ込み、しっかりと水気を絞って、大きな血溜まりを拭き取っていく。その間、フレミングはゼルダに指示を出していた。彼はいつだってそうしている。ゼルダは少なくとも、話し言葉で作業を理解したかどうかを確認できるからだろう。

「ふたりに今すぐF-1を掃除してもらいたい」

フレミングはやや早口で言った。「緊急の仕事だ。質問は受けつけない。頼む、何も訊かずにただ作業してくれ。急いで掃除するんだ。ただし、手抜きはなしだぞ」

「私たちに何をやれって言うんです？　一体ここで何があったんです？」

ゼルダの問いに、フレミングは頭を掻《か》いた。

「ゼルダ、ただ私の言う通りにしてくれ。そうしたら、事は速やかに済む。そうだな、生物学的な……問題とでも言おうか。床の上。もしくは、テーブルの上。あちこちチェックするんだ。私が詳しく説明しなくとも、君たちがちゃんとやれるのを知っている。心配は要《い》らない。とにかく汚れを落として、普段の状態に戻すんだ」

イライザはドアの方に目を向けた。ドアノブにも血がこびりついている。

「でも……私たちは……」

「ゼルダ、私が言ったことを聞いていなかったのかね？　ここが安全だと確信していなかったら、君たちに掃除しろとは言わない。注意点はひとつだけ。例のタンクには近づかないように。ミスター・ストリックランドが持ち込んだ、大きな金属の円柱形の容器を覚えているだろう？　あのそばには行くな。あのタンクに君たちが近づく理由は何もない。わかったか？　ゼルダ？　イライザ？」

「はい、わかりました」

ゼルダはそう答え、イライザはうなずいた。

フレミングはさらに何か言おうとして、腕時計をチェックした。

「十五分で仕上げろ。ピカピカにしてくれ。君たちの腕の見せどころだ」

この実験室は、もともと予備の部屋で、がらんとして全てが整理整頓されていたはずだが、今となっては、その片鱗《へんりん》すら残っていない。コンクリートの床の上には、金属の防御柵が張りめぐらされ、物々しい雰囲気を醸し出している。あの何か……生物らしきものをつなぐものなのか、鉄の手枷《てかせ》がついた鎖と連結されていた。壁に設置されたベージュ色のコンピュータからはケーブルが伸び、その先には、医療機器のような機材を搭載したカートがあった。部屋の中央にはテーブルが置かれてあり、四つの滑車が、それぞれ別の方向を向いている。外科手術の道具が、抜かれた歯のように散らばっていた。引き出しは開けっ放しになっており、手洗い用のシンクはどれも水で満たされ、タバコの吸殻はまだ煙を上げている。うち一本は火がくすぶっている状態だった。床は、いつものように、重労働が行われた形跡があった。

そして一面、血だらけだった。真っ赤に染まった室内を見て、イライザは雑誌に掲載されていたある写真を思い出した。それは、洪水に見舞われた低地を写した航空写真だった。まぶしい照明の下、ホイールキャップほどのサイズの血糊があり、その血はすでに凝固しているように見えた。この部屋の一番大きな血溜まりが大きな湖だとすると、小さな湖、池、水たまり、コップで少しこぼしたくらいの水、スポイトで垂らした水滴、露草から落ちた雫ほどへと、血はどんどんサイズが小さくなってドアまで続いている。それは、ストリックランドの歩いた軌跡でもあった。ゼルダが部屋を横切る際、押していたカートが小さな湖を踏んだらしく、赤い車輪の跡が床にできていく。彼女はそれを見て顔をしかめた。イライザもゼルダと同じ行動をとるしかなかった。他にも選択肢はあったのかもしれないが、驚きが先立って慎重な計画を立てる余裕などなかったのだ。

　時間はたったの十五分。イライザは、バケツの水で床の血溜まりを一気に洗い流すことにした。床にぶちまけた水が波となって血の湖と混ざり、ピンクの渦を作って隅へと流れていく。汚れは大量の水で洗い流せ。これは、ホームで教わったやり方だ。独り立ちした後の人生でも、こうして役に立っている。人生の謎、魅力、熱望、恐怖は、染みみたいなものだから、自分自身が疑問に思わない限り、同じように繰り返される日々の中でどんどん薄れていく。完全に消えてしまう前に、あれって確か……と気になり出さない限りは。濡らしたモップで粘り気のある血の塊を叩くようにしてゴシゴシ削《そ》ぎ落とし、モップをひっくり返して部屋の端へと引っ張っていく。こびりついた血糊は、水を吸って膨張し、酸化が進んで黒くなる。そして、小さな斑点となった後に完全に溶けてなくなるのだ。こうして赤い湖も池も水たまりもなくなれば、普段の床に戻る。濡れたモップが床を磨く聞き慣れた音は、今日もいつも通りだとイライザに言い聞かせてくれるようだった。コンクリートの上に黒い煤《すす》が付いている。たぶん、エンプティーズの発砲によるものだろう。モップをその上に走らせる。それとも、あの牛追い棒の電撃によるものだろうか。全部消えてなくなれ。イライザは必死にモップで汚れを拭っていった。

　タンクを見ちゃダメ。彼女は自分に言い聞かせた。見てはいけないのよ、イライザ。だが、好奇心には勝てなかった。とうとう彼女はタンクを見た。十メートルも離れていない場所から。タンクの隣には、この間、男たちが作業していた大きなプールのような水槽。よく見ると、実験室に置くには大きすぎるサイズで、大型恐竜が踏みつけてできた足跡に水が溜まったかに思える。プールの形は円形というより六角形に近く、彫像の台座みたいな足場で囲まれており、水面にたどり着くための木製の階段も据えてあった。フレミングはひとつだけ正しかった――あのタンクに君たちが近づく理由は何もない――確かに、タンクのそばに血は全くなかった。ダメだってば。目を背けるのよ、イライザ。彼女はもう一度己に訴えた。見ちゃダメ。しかし、彼女はタンクから目を逸らすことができなかった。

モップがけを続けるふたりは、汚れが最後に残っている地点で落ち合った。ゼルダは時計を確認し、鼻の頭の汗を拭い、バケツの水を流す前に、床の上のわけのわからない道具類をどけておいてとイライザに合図をした。イライザはひざまずき、床に散らばった道具や部品の数々を拾い集め始めた。ピンセット。刃が欠けた手術用のメス。針が曲がった注射器。ホフステトラー博士の道具に間違いないだろうが、彼が何かや誰かを傷つけるとは信じがたい。この実験室から出てきた彼は、大きなショックを受けていたふうだった。イライザは立ち上がり、ホテルのメイドがテーブルに食器を並べていくかのように、拾い集めた道具類を並行に並べていく。すると、ゼルダのバケツから勢いよく水が放られる音がした。視界の端っこで、巻き毛が伸びていくみたいに水が床を滑っていくのがわかった。

ゼルダが笑い声を上げた。

「あれ、見てくれる？　清掃係はタバコを吸うのに、荷物の積み下ろし場まで行かなきゃいけないのよ。どうやら、そこまで待てない誰かがここで一服したみたいね。ほら、ここに葉巻の吸殻が――」

普段のゼルダは、驚いて息を呑《の》むタイプの人間ではないはずだ。イライザがハッとして後ろを振り返ったとき、相手のモップが材木みたいに倒れるのが見えた。バケツの水がテーブルの下を流れて壁にぶち当たり、寄せては返す波のようにこちらに戻ってきた。そして、一度は視界から消えた葉巻の吸殻も戻ってきた。少なくとも、その時点では吸いかけの葉巻だと思っていた。二本のそれをつまみ上げたイライザはギョッとし、咄嗟にゼルダが息を呑んだ理由を理解した。わなわなと手が震え、二本とも床に落としてしまった。一本は音もなく落下した。もう一本は、床に落ちた瞬間、カチンという音を立てた。それは、銀色の結婚指輪が外れた音だった。

19

ゼルダは助けを呼びに行った。彼女のナースシューズが、爆竹のような音を立てて廊下を小走りに進んでいく音が聞こえる。イライザはストリックランドの指を見つめていた。小指と薬指だ。噛む癖があるのか、爪の縁は凸凹しており、指毛が芝生《しばふ》のように生えている。薬指の結婚指輪をはめていた部分だけが、日焼けせずに青白いままだった。イライザは、ストリックランドがこの実験室から廊下に飛び出してきたときの様子を思い浮かべた。あのとき、左手は握られていた。この二本は、トイレでセロファンの袋をカサカサさせて緑色のキャンディを漁っていた指だ。

このままにしておくわけにはいかない。切断された指は、再接着できる。どこかでそう読んだ。たぶん、ホフステトラー博士なら、そのやり方をもっと詳しく知っているだろう。イライザはしかめ面のまま、周囲を見渡した。このF-1は実験室だ。例えばビーカーとか、何か容《い》れ物があるはずだ。しかし、オッカムの実験室は、イライザのような人間を失敗させ、あざ笑う。難解な道具や設備が据えられており、解読することなど不可能な場所なのだ。絶望的な気分で部屋のあちこちに目をやっていたとき、自分にも十分馴染みのあるものがゴミ箱の隣に置かれていることに気づいた。それは、茶色の紙袋。ゴミが詰まっているのか、膨らんでいた。イライザはゴミ箱まで歩いていき、袋をひっくり返して中身を捨て、中に手を突っ込んでパペットのように袋をガサゴソと動かした。床に落ちている二個の塊は人間の指なんかじゃない。片づける必要があるゴミだ。彼女は自分にそう言い聞かせ、例のゴミを拾い上げるためにひざまずいた。

　それは、どことなく鶏肉の切り身にも似ていた。柔らかく、そして、彼女の手でも十分握れる細さだ。茶色の袋を手袋代わりにはめたまま、指を掴もうとしたものの、血でぬるぬるしており、一度、二度、三度と掴み損ねた。床に落とすたび、血液が飛び散ったのだが、それは、隣人のジャイルズが絵筆を落として絵の具を撒き散らす感じに似ていた。こうなったら仕方がない。イライザは意を決した。息を止め、顎を引き締め、素手でそれらをつまみ上げたのだ。掴んだ感触は、力のこもっていない握手のときの指のように生温く、柔らかかった。彼女はそれを茶色の紙袋に入れ、何食わぬ顔で、袋の上を二重に折った。次に、床に転がっている結婚指輪をまじまじと見つめつつ、ユニフォームの裾で指のぬめりを拭う。指輪も放っておくわけにはいかない。しかし、紙袋は二度と開けたくない。そこでイライザは血に染まった指をつまみ、汚れを拭き取ってからエプロンのポケットに入れた。立ち上がった彼女は二、三度まばたきをし、呼吸を整えた。手にした紙袋は中に何も入っていない気がする。まるで二本の指が芋虫みたいにクネクネと動き、袋から這い出してしまったかのようだ。

　今、ここには自分しかいない。室内は静寂に包まれていた。静寂？　彼女の耳は柔らかな機械音を察知していた。通気口から吹いてくる空気の音。イライザは顔を上げ、もう一度部屋の奥に目を向けた。その途端、胸をざわつかせる疑問が頭に浮かんだ。ここにいるのは本当に私だけ？　フレミングは、私とゼルダにタンクに近づくなと警告した。

　例のタンクには近づかないように。

　適切なアドバイスだ。守らなければ。タンクに近づいてはいけないのよ、イライザ。彼女は自分に強く言い聞かせた。タンクから目を逸らして足元に視線を落とすと、光沢のある靴が、モップをかけてきれいにした床を滑るように動いていくのがわかった。そう、自分はタンクへと近寄っているのだ。

　先進技術に囲まれているにもかかわらず、イライザは自分が洞窟に住むアニメの原始人のようだと感じていた。猛獣の唸り声が聞こえ、草が揺れているというのに、危険が潜むその藪《やぶ》へと進んでいくというシチュエーションだ。二百万年前の向こう見ずな行動は、現代でも向こう見ずなのだ。しかし自分の心臓の鼓動は、ストリックランドの無害な指を掴んだときほど速くなっていない。それはおそらく、フレミングがここでの安全を約束してくれたからだろう。あるいは、毎晩、自分が暗い水の底を夢見ているからかもしれない。シリンダー型のタンクの小窓の向こうにあるのは、暗闇。そして、水だ。

Ｆ−１は照明が明るすぎて光が反射し、タンク内部の暗がりがよく見えない。そこで袋を下に置いたイライザは両手を目の上にかざし、タンクの小窓に合わせて手で枠を作った。指のオペラグラスといった感じだろうか。屈折した光は、彼女を螺旋《らせん》状に降下している気分にさせた。タンクのガラスに鼻を押しつけ、イライザは上の方を見た。ここでとう、彼女の心拍数は急上昇した。この古い〝鉄の肺〟と呼ばれる装置自体が、悪夢に出てきそうな恐ろしい造形に思えたからだ。

タンク内の仄暗《ほのぐら》い水では、薄い光が渦巻いている。イライザは呼吸を落ち着かせた。まるで遠くでちらつく蛍の光みたいだ。手のひらをタンクの小窓に押し当て、彼女はもっと近くで感じたいと思った。自分の肉体がそれを欲しているとわかったのだ。タンクの中の液体は、アラビア風のベールが風に舞うがごとくしなやかに回転し、ねじれ、踊っている。光の点と点の間で漂う泡が集まり、融合し、何かを形作る様は、なんと幻想的なことか。いいえ、これはひと筋の光が両目の網膜の光受容体細胞に当たっているだけよ。イライザはそう言い聞かせようとした。それでも、漆黒の水の中でゴールドに閃《ひらめ》めく粒に魅了されずにはいられなかった。

突然、大きな音が鳴り、イライザはタンクのガラスが破裂したのかと思った。しかし、それは実験室のドアが乱暴に開けられた音だった。何人もが中になだれ込み、その足音で室内が揺れた。彼女は慌てて紙袋を掴み上げた。それと同時に、自分は本当に洞窟に住む原始人のようだと思った。彼らが押し入ってきたとき、猛獣が襲ってきたのかと身をひるめたものの、それが人間——フレミング、エンプティーズ、ホフステトラー博士だとわかるや否や、彼らに駆け寄り、茶色の紙袋を掲げて戦利品であると誇示したからだ。戦利品。そう、陶酔感に浸りながら殲滅《せんめつ》させた敵の目を覗き見たこと、それを語るために生き延びたことに対するトロフィーだ。イライザはサバイバルできた事実にめまいを覚え、興奮し、ほとんど泣き笑い状態になっていた。

20

どの部屋を自分のオフィスにするか、ストリックランドには複数の選択肢があった。一階の部屋は、青い芝生のパノラマビューが楽しめたらしい。彼は、フレミングのイチ押しの部屋を断り、代わりに窓のないセキュリティカメラ室がいいと申し出た。フレミングが納得がいかずに怪訝《けげん》そうに何度も首を捻るのを見て楽しみつつ、そこにデスク、キャビネット、ゴミ箱、そして電話を二台置くように命じた。一台は白い電話、もう一台は赤い電話だ。この部屋は小さくて、きれいで、静かで、完璧だった。彼は、十センチ四方のモノクロのモニター群に目を向けた。どこを見ても同じような通路。各所でフラフラと歩いている深夜勤務の連中。アマゾンでは、どこを向いても圧迫感が尋常でない熱帯雨林の光景ばかりだった。行けども行けども、三百六十度似たような景色を見続けた後、こんなふうに違った場所を一度に見られるのは、なんと心休まることか。ストリックランドは、モニターに映る映像を隅々までよく調べた。

最後に男子トイレで会った二人の掃除係は、今、自分の真後ろで腰掛けている。便器から大きく外れてしまった小便のことは、未《いま》だに恥ずかしく、身体をウズウズさせた。彼女たちは、自分が出ていった後、大爆笑したに違いない。今こそ関係を立て直すチャンスだ。彼は左手をぶらぶらさせた。彼女たちに包帯を巻いた手、再接着させた指の形を見せよう。包帯の下がどんなふうになっているのかを想像させるために。もちろん、ひどくグロテスクな見てくれだと、自分で説明してもいい。指は手にうまく接着しておらず、しっくいのような白さで、プラスチックみたいに硬く、タランチュラの足並みの黒くて太い糸で縫いつけられている。

彼女たちがこの薄暗い明かりの中でも指を見ることができるかどうか。それが、ストリッククランドの唯一の気がかりだった。実は、ここにオフィスを構えてから、天井のライトを外したのだ。十六のモノクロスクリーンのぼんやりとしたグレーの光で部屋が満たされる方が良かったからだ。ジャングルのどぎつい色味と灼熱《しゃくねつ》地獄を経験した後、まぶしい光は騒音並みに不快になった。それゆえ、F-1の照明の強さは、ストリッククランドにとっては耐え難いものだった。ホフステトラー博士は、あの生き物のために夜間は照明を暗くするようになったものの、それは不快感を増した。自分とあのアマゾン産の〝貴重品〟が光に関して同じ感受性であると考えただけで、怒りが込み上げる。自分は獣ではない。獣の部分は、ジャングルに置いてきた。良き夫、良き父親でありたいと願うならば、そうする必要があったのだ。

彼女たちが何を目にするのかを確認すべく、ストリッククランドは縫いつけられた指をクネクネと動かしてみた。鋭い痛みが走り、血がにじむ。めまいがして、モニターの画像がぼやけて見えた。気を失わないよう、彼はまばたきをした。この痛み――痛みだけではなく、他に何かがある。医者は痛み止めを処方した。その錠剤が入った瓶は、デスクの上に置いてある。医者というものは、肉体的苦痛に意味があることを知らないのか？　鎮痛剤など飲んでも、痛みは激しさと鋭さを増すだけだ。医者など要らない。キャンディの方がずっと効き目がある。

鋭い、チクチクと刺すような、心を掻き乱す感覚を考えていて、ふと彼は後ろを振り向いた。引越し先でレイニーが荷解きを拒んでいるため、自分でダンボール箱を漁って、ブラジルで購入した緑色のキャンディの袋を探し出さなければならなかった。しかし、そうする価値は十分にある。彼が袋を摑み上げたとき、セロファンが立てた音は田舎の小川のせせらぎを思わせた。芝生を思わせる鮮やかな緑色の飴玉を口に放ると、舌の上で軽快に転がってあちこちの歯にぶつかり、口の中でビリヤードをしているみたいになる。ああ、こっちの方がずっといい。薬なんかよりよっぽどマシだ。味蕾《みらい》から砂糖の甘さを感じつつ息を吸う幸福感に酔い、ストリックランドは椅子の中にすっぽりと身体を沈めた。

このふたりの掃除係には、感謝すべきなのだろう。ちぎれた指を見つけてくれたのだから。実は、それはフレミングからの申し出だった。しつこく言ってきたのだったら、ストリックランドはフレミングにあっちに行けと命じていただろう。しかし、彼はちょうどデスクワークに飽き飽きしていたところだった。一日中デスクに座りっ放し。デスクワークを生業としている連中は、どうやって耐えてるんだ？　鼻をかむ権限を得る前に五十五回署名をした。百回サインをして、ようやく尻を拭けた。攻撃を受けている最中に、愚かな憲兵たちが銃弾を一発も貴重品に当てられなかったのは残念だ。よっぽど〝アラバマ・ハウディ〟を摑んでF‐1にドカドカと歩いていき、研究されるために生かされている奴の残り時間をずっと短くしてやろうかと思った。ギル神がいなくなれば、自分はホイト元帥のもとから立ち去り、妻と子供たちとの生活に戻れるのだ。自分はそれを望んでいる。そうだろ？　自分ではそうだと思っている。

さらに、彼は眠ることができない。痛みのせいで不眠症なのではない。だから、別に構わない。結局は、あのバカな掃除係たちに謝意を示すことになるだろう。だが、自分のやり方でやってやる。ストリックランドは、まともに小便器から漏らさずに用を足すこともできない、身体は大人なのに中身は子供のままという存在ではないのだとわからせてやろう。とにかく自分は大急ぎで家に帰るつもりもない。レイニーがこちらを見るあの目。あれには耐えられない。ジャングルが彼からもぎ取ったもの、その後、彼が慌てて縫い合わせようとしたものに比べたら、この指などなんでもない。俺は努力してるんだ。レイニーにはそれが見えてないのか？

ストリックランドは、ふたつのファイルのうち、上に置かれてあったものを手に取った。

「ゼルダ・D・フラー」

「はい」と、彼女は返事をした。

「書類には既婚と書かれているが、どういうわけで旦那と苗字《みょうじ》が違うんだ？　離婚もしくは別居しているなら、ここにそう記されているべきだろ」

「ブリュースターは夫のファーストネームです」

「まるで苗字みたいな響きだな」

「はい。でも、違います」

「イエスだけど、ノーなのか。イエスだけど、ノー」

　彼は右手の親指で額をグリグリと押し、左腕に這い上がってきそうな痛みに対処した。

「そんな答え方じゃ、終わるのにひと晩中かかってしまうぞ。今は十二時半だ。真夜中のね。君をお昼の二時にここに呼び出すことだってできたんだ。私にとってはそっちの方が楽だったのに、そうしなかった。君の時間に合わせてやったお返しに、ベストを尽くしてくれ。早く済ませられれば、私はさっさと家に帰って、寝床に入り、子供たちと一緒に朝食をとれる。それが私にとっては当たり前のことなんだがね、ミセス・ブリュースター。君にも子供がいるだろう？」

「いません」

「いないのか？　今どき、なんでだ？」

「わかりません。ただ……どうしてもうまくいかなくて……」

「それは残念だ、ミセス・ブリュースター」

「あの、私はミセス・フラーです。ブリュースターは夫のファーストネームです」

「ブリュースター。それが苗字でないとはね。ふん。ところで、君には兄弟がいるだろうから、甥《おい》っ子や姪《めい》っ子との交流で、子供との過ごし方を知っているはずだ」

「あいにく兄弟はいません」

「そいつはたまげたな。それって普通じゃないだろ？　君たちの人種じゃ特に」

「母親は、私を産んで亡くなりました」

「おや、二ページ目があったとは」

ストリックランドはそう言って、ページをめくった。「それは残念だったね。だけど、母親の記憶がないなら、君は母親を恋しがらずに済んだな」

「わかりません」

「悪いことがあれば、良いこともあるさ。私はいつもそう言っている」

「そうかもしれません」

そうかもしれない。今、痛みは恐ろしく激しさを増しているかもしれない。まるで塩酸が入ったふたつの風船が、彼の左右のこめかみの内側でどんどん膨らんでいる気分だった。その風船は破裂するかもしれない。塩酸で顔が溶け、この女たちは、私が金切り声を上げながら骸骨になる様を目撃することになるかもしれない。彼はそのページを一本の指で押さえ、ふらつく視点を定めようとした。死んだ母親。ほのめかされた流産。なんともイカれた結婚だ。クソだな。言葉なんて必要ない。ホイト元帥のギル神についての文書を考えてみればいい。確かにあれはミッションを説明していた。だが、ジャングルがいかに人間の中に入り込んでくるかを説明してあったか？　寝ている間に蚊帳《かや》の隙間からつる植物が入り込み、ズルズルと蛇のように口に忍び寄って食道を通り、しまいには心臓を締めつけてその動きを止めるなんてことは、ひと言も書かれていなかったじゃないか！

どういうわけか、F-1内の物事に関する政府の書類もできていた。そして、やっぱりどうしようないクソ文書だった。タンクの中にいるものは、言葉で捉えることはできない。自分の持つ全ての感覚が必要だ。アマゾンで彼の感覚は電気を帯び、怒りと儀式で飲まれた謎の液体〝buchité《ブシテ》〟で研ぎ澄まされた。アメリカに帰国し、彼の感覚は鈍ってしまった。ボルチモアに来てからは、まるで昏睡《こんすい》状態も同然だ。指を二本引きちぎられたことが彼を再び覚醒させるかもしれない。今の自分を見ろ。真夜中に、低賃金で働く深夜勤務の人間の話を聞いている。彼女たちが雇われた正確な理由は、のろまで、教育を受けていない女だからだ。そして、俺の顔に向かって「そうかもしれない」などと答える愚か者。失われた感覚が戻りつつある今の自分は、それがはっきりと見えていた。

21

「その〝D〟って何だ?」と、彼は大声で訊いてきた。

　ゼルダはずっと、権力ある男たちに脅かされる人生を送ってきた。公園までついてきて、おまえの父ちゃんはペンシルバニア州ベスレヘムで白人の仕事を奪ったから縛り首にされると告げた製鋼工。黒人女性に教育を施すのは、彼女たちが絶対に手に入れられないものへの切望を増すだけと言い切った地元ダグラス高校の教師。ボルチモアの戦いで戦死した米軍兵士の数を述べ、これでも君は白人のクラスメートに礼を言いたいと思わないのかとゼルダに訊いてきたマクヘンリー砦《とりで》の案内係。しかしながら、オッカムでは、そういった脅し文句はフレミングからしか発せられず、彼女はそれに対処する術を学んでいた。要は、品質管理チェックリストを完璧にこなし、何か言われたら、相手にとっていかにこちらがみすぼらしい存在であるかを再確認させ、とにかくおべっかを使いまくればいいだけの話だ。

　ところが、ミスター・ストリックランドはフレミングとは違った。ゼルダは彼のことを知らない。知っていたとしても、あまり問題ではない気がする。彼はライオンのような目をしている。ゼルダが過去に動物園で見たのと同じ。目から敵意の度合いを判断するのは不可能だ。どうして自分とイライザが壁一面にセキュリティモニターが埋められた部屋に呼び出されたのか、その理由を探ろうとしても無駄だろう。ただし、決して良いことではないのは確かだ。

「〝D〟ですか?」

　彼女は思い切って聞き返した。

「ゼルダ・D・フラーのDだ」

　この質問には、明確に答えられる。彼女はよく考えもせずに即答した。

「Delilah《デリラ》の頭文字です。ご存知かと思いますが、旧約聖書に出てくる女性の名前で――」

「デリラ?　死んだ母親が名づけたのか?」

　彼女は喰《く》らったパンチの衝撃をどう吸収するのかを知っていた。

「はい。父親からそう聞きました。女の子が生まれたらデリラと付けよう、と」

　ストリックランドはキャンディをガリガリと嚙んだ。飴を嚙むときの顎の動きもライオンみたいだ。ゼルダは彼の飴の袋を見たときに、その安物のキャンディのことを知っていた。自分も幼い頃、それで育ったようなものだ。しかし、彼のキャンディの安さはレベルが違う。キャンディは頬の内側を切り裂いていた。相手の頬や歯茎に細長いキャンディの破片がこびりついているのを見た。唾液で薄められた血も見えた。その血はきっと、冷たくまろやかで、ちょうどキャンディの色が赤と緑では全く違うように、キャンディ自体とは正反対の味がするに違いない。

「君の死んだ母親はなかなか面白い女性だな」

ストリックランドは書類に視線を落としたままだ。「君はデリラが何をしたか知ってるんだよな？」

これは、科学者たちがうっかり置き場所を間違えただけなのに、掃除した奴が盗んだと早合点して文句を言ってくるケースなのに、フレミングが事実を歪曲《わいきょく》して清掃担当者を叱りつけてくるパターンに似ている。ゼルダは身構えたが、聖書に出てくる人物のことを真剣に学んだことなどなかった。

「それは……教会では……」

ゼルダが口ごもると、ストリックランドが顔を上げ、にやりと微笑んだ。

「私の妻は、熱心に教会に通っていてね。だから、私も聖書の話にはそれなりに詳しい。神はサムソンという男に強靭《きょうじん》な肉体と怪力を与えた。ロバの顎骨を振り回してペリシテ人を千人殺したとか、そういう類《たぐい》だ。で、デリラだが、彼女はサムソンを誘惑し、彼の秘密を聞き出した。サムソンは生まれてから一度も髪を剃ったことがなく、それが神に与えられた力を維持する秘密だったんだ。デリラは手下に彼の頭を剃らせた。力を失ったサムソンはペリシテ人の手に落ち、両目をえぐられた。牢獄《ろうごく》では足枷を付けたまま延々と粉を挽《ひ》かされ、単なる拷問の対象と化した。サムソンをたぶらかして、破滅に追い込んだ。それがデリラのやったこと。女性にとって本当に名誉な行為だな。まあ、何が言いたいかというと、変な名前だってだけだ」

会話はこんなふうになるべきではない。不公平だ。ゼルダだって、聖書の同じ話を知っていた。だが、彼女の口は真実を告げられなかった。ストリックランドの期待通り、無知で間抜けな黒人女を演じてやった。波風を立てずに生きるために、自分はそうすることに慣れてしまっている。どんなに悔しくても、プライドを捨て、白人男性にとって典型的な〝愚かな黒人女〟だと思わせて、相手に優越感を覚えさせるのだ。全てが生きていくためだった。しかし、さすがに今回ははらわたが煮えくり返った。ストリックランドは資料を見つめて、舌打ちをした。私の経歴を見て舌打ち⁉　彼女の目は大きく見開き、唇が震えた。このままでは精神的に耐えられず、何か言い返してしまいそうだと思ったとき、彼はもうひとつのファイルを取り出した。ストリックランドの関心がイライザに移ったことに、ゼルダはホッとした。そして、安堵した自分を恥ずかしいと思った。それでも彼女の耳には、この男が心で考えていることが聞こえる気がした。怠惰な態度は、厳密には黒人の問題ではない。下層階級がいつまでも下層階級なのは、下層階級の人間が独力でどうにかする手段を見つけられないせいだ。より複雑な作業を白人女性から奪えると思う？　それでも彼女にほんのわずかな勇気と才覚があれば、今頃こぢんまりとした家で子育てをしながらゆったりと暮らしていただろう。夜行性の獣みたいに深夜勤務の仕事などせずに。

ストリックランドはキャンディを噛み、ふたつ目の書類に目を滑らせている。

「イライザ・エスポジート」

彼はわざとらしく苗字を発音し直した。「エ・ス・ポ・ジー・ト。メキシコの血でも入ってるのか？」

ゼルダはイライザをちらりと見た。親友の顔は緊張して引きつっている。口が利《き》けないことを知らない相手と話すときは、いつもそんな顔になるのだ。ゼルダは咳払いをし、助け舟を出した。

「イタリア系で、孤児院で付けられた名前です。赤ん坊だったイライザは河原に捨てられているのを発見され、孤児院で大きくなりました。孤児院が彼女の名づけ親です」

ストリックランドは顔をしかめ、ゼルダを見た。理由はわかっている。彼は自分の話を聞くのに飽きたのだ。自己強化の神話を創り出すことは、共通集合のもうひとつの欠点だと信じているに違いない。ここにいる娘は川岸で見つかった。ここにいる男は羊膜《ようまく》が頭に被さって生まれてきた（羊膜が被さっているのは幸運の印だという）。捨て子だったという哀れを誘う誕生秘話は、神々しさの証として繰り返し語られるものだ。

「ふたりは知り合ってどのくらい経つんだ？」

ストリックランドは低い声で訊ねた。

「イライザがここで働くようになって以来なので、十四年くらいかと」

「そいつは長い付き合いだな。つまり君たちは、ここではベテランだ。物事の流れを十分に承知している。君らが私の指を見つけてくれたんだな？」

彼は額を擦った。汗をかいている。どこかが苦しいようにも見えた。「これは質問だ。

答えてくれ」

「はい。おっしゃる通りです」

「では、君たちに礼を言わせてもらうよ」

彼は全く笑顔になっていなかったが、微笑もうとしているのか、妙な具合に顔を歪めている。「てっきり指はもうダメだと思ったんだがね。しかし、まさかあの紙袋に入れて持ってこられるとはね。普通、ああいうペラペラの紙袋には、紙袋よりマシなものが入っているべきだろう？　医者によれば、濡れた紙切れが氷代わりになれば良かったんだが、そうではなかったようだ。神経やらその他もろもろを分類する前に、指を消毒するのに多くの時間を無駄にしたと、医者は言っている。勘違いしないでくれ。その点で君たちを責めているわけではない。ただ、今後どうなるか、今はわからないということだ。ここにいるデリラ・ブリュースターが子宝に恵まれるかどうかについて議論するようなものだ。私の左手の薬指と小指が元通りになるか、ならないか。結果はふたつにひとつ。ということで、君たちには現状を伝えておこうと思ってね」

「申し訳ありません、ミスター・ストリックランド」

ゼルダは精一杯、口先だけの謝罪をした。「私たちなりにやれるだけのことをやりました」

自分自身で疑問に思う前に、真摯な態度で謝ってしまうというのが、ゼルダのやり方だった。ストリックランドはうなずいた。しかし、問題が起きた。彼はイライザを見た。彼女にも同じ謝罪の言葉を期待しているのだ。何も言わないイライザに苛立《いらだ》ちを募らせているのか、疲労がにじんだその顔がどんどん暗くなっていく。事情を知らない相手にとって、イライザの無言はときに非礼に映る。これはぐらかそうとしてもダメだ。ゼルダは祈るような気持ちで、今一度、ライオンの檻《おり》に足を踏み入れた。

「イライザは話せないんです」

22

軍の仕事は、携わる者にある前提を染み込ませる。話さない人間は疑わしい。そいつらは対話より攻撃的行動を選ぶ。そいつらは何かを隠している。このふたりの女たちは策略を練るほど賢くはないだろうが、油断は禁物だ。下層階級は、結局、共産主義者、連邦主義者、何も失うことのない連中の居場所に過ぎない。

「彼女は口が利けない？」

ストリックランドは聞き返した。「それとも、敢えてしゃべらないのか？」

「しゃべることができないんです」と、ゼルダは答えた。

ズキズキする腕の痛みが消えていく気がした。こいつは面白い。その事実は、イライザ・エスポジートという女がなぜこんなクソみたいな仕事を続けているのかを説明してくれた。生い立ちはもとより、彼女の身体能力が制限されているからだったのだ。書類の二ページ目に全て記されているのかもしれないものの、彼はファイルを閉じ、イライザをじっと見つめた。聴力には問題ないらしい。向こうもこっちをじっと見ている。特にストリックランドの唇に注目している。自分の唇は、ほとんどの女性が卑猥《ひわい》だと思うらしいのだが。彼はさらに鋭い視線を向けた。願わくば、ブシテを飲んだときのように感覚が研ぎ澄まされ、イライザの襟元で見え隠れする首の盛り上がった傷跡の組織まで見えればいい。

「手術でも受けたのか？」

ストリックランドの興味は、その首の傷に移った。

「イライザの両親が付けたのか、孤児院の誰かの仕業なのか、わかりません」

ゼルダはためらうことなくすぐに答えた。この問いにも答え慣れている感じだった。

「折檻《せっかん》か？　なんで赤ん坊にそんなことするんだ？」

「赤ちゃんは泣きますからね。たぶん、傷をつけた誰かは、泣き声に耐えられなかったんだと思います」

彼は、ティミーとタミーが赤ん坊だったときのことを思い出した。ワシントンＤＣからフロリダに戻るたび、レイニーを見てショックを受けたものだ。赤ん坊を風呂に入れたり、おむつを替えたりするのによほど忙しかったのか、育児疲れで手も足も指も全部だらりと垂れ、ぐったりと椅子に座っていた。じゃあ、孤児院で働いていると仮定しよう。面倒を見なければならない赤ん坊はひとりではなく、ふたりでもなく、十人以上いるとしたら？　彼は、睡眠不足についての軍の研究レポートを読んだことがある。正気ではないのに、自分は正気であると思わせる危険性が潜んでいるという。寝不足を侮《あなど》ることはできないのだ。

ストリックランドは首をもっと伸ばしてくれと言いたかった。そうすれば、モニターのグレーの光が傷跡の上を滑らかに横切るのが見え、その陰影から傷の形状をより正確に知ることができるからだ。イライザの瞳に潜む獰猛《どうもう》さが、彼女を面白い存在にしている。その傷は、彼女が飼い慣らされていることをほのめかしている。なかなか魅力的なコンビネーションだ。こちらの視線を受け、イライザはそわそわし、何度も脚を組み替えている。なんだ、そうか。結局は普通の小娘に過ぎないんだな。ただ、彼も予想していなかったのだが、彼女は他の掃除係と違い、ゴム底の靴を履いていなかった。しかも、靴の色はコーラルピンクだ。同じような靴を日本で見たことがある。側面には、空軍の爆撃機が描かれていた。しかも、ピンナップ写真のモデルが履いていたはずだ。現実とはほど遠い組み合わせだったのだが。

イライザ・エスポジートは、握り締めた両手の拳を見つめている。ここに呼ばれる者が皆そうするのだが、何かを思い出している最中です、とアピールしているつもりなのだろうか。そして、スモックのポケットを探り始めた彼女は、小さな光る何かを取り出し、こちらに差し出してきた。その陰鬱な表情のせいなのか、もう片方の手の動きが、サルがやるような奇妙な動きに見えた。親指を上にして握った拳を、胸の前でくるりと回転させたのだ。こいつは正真正銘イカれている、とストリックランドは決めつけた。隣の黒人女が甲高《かんだか》い声でそれが手話だと言うまでは。

「すみませんという謝罪の意味です」と、ゼルダは説明した。

イライザが握っていたのは、彼の結婚指輪だった。てっきり、あの貴重品が飲み込んだと思っていたのに。レイニーが見たら喜ぶだろう。しかしながら、彼の心は何も動かなかった。イライザの顔をまじまじと観察したものの、そこに不誠実さは何も感じられない。どうやら指輪を盗んだのではないようだ。その表情からにじみ出ていたのは、誠意だった。手話だとわかると、胸の前で回転させる動きはサルには見えず、どこか官能的にすら思えるようになった。彼は突然、理解した。自分は光や騒音に対し、嫌悪するようになった。そしてここに、まるでそれにあつらえたような女が現われた。夜の暗闇で働く女。音を発することのできない女。

ストリックランドは左手を差し出し、手のひらの真ん中の凹みに指輪を置かせた。それはどこか儀式めいていて、女から男へ指輪を贈るあべこべの結婚式のように思えた。

「まだはめられないが、とにかく助かったよ」

彼の言葉に対し、イライザは肩をすくめ、こくりとうなずいた。互いに視線を合わせたまま。なんだ、この感じ。居心地が悪いな。こういうのは苦手だったが、その実、嫌ではなかった。彼は目を逸らした。自分の方が目を背けるのは、滅多にないことなのに。行き場を失った視線は、彼女のピンク色の靴に向けられた。ぶらぶらする足の先で、ピンクの靴が弾んでいる。それを見て理由もなく、痛みが腕を駆け上がってきた。歯ぎしりをしたストリックランドはキャンディの袋に手を伸ばそうとしたが、袋ではなく、机の引き出しを開けた。痛み止めの容器がそこにあった。数本の黒い鉛筆の間で、瓶の中の錠剤が輝いている。額の毛穴から玉のような汗が噴き出すのがわかったが、敢えて拭おうとはしなかった。汗を拭うのは、支配する側が見せるジェスチャーではない。

「それが、ここに呼び出したひとつ目の用件。続いての用件は、F-1についてだ」

黒人の方が口を開けたのを見るや、ストリックランドはサッと手を上げて、女の口を閉じさせた。

「わかっている。君たちは書類にサインをした。こんなの全部がデタラメだと知っている。私は気にしない。私の仕事は、その署名の重要性を君たちが理解していると確認することだ。ここに勤めて十四年だよな？　そいつは素晴らしいこった。来年は勤続十五年のお祝いにケーキが出るかもな。十四年と聞いて、私が何を思ったかわかるか？　十四年も同じ場所に勤めていたら、飽きるよな。怠け癖がついてもおかしくない。ミスター・フレミングは君たちに言ったはずだ。指示があるまでF-1の清掃はするな、と。どういうことかわかるか？　君たちは指示に背いた。ミスター・フレミングに従わなかったんだ。私の指示には従ってくれよ。私は誰の代表だと思う？　アメリカ政府だ。我々は普通ローカルな問題など取り扱わない。我々は連邦政府の問題に対処するためにここにいるんだ。ここまで理解したか？」

　イライザは足を揃え、椅子の奥へと滑らせた。肯定的で服従を意味するサインだ。しかし、彼女の靴が見えなくなってしまったことに、ストリックランドは嘆いた。その直後、二台ある電話のうちの片方が鳴り出した。その大きな呼び出し音でこめかみの内側の酸が詰まった風船が破裂し、左腕へと流れ、手の中の結婚指輪の下に水たまりを作っていく感覚を覚えた。こんな遅くに電話？　痛みを退けられることを祈りつつ、彼は怪我《けが》をした方の手を動かした。

「さっさと終わらせよう」

そう前書きのように言って、ストリックランドはさらに続けた。今夜の会話の本題だ。

「君たちは何かを見たかもしれない。それならそれでいい」

彼も何かを見ていた。彼の眼球に直接注ぎ込まれる、赤く腐った血の筋を。赤。鳴っているのは赤い電話だった。ワシントンDC。おそらくホイト元帥からだろう。彼女たちをオフィスから追い出さなければならない。彼のギル神との対抗意識は大胆にも、沼地、流砂、悲惨さの暗い深淵から頭をもたげようとしている。赤い電話。赤い血。赤いアマゾンの月。

「これで最後だ。いいか、よく聞いてくれ。天才でなくても、我々がここで生きた標本を扱っていることはわかるはずだ。そんなことは関係ない。全く問題ない。知らなければならないのは、これだ。F-1のあの何か。あれも二本足で立つかもしれないが、我々人間は神のイメージの中で作られた生き物だ。我々こそ選ばれし者。そうじゃないか、デリラ?」

価値のない黒人女は、覇気のない声でささやくように返した。

「神さまがどんな外見なのかわかりません」

痛みはいよいよ本格的なものとなってきた。個々の末端神経を感じられるほど、ストリックランドの全身は敏感になっている。体内のライトのスイッチが全てオンになった感じ、とでも言おうか。いいだろう。痛み止めを飲めば済むことだ。彼はすでに薬のボトルを摑んでいた。頬に錠剤を詰め込んだまま、赤い電話に応対してやる。とどのつまり、大量生産された薬は、文明人が飲むものだ。そして、彼は文明人だった。あるいは、これから文明人になる。すぐに。この電話は、こちらの真価を試すテストなのかもしれない。あの貴重品に対する決定がなされたのだ。それから、彼が事態をコントロールする必要性があると忠告されるのだろう。ストリックランドは、痛み止めのボトルの蓋を親指で押し上げた。

「神は人間と同じ見てくれだよ、デリラ。私みたいでもあり、君みたいでもある」

彼はうなずき、女たちにドアへ向かうよう顎で指示をした。「ただし正直に言えば、神に似ているのは、君ではなく私だろうな」

23

曖昧模糊《あいまいもこ》だったイライザの夢は、徐々に鮮明になり始めていた。彼女は川の底で仰向《あおむ》けに横たわっている。何もかもがエメラルド色だ。苔《こけ》むした石からつま先で跳ね、水草を撫でながら滑り、沈んだ木々のビロードの感触を思わせる幹を蹴って浮遊する。彼女が認識できる物が次第に明らかになってきた。ゆっくりと回転するゆで卵用のタイマー。鍋で沸騰するお湯の中の卵は、自転する小さな月のようだ。不恰好な魚の群れが通り過ぎると、靴たちが揺れ、レコードのジャケットはエイのごとく落下する。

突然、二本の人間の指が浮かんでいるのが見えて、イライザはパッと目を開けた。

リチャード・ストリックランドはイライザを大いに苦しめている。特に、彼の指に取り憑かれていた。数日前のある晩、夢の中の彼女は、これが夢だと気づいていきなり目が覚めた。それ以来、ずっと同じような目覚め方をしている。この世と交流するのに、イライザは自分の指を巧みに動かし、手話を使う。〝声〟というコミュニケーション手段がないからだ。自分の現実との接点である大事な部位、指を失う危険がある男に怯えるのは、自分にとっては至極《しごく》当然だと思う。言葉を発せられない自分は、ときに話す人間を恐ろしく感じるときがある。上下の唇の隙間から見えるストリックランドの震える歯。この男は、自分が行動を起こす前に何をするかを話すこともできず、話すつもりもない。簡単に言えば、口より手が先に出るタイプ。

自分にもまた、話し合うことなどない。夜も更け、どんどん明け方に近づいている時間帯は、ゼルダとは別の場所で作業をする。イライザは氷みたいに冷たいF-1の扉に耳を押し当てた。息を殺して耳を澄ませる。普段なら実験室の壁越しに人々の声が聞こえてくるものなのだが、今宵は何も聞こえなかった。彼女は肩越しに自分の掃除道具のカートを見た。通路の中ほどにある別の実験室の前に置いたままだ。思いがけず、ゼルダが早めに自分と合流してくれればいいのに。ほとんど何も持っていない自分は、世の中に無防備に晒されている気分になる。今手にしている物といえば、ランチが入った茶色の紙袋とキーカードだけだ。彼女はキーカードを読み取り機の溝にスライドさせ、ロックの外れる音がいつもより柔らかく響いてくれることを願った。

オッカムの研究施設でいつも変わらないのは、決して人間側に妥協しようとしない照明のまぶしさだ。明るさが多少調節されることがあっても、消灯されることはない。イライザは、どのスイッチも勝手に操作することはなかった。ゆえに、F-1の薄暗さは異様だった。室内に入った彼女は、何か良くないことが起きているのではないかとパニックになり、後ろで閉まったドアに背中を押しつけた。しかし、ここは敢えてこの状態に保たれているに違いない。照明は壁に沿って控えめに設置され、天井から蜂蜜色の仄かな明かりを発していた。

　目に優しい光でも十分に明るく、部屋の中をちゃんと見渡せた。しかし、どこかから奇妙な音が微かに聞こえてくる。リー、リー。チャッ、チャッ。ズー、ズー、ズー。チャプン。ヒー、ヒー、ヒー、ヒー。タップ、タップ。クールー、クールー。ジーイーイー。ヒック、ヒック、ヒック。ガラガラガラ。フュー。イライザはこれまでの人生をこの街で過ごしてきたが、自然の音でこんなものは聞いたことがない。コンクリートの貯蔵庫みたいなオッカムの実験室で、このようなノイズを聞くのも初めてだった。未知の音への恐怖心と警戒心で、彼女はまだドアのところから離れられないでいた。科学者たちが帰宅し、人気《ひとけ》のなくなった深夜の実験室F-1は、不気味な謎の音たちに占領されている。テーブル、椅子、キャビネット全てを捕食者の脅威で満たすかのように。

　イライザの理性は、恐怖に支配されまいと必死で闘っていた。小鳥たちが歌うアリアとカエルたちが合唱する葬送歌が、ひとつの音源から生まれては流れていく。それは録音された歌で、アーケード・シネマの映画――天井より下げられたライト、スピーカーから聞こえるサウンドトラック――とそう変わりない。オッカムの科学者の誰かが、F-1という劇場のスクリーンに映し出されるファンタジーの展開と雰囲気（ジャイルズなら〝Mise-en-scène《ミザンセーヌ》〟と呼ぶかもしれない）をデザインしているはずだ。イライザの推測では、それはボブ・ホフステトラー博士だった。もしもこの施設の誰かが、この芸術的な努力に必要な共感を有しているとしたら、それは彼だ。

　イライザは意を決し、ストリックランドの指を拾い上げた場所を横切って進んでいった。彼女の足音は室内に響き渡り、心の中で己の忘れっぽさを罵った。ゴム底の靴を履いてくるつもりだったのに。自分は、潜在意識のインスピレーションとして、パープルのハイヒールを履いているのだろうか？　彼女の右手の方で、シューッと空気が抜けるような音が鳴った。ジャングルの呪文に魅せられたアナコンダ？　違う。それは、オープンリールデッキの回転音だ。ステンレス鋼の表面が、月明かりに照らされた川面のように揺らめいて光っている。彼女は、ＶＵメーターがはっきり目視できる位置まで近づいた。メーターの針は大きく左右に振れている。横を見ると、小型の容器がいくつも積まれていた。「Marañón《マラニョン》 Field《フィールド》 #5」「Tocantins《トカンティン》 Field《フィールド》 #3」「Xingu/Unknown《シングー/アンノウン》 Field《フィールド》 #1」

　それぞれの容器に貼られたラベルに書かれていた名前が、アマゾンの川のものであることなど、イライザには知る由もなかった。他にもオーディオ機材が山と置かれていたものの、彼女にわかるのは、一般的なレコードプレイヤーくらいなものだった。

　次にイライザはその場から少し離れ、タンクの周辺を歩いてみた。さらに別の兆候があった。一番上のハッチが開いていたのだ。戦慄して、うなじと腕の毛が逆立った気がしたが、やはり好奇心に先導されるがまま、奥のプールへと歩みを続けた。これは結局、プールよね？　大きな浴槽というか。でも、なんでこんなものが実験室に？　イライザの頭はプールのことでいっぱいになった。彼女はシャワーで済ませるのではなく、浴槽に浸かるのが好きだ。身体で水を感じるのが好きなのだ。こんな大きなプールに全身を沈められたら、どんなにいいだろう。そこで彼女は、いつも浴槽で考えていることを、このプールに浸かっているつもりで想像してみた。目を閉じると、普段通りの光景が脳裏に浮かぶ。沸騰するお湯の中で浮き沈みする卵。タイマーが几帳面《きちょうめん》に時を刻む音。今日はどの靴を履こうか。今度はどの靴を買おうか。楽しみにしたレコードが期待外れでがっかり。おやすみを言うために絵を描く手を止めるジャイルズ。奇妙な考えなど、彼女の頭に入り込む余地は全くなかった。

プールから三十センチほど離れたところの床に、赤い線が引かれている。きっとこの線を越えると危険なのだ。でも、なんでそう思うのだろう？　イライザは、ずっとあのことを忘れられなかったのだ。ミスター・ストリックランドがこの部屋に引きずってきた容器。エンプティーズが完全武装して守ろうとした何か。ホフステトラー博士の研究対象。彼女は昔から、自分が水に属する生き物だとわかっていた。人魚姫は何か欲しいかと聞かれ、足が欲しいと答えてその代わりに声を差し出したのだけれど、自分は何が欲しいかと聞かれもせずに水から引き上げられ、声を失った存在。ここにいるのがなんであれ、自分は他の人間より優しくできる。自分は人生の尺度の均衡を保てる。誰もこれまで自分にしてくれなかったけれど、私にはできる。以心伝心。心と心を通わせ合うことを――。

彼女は前進し続け、プールの側壁から出っ張った部分が太ももに当たって初めて足を止めた。プールの水面は静かだった。だが、完全に静止しているわけではない。イライザ、覗き込むのよ。水が呼吸しているかどうか、もっと近くで確認して。彼女は息を吸い、

そして吐き、ランチの紙袋をプールの縁に置いた。紙袋が立てた音は、土にシャベルを突き立てたのかと思うほど大きかった。何か反応があるかと水面を見ていたが、何も起きない。今度は紙袋に手を入れた。ガサガサ鳴る音はさっきより騒々しく、彼女は一瞬たじろいだ。指先が望みのものに触れ、そっと取り出す。蜂蜜色の柔らかな光が当たって輝くそれは、一個のゆで卵だった。

毎晩卵を三個ゆでるのが、イライザの日課だ。一個は出勤前にサンドイッチと一緒にジャイルズに持っていき、残りの二個は自分のお弁当用。彼女は殻を剝き始め、白い殻がプールの縁に落ちていく。指が震えて上手に剝けない。きっと人生で一番不恰好なゆで卵になるだろう。とうとう卵の白身が全部露出した。卵以上にシンプルでわかりやすい存在がこの世にあるだろうか？　まるでそれが神秘的なオブジェか何かのように、彼女は卵を手のひらで包んだ。

そのときだった。水が反応したのは。

24

暗い水の下で、何かが唐突に動いた。その水の動きは、うたた寝する犬の足がビクッと引きつる様を思わせた。すると今度は、プールの中心から右に三十センチのところで、水滴が跳ねた。雫は繊細な波紋の外側に着水し、華麗な音が響く。柔らかな泡《あぶく》の音がそれに続いたかと思いきや、まるで金属にノコギリで挽くような耳障りな音が全てを凌駕《りょうが》した。

ポカンとしたイライザの目前で、水面がXの形に割れ、プールの四方にボルトで固定された四本の鎖が姿を現わしたのだ。ピンと張ったそれぞれの鎖の長さは一メートル半ほどで、それらが交差する中心がサメのヒレが浮上するかのごとく盛り上がった。隆起する水の中に何かの影が見え、彼女はハッとした。切り裂かれる水。光が屈折して虹色に染まる水滴。コウモリの翼を思わせるシルエット。イライザは、自分が何を目にしているのか理解できなかった。ひとつだけ見覚えがあったのは、最初にタンクの中を覗いたときに見た、金貨のような目の光だった。まるで水中に並ぶ太陽と月。それはまばたきをした。貴重品と呼ばれていた生物の本物の目。瞳はブルー。待って。グリーンかも。それともブラウン？　違う。グレー？　赤？　黄？　信じられないほど何層にも色味が重なって見える。その生き物は、こちらに近づいてきた。水は生き物に寄り添って動き、わずかなさざ波が立っただけだ。生き物の鼻は小さく、爬虫類《はちゅうるい》のそれだった。下顎には複数の継ぎ目があるが、口はまっすぐに閉じられており、気高さを感じた。イライザとの距離はどんどん縮まっている。生き物はまっすぐに立ち、もはや泳いでいるのではなく、歩いていた。なぜかその生物は、これまで存在してきたあらゆる動物を想起させた。そして、休むことなくこちらに迫ってくる。首の両側のえらは蝶のように揺れ動き、四本の鎖がつながれた首輪の下で見え隠れしていた。さらに近づいてくる。競泳選手並みの体つき。結んだ拳のようないかつい肩だったが、しなやかな胴体はバレエダンサーと同じだ。身体は細かい鱗《うろこ》で覆われ、キラキラ光る様子はダイヤモンド、半透明な皮膚はシルクを彷彿とさせた。溝のような縞《しま》が全身に走り、渦のような複雑かつシンメトリーな模様を作り出している。生物は歩みを止めた。イライザからは二メートルも離れていない。皮膚を伝って水がこぼれ落ちていくのに、なんの音もしなかった。

その生き物は卵を見て、それから視線をイライザに移した。目と目が合った瞬間、その瞳が閃いた。

イライザは一瞬、我を忘れた。生き物の造形の美しさに完全に見とれていた。そして、胸が高鳴った。生物がもう一度卵を見たので、彼女は我に返り、卵をプールの縁に置いた。紙袋を慌てて摑み、赤い線の後ろに飛び退く。彼女が少し背を丸めて防御の姿勢をとると、生き物はそれに反応したのか、身を沈め、辛うじて目から上だけを水の上に出す形となった。再びふたりは視線を合わせ、どこかぎこちない空気が流れる中、生き物はまた卵を見やった。この角度からだと、その瞳は青かった。生物は左に滑るように動いた。あたかも、卵もその動きに合わせて動くのを期待しているかのように。

彼は何も信じられないのね。イライザはそう思った。どういうわけか、その生物がオスだと確信していた。振る舞いの無愛想さやまっすぐなまなざしが、そう思わせたのかもしれない。さらに、自分が彼のことをオスだとわかっているなら、彼も自分がメスだとわかっているに違いないとも感じた。突飛すぎる考え。他の人間なら鼻で笑うだろう。だが、イライザには全てがごく自然だった。このまま毅然《きぜん》とした態度でいるよう己に言い聞かせた。この生き物は、これまで出会った中で、自分に対して最も無力な〝男性〟かもしれない。彼女は相手にうなずいた。いいのよ。前進して、卵を取りなさい。

彼は鎖が許す限り前に進み、端まで一メートルというところまで来た。この赤い線、ちょっと用心深すぎじゃないかしら。もっと近寄っても大丈夫そう。イライザがそう思ったとき、生き物の下顎が突然落ち、中から第二の下顎が顔を出した。次の瞬間には、ゆで卵は消え、下顎も元通りになっていた。しかも水面は、何ごともなかったかのように静かなままだ。彼女が息を呑む間もなかった。ふと、床に落ちるストリックランドの指を思い描いた。

するとプールの水面が振動した。針で何億回も突いてできるような本当に細かいさざめき。イライザは彼が喜んでいるのだと解釈した。生き物がこちらを見つめる目はあまりにまぶしくて、白っぽく見えている。ひとつしかない小さな顎を開き、深呼吸をした彼女は、自分に言い聞かせた。続けるのよ、イライザ。続けて。勇気を出して。彼女が震える手を伸ばして今一度紙袋をまさぐると、彼は反射的に肩を持ち上げた。それは、どんな武器が袋から出てきてもいいよう防御体制をとったかに見えた。それと同時に鎖が引っ張られて音を立てた。この反応。オッカムが彼にそうさせているのだ、と彼女は思った。

しかし、イライザが取り出したのは武器ではなく、ゆで卵だった。最後の一個。彼女は、よく見えるよう卵を持ち上げてから、反対の手の指関節に打ちつけ、ひびを入れた。殻の小さな破片を少しずつ剝がしていく。慎重に。ゆっくりと。イライザは腕を伸ばした。その手のひらには、ゆで卵が立っている。自分の今の姿は、どことなく神話の女神に似ているだろうと思った。生き物は信用していなかった。上半身を水から出し、シューッと威嚇するような音を出したのだ。膨んだえらの隙間から、内側の赤い肉が垣間見られる。こちらに対する警告。イライザは顔を下げ、自分が敵ではなく、あなたを襲うつもりはないと訴えた。気持ちを込めて。単なる見せかけではない。わかって。私は、あなたを怖がらせたくないの。怯える生き物にかつての自分の姿を重ねつつ、彼女は待った。相手はまだ歯をギリギリと噛み締めているが、えらの膨らみは小さくなりつつあった。イライザは唇を結び、腕をさらに伸ばした。手のひらに載せた卵の位置を変え、指先でつまんで持ち上げた。ティーに置いたゴルフボールのように。

大丈夫。自分はあの顎が届かない範囲にいる。おそらく彼の腕も届かない。反対の手も上げて、指で卵の形を作って見せた。持っている卵を落とさない限り、「卵」という単語を手話で表わすことはできない。そこで代わりに、E・G・G《たまご》と、ひと文字ずつ手話で示した。彼は何も反応しなかった。彼女はもう一度繰り返した。犬が前足で何かを掻くような動作の「E」を一回。指を立てる「G」を二回。この手話は、彼に何を思い出させるのだろう？　狼《おおかみ》？　弓矢？　牛追い棒？　イライザは再び、これは卵だと主張し、次いで手話を見せた。どうか理解して。そう強く願った。彼が理解しなければ、彼女の夢からそのまま抜け出てきたようなこの生き物は、自分の現実で完全体として存在することはできない。卵、手話。卵、手話。卵、手話。

もう限界。手がつりそう。イライザが諦めかけたとき、生き物はとうとう反応した。一旦行動に出ると決意すると、彼はもうためらわなかった。鎖が伸び切るところまで滑り寄り、水から腕を出して伸ばしてきたのだ。水しぶきを上げず、水が跳ねる音も立てずに。背びれと同じく、腕からも棘がついたひれが生えている。指と指の間には透け感のある水かきが付いていて、指先の鋭い爪は丸まっていた。初めてイライザが目撃した際、彼の手が巨大に見えたのは、水かきと爪のせいだったのだ。その手が力強く握られれば、獲物を簡単に押し潰せる。そう想像するのはあまりにも簡単だった。

生き物の指が第二関節から曲がった。折られた親指が手のひらの青白い鱗に覆いかぶさる。しなやかに畳まれる水かきは、半透明の革を思わせた。ぎこちない動きだったが、それは手話の「E」だった。この生物は普段、もっと大胆な動きをすることに慣れていたはずだ。逆巻く波に揉まれながら身体を回転させて大海を泳ぎ、岩陰から勢いよく飛び出して獲物を捕食し、熱帯の太陽の下で全身をピンと伸ばし、悠々と水の中を漂う。いつの間にか、イライザは水の中の住人であるかのような気分に浸っていた。なんと心地いい感覚なのだろう。するとと相手は、えらを水の下に沈めた。その様は、彼女に呼吸をすることを思い出させた。想像に耽る間、どうやら自分は息を止めていたらしい。現実世界の私は、水の中で呼吸ができない——。

彼の手のひらがEの文字を示し終えると、指がゆっくりと開いた。イライザはうなずき、自分の左側を指先で指してから払うようにして、Gの手話のお手本を見せた。これはなかなかよく考えられた手話だと思う。しかし、生き物は手話初心者だ。彼は親指と薬指と小指の三本をクルクルと回転させて手首に触れた後、人差し指でイライザを指した。それを見た彼女は、めまいにも似た歓喜を覚えた。彼が私を見ている！　うれしくて胸がドキドキし、その鼓動は痛みを覚えるほど身体の内側に響いた。オッカムの男たちが向けるのとは違うまなざし。私は、その他大勢のボルチモアの女性のひとりとして、ぼんやりと彼の視界に入っているだけでもない。しかしながら、この美しい生物は、最初に己を傷つけてきた者たちを容赦なく傷つけるかもしれない。その獰猛さは野生の証。こびへつらうということを知らない。そして今、彼は私を、私だけを指差していた。

彼女は手話をしていた方の手を下ろし、足を踏み出した。彼女のパープルの靴のかかとは、恐れることなく赤い線に背いた。生き物は、腕で水を掻きながら待っている。今は青い彼の目に見据えられ、まるで丸裸にされている気分だった。プールの縁を越え、そっと卵を差し出す。今や、彼女の腕は危険領域にある。ストリックランドの身に起こったことが、再び起こるかもしれない。しかし不思議にも、イライザは怖いとは思わなかった。彼は水の中から立ち上がった。もはやそこに、警戒心は感じられない。えらは折り畳まれ、力強く張った胸から水滴がこぼれ落ちる。水の一滴一滴が撫でていく鱗は、青や緑にきらめき、まるで宝石のようだ。この不可思議で美麗な生き物に対し、ジャングルでの現地調査結果が断言できるのは、きっとひとつだけだろう。これは純粋なる存在だ、と。

彼の首と胸にはめられた分厚い鋼の拘束具にイライザは改めて胸を痛めたが、そのとき、左脇腹に大きな傷があることにも気づいた。肋骨《ろっこつ》を縦断する長い切創の縫合用なのか、大型のホチキスの針に似た金属片が四ヶ所、傷口に埋め込まれている。そこからの出血が水の中で螺旋状に蠢《うごめ》き、赤いカーネーションみたいな水中花を描いていた。なんとももむごたらしい傷にイライザが眉をひそめているとき、彼は一瞬動いたかに思えた。それは、毒ヘビの速攻を思わせるスピードで、彼女の目は動きを捉えることはできなかった。ただ、水かきが起こした刹那《せつな》の風と鱗の冷たさだけを感じただけだった。イライザの手にあった卵は消えていた。生き物が目にも止まらぬ速さで奪ったのだ。彼は水の中に沈み、仰向けに泳いでプールの中心部に戻っていく。彼女は、空っぽになった手のひらを握った。それは震えていた。その生物は再び浮上し顔を出したが、ずいぶん遠く離れてしまった感じがする。彼は爪でつまんだ卵を鼻先に近づけ、不思議そうに眺めた。人間はこの硬い外皮をどうやって剝くのかと、首を傾げているふうでもあった。

ついに生物は、爪と歯で卵に襲いかかった。砕けた殻が明かりを受け、粉々になった鏡の破片を思わせた。イライザは堪え切れず、肺の中から息を吐き出して静かに大笑いした。一度でも咀嚼《そしゃく》したのかと疑うほど、あっという間に卵は生き物の胃袋に収まり、すぐさま彼はこちらを見た。硬貨みたいな目がクリクリと動き、こちらが笑っている様子に驚いているようにも思えた。これまでの人生で、そのようなまなざしで見つめられたことは一度もなかった。パープルの靴のかかとはしっかりと床を踏んでいるものの、彼女はめまいを感じた。

突然、耳慣れない音がパタパタパタと鳴った。それは衝撃波《ソニックブーム》のように実験室に充満し、反射的に水の中に潜った生き物は姿を消した。出現したときと同様、なんの波紋も残さずに。イライザはオッカムの誰かに見つかったのかと身体を硬直させたが、よく聞くと、パタパタと何かを叩くその柔らかな音は、オープンリールのテープが終わり、巻き取り式のリールが回転する音だった。再生していたテープが終了したのだろう。機械を止めるか、もしくはテープを変えて再生を再スタートさせるために、きっと誰かがF-1にやってくるはずだ。一刻も早くここから出ていかないと。だが、イライザは満たされていた。自分が成し遂げたことに、ある種の達成感を覚えていた。こんなに胸が躍ったことが、過去にあっただろうか。経験したことのない激しい胸の高鳴り。心臓が暴れすぎて、明日には胸腔内《きょうこうない》に痣《あざ》ができているかもしれないと、イライザはクスリと笑った。

25

卵はダメだ。オムレツとなると、さらにひどい。食べるのにフォークとナイフが要るからだ。レイニーはそのことを考えるべきだ。それを考えない妻なんているか？　ストリックランドは右手でフォークを摑んだ。次に左手でナイフを……といきたいところだが、そう簡単ではない。薬指と小指がないのだから。彼は顔を上げ、レイニーを見た。彼女はこちらのことなど気に留めていない。他に方法はなかったのか？　俺がアマゾンで戦っている一年半の間、彼女は何をしていた？　こぼしたジュースを拭いていたのか？　妻は夫に何が必要かを考えるべきだ。夫の生活範囲の全域で、事がきちんと回るように。

家の中を見てみろ。ボルチモアに越してきて何週間も経つというのに、未だに僻地《へきち》のバラック同然だ。ここはブラジル北部のタパジョス川流域か？　シャワーカーテンのレールには、濡れたブラジャーや靴下が籐《ラタン》のつるみたいに垂れ下がっている。漂う熱気は、もはや〝verão《ヴェラノ》〟レベル（verãoはポルトガル語で「夏」の意味だ）。ティミーとタミーが槍《やり》で刺されたイノシシのごとく走り回る間、テレビのボリュームを轟音《ごうおん》並みに上げなければならない。そして、このクソみたいな荷解きをしていない箱の山。帰宅してようやくリラックスできると思ったら、この引越し荷物がアンデス山脈のように立ちはだかり、自分を例の場所に追い返す。底なしの泥池（毛羽立ったカーペット）に足を取られ、熱い霧（エアフレッシュナー）で息が詰まり、こちらに近づくジャガー（掃除機）を前にして凍りつくのだ。

自宅にいるのに、何かの餌食になるかもしれないと感じたい人間がいるだろうか。それゆえ、特に何もすることがないのに、彼はオッカムに遅くまでいるのだ。家のテレビセットと十六個並んだセキュリティモニターが同じであるわけがない。「あなたは全然家にいない」と、レイニーは不機嫌になるが、彼女への共感はどんどん薄れている。妻は引越しで生活が一変したことを、人生を元気づける転機と考えているようだが、そんなふうに思う彼女を嫌いになり始めている自分がいた。妻の考えには全く共感できない。例の生き物の件を終えるまで待てというのか。自分がホイト元帥の犬でなくなっても、気持ちが変わるわけではない。おそらく、レイニーが家を片づけてくれれば、自分の心臓はバクバクいうのをやめ、ここにいることにも堪《た》えられるようになるはずだ。

家族揃っての朝食。たった四時間しか寝ていなくても彼が起きる理由は、そのためだ。なのに、なんでテーブルについているのが俺だけなんだ？　レイニーは子供たちを呼んでいるが、彼らは言うことを聞こうとしない。「全くしょうがないわね」と、彼女は笑っている。子供たちのそんな態度が許されるものであるかのように。妻は子供たちを追い回していた。また裸足に戻っている。自由奔放なボヘミアンスタイルが流行しているのか？　裸足なのは貧しい人間だ。我が家は貧しくない。彼は、イライザ・エスポジートのコーラルピンクの靴を頭に思い浮かべた。靴を脱いだときのつま先も、ほんのりとピンクがかって美しいのだろう。全ての女性がそうであるべきだ。事実、イライザは女性という種の自然な進化系として、彼を打ちのめしていた。清潔で、彩りが上品で、物静か。妻の素足をうんざりした顔で一瞥した後、彼は朝食の皿に視線を戻した。そこには、食べることができないオムレツが載っていた。

前回包帯を変えたとき、ストリックランドは、腫れ上がって変色した薬指に無理やり結婚指輪を押し込んだ。レイニーは喜んでくれるだろうと思っていたのだが、それは間違いだった。指輪は指に食い込み、もはや外すことはできない。彼は左手でナイフを握ろうとした。動脈から伸びた糸が乱暴に引き抜かれるかのような激痛が走り、顔面汗だらけになった。この家は、なんでこんなに暑いんだ。何か冷たいものはないのか。テーブルの上の瓶に入った牛乳が目が留まり、彼は喉を鳴らして一気に飲み干した。飲み終えて瓶を戻すと、台所にいたレイニーが眉をひそめてこちらを見ていることに気づいた。瓶から直接飲んだからか？　去年は、ジャングルの地面で叩き切ったピューマの生肉を食っていた。それでも彼は罪悪感を覚えた。空になった牛乳瓶をぼんやりと見つめ、自分がよそ者になった気がしていた。俺は腐敗しつつある指で、ボルチモアは、彼が接着するのを拒む身体だ。

右手でフォークを摑み、なんとか左手でナイフを握ることもできた。

ナイフにチーズが絡みつき、ナイフの柄が結婚指輪に当たって、鋭い痛みが脳天を貫く。思わず汚い罵りの言葉を口走ったが、間が悪く、ちょうどタミーが向かい側の椅子に座るところだった。娘は目を丸くし、こちらを見ている。この子は、自分の父親が苦悩している姿を見慣れつつある。そう思っただけで、彼は弱気になった。ホイト元帥にオッカムから毎日最新情報を報告する義務がなければ、こんな状態には堪えられない。あの貴重品に対して取るべき道が、ホフステトラーの情けをかけて遠回りする方ではなく、自分の残忍だが早く済む方法だとホイト元帥を説得できたなら、己の脆《もろ》さが露見することもないだろう。ホイトが真夜中にストリックランドのオフィスの赤い電話を鳴らす前、彼が最後に元帥の声を聞いたのはベスレヘムだった。あのときの電話は彼を慌てさせた。彼は、ホイトが沈みかけのジョセフィーナ号に置き去りにされた妄想に耽るのを好んだ。

タミーのシリアルは手つかずのままで、どんどん牛乳を吸って膨らんでいく。

「食べなさい」

彼がそう言うと、娘は素直に食べ始めた。

ホイトの声は、いつもストリックランドに対して同じことをした。彼は、古い金属製の兵隊のオモチャのひとつと変わらない。ホイトのせいで、ストリックランドは息つく暇もなかった。彼は常に強さを誇示し、実際に強くあり続けなければならないし、オッカムで陸軍のやり方を突き通すのに一層の努力をする必要があるのだ。彼は微かに物悲しさを感じていた。彼が家でほとんど進展させられないこと。子供たちとの隔《へだ》たり。レイニーの買い物や子育てに関し、自分なりに興味を持ってきたつもりだ。結局は、ホイトだってあの生き物と変わらないではないかと、思い始めた。どちらも謎が多く、その物理的形状よりも大きな何かがこちらを威圧する。ストリックランドは、ホイトの顎から飛び出して対象物を攻撃する二次的な顎に過ぎない。彼は獲物を嚙み続けることになる。数週間も。

ナイフはオムレツを持て余していた。卵を捕まえても、落としてしまう。ナイフの柄が包帯の隙間に入ってしまうたび、ナイフをソケットにねじ込んでいる感じがした。もう限界だ。ストリックランドは右手で拳を作り、テーブルを乱暴に叩いた。ナイフやフォークが飛び上がり、タミーはスプーンをボウルの中に落とした。彼は、自分が泣いていることに気づいた。自分の脆さなど到底受け入れらない。しかし、涙がどっとあふれ出た。ダメだ。娘の前なのに。ポケットをまさぐって痛み止めの容器を取り出し、蓋を噛んで開けた。容器を乱暴に振りすぎたため、錠剤が一気に飛び出し、テーブルの上を転がっていく。それらは、テーブルクロスのべたついた汚れという罠にかかってようやく止まった。なんでテーブルがこんなにベタベタしているんだ？　一体どんな家事をしているんだ？　二錠。いや、もっとだ。三錠。ええい、四錠飲んでやれ。ストリックランドは薬を四錠つまみ上げ、口に押し込んだ。続いて牛乳の瓶を摑み、がぶ飲みした。ところが、錠剤と牛乳が混ざり、口の中でペースト状になった。最悪だ。なんとか飲み込んだものの、苦くてたまらない。この家、この近所、この街、この人生。全てが苦かった。

26

レイニーは、自分が結婚したのがどんな類の男なのかを知っていた。タミーのベビーベッドを組み立てていて手を切ったときは、ガムテープを巻いて組み立てを続けたし、バージニアの軍事演習から戻った際は、強力瞬間接着剤で閉じた深い傷口を見せびらかしていた。切断された指を再接着した今回の場合は、怪我の深刻度が異なるのは理解していたものの、彼が大量の鎮痛剤を口に放るのを見るたび、胃がムカムカした。

アマゾンに行く前でさえも、リチャードは少し怖い存在だった。それは珍しいことではないと思っていた。自分の腕に痣ができているのがわかり、それをオーランドの友人にも指摘されたことがあった。今、彼女が夫に感じるのは、異なる種類の怖さだ。予測はできないこともあり、これまでで最も怖いかもしれない。パニックになるとか、そういう類ではない。薬の過剰摂取がリチャードの現実への適応能力を鈍らせるのではないか、と考えてしまうのだ。レイニーはそのことで気を揉んでいた。数錠の痛み止めを飲んだ後、彼は、あらゆるものを破壊する気満々の無慈悲なハンターみたいに見え始めるのだ。タミーのミルク飲み人形に関しては、泣き声が全く赤ん坊らしくないと吐き捨て、彼女がホームセンターから買ってきた壁塗料の〝ストラッド・グリーン〟の色はジャングルを、〝カメオ・ピンク〟の色は血を想起させるからダメだと却下した。

レイニーは小走りで階段を駆け上がった。リチャードのにらみつけるような目から逃れるためではない。ティミーを見つけるためだ。ティミーはストリックランド家の家長に対して不安——いえ、尊敬と言うべきね——を示さない。これがまた問題の種だった。とはいえ、そもそもリチャードが息子を甘やかしすぎている方が問題なのだが。いつか夫は、ティミーが妹を中傷し、母親に挑戦的な態度をとるようけしかけるかもしれない。八歳になった今、すでに家の女性陣を見下している感がある。

「ティーミー?」

レイニーはティミーの名を歌うように呼んだ。「朝食の時間よ」

良き妻は、夫や息子に対してそんなことを考えない。薬についての知識はそれなりにあるつもりだった。リチャードが突然アマゾンに旅立ってから六週間後、彼女は最悪の状態だった。睡眠不足で顔がむくみ、泣きすぎて喉はガラガラだった。リチャードの上司の秘書は、夫の単身赴任で残された妻の健康状態をチェックするのに、時折電話をかけてきた。涙が止まらないとレイニーが訴えたところ、電話口で泣き声を聞かないとなんとも判断し難いとバカげたことを言ってきたので、以降、彼女はその電話には取り合わず、かかりつけの医者のところに行くようにした。自分の膝をじっと見つめながら、彼女は医者に、夫のいない寂しさで壊れそうな主婦が泣くのをやめる薬はないのかと訊いた。医者は、彼女が何度も鼻をすするのが嫌だったのか、落ち着かない様子で、火を点けたばかりのタバコを落とした。そして、慌てて精神安定剤〈ミルタウン〉の処方箋《しょほうせん》を書いた。「世のお母さんたちをちょっとばかし助けてくれる薬だ。まあ、心に効くペニシリンみたいものかな」と、医者は言い、元気づけるようにレイニーの手を軽く叩いた。女性の心はいつだって脆いのだ。

果たして、ミルタウンは効果があった。本当に驚くほど効いた。雪だるま式に大きくなっていた不安の塊が、午後のカクテル一杯か二杯で落ち着けるほど、小さく溶け出し始めたのだ。少し薬に頼りすぎかなと思ったものの、郵便受けやスーパーで出会う軍人の妻たちはろれつが回っていなかったり、物を落としやすかったりした。しかしレイニーはきちんと線引きをし、残った精神安定剤をトイレに捨てた。ティミーの部屋に向かう途中、彼女は、ドアノブや花瓶、写真の額縁に自分の姿が映っているのを見た。そこには、カーニバルの鏡の部屋で見るようなひどく不恰好なレイニーがいた。オーランドで自立していたあの自分は、完全にいなくなってしまったのだろうか？

ドアの近くの机についていたティミーを見つけ、レイニーはホッとした。その姿はまるで、書斎のデスクで仕事をしているときのリチャードのミニチュア版だ。自分の天使にいかなる不安も与えてはいけない、と彼女は己に言い聞かせた。彼はリチャードの息子だが、私の息子でもある。人生に貪欲な聡明な子供。この子を授かって、私は幸運だ。

「トン、トン！」

彼女はノックの音を声で表現した。

ティミーには聞こえていないらしく、レイニーは微笑むしかなかった。彼は父親に似て、何かに没頭すると周囲が見えなくなる。彼女は歩み寄っていったが、素足のため、カーペットを歩く音はしない。世界に散らばった聖人のひとりをチェックしに、天から舞い降りてきた天使の気分になった。しかし、そんな夢心地な気分は一瞬で吹き飛んだ。息子が机で何をしているのかと覗き込んだ彼女の目に飛び込んできたのは、四本の足をピンで留められ、もがいているトカゲの姿だった。胴体がパックリと切り裂かれているというのに、まだ動いているではないか。愛《いと》しの我が子はナイフを手に、その小さな生き物の内臓をひっくり返すのに夢中だった。

27

例の生き物の脇腹にある傷は治りかけていた。彼のもとを訪れる時間が、イライザにとって一日で最も素敵なひとときとなっていたが、足を運ぶたび、プールを横切って泳ぐ彼の後につきまとう赤い筋は少なくなっていく。毎晩、灯台のサーチライトが暗い海を照らしていたが、日々、ライトが弱くなり、とうとう彼の目にしか見えない光になった――そんな感じになっている。彼は、イライザのすぐ目の前で泳ぐようになった。かなりの進展。もう水の中に隠れたりすることはない。彼女の鼓動は、ウサギのスキップのごとく跳ねた。自分にはこれが必要だ。自分を覚え、信頼してくれている彼が要る。彼女は、持っていた重いゴミ袋を反対の手に持ち替えた。清掃係の仕事だと考えれば、何も驚くことではない。それにしても、ゴミしか入っていないのに、なんでこの袋はこんなに重いのか。

「モアブ人の神ケモシュのために死ぬのは、永遠の命を得ることになるのです！」

くぐもった映画のセリフが、二度目の目覚ましとなったが、すでに起きていたイライザには必要なかった。彼女はずっと前に目を覚まし、彼のことを考えていた。どんなに太い鎖につながれていようが、彼の壮麗さが色褪《いろあ》せることはない。彼以外で、イライザの頭を占領しているのはジュリアの素敵な靴屋さんのショーウィンドウを飾っていた銀色の靴だけだった。このところ、彼女はバスに乗り遅れたことはなく、車道を横切ってバス停の向かいにあるガラス窓に手のひらを押しつけ、憧れの靴を穴が開くほどに見つめる時間は十分にあった。かつては、自分がガラスに囲まれている気がしていた。目に見えない壁にさえぎられ、出口のない迷路に囚われている感覚だった。もうそんな感じはしない。迷路の出口が見えると信じている。そして、その道はF-1に通じているのだ。

ジャングルの野外記録のテープは、今夜は回っていなかった。何度も訪れ、この実験室での科学者たちの行動パターンを知り尽くしていた彼女は、今日は、科学者たちが遅くまで居残ってテープをリセットすることはないとわかっていた。オッカムはがらんとしていた。ゼルダは施設内のあちこちで忙しく作業をしている最中だ。イライザは赤いライン上に立ち、今宵最初の卵を掲げた。

弧を描いてこちらに泳ぎ寄ってくる生き物を見て、イライザはワクワクし、大きな笑みを浮かべてしまいそうになったが、彼に卵を与える前はできるだけ真顔でいることにしていた。彼女は背筋を伸ばして立ち、卵をまっすぐに持った。まるで奇術のように、彼はぴったりと所定の位置で浮かび上がってくる。彼が水を蹴って波や泡を立てると、水面に浮上する際の荘厳な姿を見ることはできない。ゆっくりと、彼の大きな手がプールから突き出てきた。前腕の尖《とが》ったヒレから滴り落ちた水は、胸の上で唯一無二の筋模様を作って垂れていく。五本の指がしなやかに曲がり、E・G・Gと手話の文字を示す。その指は、まるでイライザを抱擁する五本の腕のようにも見えた。

彼が手話をする間、彼女は息を止めていた。そして、とうとう破顔した。プールの縁にゆで卵を置き、彼がそれを取る様子を見た。先週の乱暴にひったくる感じは薄れ、食料品店の店主が壊れやすい商品を扱うがごとく、繊細さが加わっている。イライザは彼が殻を剝くのを見たかった。彼が上達しているかどうかを。その作業には、さらなる繊細さが必要となる。しかしそれを見届ける前に、ゴミ袋の重さも相まって、彼女はもう待っていられなくなった。彼と視線を合わせつつ、前を向いたまま後退していくと、音声機材の載ったテーブルに腰をぶつけた。イライザはオープンリール式のプレイヤーをラジオの横に移動し、レコードプレイヤーの蓋を開けた。

　レコードプレイヤーがここにあるなんて、ただの偶然だと思っていた。これらの装置は、ひとりの科学者のクローゼットから持ち出されたらしく、それぞれのワイヤーが絡み合って、一本の太いワイヤーみたいになっていた。これだけしっかり絡んだワイヤーを解くのは、相当の忍耐力が必要になる。いよいよゴミ袋の出番だ。イライザは袋の中から埃を被っていた若い頃の思い出の品を取り出した。数日前にこっそりロッカーに忍ばせておいたもの。それは、レコードのアルバムだった。それらの曲をまだ聴く理由があると信じるのをやめた頃に、かけるのをやめたレコードたちで、最近はゴミ同然になっていた。十枚、あるいは十五枚。持ってくる枚数が多すぎたかもしれないが、この瞬間にふさわしいのがどんな音楽かなんて、前もってわかるはずがない。

　エラ・フィッツジェラルドの『Songs《ソングス》 in《イン》 a《ア》 Mellow《メロウ》 Mood《ムード》』——転がるようなピアノの音と低いトランペットの音は、彼にとって苦痛だろうか？　チェット・ベイカーの『Chet《チェット》 Baker《ベイカー》 Sings《シングス》』——このビートはちょっと強引すぎる？　ザ・コーデッツの『Sing《シング》 Your《ユア》 Requests《リクエスト》』——四人組の女性のコーラスを聴いたら、この部屋が他の女性たちでいっぱいになっていると勘違いするかも？　歌詞があるのは良くないと思い、彼女はインストゥルメンタルを探し、最初に見つけたグレン・ミラー・オーケストラの『Lover's Serenade《ラバーズセレナーデ》』を選び、ジャケットから滑らせて取り出したレコードをプレイヤーの上に載せた。彼女は肩越しに彼を見やり、〔レコード〕と手話で示した。それからプレイヤーに向き直り、レコードの上にそっと針を置いた。何も動かなかったので、コンセントが入っていなかったことにようやく気づいた。プラグをコンセントに差し込むと同時に、金管楽器のシンコペーションのリズムが炸裂《さくれつ》し、イライザは瞬時に、頭の先からつま先まで音楽の彩りに包まれた。ピアノ、ドラム、絃楽器、ホルンの音色が、急降下したと思ったら、次にふわりと浮き上がる。それらがリズムを摑んだ直後に、トランペットの響きが豪快に放り込まれた。彼女は振り返ってプールの方を見た。こんな不意打ちを仕掛けた彼女に、生き物は裏切られたと思っているかもしれない。しかし、彼は水が凍っているがごとく静止していた。剝きかけの卵の殻が半分ぶら下がっている。おそらく初めて耳にするであろう〝音楽〟に、彼が畏怖を覚えているのは明らかだった。

　イライザはテーブルに身体を傾け、回転している円盤から針を上げた。トランペットの音が、唐突に潰れて消えた。彼女は笑顔を見せ、何も問題がないことを彼に納得させようとした。本当に大丈夫。「大丈夫」という言葉では不十分なほど、万全だった。彼の鱗のある皮膚の溝が光っている。イライザは、ある種の魚などが科学的な光を発する生物発光に関する記事を思い出した。しかし、彼の場合は、蛍のように遠くの暗がりで柔らかく揺らめく小さな電球のような光を発するのではなかった。彼の身体の内側から沸き立つように発せられた光は滑らかで心地よく、プール全体の水を黒のインクからキラキラ輝く夏の空色に変えていた。ええ、そうよ。彼は音楽を聴いている。それだけではない。音楽を身体で感じ、音を反射させているのだ。その反射から、イライザは、これまで聴いたことがない音楽を聴き、感じていた。グレン・ミラーの音楽が、色と形と質感を持っている。どうして今まで気づかなかったのだろう。

だが、音楽が終わると、彼の光は徐々に弱くなっていった。青い光に照らされた美しい水が元のように暗くなるにつれ、イライザは無性に寂しくなった。彼女はトーンアームを摑み、再びレコードに針を落とした。

オーケストラの軽快な音楽が一気に噴き出し、サキソホンのソロパートが強弱を付けて前面に踊り出る。今度は生き物から目を離さなかった。彼が発する光は、単にプールの水を明るく照らしただけではなかった。それは水に電気を流し、ターコイズブルーに染め、実験室の壁全体が液化した冷たい青い炎で包まれているかのごとく室内を輝かせた。テーブルの上の機材もレコードのことも忘れ、イライザはプールへと引き寄せられていく。生き物の発した光が反射して、彼女の皮膚も青みがかった。きっと今なら、血の色も青くなっているはず。彼女はそう思った。彼がどこから連れてこられたのであれ、このような音楽を聴いたことはなかっただろう。たくさんの音色が調和し、ときに反発して喜びにあふれたひとつの音楽を奏でる。そして、彼の周りの水は、色を変え始めた。イエロー、グリーン、パープル。彼は宙を見つめ、レコードの音に慣れようとしていた。腕を伸ばし、目に見えない楽器を抱え、あたかもそれが見えているかのように観察し、魔法の匂いを嗅ぎ、奇跡の味を試している。それから彼は、見えない楽器を空に放り上げ、自由に飛び立たせたのだった。

28

息子がようやくテーブルについた。ティミーは妹とは異なり、相手に忍び寄ったりはしない。どさりと椅子に腰を下ろし、口を手で覆うことなく咳をし、フォークとナイフを鷲《わし》掴《づか》みした。そして、ひとりの男としてこちらにまっすぐな視線を向けた。ズキズキした痛みがほんの一瞬薄れた隙に、ストリックランドは誇りを感じた。子育て。それは母親の仕事だ。あらゆる振る舞いのお手本になること、それが自分のできることだ。彼はティミーに微笑んだ。笑顔を作るのは、最小限の筋肉しか動かさなくていい。が、しかし、この笑顔というものは顔を強張らせ、首を強張らせる。それに伴って腕も強張り、手も強張り、最終的に指が突っ張った。激痛。自分は今、苦渋の表情と綯《な》い交ぜになった笑顔を浮かべているのだろう。その証拠に、ティミーがこう訊いてきた。

「パパ、痛いの？」

息子の手には石鹼《せっけん》の泡が着いている。ティミーはいつも、レイニーに強要されるまで手を洗おうとしない。その洗い方も雑だった。となると、ティミーは、レイニーにとってむかつく存在のはず。それでいい。限界を試すのは大切だ。ストリックランドは、このことをレイニーに説明し、理解させることはとっくに諦めている。彼女はばい菌が怪我と同じだと決してわかってくれない。どちらも、傷の組織を形成するのに必要とされる。

「少しな」

彼は息子にそう答えた。さっき飲んだ薬が効き出したのか、痛みの刃が鈍《なま》りつつあるのがわかった。

レイニーも食卓に加わり、食事をとる代わりに、タバコに火を点けた。ストリッククランドは妻をちらりと見た。彼女の髪型が気に入っている。ビーハイブというスタイルらしい。トップにボリュームを持たせた感じが「蜂の巣《ビーハイブ》」に似ていることから、そう呼ばれているとのことだ。しかしながら、急降下しつつも重力に逆らおうとする宇宙船の着脱式燃料タンクみたいなこの髪型はどのようにセットし、どのように崩さずに維持しているのか。特別なスキルがいるに違いない。ところが最近は、オッカムから夜遅くに帰宅し、疲れた身体を引きずってベッドに入る際に妻の髪型に目をやると、枕の上のレイニーの髪はジャングルから現われた得体の知れない何かのようになっていた。クモの卵嚢《らんのう》を突き破り、無数のクモの子が放出したのかと見間違う悲惨な有り様だった。実際にクモの子が大量発生した場合、アマゾンなら解決方法がある。ガソリンとマッチ。体内に侵入されたくなければ、だ。なんて恐ろしい光景。彼は妻を愛している。今は辛《つら》い時期なだけ。冷静に考えているうちに、頭の中で想像した不気味な映像は消えていった。

ストリッククランドはフォークとナイフを再び手に取ったが、レイニーから目を離さなかった。彼女は、息子について思い悩んでいるかに見えた。ティミーがどんなティーンエイジャーになるか不安なのだろうか？　あるいは、この反抗期の子供をどうやって操縦しようかと考えあぐねているのか？　ストリッククランドは、あの貴重品が実験室の環境で生き延びているのを興味深いと思うのと同じ感覚で、彼女の苦悩を興味深いと感じた。結局、どちらも無駄な努力なのに。息子VS母親のケースは、最終的に息子が勝つ。息子はいつも負け知らずなのだ。

レイニーは口の端から煙を吹き、ストリックランドが〝はぐらかし〟と呼ぶ尋問の戦術を選んだ。

「お母さんに話したこと、お父さんにも話せば？」

「あ、そうだった！」

ティミーは目をキラキラさせて、こちらを見た。「僕たち、タイムカプセルを作ることになったんだよ！　ウォーター先生が、将来の予想を書いてカプセルに入れましょうって言ってた」

「タイムカプセルか」

ストリックランドは繰り返した。「それって、箱か何かだよな？　埋めて、後々掘り出すってやつか」

「ティミー」

レイニーは優しげだが強さのこもる口調で促した。「お母さんに訊いたことをお父さんにも訊いてみなさい」

「お母さんは、お父さんは未来に関わる仕事をしてるって言ってた。だから、カプセルに何を書いて入れるべきか、お父さんに訊けって。友だちのＰＪの予想だと、将来、ロケットパックっていう背中に背負える小型ロケットで、簡単に空を飛べるようになるらしいよ。僕は、タコみたいな形の船、オクトパスポートができると思う。足の吸盤が丸窓になってるんだ。でもね、僕はＰＪの予想が正しければいいなと思ってる。僕の予想は間違っててても構わない。お父さんはどっちだと思う？　ロケットパック？　オクトパスポート？」

ストリックランドは、六つの目がこちらを見つめているのを感じていた。陸軍で彼のランクぐらいになれば、誰でもこの気持ちを知っている。彼はオムレツ大作戦を一時中断し、鼻から息を吐き、息子、妻、娘の顔それぞれに視線を移した。ティミーは自分の答えを待ちわびて、そわそわしている。タミーは口の周りにシリアルのカスを付け、どんよりとした表情だ。レイニーは落ち着きなく唇を動かしていた。ストリックランドは両手を握ろうとしたものの、そうした結果生じる痛みを考慮し、握るのでなく、広げたままテーブルの上に置いた。

「背中に背負う小型ロケットだが、ジェットパックというものが、近い将来登場する。たぶん、そうなる。構想はすでにでき上がっている。あとは技術的な問題だけ。推進力をいかに最大まで増すかだ。努力し続ければ、十年、十五年のうちに出てくる。おまえが私の年齢になる頃には、一家に一台の時代になっているかもしれん。ＰＪより立派なものを、おまえは所有しているはずだ。私にはそれがわかる。それから、オクトパスポートだが、正直、どういう代物か見当がつかない。海底探検ができる潜水艦を意味しているのであれば、それも答えはイエスだ。耐圧性と水の移動性に関して、我々は大きく躍進することになる。目下のところ、お父さんは仕事で、水中でも陸上でも生きられるように研究を進めているところなんだ」

「わあ、本当なの⁉　ＰＪに言わなくっちゃ！」

それは、薬の作用なのかもしれない。生温かなつるが彼の筋肉にまとわりつき、野ネズミを捻《ひね》り潰すヘビのごとく、痛みをバキバキと砕いていく。こちらに目を向ける息子の顔には、尊敬の念が浮かんでいる。そういう表情を見るのは、実に気持ちがいいものだ。娘の顔にも、盲目的な称賛が見てとれた。レイニーでさえ、こちらを見る目が普段より優しくなっている気がする。彼女は今でもプロポーションがいい。エプロンの紐をキュッと結んだ腰は美しくくびれている。パリッとアイロンがけされたエプロンは、高価なウェスティングハウス社のアイロンの見事な仕事ぶりを証明していた。ストリックランドは、彼女の背中で結ばれたエプロンの紐を思い描いた。固くしっかり結ばれた紐の玉の部分を。そんな自分を見て、何を考えているのか、妻は解き明かそうとしている。彼は、このままでは、レイニーの唇が歪むのではないか、と不安になった。彼女がティミーに対して覚える嫌悪感や苛立ちを、自分に対しても抱くのではないか、と。しかし、そうはならなかった。彼女は目を半分閉じた。性的な興奮を感じたときに、彼女はよくそのしぐさをする。

彼は安堵し、深く息を吐いた。今回は、痛みが報復的に襲ってくることはなかった。

「本当だとも、ティミー。おまえが住む穴には、共産党員のネズミは巣食わない。人間が不可能だったことを可能にするのがアメリカであって、アメリカが行っていることなんだ。この国の偉大さを維持するためにすべきことをやっている。お父さんの仕事はそういうものだ。いつかおまえも同じ道を進む。未来を信じろ。信じた未来がやってくる。楽しみに待っていなさい」

29

どのくらいの頻度でフェルズポイントの湾岸地区に舞い戻っているか、レイニーは敢えて記録しようとはしなかった。毎日の暮らしが重すぎて息が詰まるたびに足を運び、海に身投げしようかと考えるのだが、雨不足のせいか水位が低く、せいぜい首の骨を折るくらいだろう。命拾いしても頸椎《けいつい》骨折だった場合、どうなるか。一生車椅子の生活？　リチャードはプロに掃除を頼まなければならなくなる。私は、永遠にテレビの前に座り続けるのか。掃除機をかけるからと移動を余儀なくされるとき以外は。だけど、もう二度とリチャードのワイシャツを焦がすことも、アイロン台を溶かすことも、自分自身が暑くて暑くてたまらないということもなくなり、家事に振り回されていた騒々しい日々は、パステル色の水たまりと化すのだ。

ティミーが解剖ごっこをしていたトカゲは、スキンクという類だと思う。彼女がポーチでスキンクを見かけたなら、あのヌルヌルした不快な爬虫類を箒《ほうき》で掃き、低木の藪に追いやるだろう。もしも家の中で見つけたときは、そうね、一気に踏み潰すわ。ティミーがやっていたのも、自分がそうするのと同じことだ、とレイニーは己に言い聞かせた。しかし、そうではない。多くの子供が死に興味を持つが、ほとんどが、生き物の死骸を突ついているところを大人に見られた場合、反射的に、やばい、まずい、しまったと恥ずかしさを感じるものだ。ところがティミーは、自分を苛立ちとともに見ていた。ちょうど自分が仕事のことでプレッシャーをかけたときに、夫がこちらを見る目と同じだ。彼女は急いで勇気を振り絞らなければならなかった。そして、ティミーを急き立てるのだ。例のものをトイレに流し、手を念入りに洗って、朝食の席につくように、と。

彼が言われた通りにやった後、レイニーはトイレに入って、スキンクが便器から這い出してきていないことを確認した。それから一分ほど、鏡に映る自分の姿に見惚《みほ》れ、弾力のあるビーハイブの髪を手で軽く叩いて整えた。真珠のネックレスの位置も正し、一番大きな粒が首の凹みのところに来るようにした。リチャードはここ最近、彼女を間近で見てくれていないものの、もし彼がそうした場合、自分の秘密が見透かされてしまうだろうか？ティミーですら、近くに寄ってきてくれたのはずいぶん前の気がする。

重い足取りで船の係留地沿いに栈橋を歩いた後、彼女は北に向かってパターソン公園を通り過ぎ、それから東のボルチモア通りに進んでいった。高層ビルに囲まれ、自分がひどく小さな存在に思える。カヌーにひとり乗り、都会のジャングルを貫く川で宛てもなくオールを漕いでいる私。レイニーは、目についた最も大きな建物の前で足を止めた。回転ドアは忙《せわ》しなく回り続け、革とインクの匂いがする風を吹き出している。

レイニーは自分の朝にやることといえば、日課となっているエアロビクスぐらいだと考え、だったら少し冒険してもいいだろうと、大胆にもその回転ドアに入ってみることにした。すぐに彼女は、建物のロビーに吐き出された。黒曜石《こくようせき》と思われる硬い石を使ったチェス盤のような床。上階の断面模型は、自治都市とはいかなるものかを垣間見せてくれる。

このオフィスビルには、ここで働く社員のための郵便局、食堂、カフェ、売店、ニューススタンド、時計修理店、警備室が備わっていた。洗練された服装の女性やブリーフケースを下げた男性が、自分は重要視されている人間だと主張するかのごとく背筋を伸ばし、ロビーの床を颯爽と横切っていく。

この自己充足型の世界に、リチャード・ストリックランドは存在しない。ティミー及びタミー・ストリックランドも、レイニー・ストリックランドもいない。自分は、オーランドに置き去りにしてきた女性。あの頃の感覚が満ちあふれた彼女は、エレベーターに乗って小さなベーカリーに行き、おいしそうな商品が並ぶケースをじっくりと眺めた。たまには自分自身が楽しめることをしてもいいじゃない。レイニーは店員に「レモンバターリングをください」と声をかけた。彼はこちらを見ていなかった。シャツの腕から判断すると中肉中背の男性客が、彼女とほぼ同時に「レモンバターリングをくれ、ジェリー」と言った。レイニーは慌てて「あ、ごめんなさい」と謝り、男性は声を立てて笑った後に「お先にどうぞ」と順番を譲ってくれた。問題は、レモンバターリングがひとつしかなかったことだ。彼女が「私では全部食べられないので、あなたがどうぞ」と遠慮すると、彼は「いや、そんなこと言わずに」と引き、店員のジェリーまでが「うちのレモンバターリングはおいしいのでご婦人ひとりでもぺろりとたいらげられますよ」と、その場の雰囲気を盛り上げた。

その男性は女性の扱いが上手で、レイニーにも気があるようなそぶりを見せたものの、強引な感じではなかった。この小さな世界では、彼女はなんだって可能だ。男性が「声が素敵ですね」と褒めてきても、その手のお世辞には慣れているふりをして、笑い飛ばしてみせた。

「本気で言ってるんですよ」

彼は真顔で言った。「芯《しん》がありつつも、聞き手を和ませる声をしているし、忍耐強さもにじみ出ている」

平静を装っていたが、レイニーの心臓はドキドキしていた。

「にじみ出ているだなんて……」

彼女は恥ずかしそうに微笑んだ。「女性だったら、一度は言われてみたい言葉だわ」

男性は鼻先で笑い、「ところで、このビルで働いているんですか？」

「いいえ」

「ああ、じゃあ、あなたのご主人が？　どちらの会社ですか？」

「いいえ、そうじゃありません」

すると、彼は指をパチンと鳴らした。

「メアリー・ケイの店に化粧品を買いに来たのかな？　上の階の女性たちは、目がなくてね」

「ごめんなさい。ちょっと立ち寄っただけなんです。ふらりと」

「本当に？　そうだ！　少し先走った話かもしれないんだが、仕事を探してたりしてませんか？　僕はこの上にある小さな広告会社で働いているんですが、うちの会社で新しい受付係を探しているんです。僕の名前はバーニー。本名はバーナード・クレイだけど、バーニーと呼んでください」

そう語って、バーニーは右手を差し出してきた。レイニーは握手を受け入れるためにレモンバターリングを反対の手に持ち替える前に、これで全てが変わるのだと悟った。次の一時間で、レイニーではなくエレインと名乗った彼女は、バーニーと一緒にキラキラ光るエレベーターに乗り、彼の後に従って流行の最先端をいく赤い椅子がある待合室を抜け、ゆったり歩く陽気な男性社員や秘書たちの間を通り過ぎ、彼のオフィスに入った。社員たちは、こちらに視線を向けてきた。敵意からではなく、友好的なまなざしだった。

これは現実なのよね、と思いつつ、レイニーは、会社で通用するような仕事らしい仕事を最近やっていただろうかと必死で思い出そうとした。子供や夫のスケジュールに関する簡単な計算くらい？　そんな自分にここでの仕事が務まるのか。でも……。バーニーからの仕事のオファーを断る前に、慎重に判断しなければならない。「申し出を受けるのでしたら」と、交渉の余地がないことを暗に匂わせ、レイニーはパートタイムなら引き受けると言っていた。己の口から出た言葉が、自分でも信じられなかった。「それが精一杯です」と。

ティミーがテーブルの下を足で蹴り、タミーの持つスプーンがボウルに当たって鳴る音が聞こえた。レイニーは首を回し、食器棚のガラスに映る自分の姿を見つめた。そもそも、なんでビーハイブが流行したのだろう？　広告代理店〈クライン&サウンダース〉の秘書たちは、もっとこじゃれた髪型をしていた。働き始めてまだ二日だが、自分の髪型も彼女たちのようなスタイルだったらどんな感じだろうと想像するようになっていた。

30

あれほどの驚きと喜びに満ちた夜は、もう二度とないかもしれないと、イライザは思った。F-1での出会いはあまりに不思議すぎて、一度に全てを把握することはできない。彼女はできる限り思い出そうとしたが、ジャイルズの小さなテレビで見るのではなく、アーケード・シネマのスクリーンに映し出される映画のシーンのように記憶があまりにも鮮明に蘇るので、彼女はすぐに息を呑んでしまうのだった。自分が実験室に入るなり、全体が青い発光色に染まるプール。自分に会うために生き物が滑るように泳いでくるときにできるV字型の水流。赤ちゃんの肌のように滑らかで温かいゆで卵。水から出てくるあの生物の頭。彼の目は今では滅多に金色にならないが、より柔らかい人間の瞳に近い色となり、ピカッと閃くのではなく、キラキラと輝いていた。優しいオレンジ色の安全光は飼い葉おけの水に映った朝日のようで、生き物の手の巨大なブレード型の武器は、臆病なガチョウの子を撫でられるほど、穏やかに滑らかに〔EGG〕の手話を示す。いろいろなところに映った自分の顔を見て、イライザは作れることを忘れていた表情をしていることに気づく。金属の手術台に映るのは、唇を噛む私。それはワクワクしているときの表情。目を大きくしているときは、私が何かを期待している証拠。それがプールの水面に映っている。生物がこちらを見つめる瞳に映るのは、うっかりにやりとした私の笑顔。彼を訪ねる前に行う退屈な日課でさえ、青く美しい光をまとっている気がした。朝の卵は、コンロの上の鍋にポトリと落ちるのだけではない。そこからが本番とばかりに鍋の中で跳ね回るのだ。部屋から部屋へと移動するのに、重たい足を引きずって歩くことはない。イライザは、キッチンではタップの名人ミスター・ボージャングル、浴室では、『ヤンキー・ドゥードゥル・ダンディ』のジェームズ・キャグニーとなる。タップを踏む足取りは軽く、声は出ないが、思いのまま歌を口ずさむ。そして彼女の靴のチョイスは、日に日に華やかになっていった。金色の手すりの大理石の螺旋階段を降りる気分でアーケード・シネマの非常階段を降りるときにきらめくラメ入りの靴。モップがけしたばかりのオッカムの床で踊ると、靴が床の色に映えて湖から昇る太陽みたいに見えるエナメルの靴。そんなふうに毎日生き生きとしているイライザを見て、ゼルダはクスクスと笑い、「まるでブリュースターに会ったばかりの頃の自分を見ているみたい」と言うのだった。それが正しければ、頭が半分おかしくなっているということかもしれない、とイライザは思った。LPレコードの擦り切れたジャケット。三十センチ四方の厚紙には、ナンバーを聴けば脳内で再生される歓喜の世界が視覚的に表現されている。彼女がプールにたどり着く前に、生き物は縁に立って待ち構え、〔RECORD《レコード》〕と手話をしてみせた。露わになった彼の上半身は水に濡れて光り、宝石箱の蓋を開けたみたいにきらめいている。目からこぼれた一筋の涙を拭き取るように、レコードの上に置いた針が溝の埃を拭っていく。マイルス・デイヴィス、フランク・シナトラ、ハンク・ウィリアムズ、ビリー・ホリデイ、パッツィー・クライン、ニーナ・シモン、ナット・キング・コール、ファッツ・ドミノ、エルヴィス・プレスリー、ロイ・オービソン、レイ・チャールズ、バディ・ホリー、ジェリー・リー・ルイス。それぞれのミュージシャンが天使のように優美な合唱隊となり、生き物が知りたいと焦がれる人間の歴史や想いに満ちた言葉をメロディーに乗せるのだ。彼の全身の発光、イライザの胸をときめかせてやまないあの光は、バラードを聴いたときには紫となり、ロックンロールを楽しむ間は脈動のように青の濃淡が変わり、カントリーソングでは仄暗い黄色に落ち着き、ジャズがかかるとオレンジ色に点滅する。彼の手。卵を引き寄せるときの手の動きを見ているだけで、イライザはゾクゾクした。もしも私が卵を載せずに手だけを差し伸べたら、彼はどう反応するだろうか。好奇心にはどうしても勝てず、彼女は〝卵があるふりごっこ〟を試してみることにした。何も載せてない手のひらを、そっとプールの上に差し出す。卵はなくても、彼はこちらに寄ってイライザの手を取った。爪は下向きに丸めてあり、彼女の手首に優しく触れた。あたかも手のひらに卵があるかのように、彼の指がそっと曲がって弧を描く。それからその指は彼女の指と絡まり、彼はイライザを優しく引き寄せた。見つめ合う目と目。ふたりが存在する空間は現在でも過去でもなく、ふたりは人間でも野獣でもない。そこにいるのは、ひとりの女とひとりの男にすぎなかった。

31

熱帯雨林の動物たちが性交を求める合図は、凄《すさ》まじい。耳をつんざくほどの咆哮《ほうこう》。木々をざわめかす低音の連打音。貪欲さを誇示する生殖器。燦爛《さんらん》たるも毒々しい色の誘惑。レイニーの合図も、負けず劣らずあからさまだ。目をとろんとさせ、唇をすぼめ、これでもかと胸を突き出す。エプロンの上にコートを羽織って子供たちをスクールバスに追い立てるとき、息子と娘が母親のフェロモンで鼻が曲がってしまわないのが不思議だ。子供たちを見送って家に戻った彼女は、映画女優のようにコートを脱いでカーペットの上に落とす。階段の手すりを思わせぶりに擦り、人差し指をクイッと曲げて問うてくる。「時間、ある？」と。ストリックランドの頭は、鎮痛剤のせいか、膜が張ったような感じになっていた。まるで自分が悪天候の避難壕にいて、轟々と唸りを上げる外のトルネードの音を聞いているようだった。正直、妻の言葉が聞き取りづらい。だが、指を何度も曲げるしぐさでレイニーがこちらを誘っているのは明白で、羽の尻尾《しっぽ》を振って颯爽と歩くコンゴウインコよろしく、さっさと階段を上っていく。

ストリックランドは朝食の皿を流しに持っていき、食べ残したオムレツを排水口に捨て、生ゴミ処理装置のスイッチを入れた。生ゴミ処理装置付きのキッチンシンクがある家に住むのは、これが初めてだ。シンクの下で、刃が高速して生ゴミを粉砕するのだが、スイッチを入れるたび、がむしゃらに餌を漁るピラニアを連想してしまう。非常に便利なのだが、食品の微小な断片がステンレスのシンク内で飛び散り、壁にへばりつくし、刃の高速回転で装置がオーバーヒートしないよう、水を流しっ放しにしないといけない。スイッチを切って蛇口を閉めると、頭上からベッドのスプリングがきしむ音がした。食欲が満たされ、すぐに性欲も満たされる。柔らかな朝の光が満ちた、暖かくて清潔な室内。これ以上、自分に必要なものがあるだろうか？　しかし、妻が恥じらいを失ってしまったことにはがっかりだ。そして、そんなふうに思いながら、シンクに穴を開けそうなほど勃起している自分にもがっかりした。相手をその気にさせるゲームはアマゾンでは必要だが、このようにきちんと区画整理されたアメリカの住宅地にはふさわしくない。なぜ俺は自分自身がコントロールできないんだ？　なぜ全てを統制できない？

ストリックランドは二階にいた。どのようにここまで来たのか、覚えていない。レイニーはベッドの端に腰かけていた。エプロン姿ではなく、透けたナイトランジェリーに着替えていたのが残念だった。肩を前に向け、膝を揃え、でも、片足を横に投げ出している。このポーズも映画で覚えたものだ。それにしても、売り出し中の新進女優の足の裏がどうしてこんなに汚いんだ？　ストリックランドは妻の方に歩み寄っていった。一歩踏み出すごとに、己を叱責しながら。女性の誘いを受け入れるのは、敵の罠に引っかかるようなものだ。レイニーはずる賢い。彼女は待ち、絶妙なタイミングでサッと首をすぼめ、肩からハラリとランジェリーのストラップを滑り落とす。彼は、弱くて価値のない妻の前に立った。

「私、ここが好きかも」と、レイニーが言った。

脱ぎ捨てられた服が、床の上で害獣のように丸まっている。ドレッサーの上に無造作に置かれた何本もの香水の瓶は、うじゃうじゃと蠢く昆虫の群れだ。ブラインドは地震で折れたかのごとく曲がっていた。実際、ストリックランドはここが好きではなく、信頼してもいなかった。この街のあらゆるものが、文明化に対する手の込んだフェイントであり、人間という種の安全の優位性に関するはったりなのだ。

「ボルチモアの人たちって親切よ」

レイニーの声は明るかった。「南部にありがちな、インチキっぽさがないもの。子供たちは大きな裏庭で遊ぶのを気に入ってる。学校も好きみたい。毎日学校で何があったか、生き生きと話してくれる。そして、あなたも今の仕事が好きでしょ。あなたはあまり自分の仕事が好きかどうかなんて考えないと思うけど、私にはわかる。女の勘ってやつ？　毎晩遅くまで働いて、仕事に打ち込んでいる。あなたの仕事ぶりにみんな感謝しているはず。きっとここでも高く評価されるわ。私、ここでは、何もかもがうまくいくと感じてるの」

包帯を巻いた彼の左手を、レイニーの手が包む。怪我をした経緯を打ち明けることはできない。痛み止めの効果が持続してくれることを願う。さもないと、これから始まる行為を期待し、いきり勃っている部位が謀反《むほん》を起こしてしまうかもしれない。彼の指を胸の柔らかな斜面に滑らせた妻は、息を吸って、その丘陵を大きくし、首筋を伸ばした。染みひとつない、美しい肌。ストリックランドは、ふとそこに、イライザ・エスポジートのふたつの盛り上がった傷跡があるような気がした。可哀想に。彼は胸に痛みを覚えた。イライザは自分がこの状態で彼女を思っているなど夢にも思わないだろう。シンクに隠れたあのピラニアたちのように、イライザを粉々に噛み砕きたい。そんな願望が頭に浮かんだ。

「痛むの？　何か感じる？」

レイニーはそう訊きながら、彼の再接着された冷たい指を胸の谷間に沈めた。

32

レイニーは夫の興奮状態を目で確認し、それを歓迎した。長すぎるほどの間、リチャードは全エネルギーをジャングル探検に注いできた。しかし、ここボルチモアには、軍のミッション以上の危険が潜んでいる。彼女は、そのことを彼に思い出させる必要があった。ティミーのタイムカプセルの質問は、熱帯雨林に未だ取り憑かれているリチャードを現実に引き戻し、彼は、父親としての模範解答とも言える、素晴らしい答えを息子に示した。リチャードには時間が必要なだけ。すぐに彼は、ティミーがスキンクにしたことと向き合い、良い人間になる術について息子に話してくれるようになる。なぜなら、仕事、ホイト元帥への忠誠、その他もろもろにもかかわらず、彼は良い人間だからだ。ほぼ間違いない。

進歩的な女性の雑誌から、妻とて、夫に自分の身体を報酬として差し出すなと教わった。だけど、雑誌が何を知っているというのだろう? 執筆者や編集者は、二種類の異なる地獄に放り込まれ、無事に生還した夫がいるのか?

こうなったのは、しかたがないことなのよ。

身体を重ねることで、リチャードがそう理解してくれれば、と彼女は思った。

私たちは幸せになれる。普通に。

夫とひとつになれば、自分にもそれを納得させられるはず。たぶん。クライン&サウンダースで働き始めたことも、すぐに打ち明けられるはず。おそらく。セックスがうまくいき、事が済んだ後に彼が私を抱き締めてくれれば、心地よい疲労感と快感の余韻の中で、自分は彼にそう告げられる。その言葉を聞いた彼は、私を誇りに思ってくれるだろう。

　しかしながら、夫の興奮状態は長続きしなかった。彼自身が今ひとつ不調なとき、彼はすぐに狼狽《ろうばい》する。上半身だけ着たままだったワイシャツはシワだらけになり、リチャードは彼女の上に乗ったまま気まずそうに顔を歪めている。ああ、彼は眉をひそめた人食い鬼へと戻ってしまう。アマゾンから帰ってきて以来、ずっとそうだった。ナイトランジェリーは半分だけ脱いでおり、半分は絡まった髪の中に沈み、もう半分はベッドカバーと一緒になっている。それは、淫《みだ》らな感じに見せるための演出だった。それが功を奏したのか、彼は勢いを取り戻し、激しいピストン動作をする肉塊、作業のための道具と化した。彼女の中にまっすぐに沈み込み、最初から中くらいのスピードで飛ばしてきた。行為の最中、速さが変わることはなかった。

　これはすごいわ。本当に。レイニーは足首を夫の背中でクロスし、指を相手の上腕二頭筋に食い込ませ、胴を叩いた。とりわけ気持ち良かったからではない。動きを合わせて結合を持続させれば、新たな世界が見えてくるかもしれないからだ。そう、絶頂に達したふりをするのではなく、自分に正直になって快感に身を委ねれば。それは、夫婦の営みに限ったことではない。ふたりで足並みを揃えて、次のステップに進むなら、彼らの結婚生活の多くの問題が解決されることになるだろう。

　セックスには、多くのエネルギーと精神の集中が必要だ。夫との行為に没頭していたレイニーだったが、彼の手の温かさを自分の首に感じてハッとした。リチャードを驚かせぬようにそっと薄目を開けると、彼の顔は濡れており、真っ赤だった。同様に濡れて真っ赤になっていた目は、レイニーの首をじっと見つめていた。彼の親指が、自分の喉の両側をなぞっている。これを妨げるのではなく、励まさなければ。

「それ、すごくいい」

彼女は喘ぎながら言った。「私の全身を撫でて」

夫の手は上へと移動し、今度は顎を擦り、口を覆った。自分の首を汗が伝って落ちていくのを感じるまで、彼女には状況がよくわからなかった。唇に指が触れたとき、包帯の下にある結婚指輪の感触を察した。レイニーは、自分に落ち着くようにと言い聞かせた。リチャードは私を傷つけたり、窒息させたりしようとしているのではない。口の中にもっと汗が滴ってきた。でも、この味――。この味が何かを、彼女は知っていた。まさか。信じようとしなかったが、もう一度汗を味わった。これは！　彼女は頭を横にずらし、夫の手のひらから逃れた。

「あなた、手から血が――」

レイニーは目を丸くした。

しかし、彼の血に染まった手は、再び彼女の口を押さえた。これが、夫の望むこと。リチャードは私に黙っていてほしいのだ。彼の腰の動きが速くなるにつれ、ベッドスプリングのきしむ音も大きくなり、頭の上のヘッドボードも不規則なリズムで騒がしい音を鳴らしていた。彼女は唇をまっすぐに結び、血が入ってこないようにしていた。さらに、鼻から血や息を吸わないように気をつけ、彼が果てるまで我慢できると己に訴え続けた。これこそ、彼女が望む野性味であり、今はそのレベルが高まりつつあったからだ。こうされることが好きな女性もいるだろう。数え切れないほどの冒険雑誌の表紙で、裂けたドレスを着た無力の女性が、ターザンのような男性に身を寄せているのを見てきた。たぶん自分も、そういうのが好きだと思うようになっていたに違いない。

リチャードの身体がこちらを強く突き上げる段階になると、口を覆っていった手はレイニーの身体へと滑っていき、彼女は頭をまっすぐに立て直すことができた。彼はもはや、こちらの首筋を見てはいない。夫の頭は肩の方へねじれ、あたかもクローゼットの扉の隙間から中を除き込もうとしているかのように、首の筋肉がピンと伸びている。彼の太ももがこちらの脚の間で震えるのを感じた直後、彼女は解放された。頭を枕に沈め、呼吸を整える。首の両側で血が滑り落ちていくのがわかった。どういうことなのか、今は、まともに考えられない。彼は実際に、クローゼットの中を見ようとしていたのだろうか？　見る価値のあるものなんて入っていないはず。何ひとつ。隙間から見えていたのは、履き古した安物のハイヒールだけだった。

33

生き物と卵で交流できるのは、毎晩ではなかった。卵を手にし、上機嫌で実験室に入っても、彼がプールではなく、タンクに入れられているときもあった。そうだった日は、心が張り裂けそうになった。そんなふうに思ってしまうのは、自分勝手なことなのかもしれない。そもそも、F-1にいること自体、彼にとっては楽しいことではない。それでも、タンクにいるよりプールにいる方が好きなはずだが、じゃあ、プールより好きな場所は？　そんなの無数にある。この世は、池、湖、水路、湾、海だらけだ。このところ彼女はタンクの前に佇《たたず》み、自分が、生き物を捕まえた兵士たちよりも、彼をここに閉じ込めている科学者たちよりもマシな人間だろうか、と考えた。

この生き物は、金属やガラスを通してでも、私の心の状態を感じ取れる。それは確か。彼の身体が発する光が、タンクを彩りで満たしている。光があまりに強力なので、彼が溶岩、溶けた鋼鉄、黄金色の炎の中で泳いでいるようだった。彼に対するイライザの気持ちは日に日に強くなり、彼の存在は彼女の中で重きを増していく。彼も同じ？　ふたりの絆《きずな》が強まるほど、実は彼を生きづらくさせているのでは？　小窓を覗き込む前に、彼女は涙を呑み込み、震える唇を落ち着かせ、とびきりの笑顔を作った。

彼は待っていた。小窓のすぐ向こう側で身を翻しながら。イライザの姿を認めると、身体をひねって回転させ、喜びを表現してくれた。ひらひらと手を動かすと、たくさんの泡が生まれては上がっていく。その指は、彼のお気に入りの単語を示していた。

〔HELLO（ハロー）〕

〔E・L・I・S・A（イ　ラ　イ　ザ）〕

〔RECORD（レコード）〕

レコード。堅牢な要塞のように密閉されたこのタンク内で、彼は音楽が聴こえるのだろうか？　もし何も聞こえない、音のない世界だったら？　その考えはイライザの心を砕き、塵《ちり》になるまですり潰した。たとえ聴こえなくても、彼は私にレコードをかけてほしいのだ。それだけでも私が幸せな気持ちになれるから。そして、私が幸せな気持ちになれば、彼も幸せを感じられるから。

彼女は音声機材が置いてあるテーブルに向かいつつ、生き物の視界から外れたことに安堵感を覚えていた。自分がすすり泣いて肩を震わせていたり、腕で涙を拭っていたりするのを彼に気づかれずに済むからだ。イライザはレコードをプレイヤーのターンテーブルの上に置き、針を載せた。そして、深呼吸をして気持ちを切り替えてからタンクの方に向き直った。彼はイライザが本物かどうかを知覚しようとしてか、数回まばたきをした。それからタンクの奥から手前へと泳ぎ、浮上したり潜水したり、クルクルと回転したり、身体をしなやかに捻ったり、また会えたことを手放しで喜んでいるのを目一杯表現している感じだった。なんて愛おしいの。

ついさっきまで泣き顔だったのに、自然と笑みをがこぼれ、イライザは噴き出した。こんなにも自分を楽しませてくれる彼にも、楽しんでもらおう。背筋を伸ばした彼女は、片方の手を肩の高さに上げ、もう一方の手を腰の横に置き、音楽に合わせてワルツを踊り始めた。ゆで卵を踊りのパートナー代わりにして。鎖が固定されているコンクリートの支柱や鋭利な器具があるテーブルを他の踊り手たちに見立てて巧みに避けつつ、イライザは軽やかにステップを踏んだ。タンク内がラベンダー色に輝き始めた。彼が喜んでいるのは明らかだ。F-1に足繁《あししげ》く通ったおかげで、このダンスフロアのことは十分承知していた。

目をつぶっても、他のダンサーの位置がわかる。ぶつからないで踊れる。自分の右手が握るのは、鋭い爪と水かきのある大きな冷たい手。左手が触れる腰は硬い鱗で覆われている。想像の世界のイライザと生き物は、ぎこちなくも素敵なワルツを満喫していた。

34

あの男性が実験室に入ってくるのをイライザが気づかない理由は、山ほどあった。ホーギー・カーマイケルが率いるジャズバンド、カーマイケル楽団が奏でる『スターダスト』は、聴く者に魔法をかける魅惑のリズムを持っている。しかも、今日は気分が落ち込んでいたので、普段よりボリュームを上げていた。いつも、彼女の耳は深夜勤務の脅威――科学者がキーカードを探してポケットを探る音や、エンプティーズが廊下を行進してくるときの足並み揃った靴音など――に調律されていた。いつもなら。だが、この音は彼女が予想していないものだった。オッカムの貴重品である生物の視覚や聴覚のレベルが高まっている事実を認識し、驚嘆した男性が息を呑む音。イライザはボックスステップを刻み、身体を傾け、三拍子に合わせて踊り続けていたが、状況を鋭く感知した生き物は発光を弱め、タンクの水は不安を示すように暗くなっていた。それはイライザへの警告でもあったのだが、夢心地で目を閉じている彼女には知る由もなかった。

創造性という名の剝製
CREATIVE TAXIDERMY

1

頬を伝う涙の温《ぬく》もりで、その場がいかに冷え込んでいるかを思い知らされた。彼は、F-1の固く閉ざされたドアに背を預けていた。オッカムのだだっ広い、人気《ひとけ》のない廊下には、地下墓地《カタコンベ》と同じ空気が漂っている。口を覆っている指は、まるで死体のそれのように冷たい。彼は、泣いてなどいないと言わんばかりに笑った。もちろん、彼に泣き笑いをさせた突然の閃《ひらめ》きの原因は、卵だ。彼は、人生の大半を〝進化〟と呼ばれるものへの研究に費やしてきた。だが、どちらかというと〝発現〟と呼びたかった。ミミズやクラゲの無性生殖。受精卵の胚《はい》形態形成。純粋で素晴らしいものを次々と絶滅させていく人類を、未来永劫《えいごう》存続させる生命の連鎖の無限なる理論的道筋——。

自分の教え子たちに伝えてきたのと同じこと。遺伝子のDNAはたんぱく質の設計図と言われ、そこには、アミノ酸の種類、数、配列、立体構造といったたんぱく質の合成に必要な情報が全て詰め込まれている。DNAは紐状《ひもじょう》になってひとつの細胞にたたみ込まれており、それを伸ばすと二メートルもの長さになるという。DNAの設計図通りに配合されたたんぱく質とは、人間の身体に不可欠な物質。我々の細胞のひとつひとつは、主にたんぱく質で組み立てられている。たんぱく質は、わずか二十種類のアミノ酸が鎖状につながったもので、きちんと折りたたまれて一定の構造をとっているのだ。こうして世界は、世代から世代へと、折りたたまれたＤＮＡ、たんぱく質で受け継がれていく。しかしときに、たんぱく質のたたみ損ねが起こる。そう、生命の形を本当に作り直すのは、通常とは異なるたたまれ方をしたときだ。たたまれるのではなく、思い切り引き裂かれるなど、大きな変化があった場合。突如として引き起こされた変化は何千年も続き、我々全体に影響を及ぼすと言っても過言ではない。肉眼ではわからない微小な細胞内の変異が、人類、世界、未来を左右する、というわけだ。「先生は教室にいる中では唯一の第一世代の移民だから、当時のアメリカでは異種だったと言えたかもしれないけれど、君たちひとりひとりにはすでに、先祖から受け継いだ異国の血が混じっている。つまり、生まれながらにして、すでに異種。ＳＦのミュータントの子供のようなもので、誰もが特別な存在なんだ」。そのような話をして、生徒たちの若い心を摑《つか》もうとしたものだ。

思い起こせば、乾いた大地で埃《ほこり》が舞うがごとくチョークの粉が舞う教壇の後ろにいる頃の自分は、ひどく大胆だった。今、彼は教室という繭《まゆ》から外へ出て、より生々しい現実世界にいる。なぜ、あの記憶が日に日にファンタジーみたいに思えてくるのだろう？　母親は白昼夢ばかりを見る彼を〝ленивый мозг〟《レニヴィー モジグ》と呼んだ。「怠けた脳」の意だが、むしろ真逆だった。異常なほど活発に働く脳のおかげで、彼は信望を集める科学者となった。これまで得た学位、功績、名声が価値のある人間の証《あかし》だったわけで、そのおかげでここに来られたのだが、そんなものに価値があるのかどうか、もう確信が持てない。あの掃除係をタンクから、危険から引き離すこともできた。しかし自分は、咄嗟《とっさ》に目の前の光景が理解できずに臆病風を吹かれ、あの実験室から慌てて外に出ただけだった。

彼がしょっちゅう夜間にオッカムに戻ってくるのは、プールやタンクの状態が気になって眠れないからだ。これで四回目？　あるいは五回目だろうか。あの〃貴重品〃は、人工的に作り出した水質環境では、あまり長くはもたない。彼はそう確信していた。ある朝、腹を上にして死んだ金魚のように浮かんでいるのが見つかるだろう。ミスター・ストリックランドがこちらの背中を叩《たた》きながら歓喜の声を上げ、タンクの周りを歩く姿が見えるようだ。一方の自分は、嗚咽《おえつ》を堪《こら》えるのに精一杯。今夜ここで、彼は、あの生物が生存し続けている謎に対する答えを知った。あの掃除係の女性が、生き物を生かし続けていたのだ。薬剤や化学的な処置ではなく、魂の力で。彼女を実験室から引きずり出すのは、生き物の心を短剣で引き裂くに等しい。

彼の柔らかいピンクの手のひらも、短剣で傷つけられた。いや、短剣で切りつけられたような赤い跡が付いただけだ。硬いマニラ紙の書類ばさみを強く握り締めていたせいだ。ほんの少し前までは、この書類ばさみはとても重要なものだったのだが、しわが何本もできてしまっている。彼は手の力を抜き、書類ばさみのしわを伸ばした。今宵《こよい》、自分はF-1に水質をチェックしに来ていない。ここに来て、踊る掃除係に確固たる信念を粉々にされてもいない。今宵ここを訪ねたのは、これまで集めたデータを検証するためだ。マニラ紙の書類ばさみに入っているのは、個人的に大きな危険を背負ってまで収集した情報の報告書であり、明日の約束までに終わらせておかなければならないレポートだ。

『スターダスト』の旋律がまだ脳内で響いているし、実験室の扉を内側から今も圧迫してくるのを感じる。彼はその場を離れ、おぼつかない足取りで廊下を進んでいった。手のひらの肉に食い込み、皮膚を切り開き、出血しようとも、硬い書類ばさみを強く握っていた。自分が何者で、なぜここにいるのかを覚えておくために。自分は、ボブ・ホフステトラー博士。ロシアのミンスクでディミトリ・ホフステトラーとして生まれた。職務経歴書を読めば、彼が骨の髄まで科学者だと推測できるが、彼の本当の職業、彼がこれまでずっと就《つ》いてきた唯一の本物の仕事は、〝貴重品〟よりもずっと正直な言葉で表わすことができる。彼は、まわし者、密偵、諜報員、密告者、破壊工作員――そう、スパイなのだ。

2

家の中は住む者の内面を表わす。彼が借りているレキシントン通りの家の中を見ると、壁には新聞や雑誌の切り抜きがいくつもピンで留められているのだが、それが切り抜かれた紙の長さ順に、同じ間隔で正確に並べられていることからも、彼の異様な几帳面《きちょうめん》さを垣間見ることができる。ひとり暮らしゆえ、使われていないスペースもある。とはいえそれは、家の広さよりも、ここでの彼の存在の希薄さを強調していた。キャビネットもクローゼットも空《から》っぽで、扉が開いたままだ。キッチン中央の折りたたみ式テーブルの上の紙袋には、保存の利《き》く食品が入れっ放しになっている。寝室にはドレッサーはない。質実剛健な彼の人柄を表わす衣類は、別のテーブル上に折りたたまれて置かれていた。彼はいつも、スチールの枠組みにキャンバスの布を張っただけのキャンプ用簡易ベッドで寝ている。洗面台の横にある戸棚にも何も置かれておらず、必要最低限の常備薬は、兵隊のようにトイレのタンクの上で整列していた。ひとつだけあるゴミ箱は、毎晩、外のゴミ集積場に中身を捨てに行き、週に一度、洗剤でごしごし擦《こす》り洗いをして清潔にしている。家中の明かりは裸電球だ。移り住んだときに設置されていた照明器具などの備品は箱に詰め、地下室に移動した。それゆえ、決して快適な明かりとはいえず、引っ越しから数ヶ月が経《た》つというのに、今でも時折、壁に投じられた自分自身の影にびっくりして飛び上がることがある。ＫＧＢ《Komitet Gosudarstvennoy Bezopasnosti》（ソ連国家保安委員会）の工作員の誰かが、時間のかかり過ぎている彼のミッションを早めに切り上げさせようと、音も立てずに迫ってきているのでは、と思ってしまうからだ。

　住居に最低限のものしか置かず、整然とした状態に保つことで、盗聴器、虫、その他の不法侵入行為を避けられる。ＣＩＡ《Central Intelligence Agency》（中央情報局）に自分が目を付けられる理由は何ひとつ思い当たらなかったものの、毎週土曜日、他の男たちがビール瓶の栓を開け、スポーツ観戦を決め込むときに、彼は引き出し、窓、通気口、扉の側柱、天井の梁《はり》やキャビネットの隙間にパテナイフを滑らせる。あるいは、他の男たちが家族や友人とバーベキューを楽しんでいるときに、電話を分解し、それから元通りに組み立てる。テレビとラジオは分解と組み立ての負担が大きいので所有していない。無言のまま電話の中身を取り出し、一時的に中断して図書館から借りた本を読むのが習慣だった。図書館の本は、読み終えても、読み終えなくても、日曜日に返却することにしている。ワルツを踊る掃除人の姿が今も目に浮かび、それが癪《しゃく》に障《さわ》った。タイムカードの記録から、彼女はイライザ・エスポジートだと判明した。タンクの前でダンスを披露するイライザ。それを見つめる〝貴重品〟。タンクの水をこの上なく美しく染め上げる生物発光。ふたりは明らかに喜びに満ちていた。それに比べ、この家の自分の決まりきった行動ときたら、なんと寂しく孤独なことか。

今日、廊下の床板を外した際、いつもやっていることなのに、危険以上の嫌な感覚を覚えた。何かが間違っているという感じ。もはや嫌悪感に近かった。〝間違っている〟という感覚を引き合いに出すのは、両親、学校の女教師、聖職者の得意分野だ。科学者には必要がない。しかし、昨晩自分が目にした光景が全てを変えるに違いないという確信が、魚の小骨のように喉に引っかかっている。貴重品が喜び、愛情、不安といった感情——発光する色でそれら三つの感情を表現し分けていたように見えた——を抱いていたならば、いかなる理由があるにせよ、何人《なんぴと》も、あの生き物をブンゼンバーナーで標本を焦がすがごとき扱いをしてはならない。今になって思えば、生物博士としての専門知識を駆使し、細心の注意を払って行った自分の実験も間違っている気がする。貴重品を捕まえ、実験し、利用しようとしている政府やオッカムの人間——自分も含め——は、興奮、優越感、好奇心など様々な感情が掻《か》き立てられているにもかかわらず、なぜ〝恥〟だけは感じていないのか。

床下に開いた穴に置かれているのは、パスポート、現金の入った封筒、そして、しわの寄ったマニラ紙の書類ばさみだ。書類ばさみを摑み上げたとき、タクシーの音がし、彼は慌てて書類ばさみをもとに返した。何を苛立《いらだ》っている。いつも同じじゃないか。特定の時刻に、合言葉とともにぶっきらぼうな電話が入って、彼はやりかけていた全てを一旦放棄する。今回はデイヴィッド・フレミングに対する遅れの弁解を考えていたが、もちろん後回しだ。電話が来たらタクシーを呼び、やきもきしながら待ち、到着したら中に乗り込み、運転手の名前をノートに記録する。待ち合わせ場所まで向かう際、同一の運転手に二度は頼まないようにするためだ。今日の運転手の名は、ロバート・ナサニエル・デ・カストロ。友人にはきっと〝ボブ〟と呼ばれているに違いない。それにしても、ロバート以上に、当たり障りがなく、忘れられやすいアメリカ人の名前が他にあるだろうか?

空港を過ぎ、ベアクリーク橋を渡り、ベスレヘム製鉄所近くの造船所に隣接する工業団地に車は滑り込む。こんな場所で降車するスーツ姿の人間はそうそういない。ホフステトラーの服装は限られている。個性のなさこそ、変装の極意だ。車内の彼は、孔雀《くじゃく》が羽をたたんで美しい模様を隠してしまうように、個人を特定されそうな特徴を極力押し隠す。できれば会話はしたくないのだが、ときにおしゃべり好きな運転手がいる。やたら無愛想にすると、かえって印象を残してしまうため、記憶には残らないであろう差し障りのない話題で適当に場を持たせることにしていた。車を降りた彼は、タクシーが走り去ったのを確認してから倉庫へと歩き出し、角を曲がってコンテナ船の間を進んでいく。発着荷物取扱所の脇を過ぎ、複数の小道を経由した後に、十メートルほどの高さがある複数の砂山をぐるりと回り、誰にもつけられていないことを確認してから今来た方向へと戻っていくのだ。

待ち人が到着するまでの間、大きなコンクリートブロックの上に座っているのだが、これがなかなか快適だった。コンクリートにかかとを軽く打ちつけていると、ミンスクで手持ち無沙汰にしていた少年の頃を思い出すからだ。空を仰《あお》ぐと、ドラゴンのような帯状の雲がゆったりと動いていく。こうやって、いつも青空と白い雲を眺めていた。何の不安も焦りも苦悩もなく、退屈さだけが〝敵〟だった当時。空は、子供時代と何も変わっていないのに。ぼんやりと頭上を眺めていたとき、車のタイヤが砂利《じゃり》を踏む音が聞こえた。ハッとしてホフステトラーが顔を上げるや、クライスラーの大きな車体が視界に入ってきた。クレバスの深淵《しんえん》を思わせる真っ黒なボディと、水銀のような光沢のあるクロムのグリル、バンパー、窓枠、そして、舞い上がった埃の層を切り裂くテールフィンが印象的だ。彼はコンクリートブロックから滑り降り、背筋を伸ばして待ち構えた。見据えるのは、砂煙を撒《ま》き散らし、唸《うな》りを上げてやってくる黒い獣のごときセダン。父だったら、〝Грязь《グリャージ》〟と呼んだかもしれない。それは、ロシア語で「泥」を意味する。運転席のドアが開き、いつもと同じ男が降りてきた。これまたいつものように、バイソンを思わせる巨体をオーダーメイドの黒スーツに包んでいる。向こうにとっても、黒いスーツに細い金属フレームの丸メガネをかけた自分がコンクリートブロックから滑り落ち、立って待っている姿は見慣れた光景になっているはずだ。

「スズメは窓の花台に巣を作る」

彼がそう言うと、〝バイソン〟も口を開いた。

「ワシは……」

かなり強いロシア語訛《なま》りがある。「ワシは……」

ホフステトラーは後部座席のシルバーの把手《とって》に手をかけ、口ごもる相手の言葉をさえぎった。

「ワシは獲物を捕まえる、だろ。暗記してないんだったら、合言葉の意味がないじゃないか」

彼はクライスラーに乗り込み、ドアを閉めた。その勢いで白い砂埃が宙を舞うのが、窓越しに見えた。

3

漆黒のクライスラーは、街中へとホフステトラーを引き戻していく。運転手であるバイソンは、決して過剰なスピードを出さず、絶対に最短ルートを取らない。今日は、ホラバード野営地跡の西側を進んでボルチモア市立病院を周回し、何度も角を曲がった挙句《あげく》にノーストリート共同墓地を貫いて東ボルチモアに入るという気の遠くなるような経路だった。彼の〝怠けた脳〟は、ボルチモアの碁盤の目のような街路は、微小な血球群から測定不能な銀河星団まで、あらゆる物質が存在する宇宙論的な組織の証だと気づいた。そうなのだ。全く取るに足りない人物を演じる自分は、しょせん、人類、地球、宇宙の歴史の中では、針で刺したごくごく小さな穴にすらならない存在に過ぎない。これは少なくとも、彼の祈りだ。

クライスラーは、〈黒海《ブラックシー》〉というロシアンレストランの真ん前で止まった。ホフステトラーは、これにも納得していない。我々がたどり着くのは、毎回同じ場所。鏡のようにピカピカでまばゆい金色の光が反射するガラス窓には、真っ赤な窓枠がはめられている。結局、これだけ人目を引くレストランに行き着くのなら、暗号めいた電話での呼び出しや待ち合わせ時の合言葉、遠回りに遠回りを重ねた移動ルートになんの意味がある？運転席から先に降りたバイソンが後部座席のドアを開け、ホフステトラーに降車を促した後、店内へと先導していく。相手と自分の一挙一動が、これまたいつも同じだった。

　レストランの中に入ると、マラカイトの各テーブルの上に置かれた、精巧な模様のマトリョーシカ人形が目に入る。言うまでもなく、見慣れた光景だ。ブラックシーは、まだ開店前だった。厨房《ちゅうぼう》から仕込みの物音がしたが、会話の声はほとんど聞こえない。店内では、三人のバイオリン奏者がチューニングを始めている。演奏するのは、もちろん、ロシアのジプシー歌謡『*Очи чёрные*《オーチチョールヌィエ》（黒い瞳）』だ。焼き立てのジンジャーブレッドの甘い香りと赤ワインビネガーのつんとしたな匂いが混じり、厨房から漂ってくる。化粧室の前を通り過ぎた彼は、そこの扉に貼られた赤いポスターを一瞥《いちべつ》した。

　スパイ行為、妨害工作、破壊活動の情報提供求む。FBIに電話を

　FBI《Federal Bureau of Investigation》（アメリカ連邦捜査局）の初代長官J・エドガー・フーヴァーが、移民をそそのかして情報を手にいれるために発行したものだ。ロシア人たちの間では、このポスターの文句が半ばジョークとして扱われていた。レストランの一番奥にあるテーブル席は、くの字に曲がった壁の裏になり、ちょっとした死角になっている。ロブスターがゆったりと這《は》う巨大な水槽の反射光が壁面に当たり、月明かりに照らされたようになっていた。そこでホフステトラーを待っていたのは、レオ・ミハルコフだった。

「ボブ」

こちらに気づいたミハルコフが会釈をした。

ミハルコフは、ホフステトラーとの会話スキルを高めるため、英語で話すのを好む。しかし、この工作員の口から発せられた自分のアメリカ名を聞くと、麻薬所持の嫌疑で全裸にされて所持品検査を行われているような気分になった。強いロシア訛りが抜けないミハルコフの「Bob《ボブ》」の発音が、「間抜け」や「女性のバスト」を意味する〝boob《ブーブ》〟に聞こえるのも、そんなふうに思わせる大きな要因だった。ミハルコフはわざとそう発音して自分を侮辱しているのではないか、とつい勘ぐってしまう。すると、楽器を持ったミュージシャンたちが、手斧《ておの》をかざした刺客よろしく、大急ぎで彼らのテーブル席に集まってきた。三人は互いにうなずいてリズムを取り、音楽を奏で出す。このブラックシーが密会場所として重宝される理由のひとつが、盗聴器に影響されないという点だった。テーブルのそばでの生演奏は単に食事の雰囲気を盛り上げるだけではない。美しく力強い弦楽器の音色が、食卓を囲む人間の会話を見事に掻き消してくれるのだ。というわけで、ホフステトラーは声を上げなければならなかった。

「レオ、頼むから、私のことはディミトリと呼んでくれないか」

臆病者と言われるかもしれないが、ロシア人と会話するときはロシア人としての本名で呼ばれる方が、ふたつの人格を分離させておきやすい。ミハルコフは、スモークサーモンとクレームフレーシュがトッピングされたブリニというロシアのパンケーキをひと口大に切り、それにキャビアを添えて伸ばした舌の上に載せた。舌を口の中に引き込み、咀嚼《そしゃく》しながら、料理の味と香り、食感を楽しんでいる。一方のホフステトラーは、水すら飲まず、神経質にマニラ紙の書類ばさみのしわを伸ばしていた。このロシア人が豹変《ひょうへん》し、こちらを気弱な懇願者の立場に追い込むのなど、あっという間。一音節を発音し終える前に相手は残虐なけだものの牙を剝《む》き、力関係を思い知らせるはずだ。これまでもそうだったのだから。

　レオ・ミハルコフは、こちらが接触する工作員としては四人目だった。ホフステトラーがモスクワ大学に入学した翌日、彼は図らずも、スパイ活動に関与するはめになった。その日、干上がった湖の底から難破船が現われるがごとく、スターリンのNKVD《Narodnyi Komissariat Vnutrennikh Del》（内務人民委員部）の工作員たちが、彼の視野に入ってきた。彼らは、若く、いつも腹ペコの学生だったホフステトラーに、まともな食事――トマトのピクルス、前菜、ビーフストロガノフ、ウォッカをごちそうしてくれた。政府の秘密というデザート付きで。この工作員たちは、宇宙に衛星を打ち上げたり、先進的な化学兵器の試験をしたりするチームで、アメリカの原子力計画に侵入したソ連側のスパイでもあった。このような機密情報を知ってしまったことは、毒を盛られるのと同じ効果があり、ホフステトラーは解毒剤を手に入れなければ、死者となるだけだった。その解毒剤とは、国家への揺るぎない忠誠心だ。これまでも、これからも、ずっと。

　戦争が終わり、アメリカは金塊を求めてユーラシア大陸の瓦礫《がれき》をふるいにかけるだろうと、工作員たちは語った。その金塊とは、科学技術発展のための科学分野の優秀な人材という金の卵。アメリカは誰を見つけるのか？　その答えが、ディミトリ・ホフステトラーだった。彼の任務は、亡命し、善きアメリカ市民になること。そんなに悪いことではない、約束する、と工作員たちは口を揃《そろ》えて言った。実際に、サイレンサー付きの拳銃と、いざというときのための自殺用の毒を持ち歩く生活ではなく、科学者としての専門分野で研究を続けられる自由がある、と。ただし、工作員から連絡を受けたときは、機密情報の〝収穫時期〟という意味で、必ず成果を報告するという条件付きだった。ホフステトラーは、この申し出を断ったらどうなるか、という質問は敢《あ》えてしなかった。彼の父母の面倒は見ると、言われたからだ。NKVDが両親を人質に取ったも同然だった。

ミハルコフは、「ディミトリと呼んでくれ」というホフステトラーの要求に肩をすぼめた。正直、肉体で威圧してくるほど頑強な体格の持ち主ではない。事実、ロブスターの大きな水槽の前に陣取り、わざと自身を小さく見せて楽しんでいるようだった。ミハルコフは切り替え可能な男だ。身体にフィットした細身のスーツを着こなし、背広の襟穴に差す花飾り《ブートニエール》を付け、短く刈り込まれた渋いグレーヘアの男は、小柄で温和だったが、ひと度立腹すると、鋭利な部分が弾《はじ》けて飛び出す。ミハルコフはキャビアを飲み込むと、片手を差し出してきた。背後の水槽のロブスターが、その動作に合わせたかのようにのそのそと歩き出し、まるで相手の耳の後ろから這い出てきたかに見える。ホフステトラーは書類ばさみを手渡したものの、表紙についたしわにバツの悪さを覚えた。教会に行くのに子供にしわだらけの服を着せてしまった母親の気分だ。

ミハルコフは書類ばさみの紐を解き、紙資料をパラパラとめくった。

「それで、これは何なんだ、ディミトリ?」

「設計図です。オッカム航空宇宙研究センターのあらゆるドア、窓、換気ダクトの位置が網羅されています」

「*отли́чно*《オトリチノ》……じゃない、英語、英語と。グッドジョブ。上の人間は、きっと興味を示すだろう」

ミハルコフはさらにもうひとくちブリニを口に放ると、ホフステトラーの緊張した面持ちに気づいた。

「ウォッカを飲みたまえ、ディミトリ。四回蒸留してある。ミンスクから届いたばかりだ。君の故郷だろ?」

ミンスク――。この言葉が出たときは、ナイフの刃が両親の頸部《けいぶ》に当てられているも同然だ。もしもホフステトラーが被害妄想の海を漂っているのでなければ、これは十年ぶりの緊迫の事態だと言えよう。両親を守るには、スパイ活動の深みにどっぷりとはまり、二度と水面に浮上することも、水面の外郭を見ることもない人生を続けねばならない。風車の形にたたまれたナプキンを掴み、彼は額ににじんだ汗を拭った。間近ではバイオリン奏者が演奏を続けている。顎にはさんだ楽器からの振動で、三人にはこちらの会話は聞こえていないはずだが、用心深いホフステトラーは身を乗り出し、声を少し低めた。

「この設計図を盗んだのには、理由があります。私の計画にある権限を与えてください。あの生物を施設から連れ出さなくてはなりません」

それを聞いたミハルコフは口の動きを止め、片眉を上げた。

4

ウィスコンシン州で教鞭《きょうべん》をとっていた数年間の記憶は、雪で覆われた冬の大地のようだ。アメリカ中西部でのまばゆいばかりの誠実な暮らしは一面の雪景色。その純白の世界は、レオ・ミハルコフに手渡した報告書という黒い泥によって醜い染みが付けられてしまった。ミハルコフは、毛皮のコートに毛皮のロシア帽という出《い》で立《た》ちで、まるでロシアの民間伝承に登場する雪の精「*Дед мороз*《ジェド マロース》」のようだ。ホフステトラーは、検電器、電離箱、ガイガー・ミュラー計数管をはじめとする様々な物を盗み、彼を満足させようとしたが、相手が満足することはなかった。ミハルコフは全てを搾《しぼ》り取ろうとする。そう、ホフステトラーはスポンジだ。機密情報という汁をいくら染み込ませても、すぐにカラカラになるまで搾られる。白癬《はくせん》に感染させた知恵遅れの子供たちの頭皮を擦り取って、あらゆる影響を研究するアメリカの実験結果も調べ上げたし、デングウィルス、コレラ菌、黄熱病ウィルスを植えつけた蚊を反戦運動家の囚人の頭上に放つという昆虫兵器計画の一環にも探りを入れ、具体的な数字を盗み出した。ごく最近では、枯葉剤を大量投与し、米国の軍人を有害物質ダイオキシンに晒《さら》すという計画の提案書が出された。こちらの結果も調べ出さなければならない。とにかく、ホフステトラーが調査し、ソ連の工作員に渡したそれぞれの実験結果は、ウィルスのごとく彼の体内に巣食い、スパイという覆面を外していたときの楽しい人生を化膿《かのう》させていった。

深い悲しみとともに、彼は悟った。自分が誰かと親しくなった場合、その人は将来的にソ連の脅迫の餌食にされてしまう可能性があるのだ、と。しかし、自分では、この呪われた運命をどうすることもできない。彼の目には、他の未来図は見えなかった。付き合っていた可愛《かわい》らしい女性とは別れるしかなかったし、優秀な学生や教授たちと知的な会話を満喫できた大学のカクテルパーティを主催することも諦めた。

大学から与えられた家を使い始めたものの、備わっていた家具、照明器具のほとんどを外して移動し、引き出しをはじめとする収納家具には何も入れることを許されなかった。新居に越してきた最初の夜、何も置かれていない床の上でひとり佇《たたず》み、彼は繰り返した。

「*Я Русский*《ヤ ロシキー》」

私はロシア人だ――。湿った雪が窓を覆い、闇の中の自分がその言葉を信じ始めるまで、何度も何度も口にした。

この迷宮の唯一の出口は、自殺。しかしながら、薬の知識があり過ぎて、服薬後に何が起こるか前もってわかってしまい、仕事を任せられる薬剤を選ぶことができなかった。ウィスコンシン州の州都マディソンには、飛び降りるのに適した高いビルがなかった。ロシア訛りの英語で銃を買うのはあまりにも注意を引いてしまうため、無理だった。そこで、両刃剃刀の刃を一箱購入し、浴槽の縁に置いてみたものの、母親からさんざん警告されていた〝*Nečistaja sila*《ニチェスタヤ シラ》〟のことが頭から離れず、決行できなかった。それは、〝不浄な力〟と呼ばれる悪魔の大群で、自死した者は例外なくその一部になるという言い伝えだった。ホフステトラーは、浴槽の中で全裸のまま泣き崩れた。薄くなり出した頭髪、青白い肌、たるんで締まりのない身体。いい年をした大の男が、赤ん坊のように全身を震わせていた。どれだけ自分は沈んでいたのか。彼の気持ちは、何の光も届かない深淵に沈んでいた。

〝新たに発見された生命体〟を分析するオッカム航空宇宙研究センターのチームの一員になれと誘われたことが、彼の命を救った。これは決して誇張表現ではない。その日、両刃剃刀の替え刃は浴槽の隅に移動され、翌日にはゴミ箱行きとなった。さらに、いい知らせが続いた。これがホフステトラーの最後のミッションになるだろうと、ミハルコフに言われたのだ。オッカムでの仕事をやり遂げた後、帰国して故郷のミンスク、そして、十八年間会っていなかった両親の腕の中へ戻れるぞ、と。

いくら気持ちが急《せ》いていても、彼は急いで事を進めることはできなかった。署名が必要な書類に片《かた》っ端《ぱし》からサインをし、ワシントンDCからの公式文書は、一部黒塗りされていても構わずに目を通した。〝一身上の都合〟という陳腐な決まり文句を使って大学の職を辞し、ボルチモアの住居を手配した。

新たに発見された生命体

このひと言で、彼の冷たい涸《か》れた身体に、はつらつとした温かな希望が注ぎ込まれた。科学者としての好奇心が激しく刺激されたのは事実だが、決してそれだけではなかった。自分自身が新たに発見された生命体と化したがごとく、真っさらに生まれ変わった気分になったのだ。今回は、自分の中のこの新鮮な気持ち、ボルチモアでの新しい人生を正しいことに使おう。新種の生命体を破壊するのではなく、きちんと理解しよう。ホフステトラーはそう誓った。

そして、彼はそれを目にした。いや、違う。それと対面した、と言うべきだろう。その生物はタンクのガラス窓越しにホフステトラーを見て、人間と霊長類の典型的なやり方でこちらを認識した。数秒もしないうちに、彼は二十年以上かけて築き上げてきた科学者としての鎧《よろい》を脱ぎ捨てていた。その行動から判断しても、これは魚の突然変異体ではない。むしろ、考え、感情、気持ちを共有し合える生き物だ。最近死ぬことをやめたホフステトラーが必要だった正確な方法で、この生き物も解放すべきだと悟った。いかなる要素から考えても、彼はその結論に達し、〝解放〟への準備をしなければ、と己に訴えた。しかし、簡単にその準備ができるわけではなかった。

この生物は矛盾の塊でもあった。生物学的には、デボン紀の歴史的証拠に一致していたので、ホフステトラーは〝デボニアン〟と呼び始めた。最も興味深いのは、水との奥深い関係性だ。彼は最初、デボニアンが己の周りの水を力ずくで支配していると理論づけた。しかし、それはあまりにも一方的な思い込みだった。そうではなく、水がデボニアンに協調しているように見えた。水を蹴り、泡を立たせ、ときには砂のごとく静かに佇むあらゆる動作で、水が生物の性質を反映しているかに思えたのだ。一般的に、虫は澱《よど》んだ水に惹《ひ》きつけられる。この生物をF-1に閉じ込めた人間たちは、自分たちが優位に立っていると思い込んでいるが、実はデボニアンそのものの奴隷となったも同然で、天井のまぶしい照明の下で一喜一憂し、奔走する日々だった。ホフステトラーとて、こちらの行動が攻撃的に見えてしまうたびに、勢いよく水しぶきをかけられていた。

信じ難《がた》い仮説を立てた彼の心は躍り、興奮したが、それらを隠しておくことにした。

オッカムでの最初の報告書は、読み手が理解しやすい事実だけを記した。デボニアンは左右対称、水陸両生、二足歩行の生物で、脊索《せきさく》、中空神経索、閉鎖血管系という明らかに脊椎《せきつい》動物の特徴を示している。心臓は、人間同様の四つの部屋を持つタイプか、三つの部屋を持つ両生類のものか、ホフステテトラーもまだわからなかった。えらの開口部ははっきりと目視できるが、胸郭の膨れ具合からして、肺胞と毛細血管が集まった肺が収まっていると考えるのが自然だった。このことからも、デボニアンは、二つの領域——陸上（肺呼吸）と水中（えら呼吸）——での生存がある程度可能だと考えられるだろう。この生物の研究を通じ、科学界が学べることは、半水生の呼吸のしくみに限ったことではない。文字通り、際限がないのだ——彼は夢中になってタイプライターのキーを打った。この生き物は無限の可能性を秘めている。生物学的大発見に胸躍るホフステテトラーから生まれ出る説明の言葉も、際限がないように思えた。

彼自身生まれ変わり、新鮮な気持ちに満たされていたわけだが、同時に、〝純粋さ〟という弱点も生まれた。オッカム側は、この生物の謎を根本的に解明しようという気はさらさらなかった。彼らが知りたいのは、レオ・ミハルコフ同様で、軍事的、航空宇宙的な利用が可能かどうか、という一点だけだったのだ。一夜にして、ホフステテトラーの仕事には〝妨害工作〟が秘密裏に加わった。無意味に把手をいじくり回し、不必要にバルブの調節を繰り返し、この器具は安全性に欠けるから新しいものを調達しろと指示を出し、データが不十分、不確実だと指摘してやり直させるなど、デボニアンの研究をできるだけ長引かせるための努力を惜しまなかった。これには、創造性と大胆さだけでなく、ミハルコフのもとで萎縮させていた彼の第三の人間的特徴——共感——も必要だった。それゆえ、あの生き物を思いやり、尊敬と感謝の気持ちをもって接すると決めたホフステトラーは、F－1にできるだけ自然光に近い照明を導入し、アマゾン領域で録音された環境音を流すことにしたのだ。

そういった努力の甲斐《かい》もあって時間稼ぎに成功し、ストリックランドに、〝時間〟もまた、デボニアンと同じくらい希少価値があるものと捉えさせることができるようになった。学究的環境には、迫り来る期限、思い通りにいかない現実、実験の失敗、想定外の結果、予算を減らそうとしたり、功績を奪おうとしたりする人間など、立ち向かわねばならない相手がごまんといる。そんな中で揉《も》まれてきたホフステトラーは、うわべだけの笑顔を浮かべて大袈裟《おおげさ》に歓迎したり、心にもないお世辞を言ったりする者たちの仮面の下に鋭利な刃が隠されていることも見抜けるようになっていた。とはいえ、ストリックランドは、これまでとは違ったタイプのライバルだった。科学者に対する嫌悪感を決して隠さない。至近距離で罵声を浴びせ、学者連中の顔を紅潮させ、彼らを口ごもらせる。ストリックランドは、ホフステトラーの実験が遅々として進まぬことを〝はったり〟と言い放った。おまえはあの貴重品について知りたいんだろう？　なら、顎をくすぐるようなちまちました真似《まね》はせず、さっさと奴を切り刻んで、どんなふうに血を流すか見ればいいじゃないか、と。

ホフステトラーの本能は、恐怖で縮こまった。今回、それはできない。デボニアンに対してだけでなく、自分自身の魂にとっても危険が大きすぎた。彼は己に言い聞かせた。

F-1は、自然のままの新しい不思議空間と化した。そこで生き延びるため、彼は第三の人間を創造する必要があった。ディミトリではなく、ボブでもない、ヒーローを。なんの罪もない者たちが、血も涙もないふたつの国の恐ろしい実験の犠牲となっているのに、何も声を上げなかった愚行に対して己の名誉を挽回《ばんかい》するヒーローだ。成功させなければ。これまで学生たちに教えてきたのと同じ基本的教訓を実現する必要がある。温度と密度の急上昇により起こった爆発や衝突により、宇宙は生まれた。新しい生息環境が突如として発生すると、その領域の生物たちの間で、生存競争という名の資源確保合戦が繰り広げられる。生きながらえるために生物たちは命懸《いのちが》けで戦い、結果、無数の犠牲を伴うのが必然なのだ――。

5

「連れ出す？　今、〝Extraction《エクストラクション》〟という言葉を使ったな？　アメリカ人が〝抜歯〟の意味で使う単語だ。厄介かつ不快な手順。歯医者で掛けられた胸当てが、削られた歯の破片と血で汚れることになる。ダメだ。エクストラクションは計画の一部ではない」

ホフステトラーは、自分のアイデアの合理性には確信がなかった。ソ連の方が、アメリカ以上の苛酷な拷問を行う可能性だってあるのだ。しかし、選択肢がふたつにひとつしかないのならば、ソ連を選ぶ方がまだマシではないか。彼は二の句を継ごうと口を開いたが、一曲目の音楽が終わり、二曲目の演奏が始まる前の小休止となったため、即座に息を止め、言葉を呑《の》み込んだ。バイオリン奏者たちの肘がすばやく引かれ、次の曲が始まった。ショスタコーヴィチの室内楽曲。危険な会話を覆い隠すのに十分な騒々しさがあるが、耳障りのいい旋律を持つ見事な選曲だ。

「このプランでは」

ホフステトラーは再び話し出した。「オッカムから例のものを連れ出すのに必要な時間は十分。私がお願いするのは、熟練した工作員二名のみです」

「ディミトリ、これは君の最後のミッションだ。なぜ事を複雑にしようとする？　さっさと終わらせれば、すぐに笑顔で帰国できるというのに。私から君への忠告だ。君は冒険をするタイプではない。君は君の得意分野に専念すればいい。仕事のできるメイドとしてアメリカ人にへつらってきちんと掃除をし、ゴミ箱を我々に手渡す。ただそれだけだ」

自分が侮辱されていることがわかったものの、相手が突き出した言葉の拳は、彼の心の深層部にまでは届かなかった。最近ホフステトラーは、メイド、とりわけ掃除人ほど、この世の秘密に同調されている――秘密を見聞きしても素知らぬふりができる――人間はいないだろうと考えるようになっていた。

「あの生き物は人間とコミュニケーションがとれるんです。この目で見ました」

ホフステトラーはつい早口になっていた。しかし、ミハルコフの反応は鈍かった。

「まあ、犬だって可能だからな。だが、人間と意思疎通ができるからといって、我々はライカを宇宙船に乗せるのを中止したりはしなかった」

宇宙犬ライカ。人間の宇宙飛行が可能かどうかを確認すべく、ソビエト政府は犬を宇宙船に乗せ、宇宙空間に送り込んでいる。ライカ——正式名クドリャフカは、一九五七年十一月三日、スプートニク2号に乗せられ、地球上の生物として初めて地球軌道を周回した。ただし、スプートニク2号には再突入のための装置が備わっていなかったため、最初から片道切符の旅であると、関係者はわかっていたのだった。ホフステトラーは唇を噛《か》んだ。ここで、はいそうですかと、簡単に引き下がるわけにはいかない。

「あの生き物は痛みを感じるだけではありません。痛みというものを理解しているんです。あなたや私のように」

「アメリカ人がその事実を受け入れるのに時間がかかっても、私は驚かない。奴《やつ》らは一体どのくらい長い間、黒人は白人が感じるのと同じ痛みを感じるということを受け入れなかった？」

「あの生き物は手話を理解しています。〝音楽〟という手話を」

ミハルコフはウォッカを口に含み、ため息をついた。

「ディミトリ、人生はアカシカを解体するようなものだ。皮を剥ぎ、肉を削《そ》ぎ取る。シンプルで汚れない。私がどれほど一九三十年代を恋しいと思っているか。当時の密会は電車内だった。女性の化粧品の中に、マイクロフィルムを隠したりしていた。我々は、自分たちが触れ、感じ、〝*Наши люди*《ナシ リュージ》〟、そう〝我々〟の利益のために祖国に持ち帰るべき物を運ぶ。ビタミンD濃縮物。工業用溶剤。今日では、我々の仕事は、腹に穴を開け、はらわたを引き抜くような仕事に変わってきている。実際に手では触れられないもの、例えばアイデアや哲学といったものを扱うようにもなってきた。君がそれらを感情と履き違えたとしても不思議ではない」

　感情。ホフステトラーは、デボニアンが発する光とイライザのダンス、そしてレコードから流れる音楽がひとつにまとまり、芸術作品のごときあの瞬間を頭に思い描いた。

「ですが、感情の何が問題なんです？　オルダス・ハクスリーの本を読んだことがありますか？」

「音楽の次は文学。君はルネサンス期の人間か？　ああ、ディミトリ。私とて、ミスター・ハクスリーの著書を読んだことくらいあるさ。ただし、ハクスリーと親交が深かったイーゴリ・ストラヴィンスキーが彼を褒めちぎっていたからなんだが。そうだ、ストラヴィンスキーの最新曲が、ミスター・ハクスリーに捧《ささ》げた変奏曲だと知っていたかね？」

　ミラルコフはバイオリン奏者たちを顎で指し、うなずいた。「ここにいる初心者たちが演奏できればいいんだがね」

「では、ハクスリーの『すばらしい新世界』は、読んだことがあるんですね。未来の赤ん坊は試験管で培養されるため、誰にも家族がなく、階級や環境に疑問や不満を持たないように操作されているという内容は、現実世界の不妊治療や集団コントロールに対する警鐘です。人間性の美質を知り、それに導かれなければ、我々が行き着く未来は悲惨なものになる。そう思いませんか？」

「万が一オッカムの魚人に端を発し、未来がそんなディストピアに至るとしても、そこまでの道のりはとてつもなく長く、そうなったときには、あの生き物が全ての元凶だったことすら誰も覚えていないだろう。小説ごときに感化されてどうする？　フィクション小説を読むのが君の趣味ならば、H・G・ウェルズをお勧めするよ。SF小説『モロー博士の島』の中で、モロー博士がこう言っている。『自然を研究すれば、人間も自然のように無慈悲になってしまう』と」

「モロー博士を擁護しているわけじゃないですよね」

「文明人は、モローをモンスター扱いしがちだ。しかしだね、ディミトリ。ここはロシア料理レストラン、ブラックシー。客は我々しかいない。お互い正直になろうじゃないか。自然界を良きものだと信じるのなら、その残酷さも受け入れなければならない。モローは、そのことを知っていた」

ミハルコフは一旦言葉を止め、こちらをキッと見据えた。「例の生物を、君はかなり高く評価し、敬意を表しているようだが、向こうは君をなんとも思っちゃいない。あいつは無慈悲だ。だから君も同じであるべきだ」

「人間はモンスターよりマシであるべきです」

「ほう。では、一体誰がモンスターなんだ？　ナチスか？　大日本帝国か？　アメリカか？　我々全員が、極悪非道な行いを防ぐために極悪非道な行いをするとは限らないだろう？　磁器の皿を二本の箸《はし》で高く持ち上げ、クルクルと回すという大道芸があるが、私はよく、世界はあの皿だと想像してみる。二本の箸は、片方がアメリカで、もう片方がソ連。一方を高く上げたら、もう一方も高く上げなければいけない。さもないと、バランスを崩した皿は落下し、粉々に割れてしまう。かつて私は、ヴァンデンベルグという名の男を知っていた。君のように、アメリカに潜入していた。君と同じく、様々なアイデアを横目に見ながら盗んでいた。彼はやり遂げることができなかったんだよ。詳しくは言えないが、ヴァンデンベルグは水の底に沈んだ」

ヴァンデンベルグを呑み込んだ水。澄んだ水か、濁った水か。温かい水か、氷のような水か。さらさらと流れる水か、粘り気のある泥水か。何もわからなかったものの、ホフステトラーは、ロブスターの水槽の泡立つ水にそれを重ねた。弦楽器の音の調子が微《かす》かに変わった、と思った直後、バイオリン奏者が横にずれた。食事を運んでくるウェイターの到着を意味している。バイオリニストたちは、弦（bow《ボウ》）を持っていたが、同じbowでも、ウェイターの場合は蝶《ちょう》ネクタイだ。見事なロブスターと湯気が上がるステーキの皿が、ミハルコフの前にそっと置かれた。差し出された美食に頰を緩めた工作員は、ナプキンを襟に押し込み、ナイフとフォークに手を伸ばした。会話が途切れ、ホフステトラーはホッとした。正直、彼は動揺していた。ヴァンデンベルグという男に、実際のところ何が起きたのだろうか。真相を知らされた場合、こちらの不安をミハルコフに隠し切れるかどうか自信がなかった。とはいえ、嘘か誠かもわからぬヴァンデンベルグの話が、ホフステトラーを威圧する手段のひとつとして語られたのには間違いない。

「私は祖国のためならなんでもします」

ホフステトラーは平静を装った。「私はあの貴重品を追究し続けます。そうすれば、我々だけが隠された能力を知ることになりますから」

ミハルコフはロブスターの殻を割って身を切り出し、溶かしバターに浸《つ》けてから口に運んだ。大きな切り身だったので、口元も大きく、ゆっくりと動く。

「君は長いこと、献身的に働いてくれている」

ミハルコフはロブスターを咀嚼しながら言った。「そんな君に特別な計らいをしようじゃないか。君の〝抜歯〟のアイデアを聞かせてくれ。何が可能かを知りたい」

相手は嚙んでいたロブスターを飲み込み、何も置かれていないホフステトラーの前をナイフで指した。「私と一緒に食事をとる時間はあるかね？　アメリカ人はこの料理に、実に面白い名前を付けている。〝surf《サーフ》 and《アンド》 turf《ターフ》〟。魚介類とステーキのコース料理のことだが、〝サーフ〟は波、〝ターフ〟は芝土《しばつち》を意味するらしい。さあ、私の背後にある水槽から、好きなロブスターを一匹選びたまえ。良ければ、自分で摑んで、厨房に持っていき、ゆで上がる様子を観察してもいい。生物学者なんだから、生物の観察は好きだろう？　沸騰した湯に入れると、ロブスターはほんの少しだけ、キーキーと悲鳴を上げるとか。それが肉を柔らかく、甘くする秘訣《ひけつ》なのかもしれないな」

ミハルコフは大きく破顔し、別のひと切れにフォークを突き立てた。

6

春が来た。頭上を覆う灰色の幕のようだった一面の陰鬱《いんうつ》な雲はどこかに行き、爽快な青空が広がっている。暗がりで凍えるウサギのごとく縮こまっていた古い雪の塊は、跡形もなく消えた。静寂が支配していた場所には、小鳥のさえずりと、野球に興じる元気な少年たちの声が戻っている。埠頭《ふとう》に打ち寄せていた波も小さくなり、水の表面が膨張して湾曲することもなくなった。レストランの献立が変わったかのように、周囲に漂う匂いも以前とは違っている。ここ数ヶ月で初めて窓を開けたので、その変化に気づいた。とはいえ、それがいいことだとは限らない。相変わらず雨は少なく、芝生は寝起きの髪のようにボサボサで、尿を思わせる色に変色していた。ガーデンホースは、水撒きという確固たる作業のために引き出されており、手足のように伸びた枝という枝には、小さな拳みたいな蕾《つぼみ》が付き始めている。下水溝の鉄格子は、からからに乾き切り、太陽の下で干上がった水の跡が歯型に似た染みになっていた。

イライザは同じように感じていた。春が来た。雪解け水となって自分の中で流れ始めた瑞々《みずみず》しい感情は、彼女の全身を潤し続けている。しかし、F－1には、かれこれ三日間行っていない。週末もカウントすると、五日だ。一分に一度はそうしているのではないかと思うくらい、彼女は頭の中で行けなくなってからの日にちを数え続けている。あの実験室は立ち入りが制限され、以前より、エンプティーズの人数とパトロールの回数は増えていた。モップがけをした床が乾く間もなく、新たな作業を言いつけられることからも明らかだ。イライザが職場に着いたとき、シフトチェンジの責任者がフレミングだけではなくなっていた。今は、ストリックランドにもその権限があると聞かされた。彼女は思わずストリックランドから目を逸《そ》らした。彼が自分に微笑みかけたのが、どうか見間違いであるようにと祈りながら。

洗濯室に入ると、洗濯機が取り外されてから五年が経つというのに、今でも目が痛くなる。五年前、漂白剤が原因で発生した有毒ガスで気絶したルシールをたまたまイライザが見つけ、その後、洗濯機が撤去された。このときのイライザの功績は、ランチの自動販売機以上に繰り返しゼルダの話題に上る。イライザは気を失っていたルシールを洗濯物のカートに乗せ、空気のきれいなカフェテリアまで運び、それから助けを呼んで病院に搬送させた。オッカムは世間の注目を集めるのを嫌う。その一件があって、全ての洗濯業務は〈ミリセント・ランドリー〉という外部業者に委託されることになり、ルシールは無事に仕事に復帰し、今も働き続けている。

洗濯そのものはしなくなったものの、洗濯物の選《よ》り分《わ》けはやらなければならない。ゼルダとイライザは、汚れたタオル、制服のスモック、科学者たちの白衣などを大きなテーブルの上で分別していく。もちろんその間、ゼルダの口からは、お決まりのブリュースターの話がこんこんと湧き出る。前の晩、ゼルダはウォルト・ディズニーが司会を務めるテレビ番組『ディズニーランド』を観たいと思っていたのだが、ブリュースターが『宇宙家族ジェットソン』を観ると言い張った。チャンネル争いはヒートアップした挙《あ》げ句《く》、ゼルダは夫の胸ぐらを摑んでさんざん揺さぶり、バーカラウンジャー社製のリクライニングチェアから引きずり下ろした。そしてその仕返しにと、ブリュースターはゼルダが『ディズニーランド』を視聴している間ずっと、『宇宙家族ジェットソン』の主題歌を最大音量で流し続けたという。

親友がそんな話を面白おかしく話して聞かせるのは、自分を憂鬱の泥沼から引き上げるためだ。イライザにはそれがわかっていた。このところ気持ちが沈んでいた彼女は、自分の憂鬱さを隠すことができず、かといって、なぜふさぎ込んでいるのか、詳細を説明する気にもなれなかった。それでも、ゼルダの気遣いはとてもありがたく、カートに必要なものを載せる際に、彼女はできるだけ元気を掻き集め、明るく相槌《あいづち》の手話をしてみせた。一日の仕事に必要な七つ道具を揃えると、ふたりはカートを押して広い廊下に繰り出していった。イライザのカートは、猫の鳴き声のような甲高《かんだか》い音が鳴った。あまりにも音が大きかったので、異常事態でも発生したのかと訝《いぶか》しんだエンプティーズの兵士ひとりが、廊下の外れからヘルメットを被《かぶ》った頭を曲げてこちらを見ていた。彼女たちは、F-1の真ん前を通過するルートをとった。実験室の前を歩いているとき、彼が立てる水音が聞こえないかとこちらが耳を澄ましていることがばれないよう、イライザは素知らぬ顔をしながら聞き耳を立てた。

　ふたりは左に曲がり、窓のない廊下へ向かった。木片をドアストッパー代わりにし、両開きの扉が少しだけ開いていた。その隙間から駐車場のオレンジ色の光が射《さ》し込んでいるのだが、それがなければ真っ暗な場所だった。ゼルダは尻でドアを押し、カートを滑り込ませた後、続くイライザのためにドアを開けておいてくれた。扉の向こうには、深夜シフトの人間が何人もたむろしており、電線の上の小鳥よろしく、一列に並んで紫煙をくゆらせていた。科学者連中はオッカムの禁煙ルールを誇りにしていたが、掃除人たちは違った。喫煙者たちは、一服するために夜間何度もこの貨物の積み下ろし場に足を運ぶ。喧嘩《けんか》の最中であっても、タバコを楽しむ間は一時休戦となる。とはいえ、リスクは伴う。休憩は、メインロビーでとることになっていた。もちろんここではない。無菌実験室に近いここでの休憩は許可されていなかったのだ。

「車輪に油を差さないと」ヨランダが言った。「あんたのカートのキーキーした音、一キロ以上離れてても聞こえたわ」

「そんなことしなくていいよ」

横からアントニオが口を挟んだ。「その音で君が来るのがわかったから、髪を美しく撫《な》でつけておいたよ。どうかな？」

「は？　それ、あんたの地毛なの？」

ヨランダはバカにしたように返した。「てっきり詰まったパイプから掻き出した髪の毛の塊を載せてるのかと思った」

「イライザ、ゼルダ」

デュアンがこちらの名前を呼んだ。「俺たちと一緒に一服してくれよ」

イライザは肩をすぼめ、首の傷跡を指差した。かつてホームにいた頃、作業小屋でこっそりタバコを吸ったことがある。好奇心から一回吹かしただけだったが、咳《せき》が止まらなく大変な思いをした。喫煙集団から離れた彼女は、音を立てながらカートを奥まで押していき、待機していた洗濯会社〈ミリセント・ランドリー〉のバンのサイドミラーに映る運転手に手を振った。それからバンの後部ドアを開け、中のバスケットに汚れ物を放り込んだ。ゼルダもやってきてイライザの隣にカートを止めたが、くるりと後ろを向き、デュアンに叫んだ。

「ちょっとタバコの味が恋しくなったわ。一本くれない？」

ゼルダが喫煙組の方に戻ると、彼らの間から歓声が上がった。ルシールからラッキーストライクを一本もらい、火を点《つ》け、深く吸って、勢いよく煙を吐き出した。タバコを持つ腕の肘を、反対の手のひらの上で休ませるというポーズを見て、イライザは若かった頃の親友を想像した。たぶんもっとスリムでしなやかだったゼルダは、真鍮《しんちゅう》で縁取られたダンスホールに通っていた。お目当ては、ズートスーツに身を包んだ男性。それは、ブリュースターなのかもしれない。ゼルダが吐き出した煙を目で追うと、それはナトリウム灯の前を通過し、天井の隅に設置されたセキュリティカメラの方へと漂っていく。

「心配要《い》らないよ、イライザ」

驚いて振り向くと、そこにはアントニオが立っていた。彼は内斜視の目でウィンクすると、壁に立てかけてあった箒《ほうき》を手に取り、その柄で、セキュリティカメラの底をそっと突き上げた。カメラのレンズは上向きになり、おそらく掃除人たちが喫煙している姿は捉えられていない。なるほど、彼らは毎晩ここで一服するときに、セキュリティカメラの向きを変えていたのか。

「数分間だけ、死角を作るのさ。なかなか賢いやり方だろ？」

イライザは洗濯物をバンに移す手をしばし止めていた。痺《しび》れを切らしたミリセント・ランドリーの運転手がクラクションを鳴らした。だが、彼女は反応しなかった。デュアンが冗談混じりに、なぜランチに食べきれないほどたくさんのゆで卵を持ってくるのかとイライザに訊《き》いた。彼女は反応しなかった。ゼルダがその様子に気づいてタバコの火をもみ消し、ドライバーにちょっと待っててとジェスチャーで伝え、イライザのもとへとやってきた。

「イライザ、大丈夫？」

その問いにハッとし、イライザは大きくうなずいた。慌ててうなずいたので、首の骨が音を立てた。掃除人たちは、まだくすぶっている吸いかけのタバコを消し、時間に降伏宣言をして仕事に戻っていった。アントニオは、セキュリティカメラを元の位置に戻すのを忘れなかった。ゼルダが洗濯会社のバンの後部ドアを閉め、オッケー、行っていいわよと声をかけている。かすかにその声が聞こえていたものの、イライザはセキュリティカメラに目が釘《くぎ》づけだった。

死角。

聞き覚えのある言葉。心地よさすら覚える単語。ゼルダやジャイルズとともに、イライザは世界に忘れられ、死角の中で生きてきた。もしも目に留まらないことを利用して、みんなをあっと言わせられるとしたら、それはなかなか面白いことではないか、と、彼女はふと思った。

7

日勤の人間がロッカールームに現われ始めた。今は昼間のシフトだが、かつては深夜勤務で一緒にトレーニングを受けた者たちもいる。ゼルダは顔見知りたちと視線を合わせようとしたが、笑顔を向ける者もいれば、忙しそうに時計やカバンに目を向けるふりをする者もいた。いかに彼らの昇進が早く、自分がそうでないのかは、あまりにもあからさまだった。元深夜シフトだった無類のうわさ好きのひとりであるサンドラは、B-5で、一般市民にガス状の鎮痛剤を撒くための飛行計画書を見たと主張した。アルバートは、A-12のキャビネットには緑色の粘液に浸された人間の脳がいくつもあると断言した。おそらく歴代大統領の脳ではないかと、彼は推測している。ローズマリーは、ある青年に関する廃棄ファイルに目を通したという。その青年のコードネームは〝フィンチ〟。驚いたことに、彼は年をとらなかったのだ。

うわさ製造器が何をするか。そう、彼らはうわさの種を挽《ひ》き、粉々にしてばら撒くのだ。だからゼルダは、F-1の周囲で渦巻くゴシップにささやかな種を投入してやった。あのタンクの中には、不思議な何かがいるのか？　きっといるに違いない。そいつはミスター・ストリックランドの指二本を嚙みちぎったのだから。しかし、オッカムの騒動は奇妙だった。ここにいる誰もが、それについて首を突っ込みすぎてはいけないと、わかっていた。

その奇妙さは、イライザにも忍び寄っていると言ってもいいかもしれない。最近の親友の振る舞いは、ゼルダを混乱させる。特にカートを押してF-1の前を通り過ぎるときのイライザの顔ときたら！　カートの車輪がキーキーと鳴る音は、まるで声を出して泣けないあの子の胸の内を代弁しているかのようだった。きっと時間が解決する、とは思うけれど、このまま黙って見ているだけでは忍びない。政府の陰謀に気を取られ、心ここにあらずのイライザをなんとか現実に引き戻さなければ。イライザは、ゼルダを純粋にひとりの人間として見てくれている。黒人女というレッテルなど全く貼らず、こちらを〝善人で仕事熱心〟だと考え、接してくれていた。そんなふうに同じ人間として対等に向き合えるのは、オッカムではイライザしかいない。もしイライザがここをクビになってしまったら、自分はそれを受け入れられるだろうか。イライザがいなくなっても、自分は淡々とオッカムでの仕事を続けるだろう。自分勝手かもしれないが、そうせざるを得ない。でも――。ゼルダは痛みを感じるほど、モップを持つ手を固く握った。イライザとの会話。彼女は手や指を使って話す。私は声で返事をする。それでも言葉のキャッチボールはできていた。まあ、こちらの一方的な弾丸トークに、時折彼女が相槌を打つ、というパターンが多いんだけれど。当たり前だと思ってきた、毎日のイライザとの会話。自分がささやかな不満をぶちまけるたび、〔そうよね〕とイライザがうなずいてくれるだけで、ほとんどの場合は溜飲《りゅういん》が下がる。それがなくなってしまったら。ゼルダの胸は痛んだ。

F-1に関するひとつの真実。最高権力者が軍務に就く人間をこの件に関わらせていることだ。こんな事態はオッカムではこれまで一度もなかった。イライザがこのままあの実験室近くをうろつき続けていれば、いつか本物の銃弾に向き合うことになる。着替えが終わったゼルダはベンチに腰を下ろし、ため息をついた。鼻腔《びくう》をくすぐるラッキーストライクの強い匂いが心地よい。彼女は折りたたんだ品質管理チェックリストを取り出し、ガサガサと開いて視線を落とした。担当する箇所が明らかに変化している。しかも、部屋の移動に時間がかかる、不自然に距離の離れた場所での組み合わせだ。フレミングは何を考えているんだろう。移動の間に不必要なおしゃべりばかりしているなどと、こちらの揚げ足取りをする瞬間を虎視眈々《こしたんたん》と狙っているのか。しかし、自分がイライザだったら、こちらがF-1での出来事をあれこれ考えて政府陰謀論に達しないように、フレミングはわざと遠くへ移動することで忙しくさせようとしているのでないか、と勘ぐるかもしれない。ゼルダは疲れた目を擦り、リストの各欄をくまなくチェックしていく。彼女のチェックリストはほとんど空っぽで、着替え、次々にロッカーの扉を閉めていく。彼女のチェックリストはほとんど空っぽで、空欄がやけに目立つ。まるで自分の人生のようだ。何も書かれていない欄に入るのは、彼女が決して手にいれることのできない物、絶対に行くことができない場所なのかもしれない。

　ロッカールームは女性たちでごった返している。ゼルダは周囲を見渡した。靴下を履くため、あるいは膝丈のストッキングを引っ張るためにベンチに上げられた足という足。無造作に掛けられたハンガーというハンガー。ブラの肩紐、ブラウスの襟、髪型を直す手という手。シフト交代の時間のいつもの光景、いつもの慌ただしさだった。ゼルダがここにいるのは、何もチェックリストをくまなく確認するためだけではない。イライザを待っているのだ。ふたりは一緒に帰りのバスを待つことが多い。待つのを待つ。自分の人生のほとんどはそんなものだ。そう認めると、なんだか感傷的になった。自分がこんなにイライザのことを考えているように、イライザも自分のことが一日に何度も浮かぶはず。そうよね？　ロッカールームは、帰路につく者、仕事に出かける者がひとり去り、ふたり去り、どんどん静かになっていく。ねえ、イライザはどこ？　あの子、まだ普段着に着替えていない。それは、彼女がまだオッカム内にいることを示している。まさか。あそこに向かうつもりじゃないでしょうね。ゼルダは勢いよく立ち上がり、チェックリストの紙がヒラヒラと床に落ちていった。

8

寮母長の声が頭の中でこだまする。

なんてバカな子なの。

イライザはわざと歩調を緩め、おしゃべりしながら廊下の向こうに歩き去る昼シフトの二人組をやり過ごした。

おまえは言うことをきかない。だから他の子に嫌われるのよ。

周囲には誰もいなくなった。イライザは足早にF-1の扉に向かい、カードキーを読み取り機にスライドさせた。

嘘をついたり、盗みを働いたりしたら、おまえを捕まえて、凍える荒野に放り出してやるわ。

ロックが外れる音がし、彼女は勢いよくドアを開けた。この時間にこんな大胆な行動をとるなんて、どうかしている。

どうせ身体を売ることになる。それくらいしかできないんだから。おまえは恥ずべき存在なのよ。わかってるの？

イライザは実験室の中に滑り込み、後ろ手にドアを閉めた。扉に背をもたれ、近づく足音がないか耳を澄ます。彼女の怯《おび》えた心は、幼いマムに飛びかかろうとする寮母長の悪夢的なイメージを呼び起こしたが、今ここで彼女を捕まえようと足音を響かせてくるのは、デイヴィッド・フレミングくらいだ。

オッカムの朝は、昼シフトの清掃者だけではなく、通常業務の従業員や科学者であふれている。イライザがここに来るのは極めて危険だった。しかし、自分を抑えることはできなかった。彼に会いたかった。彼が無事なことを確認しなければならない。しかし、実験室内は全ての照明が煌々《こうこう》と輝き、何も見えないくらいまぶしかった。イライザは目を細め、よろめきながら歩を進めた。彼のタンクはよく見えないけれど、とにかく笑顔を浮かべて近づいていった。自分が彼のことを忘れていないと知らせるため、何日も会えなくて寂しかったと手話で伝えるため、彼が「E《イ》・L《ラ》・I《イ》・S《サ》・A」と手話で返し、美しく発光するのを見るため、ゆで卵で彼を元気づけるため、ちょっと立ち寄っただけだ。ポケットからゆで卵を取り出し、水の方へと歩いていく。彼女の足は、前回どんなふうにダンスをしたかをまだ覚えていた。

目よりも先に、イライザの耳が彼の存在を捉えた。クジラの咆哮《ほうこう》のような唸り声。高周波の音が耳を貫き、彼女の胸はワイヤーでも巻かれたかのごとく締めつけられた。彼女は歩を止めた。完全に止まった。足だけではない。全身が、呼吸が、心臓までもが。ゆで卵が手から滑り落ち、彼女の足に当たって柔らかな音を立てた。彼は、タンクにもプールにもいなかった。彼がいたのは、実験室の中央。しかも、鎖につながれ、膝をついている。調節可能なアームの先の手術室にあるようなライトから、強い光が照射されている。イライザは、彼が乾燥し、塩気のある匂いを漂わせているのを感じ取った。水から出された魚が朽ちていく腐敗臭の一歩手前の匂い、とでも言おうか。かつてはキラキラと輝いていた鱗《うろこ》は、くすんだ灰色になっていた。水の中にいるときの優雅な姿は、拘束され、きつい角度で無理やりひざまずかされている今は見る影もない。胸からは痰《たん》が絡んだ老人が吐き出すような音がし、首のえらは、何かの重みに潰されているかのごとく開き、中の赤い肉がはっきりと見えていた。

その生き物はゆっくりと顔の向きを変えた。開いた口からはよだれが垂れている。彼はぼんやりとこちらを見た。その目は、鱗と同様、変色していたが、緑青のような膜が張っている。そのせいで瞳の色を見極めることは難しかったが、彼が伝えようとした手話を見間違えることはなかった。両腕にも重い手枷《てかせ》がはめられ、重い鎖につながれていたものの、それでも一生懸命、彼は指を使ってメッセージを送ってくれた。二本の人差し指が、急き立てるようにドアを指す。イライザにはその手話が何を意味するのか、よく知っていた。

〔逃げろ〕

彼の指先から視線を移してドアを見た際、彼女は鎖を留めてあるコンクリートの杭《くい》が視界に入った。なぜ見逃していたのかわからなかったが、グレー一色といってもいい色味のない実験室の中で、それはひと際目立っていた。パイプ椅子の上に垂直に置かれていたのは、鮮やかな緑色のキャンディの袋だった。

9

　オッカムに勤めて十年以上経つけれど、私服のままで施設内を歩いたことはなかった。一度も、だ。すぐに、彼女の仕事着は魔法のケープだと気づいた。普段着の彼女は、他の人々に気づかれた。あくびをする科学者や出社したばかりの事務員たちは、彼女を認めるなり、温かな笑顔を向けたのだ。すぐさま彼らの顔には、「あれは誰だっけ？」という困惑の表情が浮かんだのだが、すれ違いざまのことだったので、誰も追いかけてきてこちらの身元を確認したりはしなかった。もしかしたら、あの怪訝《けげん》な表情は、「なんだあの服は？」だったのかもしれない。今日の花柄のワンピースは、どこもかしこもカラフルな花の模様がプリントされている。自分ではなかなかセンスがいいと思っていたのだが、科学者の白衣や正社員のグレーの制服に比べると派手で、場違いも甚《はなは》だしい服に思えてきた。ゼルダは自分のバッグでできる限り、服の模様を隠し、ひたすら前進した。シフト交代の混雑はあと数分は続くだろうから、イライザを見つけ、彼女を揺り動かして現実に引き戻す時間は十分にある。

　歩調を速めて角を曲がったとき、ゼルダは、リチャード・ストリックランドがオフィスとして使っているセキュリティカメラ室から出てくるのに気づいた。彼は、長いこと波に揺られ、ようやくボートから降りた人間のように足元がふらついていた。この種の不安定な足取り。これまでも彼女は何度か見たことがあった。禁酒前の飲んだくれていたブリュースターがそうだった。認知症になった父や、うっかり家を燃やしてしまった叔父も同じだ。ストリックランドは姿勢を正し、目をごしごしと擦った。よく見ると、寝起きのような顔をしている。もしかして、彼はここで寝ていたのか？　そのとき大きな金属音がし、ゼルダはぎくりとたじろいだ。金属音を立てたのは、床に転がるオレンジ色の牛追い棒だった。石器時代の原始人がこん棒よろしく、牛追い棒をズルズルと引きずって歩いていた。

ストリックランドはゼルダを見ていない。自分どころか、何もかもがちゃんと見えていないのではないか。それでも彼は、他の方向に歩き始めた。ああ、神よ。彼の向かった先が、イライザの向かった先ではありませんように。ゼルダは頭の中でオッカムの地図を思い描いた。地下一階は正方形なので、F-1に行くには他のルートもある。しかし、それは最短ルートの二倍の距離。自分の足ではストリックランドを出し抜いて先回りすることはできない。ストリックランドはよろめき、時に壁に手をついて姿勢を正し、指の痛みで唸り声を上げている。その歩調はかなりゆっくりだ。もしかしたら、行けるかも。不安を払拭し、肺に空気をたくさん溜《た》め込んで、足を動かし続ければ――。

彼女は動き始めた。腕を振り、カフェテリアの横を通り過ぎる。朝のカフェテリアには、実際の料理人たちによる作りたての朝食の匂いが漂っている。深夜では、作り置きの料理を温めるだけの自動販売機の食べ物しか得られない。自動販売機の食品が、できての料理に比べて味が劣るのはわかるが、匂いだけでもこんなに違うものかと驚いた。頭にヘアネットを被せている白人女性とぶつかりそうになり、相手から舌打ちをされた。美しい髪型。入念な化粧。上品な香水。重役秘書だろうか。その女性はこちらを一瞥しただけで歩き去ったが、その怒りを代弁するかのように、床にハイヒールのかかとを叩きつける音がカツカツと響く。今度は、その靴音が気になったのか、他の秘書たちがコピー室から一斉に顔を覗《のぞ》かせた。洗練されたパステルカラーのスーツを着込んだ女性たちの関心をこれ以上引きたくない。ゼルダはうつむき加減になり、早足で目的地を目指した。ところが、新たな問題に直面した。オッカムには半円形の講堂があるのだが、その講堂に通じる細い通路で、科学者たちが列を成していたのだ。深夜に講堂が開いていることはなく、この通路に人があふれていることは全く予想していなかった。講堂では解剖学の公開講座が行なわれるらしく、参加者が並んでいるようだ。何を解剖するにせよ、ゼルダにとっては、趣味の悪いホラー映画が上映されるのに等しい。狭い通路を占領する白衣を着たモンスターたちの横を窮屈そうに通ると、彼らはゼルダの大きな身体と汗ばんだ顔をじろじろと見ていた。

全く。昼間はいっつもこうなの？　「すみません」「通してください」と訴えつつ、肩を使って動きの鈍い白いモンスター軍団の身体を押しやり、彼女の背後で起こる笑いを無視してやっとの思いで講堂の反対側へと出た。心臓がドキドキし、息切れがした。それでも立ち止まらずに、ゼルダは足を動かし続けた。二度目の角を曲がると、廊下のはるか先に、とぼとぼと歩くストリックランドの姿があった。未《いま》だ足を引きずるようにして、彼は歩き続けている。

向こうもゼルダを認めた。一瞬引き返そうと思ったが、ここで方向転換するのはあまりにも不自然だ。他に何ができる？　彼女は腹を決め、まっすぐに彼の方へと進み出した。こんなに大胆な行動に出たのは、いつ以来だろう。早鐘を打つ心臓は、肋骨《ろっこつ》の内側にぶつかっているんじゃないかと思うくらいだ。呼吸も浅くなり、循環器が全て何かに乗っ取られている気分だった。ゼルダを見つけたストリックランドは亡霊でも見たかのような顔になり、牛追い棒を持ち上げた。良くない兆候だ。しかし少なくとも、それを使う機会ができてうれしい、という表情ではなかった。

　ふたりともF-1の真ん中で足を止めた。少し間を置き、ゼルダは勇気を振り絞って挨拶をした。

「あら、ミスター・ストリックランド。ごきげんよう」

　燃えるような目で彼はこちらをじろじろとにらみつけている。これまで二回顔を合わせているというのに、ゼルダのことが誰かわからないのだろうか。その顔はやつれ、青ざめている。下唇にはグラニュー糖のような白い粉が付いていた。ブツブツと何かをつぶやき、彼は視線を逸らした。

「制服はどうした？」

　この男は侮れない。斬りつけ方を知っている。最初は浅く、次に深く刃を突き立てるのだ。さてどう言い訳しようかと瞬時に頭の中で必死に考え、彼女は持っていた唯一の手荷物を掲げてみせた。

「バッグを忘れてしまって」

　ストリックランドは目を細めた。

「……ミセス・ブリュースター」

「はい。ミセス・フラーですが」

相手はうなずいたものの、納得はしていないように見えた。というよりも、心ここにあらず、といったふうにも思えた。ゼルダはこの表情を以前も見たことがある。黒人の中に突然ひとりだけ放り込まれた白人が、同じ表情をしていた。ゼルダが厄介な存在だと気づいたかのように、ストリックランドは彼女のどこを見ればいいかわからなくなっていたのだ。彼は再び何かをボソボソと言っていたが、そのつぶやきは不明瞭すぎて、F-1の中にいたら何も聞こえないだろう。目の前の実験室には、イライザがいるかもしれない。なんとかして、あの子にストリックランドがここにいることを伝えないと。それには、彼の困惑する感情を利用し、できるだけ長く引き留めるしかない。もちろん大声を出す必要もあった。

「ところで、ミスター・ストリックランド」

震えそうになるのを必死で抑え、ゼルダは声を張り上げた。「指の具合はいかがです？」

彼は眉間《みけん》にしわを寄せ、包帯が巻かれた左手に視線を落とした。

「わからない」

「痛み止めを処方してもらいました？　夫のブリュースターがベスレヘム製鉄所で手首を骨折したとき、お医者さんは見事に治してくれましたよ」

もちろん〝夫のブリュースター〟という部分を強調したのは、言うまでもない。

ストリックランドはさらに険しい表情になった。その理由は明確だった。ゼルダは声を思い切り張り上げていたからだ。それに、正直なところ、相手の答えなどどうでもよかった。唇に付着した白い粉は、きっと痛み止めのものだ。水なしで錠剤を飲み込んでいるのだろう。処方薬であろうと、気休めの薬《プラシーボ》であろうと、こちらには関係ない。ストリックランドは猫背気味の背中を伸ばし、鋭く冷たい目で彼女を見据えた。

「ゼルダ・D・フラー」

彼もこちらに負けずと声を張り上げた。「Dはデリラの頭文字」

ゼルダは肩をすくめた。何か話題をすり替えようとしても、いい案が浮かばない。適当に言葉を選ぶしかなかった。

「ミスター・ストリックランド、奥さまは――」

そう切り出したものの、どう続ければいいかわからなかった。「お元気ですか？」

なんでいきなり奥さんのことを訊くのよ。不自然もいいところじゃないの！　こんなときに自分のおしゃべりの才能が活《い》かせないことに、ゼルダは苛立ちを覚えた。

「君は深夜シフトだ」

どうやら、相手はゼルダの質問など耳に入っていなかったらしい。「忘れ物のバッグはそれだろ？　なら、さっさと家に帰りなさい」

ああ、ストリックランドは、やはり自分より何枚も上手だった。ズボンの尻のポケットから短剣を取り出すかようにカードキーを抜き取り、それを読み取り機に差し込んだ。奥さんについてもう一度質問して、会話を続けるのよ、ゼルダ。彼女は己を鼓舞しようとした。奥さんが待っているだろうから、ミスター・ストリックランドこそ家に帰ってくださいって言うのよ！

しかし、ストリックランドは普段の彼に戻っていた。こちらに視線を投げてきたが、あたかもゼルダがここに存在していないかのような一瞥だった。F-1のドアが開き、中に入る際、牛追い棒がドアに当たって鋭い金属音を立てた。ゼルダは心から願った。イライザがどこにいようと、その音が警告となりますように、と。

10

くそっ。まぶしすぎる。煌々と輝く照明は、眼球に突き刺さる針のようだ。自分の仄暗《ほのぐら》いオフィスに舞い戻り、セキュリティカメラのモニターの柔らかいグレーの光の中で目を閉じていたい。ストリックランドはそう思った。しかし、それは臆病者の本能だ。彼がここに来たのには理由がある。F-1に足を踏み入れてギル神《しん》と対峙《たいじ》し、ホフステトラーに実験を完了させるよう強制しなければならない。いや、ギル神ではない。こいつは貴重品だ。アマゾンから遠く離れ、アメリカに来た今、こいつは神格化される存在ではないのだ。しかしなぜ、再びギル神などという言葉が思い浮かんだのか。アマゾンを出るとき、そう呼ぶのをやめたはずなのに。古き良き〝アラバマ・ハウディ〟。一九五四年版ファーム・マスター30。今やストリックランドのトレードマークでもある牛追い棒は、彼の手の中で長くまっすぐに伸びていた。この棒を握ると、鎮痛剤のせいでぼうっとしていた自分の世界の霞《かすみ》が晴れ、全てがクリアな現実世界に戻れるのだ。

奴をタンクから出して鎖につなぐのに、憲兵ふたりで十分だった。指も一本たりとて失うことはなかった。その憲兵たちは文句など言わないだろう。自分は彼らの上司なんだから。その後、憲兵を帰したが、自分がオフィスに牛追い棒を置いてきたことがわかった。オフィスのデスクの引き出しの中だ。そこには、痛み止めの錠剤が入った容器もしまってあった。なんという偶然。自分は牛追い棒をわざと忘れたのではない。取りに戻ったときに、もう一度薬を飲めるようにそうしたわけではない。絶対に違う。

レイニーは、ティミーがトカゲを切り開いたことを取り乱しながら教えてきた。その様子を思い出しながら、なぜ妻はそこまで困惑するのか、と不思議に思った。その一件は、彼の気を揉ませるどころか、息子を誇らしく感じさせてくれた。自分こそ、息子から学ぶべきだ。このトカゲ野郎と自分が一対一で最後に向き合ったのは、いつだっただろう。アマゾンに戻らねばならない。サルの叫び声が反響する薄暗い洞窟で、銛銃《せんじゅう》を握っていた頃の自分に。アマゾンでの手法がここでも使われた。殺魚剤ロテノンで弱らせたギル神——貴重品——を、ふたりの憲兵が腕を伸ばして水から引き上げたのだ。憲兵は、まるでギル神と対等な立場であるかのように振る舞った。なんと傲慢で無礼なことか。しかし、ここはもうアマゾンではないのだ。

そして、今、奴は目の前にいた。どれだけ弱っているかが手に取るようにわかる。硬いコンクリートの上にひざまずかせた状態で、膝は血だらけだ。この状態では長くはもつまい。縫合した傷口が開き、出血している。忌まわしい傷はズキズキと疼《うず》き、空気に触れても痛いはずだ。ストリックランドは牛追い棒を掲げ、振ってみせた。ギル神はそれに反応し、背びれを逆立たせた。

「ほう。覚えているんだな」

彼はほくそ笑んだ。相手の周りを回りながら、靴のかかとが鳴る音を楽しんだ。拷問を行う直前のこの瞬間はいつも刺激的で、性的興奮にも似た高揚感を覚える。恐怖はできるだけ増幅させたい。これから受ける暴力で引き裂かれる肉体的な痛みがいかほどのものか、まずは相手にたっぷりと想像してもらおう。拷問の醍醐味《だいごみ》は、すぐに手を出さず、精神的に相手をいたぶる瞬間にこそあるのだ。レイニーはこの種の前戯を決して理解できないだろう。だが、血がたぎる感覚を知っている兵士なら、理解できる。血だらけになったレイニーの首が、脳裏に浮かんだ。こちらの士気を高める素晴らしいイメージだ。ストリックランドはキャンディの袋から緑色のひと粒を取り出し、舌の上で転がし始めた。口の中に広がる鋭い風味は、きっと血の味だ。

飴《あめ》を嚙むと、ガリガリという音が鼓膜に響いた。イライザ・エスポジートは、この世に唯一残された静寂に違いない。自分の静寂は、けたたましく叫ぶサルたちに食われてしまった。そして、あのサルたちの喧騒《けんそう》は、自分が今いる世界に戻ってきた。セキュリティモニターの向こうで交わされるおしゃべり。デスクの下から聞こえてくる嘲笑。そして、叫び声。ああ、もちろん、叫び声だ。考えごとをしようとするとき。寝ようとするとき。家族との毎日の退屈な会話に相槌を打とうとするとき。サルたちは、ストリックランドに戻ってきてほしいのだ。熱帯雨林の神の座に。彼がそうするまで、サルどもは叫び続けるのだろう。

だからストリックランドは、要求を受け入れた。ほんの少しだけ。サルたちの叫び声が和らぐかどうか、見てみよう。アラバマ・ハウディ？　それは牛追い棒などではない。勇敢なインディアンのマチェーテの一本だ。サルたちがゲラゲラと笑っている。どうやら、それが気に入ったらしい。自分もなかなかいいと感じているのがわかった。彼は時計の振り子のようにそのマチェーテを振り回し、パンノキの板根《ばんこん》を叩き切る様を想像した。ギル神は、死の恐怖を覚えたのか、激しく反応し、強く鎖を引っ張った。そのえらは毛羽《けば》立《だ》ち、顔の方まで広がって、普段の二倍の長さになっている。ふん、それで威嚇《いかく》しているつもりか。愚かな動物のトリックは、人間には通用しない。神にも、だ。

ストリックランドは柄のスイッチを押した。通電したマチェーテは手の中で微かに振動し、低く唸りを上げた。

11

硬い金属の箱の中で足がねじれ、髪はちょうつがいに引っかかり、膝の擦《す》り傷には血がにじんでいた。それでも、イライザは痛みを感じなかった。感じるのは、恐怖と怒り。恐怖は、彼女の内側で砂嵐のように渦巻き、怒りは、轟音《ごうおん》とともに彼女の額に長く曲がった悪魔の角を生やした。一角獣となった彼女はここから飛び出し、蹄《ひづめ》で床を蹴って、あの恐ろしい男に突進していく。たとえ殺されたって構わない。彼を救うためなら、なんだってやる。

イライザは初め、それが誰の声かわからなかった。とはいえ、F‐1の中で人間が声を上げるのは、大体何か問題があるときだ。イライザは害獣のような気分に陥り、隠れ場所に通じる穴を探し求めた。開いた扉の隙間から最初に見えたのは、ストリックランドではなくゼルダだった。親友はカジュアルな花柄のワンピースに着替えていたが、真紅のウェディングガウンを思わせる目が覚めるような色彩だった。ゼルダがこちらに警告しようとしていたのはわかった。危険を冒してここまでしてくれたことに、イライザは感謝しなければならない。どこかに隠れないと！　彼女は慌てて医療品が入ったキャビネットに飛び込んだものの、角に膝をしたたかに打ちつけたため、あまりの痛さに涙が出た。F‐1にある全てのもののように、キャビネットにも車が付いていたので、彼女が潜り込んだ勢いで動き出してしまった。そこで片手を外に出し、ブレーキ代わりに手のひらを床に強く押しつけた。

ストリックランドは、三メートルほど離れたところで忙《せわ》しなく歩き回っていた。あまりにも距離が近い。キャビネットの扉はほんの少しだけ開いているのだが、ここで閉めようとして耳障りな音を立てたら大変だ。キャビネットの影の中で、できるだけ身を縮め、荒くなりそうな呼吸を必死で堪えた。彼女の胸と左耳はキャビネットの側面に押しつけられ、薄いブリキの板を通じ、心臓の鼓動がはっきりと伝わってきた。

動かないで。

彼女は自分に言い聞かせた。

走って。攻撃するのよ。

彼女は自分に言い聞かせた。

ストリックランドは牛追い棒を野球選手のようにスイングさせた。勢いがついた武器は、生き物の脇の下に叩きつけられた。ゴールドの光が一瞬閃《ひらめ》き、生き物の身体はギュッと収縮した。筋肉を覆っている鱗が、さざ波のごとく揺れる。彼の上半身は、できるだけストリックランドから離れていようとねじられていたが、その距離はわずか十数センチしかなかった。イライザが泣かなかったのは、泣けなかったからだ。声は出さなくても、荒い呼吸で居場所がわかってしまう。彼女は口を手で覆った。泣くまいとして手に力が入り、指が頰に食い込んだ。感電とまではいかなくても、静電気などでビリっとしたことはイライザにもあった。だが、あの生き物も電気ショックを感じるのかどうか、想像がつかなかった。彼が黒魔術を信じているのなら、復讐の神からの稲妻が放たれたのだと思うかもしれない。

当のストリックランドも、どう見ても本調子ではなかった。具合がひどく悪そうで、自暴自棄になっているように思えた。彼は大股で歩いて柱の陰に移動し、背広の上着を脱いだ。そして、自分の洗濯物をこれまで一度もたたむ必要がなかった人間らしく、実に無造作に上着を折り、キャンディの袋の横に置いた。それが脱皮したヘビの皮を思わせ、イライザはさらに気持ちが沈んだ。上着を脱いで現われた白いワイシャツは、古い食べ物の染みが付いており、アイロンもかけられていなかった。

「おまえに言うことがある」

ストリックランドはつぶやいた。そして、怪我《けが》をしている左の腕の上に牛追い棒を滑らせ、キューで球に狙い打ちにするビリヤードプレイヤーよろしく、生き物の首筋に狙いを定めた。イライザは暗がりの中、思わず手話で叫んでいた。

〔やめて！　やめて！〕

だが、ストリックランドはショットを打った。火花が散り、電流に貫かれた生き物の身体は大きく反《そ》り返り、鎖をつないであるコンクリートの柱に後頭部が届きそうだった。彼の頭はだらんと垂れ、額の鱗は血に濡《ぬ》れて光っている。そんな状態でも、イライザにとって彼の鱗はとても美しく、まるで赤いインクが垂れた銀貨のようだと、感じてしまった。電撃の衝撃で動揺したのか、えらは大きく開き、イルカがクンクンと鳴くときに似た声を発していた。ストリックランドはうんざりしたように首を横に振った。

「なんでおまえはこんなに面倒な奴なんだ？　俺たちを地獄に連れ戻す気か？　我々人間が一度も地獄に行ったことがないのを知っているんだろう？　おまえが俺たちの匂いがわかるように、こっちだっておまえの匂いを嗅ぎ取ることが可能だ。十七ヶ月。ホフステトラーは、おまえはかなりの年寄りだと言っていた。おそらくおまえにとって、十七ヶ月など、バケツの中の一滴なんだろうな。ああ、教えてやるよ。この十七ヶ月は、俺をめちゃくちゃにした。妻は俺のことを知らないといった目つきで見るようになった。家に帰っても、妻はどこかに逃げてしまう。ちくしょう。俺は努力してるんだ。こんなにも努力してるというのに――」

ストリックランドは一気にまくしたてた後、近くにあったキャビネットを蹴飛ばした。イライザが隠れているのと同じものだ。蹴りを入れられたキャビネットの金属の扉はへこんでしまった。ちょうど彼女の顔がある辺り。今自分がいるキャビネットだったら、と思うとゾッとした。彼は怒りに任せ、今度は隣のテーブルの上を勢いよく手で払った。載せてあった医療器具が、実験室内に飛び散る。怖い。イライザはますます身を丸くした。ストリックランドは牛追い棒を持っていない方の手で顔を擦った。すると包帯が緩み、その下になっていた指の茶褐色の血の痕と黄色い染みが見えた。さらに、指輪も光っていた。彼女が見つけた結婚指輪だ。ストリックランドは指輪を無理やり再接着した指に押し入れた。指は腫れ、変色しつつあった。見た限り、快方に向かっているとはとても言えない状態だ。

「ジャングルではさんざん毒虫に刺されたよ。その毒針を腕から引き抜くように、俺はおまえをジャングルから引き抜き、アメリカまで連れてきた。ここは温泉とプール付き。ずいぶんといい待遇じゃないか。だが、手柄を立てた俺はどうだ？　自宅はジャングルより居心地が悪い。家族より、クソみたいな村の原住民の方がよっぽど俺を歓迎してくれた。こうなったのも全部おまえのせいだ！　おまえが全部悪い！」

フェンシングの剣のように再び牛追い棒が突き出され、生き物の脇の傷口に電流が流された。一度では済まなかった。牛追い棒を引っ込めて、さらにもう一度。二度、三度。縫合されて治りかけていた傷口が開き、鱗がポロポロと剝がれる。煙が上がり、焦げた血と肉の匂いが実験室に充満した。イライザは肘の内側を口にギュッと押しつけ、嗚咽を堪えた。胃もひっくり返りそうだ。顔を背けたいほどむごたらしい光景。ああ、私は一体どうすれば――。ストリックランドがふたつ目のキャビネットをキックするのがわかった。

空っぽだったキャビネットは、二階から落とされたドラムキットのように甲高い音を立てて床を転がっていく。このままでいくと、次は自分がいるこのキャビネットの番だ。

どうにかしなければ。ストリックランドはすぐ近くに来ていたが、こちらには背を向けている。そこでイライザは勇気を振り絞り、周囲の状況を確認するため、キャビネットから顔を覗かせた。まず目についたのは、ストリックランドのズボンの後ろ側に寄ったたくさんのしわだった。古くなったコーヒーの匂いが染みついているのもわかった。彼はズボンを履いたまま寝ている？　ベッドではなく、オフィスの椅子で？　そして、真新しい血の匂い。この位置からなら、奇襲攻撃ができる。ナイフを持っていたならば、アキレス腱《けん》を切断してやるのに。それとも、ふくらはぎの動脈にナイフを突き立てようか――。そんな残虐行為を考えるなんて、自分に何が起こってしまったのだろう？　その問いの答えは明確だった。自分に起こったこと。それは愛だ。

「この報いは受けてもらうからな！」

ストリックランドは生き物に怒鳴りつけた。「自業自得だ！」

牛追い棒が低く唸り、熱した金属特有の悪臭がした。次の攻撃のために彼は一歩後ろに下がり、牛追い棒を持ち上げようとした矢先、誤ってイライザがいたキャビネットに当たってしまった。しかし、金属の突起部分が触れなかったのか、電撃は起こらず、大きな打撃音がしただけだった。恐怖で歯を食いしばったイライザだったが、ストリックランドが牛追い棒を馬上槍試合《ばじょうやりじあい》の槍のごとく持ち上げたのが見え、ハッとした。まさか、彼の目を突き刺すつもり⁉　かつてはゴールドの光が閃いていた美しい生き物の目は、石膏《せっこう》のように白く濁っている。ここで牛追い棒が彼の目を深く貫き、脳に高電流が達したら、彼の命の奇跡は終わりを迎えてしまう。もしも私が何もしなかったなら。

　ストリックランドは動きを止めた。床の上をじっと見つめている。足元から一メートルも離れていないところを、小さな何かが転がっていく。弧を描きながら回る何かを、不安定な足取りで追い始める。足元がおぼつかなく、もう少しでつまずくところだった。そして、足を止め、それが止まるのを見ていた。ストリックランドはブツブツと小声でつぶやき、身体を曲げてそれ――ゆで卵――を拾い上げた。イライザが生き物に会うときには、必ず持参する彼の大好物。脆《もろ》くて小さなそれは今、原子爆弾級の力を秘めていた。

12

　F‐1に行って、仕事をさぼりがちなストリックランドの様子を確認しようと提案したのはフレミングだった。ストリックランドにはF‐1に入り浸《びた》る権限がないと、ホフステトラーは鼻で笑い、しぶしぶフレミングと実験室に向かったのだが、室内に足を踏み入れるや否や、彼はギョッとした。類人猿のようなストリックランドの大きな図体が、部屋の中央で歩き回っていたのだ。ホフステトラーは、未だボルチモアに到着したばかりの頃と同じで、己の考えが甘いことを思い知らされた。大学という修道院並みに閉じられた世界で教職に就いていた彼は、ある意味、ルール無用がはびこる現実の世界に翻弄される世間知らずの典型だった。そして、デボニアンは床の上にいた。ホフステトラーは、この生き物が水から出されることを知らされてもいなかった。自分は、この生き物の科学的な研究、分析の責任者だ。デボニアンの適切な生育環境を一番理解しているのは僕だ。なのに、こちらに何も知らせずに勝手な真似《まね》を――。なんのためのルールだ？　正直者がバカを見るとは、こういうことか？　しかし、規則の遵守は大事だ。それは今も信じて疑わない。

フレミングでさえも、これは職権乱用だと疑っているらしく、険しい表情でF-1の中を横切っていった。

「おはようございます、ミスター・ストリックランド」

フレミングは見事な作り笑顔で相手に声をかけた。「このような措置は予定には入っていなかったと思うのですが……」

ストリックランドはフレミングに顔を向ける前、手にしていたものを床の上に滑り落とした。それが何かを悟ったホフステテラーは愕然《がくぜん》とした。なんてことだ。フレミングは見て見ぬふりをしているのか？　牛追い棒じゃないか！　ろくでもないごろつきが選ぶ武器だ。ホフステテラーは心臓の鼓動が速くなるのを感じた。まさか、それを使ったのか？　急に不安を覚えた彼は、子供のようにつま先歩きで静かに生物に近寄り、無事を確認しようとした。ストリックランドは怪我をした左手にも何かを持っていたが、手のひらにすっぽり隠れていて、それが何かはわからない。ホフステテラーは、これまでもストリックランドに対して困惑を覚えていたが、今は彼が感じているのは恐怖だった。本能エネルギーの塊で、その行動は予測不能。ストリックランドのような男は初めてだ。

「別に普通のことだ」

ストリックランドは平然としていた。「懲罰みたいなもんだよ」

ホフステトラーは早足になり、フレミングの横を通り過ぎた。ストリックランドの不敵な笑みが熱線を放っているかのように、頰が熱くなった。懲罰？　まあ、この男は指を二本嚙み切られているから、お仕置きをしたくなる気持ちはわからなくもないが、〝別に普通だ〟と飄々《ひょうひょう》と返す神経には共感できない。これが普通なわけがない。デボニアンの状態を見て、ホフステトラーはゾッとした。アマゾンでの捕獲時に銛《もり》を打ち込まれた際の傷は、縫合がうまくいって回復しつつあったのに、傷口が開いてしまっているし、脇の下、首の後ろ、額などあちこちで出血が見られる。灰色になった唇の間からは粘り気のある唾液が垂れていて、長いことひざまずかされていたのか、膝の上に付着した血液、海水、鱗は乾燥しかかっている。ホフステトラーはデボニアンのすぐ横に膝をついた。ストリックランドには恐怖を感じるのに、この生き物にはそんな感情は抱かなかった。鎖でつながれているから安全なのはもちろんだが、今は呼吸をするのが精一杯で、顎の下に隠された危険なふたつ目の顎が放たれる気配はない。ホフステトラーは、デボニアンの傷に優しく触れた。彼の指の間から、赤黒い血が伝っていく。ガーゼが必要だ。それを止めるテープも。何よりも助けが必要だった。大勢の助けが。

フレミングが咳払いをした。ホフステトラーは祈るような気持ちだった。頼む、ミスター・フレミング。君から言って、虐待をやめさせてくれ。この男は僕の意見など聞かないだろうから。ところが、フレミングの口から出たのは、ホフステトラーが期待していた非難の言葉とははるかにかけ離れていた。

「そうですか。我々は朝食の邪魔をするつもりはありませんでした」

あまりのバカげた発言に、ホフステテトラーは開いた口が塞がらず、傷つき弱ったデボニアンを見ていられなくなった。すると、ストリックランドはキャンディを盗んだとして呼び出された少年のように、頭を垂れて下を向いた。視線の先には、包帯が巻かれた彼の左手。それがふっくりと開かれ、中から顔を出したのは、白い卵だった。ストリックランドは、この卵になんの意味があるのかと考えているふうだったが、卵は脆すぎて、彼のようなけだものには理解できまい、とホフステテトラーは思った。卵には可能性と趣意が満ちあふれている。卵は生命の繊細さと永続性の象徴だ。牛追い棒を振り回す獰猛《どうもう》な男の辞書には、そのいずれの美しい言葉も載ってはいまい。ストリックランドは肩をすくめ、卵をゴミ箱に投げ入れた。彼にとって、その卵は、全く重要ではないのだ。

ホフステテトラーにとって、卵は正反対の存在だった。彼は忘れていなかったし、これから忘れることもないだろう。あの物静かな掃除係が卵を手に、デボニアンのタンクの前でワルツを踊っていたときの光景を。もしかして——？　ホフステテトラーは、F-1の備品の在庫を調べるときのように、ゆっくりと周囲を見渡した。自分の存在を知らせるかのように、首の骨が鳴った。隠れられそうな場所はどこか。机の下。タンクの脇。プールの中だってあり得る。ホフステテトラーは、隈なく目を滑らせていった。そして意外に呆気《あっけ》なく、十秒もしないうちに、彼はイライザ・エスポジートを見つけた。大きな目。キッと結ばれた口。キャビネットの少し開いた扉の隙間から覗いているのが、彼女の顔だとすぐにわかった。

　顔に向かって血が一気に血管を駆け上り、ホフステトラーは喉が締めつけられる気がした。彼はイライザとアイコンタクトを取るため、じっと見つめた後、一度だけ目をつぶった。〝落ち着いて〟の意味だ。全世界共通のものだといいのだが。それでも、この状況下なら、パニックはごく当たり前の感情だろう。ストリックランドに捕まった場合、彼女に何が起こるかは予想がつかない。会社のトイレットペーパーを盗んだという話とはレベルが違う。彼女のような深夜勤務の女性が？　リチャード・ストリックランドのような男に捕まる？　彼女なら簡単に霧に紛れてしまうだろうに。彼女にとっては、デボニアンを生かしておくことが大事なのだ。ならば自分は、ストリックランドの気を逸らさなければならない。彼女に対するダメージは、今のところ仮定として語るしかないが、目の前にいる唯一無二の生物が受けたダメージは本物だ。しかも、むごたらしい。今すぐタンクかプールに戻して癒しの水に浸さないと、取り返しのつかないことになる。

「いくらなんでも、これはひどい！」

　ホフステトラーは叫んだ。

　ストリックランドとフレミングは話し始めていたが、その大声に驚き、ふたりは会話をやめた。実験室はしんと静まり返り、デボニアンの荒い呼吸音だけが聞こえていた。彼はストリックランドをにらみつけたものの、相手は、思い上がりも甚だしい青二才の反乱を楽しんでいるかに見えた。

「これは動物だろ？」

ストリックランドは不満げに言った。「ただ飼いならそうとしているだけだ」

ホフステトラーは真の恐怖を知っている。ソ連の工作員に渡すべく何度も機密文書を入手してきたが、そのたびに心臓まで凍りつくような恐怖を覚えた。そのときに感じたのは、怒りではない。今とは違う感情だった。これまで彼がデボニアンについて語り、感じ、行ってきたことはうわべだけの、軽薄なものだった。この生物が犬よりも賢いかどうか、というミハルコフとの押し問答。H・G・ウェルズとオルダス・ハクスリーに関する議論。ある意味、F-1にいるこの生物は、天使ではないのか、と彼はふと思った、我々の世界を優雅にしてくれるのだが、すぐに撃ち落とされ、コルクボードにピンで留められ、〝悪魔〟と間違ったラベルを貼られてしまった天使。そしてホフステトラーも、天使をそうしてしまったうちのひとりだ。彼の魂は、決して癒えることはないだろう。

彼は勢いよく立ち上がり、ストリックランドと顔を突き合わせた。その拍子にメガネがずり落ち、自分が顔に汗をかいていることに気づいた。パパに楯突《たてつ》く膨れっ面《つら》の少年のように、自《おの》ずと唇を尖《とが》らせていた。これまでもそうだったが、今後、違う場所で出会ったとしても、ストリックランドと友だちにはなれそうもない。だが先日、フレミングがあるニュースを教えてくれていた。それを聞いたホフステトラーは、ストリックランドを追い詰める必要があるときに使えるかもしれないと感じていたのだった。彼は、イライザがあと数分、持ちこたえてくれることを祈った。

「デイヴィッド、ミスター・ストリックランドに話したらどうだ?」

ホフステトラーは毅然《きぜん》とした態度で言い放った。「ホイト元帥《げんすい》のことを」

簡潔な言葉ほど、鋭く深く相手に突き刺さる。こんなストリックランドの顔を見るのは初めてだった。一体なんのことかと見当が全くつかず、困惑して顔を歪《ゆが》めている。額、眉間、口元に寄ったしわを見て、ホフステトラーはささやかな満足感を得た。ふらつきながら一歩後ろに下がったストリックランドは、かかとで何かを踏み、ハッとして足元に目をやった。床一面に散らばった医療器具。目を丸くしているところを見ると、自分が何をやらかしたのか、初めて気づいたらしい。ストリックランドは咳払いをし、ジェスチャーで、うっかり床に落としてしまったというようなことを説明していたが、ようやく出た声は上ずっており、思春期で声変わりが始まった少年を思わせた。

「掃除係に……ここを……きれいにしてもらわねば」

フレミングも咳払いをし、こう告げた。

「ミスター・ストリックランド。面倒なことにはしたくないのですが、ホフステトラー博士が言うように、ホイト元帥が今朝電話をかけてきましてね。ワシントンＤＣから直接。提出書類を用意しておけと、言っていました。あなたとドクター・ホフステトラーは貴重品に対して考え方が異なるようだから、その違いを明確にしておけ、と」

「元帥が……」

ストリックランドは目をまたたかせている。「君に電話を……？」

フレミングはぎこちない笑みを浮かべた。だが、どこか誇らしげでもあった。

「公平な記録。元帥が見たいのは、それだけだそうです。私はこれから情報を集めて、元帥にお渡しします。どちらの意見に従うべきか、正しく判断する基準にするとかで」

ストリックランドは明らかに体調が悪そうだった。顔はすっかり青ざめ、唇は紫色になっている。錆《さ》びついたクランク装置のように頭をゆっくりと後ろに傾け、フレミングが手にしているクリップボードに目を向けた。あたかも、そのクリップボードが電気のこぎりの刃で、今にも回転して迫ってくるかのように、ストリックランドは慄《おのの》いていた。ホイト元帥がどうしてストリックランドをここまで支配できるのか、ホフステトラーにはわからなかったし、別に知ろうとも思わない。ただし、彼にとっても、デボニアンにとっても、イライザにとっても、これは好都合だった。そして、ホフステトラーはさらにダメ出しをした。

「デイヴィッド、まずは、元帥にこう伝えてほしい。科学者であると同時に人間主義者でもあるドクター・ロバート・ホフステトラーが、貴重品を理由もなく傷つける一方的な行為をきちんと禁止するよう懇願していたと。我々の研究はまだ始まったばかりだ。この生き物から学ぶことはまだまだある。なのに、これを見てくれ。虐待されて半殺し状態じゃないか！　我々がここで立ち話をしている間にも、呼吸がうまくできなくて弱ってきている。すぐにタンクに戻させてもらう」

フレミングはクリップボードを胸の高さに上げ、紙の上でペンを滑らせ始めた。こうしてホフステトラーの異議は、色落ちしないインクで記憶に残された。ホフステトラーの胸は、勝利による温かな感情に満たされていた。彼は再びイライザを見つめ、きっと大丈夫だから、と目配せで伝えた。それから、ストリックランドに視線を移すと、この陸軍兵士は、顎を震わせながら、フレミングが走り書きするのを見つめていた。何度もまばたきをする目には、混乱と恐怖の色が綯《な》い交ぜになって浮かんでいた。

「うーん」

ストリックランドは、言葉にならない動揺を放出させた。

ホフステトラーは、大学で教えていたときに、重要な講義で燃やしていたのと同じ豊富な燃料で活気づき、精力を得た。より知的で明瞭な何かを成し遂げる前に、彼は急いで生き物の横にひざまずき、震えるえらと胸を指差した。

「デイヴィッド、できれば、この怪我の状態もメモしておいてほしい。この生物がどのようにして、全く異なるふたつの呼吸メカニズムを完璧に、つつがなく切り替えられるのか知っているかい？　脂質分泌、皮膚呼吸といった水陸両生の機能全てを実験室の設備で複製するには、あらゆるものが複雑で美しすぎる。だが、呼吸器乳剤はどうだろう？　十分な時間が与えられたら、酸化代替物を明確に説明し、浸透圧調整と同様の仕組みを作り出せる自信がある。ホイト元帥にそう言ってくれ」

「――戯言《ざれごと》だ」

ストリックランドが口を開いた。だがフレミングは、ひと言も聞き逃すまいと、必死にホフステトラーの言葉をメモしている。

「こんなの全部嘘っぱちだ」

そうつぶやくストリックランドを半ば無視し、ホフステトラーはさらに続けた。

「デイヴィッド、想像してみてほしい。この生物が呼吸するように、我々も信じられないほどの圧力と密度の大気で呼吸できたらどうなるか。宇宙旅行もずっとシンプルなものになるんじゃないかな。ソ連が目指している単一軌道のことは忘れよう。軌道上で数週間過せたとしたら？　数ヶ月、数年だったら？　そしてこれは、始まりに過ぎないんだ！　放射線炭素年代測定法によれば、この生き物の年齢は、数百歳は下らないらしい。驚くべき存在だ」

自信満々で語っていたホフステトラーだったが、急に自分を恥じた。彼は真実を語っているのだが、それが、デボニアンを利用しようとしている人間側の一方的な視点だと気づいたからだ。二十億年の間、この世は平和だった。人間、特に男性――自己顕示欲が強く、他人の意見に耳を貸さずに己の要求だけを通そうとし、他人を暴力や権力で蹴散らす者たちが地上に蔓延《まんえん》するようになり、この惑星は自己滅亡への道へと滑り出したのだ。おそらくこれは、天文学者エドウィン・ハッブルが発見した、あらゆる銀河が地球から離れていっているという法則の説明になる。今朝は、まるで我々人間に毒された地球を避けて銀河が逃げていっているかのようだ。自己卑下がそれだけの価値があったことに、ホフステトラーは満足していた。ミハルコフが〝抜歯〟を認めるまで、オッカムの犬たちにはかぶりつく骨が必要だ。

「……戯言だ」

ストリックランドはぶつぶつとつぶやきながらも、言い始めた文章を完結しようとした。「何もかもが。ホフステトラー……ボブがアマゾンの野蛮人の味方についたと、ホイト元帥に言いたければ言えばいいさ。こいつを何かの神だと崇《あが》めればいい。そんなことをするのはロシアくらいだろう。今の言葉も漏らさずに書くんだぞ、フレミング。ロシアでは我々が持つ以上にいろいろな神がいるらしい」

ストリックランドの口から出た〝ロシア〟という言葉に、ホフステトラーはギクリとした。緊張して喉が詰まり、唾と一緒に警戒心の塊を呑み込む。血筋や振る舞いをやんわりと卑しめ、こちらを間接的に攻撃してくる同僚は、何もストリックランドが初めてではない。むしろその逆で、全ての真実を暴露して真っ向勝負に出てくる初めてのタイプだった。実は、ホフステトラーは、そんなストリックランドを震え上がらせるホイト元帥には面識がなく、写真すら見たことがなかった。それでも、F-1の天井から二体のマリオネットを操って楽しんでいるのではないかと、ふと考えてしまう。二体を対峙させ、どちらに力添えすべきなのか見極めようとしている操り人形師。ならば、こちらは陰の黒幕にいいようにされる操り人形——。ホフステトラーは暗澹《あんたん》たる気持ちになり、喘《あえ》ぎ続ける生き物を見下ろした。不安と苛立ちがにわかに募ってきたが、努めて表には出さない。思えば、自分のキャリアの道は、エゴという棘《とげ》だらけの道だった。とはいえ、アメリカ陸軍の元帥が自身の腹心と天秤《てんびん》にかける相手になるのは、存在が目立ち過ぎる。これは、彼が決して引きたいと思ったことがない類《たぐい》の注意だった。

しかしながら、今起きているのは、引き下がることのできない戦いでもあった。デボニアンを、イライザ・エスポジートを、そしてディミトリ・ホフステトラーを生かしたいと思うのであれば。医療用照明の下、死に瀕《ひん》した生き物の凝固しつつある血液を見つめ、ホフステトラーははたと思った。アマゾンを起源とし、アマゾンの大自然の中で何百年も生き続けてきたデボニアンだが、彼が一体化しているのは、単にアマゾンだけではないのでは？　この世の森羅万象とつながっているとしたら？　そうだった場合、その死は、突然変異の消滅、進化の中止、あらゆるもの……我々全ての終焉《しゅうえん》を意味することになる。

「鍵をください」

ホフステトラーははっきりとした口調で言い、手のひらをストリックランドに差し出した。「今すぐ彼を水に戻さねばなりません」

13

このところ、眠れぬ夜が続いている。運よく眠りという怪物に呑み込まれたとしても、さんざん胃液まみれにされた挙げ句、怪物に異物と見なされ、ほどなく吐き出されてしまうのだ。午前三時、彼は酸素を求め、激しく喘いで目を覚ます。レイニーが小さな子供をあやすように、背中を擦ってくる。だが、自分は幼子ではない。頬を濡らしているのは、一体なんだ？　まさか涙であるまい。嫌気がさして妻の手を振り払っても、赤ん坊でも寝かしつけているつもりなのか、彼女は「シーッ」と言い続ける。そしてついには、指の具合はどうなの？　もう一度お医者さまに診《み》てもらった方がいいわ、と言い出す。しかし、指が問題なのではない。しまいにレイニーは、戦争のせいね、と語り出す。雑誌で読んだわ。いかに戦争が兵士たちに取り憑《つ》くかを。しかし、この女が戦争の何を知っているというんだ？　いかに戦争が人間を食い物にし、いかに人間が戦争を食い物にしているのか、わかったつもりでいると？　彼女は戦争の記憶をなんだと思っているのか？　毎日の食事の用意と食器の後片づけに不満を漏らす人生では、ストリックランドの脳に戦争が焼きつけたたったひとつの記憶の断片ですら、想像することはできないだろう。

夢の中で、彼はジョセフィーナ号に戻っていた。深く垂れ込めた霧を切り裂き、船は進む。甲板から身を乗り出し、陸に着くのを今か今かと待ちわびる船員の喉を掻き切ると、歯のない口に血と唾液があふれてゴボゴボと音を立てた。静寂に包まれた航海で聞こえてくるのは、その耳障りな音だけだ。彼は船の舵《かじ》を取り、小さな洞窟を目指す。洞窟は狭く、内部の岸壁は螺旋状《らせんじょう》で、まるで巻貝の中に入り込んだかのようだった。飛び交う羽虫の大群が待ち構えていたが、船が近づくや、真ん中から幕が開くように虫たちがこちらに道を譲った。奥へ奥へと船が前進していくと、目の前の水面が盛り上がり、何かが姿を現わそうとしているのがわかった。ただし、それはギル神ではない。ホイト元帥だ。水に濡れた顔はピンク色で、ゴムのような光沢があった。元帥が何かをこちらに差し出した。戦闘用ケイバーナイフ。刃渡り十八センチ。韓国で元帥が自分に手渡したのと同じ武器だ。彼が受け取れば、残虐非道な取り決めは即決する。

彼はホイトをまじまじと見た。片手で勲章を見せびらかすように揺らし、もう一方の手は突き出た腹を撫でている。その目は半開きだが、閉じてはいない。頬が緩み、いたずら好きな少年のような笑みを浮かべているものの、相手の声は聞こえなかった。ホイトに関する記憶――ホイトの口から出た命令、褒め言葉、信用できない誘い文句の全て――の声は洗い流されていた。イライザとは違い、口が利けなくなったというのではない。むしろ曖昧《あいまい》になっていると言えばいいのか。ホイトから渡されたギル神についての文書が、検閲が入って、ところどころ黒塗りになっていたのと同じだ。曖昧な記憶は長く鋭い金切り声のように響いているものの、頭の中で黒塗りになって、かつてそれがなんだったのか、わからなくなっている。こんなふうに……。[redacted]

自分は今、ここにいる。この実験室の中に。それにしても、ホイトから放たれるそのような無意味な金切り声が、ホフステトラーやフレミングの耳にも聞こえているのかは想像もできない。ストリックランドは、アマゾンよりも暑かった灼熱《しゃくねつ》の韓国以来の脱力感を覚えていた。おそらくホイトは、再接着した指のことを聞き、部下のストリックランドはこの事態を統制する能力を失ったと感じているのかもしれない。万が一ホイトの信用をなくしたら、自分が断ち切り、自由にならなければならない支配力とは何になるのか。まばたきをして辺りを見回した彼には、通気口の鉄格子に絡まる緑の蔦《つた》や、電気のコンセントから顔を出す緑の蕾が見えた。これは痛み止めの副作用の幻覚か？　それとも現実なのか？　もしもこの実験が頓挫《とんざ》するなら、ギル神は勝利を収め、この街全体がアマゾンと化すかもしれない。自分、自分の家族、ボルチモア市民が皆、そこに囚《とら》われることになるのだ。これから何が起こるか知っている彼は、強く拳を握った。煮詰まった熱いシロップのような痛みが、感染症にかかった指から腕へとじりじりと吸い上げられていく。やがて濃縮された痛みのシロップは、心臓へと達する。目に映る光景がぐるぐると回転し、やがてぴたりと止まって焦点が合ったときには、アマゾンの謎の儀式でブシテを目に入れられた後と同じ鮮明な世界が広がっていた。ホフステトラーはまだ手を差し出しており、鍵を待っていた。貴重品の生息環境に合わせた特別な照明器具とアマゾン川流域で録音された環境音の有効性を滔々《とうとう》と語った後、博士は、生き物を水の中に戻したらすぐに、フレミングにデータとグラフを集めさせ、ホイト元帥に送らせると言い放った。だから、なんだ？　この青二才は、そんな脅しが通用すると思っているのか？　今度はこちらが巻き返す番だ。ストリックランドは気を取り直し、深く息を吸った。

彼はいきなり笑い出した。思いがけなかったのか、異様な笑い声に、ホフステトラーがギョッとしている。

「データ、ね」

笑いすぎてストリックランドの目尻から涙があふれた。それを手の甲で拭い、彼は先を続けた。「君が単に紙に数字や文字をタイプするだけだろ。突然それが真実だって言われて、科学者じゃない人間が信じるか？　特にホイトは生粋の軍人であって、科学者じゃない。彼にとっちゃ、データなんてなんの意味もないんだよ」

こちらが話している間、ホフステトラーの喉が上下に動き、唾を飲み込むのがわかった。それにしても、細くて青白い首だな。簡単に捻《ひね》り潰せそうだ。相手がついに腕を下ろすのを見て、ストリックランドは〝勝った〟と思った。心の中で小躍りし、熱い気持ちと希望があふれ出すのがわかった。自分の耳に届き、自分の脳内で黒塗りになっているホイトの声を、ホフステトラーも聞いているのか？　聞こえていればいい。ほら、またホイトが何かを言っている。コンピュータの通気口から漏れてくる、柔らかな金切り声。[redacted]ほら、やっぱりホフステトラーにも聞こえているに違いない。奴はそそくさとタンクに向かい、何かと面倒な計測番の目盛りのひとつを見に行ったからだ。

「二十八分。クロノメーターは、最後にタンクが開けられた時刻からどのくらい経過しているのかを計測しています。それによると、すでに二十八分が経っているんです。この貴重品が水の外にいられる限界は、三十分。ホイト元帥への報告書については、あとで話し合いましょう。鍵をください、ミスター・ストリックランド。お願いします。これ以上言わせないでください」

しかし、懇願の言葉は、ストリックランドが最も聞きたいものだった。彼は、さっきまでホフステトラーがいた場所で前屈《まえかが》みになり、貴重品を覗き込んだ。なかなかいい眺めだ。ギル神があまりに激しく悶《もだ》えて鱗が飛び散り、彼のシャツにへばりついたとしても、十分に楽しめる。泥に足を取られて転び、口から泡を吹いてショットガンで安楽死させられるのを待つしかない家畜を見下ろしているカウボーイの気分だ。大きく上下するギル神の胸の輪郭を、指でそっとなぞってみた。

「ミスター・フレミング、これだよ。ホイト元帥に報告すべきなのは。データではなく、自分の手で触れてわかったことを伝えるべきだ。ほら、ここにあるのは肋骨。見えるだろ？　で、これは関節軟骨。指の骨を関節でつなげているものと同じだ。現段階では、この肋軟骨《ろくなんこつ》がふたつある肺を分けていると考えられている。主要な肺と補助的な肺だ」

そこまで話して、ストリックランドは声を張り上げた。「そういうことでいいんだよな、ボブ?」

「二十九分が経過しています」

　ホフステトラーはこちらをじっと見据えている。「お願いです。どうか鍵を」

「で、この肋軟骨だが、厚みがありすぎて、内部の鮮明なレントゲン写真が撮れないんだ。神は我々が努力しているのを知っている。ボブなら、何度撮影し直したか知っているはずだ。だがな、ホイト元帥に知らせるべき肝心な点は何かというと、こういうことだ。我々は、こいつを動かしている仕組みを解明したいわけじゃない。議論の余地はない。こいつの身体を切り開いて、中を見たいだけなんだ」

「頼みます」

　ホフステトラーの声は、然《しか》るべき感じになっている。弱々しく、かすれた声。いいぞ。

「ソ連の連中は今頃、こいつと同じ奴を捕獲しようと南米に繰り出しているかもしれないな」

「同じやつ？　この生物は他に存在しません。この世で唯一無二の存在なんだと言い切れますよ！」

「ボブ、君は私と一緒にボートに乗っていたわけじゃないだろう？　アマゾン川についての本を二、三冊読んだからって、それがなんになる？　実際に果てしなく続く川を自分の目で見たら、本に書いてあることと現実が全然違うのに気づく。あそこには、とてつもない数の生命体が存在する。君のコンピュータがカウントできる以上の数だ。保証するよ」

　コンピュータから、嬉《うれ》しそうなホイト元帥の黒塗りの声が響いてきた。[redacted]ホイト元帥はご機嫌だ。おまえらもわかるだろ？　笑顔で
ホフステトラーとフレミングを見たが、ふたりとも真顔でこちらを見つめている。なんだ

よ、その顔は。ストリックランドはハッとした。まさか、自分以外の人間には、聞こえていないのか？　一瞬驚いたものの、自分以外、軍隊任務の経験がないことを思い出し、納得した。記憶の中のホイト元帥が発する柔らかい金切り声――しかも、脳裏に浮かぶイメージは黒塗り――の詳細はわからないものの、それは自分の内臓まで響き、心臓でも感じることができるのだ。自分は昔、ホイトにとっては息子も同然の存在だった。若造だった自分がこのような立派な男に成長したのを見れば、元帥も誇りに思うに違いない。ストリックランドは、それを誇りに思わぬように己と闘わねばならなかった。彼は荒々しく目を擦り、両目が乾いていることを確かめた。たぶん、ここでホイトの助けを受け入れるかもしれない。ほんの少しだけ。だが、元帥の言いなりにはならない。今度こそは。

「三十分経ちました！」

ホフステトラーは大声を上げた。だが、その声は震えている。「お願いします！　心からお願いします！」

ストリックランドは、片足のかかとでくるりと回転した。ホフステトラーが懇願するのを聞くだけでは、十分ではない。彼は博士をにらみつけた。ところが、相手はこちらを見てはいなかった。相手は実験室の奥を見つめている。歯を剝き出しにし、額を引きつらせながら。なんだ、その表情は？　あたかもこの部屋に四人目の誰かがいるみたいじゃないか。そのとき、ストリックランドはハッとした。卵を思い出したのだ。なぜ思い出したのかはわからない。あの卵、床に転がっていたよな？　彼は、ホフステトラーの視線の先をたどり始めた。

　そのとき、目の前の生き物がゴボゴボと不快な音を立てた。ストリックランドは足元を見下ろし、卵のことは忘れた。ギル神は発作を起こしていた。鱗が一気に十枚以上剝がれ落ち、口からは黄色がかった白い泡を吐いている。牛追い棒、マチェーテ……とにかく何かの凶器に突かれたかのように全身が硬直した直後、ギル神は気絶した。拘束具の中でだらしなく弛緩《しかん》した身体の下に、尿の染みが広がっていく。口から出ていた白っぽかった泡は、血と混じって濁ったオレンジ色に変わった。どうやら、ここから離れた方がよさそうだ。彼の耳には、メモを取るフレミングが紙の上でペンを走らせる音が聞こえてきた。なんてざまだ。胸糞《むなくそ》悪い。吐き気を催す。この事態をホイトは喜ばない。ホイトに見せる前にギル神を死なせるのは、さすがにまずい。ストリックランドはポケットを漁って鍵を取り出し、振り向かずに背後にいるホフステトラーにそれを投げた。科学者は、軍人の筋肉の動きには同調しないようだ。柔らかな金切り声が未だ室内に響く中、ストリックランドは鍵が床の上に落ちる音を聞いた。

14

　朝もや。タバコの煙。自分自身の疲れた目。それらがジャイルズの世界を霞ませていたが、半ブロック先のイライザは簡単に見つけることができた。彼女のように歩く者は他にはいない。彼はタバコの灰を非常階段に落とし、手すりの上に腕を載せた。突風に煽《あお》られ、イライザはときおりふらついていたが、拳を握って威勢よく腕を振る様は、見えないラグビー選手団を引き連れ、まぼろしの敵を蹴散らしているかに見えた。しかしながら、彼女が踏むステップは別格だ。ダンサーを思わせる軽快で巧みな足取りと光沢のある靴は、陰鬱なグレーに沈むこの一帯に輝きを取り戻してくれる。イライザにとっての靴は、ジャイルズにとっての絵を入れるアートフォリオバッグと同じなのだ。

ジャイズはタバコの火を揉み消し、室内に戻った。彼は早起きをしてシャワーを浴び、クライン&サウンダースに再び足を運ぶため、絵の描き直し作業を続けていた。イライザが帰ってきたのがわかったので、頭蓋骨アンジェイから猫を追い払い、そこに載せておいたかつらを外した。それから洗面所の鏡の前に立ち、かつらを頭頂部に載せて、滑らせながら位置を調節し、仕上げに櫛《くし》で梳《と》かした。以前ほど、このかつらが似合わない。かつらは変わらないが、彼は変わっていく。彼の年齢では、あまりにもふさふさしている感が否めなかった。しかし、装着するのをやめるのには勇気が要る。突然、禿《は》げた頭頂部を露《あら》わにしたら、外の世界の住人たちには、頭皮を剝がされたのではないかと勘違いされてしまうかもしれない。一方で、外の世界ってなんだ？　とも思う。鏡の中の生気のない年寄りを見つめ、なんで自分がこんなに矛盾に捉われているのかと考えてしまう。ジャイルズの矛盾。それは、誰も見てくれないのに、見てくれを気にしているということだ。

玄関のドアがノックされ、彼はハッとした。アパート内の部屋を横切りつつ、時計をチェックする。今日の午前中約束があるので、イライザには昨日来てほしかったのだが、彼女は返事をくれなかった。このところ、イライザはひとりで考え込んでいることがよくある。彼女が物思いに耽《ふけ》り、こちらを相手にしてくれないことにジャイルズは落胆していたのだが、突然恐ろしい考えが頭に浮かんだ。イライザは何か恐ろしい秘密を隠しているのではないか？　もしや不治の病にかかったとか？　ドアを叩く音はどんどん大きくなっていた。

ジャイルズがドアを開ける前に、イライザが入ってきた。ニット帽を脱ぐと、静電気で髪がふわふわと踊った。互いに勝手に相手のアパートのドアを開けて中に入るのは、ふたりの間では習慣になっていた。イライザは深夜勤務で昼夜逆転の生活をし、薄給で大したものも食べていないのに、頰はいつも赤く血色がいい。それに引き換え、同じような生活レベルでも、自分の顔色は埋葬布のように白い。若さとは、最高の栄養素。そして、それは彼が二度と得ることはない。ジャイルズはなんだか切ない気分になった。

「今朝はずいぶんと元気がいいね」

そう声をかけたものの、イライザは彼を通り過ぎ、正面の壁まで歩くと方向を変え、また壁にぶつかると方向を変えて、ピンボールのように歩き続けている。しかも、歩きながら忙しなく手話のために腕を動かしているので、柱に飾った絵に肘がぶつかった。しかし、絵が大きく揺れてもお構いなし。ジャイルズは指を一本立てて〔ちょっと待って〕と伝えてから、玄関のドアを閉め、彼女の方に向き直った。それでもイライザは、まだ歩みを止めていなかった。右手をくねくねと動かし、〔魚〕を表現した――のだとジャイルズは推測した。次に、両肩に載せた手を身体の中心に引いて、彼女は〔暖炉〕と示す。たぶん。いや、待て。〔骸骨〕か？　いやいや、〔生き物〕か。それから似たような動作だが、弧を描くようにして、〔罠《わな》〕と言った……のか？　そんな感じの言葉だったような。自分は間違っているかもしれないが。今日のイライザはやけに早口だった。とうとうジャイルズは両手を上げて、ギブアップした。

「ちょっと黙ろうか。頼む」

イライザはすねたのか肩をすぼめ、叱られた子供のようにこちらをにらみつけた。さらに両手の拳を振ってみせた。これは手話というよりも、誰もが使うジェスチャー。そう、〝怒り〟を示すときの。

ジャイルズは彼女の意図を摑みかね、「結論から言ってくれ」と頼んだ。「トラブルに巻き込まれたのか？　どこか怪我をしたとか？」

彼女が返事で示した手話は、虫を捻り潰すような動作だった。意味は〈ノー〉。

「良かった。コーンフレークを食べるかね？　半分しか食べられなくてね。緊張してるんだ」

イライザはしかめ面をし、さっきより大袈裟に〈魚〉と言った。

「イライザ、昨日の夜に話した通り、僕は打ち合わせがあるんだ。出かけるところだったんだよ。なぜ急に魚、魚と訴えてくるんだ？　妊娠したなんて言わないでくれよ」

彼女は両手に顔をうずめたので、ジャイルズの胸は締めつけられた。自分の辛辣な言葉で、泣かせてしまったのか？　イライザは会ったときから、恋人などおらず、ずっとひとりぼっちじゃないか。なのに、なんてことを言ったんだ。彼女の細い背中が小刻みに震えている。ジャイルズが謝ろうと口を開いたとき、彼女は顔を上げ、笑い声――声を出せないゆえに連続でしゃっくりしているような笑い声――を上げた。そして、なんてばかげたことを言っているのと、笑いのしゃっくりを上げながら大きく首を振った。息を吐いたイライザは自身を落ち着かせ、興奮して熱くなった身体を両手で扇《あお》ぎつつ、ようやくジャイルズとまともに向き合った。だが、イライザはすぐさま口を右側に歪めたのを見て、ジャイルズは思わず唸った。

「歯に食べ物がはさまっているのか！　いや、違うな」

ジャイルズは頭を搔きながら、イライザの手話を読み解こうとした。「この髪型だろう？　どうしても歪んでしまうんだ。君がものすごい勢いで部屋に飛び込んできたから――」

するとイライザは腕を伸ばし、こちらのスエードのコートとセーターに付いていたブナの葉っぱを摘まみ上げてくれた。この前の風の強い日の名残《なごり》だ。次に、蝶ネクタイを百八十度回転させ、最後に、かつらと自毛が接するこめかみの辺りを撫でつけてくれた。

彼女のこういった行為は、身なりを正す行為という以前に、ある種の愛情表現だと思えた。一歩後ろに下がったイライザは、こちらを上から下まで眺めてから、〈ハンサムよ〉と手話で言ってくれた。ジャイルズは息を吐いた。長年のつき合いで腹を割って話せる仲だとしても、彼女の言葉がありのままの真実を伝えているとは思えない。

「互いに毛づくろいをして信頼関係を深めているサルになり、ここで君の毛の中のシラミを取ってあげるべきなんだろうけど、さっき言った通り、打ち合わせがあるんだ。僕が出かける前に言っておきたいことがあるのかな？」

イライザは再び厳しい表情になり、両手を上げて、これから手話を始めるという合図をした。ジャイルズは、口述試験を受ける生徒のごとく姿勢を正す。今笑顔になるのは彼女が気に入らないと感じたので、口を真一文字に結んだ。ジャイルズの中で年々広がっていく不安は、彼が、芽が出ないままお払い箱になるアーティストとなり、多頭飼いしているのはいいが、飼い主と一緒に年老いていく猫たちに、イライザの才能を邪魔するなと責められることだった。彼女は若い。いつまでもこんなジジイと過ごさせるのは忍びない。彼女により良い人生を歩んでもらえるのなら、自分は喜んでここから出ていこう。なあに、簡単だ。自分をトランプゲームの仲間に入れてくれる年寄り連中が集う質素なホームを見つければいい。そうしたらイライザは、彼女の世界を制限するのではなく、広げてくれる誰かを見つけ出さねばならなくなるだろう。自分がイライザを失う悲しみを堪える力があれば、の話だが。

　彼女は落ち着き、ゆっくりと手話を見せてくれた。〔魚《フィッシュ》〕〔男《マン》〕〔鳥かご〕。そして、〔O《オ》・C《ッ》・C《カ》・A・M《ム》〕。最後に〔治療〕。

「もうちょっと速くても大丈夫だよ」

　ジャイルズがそう告げるなり、イライザは堰《せき》を切ったように手話で話し始めた。恥ずかしがり屋の幼稚園児が、いきなり詩人ミルトンを彷彿《ほうふつ》とさせる言葉づかいで独白を始めたら、きっとこんな衝撃に襲われるのだろう。そのくらい雄弁だった。いつもは完璧な世界を求める傾向がある彼女だったが、そんなものは吹き飛んでいる。今や彼女の手には、足に限られていた俊敏さに満ちあふれ、彼女が伝える物語は交響曲のごとく明瞭で、流れる水のように滑らかだった。即興で繰り出される言葉たちは熱意に押され、本筋から軌道がずれたりしたものの、技術的には息を呑むほどの見事な指使いで、これが小説だったら読んでもきっと楽しいだろうと思わせた。ジャイルズの好みよりも、やや暗い展開になっているのに、だ。最初のうちしばらくは、イライザがフィクションを語っているのだと思い込んでいた。だが詳細は、あまりに無慈悲で辛辣で、とても普通の女性が思いつくものではない。そして、少なくとも彼女は、その言葉のひとつひとつを信じていた。

15

アイロンがけ。この退屈で、蒸し暑く、手がつりそうになる、全く面白くもおかしくもない仕事は、二重生活の理想的な隠れ蓑《みの》になっている。夫のリチャードは、人生で一度もアイロンがけをしたことがないゆえ、この作業が三十分で終わるのか、半日かかるのか、その基準に関しては見当もつかないだろう。レイニーは陽が昇る前に起床し、手早くできるだけの家事を済ませ、ぐずぐずする子供たちを追い立てて学校に送り出し、リチャードが仕事に出かけるまで、朝のニュースを見ながら衣類に蒸気を当て、しわを伸ばしていく。バーニー・クレイと交渉して広告代理店クライン&サウンダースで働くと決めた時間は、午前十時から午後三時。彼女が家を出るまでには十分に余裕があったし、帰宅してから、新しいオフィスの書類のエキゾチックな香りを、平凡な香水の匂いでごまかすことも慌てずにできる。

リチャードが運転する古いサンダーバードがガタガタと音を鳴らして出ていく。それがレイニーの出勤準備開始の合図。彼女は、十分、あるいは二十分、ときには三十分使っているふりをしていたアイロン台をたたむ。夫に嘘をつくことは、結婚生活の病原体みたいなもの。夫婦の関係を悪化させる害毒になり得ることは承知しているのだが、リチャードに真実を告げる正しい方法がわからない。こんなにもスリルと希望を感じたのは、いつ以来だろう？　おそらく、朝鮮戦争から帰還したばかりの、カッチリとした制服が似合っていた若き兵士リチャードに口説かれていた日々以来？　求愛され、つき合い始めて数ヶ月で、婚約、結婚の流れは当然だと考えるようになった。思い返せばその頃すでに、レイニーの歩む道は緩《ゆる》い砂利道《じゃりみち》――不安定で足が取られる道――だったのかもしれない。

しかしながら、彼女は過去に執着し、あれこれ蒸し返すタイプではない。そのせいか、最近の彼女の日々の大部分は、己を興奮させ、興味を掻き立て、満足感を与えてくれている。クローゼットの中には、すでに仕事に着ていく服を用意してあり、急いで着替えるだけだ。どんな服で出勤するかを考えるのは、新たな楽しみ兼チャレンジとなった。秘書たちのワードローブをメモに取り、百貨店に再三足を運んだ。カジュアルではなく、フォーマル。可愛らしさではなく、格好良さ。フリル付きではなく、シンプル。どこか矛盾しているかもしれないが、それが女性というものだ。スリムなシルエットのフランネル地のスカート。襟は花びら型のペタルカラーで、蝶結びのリボン付き。ウェストは絞りすぎず、ベルトをする。そんなスタイルを好んで選んだ。

バスでの通勤も楽しめた。公共交通機関でのエチケットを身体で学び、自分で席をひとつ選び、腕にお気に入りのバッグをかけ、選んだ座席を自分の快適な空間だと考えて過ごす。携帯品を手早く取り出せるように工夫した軍隊流の効率の良さを真似、バッグには、必要最低限の小物が整然と詰められている。彼女がバス通勤で最も気に入っているのは、車内を見回して他の職業婦人と和やかなアイコンタクトをとることだった。彼女たちはそれぞれひとりで座っていたが、視線を交わすと、〝私たちは、同志よね〟という目に見えない絆《きずな》を感じるのだった。

そして、クライン&サウンダースの男性たち。最初の一週間、彼女はひどく疲れた。毎日仕事が終わる頃には疲労困憊《こんぱい》だった。それぞれの男性社員が、バイキング料理で一番大きく、一番おいしそうなエビを選んだことを自慢するのと同レベルの自尊心とうぬぼれに満ちた行動を彼女に対してとってきたからだ。初日は、いちいちそれに笑顔の相槌で対応し、心の中で金切り声を上げていた。二日目、彼女はだんまり作戦を決め込んだ。しかし、五日目ともなると、他の女性職員を参考にしかめ面で返し、きざな相手に「あれ？何か怒らせることでも言ったかな？」と悟らせて罪悪感を覚えさせ、首をすくめさせると いう域にまで達していた。最後まで執拗に「僕ってこんなにすごいんだよね」と自慢話をし、その裏側に「女のくせに」という偏見が見え隠れしていた嫌味な社員には、しばらくじっとにらみつけるというさらなる高レベルの戦術を試みた。なかなか手強《てごわ》かった彼だったが、とうとうレイニーの変化に気づいてすごすごと撤退し、同類の気軽なおしゃべりグループに戻っていった。とにかく彼女の最初の一週間は、大学二年生から三年生に上がれるかどうかの進級試験のようなものだった。

こうしてレイニーは新人女性が受ける洗礼に打ち克《か》ち、単に美人のお飾りではないことを社内で証明した。これが、タイピストや秘書にとって同じゴールであることには疑いはなかった。あるいは、バスで一緒になる働く女性たちにとっても。もしかしたら、リチャードが勤める研究施設の床を磨く女性たちにとっても。どんな気分のときでも、レイニーは背筋をピンと伸ばし、隙を見せなかった。ランチタイムでも、時間を惜しんで電話のシステムを練習した。日に日に、彼女の声には自信がみなぎり、働くことへの信念がどんどん強くなっていった。彼女を困惑させる事態は徐々に減り、男性陣は道理をわきまえ、彼女に親切に接するようになった。しばらくすると、雰囲気はさらに良くなり、彼らはレイニーにわざわざ親切にすることをやめた。つまり、新人扱いをするのではなく、同じ一社員として接するようになったのだ。ゆえに、彼女がミスをすれば厳しい言葉を飛ばし、彼女が彼らの窮地を救えば、感謝の印《しるし》としてカードや花束をくれた。

いつの間にか、レイニーは一目置かれる存在になっていた。そしてちょっとしたイベントがあったあの日、ロビーには名だたるエゴの塊が集結していた。財界の大物、テレビCM界のプレイボーイ、新人大型モデルたち。レイニーはすでに、電話が混線したときの対処も、即興でジョークを言ってクライアントを印象づける術《すべ》も知っていた。「エレイン、ペプシコーラが予定を木曜に変更しなければならなくなった」と告げられれば、直感的にどこにそのスケジュールを割り込ませればいいかがわかった。それは、お金が入り用だと明かす前にリチャードの機嫌をうかがうのに似ていた。もちろん、最近はそんなことをする必要はない。彼女には自分で稼いだお金があるからだ。そんな自分を誇らしく思ったし、その誇りを夫と分かち合える日を待ち望んでいた。とはいえ、彼は理解してくれないだろう。妻が夫の稼ぎに満足していないとして、侮辱されたと感じるに違いない。

エレイン（レイニーが職場で使っている偽名）のイベントでの立ち振る舞いが評価されたこともあり、直感的に雇った人物が利益をもたらす〝儲《もう》けもの〟だと確信したのか、バーニー・クレイが先週、レイニーをランチに誘った。最初の三十分、彼は他の社員と変わらない振る舞いだったが、やがて大人の飲み物をオーダーするよう迫ってきた。彼女は断ったものの、相手は勝手にジン・リッキーを注文した。レイニーは非礼を避けるため、運ばれてきたジンと柑橘《かんきつ》果汁の炭酸水割りをひと口すすった。ところがバーニーは、それをさらなるステップに進むシグナルだと受け取ってしまったらしい。腕を伸ばし、テーブルの上に置いていた彼女の手を握ったのだ。レイニーは慌てて手を引っ込め、ぎこちない笑顔を作るしかなかった。手の甲には、彼の結婚指輪の感触が残っていた。

それは、与えられた覚えがない試験に合格したようなものだった。バーニーは、〝カクテルの女王〟と呼ばれるマンハッタンを口に含んだ。アルコールには、いかがわしい気持ちと理性の境界線をぼやけさせ、妻のいる男性が他の女性の手を握る行為を〝単なる愛情表現〟にすり替えてしまう危険な力があった。レイニーはふと興味がわいた。男性であることは、どんな感覚なのだろう？　結果として起こる事態になんの恐怖も抱かず、己の意図を軽々しく修正してしまえるなんて。

「いいかい」と、バーニーが口を開いた。「君をランチに誘ったのは、仕事のオファーをするためだ」

「でも、仕事ならすでに……」

「ああ、だが、今の仕事はアルバイトに過ぎない。私が言っているのは、れっきとしたキャリア。正社員の職だ。一日八時間。週五日。諸手当と退職金も付く。あらゆることが含まれる」

「……ありがとうございます。でも、お伝えした通り――」

「君が何を言おうとしているのかわかっている。子供の世話。子供の学校のこと。だが、経理のメリンダを知ってるだろ？　チャックの秘書のバーブは？　目下のところ、六、七人の女性が正社員として働いている。会社の建物には託児所もあるから、子供たちをここに連れてくればいい。ここから学校への送迎バスが出ている。クライン＆サウンダースは、働く女性に優しい会社なんだ」

「ですが、なぜ――」

手の中でジン・リッキーのグラスを弄《もてあそ》びながら、レイニーは訊《たず》ねた。跳ね上がった心拍数を落ち着かせるために、一気に飲んでしまおうかと考えたくらいだ。「私なんですか？」

「エレイン、この際、君には正直に話そう。この業界に限ったことではないんだが、社内の優秀な人材は確保しておかなければならないんだ。さもないと、その人物が他の一流企業にヘッドハンティングされた挙げ句に、うちの会社の機密情報が漏らされる恐れもあるからね」

バーニーは肩をすくめた。「今は一九六〇年代。あと数年すれば、女性の時代がやってくる。男性が有するどんなチャンスも、女性だって平等に得られるようになるはずだ。僕のアドバイスは、来《きた》るべき女性の時代に今から準備し、自分の立ち位置を決めておくこと。今日は一階で受付嬢をしていたとしても、明日には管理者になるかもしれない。さらには会社の共同設立者に？　先のことは誰にもわからないが、君には大きな可能性がある。それは確かだ、エレイン。このビルで働く半数は間抜けどもだが、君は彼らとは違う。ずっと優秀なんだ」

私、知らないうちにカクテルを飲み干していたのかしら？　バーニーに言われた言葉に、レイニーは面食らっていた。なんだか頭がクラクラする。これってめまい？　目の焦点を合わせるべく、ケチャップ、マスタード、ステーキソースが並ぶテーブル上の調味料入れを見つめていたが、視線を滑らせて窓の外を眺める。表の通りでは、生鮮食品が入った大きな買い物袋を抱え、不安定なベビーカーを押しながらやっとの思いで歩いているひとりの母親が目に入った。今度は、反対の方向に目を向ける。レストランの奥まった暗がりでは、粋なスーツに身を包んだ男性が愛人と思われる女性に白い歯を見せていた。その女性はおそらく不倫相手なのだろうが、憂いを帯びた表情の下で、男性の物欲しげな視線を弄んで楽しんでいる気配がした。

しかし、見た目などなんの意味も持たない。レイニーは不倫中のふたりに確約することができる。昨夜、リチャードは彼女に職場での話をしてくれた。彼が警護を任されている貴重な何かが、危うくその希少価値と有益性を失うところだったらしい。詳細はわからないが、とにかくにも、それが失われれば、リチャードは仕事を辞め、ストリックランド家はボルチモアから離れることになる。夫はボルチモアを嫌っている。膝の上で百科事典を開き、ミズーリ州のカンザスシティやコロラド州デンバー、ワシントン州のシアトルを調べていたのを見たことがあった。だが、レイニーはここが好きだ。大好きだ。世界で最も素晴らしい街だと思う。かつては男性に依存することで危険を回避するカプセルに包まれるのが女性の生き方だと思い、そういった場所に根を張っていたが、その根っこを掘り出してこの地にやってきたのだ。そんな生き方は寄生虫と同じ。宿主が死に始めると――例えば、指の傷口の感染症で――寄生していた方の血液にも毒が回ってしまう。

彼女はバーニーに「イエス」と答えたかった。夫からの自立を毎日、毎分考えてきたのだ。

しかし、リチャードに言えるだろうか？

「よく考えてから君の意見を聞かせてくれ」バーニーは手を揉みながら言った。「猶予は一ヶ月。君の返事がノーだった場合は、他の子を雇うことになる。さあ、食べよう。僕は腹がペコペコだ。今日はたくさん食べるぞ。おいしい食事のあとは、うんと働けるからね」

揺れ動く気持ちのまま、レイニーは小さく微笑んだ。

16

不安の水滴がジャイルズの背中に落ちた。それは、ジュラ紀に生息していたと言われる翼竜プテロダクティルスが空から攻撃を仕掛けてきたかのような衝撃だった。オッカムはボルチモアのバミューダトライアングル――。なかなか興味深いが、なんの信憑性《しんぴょうせい》もないオッカムに関するうわさを耳にしたことがある。そのほとんどが、オッカムに調査に入った勇気ある者たちの謎の死や失踪というものだった。彼は吐き気を催した。イライザが提案してきたことは、老朽化が進む劇場の上の取るに足りないふたりの住人が力を合わせても、到底やり遂げられない話だった。イライザの妄想の中のフィッシュマンとやらは、身体的な欠陥を持って生まれた不幸な奴に違いない。そこまではいいとしても、問題なのはそこからだ。そいつを脱出させたいだと？

イライザはいい子だ。だが、彼女の人生経験はひどく限られている。赤狩りの恐怖がいかに根深いかを正しく見極める能力はない。共産主義者自身や彼らに協力した者が投獄されるのはまだわかるが、共産主義とは全く関係がなくても、赤狩りを非難しただけで「コミュニストだ！」と非難されて嫌疑をかけられ、政府は当の共産主義者たちに仲間を売れと煽っている。悲しいかな、隣人が隣人を疑い、誰も信用できない時代だといっても過言ではない。そんな中、人生と生活の全てを危険に晒すような真似をしろと？　しかも、ホモセクシュアルの画家に？　ダメだ、ダメだ。そんな無謀なことはできないし、そんなことに割いている時間はない。自分は広告アートの奴隷のようなものだし、バーニーとの打ち合わせがあるのだ。

ジャイルズは顔を背けた。これから自分が示すジェスチャーがイライザを傷つけるとわかっていた。そして、修正済みの絵をアートフォリオバッグになかなか滑り込ませられなかった時点で、それがジャイルズ自身をも傷つけるのだと悟った。彼は、話し出す前に壁を見た。口の利けない相手に邪魔をさせない臆病者の戦略だ。

「私が子供の頃――」と、彼は切り出した。「ボルチモア北東部のヘリングランで、カーニバルがやってきてテントを張った。カーニバルでは特別な展示会場があってね。奇妙な自然界の産物を紹介していたんだ。うちひとつが人魚だった。しかし、それを見るには、入場料五セントを支払う必要があった。当時の子供にとって、五セントはかなりの額だ。で、その人魚だが、どんな人魚か想像がつくかい？　第一に、それは死んでいた。裸の胸に貝殻を付けた美しい人魚たちとは似ても似つかぬ、しなびて黒くなった古い人魚のミイラがガラスケースに入れられていた。それは、サルの上半身に魚の尻尾《しっぽ》を縫いつけた、ひどい代物《しろもの》だったんだ。今なら、ひと目見れば、誰もがまがい物だとわかるだろう。だけどね、何年も僕は自分に、あれは人魚だったと言い聞かせてきた。自分でお金を払ったからだろうか？　僕は信じたかったんだよ。君や僕のような人間は、他の人々よりも〝信じること〟を必要としている。そうだろ？　だけど、テントの電球の下では、まるで本物に見えたものでも、外の世界の冷たい光の中では、魔法がとけてしまう。あの人魚はなんだったんだ？　本当はなんだった？　勝手に創り出した剝製じゃないかってね。イライザ、そんなものなんだよ、人生は。創造性という名の剝製みたいなものだ。僕たちは無意識のうちに、自分に見合った神話を頭の中で描き出している。その神話に出てくる様々な登場人物や小道具もまた、頭の中で生み出されているんだ。わかったかい？」

彼は話し終わると、アートフォリオバッグの金属のバックルを閉じた。カチリという心地よい音は、頭の中で知性や知恵が鳴らす音と同じだ。さて、本当に出かけなければならない。たぶんこの人魚の話も、これまでジャイルズがイライザに与えてきたたくさんの小さな〝予防接種〟や〝カンフル剤〟の一本に過ぎない。これを打てば病気にならないと、これを打てば元気になると、一方的に打たれ、安心させられ、もう大丈夫だと納得させられる――はずだった、今回も。しょげかえっているであろうイライザを慰めるための笑顔を浮かべ、ジャイルズは振り返った。その途端、彼の笑顔は凍りついた。そこにあったのは、イライザの冷ややかな目。それは、外で吹きすさぶ冷たいつむじ風をアパート内に吹き込ませ、ジャイルズは降りかかる手話の霜から己を守らなければならなかった。彼女の手話は猛烈な勢いだった。こんな棒でガツンと殴られたような強さ。目にも留まらぬ速さで振られた鞭《むち》を思わせるスピード。彼女がこんなふうに手話を使ったことは、今まで一度も見たこともない。そして七月四日の独立記念日に夜空に刻まれる鮮やかな花火のごとく、同じ言葉を繰り返している。ジャイルズは顔を横に向けても、視線の先に彼女がずっと移動してきた。イライザの手話は、彼にパンチを浴びせ、襟首を摑んで彼を激しく揺さぶった。

「ダメだ」

ジャイルズは首を横に振った。「そんなことはできない」

手話。手話。手話。

「なんでかって、それは違法行為だからだよ！　そんな計画を話しているだけで、僕らは法を犯しているかもしれないんだ」

手話。手話。手話。

「そいつがひとりぼっちだからってなんだ？　僕たちはみんなひとりぼっちじゃないか！」

口にするのも残酷な事実だ。ジャイルズは左に一歩ずれた。イライザもスライドして彼の行く手を塞ぐ。肩と肩がぶつかった衝撃で彼はよろめき、ドア横の柱に思い切り手を置いて身体を支えた。疑いもなく、これは、ふたりが一緒に過ごしてきた中で最悪の瞬間だった。ドアの横に手を置いた勢いは強く、バンと音を立て、あたかもイライザに平手打ちを喰《く》らわしたかに思えた。ジャイルズの心臓は早鐘のように鳴り、顔は紅潮していた。頭頂部のかつらもずれたかもしれない。頭を軽く叩き、定位置にあることを確認する。こんなときに、こんなことに気を揉む自分にも腹が立ち、ますます顔に血の気が上った。彼は急に泣きたくなった。物事は、あっという間に悪い方向に転がってしまう。なんでだ？ イライザの荒い呼吸が聞こえ、自分もまた、息を切らしていることを知った。ジャイルズは彼女を見たくなかったが、顔を上げた。

彼女は泣いていた。それでもまだ手話を続けている。手話。手話。手話。同じ言葉の手話。もうたくさんだ。ジャイルズは手話を読み取るのをやめた。

「こんな寂しい光景は見たことがない」

彼はぽつりと漏らした。「わかってるかい？ 君は自分自身に手話で語りかけている。フィッシュマンだか、半魚人だか知らないけど、化け物じゃないか」

それを聞いたイライザは眉をひそめたものの、決して負けなかった。今や、彼女の手話は剣であり、ボクサーのパンチだ。ジャイルズの心は血を流し、痣《あざ》ができていた。

「じゃあ、僕はなんだ？ 僕だって化け物だ。普通の人間というカテゴリーに入れない化け物なんだよ！ イライザ、お願いだ。もうやめてくれ。すまないが、本当に出かけないといけないんだ！」

イライザの手話は止まらなかった。
〔彼は私に何が欠けていようと気にしない〕
ジャイルズはそれに答えようとしなかった。震える手でドアノブを摑み、玄関の扉を開けた。凍りつくような風をまともに顔に受け、こぼれ落ちずに両目の端に留まっていた涙が一瞬で結晶になった気がした。向かい風の中、彼は廊下に一歩踏み出した。イライザを一瞥すると、彼女はまだ手話で訴えかけてきていた。
〔私が彼を助けなきゃ、彼は死んでしまう〕
ジャイルズは心の中で必死に繰り返した。この街のどこかにあるビルがあって、そのビルの中には受付があって、受付には訪問予定者の一覧表があって、その一覧表には自分の名前が書いてある、と。そして、それは幻想ではなく、現実なのだ。彼はさらにもう一歩進んでから、肩越しに主張した。
「イライザ、目を覚ませ。そいつは人間じゃないんだよ」
平穏な日々を送らせてくれと懇願する、おじけづいた年寄りの訴えだった。ジャイルズはアートフォリオバッグの向きを変え、非常階段を目指した。外に出る前、もう一度振り向いた。
〔彼を助けないんだったら――〕
そのときに目に入ってきた手話は、彼の背中に突き刺さり、ジャケット、セーター、シャツ、筋肉、骨を貫いた。クライン＆サウンダースに向かう間ずっと、その傷がズキズキと疼いた。打ち合わせ先に着く頃にはかさぶたになっていたが、ムズムズする感じは消えなかった。ああ、僕は残りの人生、あの言葉に囚われ続けることになるのか、と思わずにはいられなかった。ジャイルズは、イライザが最後に返した手話を小さくつぶやいた。

「彼を助けないいんだったら、私たちだって、人間じゃないわ」

17

ワシントンDCからの通知は、貴重品を眠らせてステーキのように切り刻み、そのサンプルを国内各地の研究所に送れ、というものだった。ホフステトラーには、分析を終わらせるまで一週間の猶予が与えられた。ストリックランドはオフィスの椅子の背にもたれかかり、微笑もうとした。ミッションはもうすぐ終わる。その後には、より良い人生が待っている。今週はリラックスする時間を持とう。趣味でも見つけるか。アマゾンに行く前の自分に戻るんだ。レイニーにしつこく言われているから、医者に行って指を診てもらおう。彼はそう思い至った。化膿した指を見ると、ジャングルでさんざん目《ま》の当たりにした腐肉を思い出す。もう少しの間、指は包帯の下に隠しておいた方がよさそうだ。

今後の目処《めど》がついて気持ちが楽になった彼は、早めに帰宅した。ティミーとタミーが学校から帰ってきたら、自分を見てきっと驚くぞ。しかし奇妙なことに、レイニーは家にいなかった。テレビの前に座り、彼は待った。早く帰って喜ばそうとした彼の計画とは、逆の展開になってしまった。彼は待ちながら、痛み止めを噛み砕いた。俺はなんのためにこうしてるんだ？　職場にいた方がまだマシじゃないか。午後遅く、妻はようやく帰ってきた。その時点で、彼は何がなんだか、よくわからなくなっていた。鎮痛剤が全てをぼやけさせていた。不鮮明で不明瞭で曖昧。まるで[redacted]だ。ホイト元帥の柔らかな金切り声の命令のごとく。レイニーは、買い物の袋を抱えてはいなかった。着ている服も、見たことがない。彼女はこちらを見てひどく面食らったようだったが、すぐに笑い出し、「お財布を忘れちゃったの。だから、明日またスーパーに行かなくちゃ」と言った。

観察することも、ストリックランドの仕事のひとつだ。どの科学者が左利きか、先週の水曜日にフレミングが何色の靴下を履いていたかを答えることができる。レイニーはしゃべりすぎだ。それが嘘をつく人間の嘘がばれる行動だということも、彼は知っていた。ふと、イライザ・エスポジートが頭に浮かんだ。彼女の沈黙は心地よい。こちらのざわついた気持ちを鎮めてくれる。彼女は決して嘘を口にしない。力も願望もない。レイニーは何かを隠している。誰かと不倫してるのか？　そうでないことを願う。妻のためにも、自分のためにも。不倫相手に対処した後、法的に自分に起こることを考えても。

その晩は感情を押し殺して寝た。翌朝、子供たちがスクールバスに乗った後、熱いアイロン台越しにレイニーと出勤前のキスをして、サンダーバードを隣のブロックまで走らせた。大きなブナの木の下に車を停めたが、カモフラージュとしてはいまいちだ。雨不足のせいか葉っぱがまばらになっており、ひょろりと伸びた枝は骸骨のようだった。だが、それなりの働きはしてくれるだろう。朝食時に飲んだ痛み止めは四粒。それだけだ。観察眼を鋭いままにしておく必要があった。エンジンを切る。彼は、レイニーが自分の前の通りに現われないことを静かに祈った。これは自分たちの結婚生活、ふたりの人生の問題だ。妻よ、どうか家にいてくれ。キッチンをピカピカにし、引越し荷物の荷解きをしていてくれ。

十五分後、レイニーは交差道路に現われた。どうやら急にアイロンがけをやめたらしい。彼女がバス停に並んだのを見て、針と化した羞恥心が彼をチクリと刺した。かつてストリックランドは彼女に約束した。自分は妻に公共交通機関を利用させるようなことはしない、と。だが、その誓いを守れていない自分が恥ずかしくなった。柔軟に考えることで、心に刺さった針を引き抜かねばならない。近いうちに二台目の車を買う。そのことは彼女にもすでに話してあった。そうしたら約束を守ることができるし、妻をバスに乗せるような夫だと恥じることもなくなる。しかし、彼女はどこへ行くんだ？　いや、昨日は財布を忘れたから、今日もスーパーに行くと言っていたじゃないか。だが、なぜアイロンがけを唐突に放棄した？　家事を後回しにするほど急ぎなのか？　疑心は膨らむ一方で、結婚するときに誓い合った様々な約束が頭の中でぐるぐると渦巻き、彼はハンドルに置いた左手に視線を落とした。再接着してむくんだ薬指に無理やり指輪をはめたことで、指はますます腫れ上がっている。化膿が進み、指の色もおかしい。結婚指輪が肉に食い込む。痛い。疼痛《とうつう》のせいで指も心もずきずきと脈打つ。全てが蝕《むしば》まれていく。ああ、痛み止めはどこだ？

ポンコツのサンダーバードのエンジンがかかるまで、優に一分はかかった。だが、準備は万端だ。バスが発車したらここから滑り出し、一ブロックの間隔を保ちながら後ろからついていく。レイニーがバスを待つ間、彼は車をアイドリングさせた。バスが来て、彼女が乗り込んで走り出すと、彼は追跡を始めた。

バスは、スーパーの前の停留所で停まった。降車した客の中に、レイニーの姿はない。ストリックランドは眉をひそめ、歯ぎしりをしそうになったが、ふと、監視の心得を思い出した。正しい観察には、広い心が必要だ。色眼鏡で物事を見てしまうと、真実が歪められ、大事なことを見落としてしまう。そうか。おそらく彼女はこの店の価格が気に入らないのだ。ダウンタウンのショッピングセンターでもレイニーは降りなかった。再びバスが動き出したとき、ストリックランドの心はパチンと音を立てて閉じた。今日特別な用があったとしたら、なぜ朝のうちにそれをこちらに伝えなかった？　用事がなんであれ、彼女は自分に背を向けて行うつもりなのだ。あまりにも強くハンドルを握ったため、怪我をした指がポキリと折れた気がした。たぶん指を縫いつけた黒くて太い縫合糸が、ぶよぶよになった腐肉から剝がれたのかもしれない。

ついには車まで動かなくなった。臨終の刹那はドラマティックでもなんでもなかった。最後に弱々しく咳をし、サンダーバードの心臓の機能は停止したが、車体は惰性で滑り続けている。ニュートラルにギアを入れ、もう一度エンジンをかけようと試みたものの、うんともすんとも言わない。そうこうしているうちに、バスはショッピンセンターの敷地から出て大通りに戻り、貴重品の苦悶《くもん》の声と似た音を上げて走り去っていく。今の彼には成す術がなかった。車のエンジンから立ち上る煙は、レイニーのアイロンから出る蒸気よりずっと濃かったが、彼は力ずくで車を縁石まで押していった。一般車の駐車が禁じられている消火栓の前しか、空《あ》いている箇所はなかった。ふん、上等だ。ストリックランドは上半身を運転席に潜らせ、ギアをパーキングに入れた。外に出て周囲を見渡すと、たくさんの車がハチのように群れ、人間がゴキブリのごとく歩き回っていた。この街全体が害虫の巣窟だ。

思い切り車に蹴りを入れたら、ドアが凹み、つま先に激痛が走った。痛みで円を描きながら飛び跳ね、人生最高傑作ではないかと思える即興の罵りの言葉がどんどん口をついて出た。通りの向こうを眺めたとき、白熱の火球が見えた。その下には、銀色の炎と銀色の溶岩が巨大な岩盤を覆っている。あれはなんだ？　自分は今、どこにいる？　まぶしすぎて頭痛がし、脳の血管がドクドクと拍動するのがわかる。目の上に手をかざし、光をさえぎった彼はようやく合点がいった。回転する地球を模した看板、天井から床まで一面ガラス張りの建物、延々と続くクロムの縁取りに、太陽光が反射していたのだ。そう、そこに建っていたのは、キャデラックの販売店だった。

ストリックランドは通りを渡ったことを覚えていなかったのだが、いつの間にか、新品のキャデラックが並ぶ屋外の展示スペースを歩いていた。頭上からぶら下がる花飾りやたくさんのアメリカ国旗。傍《かたわ》らで背筋を伸ばしている本物のヤシの木。そして、色とりどりのキャデラックに、彼は囲まれていた。両ヘッドライトの間にある平らなV字のエンブレムは、キャデラックがムッとして眉をひそめているように見せている。フロントグリルは『不思議の国のアリス』に登場するチェシャ猫の笑顔を彷彿とさせ、そこには何百本もの牙が生えているようでもあった。数ある展示車のとある一台の前で、彼は足を止めた。直射日光を受けてやけどしそうなくらい熱くなっているボンネットに手を載せると、車の持つ強さ、滑らかさ、鋭さが手のひらから伝わってくる。負傷した指にですら、強さがみなぎってくる感じがした。ボンネットに寄りかかり、息を吸い込む。彼は、熱された金属の匂いが好きなのだ。発砲した直後の銃のような匂いが。

「キャデラック・クーペ・ドゥビル。人類が発明した最も完璧な機械です」

販売員がさりげなくストリックランドの隣に立ち、目の前の一台を褒め称《たた》えた。薄い頭髪。頰の剃刀《かみそり》負け。肉のたるんだ首。販売員の第一印象はそのくらいか。あとの細々した部分は、まぶしすぎる太陽に溶け込んでしまった。こいつは売っている車同様、完全に機械化されている。そのセールストーク、しゃべり方、車と客を移動する目の動き。こいつは売っている車同様、完全に機械化されている。ホイールキャップを取りつけたタイヤで動いているかのごとく、キャデラックと並行して滑るように移動し、ズボンの尖った折り目は、テールフィンを思わせた。ボンネットをなぞる相手の腕時計とカフスボタンも、キャデラックの車体にふんだんに使われているクロムと同じように輝いている。

「V型8気筒4ストロークエンジン。4速ギアボックス。ゼロ発進で時速約百キロに達する時間は、10・7秒。直線コースでの最高速度時速百九十キロ超。新品のドル紙幣と同じキレのある走り。AM・FMステレオサウンド。オーケストラ鑑賞をしている気分になれる、ゆったりとした後部座席。豪華なインテリア。大統領が宿泊するレベルの特等室がここにあります。ホワイトレザーのシートは、もはやシートというよりソファー。冷暖房付きなので、奥さまもきっと喜ばれますよ」

奥さま？　彼女はバスに揺られてどこかへ行ってしまった。夫を残して。もうすぐオッカムでの仕事が完遂して、以前のように夫婦の時間がもっと過ごせると思った矢先に。レイニーを追いかけるにせよ、この忌々しい街からひとりで出ていくにせよ、通りの向こうの消火栓の前に違法駐車したサンダーバードから乗り換える一台が必要だ。この機械の男は、自動車を客に買わせる戦術では、自分よりも手強いに違いない。ここで一線を交えようとしても、無駄か？　しかし、ここで相手の口車に乗せられ、高い買い物をするわけにはいかない。ストリックランドは敢えて異議を唱えることにした。相手の言いなりにならないための知恵なのだが、同時にそれはこちらを惨めな気分にもさせた。

「――見てるだけだ」

「では、こちらを見てください。端から端まで、車体の全長は五メートル六十四センチ。バスケットボールのゴールふたつ分ですよ。ゴールをふたつ重ねて、シュートを決められますか？　それに車体の幅も注目です。車線いっぱいに広がる圧倒的存在感は、この車でしか得られません。どうです、この車体の低さ。百獣の王ライオンが草原を駆け抜ける姿を想像してみてください。キャデラックには、そんな雄大さと美しさが共存しています。車の重量は、二・三トン。これを運転して道路に繰り出せば、あなたは道路の支配者だ。ここから運転していくだけで、世界があなたにひれ伏しますよ。とても簡単でしょう？　パワーウィンドウ、パワーブレーキ、パワーステアリング、パワーシート。全てがパワフル。純粋にパワーに満ちた車なんですよ」

パワーに満ちた車。悪くない。アメリカ人の男なら、運転する価値のある車だ。パワーはすなわち、尊敬に値《あたい》する。妻からの尊敬。子供たちからの尊敬。路上で突然壊れた車以上の人生の過酷さを知らない下僕たちからの尊敬。自分はまだマシだ。自分がやるべきことはなんだ？　皆に修羅場をうまく操縦させて、こちらの邪魔をしないようにさせればいいだけじゃないか。ストリックランドは気分が良くなってきた。それは、悪かった気分が悪くなくなってきたという意味ではない。気分がいいのだ。こんな気持ちはひさしぶりだ。どれ、もう一度、穏やかに異議申し立てをするかな。しかしながら、腕の立つセールスマンなら、こちらがすでに降伏しつつあることを見抜くだろう。そして、この機械はこれまで出会ったなかで最も優秀な販売員だった。

「うーん、車体の色がね。グリーンか……」

ストリックランドは首を捻ってみせた。

屋外展示エリアには、様々な色のキャデラックであふれていたが、彼の目に留まるのは、イライザ・エスポジートが毎日履き替えてくる靴の色と同じバリエーションだった。くすんだ夜空で星屑《ほしくず》がきらめくイメージのスターダスト・グレー。ほんのり紅を差した綿菓子の色のコットンキャンディ・ピンク。鮮やかで瑞々しいラズベリーを連想させるラズベリー・レッド。深みと艶のあるオイル・ブラック。しかし、目の前の車はグリーンだった。とはいえ、あのキャンディのような初夏の芝生を思わせる真緑ではない。シルク感のある青みがかったグリーン。本来なら何世紀も前に死んでいるはずだったのに、川床を撫でるように進む姿が、静水の中でちらりと見えたときのギル神の色だ。

「グリーン？」

販売員は片眉を上げ、納得がいっていないのを表情で示した。「違いますよ。グリーンじゃありません。これは鴨《ティール》の羽色です。マガモのオスは、繁殖期には頭の色が見事な青緑になるでしょう？　あの色ですよ」

そう胸を張る相手の説明に、ストリックランドの内側で何かが閃いた。このセールスマンはそのきっかけをくれた。あの特別な力！　自分がジャングルの神として持っていた力。今も自分が持っている力。レイニーが通っていた教会のおしゃべりな牧師を思い返した。牧師の説教で、神が最初に示した力のひとつとはなんだと言っていた？　それは、物事に名前をつけること。ジャングルの神も物事に名前をつけることができる。名前をつけたものたちは、名づけ親の神が望むような存在になる。グリーンはティールに。ギル神は貴重品に。レイニー・ストリックランドは……無価値に。

彼は前屈みになり、車内を覗き込んだ。まもなくそこに座ることになるだろう。しかしながら、澱みなく機械のように美辞麗句を並べ立てていても、胸の内では実は売り込みに必死なセールスマンをからかうのは楽しい。ダッシュボードには、たくさんのダイヤルやつまみがあった。運転席周りの空間は、まるでF-1の縮小版だ。ハンドルは鞭、あるいはナイトランジェリーの肩紐のように細い。自分の指が、ハンドルにまとわりつく様を想像してみると、指の縫合箇所からにじみ出た鮮血の赤が、いとも簡単に真っ白な革を汚した。販売員は、彼の背後に回ってきた。そして、恋人のように耳元でささやく。今だけの限定カラー。12コート塗装。ハンドポリッシュ仕上げ。成功しているアメリカ人男性の五人に四人がキャデラックを運転。ロケットに負けないほどの疾走感。スプートニクなど、ドゥビルとは張り合えない――エトセトラ、エトセトラ。

「私の目下の仕事は、宇宙開発にも関係があるんだがね」

　ため息をつくくらいしかできなかったが、ストリックランドは、自分に一目を置かせる必要があると感じた。

「そうですか？　さあ、試しに運転席に座ってみては？」

「国家の防衛。新たな計画。宇宙への応用――」

「ほう。では、シートの位置を調節してください。はい、これでいいですよ」

「宇宙、ロケット、未来に関する事業――」

「未来、いいですね。そこに座っていると、未来に向かっていく男、という感じですよ」

　ストリックランドは鼻から息を吸った。長い時間をかけて、ゆっくりと。自分は未来に向かっているだけではない。自分こそが未来そのものなのだ。あるいは、自分が未来そのものになる。ジャングルの神としての仕事をやり終え、あの貴重品がいなくなれば、家庭の問題は解決し、痛み止めも必要なくなるはずだ。自分とこの車は一心同体となり、セールスマン同様、機械の男と化す。自分は、未来という名の工場組み立てラインにつながっている。世の中のジャングル、さらには全ての生き物もコンクリートとスチールで近代化されている未来。自然の脅威が皆無の場所。視界に入るのは、センターラインと街灯とウィンカー。こんなキャデラックが自由に走り回れる空間。宛てもなく、永遠に。

18

クライン&サウンダースに勤める人間は誰もが、流行を服装に反映させている。トレンドを予測するのが、彼らの仕事のひとつでもあるからだ。この年寄りは、今風のスーツを着ていない。というか、スーツすら着ていない。ブレザーとズボンの組み合わせはちぐはぐだった。おそらく視力に問題があるせいだろう。眼鏡のフレームは歪み、やけに分厚いレンズには絵の具の小さな染みが着いていた。口髭《くちひげ》にも、だ。少なくとも蝶ネクタイはきれいだが、ここで蝶ネクタイをしている人間を見るのは初めてだった。蝶ネクタイには、蝶ネクタイの良さがある。彼の頭頂部のかつらと同じように。でも、この人物がその良さを活かしきれているかというと、同意はできない。ふと、レイニーは守ってあげたいと思った。曇りガラスのドアの向こうで待ち構える狼《おおかみ》の群れから、このおじいちゃんを。

彼女は相手が、ジャイルズ・ガンダーソンだとすぐにわかった。

「君はミス・ストリックランドだね」

彼はこちらを見つめた。

幾度となくかけてきた電話で、彼は常にこちらを「ミス・ストリックランド」と呼んだ。何度か電話で応対しているうちに、馴《な》れ馴れしく「ハニー」とか「おねえちゃん」とか言い出す男どもが多い中、彼は態度を変えず、いつだって紳士の振る舞いだった。バーニーとの打ち合わせの機会を一度でいいから設けてくれと、礼儀正しく、根気強く求めてきたミスター・ガンダーソンは、クライン&サウンダースの自由契約アーティストの中で、彼女の一番のお気に入りとなった。彼と話すと、自分が存在を知らなかった優しい祖父と話すような気分になれるからだ。だが、同時に一番話したくない相手でもあった。というのも、レイニーが打ち合わせを求める旨を伝えるたびに、バーニーは明らかにでっち上げだとわかる言い訳で会うのをダラダラと引き延ばし、彼女はその都度、ミスター・ガンダーソンに断りと謝罪の文言《もんごん》を繰り返さなければならなかったのだが、それだけなく、電話越しに、彼女が発した言葉が彼のプライドにひびを入れるのがわかったからでもあった。

彼は握手をしようと手を伸ばしてきた。上司と面会の約束がある人物が、レイニーごときに最初に握手を求めることはほとんどなかったので少し驚いたものの、彼女は快くそれに応《こた》えた。

「おや！　君は結婚していたんだね」

ミスター・ガンダーソンはレイニーの結婚指輪に気づき、バツの悪そうな顔を見せた。

「ずっと君を〝ミス・ストリックランド〟と呼んでいた。申し訳ない。無礼を謝るよ」

「そんなこと、構いませんわ」

事実、彼女は「ミス」と呼ばれるのが気に入っていた。会社で皆から「エレイン」と呼ばれることと同様に。「ミスター・ガンダーソンでいらっしゃいますね？」

「ジャイルズと呼んでくれ。王家の戴冠式か結婚式でも行われるかのごとく、僕の訪問を歓迎する人々でこの辺りはごった返していたから、君にはすでに僕の素性がばれていたと思う。ここに来るまで、あちこちでファンファーレが鳴り、王家の紋章が飾られ、活人画《タブロー・ヴィヴァン》の催し物が行われていたよ」

　正直なところ、レイニーは面食らった。彼はたったひとりで来社した。ちぐはぐな服装で。仮に彼が著名なアーティストだったとしても、ひと目見ようと押しかけているファンの姿など全くなかった。彼なりの〝高度な〟ジョークだと思うしかなさそうだ。ここでのデスクワークで、彼女は、困惑や狼狽《ろうばい》にかかわらず、安易に笑ってごまかさない、だったら笑わない、それがプロフェッショナルな態度だと学んだ。本当なら、彼なりの高度なジョークに見合うような笑顔を返してあげたかった。ミスター・ガンダーソン……ジャイルズ――彼にぴったりの名前だ――は、小さく頬を緩めただけの彼女を見て状況を悟り、謝罪の気持ちとバツの悪さを、さらなる独特な笑いのオブラートに包もうとした。

「僕の鈍感さを許してくれたまえ。最近は、僕の冗談が洗練されすぎて、ついてこられる人がいなくてね。とはいえ、すぐには理解できない手強いジョークが、逆に僕の人気を上げているんだよ」

　ジャイルズの笑顔には、誠実さと忍耐強さがあふれている。印象を良くしようとしてうわべだけの笑みを浮かべる輩《やから》とは違う。彼は、自然体のまま優しく笑える人なのだ。それゆえに、レイニーは当社の一社員として対応する以上に、彼の人柄に十分見合う優しさで接したかったのだが、握手を終えた手をサッと引っ込めて、自分は社交辞令で握手したまでで、それ以上ではないという〝隙を見せない〟態度を貫く必要があった。男どもに「女のくせに」「女だから」と思われないためにも。だが、ジャイルズを前にして、そんなことに固執している自分をバカバカしく感じた。やるせない気持ちを隠そうと、レイニーは訪問予定者一覧表に視線を落とした。

「お約束の時間は、午前九時四十五分。ミスター・クレイとのご面会ですね」

「ああ。あと十五分ほどあるね。いつも余裕を持った行動を。それが僕のモットーなんだ」

「お待ちいただいている間、コーヒーでもいかがです?」

「紅茶があれば、お願いしたい。あれば、の話だけど」

「あいにく紅茶は用意していないんです。いつもコーヒーだけで」

「残念だ。以前は紅茶もあったのに。おそらく僕専用だったのかも。コーヒーは、野蛮な飲み物だ。可哀想なコーヒー豆は、発酵させられ、脱穀され、焙煎《ばいせん》された挙げ句に粉になるまで挽かれる。まるで拷問だ。それに比べて紅茶は? 乾燥させた葉っぱにお湯を加えて浸すだけ。実にシンプル。水分を戻してあげるんだよ。ミセス・ストリックランド、全ての生き物に水が必要だ」

「今までそんなふうに考えたことがありませんでした」

レイニーは、ある茶目っ気いっぱいの言葉が浮かんだ。普段なら思っていても決して口にしないのだが、ジャイルズの前ではなぜか安心して言える気がしたのだ。彼女は身を乗り出し、声をやや低めて言った。「たぶん、私はこれからお茶だけを出そうと思います。欲深いサルどもがジェントルマンに変わるように」

ジャイルズはさらに破顔し、手を叩いた。

「名案だ! 次に僕が来るときには、広告マンたちがネクタイの代わりに男性用スカーフ《クラヴァット》を首に巻き、クリケットについて話し合っていることを期待するよ。そして、君は『私はお茶だけを出します』ではなく、『私たちはお茶だけを出します』と言うようになる。もはや君個人の考えではなくなり、会社の意見として『私たちはお茶だけを出します』と言うことに慣れているに違いない」

電話が鳴った。それから別の電話も鳴った。二回線が同時に。ジャイルズは軽くお辞儀をし、ロビーの椅子に腰掛けた。持参したアートフォリオバッグは、愛犬のように足元で鎮座していた。バーニーの秘書にジャイルズが到着した旨を伝え、他の電話に対応し終える頃、洗剤会社の重役三人が現われた。彼らはレイニーに声をかけるでもなく、咳払いだけで存在を気づかせようとした。その後に来たのは、彼女も知っている禿げ頭の二人組だった。猫用トイレの広告で、何かとクライン&サウンダースの悩みの種になっているクライアントだ。三十分ほどあれこれ対応に追われ、ようやくひと息ついたレイニーは、ジャイルズがまだそこに座っていることに気づいた。

会社の方針により、ロビーに時計は設置されていないが、彼女は自分のデスクの上にひとつ置いていた。こっそりとジャイルズの様子を観察し、彼が常に笑顔を浮かべているのは、避けられない侮辱に備える彼なりの方策なのだと解釈した。レイニーは急いで社内を移動し、秘書の誰かが紅茶を持っていないか探そうかと考えた。温かい一杯の紅茶が、ジャイルズをリラックスさせるかもしれない。しかしそうする代わりに、彼女はひたすら待ち続けた。バーニーが約束の時間を過ぎても姿を見せず、連絡もしてこないのは明らかに無礼だ。バックファイヤーを起こしたバスの黒い排気ガスのように、部屋には重く油っぽい空気が立ち込めている。待ち時間が三十分から四十分になり、空気はどんどん濁っていった。そして四十分が過ぎ、ロープが一旦ほつれ始めると止まらないように、時は一気に一時間に向かって刻まれていく。

一秒が経過するたび、じっと待つジャイルズに高潔さが加味されていったが、彼の辛抱強さには、どこか見覚えがあった。それが何かわかったとき、レイニーはハッと息を吞んだ。それは、クライン&サウンダースで働き始めた最初の一週間、女性用トイレの鏡に映っていた自分の姿に重なる。彼女は髪型や化粧を直すと同時に、尻をつねってくるような連中に対して己の身をどう守るかを練習していたのだ。それは、夫から離れて確立させたエレイン・ストリックランドの一部だった。そして、エレイン・ストリックランドは今も進化中なのだ。あのときトイレの中で、レイニーは自分の鼻が見下ろせるほど顎を高く上げていた。それは、ジャイルズが今やっていることと同じ。自分は重要な、必要とされる人物だという幻想をできるだけ雄大に築き上げるのだ。

ふたりの間に共通点などない。彼女は若い人妻で、彼はよぼよぼの老紳士。それでもその瞬間、レイニーには、自分たちが地球上の誰よりも似た者同士のように思えた。もう耐えられない。彼女はデスクの上に、トイレ休憩のときに使う「座ってお待ちください。すぐに戻ります」と書かれたプレートを置いた。そして、なんのためらいもなく曇りガラスのドアを開け、まっすぐにオフィスの中へと入っていた。

19

「希望は全て消え失《う》せた……」
「春になり……春の間……」
「春が遠のくにつれて……」。チェーホフだったか？　それともドストエフスキー？　違《ニェット》うな。これは、*глупый ребенок*《グルーピーレベノク》——愚かな十二歳の子供——でさえ十分わかる簡単な文章だ。この計画全体は、私の肉体に深く食い込むクマの爪なんだよ」

　呼び出されてミハルコフに会うときはいつも、ホフステトラーの心中は穏やかではなかった。だが、今はある意味興奮状態で、肉体や発言を抑えることができない。今日のタクシーの運転手は、後部座席を蹴る彼に文句を言ってきたし、工業団地で待っているときも、コンクリートの塊をつま先で叩き続けて小さな穴をふたつこしらえた。ボルチモアをぐるぐる遠回りしてクライスラーを運転できるだけの知性はあるが、合言葉を覚えられない無骨者バイソンの間抜けな行動も、彼の気分を良くしてはくれない。一秒たりとて無駄にできないときに、無意味な遠回りなどして何時間も浪費するとは！

　ブラックシー・レストランが休業の日に呼び出されたバイオリン奏者たちは、普段と違い、よれよれの服装で無愛想だった。彼らがホフステトラーを見るや、チューニングをしていない楽器を持ち上げたが、彼らがお決まりのロシア民謡の最初の音符を奏でようとした瞬間に、彼の肘が奏者のひとりを押しのけた。ロブスターの水槽のまばゆい青とは対照的に、その下のボックス席は焦げ茶色の薄闇の中に沈んでいた。一番暗くなっているいつもの場所に陣取っているのは、言わずと知れたミハルコフ。ホフステトラーはテーブルの上に、両手のひらを乱暴に叩きつけた。頭の中に、あの生き物のパックリと裂けてしまった古傷が鮮明に浮かんだ。

「こんなバカげたことはやめるべきです。僕は工業団地で数時間待っただけでなく、あなたの野獣みたいな手下にさんざん車で連れ回されて、ようやくここに来た。いつもと同じ場所に！　何時間も無駄にして！」

「Доброе《ドーブラヤ》 утро《ウートラ》」

ミハルコフはロシア語でおはようと挨拶をしてきた。「朝早くからずいぶん元気だな」

「早い？　状況をわかっていないんですか？」

ホフステトラーは姿勢を正し、まっすぐに立った。ただし、拳を強く握って。「私がオッカムにいなければ、あの生き物に目が届かない。アメリカの野蛮人たちが殺してしまうかもしれないんですよ。今、この瞬間にも！」

「声が大きい。Пожалуйста《パジャールスタ》. 少し小さくしてくれないか」

ミハルコフはまぶたを擦った。なにがパジャールスタ——英語ならプリーズ——だ。

「頭痛がするんだよ、ボブ。昨日の晩、飲みすぎてしまってね」

「ディミトリです！」

ホフステトラーはツバを飛ばし、相手は紅茶のカップを上げる手を止めた。「僕のことはディミトリと呼んでくださいと、何度言いました？　Мудак《ムドゥク》!」

激昂《げっこう》し、つい罵りの言葉を叫んでしまった。この瞬間まで、ＫＧＢで訓練を受けた人間が本気を出すとどんなことが起こるか、ホフステトラーは予想もしていなかった。それはすなわち、ホフステトラーは密告者として優秀で、相手を納得させていたからだ。そう、この瞬間までは。あとから思い返したときに、彼はそう結論づけることになる。ミハルコフは、頭痛だと打ち明けたことが思わぬ方向に向かったと思い、即座に修正しようとしたに違いない。目の前のソ連の工作員は、目線を落とすや否や、こちらの手首を摑んでぐいと下に引っ張ったのだ。ちょうどブラインドを乱暴に閉めたかのように。相手の行動は全くの想定外だった。ホフステトラーは床に膝をつく形となり、ガクンとした衝撃を感じた。顎をテーブルの端にぶつけ、舌を嚙んでしまったのだ。ミハルコフは彼の腕を背中で捻り、上に引き上げた。ホフステトラーの顎はテーブルの上に乗ったまま、腕と一緒にギリギリと圧迫された。まぶたを開けると、視線の先にはあんぐりと口を開けて啞然《あぜん》としているバイオリン奏者たちがいた。だが、目が合った途端に彼らは一斉に口を閉じ、慌ててリズムを取った後、何も見ていなかったと言わんばかりに美しい旋律を響かせ始めた。

「水槽のロブスターを見たまえ」

ミハルコフは片手でナプキンを取り、口元を拭いた。「さあ、ディミトリ」

テーブルの上にがっちりと押しつけられた顎を動かすのは痛みを伴った。顎に感じる生温かさは、口から流れている血なのか。彼は目を上に向けた。タンクは薄暗い中で青く輝いており、ガラスの向こうで水面が小さく波立ち、水中は泡立っている。水槽を見るよう無理強いされたわけだが、彼はミハルコフの発言が何を意味しているのかわかった。普段ならこの甲殻類はあまり動かず、水槽の底でフジツボのようにじっとしているのだが、今日の様子は異なっていた。激しく動くロブスターたちの触覚は揺らぎ、足や甲羅は水槽の壁面を擦っている。ハサミもガラスにぶつかり、カタカタと音が鳴っていた。

「今日のロブスターたちは、まるで今日の君だ。そう思わないかね？」

ミハルコフはこちらにそう訊いてきた。「もがいても始まらないのだから、彼らはリラックスし、運命を受け入れるべきだ。どうせ、水槽からの大脱走計画など持ち合わせていないのだから。やろうとはしているのかもしれない。ガラスの壁を登って、逃げ出そうとしている可能性はないとは言い切れないよな。こちらは誰もロブスターの気持ちなど知らないのだから。しかし、いくら触覚や手足を動かしても、それはエネルギーの無駄というものだ。水槽の外の世界がどれだけ大きいか、彼らは全くわかっていない」

ミハルコフはフォークを掴み、それをホフステトラーの目に近づけた。美しく磨かれ、仄暗い明かりの中で、銀色に輝いている。相手はフォークの先端を目の横に滑らせ、彼の肩に押し当てた。

「少しねじ込むだけで、腕などもげてしまう。ちょうどバターをほじくる要領で」

フォークは襟首に移動した。「尻尾の部分も同じだ。捻って、引っ張れば、いとも簡単に外れる」

再びフォークは動き、歯の部分がシャツを撫でて、上腕二頭筋の上で止まった。「足も難しくはない。ワインボトルのコルク栓を抜いたり、胡椒挽き《ペッパーミル》を使ったりするときと同じ手の動きをすればいい。手首を回して、ロブスターの足を捻る。関節の部分をもいで引き抜くと、足の肉が肉汁とともに出てくるんだ」

ミハルコフは、口周りに付いた溶かしバターを味わうかのように、舌で唇を舐《な》めた。「どのようにやるか、君に手ほどきしてやるよ、ディミトリ。知るのはいいことだ。生き物をどうバラバラにするのかを」

ホフステトラーを抑えつけていた手が唐突に離れ、彼は床にバタリと落ちた。ミハルコフに捻り上げられていた腕を胸に抱え、反対の手で擦った。涙で視界がぼやけていたが、相手のジェスチャーが見え、すぐに誰かに身体を持ち上げられ、ボックス席の椅子に座らされた。そうしたのは、バイソンだった。椅子の柔らかい座り心地が気持ち悪い。床で身悶えしている方が、まだ納得がいく。ホフステトラーは震える手でナプキンを取ろうとして摑み損ね、もう一度試して摑んだナプキンで顎を押さえた。出血はしていたが、大した傷ではなかった。どうやらミハルコフは、抑えつける際の力加減まで、きちんと把握しているようだ。

「私の上の人間は、〝抜歯〟は不可能だと言っていた」

ミハルコフはさらりと拒絶の言葉を口にし、紅茶のカップに砂糖をふた匙《さじ》入れた。つまり、デボニアンをオッカムから連れ出すというホフステトラーの提案は却下されたのだ。「論理的に君の言い分を述べて、説得しようとした。ソ連は多くの分野でアメリカに遅れをとっているが、宇宙開発に関しては、我々が抜きん出ている。オッカムのあの貴重品はそれを決定的にする、とね」

カップを持ち上げたミハルコフは、紅茶をすすった。「だが、私のような人間に何がわかる？　しょせん私は国家の犬だ。我々は皆、誰かに飼われている犬なんだよ、ディミトり」

　ホフステトラーは、血が付着したナプキンを手の中でくしゃくしゃにし、肩で呼吸をしながら言った。

「つまり、あの生物は死ぬしかない……。我々は見殺しにするわけですね？」

　ミハルコフは微笑んだ。

「ソ連は生物をアメリカに残したまま、同胞を帰国させたりはしない。然るべき手を打たないと」

　そう告げた後、ソ連政府の犬を自負している工作員は、シートのクッションの下から、ひとつの箱を取り出した。小さな、黒い箱。工業用プラスチック製だ。留め具を外して蓋を開けると、保護用スポンジの土台の中に何かが三つ、収められていた。ミハルコフは、そのうちのひとつを取り出した。ホフステトラーは様々な道具を見慣れていたが、これは見たことがなかった。野球のボールほどの大きさで、自作の手榴弾《しゅりゅうだん》のように、渦を巻く金属パイプで組み立てられている。ただし、はんだづけの仕上がりやエポキシ樹脂パテでワイヤーがあるべき位置にきちんと収められているところを見ると、プロの仕業だとわかる。まだ点灯してはいないが、小さな緑色のライトが赤いボタンの隣にテープで貼り合わされていた。

「我々はこれを〝ポッパー〟と呼んでいる。イスラエルの新しいオモチャだ。オッカムのヒューズボックスの横に取りつけ、ボタンを押せ。五分後に過電流で停電を起こす。電灯も監視カメラも、全て機能停止に陥るという優れものだ。だが、くれぐれも忘れるな。あくまでも一時的な停電を起こすに過ぎない。ヒューズが取り替えられれば、電気は復旧するだろう。君は十分以内で仕事を終える必要がある」

「仕事？」

ホフステトラーは繰り返した。

ポッパーを保護材の中に戻したミハルコフは、あたかも農夫が小さなヒヨコを掬《すく》い上げるかのごとく、そっと二番目のアイテムを取り出した。それは、ホフステトラーにも馴染《なじ》みのある物だった。これまで幾度となく使用してきたやつだ。しかも、そのほとんどのケースで、彼は泣く泣く使うしかなく、今も後悔の念が拭い切れていない。そのアイテムとは、注射器だった。ミハルコフが最後に箱から出したのは、小さなガラスの薬瓶で、中には銀色の液体が入っていた。ポッパーよりも慎重に注射器とガラス瓶を扱い、相手はこちらに「君に同情するよ」とでも言いたげな笑みを浮かべた。

「アメリカとて貴重品を生かし続けておくつもりはなく、ただ解剖して身体の中を調べるつもりなのだから、どちらにせよ奴は死ぬ運命にある。ただし、君が先に行動を起こさなければならない。この薬を生物に注射して殺せ。この薬は、打たれた対象の息の根を止めるだけではない。内臓を溶かすんだ。つまり、アメリカは骨以外、何も分析できないというわけだ。骨の他に、鱗が少し残るかもしれないな」

ホフステトラーは思い切り鼻を鳴らして噴き出し、その拍子に血と涙が混ざったツバをテーブルに撒き散らした。

「我々が貴重品を所有できないのなら、アメリカにも所有させない。そういう考えですか？」

「相互確証破壊だよ」

ミハルコフは手の中の注射器と薬瓶を見下ろしている。「その概念はわかっているね？」

ホフステテラーは左手をテーブルにつき、右手で顔を覆った。ああ、わかっていると

も。相互確証破壊とは、核攻撃を受けたら核で報復するという脅しで、二国間の核戦争の抑止力になっている戦略のことだ。しかし――。

「あの生き物は誰も傷つけません」

彼の目から涙がこぼれた。「何世紀もの間、誰も傷つけることなく生きてきたんです。我々人間があの生物を傷つけ、ここまで無理やり連れてきて、激しく拷問した。その次がこれですか？　人間はなんの権限があって、ひとつの種をこんなにも簡単に滅亡させる？しまいに人間は人間を滅亡させることになる！　ああ、そうなればいい。思い上がった人間どもは、これまでの愚行の報いを受けるべきだ」

突然、ホフステテラーは頭の上に何かを感じた。ミハルコフの手が、彼の頭を優しく叩いていた。泣きじゃくる幼子をあやすかのように。

「君は言っていたね。あの生物は私たちと同じように痛みを理解している、と」

ミハルコフの口調は穏やかだった。「なら、アメリカ人よりマシなことをしよう。他の人間たちより、我々はあの生物に対し、より良い行いをしよう。ディミトリ、ミスター・ハクスリーが『すばらしい新世界』で言っていた言葉に耳を傾けるんだ。あの生き物の気持ちを考えろ。アメリカ人に身体を切り刻まれる前に、苦しみから解放してやろうじゃな

いか。君は仕事を終えたら、体裁上、四、五日ほど待て。その後、私が君を大使館に連れていき、ミンスク行きの船に乗せてやる。故郷に帰る自分を頭に思い描くんだ、ディミトリ。ここにはない、ミンスクの青い空を。純白の雪に覆われた木々の間から昇る、クリスマスツリーに飾る大きな星のごとく輝く太陽を。君が最後に見た光景から、ずいぶん様変わりしているだろうな。その目で確かめるんだ。故郷の変わらぬ美しさと素晴らしい変化を。もちろん家族と一緒にだ。任務に集中しろ。さっさと終わらせよう。あと少しで全て終わるのだから」

ミンスクの空は、どんな青色だっただろう。ロブスターの青い水槽をぼんやりと見つめ、頬の涙を拭いながら、ホフステテラーは故郷に思いを馳《は》せた。

20

社内の誰もが受付嬢を知っているが、社内は誰もが忙しく、彼女がオフィス内に現われても、気に留める者などいないのが普通だ。しかし今日は、皆が仕事の手を休め、通り過ぎる彼女を見つめていた。それもそのはず、お決まりの笑顔は消えてしかめ面《つら》をし、ワンピースの裾をパタパタとはためかせ、大股でオフィスを横切っていたからだ。目指すはバーニーの秘書。猛烈な勢いで向かってきたレイニーに、十分に訓練と経験を積んだ秘書でも一瞬ギョッとし、身構えて返事をした。「彼は中にいないわよ」

レイニーの仕事は、ある意味、路上バリケードと同じだ。ズカズカと乗り込んでくるクライアントたちを足止めし、交通整理をする。ゆえに、彼らの避け方やかわし方も知っていた。秘書にぶつかる手前で方向を変え、迂回《うかい》すると見せかけてバーニーのオフィスのドアノブを握った。そして、なんの躊躇《ちゅうちょ》もせず、扉を思い切り開けた。

果たしてバーニー・クレイはそこにいた。革の椅子に深く腰掛けて足をデスクの上に投げ出し、片手にはハイボールのグラスを持っていた。その顔は、ちょうど笑い出すところで、弛緩していた。コピー担当チーフとメディアバイヤー主任のふたりも同じドリンクを手に、ソファーでくつろいでいた。時すでに遅し、だったものの、一応礼儀だからと、秘書はわざわざ入ってきて「ミスター・クレイ、エレイン・ストリックランドが会いたいそうです」とひと言伝えて出ていった。バーニーの顔から笑顔は消え、困惑しているのは火を見るより明らかだった。「エレイン、今、打ち合わせの最中なんだ」

そんなこと、言われなくてもわかる。ふと我に返り、彼女は気が遠くなりそうだった。私はなんてことをしたのか。クビになってしまう。ああ、あまりにも軽率だった。一体何を考えていたのだろう？

「……ミスター・ガンダーソンが……お待ちです」

バーニーは眉間にしわを寄せている。まるで中国語でも聞いたかのように、こちらの言葉が理解できていないかに見えた。しかし、すぐに事態を呑み込んだらしく、彼はこう返してきた。

「わかっている。だが、大事な打ち合わせ中なんだよ」

それを聞いたコピー担当チーフが鼻で笑い、レイニーはソファーの方に目をやった。ふたりの男性社員はニヤニヤしている。椅子にどっかりと座り、半分酔っ払って権威を振りかざしている目の前の男たちにはらわたが煮えくり返ったものの、同時に、彼女は背筋に冷や汗が流れるのを感じた。落ち着くのよ、レイニー。彼女は腹立たしさをぐっと呑み込んだ。気絶するなら、かなりの高さから大袈裟に倒れないと。私ったら、何を考えてるの？　今はジャイルズのことに集中して！　さあ、足を踏ん張るのよ。

「ミスター・ガンダーソンは一時間も待っているんですよ」

バーニーは椅子を揺らし、姿勢を正そうとした。グラスの縁からアルコールが跳ねて、床を濡らす。彼は全く気にしていなかったが、レイニーはそれを掃除する清掃係のことを考えた。きっと床の上に膝をついてきれいに拭き取らないといけないだろう。そんな彼らもまた、日常の風景で見逃されている人たちだ。ロビーの椅子で待ち続けているジャイルズが、誰の目にも留まらないように。バーニーはわざとらしく息を吐き、ソファーの男性たちに目配せをした。状況を察知したふたりは立ち上がり、上着のボタンを閉め、彼女に白い歯を見せた。その笑顔の裏側には、「やれやれ、これだから女は」「すぐにキーキーと耳障りな声を立てやがって」という思いが隠されているのだろう。彼らは部屋を出ていったが、コピー担当チーフはレイニーの横を通り過ぎるときにウィンクをし、メディアバイヤー主任はあまりにも近くで彼女とすれ違ったので、こちらの心臓が潰れる音が聞こえたかもしれない。

「君に正社員にならないかと誘ったことは事実だ」

バーニーは憮然《ぶぜん》とした表情になっていた。「だが、それはあとで話そう。エレイン、今は自分の仕事をしてくれ。私は私の仕事をするから。準備ができたら、ミスター・ガンダーソンに会いに行くよ。終業時間までに時間ができればいいがね」

「ミスター・ガンダーソンはいい方です」

　そう言うレイニーの声は震えていた。「打ち合わせの約束をとるだけで、二週間待ったんですよ」

「君は私が言ったことを理解していないようだな。そこのドアを開けて入ってくる人間は皆、それぞれの過去を持っている。人のいいガンダーソン爺《じい》さんのことを教えてあげよう。彼はかつてここの社員だった。道徳的腐敗で逮捕されるまでは。意味がわかるかい？性道徳が堕落しているんだ。男のくせに男を好むなんて。驚いただろ？　とにかく、僕が他の社員とここにいるときに君が来て、『ミスター・ガンダーソンが……』と言うと、彼らは過去に起きたことを思い出すんだ。僕にとっても思い出したくないことだし。とはいえ、ボルチモア広しと言えど、この街で彼と仕事をしている人間は僕くらいなものだ。僕の良心がそうさせている。もうひとついいかな？　彼のアートだけど、はっきり言って、使い物にならない。いや、彼の描く絵は悪くはないんだ。ただ、時代遅れなんだよ。商品価値はない。二週間前、赤い化け物みたいな絵を描いてきたから、緑に直せと言った。なぜそんなふうに言ったかというと、真実を告げる勇気が私になかったからだ。この業界に、彼の居場所はない。用済みだ。それでも僕は、採用しない彼の絵に対して報酬を払い続けてきた。しかし、それももう限界だ。なあ、エレイン。本当にいい人間なのはどっちだ？」

レイニーは何がなんだかよくわからなくなり、あさっての方を見つめていた。バーニーは立ち上がると、優しく背中に腕を回し、ドアまで導いてくれた。それから、ミスター・ガンダーソンにこう言えと告げてきた。ミスター・クレイは急用で手が離せないので、絵を置いていってください、と。結局、悪いことを知らせず、先延ばしにするということらしい。ジャイルズは、描き直してきた絵がどんな評価を得たのかも知らされずにやきもきしながら日々を過ごし、それを聞くためにまた二週間かけてアポイントメントを取り、やっと取ったはいいが、ロビーで延々と待たされるということを繰り返すのだ。

「わかったね?」

バーニーに背中を軽く叩かれ、彼女はうなずいた。いい子だね、と褒められたい子供のように、わかったふりをして無責任に首を縦に振り、無理やり笑顔を作った。これでは、家でやっていることと同じではないか。ディナーの食卓で、全てが大丈夫なふりをして笑顔を浮かべているリチャード・ストリックランドの妻と変わらない。

ロビーに戻ると、ジャイルズは立ち上がり、上着のしわを正してこちらに向かってきた。彼の横で軽快に揺れるアートフォリオバッグが物悲しい。レイニーは、小さな塹壕《ざんごう》に入る兵士のようにすばやくデスクの後ろに移動した。そして、謝罪のトーンをどうするか、それに付随する言葉を何にすべきかを瞬時に頭に思い描いた。そうよ、私情を挟まず、プロフェッショナルのトーンで話すべきだわ。ミスター・クレイは先の見えない用件の対処に追われ、手が離せないんです。今日、お約束が守れるかどうかわかりません。申し訳ありません。私のミスです。描いてきてくださった絵を置いていっていただけますか。ミスター・クレイに必ずお渡ししますので。リチャードといることもこんな感じなのだろうか。ひと言話すたびに、心臓が石のように硬くなっていく感覚。ジャイルズは異議を申し立てることもなく、アートフォリオバッグの留め金を外し、こちらの見え透いた嘘を受け入れることで、石化した心を粉々にする。それは、彼がこちらの嘘を信じているからではなく、私を苦しめるような事態を避けるがため。バーニーが明かした道徳的腐敗のことなど忘れよう。ジャイルズ・ガンダーソンは、レイニーが知る最も優しいジェントルマンだ。

「ダメ。もうダメ」

それは自分の声のように聞こえたが、自分の声だったのだろうか？　おそらくそうだ。吐き出す声の感触がわかったからだ。破裂音が唇を撫でて通り過ぎていったときの感触。だが、こんな反抗的な音がどうやって女性の口から出る？　特に、スチームアイロンの蒸気で目が見えなくなり、ビーハイブの髪型によって意気消沈し、ベッドのヘッドボードに繰り返し頭を打ちつけられることで聴力を失った女性の口から。でも、そんな状態になっても声は出続けている。好戦的な電話に毅然とした態度で対応し、ロビーに新たに到着した者にわざらしく咳き込んでみせることも可能だ。レイニーは、とうとう本音を吐露した。今回だけでも、他の誰もが優先しないこの男性を優先させたいと感じた。後回しという迷いの森から連れ出してあげないといけない。

「会社は必要としていません」と、彼女は明かした。

「え……？」

ジャイルズはメガネの位置を直し、訊き直した。「今、なんて？」

「うちの会社はまだあなたにきちんとお話していないようですが、もうあなたを必要としていません。もうあなたはお払い箱なんです」

「だが……緑に描き直せと言ってきたから――」

「あなたが絵を置いていけば、会社はそれなりの報酬を支払いますが、あなたの絵が広告に採用されることはありません」

「――望み通りに緑に直したんだ。最高の緑色に！」

「ですが、描き直す必要もなかったんだと思います。何をしても、どうせ採用などされないのだから」

「ミス・ストリックランド？」

ジャイルズは困惑し、ゆっくりとまばたきをした。「ミセス・ストリックランド、僕が言っているのは――」

「あなたはこんな扱いをされるべきじゃない。もっとずっと価値のある人よ。あなたをきちんと評価してくれる人たちに囲まれるべき。あなたがあなたであることを誇りに思える場所に行くべきだわ」

その声は、自分から発せられた最高の声だった。ジャイルズ・ガンダーソンに向けて言っただけではなく、エレイン・ストリックランドに向けたものでもあったからだ。自分はもっと素敵な世界、価値を認めてくれる人たち、誇りを持てて当たり前の場所にふさわしいはず。やはり、この若い人妻とよぼよぼの紳士は同一人物だ。他人を見下し、非難するのにわざわざ一段高いところに上がらなくてもいい人々によって〝欠陥人間〟の烙印《らくいん》を押された寂しい者たちとして。クライン&サウンダースは人生の再出発地点。ただし、ただ足を踏み出した地点に過ぎなく、歩き出したら、どんどん離れていくことになる。

ジャイルズは蝶ネクタイをいじり、こちらに言われた言葉を理解するヒントでも転がっているのではないかと、室内の隅をちらちら見ている。しかし、レイニーはうなずき続けた。強く。何度も。彼に正しいことをするよう促すため。こんな小さな場所に囚われているのではなく、もっと大きな世界へ羽ばたいていってという祈りを込めて。ジャイルズはひとつため息をつくと、手にしていたアートフォリオバッグを見下ろした。続いて短く息を吸い、顔を上げてレイニーと視線を合わせた。その目には涙が光っており、勇敢な笑顔を浮かべて口髭が微かに揺れている。彼はバッグを持ち上げた。絵を取り出したのではなく、バッグそのものを持ち上げた。

「これは君への贈り物だ」

受け取るわけにはいかない。もちろん、ダメだ。ジャイルズの腕も、彼女の声と同様に震えていた。彼は、こちらの即興のヒロイズムを己のものと重ね合わせたのかもしれない。今となっては重荷でしかないこのバッグをもらってほしいと頼んできた。真摯なまなざしに心打たれ、レイニーはアートフォリオバッグごと絵を受け取った。想像以上に重い。赤い革の把手を握ると、指の形に凹みができている。ジャイルズが何年も握り続けてきた証。まさに、人生が刻まれていた。影が動いたので、彼が歩き出したのだとわかったが、レイニーは顔を上げなかった。こちらの視線を背中に感じ、見送られていると思うのは、ジャイルズを辛《つら》くするだけだろう。その代わり彼女は、アートフォリオバッグの置き場所を探した。ジャイルズ・ガンダーソンのこれまでの日々がぎっしりと詰まった重いバッグが、三階にあるこのロビーと二階のベーカリーの床を突き破ってしまわぬように。

21

ホフステトラーは、F-1のプールの水温、水量、pH値を示すクロノメーターの最終チェックを行った。傍らでは助手たちが手押し車を押し、様々な機材、備品を実験室から運び出していく。永遠に。彼は、重大な瞬間が迫りつつある事実を改めて思い知らされ、再び打ちのめされた。デボニアンにこれほど近づくことはもうないかもしれない。少なくとも、この生き物が息をしている間には。月曜日——胸が悪くなるような三連休の後、ホフステトラーはミハルコフに渡された薬品を皮下注射し、貴重品を内臓から溶かすことになる。白衣という鎧とブリーフケースという盾があったから、彼は長いこと、他者の痛みに対して鈍感でいられたのか？　だから今日は、白衣を着ていない。目には見えない大量の血に染まった白衣に嫌悪し、自分の研究室で脱ぎ捨ててきたのだ。では、ブリーフケースは？　それは近頃、彼がこれまで慎重に整然とした状態を保ち続けてきた人生の崩壊を体現するようになっていた。今のブリーフケースときたら、しわくちゃの書類、クラッカーの空袋、クッキーの細かいくずだらけだ。今回は、いかなる生物学の専門知識も、F-1内にまもなく訪れる死の淵《ふち》から生き物を救うことには使われない。

ホフステトラーの犠牲者——本当なら、デボニアンを考えるときにもっと柔らかな言葉を使いたかったのだが、敢えてそうしないようにした——となる運命の生物は、プールの中央で浮かんでいた。鎖で拘束され、じっとしていたものの、水に溶け込む金の粒子のようにキラキラと輝く目が、その生命の光を表わしていた。ホフステトラーは、イライザ・エスポジートのダンスと、それに反応したデボニアンのまばゆいばかりの発光を思い返し、激しい嫉妬《しっと》に駆られた。ふたりの間には、確かに何かが生まれ、行き交っていた。それが、感情、気持ち、想い、絆という類であれば、科学者でも説明はできない。こんなの不公平だ。イライザは愛を、自分は死を与える。いかなる神も赦《ゆる》さない殺人という大罪を自分は背負い込むのだ。彼は再びクロノメーターに集中し、自分の中から優しさの感情を全てふるい落とそうとした。優しい気持ち、思いやり、同情、慈悲、愛着……といったものは、硬い鱗と鱗のわずかな隙間に死を招く注射針を差し込む際の邪魔になるだけだ。

デボニアンはこちらに対して憎しみ以外は何の感情も抱いていないのだろう。向こうが自分に対し、イライザに見せるような反応をしてくれたことはない。自分はストリックランドやホイト元帥とは違うのに、生き物にとってはきっと同類に見えるのだ。これからすることを考えれば、そう思われても当然だし、ならば割り切って冷たい鉄の心で計画を実行に移せばいいとも思えた。しかし、助手たちが退室して背後の扉が閉まる音が聞こえると、彼は懇願するような視線を生き物に向けた。イライザができたのなら、自分にだってできたはずだ。デボニアンとコミュニケーションをとり、心と心を通じ合わせることが。ホフステトラーはなんと人道的な行いに背を向けることを繰り返してきたにもかかわらず、ホフステトラーはなんとか己の良心に恥じないように生きてこられた。最後となるこの行為の後も、これまで通り、彼は自分自身を許せるだろうか？

　実験室内は空っぽで、静まり返っている。彼はノートを床の上に置いた。紙が濡れようが、丁寧に書きしたためてきた記録がにじんでしまおうが、一向に構わない。オッカムでの研究で、自分に何かプラスになったことはあっただろうか？　ホフステトラーは、これ以上近くに接近するのは危険だと警告する床の赤いラインを越え、プールの縁に身を傾けた。腰掛けたタイルの上は水浸しで、ズボンの尻がたちどころに湿っていく。空っぽの両手でそれぞれの腕を擦り、首をうなだれて背を丸めた。あたかも愛する人の墓前でうずくまる憂鬱な男のような格好だった。これも、人間らしい慈愛の表現か。ただし、そんなことなどは空想に過ぎない。自分には愛する人などいないのだ。少なくとも、この土地には。別世界の存在、デボニアンでさえ愛する対象がいる。その事実は、さらにホフステトラーを悲しくさせた。

「*прости*《プラスティー》 *меня*《ミニャ》*,* *пожалуйста*《パジャールスタ》*.*」

　彼は、どうか許してくれとつぶやいた。「……本当に申し訳ない」

　その途端、金色に染まる水面が緩やかにさざめいた。それは、風で穂が一斉に揺れる広大な小麦畑を思わせた。

「君が僕を理解できないことは、わかっている。そういうことには慣れている。僕の本当の声。本当の言葉。美しいロシア語を、ここにいる誰も理解できない。そういう意味では、僕たちは似た者同士かな？　僕が感情豊かに話しかけたら、君にもわかってもらえるだろうか？　心の底からの本当の思いを」

ホフステトラーはそういって胸を軽く叩いた。「僕は君の役には立たなかった。君を救うことができなかった。箱いっぱいに詰めてある学位の免状や功績を讃《たた》える賞状も、私の名前に添えられる〝博士〟という呼称も、自分が知的だと他人にひけらかすための道具で、今はなんの意味もない。そもそも、知的能力とはなんだ？　計算やコンピュータ処理を行う能力？　いいや、本当の知能には道徳的要素も含まれるに違いない。時間が経つにつれ、今回はそのケースだとどんどん信じるようになった。だから、悟ったんだ。道徳的要素が欠けていた自分がいかに愚かでバカで能なしだったことか。君をつなぐ鎖やこのタンクは、僕の命を救うために君が払っている代償だ。君は、実際に僕の命を救ったことがわかっているのかい？　僕の血にその匂いが感じられるかい？　僕はたくさん剃刀の刃を持っていた。命を絶《た》つ機会を模索していたんだ。そんなときに、君に出会った。子供の頃に読んでいたおとぎ話が現実になったのかと思ったよ。昔むかし、剃刀の刃を集めていた男の子が、奇妙なモンスターと出会いました。化け物は魔法の力を持っていました。その力で、男の子が持っていた剃刀の刃はたちまち蝶々になって飛んでいってしまいました――といったふうのストーリーだ。僕は気がついたんだ。これまでの人生で自分がずっと待ち続けていたのは、君だったんじゃないかって。僕たちの関係――もしも、これから築き上げていけたとしたら、素敵な不思議に満ちていただろうね。僕が棲《す》む世界は乾いていて寒々しいところだけど、君に見せたいものがたくさんあったよ。君も喜んでくれたかもしれない。悲しいかな、君と僕はなんの関係も築けなかった。君は僕の名前すら知らないよね……」

ホフステトラーは水の中で蠢《うごめ》くぼやけた影に微笑みかけた。

「僕の名前はディミトリ。君に会えてすごくうれしい。本当に、心からそう思っているよ」

突然、涙があふれ出た。温かな涙の雫《しずく》がぽろぽろとこぼれ落ち始めたかと思いきや、しとどに頬を濡らした。まるでミハルコフから渡された薬剤を注射され、自分の中身が溶け出したかのように。プールの縁で嗚咽を漏らし、ホフステトラーは震える自分の身体を抱き締めた。ぽたぽたと垂れる涙が、水の上にどんどん小さな波紋を描いていく。それを見つめていると、これは、何ヶ月かぶりでボルチモアに降ったものすごく局地的でものすごく小規模な雨と言えるかもしれないと思った。

そのとき、プールの水面がふたつに割れた。サメの背びれのように水を裂いて出てきたのは、デボニアンの手だった。五つの鋭い爪は、真珠のような光沢のあるひれにも見えた。ホフステトラーはギョッとして立ち上がり、縁からよろめきながら離れようとした。しかし、そこには恐怖はなかった。デボニアンとの距離は一メートルもない。音もなく泳いでこちらに近づき、腕は水の中に引っ込みつつあった。ホフステトラーは息を呑み、生き物の一挙一動を見ていた。水を掬った指を口、そして舌に運んでいる。何が起きているのか明らかだった。

デボニアンは、彼の涙の味を味わっていたのだ。

この瞬間を見ていた者は他にはいない。F-1に従事している彼のチームで、これを目撃したのは自分だけ。なんて幸運なんだ。ホフステトラーの口はあんぐりと開き、声にならない叫びを上げていた。興奮のあまり顔には血が上り、全身が震えた。彼のしょっぱい涙を舐めたデボニアンの二重の顎はギリギリと音を立て、その目はメタリックなゴールドから、柔らかく澄んだスカイブルーに変化した。生き物は、重力に抗《あらが》うかのごとくゆっくりと水の中から立ち上がったかと思うと、垂直の体勢から、こちらに向かっておじぎをした。ホフステテトラーは、なんの言葉も出なかった。次の瞬間、デボニアンはあっという間に水の下に潜ったが、姿が完全に見えなくなる直前、水かきのある足をくねくねと振った。それは、貴重品ならではの感謝と別れの挨拶——ありがとう。さようなら——だったのかもしれない。彼はそう解釈した。

22

販売店で買った新車を運転して颯爽《さっそう》と表通りに出るのは、ひとつの夢だった。そして、それが叶《かな》った。キャデラック・ドゥビルのタイヤは舗装道路に触れておらず、綿菓子のような雲の上を走っている。そんな気分だった。あるいは、螺旋上に渦を巻いた彼のタバコの煙の上か。それとも、横を通り過ぎるたびに悩ましげな視線を彼や彼の車に向ける女の子たちの弾むようにカールした豊かな髪の上か。ドアを開けると、彼女たちがどやどやと乗り込んでくる。皆、笑顔だ。どの子も楽しそうに笑っている。彼女たちは、ちゃんとどこに座るかをわきまえていた。そう、バックシートだ。アメリカンドリームそのものじゃないか。そんなもの、とっくに失われていたと思っていたのに。引っ越し荷物のダンボール箱のどこかに置き忘れたものだと。だが、どうだ。デトロイトの賢い青年たちが鋼鉄から車を作り出すことに成功した。あとは現金で決済すれば、それは自分の所有物となる。

オッカムの駐車場は空《す》いている箇所だらけだったが、ストリックランドは一番端を選んだ。ここなら、駐車場のどこからでもこのキャデラックが見える。これから車を停めようとする全員の注目を引くことになるだろう。ここはバスも通過するので、バス通いの従業員の目にも留まる。彼は車から降り、身を屈めて美しいティールブルーのボディをチェックした。タイヤのそばに埃が、フロントフェンダーに砂粒が付いていた。ハンカチで汚れを拭い、光沢がでるまで磨いた。今朝よりもずっと気分がいい。レイニーに秘密があることは受け入れ難かったが、車が助けてくれた。今の彼には必要な清涼剤だ。ストリックランドは痛み止めの容器を取り出し、口の中に数錠を投げ込んだ。他にも清涼剤があった。車よりも清涼作用が強い。しかも、それが得られるのは、オッカム内だ。

機嫌がよかったため、上階のロビーではなく荷物積み下ろし場で一服している清掃係の連中を怒鳴りつけずに済んだ。彼らはこちらに気づくなり、タバコを慌ててポケットの中に押し込み、そそくさとその場を離れていく。ストリックランドはにやりとした。だから、どうした？　一般市民にもささやかな鬱憤晴らしをさせてやろうじゃないか。さらに彼は、掃除人たちが床に放置していた箒を拾い、近くの壁に立てかけた。カードキーで施設内に入り、人々が忙しなく行き交う廊下を足取り軽く歩いていく。科学者、管理者、助手、掃除人。皆、こちらを見ているか？　ああ、もちろん見ているとも。見ていない奴などいるか？　自分がキャデラックになった気がする。大きくツヤツヤしたボディ。道路は自分のためにあり、路上のあらゆるものが自分にひれ伏すのだ。

ふたつ目の清涼剤はイライザだった。夜中になるまで、彼女は出社しない。それまで真面目に働き、瞑想《めいそう》していよう。そろそろ痛み止めの量を減らすべきだな。ああ、もちろん減らすさ。今日ではないが。やるべき仕事は、わくわくしながらやった。監視カメラモニターの埃を取る際には、キャデラックを扱うときと同じく、優しく触れて傷が付かないようにした。モニターのひとつには、腫れぼったい目をしたホフステトラーが映っていた。もうすぐ生体解剖だというのに、ずいぶんと辛気《しんき》臭い顔をしているな。あとで喝を入れてやろう。

空のダンボール箱を見つけたストリックランドは、デスクの上の私物を入れ始めた。もうすぐここともおさらばだ。気が早いかもしれないが、幸先のいいスタートを切っておこう。彼は、キャデラックのバックミラーに映るオッカムの建物とボルチモアの街並みがどんどん小さくなっていく光景を思い描いてみた。もちろん、ワシントンDCも然り。助手席に座っているのは、イライザか？　もしレイニーが自分を置き去りにしようとしているのなら、自分も同じことができるじゃないか。自分とイライザは、ホイト元帥に見つからない場所に行くまで車を走らせるのだ。

真夜中から十五分が過ぎ、彼はインターホンのボタンを押した。

「ミス・イライザ・エスポジートを見つけてミスター・ストリックランドのオフィスまで寄こしてくれ。ちょっと食べ物をこぼしたんだ」

食べ物をこぼした？　それが呼び出しの理由なら、本当にこぼさなければならない。周囲を見回すと、キャンディの袋があった。この飴玉、全部は要らないな。少なくと痛み止めをやめるまでは。彼は袋を逆さにし、キャンディを床に落とした。小さな緑色のネズミがごとく、部屋のあちこちに飴が転がっていく。ずいぶんと威勢のいい飴だな。かなり遠くまで転がっていったぞ。イライザがまともに取り合ってくれなかったら、どうしようか。彼は笑ってみたが、胃がひっくり返りそうになっていた。緊張していた。女性に対してこんなふうに神経質になるのは、久しぶりだった。

ドアが一回だけノックされた。ストリックランドはどう笑っていいかわからず、とにかく顔を上げ、口角も上げてみた。開けたドアの隙間から見えたのは、当然のことながら彼女だった。女学生のような迅速さがいい。清掃員のグレーと青が基調のユニフォームが、彼女の清楚《せいそ》さを際立たせている。モップを武術で使う棒のように持ち、顎を引いて小首を傾《かし》げ、疑いを抱くときの古典的なポーズをとる彼女を見て、ストリックランドは奥歯に冷たい風を感じた。自分が無理やり浮かべている笑顔は、あまりにも野獣っぽいのか？　そこで彼は、広げた口を少し小さくしてみた。限界まで伸ばした輪ゴムを緩める要領だ。だが、思い切り伸ばした輪ゴムの扱いを誤ると、部屋の反対まで飛んでいってしまう。慎重にやらねばならない。笑顔を作ることに慣れていないストリックランドは四苦八苦した。

「やあ、ミス・エスポジート。今夜の気分はどうかね？」

彼女は猫のように警戒していたが、すぐに、胸に触れてから外側に手を払うジェスチャーをした。ストリックランドは椅子の背もたれに寄りかかり、頭の中で生気に満ちた何かが駆け抜ける感触を楽しんだ。それは希望だ。希望というものがどんな感じなのかをすっかり忘れていた。自分は、ずいぶんとたくさんの間違いを犯してきた。ホイトと関わってしまい、レイニーをさまよわせてしまった。彼女はもしかしたら、もう手の届かないところへ行っている可能性もある。それでも今ここで、モニターの仄かで柔らかな光の下にチャンスがあった。イライザには、彼に必要な全てが揃っている。黙っているし、コントロールが可能だ。

イライザは首を伸ばし、部屋の中を覗き込んだ。落ち着き払おうとしていたストリックランドだったが、室内を見回す彼女のしぐさに心を掻き乱された。まるで罠にかかるのを期待しているかのようにも見える。そう思うのはなぜだろう？　彼は、醜悪な見てくれの指に新しい包帯を巻いておいたし、牛追い棒をデスクの下に隠して見えないようにしていた。準備は万端だ。

ストリックランドは床を指差した。

「モップがけは必要ない。飴が袋からこぼれてしまっただけだから。放置して虫がたかるのは嫌だからね。面倒な仕事ではないと思う。まあ、自分でも拾えたんだろうが、私は山ほど仕事が溜《た》まっているんだ。ペーパーワークがね。だから、こんな夜中までここにいるんだよ」

だが、デスクの上に書類は一枚も載っていない。しまった。そこまで考えるべきだった。準備は万端？　くそっ、前言撤回だ。イライザがカートを見て掃除道具を物色している隙に、ストリックランドはすばやくデスクの引き出しから書類の入ったファイルを適当にいくつか出した。彼女はちりとりとブラシをヌンチャクのように持って入ってきた。そして、これまた猫と同じ鋭い観察眼で部屋を舐め回し、彼が手にしていたファイルに目を留めた。気に食わない。まるで嘘を見透かされたみたいだ。しかし、彼女に見つめられるのは悪くない。彼女は部屋の片隅に膝をつき、ブラシでキャンディを掻き集め始めた。なかなかの手際だ。ストリックランドはパワーがみなぎるのを覚え、キャデラックの8気筒エンジン並みの振動を全身に感じた。パワーウィンドウ、パワーブレーキ、パワーステアリング。身体の底から湧き上がってくるのは、本当に純粋なパワーだ。

「こんな遅い時間に働くのには、どうも慣れていないみたいだな。疲れているし、指の動きもぎこちなくてね。君は深夜に働くのが仕事だから、慣れているんだろう？　この時間は、君にとっては午前中か。エネルギーに満ちているんだろうな。キャンディ、食べるかい？　床に落ちたやつじゃない。袋にまだいくつか入っている」

イライザは今、デスクの前にいた。椅子と椅子の間にしゃがみ込んでいる。顔を上げた彼女と、数秒間、目が合った。グレーのモニターの明かりが、彼女の肌の艶やかさを引き立てた。彼女の髪は嵐雲《あらしぐも》のようになり、顔は銀色の粒子を浴び、首元のふたつの傷跡は白く泡立つ夜間の波打ち際の引き波と寄せ波を連想させた。その傷跡をストリックランドはひどく気に入っていた。

「ちょっといいかな。質問があるんだ」

ちょうどいい具合に、ある疑問が彼の中に浮かんだ。「口が利けないことを君が話したとき――あ、君は何も言わなかったな。そう言っていたのは、あの黒人女だったか」

彼は噴き出したが、彼女はニコリともしなかった。なぜ笑わない？　当たり障りのないジョークなのに。「とにかく、私はずっと不思議に思っていたんだ。本当なのか？　百パーセントそうなのか？　怪我くらいで、全く声を出せないのか？　おいおい、勘違いしないでくれよ。君を傷つけようとか、そんなことは考えていない」

ストリックランドは再び笑った。イライザは相変わらず真顔のままだ。どうして彼女はリラックスしていない？「口が利けなくても、少しキーキー声を出せる奴もいるだろう？だから、ちょっと気になってね」

どうにもうまい言い回しができない。社交辞令とか気の利いたジョークとか、自分がいかに不得手かを思い知らされた。自分は、ボブ・ホフステトラー博士ではない。なるほど。あいつがムカつくほど優秀な理由が今ならわかる。だとしても、自分の問いかけに、うなずくとか、首を振るとか、ジェスチャーで答えられるはずだ。なのにイライザはこちらに背中を向け、仕事に戻っている。作業の音から判断するに、できるだけ早く済ませようとしているのではないだろうか。ストリックランドは、はたと考えた。他の人間なら、俺を無視した場合、あとで後悔することになる。ところがこの掃除係は、ますます黙りこくっているじゃないか。彼は、イライザの背中を見つめ続けた。制服の後ろ姿からでは彼女の本意はわからないが、それなりの推測は可能だ。ああいう靴を履いているうちは、彼女は大丈夫のはずだ。今日の彼女の靴は、ヒョウ柄模様だった。清掃作業をするのに、ヒョウ柄模様とはね。靴は、彼女にとって毎日の最大の楽しみなのだろう。だから、靴に変化があったときは、彼女自身に変化があったと考えるべき。だから、今日は大丈夫だ。

ちりとりに当たる飴玉のひとつひとつが、軽やかな音を立てる。ジャングルの奥地で、こちらに近づきつつある捕食者が地面の枝葉を踏んで鳴らす音に似ていた。ストリックランドは立ち上がり、モニターを揺するためにスタスタと進み出した。すぐさまイライザも、ハッとして立ち上がる。実際にそうしたかったのか否かはわからないが、彼女は慌てて戸口に向かったものの、それほどすばやい動作ではなかった。ちりとりの上で飴玉が転がる。小さな球体をいくつも平らなちりとりに載せたまま唐突に動くのは、サーカスの芸当にピッタリだな。ストリックランドは先回りしてドアの前に右腕を出し、通せんぼをする形になった。イライザはギクリとして立ち止まり、緑のキャンディ同士がぶつかって気管支炎の肺が立てるような音が鳴った。

「音は、何かと何かが接触して生み出すものだ」

彼はそう語り始めた。「私は私という人間で、君は君という人間。しかし、実はそれほどの違いはない。つまり、私が言いたいのは――君には誰かいるのか？　君の履歴書には、家族も配偶者もいないと書かれている。その点で、私は同じとは言えないのだが、感情となると話は別だ。私と君が抱いている感情は違わない。我々はふたりで、それに折り合いを付けられると思うんだが。もし自分たちが人生を変えようとするなら。わかるかい？」

ストリックランド自身、己の発言が信じられなかったが、それが本音、心の声なのだ。彼は左手を上げ、イライザの首の傷跡のひとつに触れようとした。彼女は全身を強張らせ、息を止めている。頸部の波打つ様子から、鼓動が激しくなっているのがわかった。まるで小鳥の呼吸だ。彼は自分の指でその脈動を直《じか》に感じたいと思ったものの、左の手指は腫れ上がり、包帯がぐるぐるに巻かれ、しかも薬指は結婚指輪が食い込んで感覚がなくなっている。このオフィスで、イライザが自分に直接渡してくれた指輪だ。それならばと、ストリックランドは手を替え、右手の人差し指で彼女の首の傷跡を撫でた。目を半分閉じ、指先に神経を集中させる。傷はシルクのように柔らかで、ブリーチしたように清潔な匂いがした。怯えて荒くなった呼吸は、キャデラックのエンジン音に似ていた。

　アマゾンで、彼の一行がアメリカヌマジカの死骸を発見したことがあったが、シカの角がジャガーの肋骨と肋骨の間に突き刺さっていた。勇敢なインディアン《インディオスブラヴォス》は、死ぬまでの数週間、この二頭は離れることができず、絡み合ったままだったろうと推測していた。捕食者と餌食という関係ではあったが、ある意味、非常にグロテスクな命と引き換えの異種交配の様相だった。あのときの光景が、自分とイライザに重なる。ふたりは正反対だが、ともに罠にかかってしまうのだ。ふたりで協力し合い、はまった罠から逃れて自由になる道を見つけられるかもしれないし、その状態で朽ち、骨になるまで離れられないかもしれない。女の頭は処理能力が遅い。考えるのに時間がかかると、彼はわかっていた。腕をドアの横に滑らせると、彼女はドアの隙間から部屋の外へと飛び出し、ちりとりの上の飴をゴミ箱に捨てるや、カートを押して足早に歩き始めた。彼女はどんどん離れていく。次第に遠のいていく。

「おい」

　そう声をかけると、イライザは足を止めた。薄暗いモニター室から出てまばゆい廊下の照明に晒された彼女の頬は、ほんのりとピンク色で、首の傷は赤かった。ストリックランドはパニックになりそうになった。胸の中で、喪失感と焦燥感が渦巻いている。彼は無理やり笑顔を作った。だが、心から笑顔になりたいと思って作った笑顔だった。

「君が話せなくても気にしない。そう言いたかっただけだ。そのままの君が気に入っている」

自分でもなかなかいいフレーズが口から出たと思った。これなら琴線《きんせん》に触れる。これなら許容範囲だろうか。鎮痛剤のせいか、めまいがした。しかし、この機会を逃すわけにはいかない。彼は口の輪ゴムを再び限界まで広げた。パチンと弾《はじ》けてしまうギリギリまで唇を引き延ばした。

「君の声を聞くには、泣かせればいいのかな。ほんの一瞬でもいい――」

23

ミスター・ストリックランドのオフィスから出てくるイライザが、ゼルダの目に留まった。理由はいくつも考えられる。あの分厚く包帯が巻かれた左手を思えば、何かをこぼしてしまった、と思うのが妥当だろうか。あるいは、普段は立ち入りが禁止されている部屋を清掃したことについて、フレミングがメモ書きをイライザの品質管理チェックリストに添付しておいたのかもしれない。しかし、オッカムに勤務し始めてから、ゼルダとイライザは、フレミングから直接受けた作業に関しては、必ずその目的や意味を確認し合い、間違いがないようにしてきた。なのに、ストリックランドのオフィスの掃除について、イライザからは何も聞いていない。それだけじゃない。最近のあの子は私に何も相談してこないじゃないの。ブリュースターの話をしても、何も訊いてこなくなった。ゼルダが「何が間違っていると思う？」と意見を求めても、彼女は聞こえていないふりをしているのだ。イライザの態度の変化に、ストリックランドの牛追い棒で突かれたがごとく、ゼルダの胸は痛んだ。親友のせいで、ゼルダの心の痣が増えていく。自宅に戻ってもなお、痣の痛みに顔をしかめる毎日だった。ブリュースターは最近ゼルダの様子がおかしいと思っていたらしく、そのことで話しかけてくれたとき、ゼルダの中でくすぶっていた火種《か》が大きな火焰《えん》となって噴き出した。

「そうなの。イライザのことで、ちょっとね」

彼女が認めると、ブリュースターは訊き返した。

「イライザって、職場の君の友だちの？」

「あの子、このところ私に対して……ああ、わかんないわ」

「助けてもらいたいときだけ、君を利用して、実は陰で見下していたとか？」

これがブリュースターよ。いっつもテレビの前にいる。それ以外で彼を見かけることは、ほとんどない。なのに、飛び出しナイフみたいな切れ味なのだ。ゼルダにとっては鋭すぎる。あんたは、こんなに長い友人関係を築いたことなどないでしょ。友だちとは口先だけで、風に舞う花びらのように、簡単に友情を手放してきた男。しかし――。

オッカムには何かの力が作用している。特にF-1。あの実験室でイライザが危うくストリックランドに捕まりそうになって以来、あの子がF-1の方向からカートを押してくるのを二回目撃した。ゼルダはイライザに詳細を共有するよう、それとなく誘導を試みた。目を大きく見開いて「今夜は何か興味深いものを見た？」と遠回しに訊いたり、「F-1で一体何が起きてるのかしらね」と単刀直入に切り込んだり。それでもイライザは何も打ち明けてくれなかった。肩をすくめることすらしない。まるで人が変わったようだ。その振る舞いは、もはや無礼だと言ってもいい。そんな日々が続き、ゼルダは少しずつ、ブリュースターのアドバイスに従うべきかしらと思うようになってきていた。自尊心があるのなら、イライザに背を向けろ、と。

彼女との付き合いをやめた場合、失うものは多いだろうか？　他の深夜勤務の同僚ともっと近づくようになっても、なんら問題はないだろう。変わるのは、荷物積み下ろし場で喫うタバコが二、三本増えるのと、イライザをだしにして笑うことくらいだ。実際に、最近のイライザは内輪ジョークのネタになっていた。親友だった人間を物笑いの種にするのは、胸が痛む。それでも、仕事は仕事。職場でうまくやっていかなければいけないのだ。オッカムはもはや自分の片足みたいなもの。自分には家族がいる。叔母、叔父。彼らの子供や孫たち。ブリュースターの家系は、一文なしや逮捕者が多い。いとこ半、またいとこのいとこ、その他、よくわからない間柄の遠い親戚。また、自分は近所付き合いもしている。うち何人かは、かれこれ十五年来の顔見知りだし、彼らのバーバキューに呼ばれてゼルダが到着すると、本当にうれしそうに出迎えてくれる。あとは教会。家族や隣人の喜怒哀楽と寄り添い、自分たちの背中を押し、抱き締め、支え、愛してくれる大切な場所だ。

自分がイライザを必要としない証拠はこんなにもあるじゃないの。

　だが、ゼルダはイライザを求めていた。それだけは確かで、絶対に譲れない。友だちに会うのを禁じられたティーンエイジャーよろしく、彼女は頑なだった。もはやティーンエイジャーではないが。とにかくイライザとの今後を決めるのは、ブリュースターでも、家族でもないし、教会でもなく、自分だ。いくらプライドが傷つけられたと言ったって、どれだけ傷づけられたかは自分にしかわからない。そして、友人にもう一度チャンスを与えたいと思えるなら、ゼルダはそうする。それにしても、最近のイライザはなぜ変わったのか。もしかしたら、男？　男が絡むと、女というものはおかしくなってしまう。女に限らず、男だってそうなのだが。実は、そうじゃないかとゼルダはうすうす考えていた。イライザ・エスポジートと誰かとの関係が現在進行中で、F-1が密会場所だったとしたら……相手はホフステトラー博士だろうか？　そうよね？　みんなに優しいあの博士は、連日ずいぶんと遅くまで仕事をしている。そして、指輪をしていない。なるほどね。

　ふたりがそういう仲だったなら、反対なんかするもんですか。むしろ、おめでとうと抱き締めたいくらい。ゼルダが知る限り、イライザはオッカムに来てから誰とも付き合っていない。確かに社内恋愛でクビにならない保証はないけれど、うまくいけば、イライザとホフステトラー博士はオッカムを一緒に去る可能性だってある。想像できる？　イライザが博士と結婚するなんて！

　だけど、今夜、イライザがストリックランドのオフィスから逃げるように立ち去ったのを見てから、〝博士が恋人説〟に自信が持てなくなっていた。ストリックランドもF-1のカードキーを持っているのは、紛れもない事実。アラバマ・ハローだかハワユーだか知らないけれど、とにかくあの赤茶けた牛追い棒をこれ見よがしにブラブラさせている嫌な奴。私たちがオフィスに呼び出されたときにイライザの足を見つめていた、あのいやらしい目つきったら！　あいつ、イライザに迫っていたのかもしれない。イライザは賢い子だけど、男性のこととなると経験豊富とは到底言えない。そういう女性につけ込み、利用するだけ利用してポイ捨てしそうじゃないの、ミスター・ストリックランドは。

ゼルダは顎、拳、足に力を入れ、金属並みに硬直させた。己を鼓舞し、躊躇を払拭する意味で。彼女は従順な清掃員で、せっかくオッカムのような大きな場所で働けているのだからと、真面目に仕事をこなし、面倒ごとを徹底的に避けてきた。そんな彼女がある選択をし、決意をした。今日は、あまり汚れないふたつの部屋と収納スペースの掃除をサボり、深夜勤務の最後の三十分でイライザを追跡することにしたのだ。友だちをこそこそつけ回すなんて、最低の気分だった。仕事をサボるなんて、普通なら怖くてできないことだった。しかし、決死の覚悟でそこまでしたというのに、ゼルダの探偵ごっこは、具体的な証拠を何も摑むことはできなかった。イライザの制服も髪も全く乱れた様子はなく、誰かと肉体的な接触があったとは思いにくい。しかし、ストリックランドのオフィスでは、何かが起きたはずだ。イライザは、三回立て続けて羽ぼうきをカートのフックに掛けるのに失敗していた。

深夜シフトの終了時間を知らせるベルが鳴り、掃除を終えた者たちが次々にロッカールームに入ってきた。ゼルダはちらちらと親友を監視し続けた。急いで私服に着替え、イライザの次にタイムカードを押した。彼らが外に出ると、メロンの果肉の色を彷彿とさせる仄かなオレンジ色の朝の光が降り注いでいた。陽光に照らされて際立った埃がバス停の足元で漂う光景は、いつ見ても幻想的だった。ゼルダは前を歩くイライザに追いつき、その袖をぐいと摑んだ。友は驚いた顔で振り向いたが、ゼルダは構わず相手をゴミ箱の近くまで引っ張っていった。その勢いに圧倒されたのか、ゴミ箱の縁にいたリスは慌てて退散した。こちらを見るイライザの目は、仕事疲れで赤く充血していたものの、警戒心もはっきりと浮かんでいた。

「ねえ、イライザ。あんたが私に話したくないのはわかってる。でも、何も話したくないのもわかる。だから、そうする必要はない。ただ聞いていて。バスが来るまで、私の話を聞いて」

イライザは身をよじって逃げようとしたが、ゼルダは体格と力の差を見せつけた。相手の細い手首を強く握り、背中をゴミ箱に押しつけた。イライザの尻がゴミ箱に当たり、鈍い音を立てる。親友は怒りに任せ、ものすごい勢いで手話をしてきた。ゼルダはそれを理解した。手話は、弁解と正当化と言い訳だった。謝罪を示す手話はひとつもなかった。謝れば、悪いことをしていると認めてしまうからだろうか。

ゼルダは自分の両手をイライザの両手の上に置き、取っ組み合いをしているハトをなだめ、落ち着かせるかのごとく、そっと手の甲と指を撫でた。

「私が時間を割いてまで知る価値のあることを、あんたは何も伝えてくれてない。これは時間の無駄。あんたも私もわかってる」

イライザは抵抗するのをやめたが、表情は硬いままだ。意地悪とか不親切とかというのではない。ただ顔が強張っていた。大きすぎて明かすことができない秘密の前の壁を必死で支え続けているかのように。ゼルダは息を吐いた。

「あんたが悩んでいるとき、それがなんであろうと、私はいつだって理解しようとしてきた。あんたがここに来た初日から。あんたの仕事始めの日、フレミングがロッカー室に貼ったポスターの絵柄まで私は覚えてる。マリリン・モンローみたいな女性がモップを持っている絵で、彼女の手や足に矢印が向けられてて、こう書いてあった。『快くお手伝いする手』『いつでも走って駆けつける準備ができた足』とかなんとか。あれ、覚えてる？ 私たち、笑いに笑ったわよね。あれがきっかけで友だちになった。あんたはまだ若くてとってもシャイで、私は助けになりたかったの。今もその気持ちは同じ。ずっとそうでいたい」

イライザは困惑し、額にしわを寄せている。砂利を踏む足音が聞こえ、顔を上げると、十人ほどの従業員がバスの回数券を探してバッグを漁りながら、バス停に列を作っていくのがわかった。ほどなくバスが到着するという合図だ。そして案の定、近づいてくるバスの車体が視界に入った。これ以上、イライザを引き止めてはおけない。ゼルダは友の手をギュッと強く握った。相手の繊細なハトの翼が乾いた音を立てるのを聞いた気がした。

「何か困ってるとしても、怖がらないで。恐れないで。私はこれまでの人生で、あらゆる困難を経験してきたわ。もし、好きな人がいるんだったら――」

その言葉にイライザの瞳が大きくなり、ゼルダを強く見返してきた。友を勇気づけるべく、ゼルダはうなずいた。しかし、バスが停車場に止まり、シューという音を立てたので、イライザは後ずさりを始めた。ゼルダの視界が急に曇り、涙がどっとあふれ出た。何よ、私、悲しいの？　それとも、悔し涙？　失望の涙？　強さを示そうとしているときに、決して見せたくない感情だった。イライザはこちらの手から離れてバスに向かって進み出し、ゼルダは彼女にもう一度声をかけた。物言わぬ友は立ち止まり、肩越しにこちらを見た。ゼルダは手の甲で頰を拭い、こう告げた。

「私だって、何度もあんたに訊き続けられるわけじゃないの」

嗚咽を堪えつつ、ゼルダは訴えた。「私には私の問題がある。私の人生がある。いつかここを辞めて、自分の店を持ちたいって話してるでしょ。私はいつだって、あんたも一緒に来ることを思い描いてきた。でも、私たちって一緒に掃除してるだけの仲だったの？　制服を脱いでも、友だちでいられる？」

顔を出した太陽の新しい陽射しを受け、イライザの頰が光って見えた。あの子も涙を流している。こちらの涙に共鳴したかのように。何かを話したいのか、イライザの顔は歪んでいた。しかし、彼女は手を握り締め、唇を結んで小さく首を振った後、バスへと駆け出した。ゼルダは回れ右をし、震える手でひとしきり涙を拭いた後、その場から歩き始めた。まぶしい陽光、悲しみ、寂しさ、イライザ、全てに背を向けて。

24

街には山ほど広告業界人がいるが、無作為に誰かひとりを選んで、その日常を観察してみるといい。辛く大変だった一日の終わりには、例外なくバーのカウンターに腹を押しつけ、不運を酒で押し流し、自分の選択肢が間違っていたと文句を垂れているはずだから。だが、ジャイルズ・ガンダーソンの場合はどうか？　まず、己の運のなさを嘆くのは、当日の晩ではなく、翌日に延ばした。彼は年寄りで疲れやすく、たっぷりの睡眠が必要だったから。ふたつ目。彼が一気に煽るのは、酒ではなく、牛乳だ。そして、三つ目。彼はひとりだった。一緒に愚痴り合う仲間も、愚痴を聞いてくれる誰かもいない。

二度とベッドから出られないのではないかと思っていた。仕事もなく、金もなく、食べ物もない。イライザがまだ怒っているなら、友だちもいない。避けられないことを、どうして人は引き延ばす？　寝室の窓から入ってきた朝日がキラキラときらめき、虹色の光が壁の上で揺らいでいる。それをぼんやりと眺めていると、ディキシー・ダグの店のクロム仕上げのショーケースを思い出した。今の自分を悲運という名の荊《いばら》の国から救い出してくれるものがあるとしたら、それはブラッドだ。彼がときどき付ける異なる名前の名札がやはり偽名で、本名はジョンでないとしたらの話だが。ジャイルズは、初めて、自分を性格づけるこだわりの服装を避け、シンプルな年相応の格好に着替えた。ただし、頭頂部のかつらはまだ手放せない。それから、愛車〝パグ〟の壊れる寸前のチョーク弁は無視し、ずたずたに引き裂かれたプライドをテープで留めて応急処置をすることにしたので、ディキシー・ダグの店に足を運べるだけのほんの少しの元気が出た。

　ところが、ブラッドは店にいなかった。注文を待つ人の列というガラガラヘビが、彼をじわじわと締めつけ、注文を無理強《むりじ》いした。悲しいかな、それは己の貧困さに直面しなければいけない瞬間でもあった。今日、店に立っているのは、「ロレッタ」という名札を付けた快活な若い女性だった。ジャイルズは店のメニューで一番安い品――哀れなグラス一杯のミルク――を頼んだ。カウンター席に座ったはいいが、スツールが尻の下でグラグラ揺れる様は最悪だった。

　ガブガブとミルクを飲み干し、さっさと店を出ていこう。そう思ったものの、年寄りに一気飲みは無理というもの。スツールを右に回転させると、プラスチックのフォークやスプーンの収納容器の間に白黒テレビが置かれているのがわかった。あれで少し気を紛らわせられるかもしれない。受信状態が悪く、画面はシマシマになって映像は途切れがちだったものの、それが差別撤廃を訴えるプラカードを持つ黒人たちを映したニュース映像であることは明らかだった。この国は、どこを向いても偏見や差別だらけじゃないか。ジャイルズは、口に含んでいたミルクが酸っぱくなった気がした。気分を上げようと思ってここに来たのに、ブラッドは不在で、パイは食べられず、目にするのは暗いニュース。なんて最高なんだ。彼はロレッタを呼んでチャンネルを変えてもらおうかと思ったものの、彼女はウィンクしたり、身体をくねらせたりして客からパイのオーダーを取るのに忙しく、とても声をかけられる状態ではなかった。少なくとも、店内にはカントリーソングが結構な音量で鳴り響いていたので、ニュースはところどころしか聞き取れない。〝アメリカ郊外の父〟と称されるウィリアム・レヴィットのこと、レヴィットが黒人に家を売らないということなどが語られていく。ニューヨークのロングアイランドに建設されたレヴィットタウンの映像を見て、ジャイルズは胸が疼いた。そのうちの一画、パステル調の住居に住む姿を思い描いてみる。露に濡れた爽やかな朝、着心地のいいローブに身を包んだ自分が、モクレンに水をやるために裏庭に出ていく――あり得ない。自分は映画館の上にあるネズミが駆け回る靴箱みたいな小さなアパートで、終身刑を務め上げることになるだろう。それだって、運が良ければ、の話だ。

　カウンターの上で誰かの肘が傍らに置かれ、ジャイルズは顔を上げた。そして、そこにブラッドはいた。自分の横のスツールに座る彼は、即席の理想郷《エーリュシオン》から舞い降りてきた天使のようだった。少し背を丸めていても、彼の背の高さを隠すことはできない。ジャイルズが思っている身長よりもきっと高い。百九十二センチ。少なくても百九十二センチだ！　カウンターから身を乗り出したブラッドは、砂糖とパイ生地の匂いがした。その彼の大きな手が、牛乳の横に鮮やかなグリーンのパイを差し出してきた。

「はい、キーライムパイ、大好きだったでしょ。ちゃんと覚えてますよ」

　ブラッドの偽りの南部訛りは戻っており、ジャイルズはとろけそうになった。偽の訛り。偽の髪の毛。何が違う？　何も違わない。自分が気にかけている誰かを喜ばせられるなら、少しばかりの虚栄心くらい許されるだろう。

「そうだった！」

ジャイルズは空っぽの財布を思い浮かべ、焦りを悟られぬよう平静を装いつつ、こう言った。「今日はうっかり現金を入れ忘れてしまってね。このパイ代に十分なだけの現金が入ってるかどうか――」

ブラッドは慌てて首を横に振った。

「そんなこと気にしないでください。今日は店のおごりです」

「なんて親切なんだ。でも、そんなわけにはいかない。あとでお金を持ってくるよ」

そのとき、ある考えが閃いた。ちょっとどうかしてると思われても仕方のないアイデアだったが、彼は一か八か実行に移してみることにした。「それとも、君の住所を教えてくれたら、家に持っていくが」

「親切なのは一体どっちです。ここで働くのは、バーテンダーみたいなもので、人の話を聞くのも仕事のうち。いろんな人がいろんな思いをぶちまけていくんですが、あなたのような人とはなかなかめぐり合わない。賢く、教養もある。あなたが話してくれることは、みんな興味深い。この間教えてくれた、食品の秘密の企画かなんかもそうでした。きっともっと面白い話題を山ほど知っているでしょうから、どうぞ思う存分語ってください。それを聞くのが僕の義務だ。さあ、召し上がれ」

バーニーの指摘はきっと正しい。その通り、このジャイルズ・ガンダーソンは年寄りで、感傷的だ。時代に乗り遅れ、とっくに過ぎ去った時代に取り残されている。この世の全てに置き去りにされている。そう思うと、涙があふれてきた。顎を少し上げ、必死で涙がこぼれないようにしながら、彼は口を開いた。

「なんて言ったらいいのかな……。僕は仕事をするときはひとりだ。キャンバスに向かってるわけだから、作業中は誰かと会話はしないって意味だ。もちろん、話し合える友人はいる。親友がね。だけど、彼女は……」

別れ際に見たイライザの手話が鮮明に蘇《よみがえ》る。「……話し上手ではないんだ。だから……君に感謝するよ。心から。それから、僕のことはジャイルズと呼んでくれ」

彼は無理やり笑顔を作った。弱々しく、すぐに消えてしまいそうな笑顔。自分の頭も脆く、すぐに壊れてしまうのではないか。頭蓋骨のアンジェイと同じ、うっかり落として粉々になる。「僕がキーライムパイを食べるのを日課にしたところで、それが君への融資にはなるまい。それとも、塵《ちり》も積もれば山となる、かな？　そのうち、僕の身体は緑色になるだろうね。ジャイルズ・グリーンに改名しようか」

ブラッドは笑った。その爽やかさは、陽の光、レモネード、手入れが行き届いている芝生を連想させる。

「ジャイルズという男の真実を知りたければ、君に喜んで教えよう」

彼は、ブラッドの唇の動きに見とれていた。その口が、本名を明かしてくれればいいのに。カナダの血筋だと明かしてくれたときと、同じ気軽さ、同じ好意的な雰囲気で。ジャイルズはふと思った。解決できない問題の手がかりだけを求めるのは、もうやめだ。アイドルに片思いする中学生が写真集をめくって胸を焦がすような行為など、まどろっこしい。何にも満たされない日々で、屈辱され続けるのはたくさんだ。今朝は、これまでの人生で最悪の朝だったが、ブラッドが全てを救ってくれる——。

「あなたの真実ですか？　もちろん知りたいですよ」

ブラッドはそう返してきた。おいぼれていようが、壊れかかっていようが、冷たい現実に完膚《かんぷ》なきまでに叩きのめされても辛うじて生きている悲しい男の真実、本当のジャイルズを知りたいと言っている！

ジャイルズの秘密。彼は、たったひとりの男性を遠ざけてきた。ブラッドに〝アートを任されている〟などと大口を叩いた広告キャンペーンの仕事は、あっけなく終焉を迎えた。慈悲深い受付嬢にあげた、あの一枚の絵で。長い時間をかけ、心を込めて描いた意味など何もなかった一枚。自分にはなんの未来も、なんの希望もない。それもこれも、甘すぎるパイを食べた子供のように興奮し、ずっと後回しにしてきた欲望に屈しているからだ。もう後回しにはするまい。彼が前回ブラッドと話したとき、自分は〝tantalinzing《タンタライジング》〟という単語の語源はギリシャ語の〝Tantalus《タンタラス》〟だと説明した。全知全能の神ゼウスの息子タンタラスが一生、池の水も枝の果実にも手が届かず、渇きと飢えの地獄に苦しむことになった経緯を語った。今、ジャイルズはその手を伸ばそうとしている。一生届かないと思っていた水と果実に。

ジャイルズは相手の手に、己の手を重ねた。焼きたてパンのような温もりが伝わってくる。

「僕も君と話すのが好きだ」

ブラッドの目をまっすぐに見つめた。「君のことをもっと知りたい。君がよければ、だけど。君の本名は……本当にブラッドなのかい？」

楽しそうな笑み。好奇心でキラキラと輝いていた目の光。全てが瞬く間に消えた。まるでブラッドが息絶え、生命活動を示す全てが瞬時に止まったかに思えた。彼はいきなり立ち上がった。その身長は、百九十二センチでも、百十五センチどころでもなく、三メートル、三十メートル、三百メートルはありそうに見えた。ブラッドはカウンターから離れ、こちらから離れ、どんどん遠くへ立ち去り、成層圏まで行くのかに思えた。ジャイルズは自分の手をブラッドの温かい肌から冷たいカウンターの上に滑らせた。そこにあったのは、しなびて染みだらけで、血管が浮き出た、醜悪な震える何かだった。

バターとシロップをまとった甘く柔らかい声が、天上の神から放たれた。

「何するんだ、このジジイ！」

「あ、僕はただ……君が……」

ジャイルズは女々しく、戸惑い、孤独だった。まぶしい照明の下の標本にでもなった気分だ。鋭い目でじろじろ観察されても、何もまとうことも逃げ隠れることも許されないホルマリン漬けの標本。彼は声を震わせて言った。「僕にパイを出してくれたから……」

「今日はお客さん全員にパイをサービスしたんだ。お祝いの意味でね。昨日、婚約したんだ。そこにいる若い女性とね！」

ジャイルズは喉がギュッと締めつけられた。さっきは、サービスのパイを指していた太く毛深いブラッドの指が、今はロレッタを指している。身体を揺らして朗らかに笑う、滑らかな肌の若い女性。彼女が今持っているものを、ジャイルズは何ひとつ持っていない。ブラッド。婚約。若さ。一般に言う〝普通の〟人間としての絶頂期。彼はロレッタを見て、それからブラッドを見、さらにロレッタに視線を移した。何度もふたりを見た。そして、自分が絶望的においぼれている現実を実感した。注文の列に並んでいた次の客は、黒人の家族――父親、母親、子供――だった。頭上に表示されたメニューを見て、どのパイを選ぼうか談笑している。すると、ブラッドの顔が見るみるうちに真っ赤になっていくのがわかった。ジャイルズに手を触れられたことで湧き上がった怒りをぶつける矛先《ほこさき》を見つけてしまったようだ。

「おい！」

ブラッドは声を荒らげた。「あんたたちが座る席はない。テイクアウトだけだ」

黒人一家はしゃべるのをやめ、ブラッドの方に顔を向けた。今や彼は、ディキシー・ダグの店内にいる全ての客の注目を集めている。黒人の母親は子供を抱き寄せ、眉をひそめた。

「でも、空いている席がたくさん――」

「全部予約席だ」

ブラッドは彼女の言葉をさえぎった。「連日、予約で埋まってる。この先もずっとな」

パイを食べるのが待ちきれないといった明るい表情だった親子は、店主の心ない態度に驚愕し、すっかり固まっている。ジャイルズは再び吐き気を催し、必死でそれを堪えた。スツールが回転しないようにしっかりとカウンターを握ったものの、回転が止まる様子がない。そこでジャイルズはようやく気づいた。回転していたのはスツールではなく自分の視界で、彼はめまいを感じていたのだと。自分に対する憤怒や嫌悪は受け入れよう。自業自得だから仕方がない。テレビの画面はぼやけていたが、相変わらず、同じようなニュースが流れていた。昨今、黒人たちは平等の権利を求めて抗議運動を展開しており、プラカードを掲げてシュプレヒコールをあげる人々やデモ隊と警察との衝突などの映像が、テレビを点けるたびに目に飛び込んでくる。日々、視聴者は食事を摂《と》りながら、アイロンがけをしながら、仕事の合間の一服の最中にそれを見ており、段々慣れっこになって何も感じなくなっているのではないか。しかし、ジャイルズは見るに耐えられず、家ならば確実にチャンネルを変えていた。黒人たちに対する同情心から、というのではなく、自己防衛本能からだった。自分にだって、権利がある。己のマイノリティな性癖を隠す特権が。プライドがあったなら、このカウンターでブラッドの手を握って怒りを買うよう行動はとらず、警棒で頭をかち割られるのを恐れぬ者たちの中に立っていたはずだ。ならば、正義を貫くために体面を汚すこともひとつの行動だと考えられないだろうか。たかが砂糖の塊をパイという名前にすり替え、高すぎる値段を付けられているというのに、それを買おうしている無実の人たちにツバを吐きかけるような行為は受け入れられないし、それを見て見ぬふりするのも言語道断だ。

「そんなふうに言うもんじゃない」

ジャイルズは口を開いた。思った以上に冷静な口調だった。

ブラッドは嘲笑をこちらに向けた。

「おっさん、あんたも出ていってくれ。ここは家族が集う店だ」

ドアベルがチリンと鳴り、ブラッドは顔を上げた。黒人家族の父親が、悪意に満ちた店内から家族を外に出そうと扉を開けていた。父親はこういった仕打ちに慣れているのか、唇をきつく結び、全く表情を変えなかった。彼らが出ていくのがわかり、ブラッドはうれしそうに微笑んだ。かつてジャイルズが自分のためだけに特別に見せてくれていると勘違いしていた、あの笑顔だ。

「またのご来店を！」

三人の背中に浴びせたその言葉には、偽の南部訛りが戻っていた。偽の訛りも偽名も偽りの笑顔も、ブラッドの本性というスポンジケーキにたっぷり塗られたクリームだったのだ。

ジャイルズは、皿の上のキーライムパイをじっと見下ろした。この緑色……自分が描き直したゼリーと全く同じ色だ。人工的で、この世のものとは思えない緑。ディキシー・ダグの店の中を改めてぐるりと見回してみたジャイルズは、眉間にしわを寄せた。あの心躍らせる鮮やかなカラーとクロム仕上げの光沢はどこに行った？　安っぽいプラスチックだらけじゃないか。彼はスツールから降り、立ち上がった。想像以上に、足に力が入り、しっかり床を踏みしめている。ブラッドがもう一度、出ていけと言わんばかりに出口を顎で示したが、ジャイルズは再び驚いた。背が高いと思っていた相手は、自分と同じくらいの身長だったのだ。そうか、魔法が解けたのか。妙に納得した彼は蝶ネクタイを整え、メガネの位置を正し、上着に付いていた猫の毛を払い落とした。

「店のフランチャイズの話してくれたことがあったね」

ジャイルズは背筋を伸ばし、ブラッドを見据えた。「それを聞いたときは、素晴らしいと思ったよ。店内の装飾、どうやってパイを運んでくるのか、何もかもが」

ジャイルズはそこまで話して、一旦口をつぐんだ。声が強張ったり、震えたりしているのではないかと不安になったからだ。店にいた他の客たちは、こちらの成り行きを傍観している。彼らもまた、自分と同じように感じているのではないかと思えてきた。今さら願ってもしょうがないものの、あの黒人家族がまだここに残って自分の言葉を聞いていたらいいのに、と考えずにはいられなかった。自分の父親も。バーニー・クレイも、ミスター・クラインとミスター・サウンダースも。これまでの人生で自分から去っていった者たちがこの場にいて、目撃者になってくれたなら、どんなによかっただろう。

「だけどね、フランチャイズの本当の意味がわかっているのかな？」

彼は腕を大きくゆっくりと滑らせ、店内の人々にアピールした。「国内のどこの店に行っても、同系列店なら、同じ食べ物、同じ雰囲気が味わえる。アタリがない代わりに、ハズレもない。店員はフレンドリーでいつでも自分を歓迎してくれる。そんな客側の幻想を変造し、小ぎれいに展示し、売るという愚鈍で、臆病で、品がなく、貪欲な試みだ。提供される食事もサービスもまやかしで、どんな客にも、あなたは店にとって大事な人物なんですよと思わせる魔法をかける。つまり、店内では、あくまでも客に幻影を見せるだけ。そんな手順、ルールで仕切られており、魂がこもった本物は何ひとつない。脂っこい食べ物と人間の愛情を掛け合わせて金を生み出そうする錬金術など、フランチャイズではあり得ない。君は、本当に心が込められた素晴らしいもてなしを経験したことなどないんだろうね？　私にはある。心から大切に思っている人もいる。彼女が私にくれるのは、魔法でもまやかしでもない。彼女はあまりにも知的で、こんな場所に関わりたいとも思わないだろうが」

よし。言いたいことは、全部言ってやった。ジャイルズはかかとを軸にして身体の向きをくるりと変え、戸口へと向かっていった。店にいた誰もが黙り込んでいたが、カントリーミユージックの優しく甘い歌声は続いていた。

ドアを開けようとしたとき、背後からブラッドが反撃してきた。

「本名はブラッドじゃない。ジョンだ。このウジ虫めが」

罵りの言葉。これまでだったら、そんな言葉を吐かれたら家までずっと引きずっていただろう。そもそも、いつだってジャイルズは、拒絶や罵倒をされないように、気に入った男性にそれなりのアプローチをする際は、何かあっても、「そんな勘違いしないでください。そっちの趣味なんてありません。ただあなたと普通に友だちになりたいだけですよ」的な言い訳でごまかせる程度に留めていた。ときには「いやいや、誤って触れてしまっただけで」というさらに曖昧な弁解の安全装置を作動できるようにもしていた。そのくらい傷つくことが怖かったのだ。それでも結果として、ずいぶん拒絶され、傷ついてきたのだが。そして、ブラッドからのこの「ウジ虫」発言。驚いたことに、あまり気にならなかった。少なくとも、家に帰るまで、ずっと頭の中で反芻《はんすう》して、心の中でピンボールみたいにあちこちに跳ね返って傷だらけになるという状態にはならなかったのだ。それどころか、逆にジャイルズに推進力をくれた感じだった。とにかく気分は爽快で、彼は鼻歌混じりにボルチモアの通りをポンコツのバンで進み、軽快なハンドルさばきでアーケード・シネマの裏の駐車場に乗り入れた。非常階段を半ばスキップしながら上り、自分の部屋のドアには見向きもせず、イライザの部屋のドアをすばやくノックして中に入った。

室内に入るなり、いつもなら彼女は就寝中なのに寝床にいないことに気づいた。浴室から明かりが漏れていたので、洗面所に向かい、開けっ放しの扉からそっと顔を覗かせた。なんと、イライザは浴室の床にひざまずき、浴槽を一心不乱に磨いていたのだ。どれだけ必死に掃除したのか、浴槽に彼女の姿が映るほどピカピカで、まるで大理石の輝きだ。浴室全体もツヤツヤしており、この調子なら、階下の映画館も、碁盤の目のような街並みも、新たなまぶしい光に包まれるだろう。

「そいつがなんであろうと構わない」

ジャイルズはイライザの背中に語りかけた。「大事なのは君がそいつを必要としているってことだ。だから、僕は君を手伝うよ。何をすべきか教えてくれ」

25

愛車のバン〝パグ〟のスライド式のドアに手でカットしたステンシルシートを貼り、絵筆を走らせるジャイルズをイライザは見つめていた。シートのくり抜かれた部分をひと文字ひと文字塗料で埋めていく根気の要る作業に、彼は何度も息を吐き、目頭を押さえ、椅子の背もたれに寄りかかっている。文字をペイントするより先に、車をきれいにすることから始めた。ナンバープレートを取り外し、層になった何十年分もの埃や塵や油汚れを柑橘系ソープで洗い流した。それが済んだら、清掃員のイライザならではの入れ知恵で、車体を粘土で擦った。これらの作業を全部、ジャイルズはキャンバスに向かって目を細めているときと同じ、千鳥格子のベストを着てやってのけた。しかしながら、心地よい春の空の下でのびのびとしている姿は、長いこと地下牢で足枷をされていたが、ついに解放されて地上の光を浴びた彼を見ているようだった。

日曜の午後の陽射しは、ジャイルズの禿げた頭頂部を温めている。彼がかつらを着けないで外に出たのは、どのくらいぶりだろう？　そのことも、イライザはうれしかった。この週末、ジャイルズは以前とは違っていた。何をするにも尻込みしていた彼はどこへやらで、積極的に行動するようになっている。イライザは思った。もしこれが、ふたりが一緒にいられる最後の日だとしたら——例の計画を実行した場合、逮捕されてどんな判決を下されるかわからないし、ややもすると、撃たれて死んでしまうかもしれないから——それにふさわしい素敵な一日だと思う。本当に。

ジャイルズをずっと見ていたかったが、彼女にもやることがたくさんあった。複数の牛乳瓶を抱える腕が震えている。それぞれの瓶はきれいに洗って、水を入れてあった。フロントシートの後ろにあったジャイルズの私物は片づけてあり、カーペットを敷いて箱やカゴを寄せ集め、それらしい感じを演出している。バンに乗り込んだイライザは、腕の中の牛乳瓶をカーペットの上に転がし、それを一本、一本、毛布を詰めた箱の中に並べていく。瓶同士がぶつかってカチャカチャ音を立て、中の水がピチャンと揺れる。彼女の胃も同じように反応した。痛みを堪えて車内の壁にもたれかかり、肩で息をした。

「ああ、少し休んだ方がいい」

ジャイルズは、完成した型抜き文字から目を離し、こちらに笑みを見せた。「働きすぎだし、心配しすぎてる。数時間後には終わってるんだ。結果がどちらに転ぼうともね。今は、じきに終わるってことだけ考えればいい。不確実なことほど、耐え難いものだ」

イライザは微笑み返した。自分でも驚いたが、こんなに不安なときでも、人は笑顔になれるらしい。そして、手話でジャイルズに〔身分証は終わったの?〕と訊ねた。

ジャイルズは絵筆をステンシルシートに叩きつけ、息を吹きかけて塗料を乾かしていたが、イライザの質問に作業を中断し、筆を絵の具缶の上に斜めに置いた。そして、財布をポケットから取り出すと、そこから一枚のカードを引き抜いた。あたかも名剣でも献上するかのように、誇らしげにカードを反対の手首の上に置く。イライザは差し出されたカードを摑むなり、じろじろと眺めた。さらに自分の本物のオッカムのIDカードを出して、二枚を比較してみる。質感と軽さが違う。誰かが穴が開くほど目を凝《こ》らし、本物と並べて確認したら、すぐにまがい物だとバレてしまうだろうが、そうでない限りは見逃されるはずだ。ジャイルズの腕に、イライザは改めて感心した。彼にとっては初めての試みだったにもかかわらず、たった一日で、ここまでの完璧さに仕上げたのだ。

彼女は身分証の名前に注目した。〔マイケル・パーカー?〕

「いい名前だと思ったんだ。誠実そうで、信頼できそうかなって」

ジャイルズは首をすぼめた。「もちろん、友人たちにはマイクって呼ばれてる」

イライザはさらに細かい部分までチェックし、〔年齢が51ですって?〕と片眉を上げた。

鋭い指摘に彼は肩を落とした。

「ダメかい？　かつらを付けても？　じゃあ、五十四歳なら？　1を4にすればいいだけだから、ちょっと描き足すだけで済むし」

こちらがしかめ面のままなのを見て、ジャイルズはため息をついた。そして、イライザの手からカードを取り返し、絵筆を摑んで、筆先の毛を捻りながら短いラインを付け足した。

「これならどうだ。57。間違いなく僕にぴったりだ。頼むから、これ以上かわいそうな年寄りのマイク・パーカーをいじめるのはやめてくれ」

彼は車体への文字入れ作業に戻り、真剣な顔で絵筆を動かしていく。イライザは緊張のあまり少し吐き気がし、水の中で泳いでいるかのようにめまいがした。しかし、バンの中の仄かな温かさに包まれていると、ここが世界で一番快適な場所に思えてくる。人生の大半で、彼女は孤独だった。だがこの瞬間、自分はひとりではないという証拠が山ほどあった。もしもふたりが数時間以内に捕まってしまうのなら、二番目に大きな後悔は、ゼルダに感謝の気持ちを伝えられなくなることだ。彼女は私を気にかけてくれて、何か困っているなら助けたいと言ってくれた。だけど、ゼルダに協力を求めてこの計画に巻き込むことはできなかった。イライザとジャイルズが逮捕されたら、手伝った彼女だってただでは済まない。ゼルダには守るべき家族がいる。だから、なのだ。辛かったけれど、彼女を突き放したのは。

ジャイルズが道具をしまう音が聞こえ、イライザは現実に引き戻された。パグの内部に吹き込んだ空っ風に乗って、映画館で流れる音が聞こえてきた。雷のゴロゴロいう音に似た不吉なドラムロールだ。イライザはバンから降り、薄暗くなりつつある太陽に目を向けた。

「君を誇りに思うよ」

イライザは座って作業をしていたジャイルズを見下ろした。絵筆をゆすいでいる彼の背後から沈みゆく太陽に照らされ、後光が差して何もかもがまぶしかったが、大好きな彼の輪郭を目でなぞることはできた。

「何が起きようと」

彼は続けた。「僕は年寄りだ。僕の分身のマイク・パーカーですら年寄りだ。今日の終わりに冒すリスクなど、何も問題じゃない。だけど、君は若い。君の前には、大西洋のような果てしない未来が広がっている。それでも、君を見てわかるよ。君は恐れていない」

イライザは親友の優しい言葉を全部吸収した。今の自分には必要だったからだ。それから、シンプルな手話をいつもより大袈裟な手振りで示すと、ジャイルズが顔をしかめた。

「おや。君は怖いのかい？　すごく怖がっている？　そんなこと言わないでくれよ。僕はめちゃくちゃ怯えてるんだから！」

ジャイルズが不安を大袈裟に表現してくれたおかげで、現実がほんの少しだけ扱いやすいものになった気がした。イライザはにっこりとし、元気づけてくれたことに感謝した。黄昏《たそがれ》が近づき、周囲がオレンジとパープルに染め上がる中、ふたり芝居のメロドラマはまだ少し続く。それは、一生の思い出になるほど愛《いと》おしい時間だった。イライザは少し後ろに下がり、ジャイルズが仕上げた車体の文字を眺めた。その素晴らしい出来栄えに、思わず息を呑む。不正に加工した身分証もなかなかだったが、登録車に描かれた偽の社名は威風堂々としており、さらに上のレベルだった。

MILLICENT《ミリセント》　LAUNDRY《ランドリー》

文字が描かれたパグの車体は洗車でピカピカになっていたが、日光を浴びてさらに輝いている。まるで、その中にはプールがあって、自分がこれから飛び込むのだと錯覚しそうになる。あの生き物の特殊な力の恩恵を受けた彼女は自由自在に泳ぎ始め、水中で呼吸すらできた。ゆで卵のように水面へと泡を吐いて浮上していくだけではなく、この不可能な計画という流水の中を矢のように泳いでいくのだ。水に沈んだアパートの窮屈で汚い廊下を進み、捨てられたポップコーンがふわふわ浮かぶ劇場内を横切り、ここがいつか海につながると信じて泳ぎ続ける。ある地点で、生き物が現われ、自分を大海に導いてくれるはずだ。ふたりは一緒に泳いでいく。どこまでも。果てしなく。そして、その時は来た。

26

手が汗ばんでいたせいで瓶の蓋が滑り落ち、タイルの床の上を転がって便器の裏へ姿を隠した。ホフステトラーは、蓋を拾い上げるため、ひざまずこうと思った。トイレでこんなことをするなんて、まるで麻薬中毒者だ。しかし、ここで拾っておかなければ、こちらがバイソンのクライスラーと落ち合うより先に、掃除係の誰かが見つけ、科学者がそこに付着した指紋を見極め、ストリックランドが牛追い棒をバチバチと通電させて、自分の襟首を摑み上げるだろう。ダメだ。時間がない。月曜日の深夜シフトから昼シフトの交代の時間は、オッカムでは最も慌ただしい三十分となる。そして、その時は迫っていた。手の震えを止め、呼吸を整え、思考をクリアにして、このミッションを決行しなければならない。自分自身のために行うのではない。自分が関与した極秘の医学的研究によって命を奪われた子供たちのためだ。デボニアンも、利用され、虐待された挙げ句に命を踏みにじられる被験者の子供のひとり。自分はこの悲劇を回避することができる。そうすれば、わずかながらの贖罪《しょくざい》となり得るかもしれない。

ホフステトラーは注射器からストッパーと尖端《せんたん》のゴムキャップを外し、便器に捨てて水で流した。飛沫が顔にかかったが、彼は気にせず針を薬瓶に刺し、プランジャーを引いて薬液をシリンジに満たしていく。ややねっとりとした銀色の液体が、注射器の前で美しく渦巻いていた。彼は自然の法則を知っている。美しいものには毒がある、ということだ。ときにそれは猛毒で、人を簡単に死に至らしめる。注射器を白衣のポケットに戻し、袖で顔の水滴を拭い、彼はトイレの個室を出た。鏡に映る自分の顔を見ないようにする。落ち着いて穏やかだった大学教授は、顔を紅潮させ、唇を歪めた殺人者に取って代わられているのだから。

27

アントニオが自分のタイムカードを見つけるのに、十年はかかるんじゃないかと思ってしまう。内斜視だからかしらね。ゼルダはそう思った。でもね、神様は、上に置かれた物を何ひとつ床に落とさずに彼がデスクを拭き掃除することを知っている。アントニオのせいでさんざん待たされて、彼に対して意地悪な考えを持ち、そんなふうに思う自分がつくづく嫌になる。だが、これが何かの報いだとしたら、やはり自分は悪い行いをしたのだろう。週末の間、イライザが私の質問について考える時間はたっぷりあったはずだ。

私たちは友だちよね？

彼女の答えは、どうやら「ノー」のようだ。だって、月曜のシフトが終わる時間になってもこの通り。イライザは私にひと言も話しかけてこない。今日一日ずっとそう。こっちを見ようともしないのだ。おそらくブリュースターの見解は正しかったのかもしれない。白人なんて、しょせん黒人と友人でいるのは、必要なときだけなんだわ。イライザ、あんたもそうだったの？　あんただけは違うと信じてたのに。それでも、ゼルダにはどうしても引っかかる点がいくつかあった。今夜、イライザの顔が魚の腹のように青白かったこと、肩越しに何かをちらちらと見ていたこと、洗濯に出す汚れ物をイライザが抱えたときにそれが大きく揺れていて、どうしようもできない腕の震えがもろにわかったこと――。

ヨランダから背中を突かれ、ゼルダは我に返った。列が前に進んだので、彼女も同じように数歩進んだ。それを何度か繰り返して、ようやく自分がタイムカードを押す番になった。タイムカードを押す――世界で最も当たり前のことなのに、アントニオの十年どころか、ゼルダは一生かかっても終わらないのではないか、と思えるくらい時間がかかった。底なしの深い深い割れ目を渡らないとたどり着けないかのごとく、恐怖と不安と困難が伴う道に思えた。タイムカードを読み取り機に差し込むだけなのに。すごく簡単なことなのに！　いくら自分の悪行が招いた結果の当然の報いだとしても、今、自分が抱えている屈辱と怒りは、ゼルダにとってこのタイムカードと似たようなものだった。指先で振れば、羽のようにパタパタと動くものの、決して飛び立てない。まるで折れた羽だ。どうにかしたいのに、どうしようもできないという折れた心だった。

28

パグはガタガタ揺れながら、フォールズ通りを進んでいた。イライザに言われたスケジュールに合わせ、本物のランドリートラックが現われる一時間前に到着しなければならない。それ以上早いと、怪しまれる。それより遅いと計画に支障をきたす。ボルチモア・カントリークラブの紫色に染まった芝生に沿って走り、ドルイドヒル公園の暗く沈んだ雑木林の脇を通り過ぎると、車はジョーンズフォールズのくねくねとうねった道路に入り、街灯の光があふれる中を疾走した。これまで一度も探索したことがなく、今後二度と訪れることがない区域だ。緊張のせいか思いがけずペダルを強く踏んでしまい、サウスアベニューで左に急カーブを切る形となった。助手席側のタイヤが舗装道路から外れそうになるのがわかり、ジャイルズは慌ててハンドルを切る。車体は大きく揺れて後部の箱がひっくり返り、水の入った瓶がポラリス潜水艦から発射されたミサイルよろしく飛び出した。ジャイルズは悪態をつきながらも、バランスを崩した車を立て直そうと奮闘し、〈子供のためのハッピーヒル病後療養所〉の建物が見えてきたのでスピードを落とした。闇に包まれた療養所は、オッカム航空宇宙研究センターの敷地に続く道路に入る直前の目印だった。

ここに来るのは、就職の面接に遅れそうになっていたイライザを乗せてきたあの雨の日以来だ。当時、イライザは十八歳。自分も相当年をとったが、この場所はあの日と何も変わっていない。道路の両脇に広がる、絶対にトロールが隠れているはずだと思わせる深い森。オッカムの建物に据えられた、第二の月かと錯覚しそうなほど大きくて明るい時計。ジャイルズはずっと後悔していた。あの日、自分がイライザの頼みを断っていれば、彼女はここに就職しなかったかもしれない。そうすれば、この日を迎えずに済んだのに、と。しかし、今日は違う。今日、彼女には果たすべき目的がある。その瞬間を見るのは美しいことだ。成就に至る瞬間までの全てを覚えておきたいと、ジャイルズは思っていた。〝荷物積み下ろし場〟に誘導するサインに従い、バンを運転していく途中、空っぽの駐車場を通り過ぎた。停まっている車が皆無なわけではなく、巨大なグリーンのキャデラック・ドゥビルが一台、目に入った。ほどなくパグのヘッドライトが照らす先に、検問所が見えてきた。憲兵が片手を上げて、こちらに止まれと合図を送っている。そのもう一方の手は、ホルスターに収められた拳銃の上に置かれていた。

29

監視カメラのモニターから発せられるグレーの明かりだけが、ストリックランドが必要とする〝日光〟だった。彼は床から立ち上がり、椅子にどっかりと腰を下ろした。レイニーを見ることが耐えられず、最近、夜はここの床で寝ているのだ。腹の中から妙な音が聞こえる。おそらく痛み止めを消化している音だろう。それは内臓にとって負担になっているに違いない。なぜならこのところ、彼が咳をすると、決まって血を吐き出すからだ。今も咳き込んだら、デスクの上の白い封筒に細かい赤の斑点模様が付いた。手で拭ったものの、封筒は汚れてしまった。まあ、別にいい。赤い印がこの封筒が余計に重要だと思わせてくれる。実際に、それは重要な封筒だった。今日行われる貴重品の解剖に関する書類が入っているのだ。彼は、それらを中から取り出した。ほら、染みひとつ付いていない。きれいなものだ。黒塗りにされた箇所もなかった。ストリックランドは敢えて内容を読もうともせず、必要な箇所に署名をした。解剖の手順が図で示されていたので、それをしげしげと眺め、あれこれ想像を膨らませる。希少種と言われるけだものに解剖を施すのはスタンダードだ。胸部をY字切開し、肋骨を除去。内臓を取り出した後は、ノコギリで頭部を開き、脳を受け皿の上にポトンと載せる。ああ、待ちきれない。その瞬間、自分は感動で身体を震わせるだろう。

外で足音がしたので、ストリックランドは図解から顔を上げた。ミスター・〝クリップボード〟かと思ったが、フレミングではなかった。ボブ・ホフステテトラーだった。ひどい面をしている。汗ばみ、顔は青白く、何かに怯えている感じだ。その様は、ジョセフィーナ号の船長ラウル・ローモ・ザヴァラ・エンリケを彷彿とさせた。ストリックランドは背もたれに寄りかかり、頭の後ろで手を組んだ。指が痛んだが、それでもその姿勢をとる価値はある。これは面白くなるぞ。彼は心の中でほくそ笑んだ。

30

ゼルダは床に落としたタイムカードを拾った。後ろに並ぶヨランダの苛立ちが募っているのが伝わってくる。きっと、がなり出すまで秒読み状態だ。それでも、今、ゼルダの頭には、ブリュースターの言葉が渦巻いていた。おまえは誰も信用すべきじゃない――。だけど、あの人はイライザを知らないわよね？　もちろん知らない。知り合って十年以上が経つものの、イライザがゼルダの家に訪ねてきたことはない。一度たりとも。それでも、私はあの子がどんな子なのかを知っている。イライザも私に理解されていることを知っている。だから、あれは、私が知っているイライザじゃない。

イライザのタイムカードはラックに刺さったままだった。見てみると、まだ退社時間が押されていない。どうして？　さっきはさっさとロッカールームから出ていったじゃないの。何かがおかしい。些細《ささい》なことかもしれないけれど、ここ数日、オッカムでは何かが起こりつつある気がしてならなかった。そして、これ。イライザはすでにロッカールームから出ていったというのに、タイムカードを押していないってどういうこと？　思えば、F-1にも変化があった。あの実験室から、様々な機材が運び出されていたのだ。しかも、科学者たちはコーヒーとドーナツを囲み、互いに握手し、抱き合ったりして、送別会みたいなことをしていた。このところF-1には、まるで大学四年の最後の一週間みたいな雰囲気が流れていた。興奮。不安。悲しみ。そんな感情が、あの空間に漂っている気がしてならなかった。あの空間だけじゃない。このオッカムの建物全体の空気が張り詰めている。やっぱり、何かが起こりつつある。特に、今日。だとしたら、イライザが関わっているのは明らかだ。なぜそう思ったかというと、彼女が今日履いている靴を見たからだ。あの子が、ゴム底の、可愛くもなんともない、くすんだ白のスニーカーを履いていた。あのイライザがよ。どうして？　走りやすいから？

ゼルダは、自分のカードをタイムレコーダーに差し込んで退社時間を記録した。そして、ジリジリしている後ろのヨランダの怒りの炎に油を注ぐのを承知で、イライザのカードも押した。何か良くないことが起こった場合、誰がここにいて、誰がいなかったのかを調べるのに、フレミングが最初にチェックするのは、このタイムカードだ。それからゼルダは勢いよく回れ右をし、ヨランダにぶつかったものの謝りもせず、あの実験室の方へと早足で戻り始めた。良くないことが起こりつつある。それは、ゼルダの虫の知らせだった。それは、この建物で起こる。今すぐにでも。

31

ホフステトラーは、ストリックランドのデスクに近寄っていった。白衣のポケットには注射器が入れてある。ミハルコフが知ることはない。知る必要もない。薬液の半分はストリックランドに打つ。そして、残り半分をデボニアンに。最初にストリックランドが死ぬべきなのは、あの生物をできるだけ〝きれいな形〟で死なせたいからだ。貴重品がこんな運命をたどることになった元凶であり、尊厳もなく痛めつけてきた悪魔を先に消すことで、ほんのわずかな間だとしても、より静かな、平穏な世界にいることができるように。ホフステトラーは、目の前の男が、悪意と憎しみに満ちたクソ野郎で、殺されて当然の悪党だと己に言い聞かせた。ずっと握っていたせいか、手が汗ばみ、注射器が滑る。ポケットの中で手を拭い、彼は再び握り直した。もうデスクのそばだ。ここで立ち止まるな。進み続けろ。

「もう一度やり直せ。ドアまで戻って、まずノックをしろ」

ストリックランドにそう言われ、ホフステトラーは面食らった。意味のない言葉。彼の脳は不完全なデータを入力されたコンピュータのように処理不能となり、一番やってはいけない行動に行き着いた。そう、彼は立ち止まったのだ。壁に埋め込まれた十六個のモニターのグレーの光がやけにまぶしく、目の上に手をかざす。それは、ほんの一瞬前まで注射器を握っていた邪悪な手だった。なのに今は、空っぽで、柔らかく、無力で無害だ。

「ノック……ですか？」

「ボブ、それが礼儀だろう？」

ストリックランドは冷笑を浮かべていたが、目は笑っていない。「君が礼儀を大事にしているのはよく知っている」

「僕はただ……あなたにもう一度機会を与えたくて……」

「俺に……君が？　与える？　ボブ、意味がわからないな。もちろん、なんでも気軽に話してくれ。ただし、ドアまで戻ってノックをしてからだ」

32

パグは精度が高い車ではないが、タイヤはジャイルズの肉体の一部に思えた。検問所から離れるにつれ、彼はタイヤが踏みつける小石のひと粒ひと粒を感知した。なんと憲兵は、身分証を見もしないで自分を通してくれた。バンの車体に描かれた文字が完璧で、鵜《う》呑《の》みにしたのだろう。しかし、検問所の通過は、この計画の難所でもなんでもない。ジャイルズは施設の裏手に回り、スピードを落として徐行した。正面で、壁によりかかり、ふたつのライトの間でタバコを吸っている誰かがいるのがわかった。曇ったフロントガラスを拭いた。よし、ここに違いない。荷物積み下ろし場。膨れつつある不安を呑み込もうとしたものの、喉は紙やすりのようにザラザラだった。

彼は黄色に塗られたラインの間に車を入れ始めた。その途端、タバコを吸っていた人物がハッとしてこちらを見た。憲兵だった。ここにもいたのか。憲兵は両手のひらを上げ、指を回転させている。そのときジャイルズは、己が犯した間違いに気づき、愕然とした。車はバックで入れるべきだったのだ。荷物の積み下ろし場に正面を向けて入っていくなんてあり得ない。それでは荷物が積めないではないか！　どっと吹き出した顔の汗を拭い、ギアを入れ替える。落ち着け。落ち着くんだ。ある程度バックをしたら、左に切り返して方向を変え、今度は右に切り返して方向を変え、そのままバックで入れていく……と、頭の中でシミュレーションする。意を決し、彼はバンをバックさせていった。運転歴何年だと思ってるんだ。このくらい、朝飯前じゃないか。落ち着け。だが、いつも来ている業者が、こんな間違いをするか？　しないだろう。まずい。怪しまれてしまう。考えれば考えるほど、パニックに陥りそうになり、ハンドルを持つ手が震えた。普段だったら、隣に車や柱がなく、駐車しやすい広々とした場所を選ぶ。今はどうだ？　夜明け前の暗がりの中、憲兵が見ている前で、柱と壁に挟まれた狭い場所にバックから入れなければならない。ようやく方向転換をしたジャイルズは、バックする前にバックミラーで後方を確認した。憲兵が火を点けたタバコの先端が、こちらに疑わしい目を向ける赤い目のように思えた。深呼吸をひとつつき、彼はギアをバックに入れ、ハンドルを握り直した。そして、ゼネラルモーターズの神様に、どうか無事に――何百回も同じことをこなしてきて慣れている本物の業者のように、壁や柱に車体を擦ることなく、すんなりと――バックで入れられますようにと祈った。

33

礼儀とやらをわきまえ、戸口に戻ってドアをノックする。十回ほど叩いただろうか。ドアガラス越しに、ストリックランドがニヤニヤしているのが見えた。こちらが苛立ったり、萎縮したりする姿を見るのが楽しいのか。なんて男だ。無駄にできる時間などないというのに！

「やあ、ボブ。入りたまえ」

ようやく入室の許可を得た。ドアを開けて中に入るなり、「今朝はどんな用件かな？」と、わざとらしく訊いてきた。

相手が発する単語のひとつひとつが癪に障るやら、不安にさせるやらで、ホフステトラーは理不尽に叱られた子供みたいな気分になっていた。それがストリックランドの狙いだ。大の大人にやり直しをさせるという威圧。怒鳴り声を上げずとも、どちらが優位に立っているのかを相手にわからせる。残念ながら、人を操る戦術に関しては、軍体質が染み込んだストリックランドの方が何枚も上手だった。自分は操られている側の人間だ。何年もずっと。

大股で部屋を横切り、ストロボのような光を放つモニター群の前まで再びやってきた。焦りと恐怖と憤怒が綯い交ぜになり、ホフステトラーの中で渦巻いている。少しふらつきを覚えたが、なんとか足を踏ん張った。いざストリックランドの正面に立ち、その鋭い視線をまともに受けた彼は、自分が想像以上に凄《すさ》まじく戸惑っていることに気がついた。出鼻をくじかれ、調子が狂ってしまった。やっぱりあそこで立ち止まってはいけなかったんだ。彼は、動揺を隠そうとポケットに震える手を突っ込んだ。だが、その行為もいけなかった。人差し指が注射針の尖端をかすり、危うく自分の指に刺すところだったのだ。一瞬、全身が凍りつく。自分は科学者だ。普段なら注射針を剝《む》き出しでポケットに入れることなどしない。キャップを外しているのは、できるだけすばやい先制攻撃で相手に反撃する余裕を与えないためだった。パニックに陥るまいと、ホフステテラーは歯を嚙み締め、思い切りぎこちない作り笑いを浮かべた。

「あなたに……訊きたい。今回の処置を……本当に望んでいるんですか？」

「望むも何も、ホイト元帥の命令だ」

ストリッククランドは、デスクの上の置かれていた紙切れを持ち上げてみせた。それは、貴重品をどのように穿《うが》ち、切り刻むかが図解された冷酷で無責任極まりない説明書だった。「ちょうど今、これを読み始めたところだ。解剖の時間まで、あと二時間四十五分。私も君も善良なアメリカ人として行動し、あの魚のはらわたを抜いてやろう。君の気持ちはわかってる。だけど、こう考えてみてくれ。日本人、ドイツ人、中国人。連中は知性のある生き物だろ？　だが、奴らを殺すのに、なんの問題もなかったじゃないか」

ホフステテラーは、デスクを乗り越えてストリッククランドに襲いかかる自分を思い浮かべた。そうなるかもしれない。品のないやり方かもしれないが、ストリッククランドほどの年齢の男にとっては、そうそう起こることがないケースだろうから、絶妙な奇襲攻撃となる可能性は高い。とはいえ、相手は軍人。腕を上げて身を守るか、背中を向けて防御しようとするだろう。どんな姿勢だろうが問題はない。要は、注射針が奴の身体のどこかに刺さればいいだけだ。来《きた》るべき跳躍に備え、彼の太ももに力が入る。ところがそのとき、彼の目が何かを捉えた。非常に微小な何か。おそらく、繊毛《せんもう》といった細胞小器官に至るまで生物組織を調べてきた生物学者の特性か、普通の人では見過ごしてしまうほんの些細な動きでも捉えられるようになっていたのだ。ストリックランドの頭の後ろにある七番目のモニターの映像が、少しずつ動いている。そこに映っている被写体の人や物が移動しているのではなく、映像全体が上向きにずれていっているのだ。カメラが捉えていた荷物積み下ろし場の洗濯業者のバンが画面から消え、その上の暗い天井しか見えなくなっている。誰かがカメラのレンズの向きを変えたのか⁉　こちらの返答を待っているストリックランドに怪しまれぬよう、ホフステトラーは「そうですね、もちろん」と、半ば上の空で答え、ポケットの中で注射器を手から離した。それでも、頭の片隅では、ストリックランドが安楽死する妄想劇場は続いていた。心の中で、ソビエト連邦国家の歌詞「*Славься*《スラーフスャ》*, Отечество*《アティーエチェストヴァ》 *наше*《ナーシェ》 *свободное*《スヴァボーナイエ》」を口ずさむ。讃えられてあれ、我らが自由なる祖国よ。洗練された旋律がホフステトラーの全身を満たした。ミハルコフ――彼は約束を果たしてくれるだろう。十八年間、ホフステトラーはひとりで苦しんできた。そして、ようやく仲間のロシア人たちが、助けの手を差し伸べてくれるはずだ。

34

イライザは息急き切ってランドリールームに駆け込んだ。計画は実行の時を迎えた。いよいよ始まる。さっき荷物積み下ろし場に行ったときは、パグがバックして所定の位置に入ってくるところだった。ジャイルズはわざと蛇行し、壁や柱に車をぶつけそうになって憲兵を慌てさせるというところまで計算してくれていたのか、とにかく憲兵がバンの誘導に気を取られている隙に、彼女は箒を使って監視カメラの向きを変えることに成功した。レンズをかなり上向きにしたので、荷物積み下ろし場の天井しか捉えていないはずだ。

大型シンクの排水口に栓をした彼女は、お湯と水の両方の蛇口を開け、カートの中にしまっておいた大量のタオルをシンクにぶち込んだ。タオルがぬるま湯を吸っていくのを見ながら、イライザは、ゼルダとここで同じことをしてフレミングの品質管理チェックリストをバカにしていたことを思い出していた。だが今は、上司に感謝の拍手を送らねばならない。幾度となく繰り返し同じ作業をさせてもらったおかげで、彼女の脳にはここから最終地点までのルートの轍《わだち》が刻まれ、身体がすでに手順を覚えていた。だから、あれこれ考えずに行動することに集中すればいい。さもないと、恐怖のあまり卒倒してしまうかもしれない。

彼女はぬるま湯を吸ったタオルをシンクから掬い上げ、泥のように重くなったそれらを空のカートに投げ入れていった。制服が濡れても構わず、同じ動作を繰り返した。カートが半分ほど埋まったところで、蛇口を閉め、カートの把手を握る。ところが、いつもの要領でカートを押してみたものの、びくともしないではないか。イライザは凍りついた。水の重みだ。これだけ水をたっぷり吸ったタオルをこんなに大量に入れ、カートで運んだことなどなかったのだ。彼女はもう一度試みた。歯を食いしばり、筋肉を引き締め、スニーカーの靴底で床を押した。最初の数センチこそ大変だったものの、一旦車輪が滑り出すと、うまいこと進み出してくれた。長い廊下を歩いていくうちに、飛び出しそうになっていた心臓は徐々に落ち着き、鼓動はしゃっくりくらいの弱さになっていた。運悪く、たまたま選んだカートは車輪がキーキーと音を立てるやつだった。しかも、発情期のオス猫のような悲痛な声を上げている。それでも、引き返してカートを取り替えている時間はなかった。

35

ジャイルズは躊躇していた。憲兵は腕を回して、窓を下げるようジェスチャーで示している。どうすべきか。しかしどう考えても、ここは従うしかあるまい。窓を開けると、こちらを覗き込んだ憲兵の表情がよくわかった。眠そうな茶色の目。手入れをしていない口髭と耳毛。相手は懐中電灯の明かりをこちらに向け、服装をじろじろと見ている。そのとき、ジャイルズの脳裏に過去の出来事が蘇ってきた。

二十二年前のあの夜、自分はゲイバーで逮捕され、そのせいで、クライン&サウンダースを追い出された。どかどかと店に入ってきた、口髭をたくわえた警官たち。まるで攻撃を仕掛けるかのように、こちらの身体に向けられた懐中電灯のまばゆい光――。

「あんた、洗濯業者には見えないな」

「そりゃどうも」

ドライバーはこんなふうに話すはずだ。〝憲兵さん、どうもありがとうございます〟ではなくて。

憲兵はジャイルズのジョークとも取れる返答に反応することなく、機械的にこう告げた。

「身分証は?」

ジャイルズは不自然なほど大きな笑みを見せた。顎から歯がこぼれ落ちてしまうのではと思われるくらいに。彼は財布を探すふりをしたが、寒さと疲労から、もういいよと憲兵が言ってくれることを期待した。相手は黙ってこちらを見ている。仕方ない。ジャイルズは手作りの身分証を見せるしかなかった。仕上がったときは、人生最高傑作だと自負していたものの、実際にその効果を試すとなると不安で気がどうにかなりそうだ。相手にもはっきりと見えるよう、指でカードの縁を持ち、身分証を示した。このまま憲兵が記載された内容を確認してくれたら、相手に渡さないで済むのだが……。しかし、現実はそう甘くはなかった。憲兵の茶色の目は、もう眠たそうではなかった。マムシの一撃のようなすばやさでカードをもぎ取り、懐中電灯を当てて目を凝らしている。本物と紙の質感が異なるゆえ、光が当たると半透明になっている。そしてジャイルズは、憲兵の親指の爪がカードを引っ掻く瞬間を見てしまった。よりによって、マイケル・パーカーの年齢の欄だ。

の1を7に直した部分のインクがにじんだのだ。

「おっと」と、ジャイルズは口走った。その場をなんとか取り繕うとしたものの、うまい言葉が浮かばない。すぐに憲兵が命じた。

「車から降りて」

まずい事態になったとジャイルズが思ったそのとき、オッカム航空宇宙研究センターの全ての明かりが消えた。

36

それが起きたとき、ゼルダはランドリールームにいた。全てが闇に溶け込んだ瞬間、彼女は過去のあるときを思い出した。彼女の自宅は、二軒一棟式の住宅なので、隣の家とは同じ屋根で繋《つな》がっている。六年前、両方の家に泥棒が入ったことがあった。外出していたゼルダと夫が車を家の前に停めるなり、彼女はすぐに何かがおかしいと気づいたのだ。あの感覚は今もはっきりと覚えている。彼女は車のドアを開けて降りようとしていたところで、ブリュースターは運転席に座ったままだった。その時点でまさか泥棒に入られていたとは思わなかったのだが、何かがおかしいと直感した。家の前の芝生を見たが、何も取られていなかった。というか、取られるものなどなかった。それでも、何もかもがおかしかった。芝生がおかしかった。自分たちのものではない靴に踏みにじられていた。ドアもおかしかった。ドアノブが奇妙な方向に曲がっていた。何よりも、空気がおかしかった。

知らない誰かの荒い呼吸のせいで、半分は吸われてしまっていた。残った空気も、スズメバチの大群のように押し寄せてきた不安と一緒に攪拌《かくはん》されていたのだった。

床の上に点々と続く水滴を見つめ、ゼルダは六年前のあのときと同じ、不吉な感覚を覚えていた。とはいえ、彼女の第六感を裏づけるものは何もない。ただ、床に水がこぼれているだけだ。それでもゼルダは、血溜まりの周囲を注意深く捜索する刑事よろしく、辺りを慎重に確認しつつ、水滴をたどり始めた。なぜ、そこまで執着するのか？　水滴を近くで見たときに、上から落下しただけの水の雫であれば、表面張力で真ん中が盛り上がった丸いビーズのような形になっているはず。ところが、ここにある水は、ナイフで切られたように潰れていた。その形は、水をこぼした誰かが慌てて移動していたことを物語っている。つまり、イライザ――だとしたら。いえ、絶対にそうよ――は急いでいたのだ。長い廊下に残された水滴は、頭上の電灯が点滅している箇所でも、電気が消えて真っ暗闇になっても、ゼルダの目には見えていた。

それが現実に起きていると理解するまで、一分はかかっただろうか。オッカムが停電したことなど、過去一度もなかった。四六時中、白くまぶしい蛍光灯にどこもかしこも照らされている施設だったのだから。クローゼットの明かりでさえ、消されることはない。力が尽きようとしている誰かのうめき声かと思うような音が壁から聞こえた次の瞬間、静寂が降りてきた。ホワイトノイズさえもしぼり取られた本物の静けさ。ゼルダ自身の体内で鳴る音が大音量かと思えるくらい、周囲は静まり返っていた。だが、完全なる無音ではなかった。耳を澄ましたゼルダには聞こえたのだ。通路のはるか遠くの暗がりで、うまく回転しない車輪のカートが立てるキーキーという音が。

37

どこもかしこも真っ暗だ。F-1のドアにたどり着いていて本当によかった。そうでなかったら、この暗闇の大氾濫《だいはんらん》の中、ここを見つけるまでにどれほどの時間がかかったかわからない。イライザがカートを押して静まり返った実験室を横切り始めると、滑りの悪い車輪が上げる悲鳴が室内に響き渡った。いつもこの部屋を夢見ていた。目を閉じて、彼と過ごした素敵なひとときを思い返していた。そのおかげで、電気が消えて暗くなっていても、イライザは実験室の中を正確に把握することができていた。右に何歩進むとあの機材があり、左に何歩移動すると、あのコンピュータに行き当たる、といった具合に。それでも歩調を緩め、ゆっくりと手探りで進んでいく。やがて暗がりに目が慣れてきた上、外は空が白んできたらしく、窓から仄かな明かりが差し込んできた。朝一番の陽の光は、通気口から流れてくる見えない煙と同じ。ほんの少しずつ部屋に入り込み、柔らかく、しなやかに全てを満たしてくれるだろう。

カートは途中、何にぶつかることもなく、プールの側面に当たった。揺れる水面は、ナイフでも投じられているかのごとく、キラリ、またキラリと銀色に閃いていた。彼には自分の姿が見えているだろうか？　闇の中、イライザは手話で言葉を伝えた。彼がすでに覚えている単語であることを祈りながら。

〔気づいて〕〔泳いで〕〔移動して〕

彼女はプールの縁に寄りかかり、水面の方に身を乗り出して手話を続けた。こちらに向かって打ち寄せてくる水を見つめつつ、何度も手話を繰り返す。どうして停電になったのかはわからない。だが、思わぬ事態はパニックを生み、パニックになると、人々は自分たちの最も大事なものを守ろうとする。あの生き物が今すぐ気づいて、泳いで、移動しなければ、彼にも、イライザにも希望はない。

そのときだった。波が立ち、双子の太陽が水平線から昇るように、ふたつの金色の目が水を割って現われた。イライザはハッとして立ち上がり、靴を脱いで水の中に入った。濡れた制服のスカートの裾が、冷たい触手のごとく彼女の太ももに絡みつく。震えながら、重たい足取りで彼を目指す。両腕を伸ばし、一瞬でも早く彼にたどり着こうとした。金色の目は警戒している。当然だ。人間にあんな仕打ちを受けたのだから。イライザが次の一歩を踏み出した途端、プールの底がいきなり急斜面になっていることに気づいた。突然、彼女は顎のところまで水に浸かり、激しく喘いだ。水が染み込んだ衣服の重みが、彼女をさらなる深みに引き込もうとしている。口の中に入ってきた水を吐き出し、なんとか水の上に顔を出そうと手足をバタバタさせた。もはや手話をする余裕などなく、彼女の指先は、溺れる寸前の声にならない必死の叫びを発する口と同じように、虚《むな》しく忙しなく動くだけだった。

38

監視カメラのモニターがプツンという音を立て、突然暗くなった。真っ黒になったのではない。徐々に色褪《いろあ》せていくグレーだ。命の光が消えつつある十六個の目。何も映らず、何も録画されていない。ブートキャンプ、韓国、アマゾン以来、ストリックランドが欲してきたのは、コントロールだった。家族を、そして己の運命を支配する力。それが今、切断された。マチェーテがジャングルの根っこを断ち切るように。勢いよく立ち上がったのはいいが、膝をしたたかにデスクに打ちつけてしまい、木の枝が折れるような音がした。痛みと衝撃で彼はよろめき、危うく背後のモニター群にぶつかるところだったが、咄嗟に死にかけの指でモニターに手をつき、なんとかバランスをとった。当然のことながら、左手に激痛が走り、反射的にモニターを押しのけた。その拍子に、今度はつま先をゴミ箱で強打した挙げ句、肩が壁に衝突した。なんだ、これは？　自分は月面にでもいるのか？　暗闇の中を手探りで進み、あちこちぶつけながら、戸口へと向かう。オッカムは巨大な施設だが、今は犬小屋サイズではないかと思ってしまう。

緊急事態だとわかっていた。急がなければと思うものの、うまく歩けない。ぽたりぽたりと垂れる雨粒ほどの弱々しい歩調で、長い廊下を進んでいく。すると、漆黒の空気を切り裂き、一筋の光が見えた。それはどんどんこちらに近づいてくる。

「ミスター・ストリックランド？」

フレミングか。軍人ではなく、民間人。賢いふりをしようと必死だが、悲しいかな、多くの局面で役立たずのアホだ。

「一体全体――」

満身創痍《そうい》だった。痛くないところを探すのが難しいほどに。「何が起きた？」

「わかりません。ヒューズが飛んだんでしょうかね？」

「なら、誰かを呼べ」

「それも無理です。電話も不通なので」

ストリックランドの本能は、誰かと接触したときに、最も研ぎ澄まされる。彼の拳はスリングショットのように飛び出し、フレミングの襟首をむんずと摑んだ。ふたりが触れたのは、初日の握手以来だった。だが、こちらの手や足が出るかもしれないという恐怖は、常に感じさせておいた。霧の中にそびえる謎の巨人の影のように。アマゾンの奥地で血と汗と泥にまみれていた男の脅威が、紙に字を書いて、クリップボードを振るだけのくだらない事務仕事しかしない相手を圧倒しないわけがない。ストリックランドが上腕二頭筋に力を込めると、フレミングのワイシャツの襟の縫い目が裂けた。

「誰かを探せ。今すぐにだ。侵入者がいる」

懐中電灯の光の中、フレミングは怯えた目で何度もうなずいていた。

39

何かがイライザの背中に押しつけられた。手にしては大きすぎる。それでも、手のようにしなやかだ。片方の手のひらが揺りかごとなって身体を包み、指がそれを支えている。もう一方の手は胸の上に乗せられた。五本の爪の尖端が微かに乳房とおなかに食い込んでいる。その手は力強く、彼女を握り潰すことも可能だったろうが、そうはしなかった。全身がふわりと持ち上げられ、イライザは自分が蝶になった気分だった。水の上に顔が出て、ひとしきり咳き込んだ後、たくましい腕に抱かれ、後ろ向きで水の中を進んでいくのがわかった。やがて、浅い場所まで戻ってきた彼女は、懸命に考えをまとめようとした。私……もしかして彼の腕の中にいる？　自分の手のひらに触れている鱗は、柔らかいシルクを思わせつつも、水晶のような冷たさと硬さも持ち合わせている。交わされる言葉は何ひとつなかったけれど、全てが語られ、全てが伝わっていた。

イライザの身体がガクンと引きつった。彼の鎖が限界まで伸びたのだろう。それと同時に、彼女はハッとしてまぶたを開けた。自分の足に力を入れてプールの中で立ち、こっそり拝借してきた道具をびしょ濡れのエプロンのポケットから取り出した。ボルトカッターとプライヤーだ。彼は何かを感じたのか、全身を赤く発光させたが、ほんの一瞬だった。彼の目が、じっとこちらを見つめている。ふたりの顔の距離はわずか数センチ。イライザは息を呑んだ。その瞳に吸い込まれてしまいそうだ。だが、うっとりしている時間などなかった。ありがたいことに、彼がちょうど垂直に立ってくれていたので、胸から上が水の外に出ており、首枷につながる鎖に手が届く状態になっている。水から出たえらは綿毛状に毛羽立ち、膨らんでいるものの、恐れや警戒心は感じられない。彼は理解している。彼は信用している。そして自分のように、彼もまた、失うものは何もない。

イライザは、鎖の輪の中にボルトカッターをねじ込み始めた。これを切断すれば、彼は自由になれる。ところが、彼女は恐ろしい間違いを犯したことに気づいた。鎖が太すぎて、カッターの刃がツルツルと滑り、しっかりと咬《か》ませることができないのだ。まるでバスケットボールに刃を当てている感覚だった。もう一度。彼女は、鎖の輪の一箇所にカッターの刃を押し当て、ハンドルを握って刃を交差させようとした。しかし、今度もダメだった。傷のひとつも付けられない。ならばと、ボルトカッターをしまってプライヤーを取り出し、小さな刃を鎖の輪に滑らせて接合部を開こうと試みた。太く頑丈な鎖はびくともせず、手が滑ってプライヤーが水の中に落ちてしまった。どうしよう、全く歯が立たない。彼女は絶望的な気分になった。落とした道具を拾う気にもなれない。拾い上げても無駄だ。真っ赤になった手。プールの中でずぶ濡れの私。外ではジャイルズが待っているというのに、この鎖が切れなかったから、脱出劇など始まらない。そのときだった。

「動くな！」

暗がりの向こうからの男の声に、イライザは凍りついた。

40

即興劇『座席のシートベルトを外せない男』の主演俳優ジャイルズ・ガンダーソンが見事な演技を披露しようとした矢先、舞台となる荷物積み下ろし場の照明が落ちた。そこだけではなかった。建物の明かり全部が消えている。オフィスの窓も、歩道も、芝生も、入り口も、駐車場も暗闇に沈んでいた。憲兵はバンから離れ、建物を確認している。そして、無線機に話しかけた。

「こちらギブソン。荷物積み下ろし場です。そちらは大丈夫ですか？　オーバー」

舞台が暗転して第二幕に移るのか？　いや、イライザから施設の電源を落とすという話は聞かされていない。ジャイルズはサイドミラーを覗き込み、積み下ろし場のドアからイライザが出てきてくれないものかと祈った。同時に、彼女にどうか現われてくれるな、とも思った。この憲兵はここから離れないだろう。なんとか気を逸らさねばならない。ジャイルズは窓から顔を出し、咳払いをした。

「すみません」

ドライバーらしからぬ口調で訊ねたところ、返事がなかったので、仕方なく、ドライバー仕様にした。「おい、兄ちゃん。どうかしたのか？」

憲兵は送信機を調節し、繰り返した。

「こちらギブソン。荷物積み下ろし場です。オーバー」

「身分証の件は非常に申し訳ない。この年齢になると、身体のあちこちにガタがくる。ほら、この頭のてっぺんは、かつらなんだ。うぬぼれが強いと思われても仕方ないが、保証するよ。身分証に問題があっても、私の洗濯物を運ぶ能力には問題はない」

憲兵はこちらに振り返り、実に手際よくホルスターから拳銃を引き抜いた。

「もう一度だけ言う。ミスター・パーカー、車から降りるんだ」

41

ホフステトラーは慌てて縁を越え、なんの躊躇もなく水の中に入ってイライザの肩を摑んだ。生き物は氷を削るときのような甲高い声を出し、こちらを威嚇してきたが、今のホフステトラーは死など恐れていなかった。

「誰に頼まれてこんなことを？」

そう訊ねたのは、音楽やダンスを含め、デボニアンを生かし続け、その潜在能力を引き出してきた驚くべき戦略が、この地味な清掃員ひとりのアイデアだとは未だに信じられなかったからだ。しかし、イライザの絶望に暮れた目を見た瞬間、ホフステトラーは悟った。彼女は誰にも頼まれたり、命じられたりなどしていない。自分が正しいと思うことを、使命感に駆られてやっているだけなのだ、と。

「荷物積み下ろし場のカメラの向きを変えたのは、君だったんだね？　君はこの生き物をここから逃がしたいと思っている。そうだね？」

ホフステトラーの問いにこくりとうなずくイライザに、彼の心は掻き乱された。ここには他にロシア人はいない。彼は、ミハルコフから手渡された〝ポッパー〟で、オッカムの電気系統を吹き飛ばしただけだ。ここで彼を助けてくれる人物は、目の前の、口の利けない華奢《きゃしゃ》な女性ただひとり。笑いたくなるほど悲惨な状況だったものの、彼は、かつて生徒たちに言っていたことを思い出した。自分が惑星だと想像したまえ、笑うんじゃないぞ。そう彼は大学の授業で切り出した。想像するんだ。自分が惑星だと。十億年もの間の孤独の末、ある日突然、気づくんだ。宇宙には、他にも惑星があることを。しかも、驚くほど近くにあったのだ。なら、それを最大限利用しようとすべきじゃないのか？　燃焼し、爆発する必要があるなら。今、その惑星は、イライザ・エスポジートとボブ・ホフステトラーだった。ふたりとも孤独で、この奇妙な瞬間まで、相手の身体に触れるということは、まずあり得ないことだった。

「僕を攻撃しないよう、彼に伝えてくれ。今からこの鎖を外すだけだから」

ホフステトラーがそう言うと、イライザは目を丸くした。

42

今来た道を戻り、相変わらず真っ暗なオフィスに戻るも、監視カメラのモニターはどれも冷たい魂の抜け殻のようになっていた。ストリックランドは怒号を上げ、足元にあった何かを思い切り蹴飛ばした。何も見えない。さっきまで普通だった身体の機能が、突然エンストを起こしてしまったかのようだった。陸上で呼吸するのがしんどい、あの生き物と同じ。話すことができない、イライザと同じだ。ストリックランドが払った手に当たり、テーブルの上から電話が落ちた。床に落下すると同時に、哀れなベルの音が小さく鳴った。落としたのは、ホイト元帥直通の赤い電話だろうか？　ホイトなどクソ食らえだ。しかし、この事態を耳にしたら、自分は残りの人生をかけて、この失態を償わないといけない——。

これだ。彼は負傷していない方の手で、マチェーテの滑らかなオーク材の把手を握った。いや、違う。〝アラバマ・ハウディ〟だ。それをまっすぐに持っているのが、だんだん難しくなってきている。スチールの柄が金属のキャビネットに当たり、甲高い音を立てた。ストリックランドが親指でスイッチを入れると、牛追い棒は低い音とともに命を吹き返した。「戸口に向かって出発進行！」と言って行進を始めるかのように、自分の前で棒を振る。今回は、何にもぶつかることはなかった。オフィスが彼に恐れをなした……そんなふうに思えた。

廊下はほとんどが真っ暗だったが、日の出の時間は近い。じきにぼんやりと明るくなってくるだろう。わずかだが、足音と話し声も聞こえてくる。誰がヒューズを飛ばして停電させたのかは知らないが、やった本人は何をしようとしているのかわかっているはずだ。シフトチェンジのこの時間帯は、攻撃には最適だった。エレベーターが止まる。本部は対応に追われててんやわんや。しかし実際、廊下や実験室には、早起きの連中がわずかながらにいるはずだ。その中に、この事態を知っている奴が？　さっきまで自分のオフィスにいた男。ボブ・ホフステトラー。ロシア野郎め。暗闇が朝日に掻き消されていくのと同じスピードで、ストリックランドは廊下を進んでいった。電源の入った牛追い棒の先端が焦がすオゾンの匂いを嗅ぎながら。

「貴重品だ！」

彼は、がらんとした廊下で大声を出した。誰が聞いているかわからないが、聞いているなら誰でもいい。声の限りに叫んだ。「あいつを閉じ込めろ！」

43

か細い女性と、体力のピークをとっくに過ぎた四十代半ばの生物学者。どちらも肉体労働には適していない。洗濯物のカートは、コンクリートブロックが山ほど詰められているのと同じだ。それでもホフステトラーは、推進力と運動量の特性を知っていた。一度動き出しさえすれば、勢いでなんとかなる——進み続けることができれば。ところがイライザは、すぐに把手から手を離し、カートの中に隠れた生き物に濡れたタオルをかけ直してしまう。彼女が愛情からそうやっていることがわかったので、口出しはしたくなかったのだが、やめさせるしかなかった。この女性は、ソビエト政府が危険すぎると判断した計画を実行してしまった。このことがばれれば、実際に襲撃を受けてもおかしくないのだ。彼女はバタバタと走って準備を整え、カートの把手側に戻ってきた。ホフステトラーとイライザは顔を見合わせ、うなずきを交わした。今度はノンストップで目的地を目指そうという合図だった。こうして彼らは一緒にカートを押し始めた。車輪はうまく滑らず、絶対にここから動くものかと言わんばかりにキーキー声を上げて抵抗している。生き物は不安を感じたのだろう、タオルをどかして顔を出そうとした。大丈夫だから隠れていてとイライザが目で伝えると、生き物は理解し、すごすごと顔を引っ込めた。自分も彼女も把手を握り直し、何度も非力な者同士で渾身《こんしん》の力を込めた。そしてついに、車輪は回り出してくれた。

永遠に実験室のドアにたどり着けないかと思ったものの、なんとか部屋の外に出ることができた。廊下は、まだ暗闇の支配下にあった。とはいえ、闇の魔王の統治は長続きしないことを、彼は知っていた。ミハルコフが言っていたように、イスラエル製の小型発火装置ポッパーはヒューズを吹き飛ばしはするが、脳みそが半分しかない奴でも、吹き飛んだヒューズくらい直すことができるのだ。つまり、停電は長続きせず、自分たちの行動に暗幕をかけてくれる暗がりは、ほどなく姿をくらませる。とにかく急がなければ。彼らは体重をかけ、荷物積み下ろし場の方向に黙々とカートを押し続けた。耳に入ってくる音といえば、車輪がきしむ音、筋肉を緊張させる自分たちの唸り声、タオルの生き物の喘鳴《ぜんめい》くらいなものだった。隣の廊下からノコギリ刃をブンブン振り回したときの響きを伴った怒号が聞こえてくるまでは。

「貴重品だ！　あいつを閉じ込めろ！」

それを聞いたホフステトラーは、瞬時に自分が何をすべきかわかった。彼は、ポケットから錠剤の入った容器を取り出し、それをイライザの手のひらに押し込んだ。

「三日ごとに一錠を水に混ぜるんだ。わかったね？　水は塩分七十五パーセントに保たないといけない」

彼女は困惑の表情をこちらに向けている。「食事はタンパク食のみ。生魚や生肉を与えて。わかったかい？」

彼女は首を縦に振った。それからホフステトラーは、一瞬だけ迷った後、注射器も渡した。「もし君の計画がうまくいかなかったときは、これを使うんだ。連中に彼を解剖させないために」彼女は一瞬きょとんとしていたが、すぐに眉をひそめた。詳しく説明している時間などなく、ホフステトラーはさらに続けた。「それと、この生き物は──」こんなことにならなければ、知らなくて済んだのに、と彼は苦々しく思った。「水の外では三十分しかもたない。それ以上長く水から出ているると死んでしまうんだ。だから、急いで！　さあ！」

イライザはもう一度うなずいた。だが、その動作はゆっくりで、あたかも彼女の頭が首から落っこちてしまうのではないかと思えた。彼女に伝えなければならないことは山ほどあった。一生分の情報と警告を。しかし、ホフステトラーにはほんの少ししか時間が残されていなかった。祈るような気持ちでカートをイライザひとりに任せ、彼は暗闇へと駆け出した。その方向からは、ストリックランドの怒鳴り声が聞こえてきていた。

44

イライザはカートを押し続けていた。足の筋肉が震えている。腕の筋肉も燃え尽きてしまいそうだった。カートは想像以上に重く、床の上の小さな砂粒でも、乗り越えるのに相当な体力を消耗した。ホフステトラーは別の方向に走っていったが、彼がストリックランドの名前を呼ぶ声が聞こえてきた。博士は自分と生き物のために、危険を承知でストリックランドを引き留めようとしてくれているのだ。さらに、生物の呼吸音がさっきより荒くなっていることも、イライザを奮起させた。彼女は必死にカートを押した。それは大変な労働だったが、向こうから戸惑った表情の男性が近づいてきたとき、普通にカートを押しているように見せなければならない方が大変だった。その男性は白衣を着ていたので科学者のひとりだと思われたが、手にはコーヒーカップを持ったままだった。怪しまれるかとドキドキしたが、彼はすれちがいざまに、こちらを一瞥しただけだった。ああ、そうだった。自分のように一介の清掃人など、相手にとっては見えないも同然なのだ。

イライザは、ようやく荷物積み下ろし場に続く左カーブまでやってきた。ドアの隙間から、朝の陽光が漏れているのがわかった。あともう少し。ところが、頑固な車輪は言うことを聞かなかった。どうしても左に曲がってくれないのだ。彼女は焦った。背後から足音が聞こえてきたからだ。誰かが来る。ああ、どうしよう。ヒステリックに叫ぶ声もする。お願い、動いて！　イライザは車輪を蹴った。カートから水が漏れて、床一面が水浸しになっている。彼女は把手を握り直し、再びカートを押そうとした。これまで生きてきて、こんなに力んだことはない、というくらいに全身の力を込めた。だが、床がツルツルして足が踏ん張れず、力を入れたくても入らない。そのうち、足が滑って床に膝を打ちつけてしまった。カートの把手にぶら下がる様は、ジャングルジムで遊んでいて落ちそうになった子供のようだった。ここまで来たのに。ジャイルズが扉の向こうで待っているのに。絶望に打ちのめされたイライザは、立ち上がる気力も体力も失いかけていた。

　そのとき、誰かが彼女の腕を摑んだ。

45

　ゼルダはイライザの細くて軽い身体をひょいと持ち上げ、両足で立たせた。イライザはひどく興奮した様子で、こちらの手を振り払うなり、慌ててエプロンのポケットを漁って何かを取り出そうとしている。だが、ゼルダは親友をしっかりと押さえた。イライザは震えているのではなく、激しく身悶えしているのだ。息は荒く、目は虚《うつ》ろで、一瞬の錯乱状態になっているように見えた。彼女がエプロンから取り出した手には、何かが握られている。注射器？　針の先からは銀色の液体の雫が垂れそうになっており、ほんのわずかな朝焼けの光の中で、宝石のようにきらめいていた。ゼルダはゆっくりと、視線を注射針からイライザに移した。

「イライザ」

　相手の耳元で優しくささやく。「落ち着いて」

　顔を合わせただけでは効果がなかったが、その声がイライザに響く何かを生み出したらしい。彼女は注射器をエプロンのポケットに戻し、急に脱力したのか、ゼルダにもたれかかってきた。

イライザの制服を摑み、なんとか身体を支えた。これほどまでの激しい感情は、身近な人間の葬式でしか感じたことがない。一体この子に何があったのか。ゼルダはイライザを抱き締め、背中をそっと撫でた。そして、ようやく相手の制服が濡れていることに気がついた。濡れているどころではない、ずぶ濡れだ。ゼルダはイライザの肩越しに、洗濯物が山と積まれたカートを見下ろした。白いタオル。白衣。白いシーツ。金色の目。え？

「なんてこと！」

ゼルダは愕然とした。「どうしよう！」

それを見たイライザは目を剝き、身体を離してゼルダの手首を摑んだ。震えながら、何かを一生懸命訴えている。この子は指を使って会話をする能力があるけれど、その手話が、ゼルダがずっと問いかけていたことへの答えでもあった。なぜ最近ずっとイライザが自分に冷たかったのか。どうして自分を突き放そうとしたのか。全ては、これのせい。イライザは、自分がこれで咎《とが》められたりしないように配慮していたのだ。私たちの友情は終わったわけじゃなかった。イライザは黒人の私を利用したのでもなかった。ああ、イライザ。ゼルダは小さくうなずき、カートの把手を握った。

「あんたって本当にクレイジーだわ。さあ、押すわよ！」

46

ストリックランドは、その人影がホフステトラーだと知っていた。あの扁平足《へんぺいそく》のロシア人の歩き方を覚えていたからだ。彼は歩調を早め、相手の方に向かっていった。廊下の中央を堂々と歩き、敬礼をして指示を待つ憲兵たちなど、全員無視した。数歩進んだとき、ストリックランドは予想外のことに気づいた。ホフステトラーは逃げなかったのだ。それどころか、まっすぐにこちらに向かってくるではないか。彼は足を止めた。牛追い棒のスイッチを入れ、いつでも振り回せるよう身体の脇に下げ、怒鳴ろうと口を開けた。ところが、先に声を上げたのはホフステトラーの方だった。

「ストリックランド！　貴重品はもう自由だ！　私が準備しようと近づいたら、あいつが私をプールに引きずり込んだんだ」

「そんな話、私が信じるとでも——」

ホフステトラーがこちらの上着を摑んだ。ストリックランドはギクリとして後ろに下がり、牛追い棒を突き立ててやろうかと思ったものの、あまりに突然のことだったので、まごついてしまった。

「リチャード、私じゃない。他の誰かが侵入し、連れ出したんだ！」

「この腐りきった共産主義者め！　よくも俺の人生に入り込んで——」

「もし私がやったのなら、こんなふうに教えるか？　今すぐに封鎖するんだ。施設全体を！」

ホフステトラーがこちらの鼻先に顔を突きつけてきた。ストリックランドは、この科学者の瞳から何かわからないかとにらみ返した。真実はいつも目の中にある。これまで威圧し、脅し、萎縮させてきた全員の目に、真実が浮かび、自分はそれを読み取ってきたのだ。どれだけ脅かしてもダメだった場合には、相手を殺した。それが真実を読み取る唯一の手段だったからだ。
そのとき、天は自分に味方した。施設の電気が復旧したのだった。

47

暗くなる方が人には優しい。眠りにつくのに目をつぶるのと似たようなものだからだ。停電の後に電気が復旧したときは、ちょうどその逆で、眠っている者を無理やり起こさせるのに等しい。オッカムの明かりが戻ったとき、巨大スタジアム級の電力が一気に消費され、照明器具が一斉に息を吹き返した。バックファイヤーか、爆発か、はたまた溶岩の流出かと思わせる強烈な光が襲いかかってきて、駐車場はまぶしさに満たされた。憲兵は咄嗟に目を手で覆い、照明に背を向けた。建物そのものが奇襲を仕掛けたようなものだ。降りろと言われていたジャイルズは、ちょうど片足を車の外に出し、次の動作を躊躇していたところでこの目眩《めくらま》し攻撃に遭《あ》ったのだ。さてどうすべきかと薄目を開けたとき、荷物積み下ろし場の両開きの扉の間からカートがゆっくりと出てくるのが見えた。イライザだ。予定通りだ！　ところが、カートを押しているのは、イライザだけではなかった。黒人の大柄の女性も一緒に把手を握っていたのだ。予定通りじゃない！　停電といい、これといい、やはり予定は未定。一寸先は闇。どんな展開になるかはわからないのだと納得したものの、今は、あれこれ考えている場合ではない。とにかくイライザはやってきた。計画の完遂だけを考えよう。ならば、自分のこの窮地をどうにかしなければならない。

彼は、自分が行動力に欠ける人間だと重々承知していた。そのせいで、自分は傷ついてきた。何度も何度も。そのせいで、送るべきだった人生を送ることができなかった。だが、今日は違う。ジャイルズが妙案を思いついたとき、憲兵はまだこちらに背を向けていた。そのアイデアは一発勝負だ。二度目はない。一か八か、やるしかあるまい。両手でドアの把手を摑んだジャイルズは息を大きく吸い、その直後、ドアを思い切り開いて憲兵の背後に叩きつけたのだ。バンの車高が助け舟となり、金属のドアは憲兵の後頭部に命中した。ドアがぶつかった音と骨が砕けるような嫌な音がし、憲兵は舗道に崩れ落ちた。やった……のか？　憲兵は起き上がらない。どうやら、人生初の暴力行為は成功したようだ。とはいえ、気分爽快というわけにはいかない。なぜなら、これは始まりに過ぎないかもしれないからだ。ここではさらなる暴力が待ち受けているはず。ジャイルズは覚悟を決め、車のドアを閉めた。

48

荷物積み下ろし場に入ると、そこは緩やかな下り坂になっていたので、カートは勝手に滑り出し、待ち構えていたバンの後部に当たって止まった。イライザはカートを慌てて追いかけ、ゼルダが今入ってきたばかりの扉を閉めた。イライザは急いでバンの後部ドアを開け、カートの中の濡れたタオルを車の後部に放り始めた。全部移す必要はない。生き物を隠せるだけの量があればいい。彼は胎児のように身を丸めている。片手で顔を覆い、頭上から降り注ぐ光から目を守っていた。イライザは手を伸ばし、彼の身体の下に腕を入れ、その身体を起こそうとした。彼はその腕にしがみつこうとしたが、ほとんど力が入らないらしく、うまく起き上がれなかった。えら部分に視線を向けると、風船のように膨らんでいる。これは良くない。とても良くない。彼は弱々しく、自分の足で立つこともままならなかった。

ゼルダがそばに来た。イライザの大切な友だちが、再び手を差し伸べてくれた。彼のひんやりした、鱗に覆われた鎖帷子《くさりかたびら》のような身体に触ると、その感触に顔をしかめたものの、力任せに彼を車に押しやった。ゼルダがいてくれたおかげで、移動には十秒もかからなかった。イライザがちらりとゼルダを見ると、相変わらず困惑は拭えないようだったものの、彼に対するまなざしが違っている気がした。もはやゼルダにとっても、彼は単なる奇妙な生物でも、育ち過ぎたトカゲのような化け物でもなくなっているのではないか。意図せずして冷たく乾いた砂漠に上陸してしまった、より高度な、人間に近い何かだと感じるようになっているのではないだろうか。

「行って」

ゼルダは息を吐いた。「早く！」

感謝の気持ちをくどくどと述べている時間はない。イライザは監視カメラを指差して〈私たちは映っていない〉と手話で伝え、ゼルダの身体を両開きのドアの方へと押しやった。誰も自分たちのことを見ていないのなら、何食わぬ顔で建物内に戻り、知らんぷりをしていればいいだけのこと。ところが、友はその場に突っ立ったままでいる。

「こっちのことは気にしないで。早く行きなさい！」

そう声を上げたゼルダだったが、どこか気が抜け、呆然《ぼうぜん》としているようにも見えた。イライザは不安な視線を送りつつも、バンに乗り込み、ドアを閉めた。それを確認したジャイルズは車を急発進させ、パグのタイヤは、カートの調子の悪い車輪よりも大きな金切り声を上げた。

49

ストリックランドは走った。気に食わない。こんなことは絶対にあってはならない。職場で走るなど、自分がコントロールを失った証。決してやりたくなかった行動だった。しかし、今は他に選択肢がない。どけ！　どけ！　道を開けろ！　彼は叫びながらロビーを突っ切り、邪魔になった人間を片っ端から突き飛ばし、非常階段を飛ぶように降り、正面玄関から外に飛び出してようやく足を止めた。ふと見ると、自分の後ろには憲兵が二人いて、その後ろにはフレミングもいた。表では、完全に夜は明け、朝の真新しい太陽に全てが晒されていた。まだ数はまばらだが、早めに出勤してきた何も知らぬ従業員が、建物に向かってくる。寝癖が付いた頭を掻き、あくびをしている科学者たち。玄関に入る前に立ち止まり、コンパクトの鏡を見ながら口紅を引き直したり、化粧や髪型をチェックしたりする秘書たち。いつもと変わらない朝の光景だ。

ところがそのとき、車の音が聞こえた。平和な出勤時には似つかわしくない、猛スピードで爆走する車の音だ。ストリックランドはハッとし、音がする方向に駆け出した。建物の右手に回り、芝生を横切り、さらに角を曲がる。ほらな、やっぱりだ！　エベレストの頂上から転げ落ちてくる巨大な雪玉のごとく、洗濯業者の白いバンがものすごい速度で向かってきた。

「撃て！」

ストリックランドはそう命じたが、憲兵はまだこちらに追いついていなかった。全力疾走する巨獣《ビヒモス》を前に、牛追い棒だけではなんの太刀《たち》打《う》ちもできない。検問所の憲兵が、道路の真ん中に躍り出た。ところがバンは大きく蛇行して憲兵を跳ねるのを避け、駐車場に入った。バンのドライバーはコントロールを失ったのか、駐車場に唯一停めてあった車にまっすぐに向かっていく。だが、その車を見て、ストリックランドは声を上げた。

「やめろ！」

それは、彼が購入したばかりの新車キャデラック・ドゥビルだった。非の打ちどころのない完璧なボディ。この国の未来を体現する自分にふさわしい形、サイズ、色、光沢。アメリカで成功した男の五人に四人が乗る車。

「ダメだ！　ダメだ！　ダメだ！」

だが、その叫びも虚しく、白いバンはキャデラックの後部にぶつかった。ティールブルーの車体は大きく凹み、美しいテールフィンがどこかに飛んでいく。まるで自分に直接バンが衝突したかのように、ストリックランドの胸は激しく痛み、心が砕け散った。

50

バンに激しい衝撃が走り、タイヤが空回りする。運転席の後ろに、イライザがぶつかるのをジャイルズは感じた。

車は止まり、ゴムが焼ける匂いが漂う。なんてことだ。自由な外の世界に通じる正門まで、あとわずかだったのに。パグのフロントバンパーが、鮮やかなグリーンのキャデラックの後部に食い込んでいるのが、ボンネット越しにわかった。これはにっちもさっちもいかない状況だ。すると、どこからか悲鳴が聞こえてきた。初めは女性の金切り声かと思ったが、顔を上げたジャイルズは愕然とした。血走った目の図体のでかい男が「ダメだ！ダメだ！」とわめきながら近づいてくるではないか。大股で迫ってくる相手の手には、何か棒のようなものが握られていた。

クソッ。ジャイルズは罵りの言葉をつぶやき、ギアをリバースに入れてアクセルを踏んだ。バンはゆっくりとバックを始め、金属と金属の接触面が擦れて、凄《すさ》まじい音を立てている。パグのヘッドライトとキャデラックのテールランプのガラスが割れて、花火のように破片が飛び散った。男の姿はどんどん近づき、その形相はますます恐ろしさを増した。さっきより距離が半分に縮んでいる。マズい。ジャイルズは焦る気持ちを抑え、今度はギアを一速《いっそく》に入れてペダルを踏んだ。がっちりと噛み合った二台の車のめくれたバンパーが、赤ん坊の泣き声のような摩擦音を立てた。憲兵が銃を上げて駆けてきて、前を行く大男に脇にどくようにと叫んでいる。つまり、こちらに向けて発砲してくる気満々らしい。しかしながら、棒を持った男は憲兵たちを無視して走り続け、すぐそこまで来ていた。ジャイルズはささやかな防御策として、運転席の窓ガラスを慌てて閉めた。わけのわからない怒号を上げつつ、男はフェンスを飛び越え、とうとうバンにたどり着いてしまった。

とにかく窓を閉めたのは正解だった。男はいきなり持っていた棒を振り終ろしたからだ。窓ガラスにひびが入り、ジャイルズは悲鳴を上げた。ハンドルを右に切って、エンジンを吹かす。頼む、動いてくれ。今度は左に切り、同じようにエンジンを思い切り吹かした。男の棒が、フロントガラスに打ち込まれ、一瞬でガラス全体に蜘蛛《くも》の巣上のひびが広がる。男はさらに棒で叩き続け、ついにフロントガラスが割れてしまった。細かいガラス片がジャイルズの顔面に降り注いだ。次に棒を振り下ろされたら、直撃は避けられまい。そう覚悟したとき、キャデラックのバンパーが裂けた。急にパグが右に動いたので、男は衝突を避けて、反射的に後ろに飛び退いた。相手の車体とパグの車体が擦れ、火花が上がる。キャデラックの何層にもコーティングされた美しいボディは、見るも無残な姿となっていた。

51

えらは大きく開いており、真っ赤な透かし模様のような内部組織がはっきりと見えている。硬い地面を探して必死に足を動かすムカデのごとく、繊維状のものがひっきりなしに動いているのがわかった。おそらくその一本、一本が酸素を求めているのだろう。彼の呼吸は速く、苦しそうだった。シーツを被ってお化けごっこをしている子供のように、濡れたタオルの間から腕が伸びてきた。手は丸まっていたが、上へ上へと向けられ、天国に触れたがっているふうにも見える。

イライザは彼の手首を握った。天国に行かないように地面に戻してあげなければと、優しくタオルの中に入れようとしたが、彼の手は抵抗し、こちらの手を振り払った。イライザはハッとした。彼の手は、同じ動きを繰り返している。これは――。そう、彼は手話で伝えてきていたのだ。〔水〕と。

ジャイルズの運転するパグが角を曲がるたび、荷台に置いた水の入ったボトルが傾き、回転し、カチャカチャと音を立てた。イライザはうち一本を掴み上げ、蓋を捻《ひね》って外し、生き物の顔、目、えらに水をかけた。彼は背中を丸め、水の一滴をも無駄にしないよう、あちこちをカートの濡れた部分になすりつけている。乾燥して茶色くなっていた身体に水が染み込むと、わずかながら彼の活力が蘇ってきたかに思えた。しかし、水は瞬く間に吸収されてなくなり、皮膚はたちどころに乾燥した。そして、彼は相変わらず喘いでいる。

「大丈夫なのか？　フィッシュマンは生きてるかい？」

運転しているジャイルズは、肩越しに大声で訊ねた。

イライザは近くの壁を両足で蹴り、〔速く！〕と手話で急かした。

「朝のラッシュ時なんだよ。これでもベストを尽くしてるんだ」

彼女はもう一度キックした。ホフステトラーは、生き物は水から出たら三十分しか生きられないと言った。かれこれすでに十五分は経過している。あるいは二十分かも。残り時間はどんどん少なくなっていく。イライザはすぐに生き物に注意を戻した。息が詰まっているような音を立て始めている。彼女は人間に通用するやり方しか知らないが。それでも役に立てばと、彼の身体の下に腕を入れて身体を持ち上げ、座位をとらせた。続いて、水の入ったボトルを持ち上げ、蓋を外して彼の全身に水を浴びせた。

彼は水を吸収し、ゴクゴクと飲んでる。今は車のガラス窓の高さにあるその目に、潤いが戻り、瞳の色が金色からタンポポを思わせる黄色に変わった。呼吸が苦しそうだというのに、彼は車窓の向こうに広がる外に世界に驚嘆していたのだ。イライザもまた、窓の外を流れる景色を見た。ボルチモアの街が、熱帯雨林の魔法のほんのひと欠片《かけら》でも持っていないかしらと思いながら。自然光のオレンジ色に染め上げられた点灯されていないネオンライト。その建物に幾何学的に組まれたグレーの足場。迫りくる黄色いクジラのような路面電車。コカコーラの看板に描かれた男女は、まるでイライザとこの生き物のように寄り添っていた。女性はコーラの瓶を持ち、自分は水のボトルを手にしている。もしかしたらボルチモアは、自分が思っているような無味乾燥な蟻塚《ありづか》のような場所ではなく、種々様々な物語の植物が群生する地であり、複雑怪奇な神話が生息する湿地帯であり、非常に稀《まれ》なおとぎ話が見つかる森なのかもしれない。

アーケード・シネマの裏手でパグは急カーブを切り、コントロールを失った。ジャイルズは慌ててブレーキを踏んだが、バンはゴミ箱に思い切りぶつかった。フロントバンパーの左側がなくなっていたため、衝撃を緩衝してくれるものはなく、車内はかなり揺れた。

おそらく車体もさらに凹んでしまったかもしれないが、そんなことを気にしている時間はなかった。ジャイルズが荷台の扉を開けたとき、イライザはすでに生き物に濡れた白衣をかけ、濡れたシーツを頭から被せておいていた。弱った上に濡れた布きれで覆った彼を連れて非常階段を上るのは、傍目《はため》には、間が抜けていて、ぎこちなく、不恰好なドタバタ喜劇のワンシーンのようだったかもしれない。映画の中にシャーリー・テンプルとミスター・ボージャングルが、華麗なタップダンスで階段を上っていたのとは大違いだ。

どうにかこうにか、三人は一番上まで上りきり、廊下を進んで、イライザのアパートの部屋の中に入った。洗面所の入口が狭かったので、ジャイルズは脇にどけ、彼女ひとりで生き物を浴槽まで導いた。ふたりとも弱っていた。彼を浴槽に浸からせるというよりも、浴槽の中に転げ落ちた、という表現の方が正しいかもしれない。足が十分に上がらなかったので、浴槽の縁をまたいだ直後に、張っていた水の中に背中から落下した。イライザは跳ねた水をもろに被り、頭からずぶ濡れになった。ちょうどカートの中で、ボトルの水を頭からかけられた彼のように。

清めのための沐浴《もくよく》。洗礼の儀式。そんな気もした。自宅の浴槽にいる彼は、F-1のタンクにいるときよりも小さく感じた。きっと、他の人間も小さなお風呂では小さく見えるのだと言い聞かせ、彼女はお湯の蛇口を捻った。浴槽に溜めたお湯は、ひと晩経って冷たくなっていたからだ。パイプは甲高い音を鳴らして震え、生き物の顔のすぐ横にお湯が注がれた。冷水とお湯が混じり、水位がどんどん上がって彼の顔が覆われた。彼女は泡が出るのを待った。しかし、何も反応がない。お願い、えらで呼吸をして。イライザは、F-

1のプールと同じ温度になるまでお湯を掻き混ぜた。

「君を手伝っていた女性は誰なんだい？」

ジャイルズは背後から質問をしてきた。その息はまだ荒い。「彼女は、この計画を全部知ってるのか？」

よし。同じくらいの温度になった。イライザはお湯から手を上げた。F-1のプールの深みに足を取られ、口に塩辛い水がたくさん入ってきた瞬間を思い出した。塩辛い水！　そうだ。彼女はエプロンのポケットから、ホフステトラーに渡された塩の錠剤が入った容器を取り出した。それと同時に、もうひとつの品が床に落ち、カランと音を立てた。

「おやまあ！」

ジャイルズはすっとんきょうな声を上げた。「それは注射器か？」

三日ごとに一錠。ホフステトラーはそう言っていた？　生き物は、まるで沈んだ岩のようだった。考えている時間はない。彼女は三錠を浴槽に入れた。錠剤は泡を出して溶け始め、イライザは再び手を浴槽に入れて掻き混ぜた。それから塩水をそっと彼の顔や首にかけてあげた。しかし恐ろしいことに、何も起きなかった。イライザの心は重しを乗せられたように沈んだ。そっと相手の手を取り、愛おしげに撫でた。大きな水かき。虹色に輝く鱗。骨に沿って描かれている繊細な縞模様《しまもよう》。もう片方の手も、彼の手に載せる。外科医が心臓マッサージをするように、彼女は彼の手を絞るように握った。

ジャイルズの影が、自分と生き物の上に覆い被さった。

「君は正しかった」と、息を吐きながら言った。「彼は美しい」

そのとき、生き物の手が、彼女の手をギュッと握り返してきた。そして彼は、ヘビがネズミを飲み込んだときのように、大きく喉を膨らましたのだ。死ぬ間際の痙攣《けいれん》だろうか。彼女は顎を震わせて泣き始めた。ここまで連れてこられたのに、彼を死なせてしまうなんて——。

「イライザ……これは……」

ジャイルズに声をかけられ、彼女はハッとして顔を上げた。

涙で曇って視界がぼやけていたのだが、その変化ははっきりとわかった。浴槽のお湯が輝き始めたのだ。最初はコバルトブルーに。それから、目の覚めるようなエメラルドグリーンに。イライザの小さな浴槽は、F-1のタンクに負けないアクアリウムと化したのだ。その水の中にいる生き物の口からは、細かい泡が立ち始めた。彼は今、美しい生命の光を放っている。そして、彼は生きていた——。

恐るることなかれ
TROUBLE YOUR HEART NO MORE

1

デスク上のトレイに置かれた物を、ストリックランドは何時間も見つめ続けている。高熱でやられて原型をとどめていないが、今回の事態を招いた元凶の小型装置だ。爆発によって金属のパイプ部分が露呈している。赤い染みは、さしずめ、たっぷりの油で揚げたプラスチックのフライだ。黒く固まった筋は、おそらくかつてはワイヤーだったに違いない。正直、彼はこれが何なのか皆目わからなかった。というか、わかろうともしていない。ただ見つめているだけだ。

どんなタイプの爆弾にせよ、肝心な部分は全て溶けている。これは、今の自分の状況に等しい。そうだよな？　ドロドロに溶けて、全て台なし。いい父親になろうとした努力。ずっと信じてきた〝うちの家庭は幸せで平穏〟という非現実的な概念。そして、自分のこの身体でさえも。彼は左手の包帯に視線を移した。何日も交換していない。白かった布地は黒ずみ、傷口からにじみ出た体液を吸って湿っている。これは、棺《ひつぎ》の中の死体に起きることと同じだ。肉が溶け、黒い血泥《ちどろ》になっていく。彼の指も腐っていく一方だ。腕の動脈を〝腐敗〟という芋虫が這《は》い上がっていく感触が消えない。執拗《しつよう》に巻きつこうとしていたつる植物は、すでに自分の心臓に侵入している。アマゾンのジャングルは生存競争のるつぼであり、繁殖能力が強いものが弱いものをいとも簡単に凌駕《りょうが》する戦場だ。その戦いが終わることは決してない。

ドアがノックされ、ストリックランドは我に返った。相当長い間、トレイを見下ろしていたため、眼球を上向きにすると痛みが走った。部屋に入ってきたのは、フレミングだった。そういえば、こいつを呼び出したんだったな。フレミングはすでに帰宅し、家で就寝中だった。寝ていたのだ。これほどの大事件の直後に？　自分は、オッカムから離れるという考えすら浮かばなかった。もし家に帰りたいと思ったなら、あの大破したキャデラックに乗らねばならない。そう考えただけで吐き気を催したが、だから、ここに残ったのではない。違う。それとこれとは関係ない、と彼は己に言い聞かせた。フレミングの咳払《せきばら》いが、ストリックランドを再び現実に引き戻した。監視カメラの映像が流れる背後のモニターは、X線のようなグレーの光を放っている。X線の光は、フレミングのたるんだ肉を暴露し、それとは対照的に小枝のように細い骨を暴いた。電気の波動となって脈打っているのは、彼の不安だろう。

「あの……何かわかりましたか？」

フレミングにそう問われたものの、ストリックランドはにらみ返したりしなかった。にらんだところで、相手の尊敬など得られやしない。クリップボードで隠してはいるが、喉元には、停電の際に自分が激情のあまり首を絞めてできた痣《あざ》がくっきりと浮かんでいた。果物と同じくらい柔《やわ》なクソ野郎め。

フレミングはもう一度咳払いをし、クリップボードに目を落とした。

「剝げた塗料片は山ほど見つかりました。それと、フロントバンパーは丸ごと、落ちていましたから、それも手がかりになるかと。捜索班を編成して、フロントバンパーのない白いバンを見つけ出します。地元警察の手を借りれば楽でしょうが、事件の性質上、それができないのは承知しています。衝突現場に規制線を張ったので、ただちにタイヤ痕も調べさせます」

「タイヤ痕ねえ」

ストリックランドは繰り返した。「塗料片かぁ」

フレミングはゴクリとツバを飲み込んだ。「監視カメラの映像もあります」

「問題となっているカメラ以外の、だろ？」

「映像は現在チェック中でして……」

「そして、有力な手がかりとなる目撃証言はひとつもない」

「聞き込み調査を始めたばかりですので……」

ストリックランドは、再びトレイに視線を戻した。普通、トレイに置かれるのは食べ物だ。彼はこの溶けた装置を食べることを想像してみた。歯は金属の欠片をバリバリと嚙《か》み砕き、やっとの思いで飲み込んだものの、異物はずっしりと重く胃にのしかかり、胃液で消化されないので、いつまでも不快感に襲われる——。それとも、自分が爆弾になることも可能じゃないか？　ある特定の質問をされたら、爆発するという仕組みの爆弾に。

「僭越《せんえつ》ながら申し上げますと」

フレミングはそう前置きをして話し始めた。「高度な訓練を受けたエリート部隊のしわざではないでしょうか。資金も豊富で、装備も十分な連中。侵入には十分もかかっていません。ミスター・ストリックランド、あくまでも私の個人的な意見なのですが、これは、赤色陸軍特殊部隊が起こしたのではないかと……」

ストリックランドは返事をしなかった。ロシア兵の侵入？　ないとは言い切れない。人類初の人工衛星。地球軌道を周回した初の動物。世界初の有人宇宙飛行。どれも成功させたのは、ソ連だ。アメリカは後手《ごて》に回っている。そして、ホフステトラー。しかし、昨晩あいつが何か悪さをしたという証拠は何ひとつ見つけ出せていない。この襲撃の全体像を見たとき、どうにもロシア人の仕事だとは思えなかった。ぞんざい過ぎるのだ。牛追い棒で殴打したあのバンだって、ひどいポンコツだったし、運転していたのは、気が触れたようなジジイだった。もっと考える時間が必要だ。そうか。それがフレミングをここに呼んだ理由なのか。記憶が鮮明になったストリックランドは、椅子に座り直し、背筋を伸ばした。痛み止めの容器に手を伸ばし、数粒を口に入れてガリガリと噛む。

「私が言いたかったのは――」

ストリックランドは声を少し張り上げた。「はっきりさせておきたいのは、私の許可があるまで、オッカムでのこの事態を他に漏らさないでおく、ということだ。内々で処理するチャンスをくれ。誰にも知らせるな。いいな？」

「ホイト元帥《げんすい》以外には、ということですよね？」

フレミングは片眉を上げ、恐る恐る訊《き》いてきた。

その名前を耳にした途端、ストリックランドの腕を這い上がっていた腐敗が、真冬の木々の樹液のごとく凍りついた。

「元帥……は……」彼は言葉を続けることができなかった。

「あのですね」

フレミングは盾にするかのように、クリップボードを胸元まで上げた。「ホイト元帥には連絡しておきました。事件後、ただちに。必要かと思いまして」

ストリックランドが溶け出す速度は速かった。すでにぶよぶよになった腐肉に、耳が埋没し、何も聞こえなくなった。オッカムでほどなく完遂する予定だった仕事。アマゾンでやり遂げたありとあらゆること。それらに一体なんの価値があったというんだ？ 自分がしくじったと、ホイトに知られてしまった。ホイトに煽《あお》られて、自分が必死に登り続けてきたロープを外すために行ってきた全て。それらに一体なんの価値があったというんだ？ 自分がしくじったと、ホイトに知られてしまった。ホイトに煽《あお》られて、自分が必死に登り続けてきたキャリアという塔が、実は断首台《ギロチン》だったことが明らかになった。自分は真っ二つに切断され、首は柔らかい地面に着地する。それは、水田の泥のようなところで、肥やしの悪臭を嗅ぎながら窒息するのだ。顔の横を通過していく牛車から聞こえる愚か者のバカ笑いが、頭の中でこだまする。ああ、神よ！ 神様！ 彼は全ての始まりの地、韓国に戻っていた。

韓国での任務には、戦闘の傍《かたわ》ら、南に避難する何万人という韓国人を誘導することも含まれた。ストリックランドは、現地でホイトの個人的な補佐役を担っていた。あれは、永同郡《ヨンドングン》でのことだった。マッカーサー元帥から、戦い続けろ、撤退するなと一行に命令が下った。そこでホイトはストリックランドの襟首を掴《つか》んで一台のトラックを指差し、運転しろと伝えた。なので、彼は指示通りトラックを運転し、銀色にむせぶ豪雨の中、田んぼから田んぼへゆっくり羽ばたいて移動する鷺《さぎ》と同じくらいのペースで進んでいった。

　彼らがたどり着いたのは、かつての金鉱だった。坑内の半分に、汚れた衣類がぎゅうぎゅう詰めになっている。この布きれを焼き払うのだな、と彼は思った。それまでも、多くの村を火の海にしてきた。北の人民軍に〝戦利品〟を奪われないようにするための措置だった。ところが近くまで寄ってみると、ストリックランドは思いがけない事実を知ることとなった。汚い衣類だと思っていたものは衣類ではなく、死体だったのだ。五十体……いや、おそらく百体はあっただろうか。坑内は、無数の弾痕で蜂の巣のようになっている。軍人たちの間でまことしやかに流れていた最悪のうわさ――なんの罪もない韓国人の大量虐殺――が、まさか事実だったとは。愕然《がくぜん》と佇《たたず》むストリックランドにホイトは微笑《ほほえ》み、雨粒が伝う彼の首筋を優しく摑み、親指で撫《な》でた。

[redacted]と、ホイトは言った。

　ストリックランドが過去を振り返るたび、ホイトの言葉は金切り声に変換されてしまう。とはいえ、詳細はわからずとも、大事な部分は十分に思い出せた。

　あのとき、彼は偵察の結果をホイトに報告した。坑内には、わずかながらまだ生存者がいる、と。良くない結果だった。ホイトにとっても、アメリカにとっても。生き延びた奴《やつ》が穴から這い出て、真実を語り出したら、アメリカにとって実に面倒なことになる。

　ホイトの前で泣き言は絶対に言えなかったし、絶対に言わなかった。ストリックランドは、肩にかけていたライフルの負い紐《スリング》を外した。その動作は、まるで腕をもぐような感覚だった。しかし、ホイトは唇に指を当て、しばし考え込んでいた。それから、雨の中で指を回し、彼にこう告げた。ここに今いるのは我々ふたりだけ。銃声で注意を引いてしまうのは賢くないな、と。腰に差していた黒い刃の戦闘用ナイフを引き抜いた相手は、ストリックランドの手にそれを握らせ、ウィンクをした。

蒸し暑い雨の中で握ったナイフの革の柄の感触は、腐った肉のようだった。死体も坑内の蒸し暑さを助長していた。五体か六体ずつ重ねられ、四肢は曲がり、絡まっている。通路の真ん中に横たわっていた女を足で転がすと、頭に開いた穴から脳みそがこぼれ出た。死体の垣根を崩すべく、まずは男の死体を一体、引きずり下ろした。腹からズルズルと腸が出ていた。しかも、その色は真っ青だった。十体、二十体、三十体。死体の子宮の中を掘り進んでいくように、冷酷な大虐殺の跡地で黙々と前進していった。自分がどこにいるのか、何をしているのか、わからなくなっていた。汗と血と汚物でぬらつき、悪臭まみれになっている。ほとんどが死体だったが、中には生きている者もいた。彼らは、うめき声を上げていた。いや、助けてくれと乞うていたのかもしれないし、神に祈っていたのかもしれない。ストリックランドは、見つけた生存者の喉をひとり残らず掻《か》っ切った。自分たちの安全、安心のためだけに。ここで生きている奴はもう誰もいやしない。彼は己に言い聞かせた。リチャード・ストリックランドさえも息絶えたのだ、と。

彼は耳にした音を信用しなかった。地獄のはらわたの中で、何が信じられるというのだ？　しかし、その音はやまなかった。か細い泣き声。それは、死体の山の一番下にいた女から聞こえてきていた。女は死んでいた。すでに死後硬直が進んでいる。なのに、なぜ？　不審に思ったストリックランドが目を凝らすと、彼女が何かを抱えているのがわかった。赤ん坊だった。死んでもなお、我が子を守ろうとしたのだ。そして、その子は生きていた。なんという奇跡。いや、その真逆だ。母親の身体をどかした途端、赤ん坊は泣き始めた。しかも大声で。これは、ホイトが決して望まない事態だった。ストリックランドは、ナイフにこびりついた血液や髪、軟骨をきれいに拭き取り、切れ味をよくしようとした。だが、彼の手は猛烈に震えていた。任務を遂行できないほどの震えだ。自分は、一体なんのためにこんなことをしている？　命令だから？　ホイトのために？　戦争だからといって、こんな暴力が、こんな酷《ひど》いことが許されるのか？　戦時下の混沌《こんとん》に紛れ、悪事が善行にすり替えられている。この殺人は慈悲だとでも？

そばに、水たまりがあった。半分は雨水、半分は血。ストリックランドは、赤ん坊の頭をそっとその液体に押しつけた。彼は祈った。この子は奇跡だ。もしかしたら、水の中でも呼吸できるかもしれない。しかし、世界中のどこを探しても、そんな人間など存在しない。数度の痙攣《けいれん》で、彼の仕事は終わった。自分の命も終わってほしいと願った。ひざまずいていた彼が立ち上がろうとした矢先、背後で死体が崩れる音がした。振り向くと、ホイトが歩み寄ってくるのが見えた。ホイトは膝をついたままの彼の頭を抱え、自身の丸々とした腹に押しつけた。ストリックランドがもたれかかると、血だらけになった髪を撫でてくれた。ホイトはこちらに何かを言っていた。だが、彼の耳には血や肉片が詰まっていて、全ての音がくぐもっていた。

それは、当時はささやきだった。しかし、今では金切り声になっている。自分がしたことは、残虐行為だ。明るみになれば、戦争犯罪として、世界各国の新聞の一面を飾るだろう。そのせいで、自分とホイトのどちらかが死ぬまで、自分はホイトから離れられないのだ。オッカムのオフィスでひとり座りながら過ごし、ようやくここで理解した。金切り声に変わってもなお耳から離れないホイトの言葉。それらはサルの絶叫でもあり、どちらも同じものなのだ。感情をそのまま解き放ったような金切り声に煽られる形で、ストリックランドは己の役割を受け入れてきた。ギル神が捕らえられなければいけなかった理由も、ジャングルの神がギル神を破壊しなければいけない理由も、そこにある。古い神が殺されて初めて、新たな神が完全に浮上する。最初からずっと、彼はホイトの言葉に耳を傾けておくべきだったのだ。サルたちは、彼らの命令に怯《おび》えることはない。

彼らに従うのだ。

2

彼の手の中にある木炭を、なんと表現すればよいだろう？　これまで、この画材をあまり使ったことはなかった。体臭防止のデオドラントクリームや夏色の口紅を描くのに、木炭は選ばない。木炭の線は、どちらかという乱雑で、商品が望むものとは正反対だからだ。黒は人々を警戒させるため、購買意欲をそそる色ではない。しかし、他に選択肢はなかった。木炭を使って彼がこれまで描いてきたのは、もっぱら裸体画だった。木炭は、最も加工されていない画材ゆえ、題材の最も生身の部分を浮き彫りにする。つまり、木炭で描くと不思議なことが起こる。彼がほとんど無視している部分にさえ、生命が宿るのだ。角張った頬骨、隆起した額、突き出した鎖骨、尻の傾斜、腹の両脇といった普段注目されない部位の本当にささやかな特徴は、一度、木炭の煤《すす》の中に沈んだ後で輝きを取り戻し、生まれ変わるのだ。紙の上という二次元で、この進化の物語は繰り広げられていく。となれば、木炭は生命力を爆発させるダイナマイトとも言えるし、描くそばからキャンバスに魔法をかける、魔法の杖《つえ》とも言えるだろう。

若かった頃は失敗を恐れず、実際のところ、芸術的な意外性を促す要因だとして、敢《あ》えて失敗することを望んでいた嫌いもあった。今もそうだろうか、とジャイルズはふと考えた。年をとって痛みが走る手では、黒をヘザーの花のような紫がかった灰色や煙のような青みがかった灰色、朝霧のような淡い灰色に変えるのは大変だろうか。年老いて震える指では、麻袋のような質感を、あや織りの布やシルク、スエードの質感にぼかすのは無理だろうか？　フィッシュマン大脱出作戦から一日、彼の耳はパトカーのサイレンに敏感になっていた。彼の心と手を落ち着かせる唯一の方法は、絵を描くことだった。ジャイルズは太芯の鉛筆を選んだ。消しゴムは、葉巻の箱に十年以上しまってあったものだ。鉛筆の芯を親指の爪で少し削り、紙の上で少し寝かせた。紙はイーゼルの上に置かれ、イーゼルは膝の上に載っており、膝を揃《そろ》えた彼は、蓋を閉めたトイレの上に腰掛けている。

フィッシュマンは、浴槽の水の中からこちらを見ていた。今も、この映画館の上にあるアパートの風呂でどう呼吸すればいいかを学んでいる最中で、泳いだり、潜水したりは物理的にできないものの、回転することはできていた。くるくると水中で回転するのを楽しんでいる様子で、なかなかベッドから離れられない若者が、何度も寝返りを打っているかのように見えた。その姿が微笑ましく、ジャイルズは頬を緩め、大きく破顔した。最初は、この謎の生き物に、自分が無害だと知らせるために笑みを浮かべていたのだが、今でると、正真正銘の笑顔を浮かべていて、笑い声まで立てていた。フィッシュマンの目と比べると、自分の飼っている猫の目のなんと平らで空《から》っぽなことか。多様に変化するこの生き物の瞳から読み取れることは、とてもたくさんあった。フィッシュマンはジャイルズと、ずらりと並んだ色鉛筆に興味を持ったようだった。何ひとつ、外科用メスや牛追い棒には似ていない。だからなのか、こいつが僕を信用してくれているのは？　さらには好意さえ持っているように思える。

いや、こいつじゃない、彼だった。イライザは、呼称については「これ」でも「それ」でもなく、「彼」だとして頑として譲らず、ジャイルズは喜んで従うことにした。フィッシュマンは非常に美しい。ジャイルズをはるかに超える才能豊かな芸術家集団が、男性の鋳型に何十億個ものまばゆい宝石を詰めて作った造形物だ。こんな素晴らしいものを生み出せるアーティストだったら、文句なしに脱帽する。彼のあの発光を再現できる油絵の具もアクリル絵の具もないし、神秘的なささやきを形にできる水彩絵の具もグワッシュ絵の具もない。それがゆえの、このシンプルな画材——木炭——なのだ。ジャイルズは聖母マリア像を思い出しつつ、最初の線を引いた。それは、S字を描いた端麗な背びれだった。

「おお」

ジャイルズは息を呑《の》み、それから楽しそうに笑った。「これ、これ。まさしくこれだよ」

今座っている場所からは洗面台の鏡は見えなかったが、自分が再び三十五歳、いや、二十五歳になっている気がした。若く、大胆で、勇敢な自分に。彼はまたラインを描いた。さらにもう一本。これは芸術作品ではない、と己に言い聞かせる。ただのスケッチだ。年寄りに活力をみなぎらせる趣味みたいなもんだ。それでもジャイルズは、この木炭の線が、自分が描いた中で最も生命力にあふれた線だと感じずにはいられなかった。〈クライン&サウンダース〉の前身である〈ハッツラー百貨店〉に就職して以来、会社の、そして社会の歯車のひとつとなって回転し続けることを余儀なくされ、本当に大事なことを忘れるようになって以来、こんなに生き生きした線を描いたことはなかった。

ミス・ストリックランド――おっと、ミセス・ストリックランドだったな――は、ある意味、予言者だったのかもしれない。口紅を引き、ビーハイブの髪型をした、あのオシャレで可愛《かわい》い予言者さんは、自分に真実を話してくれた。こちらが売り込もうとしていた作品をバーニーが気に入っていなかったという真実だけでなく、現実に囚《とら》われすぎて自分の品格を落とすべきではないと教えてくれたのだ。

あなたがあなたであることを誇りに思える場所に行くべきだわ。

そして、それはここだった。親友の家の、ちょうどこの場所。これまでに見た中で最も素晴らしい生き物に触れることができる距離のここだ。

イライザはこの生物の起源についてほとんど何も知らなかったが、そんなことはどうでもよかった。ジャイルズは生き物の神格を感じ取り、スケッチの練習をした。いや、練習だなんて。神聖なる存在を描写する以上に、重大な注意を必要とする創作活動はない。ラファエロ、ボッティチェリ、カラヴァッジオ。まだ駆け出しの画家だった頃、図書館の画集で彼らの作品を余すところなく研究し、至高のものを表現する恩恵とリスクを知った。ミケランジェロは、どうやってシスティーナ礼拝堂の天井画を四年で完成させたんだ？　ミケランジェロと自分自身を比較するなど、冗談に等しいものの、実際に相似点はある。どちらも、この世で誰も見たことがない何かに近づく機会を得たということだ。たとえ、パトカーのサイレンが聞こえてきたとしても、それだけの価値はあった。確かに。

　ジャイルズは、フィッシュマンに少しだけ向きを変えてもらおうと、身振り手振りで伝えようとした。しかし、指を動かそうとした矢先、人間のモデルでもあるまいし、なんとバカげた注文をつけているのかと、ひとりでおかしくなって噴き出した。すでに自分は肖像画家気取りじゃないか！　しかし、彼は、こちらの指が動いたのを合図に、左目を少し水面から上げてくれたのだ。まるで、その方がよりシャープな感じに見えるとわかっているかのように。ジャイルズは息を止め、ジェスチャーを続けようと決めた。フィッシュマンは、こちらの回転する指に従ってくれた。おそらく彼は生まれ故郷の地で、空を舞う羽の生えた虫や鳥に反応して動いていたのかもしれない。きっと、自然界の滑らかで美しい動作に対する鑑賞眼を持っているのだ。そこには敵意など存在しない——。フィッシュマンはまばたきをした。えらにはしなやかさが戻り、呼吸は落ち着いている。

　そして今、協力的なモデルとして、彼はゆっくりと向きを変えた。

3

百貨店は、いつ頭上の照明を〝超新星〟に変えたのだろう？　瓶詰めにされたフルーツは、どれほどの間己の美しさに涙を流しているのだろう？　ベーカリーに並ぶ商品は、いつの時点で、粉砂糖に包んだ秘密をため息とともに吐き出し、それを食べる人間の頬にうれし涙のようにくっつけるようになったのだろう？　いつの間に買い物客は、分厚いバッグを持ち、カートを乱暴に押してくる好意的ではない女の人たちから、こちらに微笑みかけ、お先にどうぞと道を譲り、選んだ商品を見て「まあ、素敵ね」と言ってくれる婦人たちに変わったのだろう？　彼女たちは、今のイライザを見ているのだ。自分にもその姿が見える。精肉鮮魚コーナーのガラスのショーケースに映っている姿。首の傷跡を隠して猫背になっていた臆病者ではなく、背筋をピンと伸ばし、なんの迷いもなく生肉と生魚の切り身を指差している女性を。ずいぶん買うんだな、とお店の人は思ってるかしら。でも、別にいいじゃない。凛《りん》として前をしっかりと見つめる女性には、お腹を空《す》かして家で待っている男性がいるものよ。そして、自分も然《しか》り。イライザは頬を緩めた。彼が家で待っている！

お肉とお魚だけじゃなくて、卵も必要ね。何パックも買うので、カートの中で崩れないように、十字に交差させて積み上げる必要があった。楽しげに卵パックを山積みにするイライザを見て、他の買い物客がニコニコしながら通り過ぎていく。そうだ、塩も何袋か買わないと。ホフステトラー博士がくれた塩の錠剤は、いずれなくなる。袋詰めされた塩がどこにあるのか探すのに、少し時間がかかってしまったけれど、そんなことは全く気にならない。誰かのために買い物をするのが、こんなに楽しいなんて！　ジャイルズが買い物係を申し出てくれたけれど、彼女は丁重に断った。あの生き物――彼――が何を必要としているかを直感でわかるのは、自分だけなのだ。行き帰りとも公共の交通機関を使ったので、途中で制服警官に出くわした。とはいえ、自分が何をしたかなんて絶対にわかりっこないと己に言い聞かせ、知らんぷりしてやり過ごした。とはいえ、警官たちが皆、エドモンソン・ビレッジの方向へ歩き去ったときには、肩を撫で下ろした。ゼルダが常々ショッピングセンターは宝の山だと褒めちぎっていたが、その意見は正しかった。ゼルダ。彼女には言いたいことがたくさんある。次のシフトで全部伝えよう。そうよ、仕事は休まない。疑われないためにも、きちんと出勤し、きちんと働くことが大事だ。ゼルダのことを考えると、いつだって胸がいっぱいになる。膨らんだ想いが内側から肋骨《ろっこつ》を限界まで押し上げるほどに。

店の前に花や植物の売り場があることがわかり、イライザは引き込まれるようにして立ち寄った。豊かに繁ったシダがスカートの裾を揺らし、上から垂れ下がったつるが頬を撫でた。緑に囲まれた空間。無機質な実験室には、これが必要だったのかもしれない。ならば、自宅の浴室の角張ったところに植物を置こう。彼女は辺りを見回し、一番葉っぱがたっぷり育っているシダの鉢植えを二個選んだ。この緑が浴室のタイルや陶器の冷たさや硬さを隠してくれるかもしれない。オウギヤシの葉は、彼の広げた手を思わせた。これがあれば、少しは寂しさが紛れるかしら？　ドラセナ・ドラコは背が高く、洗面台の上の明かりにまで届くだろう。光が葉っぱのフィルターを透過して浴室全体がグリーンに染まるのを、彼女は想像した。

　カートには、購入すべき商品が山と積まれた。植物の葉っぱが鼻をくすぐり、イライザはひとりでクスクス笑う羽目になった。だけど、こんなにたくさん、どうやって持って帰ろう。店の前に並んでいた手押し車も一台、買うことになりそうだ。思わぬ出費だけれど、あと数ドル追加したって、そんなに違いはない。今日は、みみっちく小銭を数えなかった人生で初めての日だ。太っ腹な買い物を思う存分楽しもうと決めたのだ。自分が派手な帽子そのものにでもなったかのように、大きな笑みを浮かべているのは自覚していた。少し気を落ち着けた方がいい。生鮮食料品を買って大喜びしている女を警官が見たら、なんだこいつはと、注意を引いてしまう可能性がある。

　大きな植物やたくさんの卵を入れたカートをまともに操縦するのは、スリルがあって面白い反面、結構難しかった。レジの列に進む途中で、立っていた誰かにぶつかって謝ったらマネキンだったりもした。紙製のエアフレッシュナーがたくさん吊《つ》り下げられているコーナーに差し掛かったとき、イライザは思わず足を止めた。モビールみたいに揺れるエアフレッシュナーのひとつを指で触ってみる。それは、小さな木の形になっていた。いろいろな香りがあるのも素敵だった。ピンク・チェリー。ブラウン・シナモン。レッド・アップル。緑色のエアフレッシュナーがあったので、商品を見てみると、「本物みたいな松の木の香り」とセロファンのパッケージの上に記されていた。

これ以上笑顔は大きくならないと思っていたのだが、イライザはさらに破顔し、そのエアフレッシュナーをひとつ取った。あ、ひとつじゃ足りない。フックに掛かっていた同じ香りのものを結局全部カートに入れた。樹木の数はジャングルとは比べものにならないけれど、出発点としてはまずまずだろう。彼女は微笑みを絶やすことなく、レジへと向かい始めた。

4

紙の上に涙がこぼれ落ちても、ジャイルズは絵を描く手を止めなかった。手の側面で涙を木炭の線に擦《す》り込ませ、輪郭をぼやけさせる。ふんわりとした柔らかさが生まれ、生き物の鱗《うろこ》の光沢がうまい具合に表現できた。なかなか画期的な手法じゃないか。ジャイルズはひとり微笑んだ。悲喜こもごもの涙。痛々しい血。口づけで溶け合う唾液。フィッシュマンは、それ単体ではほんの些細《ささい》な一滴を、魔法をかけて優美なアートに昇華させてくれる。

ジャイルズは手を上げ、人差し指を回した。今度は回転してくれなかった。だが、彼は背筋をピンと伸ばし、首の美しく繊細な模様を露《あら》わにした。まるで誇らしげに胸を張っているようでもあった。モデルが描き手にこっちのポーズで描けと言っているようで、ジャイルズはおかしくなって声を立てて笑った。それでも涙は止まらない。おかしいのになんで泣けるんだろうな。唇を舐《な》めると塩辛い味がした。ジャイルズは何枚も何枚も描いた。

己に突き動かされるままに絵を描くことに飢えていた。豪華な食事が出る晩餐会《ばんさんかい》に出席した腹ぺこ男の気分だった。腹が減り過ぎて食べても食べても満腹にならず、ウェイターが次の料理を運んでくるのが待てないくらいの勢いだった。ジャイルズは絵を描きながらブツブツと何かをつぶやいていたが、自分ではそれが独り言なのか、紙の上で木炭を走らせる音なのか、わからなくなっていた。

「イライザは君がひとりぼっちだと言っていた。君の種では最後のひとりだとかなんとか」

ジャイルズは、また楽しくなってケラケラと笑った。「彼女の言っていることがよくわからなかったんだ。理解しようと努力はしたかもしれないが、最初は全く信じられなくてね。そりゃそうだろう。フィッシュマンだなんて。で、僕は実際に君を見た。いやあ、君は実に説得力があった。僕が君の存在を信じなかったこと、初めは口を利《き》こうとしなかった非礼をどうか許してほしい。ようやく君に同調というか……共感というか……とにかく君がここにいることを信じられるようになってきたよ。君が最初に軍艦や収容されていたタンクの内側を見たときは、どう感じたんだい？　君を見ていると、我々が人類というひとつの種だと気づかされる。肌の色だの、性癖だの、性別だのが違うからっていがみ合っているのがバカらしいよ。結局は同じ種類の生き物じゃないか。君がそこにそうしているだけで、そんなふうに思えてくるなんて。君が世の中を変えてくれるかもしれないな」

生き物の目の縁を描く段になり、ジャイルズは朝霧のような灰色を選んで線を引いた。

「イライザが君を見つけた。そこで、また新たな変化があった。彼女の中で。確かに彼女は変わった。僕が推測するに、君の内側でも変化があったんじゃないかな？　人間は何も悪い奴だけじゃないなって。もしそう感じてくれているなら、僕は君に感謝の言葉を述べたい。ありがとう。実に寛大な評価だ」

切り立った崖のような胸板はたくましいが、一方で花びらのような滑らかさを有している。光沢を出すのに、ジャイルズは暗めのシルバーを使った。

「ところで、とっくに顔合わせは済んでいるが、自己紹介がまだだったね。僕はジャイルズ。ジャイルズ・ガンダーソンだ。人間の習慣では、ここで握手なるものをするんだが、君は全裸で浴槽に浸《つ》かっているし、今回は割愛するとしよう。で、自己紹介が終わったところで、話をふりだしに戻してもいいかな？　僕はイライザと同意見かどうか、定かではないんだ。君はたったひとりきりの存在かい？　本当に？　君が他とは異なる存在だとしたら、僕だって同じだ。そう考えると、ひとりぼっちじゃないね」

背びれは、曇り空の灰色で描くことにした。骨の輪郭が浮き出た箇所には、黒でスッと線を入れる。

「バカげたふうに聞こえるかもしれないが、僕は、もともと所属していた場所から無理やり引きずり出されたように感じているんだ。あるいは、生まれるのが早すぎたか。子供の頃に覚えていた感覚……幼くてよくわからなかったけれど、何をするにも、自分は場違いで、時代にもそぐわないと思っていた。言っている意味が理解できるかな？　僕はもう年だ。この老体を見てくれ。僕が内側に囚われているこの身体。僕の人生はもう終盤だ。自分では、自分らしく生きることができた時間など全くなかったと感じているんだけどね」

頭皮は、最も滑らかで、羽毛のような優しいタッチで表現していく。

「僕はひとりぼっちなのか？　もちろん違う。唯一無二なんて特別な存在じゃない。僕みたいな特異な存在は、世界中にごまんといる。だから、特異だっていうのは、人々の考える尺度に過ぎない。世の中に似たような連中がたくさんいるなら、なんだ、別に特異な存在なんかじゃないのかってみんなが思い始めてくれたらいいのに。天気に雨の日も晴れの日も雪の日も嵐の日も凪の日もあるように、自然界にいろいろ存在するうちのひとつだって誰もが考えるようになる。そんな時代が来るのはいつだろうね。それと、こう考えるのはどうかな？　僕と君はそれぞれの種の最後の生き残りではなく、始まりのひとりだって。より良い世の中の、より良い生き物の、最初の一体。それってなかなかいいと思わないか？　僕たちは過去の産物ではなく、未来そのものなんだ」

ジャイルズは腕を伸ばし、描き上がった絵をしげしげと眺めた。人物画のスケッチとしては悪くない。内面まで浮き彫りにされている気がする。そもそも人物画のスケッチはなんのために行うのか？　見たままの主題を精密に描きつつ、その人物の性格面をも引き出して作品に深みや厚みを持たせていくための練習だ。ジャイルズは、またおかしくなった。自分はそんなことを考えてスケッチを始めたのか？　おやまあ、こんな偉そうな考えをするなんて、何十年ぶりだろう。

ジャイルズは息を吐き、絵を浴槽の方に向けた。水中に沈んでいたフィッシュマンは頭を持ち上げ、目を水面から出した。彼は絵を見つめていたが、首を傾《かし》げ、絵と比較するかのように己の身体に視線を落としている。オッカムでの研究結果の報告書には、この生き物に自己認識は不可能とタイプライターで打たれているのかもしれないが、そいつは誤りだ。フィッシュマンは、自身が紙に描かれていると判断し、絵の中の姿が水面に映る姿とは異なっているという事実も承知している。端的に言えば、アートの魔法。こんなふうに、絵として紙の中に閉じ込められることもあるのだと、彼は認めている。すなわち、彼はアーティストと積極的に協調して芸術活動に取り組めることを意味しているのだ。ああ、素晴らしい。僕も彼もそれほど違わないじゃないか。モデルと画家。フィッシュマンと人間。異端同士。生物種最強コンビ。ジャイルズは、光と水の最適なコントラストの中に沈む彼を見つめた。なんて美しい。そのままの彼こそ、自然が生んだ最高の芸術作品だった。

5

二輪の買い物カートは、イライザの職場での四輪カートよりも小回りが利き、動かしやすかった。しかし、ボルチモアの歩道は、ピカピカに磨かれた実験室の床以上に、なかなか骨の折れる障害物コースを提供してきた。今は昼下がり。本来なら眠りの国をさまよっている時間だ。最後に寝てから、永遠の時が流れている気がする。それでも彼女は依然として疲れを感じていなかった。バンの中で彼をこの腕で抱き締めていたことで、ホフステトラーが自分に渡した注射器の薬剤とは正反対の効果を得られたようだ。全身に活力がみなぎっている。今日はいつも降車するバス停よりいくつか手前で降りた。街並みを見ながら歩けば、過剰な元気を消費することができるだろうと考えたからだ。チェサピーク湾に注ぐパタプスコ川の河口付近からは磯の香りが仄《ほの》かに漂い、焼きたてのクッキーの香りで胸を躍らせた子供時代のように、彼女の胸は急にときめき、彼に会いたくてたまらなくなった。

イライザはカートを押し、波止場までやってきた。立ち入り禁止の看板を通り過ぎたのだが、細い歩行者用の桟橋があったのだ。ここ、歩いてもいいのよね？　今の彼女にとって、警官に目をつけられることだけは避けたかった。だが、この桟橋を歩いてはいけないと書かれた標識はない。彼女は恐る恐る足を踏み出し、川に突き出した桟橋を歩き始めた。歩《ほ》を進めていくにつれ、彼女の背中に被さっていた周囲のビル群の影が、ナイトガウンが肩からスルリと落ちるように離れていく。転落防止のフェンスはなく、あるといったら、地味な立て看板だけだった。

遊泳禁止！　釣り禁止！　水深10メートル超で河川水放流

魚釣りに対して、イライザは昔から嫌悪感を抱いていた。ホームでは誰も泳ぎ方を教えてくれなかったものの、看板の意味は理解できた。水位が上がって——また雨が降ればの話だけど——コンクリートの支柱にペイントされた水深十メートルのラインを超えると、水門が開放されてパタプスコ川の水がチェサピーク湾に放流されるのだ。そして、チェサピーク湾は大西洋に続いている。

イライザはカートを置き、桟橋の端に立って目をつぶった。寄せる波がピチャピチャと音を立てている。そういえば、バスに乗っていた人々は皆コートの襟を立て、寒さで縮こまっていた。そうか、今日は暖かくはないのね。眠気を感じていないのと同様、イライザは寒さも感じていなかった。それどころか、こんなに穏やかで暖かな一日は、本当に久しぶりだ。だからなのか。彼女はハッとして納得した。バスの通路を挟んで向かい側に座っていた女性は、イライザが微笑みかけてもなかなか気づかず、三度目でようやく会釈してきたのだった。

その女性はきれいな人だった。ちょうど〈ジュリアの素敵な靴屋さん〉のジュリアがどんな人なんだろうと憧れてきたように、前日の出来事が起こるまで、イライザがずっと夢見てきた全てを備えていた。スリムだけど、出るところはちゃんと出ている体型は、ストライプのフランネル地のワンピースの上からでもわかる。ラインストーンで縁取られたベルトのバックル、ブローチ、ブレスレット、イヤリング、結婚指輪の組み合わせは調和がとれていた。ただ、ブロンドのビーハイブの髪型だけは、やや流行遅れの感が否めない。イライザが思うに、この働く女性は他の職業婦人同様、多忙ゆえに流行に乗り切れていないのだろう。

ようやく視線が合ったとき、この女性が微笑み返してくるまで、一瞬間が空《あ》いた。他の女性たちと同じく、元気はつらつとしたイライザに気後れしてしまったのかもしれない。ビーハイブの女性は、こちらの左手を見、薬指に指輪がないことを確認したように思えた。驚いたことに、指輪がないのを見て、その女性は冷笑を示すのではなく、ホッとした表情になったのだ。その笑みにわざとらしさは感じられず、本物の安堵《あんど》の笑顔だったらしい。イライザが向かいの席の美しい職業婦人に尊敬の念を抱く以上に、相手もこちらを同じように、もしかしたらそれ以上に賞賛してくれていた気がした。さらには、変な話だけれど、その女性の思いがイライザの耳に聞こえたように思えた。

心のままに行動して。誰がなんと言おうと、自分の心に従うのよ。

ちょうどイライザは、その通りのことをしたばかりだった。しかしこの世界の片隅で、どんどん気温が下がりつつある中、あの女性の困ったような顔が気になって仕方がない。全てを手にしているように見える女性が不幸せだとしたら、深夜勤務の清掃員はどんな希望を持てばいいのか。家賃を払うのに精一杯の稼ぎで、話すこともできず、それゆえに声をかけて社会に入り込む能力もなく、自宅の浴槽に高度な機密事項である水陸両生の生き物がいるという女性は、一体どうすれば？

イライザはパッとまぶたを開け、回れ右をし、目を細めて北の方角を見た。空はグレー一色で、なんとなく不吉な予感がする。遠くに、〈アーケード・シネマ〉の入り口の看板が見えた。支配人のミスター・アルゾニアンは、経費節約のため、十分暗くなるまで看板の電源を入れない。そのとき、彼女の胃が急にキリキリと引きつり始めた。ここから自分のアパートがある映画館が見えるということは、つまり、彼は川に近いということだ。自宅と川が距離的に近いという事実に、ひどく動揺を覚えた。彼女は慌ててカートを摑み、方向転換をして家路を急いだ。

家に帰ると、ジャイルズはトイレの蓋の上に座ったままうたた寝をしていた。気持ちよさそうに寝息を立てているが、その手は木炭で真っ黒になっている。抜き足差し足で浴槽のところまで行き、みすぼらしいバスマットに膝をついたイライザは、浴槽の縁に肘を曲げた腕を載せ、そこで顎を休ませた。水の下で輝いている彼の目を見つめる。彼が呼吸する柔らかな泡の音に耳を澄ます。彼は、「おかえり」と言う代わりにまばたきをしてくれた。彼女は腕を伸ばして人差し指で水を揺らし、大きな手の甲に触れた。意外にも、彼は手を返したので、イライザの指は手のひらに触れる形となった。水の中にある自分の指と彼の手のひらは、露に濡《ぬ》れ、大きく開いた単一雌しべの花のようだ。彼女は自分の呼吸の音に耳を傾けたが、何も聞こえなかった。ふたりは手を使って会話をする。だけど、これは？　ふたりの手は触れ合っていた。ふとバスで目を合わせたビーハイブの女性を思い返す。あの人は強張《こわば》ったまま椅子に座っていた。誰にも触れることなく。イライザは悟った。恐れがないことは、幸せであることと勘違いされがちだけれど、両者は同じではない。似通ってすらいないのだ、と。

6

眺めているのは、巻き戻されていく世界だった。卸《おろ》し金《がね》で魂が擦《す》り下ろされるような、玉虫色の光沢がなくなるまで魚の鱗をナイフで削《そ》ぎ落とすような感覚。停止。薄く延び切った磁気テープが突然止まるときの肉感的な感触を楽しむ。再生。延々と続く廊下。どの廊下も全く同じに見える。白衣を着た科学者とて同じ。廊下という血管を流れる血小板のような白衣のクローンたち。容疑者を探し出さなければ。一時停止。一時停止。一秒ごとにテープを分析していく。いや、二分の一秒ごとに。ダメだ。それではまだ不十分。四分の一秒ごとに。人はもはや人ではなくなっている。隠修士《いんしゅうし》が聖書の研究をするがごとく、この抽象的な形を調べなければならない。あの科学者のポケットの中の影は、全ての生命の秘密になり得る。静止画で見る奴の顔のぼやけた笑みは、悪魔の髑髏《しゃれこうべ》を思わせる。十六台の監視カメラ。無限の手がかり。巻き戻し。停止。再生。一時停止。この廊下。出口はない。全てのルートがここにつながっている。そう、自分のオフィスに。真実になど近づいていない。これっぽっちも。自分は泥沼にはまってしまった。

酷使しすぎた目は、もはや眼球というよりも、腐敗が進んで今にも破裂しそうなソーセージみたいに思える。映像チェックのお供は、ジャングルから持ち帰ってきた緑色のキャンディだ。こんなことになるんだったら、謎の儀式で使用した液体ブシテを瓶に詰めて持ち帰ってくるべきだった。一滴も垂らせば視界が劇的に冴《さ》え、テープが隠している何もかもが浮き彫りになるのに。何時間も何時間も何時間も、彼は映像をチェックしている。再生装置の操作は、わずか一時間でマスターした。半自動小銃M1ガーランド。キャデラック・ドゥビル。VTRデッキ。それらは根本的には同じだ。装置の上に手を置き、装置を自分の身体の一部にすればいい。正午になる頃には、ボタンやダイヤルという感覚はなくなっていた。もはやテープと自分の精神がダイレクトにつながっているといってもいい。ちょっとした秘訣《ひけつ》とでも言おうか。映像を水のように流し、そこに手を突っ込み、狙った魚を捕まえるのだ。

そして、とうとう見つかった。荷物積み下ろし場の第七カメラ。停電が起こる前の最終テープの最初の数秒。カメラのレンズがガクガク揺れながら上向きになった……？　数センチ上向きになっただけのようだが、そのわずかなズレが大問題ではないか。ストリックランドは一時停止をした。カメラが動かされる前。その後。前。後。

彼は椅子から立ち上がった。廊下は以前よりもまぶしくなっており、彼は罵りの言葉を吐きながら、手を目の上にかざした。憲兵たちになんと思われようと関係ない。彼はF-1を通り過ぎ、荷物積み下ろし場に向かった。盗まれた生き物も、おそらく同じルートをたどったのだろう。両開きの扉を押して、通り抜けた途端、彼は両腕をガックリと落とした。太陽がない。夜のまんまだ。またもや時間の痕跡を失った。スロープは空っぽだったが、オイルが溜《た》まっている。彼は急に向きを変え、第七カメラを見上げた。それから視線をその下に落とした。

四人の人間がそこに立っていた。彼らはこちらを見て凍りついている。四人ともタバコを手にしており、全員が清掃員の制服姿だったが、みすぼらしい格好で、肌の色もそれぞれ違っている。こいつらはさぼっているのか。貴重品が盗まれてからというもの、自分はオフィスに缶詰になって時間の奴隷と化しているというのに、連中は、休憩なしでは五分と持たずに、ここに来ているのか？　しかも規則に反して！　歯ぎしりする思いだったものの、ストリックランドには情報が必要だった。彼は、必死に笑顔を作った。強張りすぎて蠟人形《ろうにんぎょう》のような笑顔に違いないが。

「タバコ休憩か？」

そう声をかけたものの、誰も返事をしない。おいおい、フレミングは口の利けない奴を率先して採用しているのか？　いや、どうやら恐ろしくて凍りついてしまったらしい。

「心配するな。面倒なことにはしない」

彼はさらに大きく破顔した。蠟の口元にひびが入り始めた気がした。「私も君たちと一緒に一服すべきかな。建物内では喫煙しないことになっているんだがね。とにかく私が吸わなくても、気にしないでくれ」

拍子抜けしたのか、気味が悪いのか、こちらの意外な態度に、清掃員たちは互いに目配せをしている。彼らはタバコの灰を落とすのを忘れており、どんどん灰が長くなっていた。

「そうだ、教えてくれよ。あの監視カメラを持ち上げたのは、これがばれないようにするためかい？」

彼らの制服には、犬の鑑札《かんさつ》のように、それぞれの名前が縫いつけられていた。

「ヨ、ラ、ン、ダ」

ストリックランドは、ひとりの女性の名前を読み上げた。「なあ、教えてくれ。ただ興味があるだけだ」

こげ茶色の髪。薄茶色の肌。黒い瞳。彼女は自分の立場がわかっているはずだ。彼は作り笑顔を一瞬、真顔に戻した。効果はてきめんだった。漂白剤の匂いに混じって、ヨランダの汗の匂いも漂ってきた。彼女はそばにいる便所掃除仲間を裏切ることになると思ったのか、視線を落とし、ためらいがちに背後にある物を指差した。それは、ヒューズを吹き飛ばした謎めいた装置とは違い、「精密」や「洗練」といった言葉とは無縁の道具——箒《ほうき》——だった。忌々しいクソ箒め。

ストリックランドの頭はＶＴＲになっていた。早送り。停止。再生。巻き戻し。一時停止。彼は核心を突くことにした。

「なあ」

友好的な感じに聞こえるようにしたが、こいつらと交流する気などさらさらなかったし、こいつらに気を遣うつもりもなかった。「君たちのうちで、ホフステトラー博士をここで見たことがある者はいないかな？」

7

〈オッカム航空宇宙研究センター〉前でバスから降り立ったゼルダの第一歩は、ひどく不安定だった。自分を連行しに近づいてくるヘルメットを被《かぶ》った憲兵《エンプティーズ》たちの波をちらちら見すぎて痛む首。突き飛ばされ、地面に倒され、手錠をはめられる覚悟をしてガクガク震える膝。一日中そんなことを考えていた。仕事に行く？　病気で休むと電話する？　この街から逃げ出す？　心が折れそうだった彼女は、夫に全て打ち明けていた。もちろん信じてもらえる程度に修正を加えて。特に、まだ未知数ではあるけれど価値のある何かをイライザが盗み、ゼルダもその計画にひと役買ったという部分は半分嘘をついた。ブリュースターの意見は確固たるものだった。警察にその子を差し出せ。話が捻《ね》じ曲げられて、おまえが真犯人に仕立て上げられるかもしれないんだぞ、と。

施設の歩道を進みながらイライザのことを考えるうちに、徐々に安堵にも似た気持ちになっていく。あの子はとっくにこの街から逃げ出したかもしれない。今後何を尋問されるかわからない私を置き去りにして。でも、それでいい。事件の張本人である彼女は逃げるべき。世界の果てに。ところが次の瞬間、ゼルダの大きな丸い目は、ますます大きく丸くなった。なんでここにいるのよ？　いつもの時間、いつもの場所。正面玄関に続く通路にイライザはいた。月明かりに照らされ、可愛い靴が颯爽《さっそう》と歩を運んでいる。ゼルダはある程度の距離を保ちつつ、親友の後に続いた。ブリュースターの警告を嚙《か》み締め、イライザが上司の気を引いて〔実は、私見てしまったんです。ゼルダが……〕と嘘八百を並べたてるのではないかと気を揉《も》みながら、相手の動向を観察した。しかし、そんな気配は微塵《みじん》もなさそうだ。彼女はロッカールームにまっすぐに向かった。普段通りに。こうなったら、こっちもいつもと同様に、彼女の横に並んで着替え、ベンチに一緒に座って仕事前の雑談をするしかないわね。そうじゃないと不自然だもの。

最初、ふたりは目を合わさなかった。ゼルダの耳には、まだあのカートの車輪がキーキーいう音が聞こえる。異世界の荷物を積んで重く湿ったカートの音が、ふたりの間に流れていた。

制服に着替え終わったイライザがカートを取りに掃除用具保管室へ向かったので、ゼルダもそそくさと彼女に従い、日課となっている手順でカートを準備し始めた。イライザの手がゴミ袋の束を引き抜いたので、自分も同じようにした。ゼルダがガラス拭き用の洗剤を摑み上げた直後、イライザも同じ行動をとった。ふたりの動作はそれぞれ違ったタイミングで行われたが、そのペースはほぼ同じで、軽快な音楽でも流れていれば、ふたりとも同じリズムで身体が動いているのがわかったことだろう。ゼルダが酷使して毛の部分がすっかり平らになったブラシを取り替えようと、キツネの尻尾《しっぽ》みたいな真新しいブラシに手を伸ばしたちょうどそのとき、イライザの手も同じブラシの柄を摑んでいた。ゼルダは、自分のカートと同様に、イライザのカートのことを熟知している。親友はキツネの尻尾みたいなブラシは滅多に使わない。だから、新しいものなど必要ないはずだ。すると、イライザの指がするりと滑り、ゼルダの手の上に置かれた。茶色い指と白い指。肌の色こそ違うものの、ふたりの指は同じ経験をしてきたことを如実に物語っていた。床にへばりついた何かをゴシゴシと擦《こす》り落とす日々の繰り返しでできた指のタコ。釘《くぎ》や鋲《びょう》、その他金属の錆《さ》び取りのせいで、細かいしわの一本一本にまで染み込んでしまった黒ずみ。アルカリ洗剤を使いすぎてピンク色になった指先。そして、ふたりの手は同じように薄汚れたオッカムの制服の袖口から伸びている。自分とイライザのオッカムでの歴史が同じように刻まれた手指を見て、不覚にもゼルダは泣きそうになったが、必死で堪《こら》えた。この部屋の山のような化学洗剤がどんな毒性の雲を作っていようと、ゼルダは空気と一緒に涙を呑み込んだ。

目に見えない静かなる赦《ゆる》し。ロッカールームには他の同僚たちがいる。施設内には、フレミングもストリックランドもいる。至るところに、監視カメラとエンプティーズが配置されている。今、ゼルダが抱き締められるのは、自分の手の中のイライザの華奢《きゃしゃ》な指だけ。ひとしきり互いの手の温《ぬく》もりと指関節の感触を味わった後、イライザはキツネの尻尾のブラシをこちらに譲り、カートを押して部屋から出ていった。ゼルダはその場に残って目をつぶり、様々な洗剤の匂いが混ざり合い、人間が感知できないレベルで化学反応を起こしている空気の中で深呼吸をした。指先だけの小さな抱擁は、何週間もゼルダが待ちわびていた大きな抱擁に匹敵するものだった。温かい涙が首筋を伝っていく。認識、理解、同意、謝罪、感謝。ふたりは指先で思いを伝え合ったのだ。私たち、これを乗り越えられるわよね。ゼルダは心の中でイライザに話しかけた。あんたと私、ふたりで一緒に――。

8

我々は立ち上がった。太陽は消えてしまった。ここにあるのは偽物の太陽だけ。何周期もの間、感じているのは偽物の太陽に過ぎない。偽物の太陽は好きではない。偽物は我々を疲弊させる。だが、その女性は偽物の太陽がないと何も見えない。だから、彼女のために偽の太陽を好きになってみよう。彼女のために。この洞窟の水は狭くて浅いが、傷んだ箇所は癒えつつある。前の水よりもいい水だ。水がないと痛みを生じる。水は平らではいけない。滑らかすぎてもいけない。水が空っぽになってはいけない。水は形があってはいけない。水は形がないものだからだ。

この洞窟に存在するのは、女性と男性と食べ物のみ。これまでには感じなかった飢えを感じる。それはいいこと。川、芝生《しばふ》、泥、木々、太陽、月、雨から遠ざかって以来、これほどの空腹を感じたことはなかった。だから、我々は立ち上がった。偽の太陽との距離が近づく。男性はどこかに行ったときも偽の太陽を隠すことはしなかった。男性がいないと寂しい。男性は善《よ》き生き物だ。男性は小さな水辺に座り、小石の塊を使って、我々の小さな双子をこしらえてくれた。その昔、川の人々も小さな双子を作った。小枝、葉、花を使って。双子はいい。双子は我々を永遠の存在にする。今、川の人々はいない。我々は悲しい。だが、男性は善き存在で、ずっと双子をこしらえ続け、我々に活力を与え、空腹を呼び起こしている。

女性はこの洞窟に植物を植えてくれた。洞窟の外から本物の太陽の光も射《さ》し込んでいる。我々は植えられた植物に触れ、植物もこちらに触れて、幸せそうだ。我々は植物が大好きだ。女性は他の樹木も壁に植えてくれた。ひどく小さな平らな木で、木の形なのに木片に近く、それでいて木の匂いがしない。それらから幸せな感じは伝わってこない。それらに生命はない。だが、あの女性が植えてくれたのだから、我々は幸せを感じていない木でも彼女のために大好きになろう。彼女のために。

今は金属のつるが絡まっていないので、自由に動ける。自由になってから、何周期も経《た》った。この小さな洞窟は大きくなっている。ここには男性がいる。男性は自分がこしらえた我々の双子を手にしていた。彼の目は閉じられているが、生存に必要な規則的な呼吸は続いている。寝ていることを示す音も立てている。我々は腹を空かせているが、この男性を食べたりはしない。なぜなら、この男性は善き生物だからだ。

あの女性の匂いもする。匂いは強い。他にも洞窟がある。彼女の洞窟だ。我々は中に入る。彼女はいなかったが、匂いは生き生きとしていた。彼女の肌。彼女の髪。彼女の液体。彼女の空気。強い匂いは、壁にあった彼女の水かきのものだった。色とりどりの水かき。我々は彼女の水かきが大好きだ。ここに置かれているということは、彼女の水かきが足からもげてしまったのか。我々は心配だ。だが、血の匂いも痛みの匂いも不安の匂いもしない。我々は混乱している。

空腹感。我々は男性の横を通り過ぎ、別の匂いのする洞窟へ行った。そこには平らで、背が高く、白い何かがあった。我々は持ち上げようと試みたが、重かった。割ろうとしたが、切れ目はどこにもついていない。押しても何も起きなかったが、引いてみたら、それは開いた。匂いがした。いろいろな匂い。それは、小さな匂いの洞窟だった。洞窟の中にも、偽の太陽があった。そこにあった岩を手に取った。だが、それは岩ではなかった。強く握ってみたら、それにひびが入った。それは乳だった。ひびから乳が流れ落ちたので、それを高く掲げ、乳を飲んだ。美味だった。乳が入っていた岩を噛んでみたが、それは美味ではなかった。我々は食べるのを拒絶した。次に別の岩を取って開いてみたら、そこには卵が入っていた。卵！　しかも、たくさん。我々は喜んだ。そして食べた。それは、女性からもらった卵とは違い、中は硬くなく、水のように柔らかかったが、液体の卵は美味だった。外側を覆う殻も噛むと美味だった。

我々は食べ物を漁った。たくさん美味な食べ物があった。男性は幸せそうな眠りの音を立てている。我々は幸せだ。別の洞窟に、もうひとつの平らで背の高い、白いものがあった。そこにも美味な食べ物があるのだろう。押してみた。何も起こらなかったので、引いてみたら、それも同じように開いた。ところが、そこに食べ物は何ひとつなかった。代わりに、道が伸びていた。外から違った匂いがする。鳥の声。虫の声。女性が帰ってきたとき、会えないのは寂しいが、我々は探検者だ。探検するのが我々の性分。我々は腹を満たし、力も出た。何周期もの間、探検をしていなかった。だから、我々は外に出るのだ。

9

赤い電話が鳴りやまない。彼は応答しなかった。できなかった。もっと状況を把握し、有力な手がかりを得るまでは。五分間、それは鳴り続けるだろう。三十分以上かもしれない。すごく幸運なら、一時間の可能性もある。そして、また鳴り出すのだ。焦点を合わせなければならない。トロツキー主義の左翼的なこいつ――ホフステトラーに。赤という色を初めて見たかのように、その色が奴の祖国の国旗とは違っているかのように、赤電話を一瞥《いちべつ》する。ストリックランドは、ホフステトラーが手渡した文書の紙を入れ替えた。あたかも読み進めているかのように。この白衣の男に冷や汗をかかせてやる。彼は、その文書の頭の文章しか読んでいなかった。壊《え》死《し》した指では、紙の感触すらわからない。今さら、どうだっていい。紙は人間のものであって、ジャングルの神のものではないのだ。

「それについての答えが必要ですか?」と、ホフステトラーは訊《たず》ねた。「もし私に戻れというのであれば――」

「ボブ、おまえはどこにも行くな」

電話は鳴り続けている。サルたちは、電話の呼び出し音の中をも掘り進め、自分たちが行き交う道を作っているらしい。つまりこの呼び出し音は、サルがああしろ、こうしろと指示を叫んでいる金切り声だ。ストリックランドは書類の角を整え、にやりと笑った。

ホフステトラーは視線を合わせようとはせず、目を逸《そ》らし、モニターの方を見た。昨日から、半分は稼働中で、半分は一時停止中となっている。ストリックランドも同じ、半死半生の状態だ。静脈に太いつる植物が入り込んできていてもなお、ギル神を探し出すのに必死だった。

「調査の方はどうですか？」

ホフステトラーの問いに、ストリックランドは作り笑いで返した。

「順調だ。大変うまくいっている。手がかりを入手したよ。かなり信憑性《しんぴょうせい》のある手がかりをね」

「そうですか……」

博士は眼鏡の位置を正した。「それは素晴らしい」

「ボブ、大丈夫か？　体調が悪そうだ。顔がなんだか土気色だぞ」

「そ、そんなことありません。この陰鬱な天気のせいです、おそらく」

「ほう、そうなのか？　ロシアから来たのなら、ここの天気はさぞかし故郷を思い起こさせるだろうと考えていたんだが」

電話。サル。相も変わらずけたたましい。

「それはどうでしょうか。子供の頃以来、ソ連の景色を見ていませんから」

「君はオッカムに来る前はどこにいたんだったかな？」

「ウィスコンシン州です」

「その前は？」

「ボストンのハーバードで学んでいました」

「その前は？」

「知る必要があるんですか？」

「ニューヨーク州のイサカ。その前は、ノースカロライナ州のダーラム。だよな？　私は記憶力がいいんだよ、ボブ」

「その通りです」

「よし。君の履歴書で覚えているのは他に、君は生涯身分が保証された終身教授の地位にいたということだ。皆、その地位を求めて死に物狂いで働いている。だろ？」

「ええ、そうだと思います」

「なのに、君はオッカムに来るためにそれを投げ出した」

「そうです」

「そいつはすごいな、ボブ。私の立場にいる人間なら、そこまでして来てくれるなんてと感動するだろうな」

　手にしていた文書を机にバチンと叩《たた》きつけたので、ホフステトラーは椅子から飛び上がった。

「そんな君の驚きの決断が気になっているんだ。君が手にしていた全ての栄光を、この小さな計画のために投げ打つなんて。で、今度は、ここを離れるというのか？」

　ようやく赤電話は鳴り止《や》んだ。さらに二十秒、呼び出し音の余韻が空気を振動させていた。ストリックランドは相手の反応を見つめながら、時間をカウントしていた。この科学者は、体調を崩しているように見える。オッカムにいる全員が、最近はそんな感じだ。もっと確かな証拠を見つけなければ。もし、オッカムの花形科学者に今回の深刻な事態の罪をなすりつけておいて、それが間違っていたなら？　そしたら、電話の音がもっと大きくなるだけだ。ストリックランドは鼻で呼吸をし、ブラジル北西部セルタンの焦げたような熱気を感じ取っていた。あの熱波。あのカラカラの空気。思い出しただけで力が湧き上がる。彼はさらに鋭い視線でホフステトラーの目をじろじろと眺めた。今にも壊れそうな臆病者の目。科学者なんて、みんなそんなものだが。おどおどしていて、冷や汗をかいている。まあ、知識人の半分は、憲兵の目の前では、萎縮して弱気になるものだ。

「自分の研究に戻りたいんです」

「ほう？　どんな研究だ？」

「まだ決めていません。世の中には学ぶべきことが山ほど転がっています。系統樹の多細胞性について、ずっと考えてはいますが。意思による非決定性出来事への興味の方を追究するかもしれません。宇宙生物学への思いも捨てていませんし」

「ずいぶんとまあ難しい言葉を並べてくれたもんだな。そうだ、ボブ。ひとつ私に教えてくれないか。これが最後の質問だ。宇宙……えーっとあれはなんと言うんだっけ？」

「あの……何を知りたいんですか？」

「君は教授だろ。クラスで最初の授業で、学生たちがみんな君を見つめている。君は彼らに何を話す？」

「かつて……生徒たちにある歌を教えるようにしていました。『もしも真実を知りたいのな」

「君くらい優秀な人間だったら、歌を歌わないでここから出られるとは、まさか思っていないだろうね」

「いや、ただの子供の歌ですから」

「おお、私は知りたいよ。真実とやらをね。ボブ、君が歌を歌う人間だとは思わなかったなら』という歌です」

ホフステトラーはどんどん汗をかき、ストリックランドはますますニヤニヤした。錯乱状態のサルの叫びが誤って喉から飛び出すことがないよう、念のため口を手で覆う。ホフステトラーは笑い飛ばそうとしたものの、こちらがそれに乗らなかったのを見て、冗談ではないと悟ったようだった。相手は顔をしかめ、膝の上に置いた手に視線を落としている。時計の針が一秒動くたび、いたたまれない気持ちは増しているはずだ。居心地の悪いしばしの沈黙の後、ホフステトラーは咳払いをした。ストリックランドが〝勝った〟と心の中で小躍りした直後、博士は歌い始めた。

「――ねえ、知ってる？　星の色は、星の温度で決まるって――」

その歌声を形容するなら、音程が外れた小鳥のさえずりとでも言おうか。加えて、ロシア語のアクセントが丸出しだった。ホフステトラーもそれをわかっているはずだ。歌が終わると、ストリックランドはわざとらしく大袈裟に拍手をした。包帯の下の指は全く感覚がなく、プラスチックを叩いているように思えた。

「ブラボー、ボブ。訊いてもいいかな？　その歌を学生に教えて、一体なんの意味がある？」

　ホフステトラーは、唐突に身を前に乗り出した。あまりにも急な動きだったので、殺されると思ったストリックランドはギョッとして、椅子に背中を押しつけた。デスクの下に隠してあったとしたら、マチェーテを反射的に取り出したかもしれない。彼は己を罵った。追い詰められた獲物を過小評価してはいけない。決して。しかし、武器など必要なかった。今のところは。博士は椅子の端で姿勢を正し、それ以上前に来る気配はない。声は震えていたものの、恐れからではなく、辱《はずかし》められたと思ったからだろう。屈辱は怒りを生む。その怒りは断崖絶壁の岩のように切り立っている。

「この歌のポイントは、それが真実だということです」

　ホフステトラーの返事に迷いは感じられない。「ミスター・ストリックランド、私たちは皆、星屑《ほしくず》でできています。酸素、水素、炭素、窒素、カルシウム。もし好き勝手に行動する人間ばかりだったら、国々はミサイル攻撃の応酬に陥り、我々は星屑に戻ることになります。ひと握りの心ない人間のせいで、我々全員が最悪の運命をたどることになるわけです。じゃあ、我々の星はどんな色になるでしょうね？　それが問いかけです。自分自身に訊ねる質問です」

　友好的な無駄話の導入部は終わり、ふたりの男はにらみ合った。

「君のオッカムでの最後の一週間か」

　ストリックランドは表情を変えずに言った。「寂しくなるよ、ボブ」

　ホフステトラーは立ち上がった。膝が笑っているように見えた。

「この一週間で捜査の進展があった場合は、教えてください、帰宅していても、すぐに施設に戻ってきます」

「この一週間で進展があると考えてるのか？」

「さあ、確信はありませんが、あなたが信憑性のある手がかりを得たとおっしゃっていたので」

確かに、そんなことを口走っていたな。ストリックランドは頬を緩め、「ああ、そうだ」と短く答えた。

再び赤い電話が鳴り始めたとき、ホフステテトラーの姿は、まだ彼の視界の中にあった。サルの叫び声は、今回こちらを咎《とが》めていた。彼は右手の拳を思い切りデスクに叩きつけ、電話の受話器が外れてしまった。拳の痛みが全身を駆けめぐる。しかし、その殴打は彼に満足感を与えてくれた。カミキリムシを握り潰したときのように。あるいは、サシハリアリを踏み潰したときのように。タランチュラやその他のアマゾンの毒虫をめちゃくちゃに潰すときの快感と同じだった。次にデスクを殴ったときは、左手を選んだ。左手の指は、右手と比べるとほとんど痛みを感じなかった。彼は何度も左手を叩きつけた。繰り返し、繰り返し。五本のうち一本がポキリと折れた気がした。黒い縫合糸がブツリと裂けた感触があった。ギル神に拷問して、脇腹の傷口が開いたときと同じだ。貴重品と自分、どちらがバラバラになるのが先なのか。どちらが世の中から見捨てられるのか？

ストリックランドは、電話の受話器を取った。赤い方ではない。そして、フレミングの内線番号を押した。フレミングは、ホイト元帥の小間使いのような役目をしている可能性があるが、あいつは自分の命令を聞く立場でもあるのだ。相手は最初の呼び出し音で応答した。受話器の向こうから、クリップボードが床に落ちるけたたましい音が聞こえ、彼は一瞬受話器を耳から離した。慌てながら、相手がひとしきり謝った後、ストリックランドは単刀直入に命じた。

「いいか。今日、ホフステトラー博士が退社したら、彼を尾行してくれ」

10

森の木々の間、足元で光が跳ねる。遊んでいる動物のように。たくさんの美しい色。鳥の色。ヘビの色。ゴキブリの色。ミツバチの色。イルカの色。それを捕まえようとしたもののの、それはただの光。そして、音。あの女性はその音を音楽と呼んでいる。我々の音とは違うが、とても気に入っている。我々は愛を発光させ、それに従う。道の先に光と音楽があり、その先に、また別の平らで背の高い、白いものを見つけた。だから、押して、引いて、中に入る。そこは善き男性の匂いがする洞窟だった。彼の肌、彼の髪、彼の液体、彼の空気、彼の病《やまい》。病の匂いは微《かす》かで、彼自身まだ気づいていない。それは我々を悲しくさせた。だが、いい匂いもある。男性が我々の小さな双子をこしらえるのに使う黒い石。我々の小さな双子が洞窟の至るところにあった。たくさんの双子。我々の双子に触れると、爪が黒く汚れた。その黒いものを舐めてみる。美味ではなかった。人間の頭蓋骨もあった。その上に毛の塊が載っていたが、偽の太陽と同じ偽物だ。頭蓋骨を見て我々は寂しくなった。我々の川では大勢の人間が死に、頭蓋骨がたくさん沈んでいる。それはいいこと。死を知れば、生を知るからだ。

いい匂いがする。食べ物の匂い。生きた獲物の匂い。この洞窟に動物の気配を感じる。どんな動物も我々の友だ。それは隠れていた場所から姿を見せた。立った耳。ぴんと張った髭《ひげ》。長い尻尾。それらの目は我々と同じように光っている。それらは我々にお辞儀をした。それらは自分たちが美しい種だと訴えている。我々はそれらを気に入った。それらの犠牲を受け入れよう。我々は何匹かいるうちの一匹を選んだ。あっという間に潰すので痛みはない。我々は友を食べた。美味だった。血、毛皮、腱《けん》、筋肉、骨、心臓。全て気に入った。我々は食べ、力を得た。我々は再び川を感じた。ありとあらゆる神。羽の神。鱗の神。殻の神。牙の神。爪の神。鋏《はさみ》の神。樹木の神。我々は結び目の一部。あなたはいない。私もいない。いるのは、我々。我々。我々。我々。我々のみ。

騒音。悪い音。悪者のようなひび割れの音。悪者の痛みが突き刺さる。稲妻が突き刺さる。我々は唸《うな》り声を上げ、振り向き、攻撃した。悪者は痛みの音を立てた。しかし、我々は間違ったことをした。それは悪者ではなかった。善き男性だった。善き男が自分の洞窟に戻り、我々が、立った耳のぴんと張った髭の長い尻尾の友を食べているのを見つけた。我々は胸が苦しくなった。身体の色を胸が苦しいことを示す色に変え、同じように体液も、姿勢も変化させた。善き男性を攻撃するつもりはなかった。我々は敵ではない。我々は友。善き男性は我々に微笑んだが、ひどい匂いがした。善き男性は左腕を上げた。たくさんの血。血が雨のように流れ落ちていた。

11

オッカムでは、ありとあらゆる部屋に監視カメラが置かれている。それゆえ、ストリックランドは事件当時の映像を逐一チェックしているのだ。しかし、女性のロッカールームは数少ない例外だった。そして今、ホフステトラーはそこにいた。「Слава《サルヴァ》 Богу《ボグ》」とつぶやき、彼は神に感謝した。カメラは、高いところで翼を羽ばたかせているガーゴイルだ。こちらの一挙一動を見逃すまいと目を光らせている。女性更衣室のドア付近の廊下でうろついていると、変態のレッテルを貼られかねない。これがオッカムでの最後の一週間となるのに、要《い》らぬ疑いをかけられ、尋問されることだけは避けかった。なので彼は、人目につきやすい廊下ではなく、思い切ってロッカー室内に入ってしまうことにしたのだ。彼は誰もいないことを確認して、ドアの隙間に身を滑らせた。シャワー室が今は使われておらず、物置になっていたので、これ幸いと備蓄されていた工業用洗剤の山の裏に隠れた。

耳障《みみざわ》りなベルの音は、深夜シフトが終わったことを知らせる合図だ。ほどなく、深夜勤務の女性四人組が部屋にぞろぞろと入ってくるのが物音でわかった。ホフステトラーはめまいを覚えた。きっとアンモニアの悪臭のせいだ。パニック症状でないとしたらの話だが。彼は己に言い聞かせた。最後の週の残りの日々を無事に過ごすだけでいい。注射した薬剤が効いてデボニアンは死んだ。それがミハルコフについた彼の最初で、そして願わくば最後の嘘だった。それを聞いたミハルコフは、今後の予定について詳細を話してくれた。金曜日、ホフステトラーの電話のベルが二回鳴る。いつもの待ち合わせ場所に向かい、いつものようにバイソンと合流する。バイソンが乗船の手筈《てはず》を整えている。船は故郷であるミンスクへと航行し、あとは息子の帰りを待ちわびている両親のもとに帰るだけだ。長年くじけずに役目を務め上げた労を讃《たた》え、ミハルコフは非常に寛大な褒美をくれた。こちらが頼まなくとも、彼をディミトリと呼んだのだ。

ホフステトラーは眼鏡を外し、目を擦った。洗剤の化学薬品が気化して空気中に漂っているのか、やけに眼球が熱かった。このまま自分は気絶してしまうのだろうか。彼はロッカールーム内の音に神経を集中させた。彼は、生まれながらにして分類の才があり、大人になってそれを職業とした。しかしながら、女性が立てる物音についての分類を研究したことはないに等しい。絹のブラウスか何かがさらさらと滑る音。財布の中の硬貨やポーチの中の化粧品が振られて立てる鈴のような音。骨が鳴るポキンという音さえもどこか快活。あるいは、ハンドバッグの留め金を閉めるパチンという音だったのか。ホフステトラーが知らなかった生活の証拠たち。しかし、金曜まで生き延びられたら、今後、女性の音を身近に聞く可能性があるかもしれない。

「ねえ、イライザ」

スペイン語訛《なま》りのある女性の声は、シフト終了のベルと同じくらい耳障りだった。「あんた、あの男に、私たちが積み下ろし場で一服してることを告げ口した?」

沈黙。イライザが手話、あるいはジェスチャーで返答しているのだろう。

「男なんて、みんな同じよ。あいつがあんたに色目使ってるの、わかってんでしょ？」

沈黙。

「私たちがカメラを動かしたことを、誰かがあいつにちくったのよね。で、あいつにルール違反のタバコ休憩が見つかったとき、いつもの仲間でそこにいなかったのは、あんただけだったから。もしかしたら、と思ってね」

沈黙。

「あんたは、いつも私は純粋無垢《むく》ですって態度だけど、あんたの腹黒さはバレバレよ。あたしたちは、あんたの背中に目を光らせているからね。調子に乗るんじゃないわよ。わかった？」

行進さながらの足音で、一行は去っていった。その後、同情するようなつぶやきが聞こえてきた。そのつぶやきはゼルダという清掃員のものだと、ホフステトラーは確信した。きつい匂いに鼻が慣れることがなく、目のほてりがひどくなってきたので、彼はできるだけ息を止めておくようにした。彼はゼルダが退室し、イライザがひとりになる瞬間を待っているのだ。ところが、ゼルダが立ち去るよりも前に、上階やロビーから日勤の社員がやってくる騒々しい音が聞こえ始めた。マズい。時間がない。ホフステトラーは意を決し、行動を起こすことにした。シャワー室から出た彼は、ジメジメしたタイルの壁沿いに進み、角から顔を覗《のぞ》かせた。案の定、視線の先にイライザがいた。彼女はベンチに座っており、ゼルダがその横に立っている。ゼルダはこちらに背を向け、鏡を見ながら髪を梳《と》かしているところだった。このチャンスにかけるしかない。彼は手を振り、イライザの注意を引こうとした。

彼女はハッとしてこちらに顔を向けた。着替えは終わっていたが、反射的に身を隠すしぐさをとり、片足を後ろに引いて、いつでも蹴りを繰り出せる体勢をとった。その足先に、ホフステテラーは目を奪われた。とても鮮やかなグリーンの靴を履いていたからだ。そして、ヒールを思い切りタイルに叩きつけた。大きな音に、ゼルダがギョッとして振り返り、こちらを見つけて目を丸くした。同僚が叫ぼうとして胸を膨らませた矢先に、イライザがゼルダのブラウスの裾を引っ張り、ベンチからこちらに向かってツカツカと歩み寄ってきた。彼女の空いている方の腕は大きく振られ、その視線はまっすぐにこちらに向けられ、山のような質問をされるのだろうな、とホフステテラーは直感した。ホフステテラーはちょっと待ってくれという意味で両手のひらを上げた。

「彼は今どこに?」

「ああ、とうとうバレたんだわ」

ゼルダはワナワナと震え出した。「イライザ、もうおしまいよ――」

イライザはまず同僚に、黙っていて、あるいは落ち着いてと手話で伝え、それからこちらに何かを伝えようとしてきた。そして、再びゼルダに手話をした。どうやら通訳して、と言ったらしい。

ゼルダはホフステテラーに疑念の目を向け、端的にこう言った。

「自宅だそうです」

「彼を逃さないといけない。すぐにでも」

イライザは手話で訊き返し、ゼルダが訳した。

「なぜですか？」

「理由はストリックランドだ。彼が真実を知るのも時間の問題だろう。もし、あの牛追い棒で拷問されたら、私が耐えられるかどうか約束はできない」

ホフステトラーは手話を理解する必要はなかった。イライザがパニックになるのが、手に取るようにわかったからだ。

「聞いてくれ」

彼はやや語気を荒らげた。「彼を川に帰せる手段はあるのかい？」

イライザは悲痛な表情を浮かべ、頭を垂れた。そして、宝石のように美しいグリーンの靴を見つめていた。いや、靴の間にあるタイルのカビを見ていたのかもしれない。すぐに彼女は手を上げ、あたかも腕に重りでもぶら下がっているかのように、ゆっくりと、ためらいがちに手話をした。それを、隣に立つゼルダが単語ごとに同時通訳してくれた。

「波止場。海に放流されます。水深十メートルになると」

ゼルダは懇願するような目つきでこちらを見た。彼女はこの言葉の意味の重大さがわかっていないのだろうが、ホフステトラーにはわかった。計り知れない創造力を持つ、今にもバラバラに壊れてしまいそうな顔つきの清掃員は、どうやら川の近くに住んでいて、デボニアンを桟橋かどこかに連れていけるらしい。だが、それでは不十分だった。雨不足の今、海に放流されるほどの水位になるという保証はない。川に囚われたままで、水が干上がってしまったら、それこそ命取りになってしまう。

「それ以外に策はないのかい？　あの脱出劇で使ったバンで海まで運ぶとか、できないのか？」

イライザは、子供が嫌々をするように首を激しく横に振った。目は涙で潤み、ピンク色のケロイド状の傷跡以外、薄っすらと頬も首筋も紅潮している。彼女は猛烈な勢いで拒絶したのだ。ホフステトラーはイライザの服を摑んで引き寄せ、身体を揺さぶろうかと思った。揺さぶって、揺さぶって、頭の中から自分勝手な考えを全部振るい落としてやりたかった。しかし、彼にそのチャンスは訪れなかった。ロッカー室に誰かが入ってきたのだ。しかもほぼ同時に、部屋に設置されていた電話が鳴った。入ってきたばかりの誰かが受話器を取ったようだった。ホフステトラーはさっきまで隠れていた場所に戻り、聞き耳を立てた。

電話に応対していた女性が、いきなり大きな声を上げた。さっきのスペイン語訛りの女性の声だ。

「イライザに電話だって！　人生でこんなバカらしい話を聞いたことがないわ。あの子がどうやって電話で会話できるのよ！」

「ヨランダ、誰からの電話なの？」

一瞬、その轟《とどろ》くような声が誰から発せられたのか、ホフステトラーにはわからなかった。しかし、明らかにゼルダの声だった。さっきまで、仕事を失ってしまうのではないか、失職する以上の恐ろしいことが起こるのではないかと不安に打ち震えていた女性と同一人物とは思えない力強さと落ち着きだった。ゼルダはロッカーの間から飛び出し、イライザの腕を引っ張って連れていってしまった。そのとき、こちらを見た目は、ホフステトラーに対して警告を発していた。イライザを守るためならなんだってするわと訴え、百獣の王的な貫禄すら感じさせたのだ。ホフステトラーは離れていくイライザを見て、自分の手の中から、唯一残された、細胞膜よりも薄く、亜原子粒子よりも小さな希望が遠ざかっていく気がした。しかし、彼には感傷に浸っている余裕などなかった。昼番の従業員でいっぱいになる前に、こっそりとロッカールームから出ていく必要があった。そして平然を装い、あと三日、このプレッシャーに耐えればいい。とはいえ、イライザが賢明な判断をして行動に移してくれなければ、安眠はできないだろう。自責の念で悶々《もんもん》とし、二度と熟睡できなくなる可能性だってあるのだ。ヨランダが不平不満を大声で漏らしている間、ホフステトラーは洗剤のボトルの裏で身を屈《かが》め、出口を目指した。そのとき、ゼルダが電話に応答するのがわかった。

「清掃員のゼルダです。はい、イライザの友人の。電話会社じゃありません。そちらは……ジェリー？　ジェレミー？　ジャイルズ？　どうされたんですか？　え？　えっ⁉　えええっ！」

12

ジャイルズのアパートは何千回と見てきたが、そのたびに、彼の上着の色ツィード・ブラウンと青と紫が絶妙に灰色に混ざったピューター・グレーの世界だと思ってきた。ところが、今は鮮やかな赤色が強烈な存在感を放っている。床の上の血溜《ちだ》まり。壁に飛び散った血飛沫《ちしぶき》。白い冷蔵庫にくっきりと残された血まみれの手形。連絡を受けたイライザは慌てていたため、息急《いきせ》き切って直接ジャイルズの部屋に飛び込んで血溜まりを思い切り踏んだ上、しばらく気づかずに歩き回ってしまった。グリーンの靴で歩いた痕跡が、ラグやリノリウムの床の上に点々と残されている。とんでもないことが起こった。それだけはわかるものの、頭がグラグラするし、身体もフラフラしていた。ジャイルズの作業用デスクを摑んで身体を支え、そばにいた猫たちを追いやって、思考を鮮明にしようとした。気を引き締め、血痕をよく見てみた。それらが、どちらに向かっているのかを見極めなければならない。だが、床の物的証拠はあらゆる方向を示しており、とてもじゃないが、イライザには解読できなかった。

　ドアの外にも血痕はあった。恐る恐るそれをたどっていく。細長い血の筋が、ジャイルズの部屋の入り口のドアから、彼女の部屋のドアへとつながっていた。自分の部屋に駆け込むと、果たしてそこに彼はいた。ソファの上に横たわっている。イライザはそばに走り寄り、赤い血の雫《しずく》が付着してアクセントになっていた木炭画の上に膝をついた。ジャイルズは真っ青だった。ゆっくりとした動きでまばたきしたが、身体は震えている。左腕はバスタオルで包まれていたものの、応急処置にしてはお粗末すぎた。ブルーのバスタオルが紫に変色している。浴室から新しいタオルを持ってこなければ。そうだ、彼は⁉　イライザはハッとして浴室に顔を向けた。

「彼はいないよ」ジャイルズがしゃがれ声で言った。

「彼は腹が減っていたんだ。僕は彼を驚かせてしまったようでね。彼はあくまで野生の動物だ。獰猛《どうもう》さも持ち合わせている可能性を僕たちは考えていなかったね」

とにかく今は、一刻も早くジャイルズの怪我《けが》の手当てをしなければならない。イライザはバスタオルを腕から外した。血を吸ったせいで繊維が彼の皮膚にべっとりと張りつき、〝外す〟というより、〝剝がす〟という感触に近い。露わになった腕には、手首から肘にかけて蜘蛛《くも》の糸ほどの細い切り傷があった。彼の鋭い爪で刻まれたに違いない。傷は深いらしく、まだ出血が止まっていないが、どくどくと流れ出る感じではなくなっている。それでも、止血が必要だ。バスタオルでは長い繊維が傷口に強力に張りつくことがわかったので、彼女は急いで寝室に向かい、棚から新しいシーツを適当な幅と長さに裂き、また走ってジャイルズのもとに戻ってきた。シーツを適当な幅と長さに裂き、怪我をした腕に巻きつけていく。ぐるぐる巻きにされていく腕を見ているうちに、海の白い泡の中で腕が渦巻きに吸い込まれていく様を連想した。こんなときでさえ、イライザは水のことを考えてしまう。ジャイルズは痛さで顔をしかめたものの、安物のお面みたいな笑顔を浮かべたままだった。彼は反対の腕を伸ばし、手のひらでイライザの頰を包んだ。手のひらはベタベタしていた。

「僕は大丈夫だ。彼を探しに行きなさい。まだそう遠くには行っていないはずだ」

イライザはこくりとうなずき、立ち上がって戸口へと駆け出した。廊下に出て後ろ手にドアを閉めるなり、廊下に点々と続く血痕がキラキラと光っているのがわかった。赤い印《しるし》は、廊下から外界に通じる非常階段へと伸びている。まさか。あり得ない。彼は外を恐れていると思っていたのに。しかも、ひとりで出ていくなんて。下の劇場から本日の上映終了を示すファンファーレが聞こえてくる。もしかしたら、とイライザは思った。映画の音楽は、F-1で流したレコードの音楽とそう違わないわよね？　彼女は脱兎《だっと》のごとく金属の非常階段を降りていった。あまりの速さだったので、急降下するエレベーターに乗っていて感じる、脳から血がストンと下がる感覚のめまいを覚えた。やっとの思いで地面に降り立つと、そこはいつものアーケード・シネマだった。チケット売り場の列を仕切るベルベットのロープ。上映作品を示す看板のまぶしいネオン。辺りを見回してみたが、彼の姿はどこにもない。こちらの心配をよそに、街路は何食わぬ顔で果てしなく延びていた。

映画館の看板の明かりの下、イライザは歩道の上に血痕があるのを見つけた。ただし、数滴だけ。ルビーが数粒だけばらまかれたように、血はそこで途切れていた。やはり、血痕は映画館の中へと続いているようだ。今夜、チケット売り場の中に座っているのは、支配人のミスター・アルゾニアンだった。客の入りが少ない平日ゆえ、あくびを嚙み殺し、睡魔と闘っている。イライザはたじろがなかった。足元に視線を落とす。エメラルドグリーンのストラップシューズ、メリー・ジェーン。前方に傾斜している太めのかかとのキューバンヒールだから、ダンス向きかもしれない。テレビのボリュームを落とした世界のミスター・ボージャングルに成りきり、彼女はミスター・アルゾニアンの前を踊るように通過した。オッカムの廊下で、空想にふける科学者たちの横を踊るようにステップしながら通り過ぎるのと同じだった。映画館の建物に入るや、擦り切れたカーペットが人工大理石の床に敷かれ、彼女を劇場へと誘う。ここも以前は大盛況していたはずだ。一九四〇年、五〇年代の映画黄金時代、ミスター・アルゾニアンが訪れた俳優や政治家を満面の笑みで出迎え、劇場までエスコートしていた通路。それも、今は昔。時は流れ、映画館の上のオフィスを取り壊してネズミ捕りみたいなアパートにしなければいけなくなる時期が来て、この建物は現在に至る。年月を重ねることや、以前の輝きを失うことは、美しくなるということとイコールではないと思う。美しさの基準って？　他のみんながそう思うから？　それって、ちょっと違う。そのときのそのままの自分を美しいと思え、そんな自分を美しいと思ってくれる人がいることが美しいのではないだろうか。イライザの思いは確信に変わりつつあった。ロビーはひどくまぶしい。だからこそ、彼は暗がりを求めて進んでいくはずだ。劇場の奥に。

華々しく輝くスクリーンからの光に洗われる劇場内には、千二百席の座席がある。だが、観客の後頭部は全く見当たらない。また、お客さんはゼロか。しかしそんなこと、今はどうだっていい。スクリーン、バルコニー席、星座のような天井灯は、劇場にバシリカ大聖堂並みの荘厳さをもたらしてくれている。そして、自分は少女の頃、ここに礼拝に来ていたのではなかっただろうか？　自分の中の美しい幻想世界を築き上げるための素材は、いつもここで見つけていた。もし幸運だったら、残っている素材の回収をこれからもここでできるかもしれない。

敬虔《けいけん》な信者の気分で少し身を屈め、通路を静かに歩いていく。今日は、『砂漠の女王』の上映最終日だ。旧約聖書で最も美しい物語として知られている『ルツ記』の映画化作品とのことだが、自宅の床の割れ目から聞こえてくる大声の会話と細切れの音楽以外はよく知らない。左右に並ぶ座席の列と列の間の暗闇に、目を凝らす。左、右、左、右。顔を上げてスクリーンを見ると、石切り場の奴隷たちが、汗水垂らして切り出した岩を叩いているシーンだった。彼らの傍らには異様に目の飛び出た巨大な石像が立っている。ああ、これがモアブの主神ケモシュなのね。床の隙間から聞こえる会話に何度も登場していたので、彼女は名前だけは知っていたのだ。もしあの生き物も神だったとしても、ケモシュに比べたら、彼は全然怖くない。

彼はここにはおらず、ボルチモアの街をさまよっているのかもしれない――そんな悪夢のような考えに頭が占領されかけたそのとき、一列目と二列目の座席の間で蠢《うごめ》く影をイライザは捉えた。彼だ！　安堵と興奮が一気に押し寄せてきたが、むやみに駆け寄ったりせず、相手を驚かさないようにそっと近づいていくことにした。映写機から投じられる光を遮らないよう、できるだけ身を低くして進んでいく。彼は身悶《みもだ》えしていた。膝をついて両手で頭を包み、胸を大きく上下させて喘《あえ》いでいる。何かがおかしい。その様子を見たイライザは戦慄し、静かに近づこうとしていたことなど忘れ、反射的に走り出してしまった。彼女の立てた足音に反応し、生き物は威嚇《いかく》の声を上げた。それを聞くのは、最初に卵を渡そうとしたとき以来だった。彼は野性を剥《む》き出してこちらを警戒し、信用していない意思表示をしているのだ。猛獣じみた声に、イライザは足を止めた。冷たい何かが背中を流れる。この崇高な存在に、己の腹部を見せてきた無数の獣たちが如何《いか》に勇敢だったことか、と彼女は悟った。

苦痛の叫び声が響き渡った。ジャングルで録音された環境音がスピーカーから大音量で流れるように、神聖な石像を動かそうとしている奴隷たちが背中を鞭《むち》で打たれる音響効果が劇場内を満たす。頭を抱えている生き物は、自身の頭蓋骨を割ろうとしているかに思えた。イライザは両手と膝をつき、ベタつく床を這い出した。スクリーン上でめまぐるしく変化する光の色が、彼の目を万華鏡のように見せている。すると、彼は荒い呼吸のまま立ち上がり、ふらつく足で後ずさりを始めた。

耳をつんざく衝突音に、彼女の目はスクリーンに釘づけになった。大きな石像の土台を奴隷たちが回転させたところ、バランスが崩れ、奴隷のひとりが下敷きになってしまったのだ。巨大像に潰された奴隷は絶叫した。彼はこのシーンに反応して悲痛な声を出し、身体を震わせた。おそらく映画で起きた悲劇も、自分のせいだと感じているのかもしれない。彼は後ろに下がるのをやめ、イライザに手を伸ばしてきた。彼女も立ち上がり、滑るように床を移動して彼に腕を回す。そして、優しくその身体を抱き締めた。彼の身体は冷たく、乾いている。首筋に触れた相手のえらはパタパタと動き、紙やすりのようにザラザラしていた。水から上がっていられるタイムリミットは三十分。ホフステトラーの警告が脳裏に蘇《よみがえ》る。周囲を見回したところ、非常口があった。ここから出れば、非常階段前の通路に行き当たるので、なんとか無事に彼を二階に連れ戻すことができるだろう。でも、あと数秒だけこうしていたい。イライザはこの美しく、悲しい生き物を抱擁する腕にほんの少しだけ力を込めた。私の腕の中以外、彼にとって安全な場所などどこにもない。いいえ、私の腕の中でさえも、安全ではないのかもしれない。この世界にいる限りは――。

13

〔病院〕と、手話で示すと胸が痛んだ。それでも、ジャイルズは行かないだろう。その理由はわかっている。医者が腕の傷を見れば、それが動物の爪による切創なのは明らかで、動物管理センターに連絡が行き、センターの職員がミスター・アルゾニアンを訪ね、アーケード・シネマ上のアパートで危険な動物が違法に飼育されていないかどうか調べが入るからだ。イライザもジャイルズも、ボルチモア市が危険動物をどう取り扱うかを知っている。管理不能な飼い主から動物を回収し、眠らせるのだ。永遠に。そこで彼女はジャイルズの要求を黙って受け入れ、ヨードチンキと包帯の応急処置で様子を見ることにした。ことあるごとにジャイルズは、この件をジョークにし、腹を立てていないことを訴えていたが、イライザの気持ちは穏やかではなかった。彼の飼い猫が一匹、食べられてしまったのだから。傷口がばい菌に感染し、急激に状況が悪化する恐れも否定できない。ジャイルズは年も年だし、もともと丈夫なタイプではなかった。もし何かあったら、全部自分の責任だ。自分と自分が抑えることができなかった心のせい。動物管理センターの職員が家にやってきたら、あの生き物の次に隔離されなければいけない。

イライザがジャイルズに手製のスープを食べてもらっているとき、浴槽の水が音を立てたので、ふたりは顔を見合わせた。あの生物についてふたりがすでに学んでいたのは、彼は水から出たり、水に入ったり、その中で泳いだりするのを、音を立てずにやれるということだった。すなわち、音を立てるときは、わざと音を立てることになり、こちらの注意を引きたいときだけなのだ。音を聞いた途端、ジャイルズは腕を強張らせ、スプーンを強く握った。その姿に、イライザは胸を痛めた。全てが変わってしまった。状況はちっとも良くなっていない。

彼が浴室から出るのに、まるまる一分はかかる。ゆっくりと歩を進め、顔を床の方に傾け、えらは平らになっている。鋭い爪が見えないように、手は太ももの後ろに回す。背びれは丸くなり、背中も丸め、片方の肩を壁に寄せて（ストリックランドに鎖の首枷《くびかせ》で拘束されていたときの格好を再現しているのかもしれない）、全身で「こちらに服従します」と訴えていた。こんなふうに後悔し、惨めな姿を晒《さら》しているのは、彼の人生で初めてに違いないと、イライザは思っていた。彼女は立ち上がって腕を伸ばし、彼の謝罪を素直に受け入れると同時に、自分自身についても反省をした。軽い気持ちでここまでしたわけではないけれど、こういう不測の事態が起きる可能性を十分に考慮してはいなかった。

彼はイライザと目を合わせられないのか、背中を丸めたまま、彼女が開いた腕の横を通り過ぎていく。身体は震え、鱗がポロポロと床に落ちた。散らばった鱗が床の上でキラキラと輝く様は、ちょうど劇場の星座のような天井灯を逆さにした感じだった。鞭打たれるケモシュの奴隷のごとく、頭を垂れて重い足取りで部屋を進んだ彼は、テーブルにいたジャイルズのところまで来ると、すっとひざまずいた。

ジャイルズは首を振り、「頼むから」と、両手のひらを上げた。「そんなに落ち込まないでくれ。君は何も悪いことなどしていないんだ」

生き物は、太ももの後ろに隠していた手を前に出した。そして次の瞬間、人間側があっと思ったときには、手はジャイルズの包帯が巻かれた腕の上に置かれていた。危険な爪は指の中に半分隠されている。ジャイルズは驚いてイライザを見た。彼女も同じように困惑し、見返した。同時に希望も持っていた。それは、彼がジャイルズの言葉を理解し、いや言葉を超えて感情を共有し、とった行動だと。やがて彼は、ジャイルズの手を持ち上げ、それが赤子であるかのように優しく、彼のうつむいた顔の下に置いた。彼の柔和さがわかっていたから、恐怖こそ感じなかったものの、その格好だけ見ていると、まるで彼がこれからジャイルズの腕を食べようとしているかに思えた。

次に起きたことは、暴力的ではなかったものの、かなり奇妙だった。彼はジャイルズの腕を舐めたのだ。人間のものよりも長く、平べったい舌が二重構造の顎から繰り出され、包帯の上を移動していく。ジャイルズは何かを言おうとして口を動かそうとしていたが、あまりにも不思議な光景に言葉を失っていた。イライザも右に同じで、身体の両脇に下がった腕を上げて手話を行うことなどすっかり忘れていた。彼は舐めながらジャイルズの腕を回し、ジャイルズの皮膚が濡れるまで包帯を湿らせていく。乾いていた血が再び液体になり、彼はそれを舌できれいにしていった。唾液か何かですっかり濡れて光沢が出た腕を下ろして膝の上に戻し、彼は立ち上がって身を倒し、ジャイルズの頭に口づけをした。

こうして唐突に、〝儀式〟は終了した。ジャイルズは目をパチクリさせながら、彼に言った。

「ありがとう、と言えばいいのかな？」

生き物は反応しなかった。イライザからしてみれば、恥ずかしすぎて、動けないようにも見えた。だが、水の中だけでしか本当の快適さを得られない彼にとって、今日は長い一日だった。そのえらと胸は膨らみ、震え始めている。彼には浴槽に戻ってもらい、ジャイルズの腕を洗ってヨードチンキを付け直し、新しい包帯を巻こう。しかし、そう考えることは、彼を侮辱している気がして耐えられなかった。イライザは彼に歩み寄り、丸めた背中に静かに手を置いた。そして、優しくその身体を押して浴室に導こうとした。彼はイライザに従った。ただし、ジャイルズに背中を向けず、後ろ向きにふらふらと歩いていく。しかも、低頭のまま。こんなにも己の行為を恥じている彼を見るのは初めてだった。危ないので、彼女は生き物の腕を取り、浴室のドアを抜けさせなければならなかった。壁にぶら下げた複数の小さな木の形のエアフレッシュナーに彼の肩がぶつかり、それらが風鈴のように揺れた。

イライザは上体を曲げ、彼を浴槽に戻した。明かりを消すと、彼の顔は水の中に沈んでいく。彼の目の光は、水の下でも弱まることはなく、美しく輝いていた。何時間でも眺めていられる。だが気を取り直し、彼女は塩のボトルを摑んで水の中に注ぎ始めた。目を合わせはしなかったものの、視界の隅で彼がこちらを見ているのがわかった。人生を通じ、彼女は道路ですれ違うとき、あるいはバスの中から眺めて、男の人たちを感じてきた。これは、それとは異なる。今以上に胸がドキドキしたことなどなかった。塩を溶かそうと浴槽に手を入れて水を搔き回したとき、ふたりの目が合った。それは一瞬だったが、その短い瞬間で、彼の瞳の感謝と感嘆を読み取った。彼が私にそう感じている？　感謝し、感嘆するのはこっちの方なのに。そして、実際にイライザはそう感じていた。彼は実際に生きている生物の中で、最も素晴らしい存在。その彼が、この私と同じ感情を分かち合っているなんて！

イライザは水を掻き混ぜるのをやめた。自分の手は、今、彼の顔のすぐ横にある。少し移動させ、彼の頬を触った。その頬はとても滑らかだ。オッカムの科学者は、きっとこの頬の滑らかさを研究結果に入れていないだろう。彼らが記録したのは、歯とか爪とか背骨とかだけ。彼女は彼を撫で始めていた。指は頬から下りて、首や肩をなぞっていく。水は彼を外気と同じ温度にしている。そのせいだ。彼の手が肘の内側の柔らかい部分に触れるまで、こちらの腕の上を移動していると気づかなかったのは。彼の手のひらの鱗は、ガリバー旅行記に出てくる小人リリパット人の短剣みたいに小さすぎて、こちらの肌にチクチクと刺さってもくすぐったいだけ。彼の爪はイライザの上腕を移動しているが、決して皮膚を突き破らない。通過した後に白い筋が残るくらいだった。

ジャイルズの傷口をきれいにした後、イライザはガーゼ地の薄いシャツに着替えていた。彼の手が腕からシャツの胸に移った途端に、ガーゼの布地が瞬時に濡れそぼった。まるで魔法のようだ。皮膚に張りついたシャツの上から片方の乳房を握られ、続いてもう片方の乳房も掴まれる。胸が持ち上げられると、彼の手の下で裸になった気分だった。これは道徳的に許されないことではない。彼は彼女の前でいつでも裸ではないか。自然のままの姿で彼と向き合うことを、なんで今までしなかったのだろう。

部屋は、階下から白い光で照らされている。『砂漠の女王』の光だ、とイライザは思った。映写機が、次の上映に備えて動き出したのか。だが、音楽は聞こえてこない。そこで彼女は気がついた。それは彼の光だったのだ。彼の身体が発光し、水をピンク色に染め上げる。フラミンゴの色、ペチュニアの色、それから、彼女がアマゾンのジャングルで録音された環境音でしか知らない他の動物相や植物相の色。F－1で聞こえていた、リー、リー。チャッ、チャッ、チャッ。ズー、ズー、ズー。チャプン。ヒー、ヒー、ヒー。タップ、タップ。クールー、クールー。ジーイーイー。ヒック、ヒック、ヒック。ガラガラ。フューという音の主たちの色。世の中の様々なピンク色を彼は見せてくれている。イライザは身を乗り出し、彼の手のひらに自分の重みを全て委ねた。こうすれば、彼の手のひらが胸全体を抱え込むことができる。

どこか遠くで、ジャイルズが痛みで唸っているのが聞こえた。いつの間にか、自分は目を閉じていたようだ。彼女は目を開けた。知らず知らずのうちに体勢を変えていたらしく、浴槽の上に覆い被さっていたので、髪の先端がすっかり水に浸かっている。彼女はこのまま続けたいと思った。もっと身体を傾けて溺れても構わない。これまで夢で何度も溺れてきた。しかし、ジャイルズが苦しがっているのを見過ごすわけにはいかない。彼の傷口をチェックしなければ。それが自分のやるべきこと。包帯が汚れていたら、またきれいにしよう。特に舐められた後は。やっとの思いで、上体を起こして背骨をまっすぐにした。彼の手は、こちらが身体を起こすにつれて腹部まで下がっていったが、やがて水の中に引っ込んだ。水しぶきも上げず、水音も立てずに。

濡れた身体をバスローブで包み、居間に戻ったが、イライザはジャイルズの前で立ち止まらず、まっすぐに部屋を横切って台所の窓まで進んだ。窓ガラスに額を押しつける。視界がぼやけたが、それは泣いているからではない。窓に水滴が付いているのだ。ガラスの上の水滴のひとつひとつが、小さな地球のようだった。水滴は窓を滑って落ち、水の筋を作って消えていく。

外では、雨が降っていたのだ。

14

彼は怪我をしていない方の指で、テレビのチャンネルを回した。画面の映像は不鮮明で色が飛んでいる。なんだこれは。ゴミの塊じゃないか！　こんなもののために、わざわざ〈コシチュシュコ電気店〉とかなんとかという場所に金を払ったのか？　コード？　配線？　子供がジュースをこぼしたのか？　彼はテレビの裏側を開ければ、故障の原因が見つかるのではないかと考えたが、行動には移さなかった。テレビの内側が、オッカムの電気回路を吹き飛ばしたあの小型装置――絡み合ったコードが焼け焦げた無残な姿――に似ているかもしれないというわけのわからない不安が、彼を止めさせたのだ。あの装置が一体何なのかをまだ特定できていない。なのになぜ、自宅のテレビが故障した原因を自分で診断できると思ったんだ？

それとも、電気信号をダメにしたのは天気のせいか？　ボルチモアに引っ越して以来、初めての雨だった。一日中土砂降りだ。屋根にはアンテナが立っている。オッカムでちらと見たことがある宇宙カプセル送受信機みたいに蜘蛛を思わせる形のやつだ。雨の中でも、屋根に上ってアンテナを修理しようかという気になる。どれほど雨風が強いのか見てやろう。雷など笑い飛ばせ。危険の中にいる方が、理性は研ぎ澄まされる。男の中の男は、危険をものともしない。男であることを証明するため、危険に飛び込むのだ。

ところが、現実はこれだ。居間は危険とは無縁の安全地帯。いい気なもんだ。うちの家族は雷に打たれてしまったんじゃないのか？　打たれた痕《あと》がきっとどこかにあるにちがいない。娘のタミーはなんで子犬を飼っちゃいけないのと文句を垂れ、息子のティミーはテレビで『ボナンザ』を観たいと駄々をこね、妻のレイニーは手作りのゼリーのデザートを自慢していたくせに、今日はそのどろりとした材料をゴミ箱に捨てて誇らしげな顔をしている。どいつもこいつも、こんなぬるま湯に浸かっているような生活で、生きていることを実感しているのか？　今日の夕飯は、箱から出してすぐ食べられる、でき合いの料理ばかりだった。なぜだ？　ストリックランドはその理由を知っていた。彼女は一日中どこかをほっつき歩いていたからだ。どこで何をしていたのやら。ああ、こんな空間にいるのだったら、家になど帰ってくるべきではなかった。今夜もオフィスで寝ればよかった。結局、ホイト元帥は、四時間前にオッカムに電話をかけてきた。それだけでもマズい事態なのに、さらに悪いことに、ホイトが電話をかけた相手はフレミングだった。そして、伝えられたメッセージは、水晶のごとく明々白々だった。

〝ストリックランドに貴重品を見つけ出す猶予として二十四時間を与える。それができなかった場合、キャリアはおしまいだ〟

　おしまい？　どういう意味だ？　軍法会議？　軍事刑務所？　それよりひどい措置か？どんな可能性だって考えられる。彼は慄《おのの》いた。だから自分はキャデラックに乗り、家に帰ってきたのだ。そのキャデラックも、ついこの間までピカピカの新車で羨望《せんぼう》のまなざしを向けられていたというのに、一瞬にしてボコボコのオンボロ車となり、オッカムの連中のヒソヒソ話と失笑の対象に成り下がった。このキャデラックは所有者の姿そのものか？豪雨の中を運転して家に着くなり、フレミングから電話があって、ホイト元帥からの伝言を聞かされた。フレミングはストリックランドの指示には従いつつ、職業人として当然の選択としてホイトにもなびいている。何も驚くことではない。結局フレミングは、上位の人間なら誰にでも尻尾を振る犬。犬は糞《ふん》の匂いを嗅ぎつける嗅覚を持っている。ただそれだけだ。というわけで、我が忠犬は、ホフステトラーを自宅まで尾行し、写真を撮ったと言っていた。家の中はがらんどうで、博士は荷造りをしていたようだ、と。しかも、ホフステトラーはミハルコフという名のロシア大使館員とつながっているとの情報も得た。ギル神は、まだアメリカ国内にいるかもしれない。それどころか、ボルチモアから出ていない可能性もある。自分の足でそこに向かわなければ。外が夜闇《よやみ》であろうと、雷雨であろうと、今すぐに。あの生き物を見つけ出し、この全てを終わらせてやる。自分のキャリア、運命を〝おしまい〟にしないためにも。

　しかし、すぐさま家を飛び出す代わりに、彼はテレビのチャンネルを回し続けた。一体全体、『ボナンザ』はどのチャンネルでやってるんだ？

「『ボナンザ』は子供向けの番組じゃないわ」と、レイニーが言った。「『ドビーの青春』

にしましょう」

　ストリックランドは、ぎくりとした。もしかして自分は、心の中でつぶやいていたのではなく全部口に出し、家族に聞こえていたのか？　彼は妻を一瞥した。最近は、彼女を見ること自体、耐えられなくなっている。昨日、レイニーは新しい髪型になって帰宅した。あの見事なビーハイブは、アマゾンのマチェーテでぶった切られたかのように短くなっていた。今は、ボリュームなどなく、緩やかにS字カーブを描く髪で、首のあたりで切り揃えられている。なんだこの乙女チックな髪型は？　レイニーはティーンエイジャーじゃないんだぞ？　俺のふたりの子供の母親で、俺の妻だ。なのに！

「だって、パパが『ボナンザ』を観てもいいって言ったんだもん！」

　ティミーは泣き出した。

「もしティミーが『ボナンザ』を観られるんだったら、私は子犬を飼ってもいいでしょう？」

　横からタミーが参戦した。

『ドクター・キルデア』『弁護士ペリー・メイスン』『原始家族フリントストーン』くらいだ、今のところ映っているのは。あとは全く映らないチャンネルが二、三局あった。それが現状だった。雷鳴とともに、地面が震えるのがわかった。外を見やったが、窓を叩く雨しか見えない。走行中の車のフロントガラスにぶつかって破裂する羽虫のような雨粒。ただし、虫なら破裂して内臓が飛び出し、それがフロントガラスにへばり付いたままになるが、雨粒はきれいなもんだ。雨粒の透明な内臓は、雨粒の透明な肉片ですぐさま洗い流される。雨は俺の内臓も洗い流すのか？　俺のキャリアも？　人生も？　郊外の一軒家に住む四人家族。可愛い子供たち。美しい妻。愛車はティールブルーの新型キャデラック。アメリカの理想的な一家を絵に描いたような光景。だが、それは現実であると同時に虚構に過ぎない。なんだ、この見た目と自分に取り憑《つ》く虚無感とのギャップは？　毒々しい色のゼリーのデザート。想像上の子犬。どこのチャンネルにも映らない西部劇ドラマ。

「子犬は飼わない」

ストリックランドが口を開いた。「子犬がどうなるかわかってるのか？　子犬は大人の犬になって、可愛くもなんともなくなるんだ」

医者、弁護士、石器時代の穴居人《けっきょじん》。チャンネルを回したときに画面に映っていたキャラクターたちが、目の前の砂嵐の画面に反射する自分の姿と重なり、融合する。自分は医者であり、弁護士であり、洞窟で暮らす原始人だ。自分は退化し、劣化を続けている。社会規範や礼節をわきまえた文明人としての何かが崩壊し、血に飢えた原始的な欲望がムクムクと頭をもたげているのを感じる。武器を手にしろ。医者なら手術用メス、弁護士なら裁判官の小槌《こづち》、原始人なら棍棒《こんぼう》。ならば、俺のマチェーテはどこだ？

「リチャード」レイニーの声に、彼は我に返った。「その件については話し合ったはずよ」

だが、ストリックランドは妻の言葉を意に介せず、先を続けた。

「犬はそもそも野生動物だ。人間が飼い慣らすことができるだけに過ぎない。実際に、うまくいく例が多い。ところがある日、犬は本性を現わし、人間に嚙みつく。おまえが望むのはそういうことなのか？」

彼はふと疑問に思った。ギル神は犬なのか？　それとも、自分が犬なのか？

「パパ！」ティミーがこちらの腕を叩き始めた。「パパのせいで、めちゃくちゃだよ！」

「ティミー、言ったでしょう？　あの番組は暴力が多すぎるって」レイニーが息子を叱る。

手術台の上で死にかけている人間たち。監獄の中で死につつある者たち。死滅寸前のあらゆる種。三つの番組が映る三つのチャンネルがぐるぐると回転し、速度がどんどん増していく。何も映らないチャンネルもだ。実体のない幽霊みたいな電気信号。解き放たれた砂嵐の煉獄《れんごく》。ストリックランドはチャンネルのダイヤルを回し続けた。勢いづいて手が止まらない。

「『ボナンザ』が暴力的なんじゃない！」

彼は歯を剝き出しにして怒鳴った。「暴力的なのは、この世の中だ。『ボナンザ』を観ても構わない。ティミー、おまえは本物の男になりたいんだろう？　ならば、問題をその目で直視し、解決する術《すべ》を学ばないといけない。どうしても必要ならば、相手の顔を撃ち抜くんだ」

「リチャード！」レイニーが目を剝いた。

そのとき、ガチャガチャと乱暴に回していたせいか、チャンネルのダイヤルが壊れた。手の中でポキリと折れたのだ。ストリックランドは啞然《あぜん》とし、それを見つめた。もう元に戻すことはできない。プラスチックの付け根が折れている。ぼうっとしながら、外れた部品をカーペットの上に落とした。ダイヤルは回せない。もう耳障りな音は立たない。子供たちも黙っている。レイニーも。全員しゃべらない。ついに無言になった。彼が望んでいたように。唯一の音は、ダイヤルが壊れたときに選んでいたチャンネルの砂嵐のノイズだけ。それは降りしきる雨のような音だった。——雨。彼は、すっと立ち上がった。滝のような雨。全てを覆い尽くすジャングルのような雨。熱帯雨林——自分が属している場所。ここにいる自分は臆病者だ。本物の男ではない。ああ、そうだった。自分の帰る場所はここではなく、そこなのだ。

　ストリックランドはふらふらと玄関に向かい、扉を開けた。雨脚はさっきよりもずっと強くなっており、今や唸り声を巻き起こしている。いいぞ。もっと近くで聞き耳を立てれば、サルの金切り声も聞こえるかもしれない。ホイト元帥のメッセンジャーであるサルどもが、濡れた木々にぶら下がり、あの忌々しい黒塗りの言葉をわめきちらしている。こちらにすべきことを指示しているのだ。まるで、韓国の永同郡《ヨンドングン》の金鉱に舞い戻ったかのようだった。死体が山と積まれたあの坑内に——。イエス、サー。わかりました。新鮮な空気を得られるまで、肉を切り裂き、関節を脱臼させ、骨を砕き続けます。誰が引き裂かれようと、問題ではありません。

　ふと気がつくと、自分は表に出ていた。キャデラック・ドゥビルのところまで行くのにかかったのはわずか数秒ほどだったものの、全身がびしょ濡れになった。猛烈な勢いの雨がスチールのボンネットを殴打する音は、ジャングルの人食い人種たちが異様なまでに興奮して叩くドラムの音と一緒だ。ボンネットの装飾部分に指を走らせる。これは、原始の偶像だ。フロントグリルからボタボタと落ちる雨は、噴き出して止まる気配のない鮮血。鋭いエッジで雨粒を半分に切断する巨大なテールフィン。こいつを売りつけたセールスマンはなんと言っていた？

あの剃刀負けのある、悪魔メフィストフェレスのような笑いを浮かべた男は、こう言っていたはずだ。純粋にパワーに満ちた車だ、と。

無残に剝げたペイント部分に手で触れたとき、雨に濡れた包帯が解けて落ちた。再接着された指は二本とも闇夜と同じ真っ黒になっている。しかも、結婚指輪がどこにも見当らない。右手の指で、毒された二本のうちの一本を押してみた。何も感じない。さらに強く圧迫してみた。黄色い膿《うみ》が爪の下から飛び出し、車体に付着したが、たちどころに雨で洗い流された。容赦ない雨が目に入り、ストリックランドはまばたきをした。今の自分には、現実が見えているのだろうか？

突然、横にレイニーが現われ、傘を差しかけてきた。

「リチャード！　家の中に戻って！　今日のあなたはなんだか怖――」

彼は唐突に両手で妻のブラウスを摑んだ。左手の激痛が、瞬時に上腕まで到達する。そして、彼女の身体を車の後部に叩きつけた。開いていた傘が強風に煽られ、暗闇の中、どこかに飛んでいった。レイニーがぶつかっても、キャデラックはびくともしなかった。なんて車だ。これぞ職人技の極み。最高のサスペンションだ。完璧に調整されたショックアブソーバー。吹きつける雨の中、レイニーがこちらをまっすぐに見ている。雨で化粧が落ち、ピエロの吹き出物みたいな染みになっていた。ティーンエイジャー気取りの気持ち悪い髪型をして、いい気になってるのか。彼は手を滑らせ、彼女の細い首を摑んだ。雷雨のけたたましさは尋常ではなく、相手に聞こえるようにするため、彼は顔を近づけて言い放った。

「おまえは自分が俺より賢いと思ってるのか」

「違う。リチャード、お願い。聞いて――」

「おまえが毎日街に出かけているのを知らないとでも？　なんで俺を裏切るような真似《まね》を？」

レイニーは、首に回された指を引き剝がそうと必死にもがいている。彼女の爪が、黒くなった指に突き刺さったが、こちらは痛みなど感じない。指の中からさらに黄色い膿があふれ、彼女の頬と顎に垂れた。それが街灯に照らされ、きらめいている。彼女の口が大きく開き、雨がどんどん溜まっていく。他に何もしなくても、こうやって車に押しつけているだけで、彼女は溺死するだろう。

「……そんなつもりじゃ……私は……ただ……」

口の中の雨水を吐き出しながら、妻は途切れ途切れに弁解しようとした。

「誰にもバレないと思ったのか？　こんな小さな街で？　レイニー、嘘はばれるんだよ。みんなが、この凹んだキャデラックを見てなんと思っているか、わかるか？　そんな車に乗る奴は、ここにはふさわしくない、自分もコントロールできないような人間じゃな、と腹の中で軽蔑しているんだ。それ以前に、俺は十分すぎるほどの問題を抱えているんだ。これ以上、俺を苦しめるな。わかったか？」

「……わかっ……リチャ……息が……息が……」

「家庭を壊そうとしているのはおまえだ。俺じゃない！　俺じゃないんだ！」

自分の言葉は正しい。彼はレイニーの首を摑んだ手に力を入れた。己を信じる気持ちを確固たるものにするために。紙の上に垂らした赤インクのように、妻の白い眼球の赤い血管が膨張していく。彼女が咳き込んで真っ赤な舌のような血を吐き出したのを見て、彼はゾッとした。この女の何もかもが不快極まりない。ストリックランドは、ぐったりするレイニーの身体を後方に投げ捨てた。フットボールの球をクォーターバックにパスするくらい簡単だった。車庫のドアにぶつかって身体がドサリと地面に落ちるのを背中で聞いた。サルの金切り声に比べたら、静かな音だ。雨は彼の全身をずぶ濡れにし、もはや衣服は第二の皮膚と化している。つまり、裸と同じ。またか。アマゾンでも裸で過ごしていたに等しいからな。ポケットに入れていた車のキーの存在が肌に伝わってくる。折れた骨のように尖《とが》ったキーを引き抜き、キャデラックの見事に長い車体に沿って歩いて運転席に向かう。この車の長さは、全人生の長さ。そして、それはまだおしまいではない。巻き返しは可能だった。

運転席のドアを開け、ハンドルの前に座る。車内は乾いており、きれいなままだった。新車の匂いも依然として漂っている。彼はエンジンをかけ、ギアを入れた。これから行くべきところに行かねばならない。頭の中で、オフィスのデスクの施錠された引き出しを思い浮かべた。そこには、彼の拳銃ベレッタ70が入っている。アマゾンの川でピンク色のカワイルカを撃ったのと同じものだ。牛追い棒〝アラバマ・ハウディ〟にもしばらく触っていない。男は、自分だけのツールを身につけたときに輝く。ツールはいいものでなければならない。しかし、今は前に進むべき時。アクセルを踏んだ彼は、勢いよく回転する後輪が泥の飛沫を飛ばし、車庫のドアとレイニーのブラウスに降りかかる様を想像した。誰もが憧れる郊外の一軒家に住む幸せな四人家族。泥まみれの汚れた車庫、化粧がドロドロに溶けて目が充血した醜い妻に、皆は驚くだろう。しかし、まともに考えられる脳みそがある者なら、驚かないはずだ。なぜなら、外見だけでは本質などわからない。どんなものでも、その内側は醜悪なのだから。

15

夜が明けて、朝が来た。だが、太陽の光はどこにもない。排水溝は降り続ける土砂降りの雨を捌《は》け切れず、道路はところどころ冠水していた。水たまりに置き去りにされたトラフィックコーンは、道路から生えた歯のように見える。バリケードが置かれて通行禁止になっている歩道もあった。イライザが乗車したバスは、道路脇の溜まり水を切り裂いて進み、いつも以上に揺れている。地球が吐き出す泥水と無秩序に広がる暗雲は、彼女の苦悩を反映していた。豪雨になってからというもの、一日二回、河川の水位をチェックし、水位が上がるたびにイライザの胸はえぐられた。明日、ホフステトラー博士は新しい人生に踏み出し、彼女とジャイルズは生き物を再びパグに乗せ、あの桟橋まで行き、彼を水際へと導くのだ。ゆえに今日は、彼と一緒にいられる最後の日、最後の夜。彼はいつになく、こちらを目で追い、見つめているのを感じる。自分が彼を見る以上に。これって愛じゃない？

彼女は足に視線を落とした。陽光が射さない暗いバスの床の上でも、今日の靴は陰鬱な空気に紛れることなく、存在感を主張している。この靴は——あの靴だ。自分が履いていることが未《いま》だに信じられない。昨日も、出勤前に数時間睡眠をとろうとした。しかし、不安でなかなか寝つけなかったこともあり、彼女はある行動に出た。夢を実現させたのだ。普段会社に行くのは夜遅いので、ジュリアの素敵な靴屋さんは閉店した後だし、仕事帰りにバス停を降りても開店前。なかなか行く機会はなかった。それに、ショーウィンドウを眺めるだけで幸せな気分に浸れていたのは確かだ。憧れの店に足を踏み入れた途端、スパイスの効いた革の香りがイライザの鼻腔《びこう》をくすぐる。迷いはなかった。心はすでに決まっていた。彼女はくるりとショーウィンドウの方へ行くと、象牙の円柱台にディスプレイされていた一足を摑んだ。ヒールが低く、四角いつま先で、銀色に輝くラメ入りの靴。それを持って、一直線にレジに進んだ。

だが、ある真実が明らかになった。イライザが長い間思い焦がれていた、ビジネスの才がある美しい創業者のジュリアは存在しなかったのだ。会計をしてくれた女性店員に訊いたところ、そう言われたのだった。店名は、響きがいいから、という理由だった。帰り道、この事実をイライザはずっと考えていたが、ある意味、気持ちが楽になった。帰宅して靴を履いたら、サイズはぴったりだった。彼女の足の周りでラメ入りの革がキラキラときらめいているのを眺め、彼女はふと考えた。ジュリアが実在しないのだったら、私がジュリアになればいい。生き物を養うことは、経済的にも大変だった。そして、この贅沢《ぜいたく》な買い物で、彼女はすっからかんになった。だから、何？　彼女は気にしなかったし、気にもしていない。この靴は、草原を駆け抜けるための蹄《ひづめ》。今日という彼との最後の日、私は美しい生物でいたいと思ったのだ。

イライザはバスを降りて傘を開いたのだが、何かが間違っている気がした。傘が、急に重くて扱いにくい不自然な物に思えたのだ。こんなの要らないわ。彼女は側溝にそれを捨て、空を見上げた。降り注ぐ雨に身を任せ、その中で呼吸をしようとした。なんて気持ちがいいんだろう。彼女は、もう二度と乾きたくないとすら思った。ずぶ濡れのままで帰宅するのは、爽快だった。廊下を歩くと雨の雫がポタポタと落ち、小さな水たまりが床の上にたくさんでき、ずっと蒸発しなければいいと願った。彼が階下の劇場まで小旅行に繰り出す前は、玄関の扉を施錠しなかったのだが、あの一件以来、鍵をかけるようになった。ドア脇の切れたままの電燈の中に隠しておいた鍵を取り出し、それで扉を開けた。

ジャイルズは、いつもの場所にはいなかった。オッカムに出勤する前、生き物をチェックしには来るけれど、木炭画で練習した成果として、今日はきちんとした色彩画を仕上げたいと言っていた。こんなふうにインスピレーションが湧くのは、若い頃以来だと興奮気味に話していたのを思い出す。イライザは、その言葉を疑おうとはしなかったが、同時に鵜呑《うの》みにするほどバカでもなかった。ジャイルズは気を遣い、彼女が生き物とふたりきりで過ごし、さよならをきちんと言えるようにと取り計らってくれたのだ。

ジャイルズは、テーブルの上にラジオを置いていってくれた。イライザはラジオを点《つ》け、いろいろな局を聴いてみた。政治ニュース、スポーツ試合の結果、地元の出来事など、どれも退屈だけれども理にかなっていて、彼女が自由な発想でどこまでも広げることができる空想の世界とは対照的だった。昨日、あの生き物はびしょびしょに濡らしたタオルに包まり、自分と一緒にテーブルについた。彼にとって、椅子に座るのは初めてだった。尖った背びれと短い尻尾があるので、座り心地は良くなかったかもしれない。タオルを巻いて、ちょこんと腰掛けた彼の姿は、シャワーから出たばかりの女性のように見え、イライザは腹を抱えて笑った。彼はなぜ笑われたのか理解はできなかっただろうが、えらをヒクヒクと小刻みに動かし、胸を金色に点滅させるという彼なりの〝笑い声〟を表現して反応してくれた。

イライザは、〈スクラブル〉というボードゲームをテーブルに広げた。アルファベットが刻まれた小さなタイルを細かい格子状のマス目のついたボードに並べ、英単語を作って競い合う人気ゲームだ。彼女はたくさんのタイルを指で掻き混ぜ、英単語を作って彼に根気よく教えた。彼も根気よく学ぼうとしてくれた。それより以前に、会社から雑誌を持ってきて、彼に見せたこともあった。旅客機ボーイング７２７。ニューヨーク・フィルハーモニック・オーケストラ。ボクサーのソニー・リストンがフロイド・パターソンに初回KO勝ちした瞬間。エリザベス・テイラー主演映画『クレオパトラ』の息を呑むほど壮大な場面写真。ページをめくるたび、これまで決して見ることのなかった世界が次々と現われ、彼は熱心に見入っていた。爪の先で器用に写真を切り取った彼は、長い人差し指と親指でエリザベス・テイラーの写真をつまみ上げ、飛行機の写真の上に置いた。次に、その飛行機の写真をオーケストラの写真の上に載せ、飛行機のおもちゃで遊ぶ子供みたいに、今度はテーブルの下を移動させて、再びテーブルの上に戻り、『クレオパトラ』の別の場面写真の上に置いた。

その意味は明らかだった。エリザベス・テイラーはボーイング７２７に乗って、ニューヨークからエジプトへ飛んだ、ということだ。

もちろん、そんな情報は彼には必要なかった。彼がそんなふうにしたのは、自分の笑顔を見て、かすかに口から漏れる笑い声を聞くためだ。

しかし、イライザを笑顔にしようとする行動とは裏腹に、彼の健康状態は決していいとは言えなかった。全身が灰色っぽくなり、キラキラしていた鱗は光沢を失い、緑青《ろくしょう》が付いた道端の一セント硬貨みたいな色になっていた。つまり、彼は老化しているように見えた。こうなったのも自分のせいだと、イライザは己を責めた。最も許しがたい罪だ。何百年とは言わないまでも、この生き物は、一体何十年、わずかな活力も擦り減らすことなく生きてきたのだろう。少なくともオッカムでは、フィルターや温度計といった生物学に基づいた装置が完備されていた。ここには、彼の生命力を維持させるものは、愛以外にはない。結局、愛だけでは不十分なのだ。彼は死にかけている。そして、イライザが彼の命を縮めているのだった。

〈この大雨で、本日、東海岸では河川の増水が予想されます〉

ラジオの天気予報に、彼女はハッとした。〈ボルチモアは雨脚が弱まる気配がなく、真夜中までに十センチから二十センチほど水位が上がると見られています。この豪雨はしばらく続く模様です〉

英単語のレッスンで使った黒いサインペンがテーブルの上に出しっ放しになっていたの

で、イライザはそれを手に取った。テーブルには、また、日めくりの卓上カレンダーが置いてあった。カレンダーをめくると、裏面に毎日違った名言が登場するようになっている。とはいえ、これまでまともに読んだことがなかったのだが。彼女はサインペンのキャップを外した。もしここに書き込まなければ、現実のものとして自分の目のつくようにしなければ、それをやり遂げられるかどうかわからない。紙の上にサインペンを滑らせていく行為は、自分の肌をナイフで切りつける行為に思えた。

真夜中――波止場

今宵《こよい》、彼女は仕事を病欠した。もう何年もなかったことだ。滅多にないことなので、フレミングの気を引いてしまうかもしれないが、もう撤回はできない。自分は月曜日に、再びオッカムに出勤するのだろうか？　そんな問題、今はどうでもいいこと。だが、今後、あの施設に通って働き続けられるかどうか自信はなかった。でも、お金のために働き続ける？　わからない。彼女が見捨て、澱《よど》んだ水に沈んだ王国を、陸の上から心配そうに眺めている気分だ。生き物をオッカムから連れ出す手伝いをすると言ってくれたあの日、ジャイルズの表情は怖いくらい強張っていた。今の自分も同じ表情をしているのかもしれない。さようならを言ったら、失うのが恐ろしいものなどもう何も残っていない。

彼と過ごす時間はこの上なく楽しく、それがなくなったら、すごく寂しくなるだろう。ラジオをひとしきり聴いた後、イライザは彼のもとに行った。こんなふうにワクワクするのは、今夜が最後だ。だから、ゆっくりと歩き、ゆっくりと浴室に入っていく。彼は、前人未到の海の色彩豊かな珊瑚礁《さんごしょう》のように光っている。なんてきれいなの。彼を前にして、イライザの思いはあふれた。この気持ちを抑えることはできない。

浴室のドアを後ろ手に閉め、一歩ずつ前に進んでいく。悲しくて涙があふれ、頭がクラクラし、足がふらついた。だが、強くならなければと己に言い聞かせ、懸命にそうなろうとしているのも感じられた。そして、胸の奥からこんこんと湧き出てやまない感情が、愛だと確信していた。これから何をしようとしているのかは、自分でもわかっている。なんの迷いもない。おそらく最初から、F－1のタンクを覗き込んだあの瞬間から、こうなる運命だったのだ。あの瞬間に、自分の心は水の中、そして彼の中に引き込まれた。彼の鱗の星団と彼の瞳の超新星に吸い寄せられたのだ。

壁際に寄せられていたプラスチックのシャワーカーテンを、イライザは思い切り引っ張った。穴の一ヶ所が破け、金属の留め具のリングが揺れて軽快な音を立てる。さらに十一回カーテンを引っ張り、完全に留め具から外した。こんな驚きの破壊行動をとる深夜勤務の清掃員なんて、地球上のどこを探しても他にはいないだろう。彼女は外したカーテンを、ベッドで布団を広げるように浴室の床に敷いた。それから、その端を何度か交互に山折りと谷折りをして厚みを出して丁寧に折り曲げ、ドアの下の隙間に押し込んでいく。プラスチックのカーテンの広げた部分はピンと伸ばし、床のタイルにぴたりと張りつかせる。隙間が完全に埋まったのを確認し、イライザは立ち上がった。彼のように水をコントロールすることはできないが、彼女には彼女の強い味方がある。それは、現代の水道設備だ。

彼女は洗面台の排水口に栓をし、水道の蛇口を捻《ひね》って温度を調節した。適温になったら、蛇口はそのままにし、お湯をどんどん流し続ける。次に浴槽の蛇口も同様に開放した。両方の蛇口を開いてお湯を出しっ放しにするなど、経済的に困窮している人間のやることではない。だけど、今日だけは貧しさは考えない。今日の自分は、世界で最も豊かな女性。彼女は、欲しいもの全てを持っている。彼女は愛し、愛されている。彼の命と同じように愛も計り知れない。人間とか動物とかで区別するのではなく、〝気持ち〟という観点で自分たちを捉える。気持ちとは、これまで存在してきた、そして、これからも存在し続ける善き者たちの間で分かち合う力。

イライザは着ていた服を脱いだ。それは、石切り場で石運びをしていたケモシュの奴隷たちが、肩から重い荷を下ろすのに似た行為だ。次に、スリップの肩紐《かたひも》を滑らせ、ブラジャーのホックを外した。脱衣は、隠していた内面を解き放つ。一枚、また一枚と床に服が落ちても、何も音はしなかった。お湯はすでに洗面台からも、浴槽からもあふれ、広げたシャワーカーテンの上に溜まり始めている。水位が上がってくるぶしが隠れ、温かい手で撫でられるように、お湯は彼女のふくらはぎを這い上ってきた。服は全て脱いだが、銀色の靴は履いたままだった。片足を浴槽の縁に載せ、彼にもそれが見えるようにする。靴はイライザの足の水かきだとして、彼は興味を覚えたらしく、壁に飾った靴をいつもまじまじと眺めていた。きっとこの靴は、これまで見た中で最も素晴らしい水かきだと思ってくれるだろう。イライザの持ち物で、彼と同じくらいまぶしく、美しいのは靴くらいなものだ。そしてもちろん、これほど大胆で、官能的なポーズをとったのは、生まれて初めてだった。寮母長が、彼女を無価値で、愚かで、醜い売女《ばいた》だと罵る声が聞こえてきそうだったが、そのとき彼はお湯があふれる浴槽から立ちあがった。彼の身体の上で、無数の無音の滝が流れている。彼は浴槽を越えて歩み寄り、イライザが広げた腕の中に入ってきてくれた。

彼らは身を寄せ合って床に横たわり、背を丸めて抱き合った。ふたりの身体が隙間を埋めようと互いを求めている。イライザの頭は何度も、お湯の下に潜ったが、それは、この上なく素晴らしい感覚だった。ふたりは水の中を転がり、今度は彼女が上になった。お湯から出た彼女は空気を求め、めくるめく悦《よろこ》びに震えて喘いだ。髪から滴り落ちる水滴は、激しく跳ねる水面下にいる彼の上に注がれた。彼にキスをするために、イライザは顔をお湯の中に浸ける必要があったが、そんなことは厭《いと》わなかった。恍惚《こうこつ》の中、全てにきちんと輪郭がある彼女の世界の境界線が徐々にぼけ出し、トイレも、ドアノブも、鏡、壁さえも、形があることを投げ出した。

彼とのキスは、人間同士の唇がじれったさを増幅させつつ舌打ちのような音を立てるのとは違い、水そのものを共鳴させた。雷鳴のような轟きが耳の中になだれ込み、喉の奥へと落ちていく。イライザは鱗がある彼の顔を両手で掴み、激しく口づけた。彼らがともに身体の奥で感じる嵐のうねりが津波となり、しまいには大洪水となって全てを覆い尽くしてほしいと願いながら。もしかしたら、彼を救えるのは雨ではなく、自分のキスかもしれない。そう思ったイライザは、彼の口の中へと息を吐き込んだ。無数の泡が、彼の頬をくすぐって抜けていく。お願い。呼吸をして。私が使う空気で呼吸をすることを覚えて。そうすれば、一生離れずに生きていける。彼女はそう祈り続けた。

しかし彼の強い手が、イライザの上半身を押し上げた。お湯から顔を出した彼女は激しく喘ぎ、溺れ死なずに済んだ。両手で胸を押さえ、酸素を思い切り吸い込む。肩で息をしながら、手のひらに視線を落とすと、それは、キラキラと光る鱗に覆われていた。あまりの美しさに息を呑み、その手で彼の胸と腹を撫でて鱗を一面にまとわせる。私もこんなふうに輝けるといいのに——。階下の劇場から、『砂漠の女王』の会話が聞こえてきた。イライザが幾度となく耳にしてきたセリフだ。

〈恐るることなかれ。今は心を強くせよ。汝《なんじ》の息子の寡婦《かふ》は子供を産み、その子供も子供を産むだろう〉

恐れないで。強い心を持って。子供を——。その通りだわ。彼女のまつ毛の上の水滴ひと粒ひと粒が、それぞれひとつの世界を有している。イライザは、以前読んだ科学の記事を思い出した。水一滴が独自の世界を持てるなら、彼と私でより進化した新しい種を作り、私たちだけの世界を作れないものか——。

浴槽でひとり身体を沈めていたときとは、全く異なる経験。彼女は、彼のあらゆる凹凸を探して手を滑らせ、確信した。彼には生殖器がある。きっとそこに。もちろん、自分にも。彼女は彼を引き寄せ、自分の内側に誘った。お湯のかさが増し、揺りかごのように揺れるのも手伝って、それは簡単に滑り込んだ。ふたつの海底プレートがするりとずれ、重なるがごとく。床下から漏れ込む映画館の光や輝きがお湯の中で拡散され、浴室全体を照らしている。リズミカルな動きに合わせて彼は発光し、水晶のような透明な光彩が加わると、ふたりの真下で太陽が輝いているのではないかと思えるほどのまぶしさが周囲を包んだ。自分たちが今いる場所は天国だろうか。それとも、神の運河？　ケモシュの石像が立つ石切り場？　聖なる場所と穢《けが》れた場所が交互にイライザの脳裏に浮かんでは消えていく。肉体的な契《ちぎ》りの結実。彼は、ふたりだけではなく、あらゆる生物を結びつける痛みと悦びの長い長い歴史と未来の一片を彼女に注ぎ込んだ。イライザの中に入り込んだのは、単に彼の一部だけではない。世界全体だ。彼女の体内は森羅万象を優しく、強く抱き締め、自らもそこに溶け込んだ。

生命がいかに変化し、突然変異し、新たな何かを出現させ、存続していくのか。この行為は、その一端。ある存在が己の種の贖罪《しょくざい》を求め、新しい種となる始まりの行為だ。おそらくホフステトラー博士なら理解してくれるだろう。イライザが感じられたのは、ほんの出発点。ちらりと垣間見たのは、偉大なる山の麓《ふもと》、氷山の一角に過ぎない。果てしなく広がる宇宙、悠久の生物の歴史の中で、自分はなんとちっぽけな存在なことか。彼女はゆっくりと目を開けた。これが現実で、自分が現存していると知るために。浴室を満たすお湯は、すでにイライザをすっぽりと呑み込んでいた。鉢植えの植物の葉が、おたまじゃくしのように泳いでいる。裂かれたシャワーカーテンの縁は、クラゲのようにゆらめいていた。

現実世界の豪雨は、階下で上映中の『砂漠の女王』の干ばつが終焉《しゅうえん》を迎えるシーンと相まって、ますます激しさを増していた。イライザの身体は興奮と感動で痙攣し、震えるたびに彼女は、固く握られていた拳が少し、また少しと開いていくような感覚を覚えた。そう、干ばつは終わった。天から雨が注がれ、乾いた大地は潤った。終わった。終わったのよ！　イライザは微笑み、口の中は水であふれた。ここは水没した舞踏場。彼女は水中を華麗に舞っていた。ステップを間違うことなんて恐れない。なぜなら、パートナーが彼女の手をしっかり摑み、リードしてくれるから。自分が行くべき場所へ、彼が導いてくれるからだ。動くたびに、無数の泡が星屑のようにきらめく。こんな美しい幻想の世界が現実に存在し、自分がそこに存在し、彼が自分の隣に存在していることに、イライザは歓喜し、心から感謝した。

16

軽快な筆運びで、色を添えていく。確か、バーニーは緑が好きなんだよな？　この絵が見られないとは、なんともったいないことか。ジャイルズが想像もできなかったありとあらゆる青緑で彩られた絵だった。どうやってこの色を作り出したんだ？　彼は記憶をたどり始めた。カリビアンブルーを基調に、葡萄色《ぶどういろ》を少々。ハーベストオレンジをまだらに加え、麦わら色の線を何本か引いた。さらに、夕暮れどきの空を思わせる藍色《あいいろ》を塗りたくった。自分のサインは、赤粘土色にした。他には？　それ以上覚えていなかったし、どうでもよかった。衝動的にこの絵を描き始め、作業をするのが楽しくて仕方なかった。筆を走らせながら、ずっとワクワクしていた。それでいて、心は穏やかだった。集中しすぎて、少しばかり頭痛がする。散歩でもするか。あとストレッチも。ジャイルズはデパートで買った光沢のある蝶《ちょう》ネクタイを選び、やや苦労しながらそれを結んだ。

バーニー。懐かしきバーニー・クレイ。最後に彼を見たときのことを思い返す。今にして思えば、至るところで奴のストレスの兆候が感じられていた。漂白もせず、擦り洗いもせずに黄ばんだままのシャツの襟。シャツの上からでもわかる腹のぜい肉。バーニーは大食漢だからな。ジャイルズは彼を許していた。自分に冷淡な扱いをした相手をこんなふうに〝許せる〟と思ったことは初めてだ。本当に長い間、憎悪が、コレステロールや他の不吉な物質のように、血管の中に詰まっていたのだろう（コレステロールが血管を詰まらせるという記事を新聞で読んだばかりだ）。今日、コレステロールなんて悪玉はジャイルズの身体の中からすっかり洗い流され、愛だけが残った。全身の長い血管、あらゆる溝の隅々まで、愛は行き渡り、流れ込んでいる。マウントバーノンで自分を逮捕した警官。自分をクビにした会社のお偉方。〈ディキシー・ダグの店〉のブラッド——あるいはジョン。誰もが、それぞれに絡みつく人生の不安や不透明さにもがき、苦しんでいる。

怒っても無駄なことを理解するのに、六十三年もかかったのか。ミセス・エレイン・ストリックランドは、自分の半分くらいの年齢なのに、いつそれを知ったのか？　本能的に自然と感じ取れているのか？　夜が明けても、彼女にもう直接礼を言うことができないなんて信じらない。実は今朝、ジャイルズはクライン&サウンダースに電話をかけた。ミセス・ストリックランドの率直な意見が彼にとってどれだけ重要だったか、いかに彼女の言葉が自分の中で長いこと使われていなかった勇気の倉庫をこじあけてくれたかを伝えたかったからだ。ところが、応対した声は期待したのものではなかった。電話口の相手に、彼女は突然会社に来なくなり、その理由はわからないと一方的に説明されて、電話は切られた。

それでも、ジャイルズは構わなかった。彼の心の引き出しには、一生分の忍耐力がしまってあり、いつでも引き出せるようになっている。今回の件でも、きちんと自分で線引きすることは可能だ。ミセス・ストリックランドは、ジャイルズ・ガンダーソン復活劇を成功に導いた貢献者二人のひとりとして名前がクレジットされることになる。そして、貢献者のもうひとりは、フィッシュマンだ。ジャイルズはおかしくなって笑い出した。イライザの浴槽が、不可能を可能に変える不思議の国への入り口になったとは。自分はその傍ら——もっぱらトイレの蓋の上——で、生き物の見張りと話し相手という楽しい仕事をさせてもらえた。おかげで、素晴らしいインスピレーションを得、自分の過去最高傑作を生み出すことができた。彼は、自分にこの絵を描かせるために現われたのでは？　とにかく芸術家冥利《みょうり》に尽きる。ジャイルズは、ふたりに心から感謝した。

フィッシュマンは誰のものでもなく、特定の時間と場所にも縛られていないが、彼の心はイライザとともにある。最後のひとときをふたりだけで過ごしてもらいたいと、この老《ろう》爺《や》はいとまを告げた。自宅にこもった理由はそれだけではなく、この絵を完成させたかったということもある。この素晴らしい絵を描く間の楽しい気持ちや仕上げていく過程の満足感は、自分がようやく己の秘めた才能に従って行動できたのだという証《あかし》だ。フィッシュマンを川に放す前に、彼に完成品を見せたい。ジャイルズはその願いを叶《かな》えるため、昼夜問わず作業に打ち込んだ。

しかしながら、絵を描く作業自体にはなんの問題もない。作業時間はすでに二十時間だったものの、ティーンエイジャーのように疲れ知れずで、外の豪雨並みの猛烈な自信がみなぎる効果があるという夢のようなドラッグでも打ったのかと思えるほど精力的だった。休むことなく、これ以上ないというくらい大胆に色を加えていく。細部にシルバーのドットやラインを入れる根気の要る作業のときでさえも、指が震えたりすることはなかった。すでに半日、トイレ休憩も入れずに描いている。この前まで、二時間おきにトイレに行く必要があったのに！

またおかしくなって、ひとりでケラケラと笑う。ふと視界に、揺れ動く白い布が目に入り、ジャイルズは腕の包帯が解けそうになっているのがわかった。イライザに定期的に取り替えてもらっていたが、いつになくきびきびと筆を動かしていたので、緩んでしまったらしい。それに気づかなかったことも変だが、さらに奇妙なことに、痛み止めも昨晩の就寝前から飲んでいなかった。作業を中断するのは本意ではないが、このままでは、包帯の端が絵の具にくっついてしまう恐れもある。ジャイルズはため息をつき、筆を置いた。急いで新しい包帯を巻こう。ついでに歯も磨くか。そして、イーゼルに戻り、作業を再開しよう。ちょっと筆を置いただけでも、絵を描くのが待ち遠しくてしかたなかった。

知らないうちに、階下からの映画音楽に合わせて口笛を吹いていた。場面が転換したのか、のんきな歌は唐突に中断され、ジャイルズは口笛のペースがうまく摑めなかった己を責めた。洗面台の前で包帯を解き始めた彼は、魚釣りみたいだなと思いつつ、半分ほど解いたところで、残りの包帯を慎重に滑らせて外した。包帯にもう血は付いていない。視線を落としたが、腕に傷はついておらず、作業で疲れたせいで腕の反対側を見てしまったのだと思った。そこで、彼は腕を裏返したのだが、そこにも傷はなかった。切られた微かな痕すら残っていない。最後にチェックしたときは、ピンク色の長く深い切創が存在をしっかり主張していたはずだ。

彼は拳を握り、腕に力を入れて血管を浮き上がらせてみたものの、痛みも引きつりも麻《ま》痺《ひ》もない。しかし、消えていたのは、フィッシュマンの爪に裂かれた傷だけではなかった。彼の腕にたくさん出ていた老人性の染みも、若い頃に製綿工場でぶつかってできた古傷も、きれいさっぱり消えており、滑らかで弾力性のある完璧な皮膚に生まれ変わっていた。どういうことなんだ？　ジャイルズは反対の腕を見てみた。そちらは年老いてしわだらけの腕のままだった。

信じらない光景に、ジャイルズは独り言をまくし立てていた。ぶつぶつとつぶやく声は、笑い声のようだ。人は、超常現象を目《ま》の当たりにすると、こんな態度をとるものなのか？　顔を上げ、鏡に映った自分の顔を確認する。あちこちに深いしわが刻まれていたが、きっと笑いじわだろう。うむ。見た感じはそんなに悪くないぞ、ジャイルズ。そこで、彼は再びハッとした。そんなふうに考えられたこと自体が珍しい。自分の見た目が悪くないと思えたのは、おそらく数年ぶりどころではない。次の瞬間、彼は視線をやや上に向け、そんなふうに思える原因が何かを悟った。

頭頂部に髪が生えていたのだ。しかも、ふさふさと。ジャイルズは目をパチクリさせてから、恐る恐る手を伸ばした。そっと指で髪に触れた後、軽く叩いてみる。それは、タンポポの綿毛のように飛んでいったりはしない。短くて太い毛。馴染《なじ》みのあるブロンドとオレンジの色味が混じった豊かな茶色。そして何よりも、この弾力性！　若い髪の特性を、ジャイルズはすっかり忘れていた。今度は手のひらで撫でつけてみた。サテン地のようにツルツルした感触。この手触りは官能的でもあった。なるほど。若者が性に貪欲だと思えるのは、髪のせいでもあるのか。そして、彼らの肉体はまるで媚薬《びやく》だ。そう思った次の瞬間、彼は何かで洗面台を押している感触を覚え、下を見た。パジャマのズボンがテントを張ったように突き出ている。ジャイルズは目を疑った。なんと彼は勃起《ぼっき》していたのだ。わずかながらに性的な妄想をしただけで、こんなふうに反応するとは、まるで十代の少年ではないか。しかし、それは紛れもない事実だった。軽さ、速さ、柔軟さ、強さ——あらゆる若さの特性が、分子レベルで己を満たしているのを感じていた。

　突然、ドアがノックされた。しかも、激しく。隣で非常事態が起きたのか、と思わせる激しさだ。良くないことばかりが脳裏に浮かんだものの、ジャイルズの肉体に影響を及ぼしている何かは、彼の精神にも影響を及ぼしていた。「逃避する」「知らんぷりする」「躊《ちゅう》躇《ちょ》する」「何もしないで後悔する」といった選択肢は、あっという間に脳裏のどこかに押しやられ、手元に残ったカードは「逃げない」「迷わない」「困難に立ち向かう」「自分なら解決策を見いだせる」「やってやれないことはない」など、前向きなものばかりだった。当然のことながら、ジャイルズは颯爽と玄関に向かっていった。しかし、勃《た》ったままの局部が振り子のように揺れるのがあまりにも滑稽だったので、ソファからクッションを掴み、それで隠すことにした。これならイライザに見られなくて済むだろう。

ドアを開けると、そこに立っていたのは、劇場支配人でアパートのオーナーでもあるミスター・アルゾニアンだった。その顔は紅潮し、汗をかいている。

「ミスター・ガンダーソン！」アルゾニアンは悲痛な声で叫んだ。

「あ、家賃ですが――」ジャイルズはため息をついた。「少し遅れていますが、必ず――」

「雨が降ってるんだよ、ミスター・ガンダーソン！」

相手の発言に面食らい、ジャイルズは一瞬黙った。確かに、雨は降っている。非常階段の方から響いてくるドラムロールのような土砂降りの音からも、それは明らかだった。

「そのようですね。その件に関しては、私も同意見です」

「いやいや、私の劇場内に雨が降ってるんだ！」

「えっ？　劇場内でそんな奇跡みたいなことが？　あ、それとも雨漏りですか？」

「そうそう、雨漏りだよ！　イライザの部屋から水が漏れてる。水を出しっ放しにしてるか、配管が壊れたか。確認したくて彼女の部屋をノックしたんだが、返事がない。劇場の天井から水が漏れて、今も映画館のお客さんの頭に降りかかってるんだ！　君はイライザの友だちだろう？　彼女の部屋の中を確認して、水を止めてくれ。私は下に行って、お客さんに対処しなきゃならん。頼んだぞ。今すぐ水を止めるんだ。さもないと、君も彼女もここから出ていってもらうことになる！」

一方的にまくしたてた後、プンプンと怒りながら、アルゾニアンは非常階段を降りていった。

さて、もうクッションは必要ないな。ジャイルズはバックハンドでそれをソファに戻し、靴を履かずに靴下のまま、イライザの部屋に向かった。玄関灯の隙間から鍵を取り、鍵穴に挿し込む。普段なら、なかなか鍵穴にフィットしないのに、今回はなんの問題もなく、すっと鍵穴が鍵を吸い込んでくれた。ささやかなことだが、ここでもジャイルズの胸は躍った。ドアを開けて中に飛び込んだものの、彼は急に不安に襲われた。一体自分は何を見つけるんだ？　自分のときよりも大きな血溜まり？　発作的激怒による破壊行動の痕跡？　しかし、室内はいつもと同じで、変わったところは見られないが……まさか、浴室……。その、まさか、だった。浴室の扉は閉まっていた。ドアの直前までたどり着かないうちに、ピシャリと水が跳ねる音とともに靴下が思い切り濡れ、ジャイルズはギョッとした。足元には、深さ一センチほどの水たまりができていたのだ。これはもうノックをして、中からの返事を待って……という通常の手順をとっている場合ではない。そう判断したジャイルズは、力一杯浴室の扉を開けた。

その途端、大量の水が浴室から流れ出し、ジャイルズはびしょ濡れになった。昨日までの自分ならば、膝より下の水でもひっくり返っていただろうが、今日のジャイルズは足に根が生えたようにまっすぐに立っていられた。彼の背後にあったテーブルが、小規模鉄砲水に押し流され、鉢が抜けた植物と一緒に床を転がっていく。ヘビの抜け殻のようなシャワーカーテンの端が、ジャイルズの靴下の上にぽとりと落ちた。どうやら、この折り畳まれたカーテンで、浴室のドアの下を目張りしていたらしい。シャワーカーテンの先をたどっていくと、床の真ん中に、イライザとフィッシュマンはいた。

一瞬、これは彼らの大理石の彫像なのだと思った。ロダンやドナテルロといった彫刻家の手による作品かと。イライザは頭からつま先までずぶ濡れで、植物の鉢植えの泥がところどころにこびりつき、鱗に覆われてキラキラと光り、そして裸だった。一緒にいたフィッシュマンも同じ状態だった。まあ、フィッシュマンはそもそも服など着ていないのだから、いつも裸なのだが、目の前の光景の彼は、普段よりも〝裸〟に思えたのだ。彼の手と足はイライザに巻きついており、顔をイライザの首元に埋めている。イライザの左手は彼の後頭部――背びれが始まっている辺り――を包み、鱗を撫でている。フィッシュマンの体調は良くないように見えた。少なくとも、ここ最近はそうだった。だが、今の彼の体調は完璧ではなくとも、満ち足りているように思えた。己の運命を受け入れ、死の痛みを感じながらも、後悔しない生き方を選んだと言えよう。

浴室全体を見回したジャイルズは気づいた。ここはもはや浴室ではない。ジャングルだ。眼鏡をかけなくとも、目を細めただけで、はっきりと全てが見える。彼らの肉体の契りは、家の中のカビ胞子を熱帯雨林の新緑に変えてしまうほどの力があったのか？　いや違う。濡れて肉感的な陰影を見せる植物たちは、洪水に耐えたものの、今はどこか弱々しい。一方で、木の形をしただけの段ボール製のエアフレッシュナーたちの魅惑的な色彩が、この部屋を、決して想像し得なかった野生の空間に変えていた。クローバーの葉色のシャムロックグリーン、リップスティックの紅色、スパンコールのゴールド。こんなにたくさんのエアフレッシュナーをイライザはどこで見つけたんだ？　数センチごとに、壁に張りつき、見事な色の層を演出している。パンプキンオレンジ、コーヒーブラウン、バターイエロー。予算をかけないアイデア勝利の段ボールジャングルは、息を呑むような美しさだった。アメジストパープル、バレーシューズピンク、オーシャンブルー。ここはイライザの住居でもなければ、フィッシュマンの住処《すみか》でもない。ふたりのために作られた不思議の楽園だ。

イライザがジャイルズを認識するのに、しばし時間がかかった。彼女の目は半開きで、夢心地だった。彼女はぼうっとしたままシャワーカーテンを引き寄せ、まるでベッドシーツのようにふたりの上にそれを被せようとしていた。ノックもしないで扉を開けてしまい、彼らのプライベートな瞬間を目撃してしまったことで、ジャイルズはバツの悪さを感じていた。それでも、今日は特別で、間違っていることは何もなく、タブーも何もない。きっと自分もイライザも、ミスター・アルゾニアンにここを追い出されてしまうだろう。これまでだったら、ワナワナするほど不安になったはずだが、今日は気にしようとしても、気にならないのだ。この気持ちをなんと説明すればいいのか。この世に、ミスター・アルゾニアンなど全く存在していないように思えてしまうのだ。

ジャイルズはひざまずき、ふたりの身体をきちんとシャワーカーテンで覆った。新しいお隣さんはこの若い愛すべきカップルで、自分は生まれ変わって少し若返った。自分たちはこれからもずっと末永く仲良しの友だちだ。イライザはフィッシュマンの肩越しに顔を覗かせ、何度かまばたきをした後、付着したたくさんの鱗がラメのように輝く腕を伸ばしてきた。そして、指でこちらの豊かな頭髪を触り、穏やかな笑みを浮かべた。その笑顔は、〈私、何を話したっけ?〉と訊ねる手話のようでもあった。

「彼にもっとここにいてもらえるかな?」

ジャイルズは息を吐いた。「もう少しだけでも」

イライザは笑い出し、ジャイルズも声を立てて笑った。彼の大きな笑い声は小さな空間に反響し、不確かな未来が運んでこようとしている静寂を部屋の片隅に追いやった。この幸せが永遠に続くふりをしよう。奇跡は瓶に詰めて、いつまでも取っておけるのだと思おう。時は無情にも現在を過去に、未来を現在にスライドし続けていくのなら、今の彼らには、そうすることが精一杯だった。

17

電話の二回の呼び出し音。真夜中から、ホフステトラーはそれを待っていた。ミハルコフがどれだけ厳密に「Ｆｒｉｄａｙ《フライデー》」を定義しているのかはわからない。それでも、午後の早い時間に電話が鳴ったときは、豹《ひょう》が襲いかかってきたのかと思った。ホフステトラーは腕と足を曲げて防御姿勢をとり、喉がかれるほどのヒステリックな叫び声を上げた。最初の呼び出し音はバカげた長さで、こちらが最終日に出勤しなかったことを不審に思ったミスター・フレミングか、全てを解明したと主張するストリックランドかと考えてしまったほどだった。

しかし、二回目の呼び出し音は極めて簡潔で、電話をかけてきた人間の意図に支配されており、ゴングのように、剝き出しの壁、空っぽの食器棚、スチールの簡易ベッドのフレーム、食器類をビリビリと振動させた。それが、孤独な生活の最後のうめき声になるように、と彼は祈った。めまいを覚えるかと思ったが、そうではなく、身体が麻痺していた。ものを飲み込むことができない。自分自身に無理やり呼吸させなければならなかった。全てが計画通りに進んでいる。何もかもが準備万端だ。取り外し可能だった床板は、糊《のり》づけして密閉した。パスポートと現金は上着の内ポケットに入れてある。荷造りは済み、スーツケースひとつがドアの前で出発を待ちかねていた。

暗記していたタクシーの電話番号をダイヤルした後、この十四時間を過ごしていたキッチンの椅子に戻った。これから十四時間後、自分はロシアのミンスクにいるはずだ。故郷で新たな職業に就《つ》く。誰からも注目されない仕事に。ホフステトラーは己に言い聞かせた。あの清掃員は、デボニアンを川に戻しただろうか？　それとも、彼女に渡した薬剤で死を迎えたのか？　ミンスクの背の高い雪だまりの中には、そのような疑問を永久に埋めてしまえる。そして、デボニアンのような存在が死ななければならないのなら、この地球という惑星は破滅を迎える運命にあるという憂鬱な思いを乗り越えよう。

タクシーのクラクションが外から聞こえた。ホフステトラーは深呼吸をして立ち上がり、ぐらつく膝がしっかりするまで待った。今のところ、いつもと同じような流れであったが、今日は意味合いが違う。これで最後。ここに戻ることはない。ボブ・ホフステトラーとは永遠におさらばだ。これまでの年月が積み重なった、重い重い瞬間だった。温かい涙がこみ上げてくる。

僕はいつも君たちから距離を置いていた。君たちの手の届かないところにいようとしてきた。本当に申し訳ない。

彼は心の中で謝った。可愛がっていた学生たち。腹を割って話したかった友人たち。自分を幸せにしてくれたかもしれない女性たち。彼らと自分は接点を持ってきた。だが、結局何も起こらなかったのと同じだ。いかなるとき、いかなる場所でも、親しい人たちを突き放すこと以上に悲しいことはない。

ホフステトラーはスーツケースと傘を持ち、外に出た。タクシーは待っていた。バケツをひっくり返したような銀色の土砂降りの下、黄色い泥がリズミカルに跳ねている。誰に聞いても、ひどい日だと言うだろうが、彼にとっては目に映るもの全てが美しく、感動せずにはいられない一日だった。これがアメリカだ。心の中で別れを告げる。骸骨を思わせる枝からようやく芽吹いた緑の若芽よ、さようなら。その小さな芽のひとつひとつが、あくびをして伸びをして目覚める赤ん坊のように可愛らしい。芝生の前で遊び相手を待っているプラスチックの玩具たち、さようなら。春の息吹とともに再び鮮やかさを取り戻す芝生の上で、元気にはしゃぐ子供たちが目に見えるようだ。窓辺で並んでまばたきをしている犬と猫よ、さようなら。君たちは生物種間の見事な共益関係の証だ。頑丈なレンガ、温かなテレビの明かり、楽しそうな笑い声のアメリカの家庭よ、さようなら。ホフステトラーは頬を伝う涙を肘で拭ったものの、それはすでに雨粒と混ざっていた。

車に乗り込むと、以前も頼んだ運転手だとわかった。これは彼らのルールに違反するが、どうせこれで最後だ。構うものか。ホフステトラーは運転手に行き先を告げ、窓の曇りを拭いて外を覗き込んだ。ほんの少しでも、アメリカの景色を見逃したくはなかったのだ。アメリカ車が見れなくなるのは、少し寂しい。実に不合理な形、悪趣味な外見、派手な色。通りの向こうにいる巨大なグリーンのキャデラック・ドゥビルよ、さようなら。君は本当に華麗なマシンだ。たとえ後部が大きく凹んでいても——。

18

姿を消すにはちょうどいい日だ。レイニーはそう考えずにはいられなかった。かつてとても気に入っていたマスタード色のカーテンを開け、凄《すさ》まじい豪雨を見つめた。道路に当たって跳ね返る水しぶきが、マーブル模様を描いている。埃《ほこり》とコンクリートの街ボルチモアは、今、空からだけでなく、あらゆるものから降り注ぐ水の街と化している。雨は軒樋《のきどい》から猛烈な勢いで流れ、木々の間からボタボタと落下し、柵から滝のごとく垂れ、通過する車の後ろで渦を巻く。雨粒が荒々しく地面で跳ね返る様に、仕掛け地雷《ブービートラップ》が炸裂《さくれつ》したのではないかと錯覚してしまうほどだ。これだけの土砂降りでは、視界が煙《けぶ》ってあまり遠くは見えない。外に一歩踏み出せば、たちまち方向感覚を失う。そして、それがまさしくレイニーのアイデアだった。

ティミーのリュックサックはオモチャがぎゅうぎゅうに詰められており、両手で抱えないといけないくらい大きい。そのため、彼は流れる涙を拭えないでいた。タミーのバッグも今にも破裂しそうなくらい膨らんでいたものの、娘はひと粒の涙もこぼしていなかった。それは、タミーが女の子で、トラブルから決して逃げ出さないのが男の中の男だというのが間違いで、ときには逃げ出すのが最善の策だと学んだからなのだろうか。こちらを見上げた娘の目は乾いており、物事の本質を見据えている気がした。この子は絵本から多くを学び、その教訓を心に留めてきた。逃げるのは、動物が足を、鳥が翼を、魚がひれを持っている理由なのだ。

　レイニーは、自分にも足があることに気づいた。それだけで、素晴らしい可能性を秘めている。そのことを悟ったのは、今朝だった。リチャードは家の中をよろよろと歩き、眼球は膨張し、肩で階段のてすりにひびを入れ、壊死した指では結べない黒いネクタイを苛《いら》立《だ》ち任せに首から引き抜くと、まるで汚物か何かのように床に打ち捨てた。彼女はいつもの位置にいた。同じ場所にアイロン台を立てるので、その足が当たる部分のカーペットは永遠に凹んでしまっている。そして、いつものように、リチャードのワイシャツに、ウェスティングハウス社製のスチームアイロンを滑らせていた。前の晩、彼は遅くに帰宅した。ベッドの反対側が沈むのがわかり、彼女は夫の方に転がらないよう、必死でベッドの縁にしがみついた。今朝の彼は、目覚めた瞬間からすでに激怒していた。脂ぎった身体をヘビのように滑らせてベッドから降り、歯磨きもせず、顔も洗わず、シャワーも浴びずに着替え、腐った手はコートのポケットに常に突っ込んでいた。アイロンのように重い何かが入っているのか、ポケットはその重量でたるんでいた。

　レイニーは、憤る夫を横目に、素知らぬ顔で次々と変化するテレビの画面を見つめていた。昨日と同じ代わり映えのしないニュース。優秀なスポーツ選手。偉そうに演説する世界の指導者。黒人たちのデモ行進。大挙する軍隊。武器が好きな女性たち。何かが以前より前進し、改善し、発展し、進化したというニュース以外、個々の話題に関連性はない。

そうこうしているうちに、リチャードは出かけた。玄関のドアがバタンと閉まる音が、彼の「いってきます」のキスだ。あまりにも乱暴にドアを閉めたので、床が揺れ、その振動がアイロン台を揺らし、そのせいで彼女の親指はアイロンの温度調節レバーから滑ってしまった。レイニーはただそこに立っていた。彼女も、彼女の世界も動いていなかった。

アイロンは重すぎて、垂直に立てることができない。だから、リチャードのワイシャツの上に置いたままにするしかないのだ。十秒間、アイロンを放置して手首を休ませれば、手首を傷めずに済む。すると、煙が上がり始めた。考えが頭に染み込むように、ウェスティングハウスのアイロンがポリエステル繊維のシャツに沈み込んでいく。レイニーは煙が上るのを見つめ、有毒の蒸気が鼻腔に入り込むままにしていた。煙の匂いに驚いた子供たちが二階から降りてくるのがわかり、慌ててアイロンを溶けた台から引き離した。そして、くるりと振り向き、笑顔で子供たちにこう言ったのだ。

「旅行に行くわよ。持っていきたいものをカバンに詰めなさい」

今、レイニーの肩には、重いカバン三個のストラップが食い込んでいる。片腕も重い荷物で感覚がなくなっている。だが、そんなことは気にしていない。無感覚。それが、リチャードとの暮らしを生き抜くための術だった。ミセス・ストリックランドとして知られる女性は、捨てられた潜在能力の棘《とげ》から身を守る、コルセットを着け、エプロンをし、口紅を引いた盾だ。今回一度きり、その盾を自分の目的を成し遂げるのに使おう。それは、彼女の胸を躍らせた。彼女はストラップを調節し、首筋のくぼんだ痣を指で撫でた。それは、リチャードに首を絞められた痕。その痣を見れば、何があったのかは誰の目にも明らかだ。レイニーは大きく息を吐いた。自分ができるのは、正直になること。そう彼女は己に言い聞かせた。真実の雨が降り始め、自由という水流が生まれつつあった。

家の前にタクシーが止まった。かなりの量の水たまりができていたので、タイヤが跳ねた水が大きな音を立てた。

「さあ、子供たち。急いで」

「僕、行きたくない」

ティミーが口を尖らせた。「パパを待ちたい」

「もうびちゃびちゃ」

タミーがふくれ面《つら》をする。「水が溜まりすぎて、ワンピースの裾まで濡れちゃう」

レイニーは後悔していた。フロリダか、テキサスか、カリフォルニアか、とにかく行き着いた場所から電話して会社を辞めますと言わねばならぬことを。そんなこと、プロがとる態度ではない。だが、バーニーには、自分がここを離れなければならない理由を説明するつもりだ。バーニーなら許してくれるだろう。もしかしたら、身元保証人になってくれるかもしれない。それから、もうひとつ後悔していることがあった。ミスター・ガンダーソンの住所をメモしておかなかったことだ。もし住所がわかっていたら、今は何も決まっていないけれど、将来落ち着いたときに、彼に手紙を書くことができたのに。アートフォリオバッグを手渡されたあの瞬間、自分はわかったのだ。もっと素敵な人間になるために自分の人生は変えられる。まだ遅くない、と。レイニーは、そのことをミスター・ガンダーソンに伝えたかった。事実、そのアートフォリオバッグは、今、彼女の肩に下げている三つの荷物のうちのひとつだ。

一番後悔しているのは、自分がここに到達するのに、時間がかかりすぎたことだろう。自分が怠惰だったせいだ。子供たちにも影響が出ていたのだと思う。ティミーがトカゲを解剖したことは、今もまだ、厄介な未解決の問題のままだ。ありがたいことに、子供たちはふたりともまだ小さい。自分は、オッカム航空宇宙研究センターの科学者ではないが、子供たちが成長する過程は直線グラフのようにまっすぐではない、ということは知っている。緩やかに弧を描きながら、母親である自分が長い時間をかけて子供たちに愛情を注ぎ、ゆっくりと大人の階段を登らせてあげよう。右腕に持っていたバッグを右肩にかければ、両手が空く。左肩の三個のバッグと、右肩の一個は決して軽くないけれど、レイニーはひざまずき、タミーとティミーに腕を回した。

「走りなさい」

レイニーはティミーにささやいた。「水たまりに飛び込んでいいわよ。思い切り濡れなさい」

息子は汚れていないズボンと靴を見て、眉をひそめ、「本当にいいの?」と訊いた。

彼女がうなずき、白い歯を見せると、ティミーもにやりと笑った。そして、「ヤッホー!」と声を上げて駆け出し、大きな水たまりに飛び込んだ。元気よく庭を駆け回る姿を見て、タミーは目を丸くしている。レイニーは娘を抱き上げ、足でドアを開けて玄関の外に出た。家庭の入り口は、かつて多くの約束を表わしてきた。しかし今は、失望の中に沈んでいる。彼女がずっと囚われてきた場所。崩れ落ち、起き上がれなくなる前に旅立たねばならない。

ティミーはずぶ濡れでタクシーに乗り込み、早く早くとこちらを呼んでいる。レイニーは笑顔を返し、自分は倒れないと悟った。そして、颯爽と水の世界に踏み出した。短く切った髪に雨が当たり、雨粒がカールした毛先を滑り落ちていく感覚がいい。タクシーの運転手が荷物を受け取ってくれたので、彼女は急いで後部座席に乗り込んだ。上着の上の水滴を落とし、ティミーの帽子を軽くはたき、タミーの髪を絞った。子供たちはふたりとも大声で笑い、興奮している。トランクが閉まる音がした。運転手が乗車してハンドルの前に座り、濡れた犬のように頭を振った。

「雨が上がってくれないと、このまま世界の果てまで流されてしまいそうですよ」

運転手が話しかけてきた。「遠くまで行かれるんですか?」

彼はバックミラー越しにこちらを見ている。その視線がレイニーのブラウスの襟元を捉えたが、彼女は首の痣を隠そうとしなかった。真実の雨を降らせ、自由の水流に身を任せよう。

「どこかでレンタカーを借りるわ。場所を知ってます?」

「空港のそばにあるのが、一番大きいレンタカーショップです」

運転手の声はさっきよりも柔らかくなっていた。「予約なしで借りたいんだったら、早く出発した方がいいですね」

レイニーは運転手の身分証に目やった。ロバート・ナサニエル・デ・カストロ。それが、彼の名前だった。

「ありがとう、ミスター・カストロ。そこにお願いします」

縁石に寄せてあったタクシーは動き出し、すぐに車道の真ん中へと進んだ。

「ノロノロ運転ですみませんね。この悪天候ですから、どこもかしこも渋滞で。ですが、安全運転で目的地までお連れします」

「急がなくても大丈夫よ。気にしないで」

「楽しそうですね。皆さん、三人とも。実にいいことだ。ちょっと雨が降って、ちょっと濡れただけで、最悪の一日だと文句を言う人が多いのに。お客さんの前に乗せた男性客は、ベスレヘム通りの工業団地まで連れていったんですがね、そこにその人を連れていくのは二度目だったんで覚えてたんです。あの場所には何もないんですよ。本当になんにも。心配になって、降ろした後も、ぐるっと回って様子を見ていたんです。その人は、この雨の中、コンクリートブロックの上に座ってました。その人にはその人なりの事情があるでしょうから、詮索はしませんが、ちっとも幸せそうじゃなかった。なんか、世界の終わりを待ってるみたいで。その人の顔を見ていたら、本当に世界は終わるんじゃないかって思えてきましたよ」

レイニーは微笑んだ。運転手は話好きで、気を紛らわせるのにちょうどよかった。子供たちは窓に顔を押しつけている。レイニーはいい香りのするタミーの頭で顎を休めた。表を見ていると、地面に溜まったあまりの水量に、タクシーは崖から落ちて、海へ沈んでいくのではないかと思ってしまいそうになる。水の底で生き延びるには、水中で呼吸する術を習得しないといけないし、それには、人間ではない他の生物になる必要がある。なぜかはわからないが、レイニーは、それはあり得ると断言できた。この世界には、河川、池、沼、湖がたくさん存在する。いくつ水路をたどるかわからないけれど、絶対に大海にたどり着いてみせる。足に水かきができるほど長い時間がかかるかもしれない。それでもレイニーは、この新しい人生を泳ぎ切る自信があった。

19

雨は濡れたセメントのように落ちてくる。ホフステトラーが差す傘の下だけが、小さな乾いた円柱空間として篠突《しのつ》く雨で覆われた世界から隔離されている感じだ。また、周囲が水煙で煙っているので、自分が火あぶりの刑で焼かれている気もしてくる。傘以外は、ほとんど何も見えない。灰色の息。灰色の雨。灰色のコンクリート。灰色の砂利。灰色の空。しかし彼は、どこを見ればいいのかを知っていた。不安を抱えて長いこと持っていると、通りの向こうで排気ガス——さらなる灰色の層——が上がっているのがわかった。それはどんどん近づき、黒いクライスラーがサメのように水の中を進んできた。

ホフステトラーは、車が到着するなり暖かい車内の革の後部座席に飛び込みたかった。とはいえ、十八年間きちんと任務を務め上げて解放される身だとしても、いつもの愚かな手順を省いたり違反したりしていいというわけではなかった。彼はスーツケースを持ち上げ、コンクリートブロックの前に立った。興奮でふらふらしながらも、足の親指に力を入れ、身体を弾ませる。もうすぐだ。父の震える手を握り、この腕で母の身体を包む。そのうすぐだ。

瞬間が来るのはもうすぐだ。もっとマシな仕事をしてこれまでの人生を償う。再出発はも

運転席のドアが、いつも通り、カタッという音を立てて開いた。バイソンが、いつも通り、エンジンをかけたままの車から降りる。雨ゆえ、彼の黒いスーツが黒い傘で補完されていた。ここまでは想定通りだった。だが次に、予期していなかったことが起こった。助手席のドアも開いたのだ。今日は、バイソン以外に二番目の男がいた。傘を開いたその男は寒さで震え、スカーフを巻いた首をすぼめている。ややもするとスカーフは、背広の襟に挿す花《ブートニエール》を平らにしてしまう恐れがあった。ホフステトラーは、どこまでも落下していくのではないかという感覚に襲われた。ちょうど、コンクリートブロックから飛び降りたものの、着地するはずの地面がなくなっているという感じだ。

「Здравствуйте《ズドラーストヴィチェ》」

レオ・ミハルコフが言った。「ボブ」

激しい雨が傘を殴打する音が耳をつんざく。音を当てにすることはできない。ズドラーストヴィチェはかしこまった挨拶だ。しかも、ボブだと？　ディミトリではなく。何かがおかしい。

「レオ、あなたもここに――」

「質問がある」ミハルコフは言った。

「ここで報告するんですか？　雨の中で？」

「質問はひとつだけだ。時間はかからん。君が貴重品に薬剤を注射したとき、奴は死ぬま

でにどんな反応を示した？」

　ホフステテトラーの視界が、ぐるぐると渦を巻き出した。コンクリートブロックに手を伸ばし、寄りかかりたい。クライスラーのフロントグリルでもいい。自分を支えてくれるのならばなんでもよかった。だが、傘を手放したら、この大雨で溺れてしまうだろう。彼は必死で考えようとした。あの銀色の薬液。あれはなんだったんだ？　知っていて当然だった。これは自分の専門分野じゃないか。原料のひとつは、間違いなくヒ素だ。あとは塩化水素か？　微量の水銀も？　どんな混合物だったら、デボニアンの解剖を台なしにしただろうか？　この凄まじい雨音だけが思考の邪魔になっているのだとしたら、なんとか考えつくかもしれない。しかし、時間がない。今自分にできることは、口からでまかせを言って、あとは祈るだけだ。

「あっという間でした。貴重品は血を流しました。おびただしい血を。即死でした」

　猛烈な雨。ミハルコフはこちらを見ていた。地面は溶岩のごとく泡立っている。

「――その通りだ」

　ミハルコフの声は、さっきよりも穏やかだった。ブラックシー・レストランの奥のボックス席にいるときのようだ。ただし、今日の会話に添えられているのはバイオリン音楽ではなく、雨というケトルドラムの演奏だが。

「君の活躍を祖国も誇りに思うはずだ。君の活躍ぶりはいつだって素晴らしかった。君は皆の記憶に留まることになるだろう。この言葉は、ごく限られた人間にだけ与えられる賛辞で、非常に名誉なことだ。私自身にその時が来たとしても、同じ賞賛は得られないだろう。ある意味、君がうらやましいよ」

ミハルコフのようなKGBの人間だったなら、緩やかに進んでいた全てが罠《わな》で、幕引きとして何が起こるのかをとっくの昔に見抜いていただろう。だが、ホフステトラーがそれに気づいたのは、たった今だった。かつてデボニアンに、自分は本当の知的能力を持っていないと主張していなかったか？　まさしくその言葉通りじゃないか。自分はアメリカに長居しすぎた。ソ連政府は自分が祖国の地を再び踏むのを快く思っていない。彼らにとって重要だったのは、このミッションが完遂されることだけ。なぜもっと早く気づかなかったのだろう。こいつらの「ミンスクに帰してやる」という言葉が幻想に過ぎなかったことを。自分の父と母は約束通り、まだ生きている可能性が高い。だが、彼らはただ担保として生かされてきただけだ。自分の役目が終わった今、両親は消されるだろう。頭を撃たれ、重石《おもし》を付けられ、モスクワ川に沈められる。ホフステトラーは胸の中で、ふたりにさよならを告げた。本当にごめん。心から謝った。愛しているよ。必死になって思いを吐いた。もう一度会いたかった。抱き締めたかった。「ただいま」と言いたかった。両親への別れの挨拶は、ほんの瞬《また》く間だった。バイソンが腰からリボルバーを引き抜くまでの——。

ホフステトラーは叫んだ。そして、反射的に開いたままの傘をバイソンのいる方に投げた。銃声が鳴り響く直前、傘は一瞬だけ、彼が見ていた世界を消し去った。傘の黒が、人も、銃も、雨も、全てを呑み込んだ。しかしながら、傘はすぐに地面に落ち、現実が再び鮮やかに彼の視界に広がった。彼らは訓練された殺人者で、ホフステトラーはしがない研究者だ。傘があろうとなかろうと、相手の銃口は標的を捉え続けていた。彼は突然、顎に鉄拳を喰《く》らったと思った。顔の真ん前で焼けた石が破裂したのだと。それとも自分の歯が爆発したのかもしれない。被弾の衝撃で、ホフステトラーの身体は回転した。口腔《こうこう》内に流れ込む大量の血で頬が膨れ、それが肉片と混じってドロドロになるのを舌で感じた。

彼は地面に倒れた。口から一気に血が噴出し、トマトスープがなみなみと入った器をひっくり返したかのようだった。銃弾は彼の頬を貫通したのだ。冷たい空気が顔の中を右側から左側に抜けていくのは、実に奇妙な感覚だった。自慢のまっすぐな白い歯もボロボロだ。可愛い息子の顔に穴が開いたことを知ったら、母はどれほど悲しむか。自分がどれだけ傷ついたかを見せれば、ミハルコフはもう十分だと思って立ち去ってくれるかもしれない。ホフステトラーは膝をついて立ち上がろうとした。だが、頭はひどく重くて持ち上がらず、膝は泥の中で虚《むな》しく滑った。今、彼は仰向《あおむ》けに倒れていた。容赦なく降り注ぐ雨は、銀色の槍《やり》となって彼の目を刺している。

傘を差したままのバイソンの黒い影が、全ての光を遮断した。ミハルコフの僕《しもべ》は、無表情でこちらを見下ろしている。その顔からは人格や感情といったものは読み取れない。バイソンはリボルバーを上げ、こちらの頭に狙いを定めた。バン！　くぐもった銃声が鳴り、自分は殺された。そうホフステトラーは思った。ところが不思議なことに、大きく跳ねたのは、バイソンの身体だった。二度目の銃声で、バイソンの手から傘が離れ、こちらに覆い被さった。墓穴の中で土を被されるときはこんな感じなのかと、ふと思った。ホフステトラーは、肘をついてゆっくりと上体を起こした。雨が、血と唾液が混じり合ったものを顔から胸へと押し流していく。

目の前には、動かなくなったバイソンのでかい図体が転がっている。地面に広がる赤い血溜まりが、激しく雨に叩かれてピンク色に泡立っていた。ホフステトラーの目はうまく焦点が合わなくなっていたが、車の横にある卵形の顔の輪郭で細身の影がミハルコフのものなのはわかった。だが、いつもの彼に似合わず、慌てて何かをゴソゴソと漁っている。すぐに彼が銃を取り出したのは、抽象的なシルエットだけでも明らかだった。しかし、ロブスターとキャビアといった贅沢な食事にすっかり甘やかされ、虚栄心にしがみつくことに慣れてしまったロシア人は、銃の扱いに集中するよりも、傘を差しっ放しにして濡れないままでいる方を選んだ。その貴重な数秒が、命運を分けた。誰かはわからないが、自分を救ってくれた人物はいきなり突進した。バイソンを射殺した銃からは、まだ硝煙が上がっている。この人物もまた、明らかに素人ではない。嵐の中でも銃は両手でしっかりと固定されている。事は、一発で済んだ。

ミハルコフはクライスラーに激しく身体を打ちつけられ、とうとう傘を落とした。続いて銃も。シャツの上ににじみ出た赤い円は、第二のブートニエールと言えよう。ミハルコフは即死し、即座に人々から忘れ去られた。ある意味、さっきの言葉は、彼自身の運命を予言していたことになる。ホフステトラーは目を細め、大雨の向こうの人影を見つめた。彼の救世主は、ミハルコフの脇にひざまずき、本当に息の根を止めたかどうかを確認している。立ち上がった相手はこちらに顔を向け、蜘蛛を思わせるスピードで進んできた。猛烈な雨に遮られ、救世主の正体はわからなかった。その人物が、ホフステトラーの上にヌッと立ち、こちらを見下ろすまでは。

衝撃の事実をすぐには理解できなかったので、目をしばたたいて問いかけた。

「――ストリックランド?」

ホフステトラーの声は上ずった。「ああ、感謝します。ありがとう。本当に……ありがとう」

リチャード・ストリックランドはその場にひざまずき、こちらの顔をまじまじと眺めた。バイソンの無表情とは違い、氷のような目の奥で獰猛性が紅蓮《ぐれん》の炎を上げているのがわかった。そして唐突に、相手はこちらの頰の穴に親指を突っ込ませ、乱暴に引っ張った。そして、そのままぐいぐいと、ホフステトラーの身体を泥の中で引きずっていく。痛みは遅れて到達し、彼の全身を凌駕《りょうが》した。頰が相手の指で引き裂かれたのではないかと思うくらいの激痛に襲われ、彼は絶叫した。ストリックランドが指に力を込めるたび、ホフステトラーは叫び、わめき、悲鳴を上げた。しかし徐々に、地面を擦る肩が削り取った泥が目を潰し、口を埋めていく。もう何も見えず、声を立てることもできない。そして、とうとう全ての感覚がなくなった。

20

再び目が覚めたものの、依然として悪夢は現実のままだった。辺りは雷鳴のような咆哮《ほうこう》で満たされている。目を開けたホフステトラーは、上を向いた。顔面に降り注ぐ何千本もの雨の針を覚悟したが、頭上にはトタン屋根があった。どうやら、雨音がトタン屋根で増幅され、雷鳴のように聞こえているらしい。自分は、倉庫か何かのコンクリートのポーチにいた。土砂降りの雨は、砕けたレンガや錆びた金属の山を激しく殴打している。自分はまだ、工業団地にいるのか。彼の視界を、ふらつく影が横切っていく。ホフステトラーがまばたきすると、目から液体があふれ出た。雨？　それとも血？　視界が少しクリアになり、コンクリートのポーチの幅いっぱいに大股で歩き回っているのがストリックランドだとわかった。その手には、小さな薬瓶が握られている。その瓶を口の上で逆さにしているが、中身は空っぽだったようだ。激しく罵った挙《あ》げ句《く》、瓶を雨の中に投げ捨てた。そして、奴はこちらを見た。

「目が覚めたようだな」

ストリックランドは唸るように言った。「よし。さっさとやってしまおう」

奴はこちらの目の前にしゃがみ込んだ。いつも携帯していたオレンジ色の牛追い棒ではなく、今は拳銃を握っている。スライドを引き、銃口をこちらの右手のひらに押しつけた。銃の感触は冷たく湿っていて、まるで子犬の鼻先のようだ、とホフステトラーは思った。

「……ストリックランド」

彼が言葉を発すると、ずたずたになった頬と切断された神経の全てが息を吹き返し、生きることを求めて悲鳴を上げ始めた。「……リチャード……ひどく痛い……病院へ……頼む……」

「おまえの名前は？」

ホフステトラーは二十年間嘘をついてきた。反射的に偽名が口から出た。「ボブ……ホフステトラーだ。君も……知っている通り……」

銃弾が放たれた。コンクリートに撃ち込まれた弾丸は驚くほど柔らかい音を立てて響いた。ホフステトラーは、誰かに激しく手を叩かれた感じを覚え、手を上げてみた。手のひらのちょうど中央に、きれいに小さな穴が開いている。弾丸が貫通した直後ゆえ、まだシューと音が鳴っている気がした。本のページを何千回もめくり、分析結果の記録を山ほど記入する指だ。今後も動いてもらわないと困る。ところがなぜか、彼は逆に手を広げてみたのだ。生物学者としての興味なのだろうか、弾の出口となった手の甲側を観察すると、傷口はノコギリの刃で削ったようなズタズタの星形で、ギザギザに裂けた皮膚が周囲にぶら下がっていた。穴からはちぎれた血管も垂れている。出血するのがわかっていたので、彼は手を胸に押しつけて圧迫しようとした。

ストリックランドは、今度は反対の手のひらに銃を押し当てた。

「ボブ、本当の名前を言え」

「……ディミトリ。ディミトリ・ホフステトラーだ。頼む……リチャード……お願いだ」

「よし、ディミトリ。次は特殊チームの名前とランクを教えろ」

「特殊……チーム？　知らない……僕はただ――」

拳銃が再び火を噴き、ホフステトラーは絶叫した。今度は穴を観察することなく、左手を胸に当てた。しかし、焼けた肉から立ち上るひと筋の煙を無視することはできなかった。胸の上で両手を重ね、彼はもう二度とできない行動に思いを馳《は》せた。食事をし、風呂に入り、身体を洗い、トイレの後に手を洗う。今まで全く特別だと思わないでやってきた行動が、どれほど特別だったことか。知らぬ間に、彼は泣きじゃくっていた。こぼれた涙が頬の穴に流れ込み、舌がその塩辛さを感じた。

「いいか、ディミトリ」

ストリックランドがささやくように告げた。「おまえがここで落ち合ったあの連中だが、奴らが死んだことはすぐにバレる。事態は想像以上の速さで展開していくだろう。その件に関しては、俺ができることは何もない。俺ができるのは、おまえにもう一度質問することだ」

硬くて冷たい金属が膝頭を圧迫した。

「やめてくれ！　頼む！　リチャード！」

「名前とランク。貴重品を奪った特殊チームのな」

真っ赤に噴き出す痛みを通じ、ホフステトラーは悟った。ストリックランドは、ソ連がデボニアンを盗んだと信じているのだ。自分のようなひとりの潜入者ではなく、ハイテク機器を駆使したソ連の侵入部隊が身体をくねらせてエアダクトに入り込み、目的の獲物を手に入れるといった筋書きを。突然、彼の喉から奇妙な音が漏れてきた。最初は、痛みによる泣き声かと思ったが、もう一度その音が漏れてきたとき、それが笑い声だと気づいた。ストリックランドがそんなことを考えているなんて、実に滑稽だ。自分の命のろうそくは燃え尽きようとしているが、断末魔の叫びではなく、こんな意外な声を出して最後を迎えられるとは驚きだ。そして、彼は下顎を落とし、笑いを爆発させた。それと同時に血の泡が垂れ、折れた歯が飛び出した。

こちらの反応に目を剝き、顔を真っ赤にしたストリックランドは、なんの躊躇もなく引き金を引いた。ホフステトラーは悲鳴を上げた。視界の下の方で、膝から下がコンクリートのポーチを滑っていくのが見えた。しかし彼の悲鳴は、すぐにまた爆笑に変わった。こんな自分が誇らしくてたまらない。ストリックランドは唇を曲げ、さらに銃弾を放った。反対の膝、両肘、両肩に銃弾が撃ち込まれていく。被弾するたびに激痛が走り、彼の感度のいい痛覚を刺激したが、ほどなく、彼の身体は痛みを痛みだと認識しなくなった。代わりに、肉体は最後の大仕事として、彼が選んだ笑いというフェルマータを増幅させた。口から、頰の穴から、他の部位に新たに開いた穴全てから、愉快な声が響き渡った。

憤怒を露わにしたストリックランドは立ち上がり、抜き取った弾倉をこちらの腹部に投げつけた。「名前とランクを言え！　名前とランクを！」

「ランク？」ホフステトラーはゲラゲラと笑った。「――清掃員だ」

口を滑らせてしまった彼は、もう一発銃弾を喰らったかのようなショックと後悔を覚えた。言うべきではなかった。しかし、もはや意識が朦朧《もうろう》とし、それ以上考えることはできなかった。胴体からどろりと流れ出た体液や内臓から湯気が立ち、ストリックランドの前で螺旋《らせん》模様を描いている。それはどこか、抗議の拳のような形にも見えた。教壇やデスクが定位置だった人生を歩んできたホフステトラーは、全身に穴を開けられ、血と臓物にまみれて悶えていてもなお、最期まで学者でいようとし、お気に入りの哲学者の言葉を思い出していた。ピエール・テイヤール・ド・シャルダン。フランス人のカトリック司祭でもあり、古生物学者でも、あり、地質学者でもある彼は、こう言っていた。

我々はやはり、ひとつの存在なのだ。あなたと私はともに苦しみ、ともに生き、永遠に互いを元気づけるであろう。

そう、その通りだ！　孤独に生きてきた人生の長さなど問題ではない。というのも、人生の最期を迎える今、ここにいる自分はひとりぼっちではないからだ。自分は、あの学生たちと、友人たちと、恋人たちとともにいる。この世の中、森羅万象がひとつの存在。デボニアンがいなければ、何も気づかぬままだっただろう。リスクを承知であの生き物を助けたことで、この究極の気づきを得る時期が早まった。神を見つけようと、人々は必死だ。だが、いたずらな小鬼のような神は、皆が予想するような場所には隠れていない。教会にもいなければ、十字架の上にもいない。いるのは、我々の内側。我々の心のすぐ隣に寄り添っている。たとえわずかな時間でも、生きているうちにそれに気づけた自分は幸運だ。ありがとう——。

21

自宅の玄関ドアが蹴破られる直前、自分は何をしていたのだろう？　木製の扉を固定していたデッドロックが壊れて短剣のようになり、ドアチェーンが路上強盗に引きちぎられたネックレスみたいにだらんとぶら下がる前——。そうだ、確か自分は料理をしていた。

ゼルダはそう思った。普段から、出勤前に料理をすることが多い。夫ブリュースターの昼間の食事を作り置きしておくためだ。彼女は、ベーコン、バター、芽キャベツが奏でる三重奏の匂いを嗅いでいた。それと、低音が魅力の男性歌手が歌うバラードを聴いていたに違いない。自分は楽しいと思っていたのだろうか。もし自分が幸せだったなら、何をしても楽しいだろう。こういった細々したことを覚えておくのは重要な気がする。それが彼女の最後の日常のひとときになるに違いないからだ。

今の今まで、ゼルダの人生で最も非現実的な瞬間は、イライザが押すカートからF-1のあの生物が顔を覗かせ、自分を見たときだった。汚れ物が入った、なんの変哲もない煤けた掃除カートと、恐ろしくも光輝いて美しい生き物との組み合わせは、あまりにも違和感がありすぎた。しかし、あのときの光景も、今目の当たりにしているものに比べたら色《いろ》褪《あ》せて見える。リチャード・ストリックランド。オッカムの上司で嫌な男。そいつが今、目をぎょろりとさせ、雨でずぶ濡れになって、血だらけで、銃を手にして、ゼルダの家のリビングルームにいた。

仕事をほとんどしていないブリュースターの居場所は、もっぱらバーカラウンジャー社製のリクライニングチェアだ。例に漏れず、この瞬間も彼はそこにいた。椅子を目一杯倒し、靴下を履いた足をフットレストに載せ、片手に缶ビールを持って。ストリックランドはテレビをさえぎるように立っていたが、ブリュースターはほとんど動揺もせず、じろじろと突然の訪問者を眺めている。まるで悪鬼《グール》が出現したものの、それが自宅ではなく、ウォルター・クロンカイトのニュース番組のデスクの向こうだったので、今ひとつピンと来ていないといったふうだった。ストリックランドは鼻を鳴らしてツバ、雨水、血を吐き出した。さらにその上に足を置き、靴底のパンケーキほどの厚みの泥をきれいなカーペットになすりつけた。

なぜこんなことが起きているのか、ゼルダはその理由を訊くまでもなかった。両手を胸の高さに上げたとき、自分がフライ返しを持ったままだったことに気づいた。

「なかなかいい家に住んでるじゃないか」

ストリックランドの声は少しかすれていた。

「ミスター・ストリックランド」

ゼルダは懇願した。「悪意はありませんでした。誓って言います」

彼は顔をしかめ、壁をにらんでいる。一瞬、ゼルダは相手の獰猛な充血した目を通じ、我が家の居間に置かれた物たちの本質を垣間見た気がした。取るに足りない飾りは些細な嘘の積み重ね。過度に感傷的な思い出の品々。決して幸せだったことのなかった幸せな生活を祝う愚かな小間物。ストリックランドは気だるそうに手首を動かしていたと思った次の瞬間、写真立てのガラスに拳銃を叩きつけた。ガラスには稲妻の形のひびが入り、ゼルダの母親の顔にツバが吐かれたようになった。

「あいつをどこにやった？」

彼は酔っ払っているのか、ふらついている。「地下室か？」

「うちに地下室はありません。本当です」

今度は陶器の人形が並ぶ戸棚に拳銃を滑らせ、一体ずつ、人形を床に落としていった。

人形は粉々に砕け、床に散らばった。落下した人形が壊れるたび、ゼルダはギクリとした。アコーディオンを弾いている少年。目の大きな鹿。新年を祝う天使。ペルシャ猫。どれも安物。どれも大した品じゃない。彼女は己に言い聞かせた。しかし、それは嘘だ。どれも大切な品だった。彼女がお金をコッコツ貯《た》めて買った三十年間の努力の証。たまには、筋だらけのステーキ肉やノーブランドのシリアル、混じり物が入ったチーズではなく、自分だけのご褒美を買おう。そう思い、心に素直になって、選んだ人形たちだった。

泥だらけの靴のかかとで砕けた陶器を踏みつけたストリックランドは、くるりと回転し、彼女に銃口を向けた。

「ミセス・ブリュースター。しかし、わけのわからない名前だな」

「ブリュースターは、私のファーストネームです」

自分の名前を聞いた夫がそう返事をした。

ストリックランドは振り向かなかったが、頭を揺らしている。

「ああ、そうだったな。ゼルダ・フラーだ。ゼルダ・D・フラー。DはデリラのD」

彼は急に壁際から移動し、一気にゼルダに近づいた。あまりにもすばやい動きだったので、彼女は驚いてフライ返しを落としてしまった。

「デリラの話はあれで終わりじゃない。続きがあるんだ」

彼は拳銃を握る手を大きくスイングさせ、ゼルダの祖母の形見の陶磁器の花瓶を破壊した。「デリラに裏切られ、ペリシテ人に目をえぐられ、さんざん拷問を受けたサムソンだったが、最後の最後の瞬間に助けられる。神は彼を救ったんだよ」

キャビネットのガラスが割られ、ゼルダの母が大切にしていた陶器の食器が粉砕された。

「なぜ彼が救われたか。それは、彼が善人だったからだ、デリラ。サムソンは信念を貫いた。残っていた力を振り絞って、正しいことをしようとしたんだ」

ストリックランドは、バックハンドでゼルダの横のガスコンロの上を払い、料理の入ったフライパンをひっくり返した。バターが絡んだベーコンと芽キャベツが飛び出し、ゼルダの手話の本の上に落ちた。高温の油がジュッという音を立て、本のページを焦がして穴を開けた。それを見たゼルダの内側で、怒りが一気に噴き出した。彼女はめちゃくちゃにされた家の中を見回した。奴は物を壊しただけでなく、彼女の思い出も踏みにじったのだ。ストリックランドは、自分から二メートルも離れていない。次に腕を振り回したら、自分の顔が破壊されるかもしれない。しかし、そうなっても構わない。何よ。やれるもんなら、やってみなさい。彼女はできる限り顎を高く上げた。恐れるもんですか。親友のことは絶対に諦めないから。

ストリックランドはいやらしい目つきでゼルダを見た。吐き出されたアスピリンのような白い泡が唇の角に溜まっている。ゆっくりと彼は左手を見せた。恐怖などすっかり麻痺していたにもかかわらず、変わり果てた指のおぞましさに、ゼルダは思わず後ずさりした。実験室でイライザと見つけて以来、その指は目にしていなかった。包帯が巻かれていない指の状態は、明らかに再接着手術の結果が失敗だったことを表わしていた。二本の指は腐ったバナナのように真っ黒に変色し、接合部分が異様に腫れている。

「神はサムソンに力を戻してやったんだ」

ストリックランドは、旧約聖書の話をさらに続けた。「例の怪力の全てを。そこでサムソンは、ペリシテ人に一矢《いっし》を報いてやろうと決めた。そこで、ペリシテ人が大勢集まる神殿の二本の柱を怪力で支えたんだ」

彼は拳銃を脇に挟み、右手で左手の黒くなった指二本を握った。

「で、サムソンはどうしたと思う？　支えていた柱を破壊したんだよ」

次の瞬間、ストリックランドは右手に力を込め、腐った指を引きちぎった。まるでサヤエンドウみたい。そう思うと同時に彼女は叫び声を上げた。ドサッという音が聞こえ、何かと思ったら、ブリュースターのビールが床に落ちた音だった。続いて、ヒュンという音も鳴った。リクライニングチェアの背もたれが勢いよく最初の位置に戻った音だった。ストリックランドの指の穴から、五センチの間欠泉とでも形容できそうなくらい勢いよく茶色の膿が噴き出し、彼の左手はソースでもかけられたのかと思うほど、茶色く染まっている。彼は、黒いソーセージのような指をまじまじと見つめ、それから台所の床に捨てた。一方の指から結婚指輪が外れ、床の上を転がった。

「イライザだ」

ブリュースターが口走った。「イライザって口の利けない子。彼女がこの一件の張本人だ」

開けっ放しの玄関から入り込む外の豪雨の音。テレビの大音量。カーペットの上にトクトクと流れ出るビールの音。室内は一瞬沈黙が満ち、それらの音がやけに大きく聞こえてきた。イライザの名前を聞いたストリックランドは振り返った。ゼルダは愕然とし、夫を制止しようとした。

「ブリュースター、やめて――」

「その子は映画館の上に住んでる」

ゼルダが止めたにもかかわらず、ブリュースターはペラペラとしゃべり出した。「ゼルダがそう言っていた。確か、アーケードとかなんとか。川から北に数ブロック離れたところに建つ映画館だ。ここから近い。車で五分で行ける」

拳銃の重さが二倍になったように、相手が徐々に銃を下げる様をゼルダは見つめていた。やがて銃口は完全に床を向いた。

「――イライザ？」

ストリックランドはつぶやくように名前を繰り返した。「イライザがやったのか？」しばし呆然《ぼうぜん》と宙を見つめていた彼だったが、その鋭い目が再びゼルダを捉えた。彼の表情は、飼い犬に手を噛まれたかのごとく、裏切りを知ったショックで血の気を失っていた。微かに震える腕が、己を抱き締めようとして静かに持ち上げられていく。ゼルダは何を言えばいいのか、何をすればいいのかわからなかったので、音も立てず、動きもしなかった。ストリックランドは激しく落胆している。それは、火を見るより明らかだった。リノリウムの床を汚した腐った指に視線を向け、まるで元に戻したいと考えているのか、それをしばらく見つめていた。彼の呼吸は最初の一分ほど速くて浅かったが、段々とゆっくりと深くなっていった。そして、顔を上げ、肩をいからせた。軍人らしい立ち振る舞い。人格が崩壊してもなお、それだけは残っているらしい。

ストリックランドは、泥まみれの靴でとぼとぼとカーペットを横切り、受話器を持ち上げ、ダイヤルを回した。その動作の鈍さに、受話器がコンクリートブロックほどの重さがあり、粘土の詰まったダイヤルを回しているのではないかと錯覚してしまう。ゼルダはブリュースターをにらみつけ、ブリュースターはストリックランドをにらみつけている。受話器の向こうから、微かに電話の呼び出し音が聞こえている。ほどなくそれが途切れ、誰かが応対したのだとわかった。

「――フレミング」

ストリックランドの声は、ゼルダに身震いさせるほど生気を失っていた。「俺は……間違っていた。もうひとりの方だった。イライザ・エスポジート。彼女が貴重品を自宅にかくまっているらしい。アーケードとかいう場所だ。ああ、映画館だ。拘束部隊を向かわせる先を変更しろ。現地で落ち合おう」

慎重に受話器を戻した彼は身体の向きを変え、部屋の惨状に視線を滑らせていく。ガラス、陶器、磁器、紙、泥、肉、膿――あっという間に、これだけの意味と形ある何かが意味も形もない残骸となり、散乱した。心ここにあらずといった今のストリックランドの姿を見ていると、彼はここから立ち去ることはなく、この家の設備のひとつと化すので、自分は彼を気にすることなく、壊れた陶器の人形を接着剤でくっつけないといけない……と思えてくるのだった。しかし彼は、再びネジが巻かれた時計のように内側で歯車が稼働し始めたのか、いきなり玄関の方に向き直ると、ブリュースターとテレビの間を大股で歩き、出口へ向かっていく。玄関の前で一度よろめいたものの、開けっ放しのドアを抜け、大雨の中に溶け込んでいった。

ゼルダは我に返り、慌てて電話に駆け寄った。そのとき、バーカラウンジャーのリクライニングチェアが大きく揺れ、きしみ、空っぽになったのが、視界の隅でわかった。ブリュースターが電話の前に立ち、受話器を取らせまいと腕を伸ばしていた。夫があの椅子から離れ、こんなにすばやい動作で動くのを、ゼルダはここ何年も見ていなかった。

「ブリュースター？　お願い、手をどけて」

「おまえはこの事件に関わるな。俺たちまで巻き添えになることはない」

〝俺たち〟ですって？　あんたに何がわかるのよ！　ゼルダは目を細め、夫をにらんだ。

「あいつはイライザのところに行ったわ。ブリュースター、あんたのせいよ！　彼女に伝えなきゃ。あいつ、銃を持ってるんだから！」

「俺のおかげで、俺たちはこの危機を乗り越えられた。会社はおまえをクビにはしないだろう。会社は誰かに責任を負わせたいんだ。このまま事件をなかったことにするとでも？　余計なことに首を突っ込んだ黒人を見逃すとでも？　こうすれば、玄関のドアを直せるし、家の中を片づけられるし、椅子に座ってテレビが見られる。普通の人々のように」

「あんたに話すんじゃなかった。何ひとつ教えるべきじゃなかった――」

「おまえはここを片づけるんだ。俺が床掃除の道具を探すから――」

「あのふたりは愛し合ってる。覚えてないの？　イライザたちの関係がどんなものか――」

ブリュースターは肩の力を抜いた。だが、その手は電話を押さえたままだ。

「覚えてるよ」と、彼はうなずいた。「だからこそ、君に電話をかけさせることはできない」

テレビの見すぎで、普段は半開きのことが多い夫の茶色い目は大きく見開いている。その瞳には、ストリックランドが床に残していったガラクタが映っている。実際には、それ以上のものが見えた。ブリュースターの戦いと敗北の歴史。いつだって負け戦《いくさ》だが、決して諦めない。自分がオッカムを辞めて新しい事業を始めるというリスクの高い夢物語を滔々《とうとう》と話していても、そんなこと無駄だから諦めろ、とは言わない。そういった意味で、夫は勇敢だ。彼はこれまで生き延びてきたし、これからも生き延びるだろう。ブリュースターはいい人間だ。

しかし、彼女だっていい人間であり、そうありたいと考えている。彼女は、夫が車のキー置き場にしている小銭の入った器と、開きっ放しの玄関の扉の距離を目測した。さらには、玄関ドアと雨に濡れている彼のフォード車の距離も。できる。自分ならやれる。意表を突かれたブリュースターは追ってはこないだろう。自分はイライザのためにやり遂げる。たとえ外が、旧約聖書に出てくる天変地異のようであっても。実際に、向こうに着いて何をどこまでやれるのか、その後に何が待っているのかはわからない。だけど、未来なんて誰にもわかりはしない。世界が変わるか、変わらないか。正しいことのために戦って、正しいことをやれたなら、それでいいじゃない。少なくとも今までの人生で、最も正しいことをゼルダはやろうとしていた。

22

自分のジャングルの葉っぱ一枚一枚、つるの一本一本、石のひとつひとつをイライザは知っていた。自分に忍び寄る影に、悪意は感じられない。彼女は温かく濡れた目を開け、まつ毛にいつまでも絡みついていようとする水滴の重さを楽しんだ。まぶたが開くと同時に、いやいやながらまつ毛は離れ、水滴も名残《なごり》惜しそうにこぼれ落ちていく。リビングルームの光を背中に浴びて浴槽の脇に立ち、穏やかな笑みを浮かべているのは、ジャイルズだった。彼の目に涙が浮かんでいるのは、この部屋の温室並みの蒸し暑さのせいだろうか。

「イライザ、時間だよ」と、ジャイルズが告げた。

気だるさを引きずりつつも、彼女はまどろんでいる生き物に腕を回した。現実に引き戻されれば、思い出したくない予定が待っている。だけど、彼女自身、その計画をやめるつもりはなかった。数時間前——もう数百年前にも思えるが——彼女はジャイルズの部屋のドアをノックし、ある頼みごとをした。自分にとってはとても重要なことだけれど、頼まれる方はかなり気が重いかもしれない。そう、ひどく自分勝手な頼みだったのだ。悲しみがいつまでも尾を引かぬよう、イライザはてきぱきと内容を手話で伝えた。真夜中前にイライザの部屋の鍵を開け、浴槽から自分を引き上げ、こちらがどんなに抵抗しても無視をしてほしい、と。自分が横たわっていた浴槽のお湯は、すっかり冷たくなっている。それでも、絶対に離れたくはなかった。真夜中までまだ時間はあるはずだ。そんなに速く時間が経つわけがない。彼にさよならを言う時間は、丸一日、丸々ひと晩あったが、まだ、さよならのさの字も伝えられていない。

ジャイルズは膝に手を置いてしゃがみ込もうとしたが、中腰の姿勢で動きを止めた。先端が細くなった長い絵筆を握っていたが、それを手にしていることを忘れているらしい。ズボンの片方の膝に筆先が触れ、緑の絵の具がべっとりと付着してしまっている。ようやく筆の存在に気づいたジャイルズは声を立てて笑い、筆を胸ポケットに差し込んだ。

「ついに完成した」

その声は誇りと満足感を隠しきれていない。その事実がイライザにはうれしかった。「絵が彼の代わりになるとは思わない。全くの別物だ。でも、君のために描いた。今後は絵を見て、彼を思い出してほしい。出かける前に見てくれ。ふたりに見てもらいたい。さあ、イライザ。もうそろそろ準備しないと、僕の手を摑んで」

イライザは微笑んだ。ジャイルズの頭髪は豊かで、顔には活気があふれ、その肌は瑞々《みずみず》しく健康的だった。友の物腰は柔らかいが、意思の固さが感じられる。差し出された手を見やると、指の毛も、爪も、セーターの袖口も絵の具だらけだった。イライザが片手を生き物の背中から離して水から上げた途端、彼はひれを逆立て、彼女を強く抱き締めた。イライザはためらった。その手は、水のウェディングベッドとジャイルズの固い地面の中間世界で止まっている。ふたつの世界の橋渡しがうまくできるかどうかも定かではなかった。

そのとき、外の通りから大きな衝突音が聞こえた。交通事故？　すぐ近くだ。もしかしたら、この建物にぶつかった？　金属、ガラス、プラスティック、水蒸気。あらゆる素材が衝撃を受けた音だった。イライザは自分の肉体にも衝撃を感じ、肺が振動するのを覚えた。そして、悟った。自分はここでぐずぐずし過ぎたのだ、と。ジャイルズも同時に同じことを思ったらしい。友は現実世界と水の世界との境界線を越え、彼女の手首を摑んだ。生き物も何かが起きつつあることを察したようで、突然、指の爪を覗かせた。ふたりは同時に立ち上がり、その勢いで浴槽から跳ねた大量の水が、近くにあった植物をなぎ倒す。浴室全体の空気も揺れたので、壁のダンボール《エアフレシュナー》の木も激しくスイングした。ああ、そうに違いない。とうとう自分たちは見つかってしまったのだ。

23

全部雨のせいだ。フロントガラスに叩きつける横殴りの雨と道路に溜まった深さ五センチほどの水は、容赦なく彼の運転感覚を狂わせ、たちまち車は溝に引き込まれていった。映画館はすでに視界に入っている。看板の無数の光が、土砂降りという視覚効果で、辺り一面をめくるめく黄色に染め上げている。けたたましい音を立てるパワーステアリングを信頼し、隣接する小道に車輪を回転させようとしたが、あっと思ったときには手遅れだった。ぺしゃんこにひしゃげた後部は、最も簡単な操作もヘマをした。彼の愛車――重量二・三トン、全長五・六メートル、宮殿を思わせる贅沢な造り、ゼロ発進で時速約百キロに達する時間は十・七秒、ＡＭ・ＦＭステレオサウンド、新品のドル紙幣と同じキレのある走りのティールブルーのキャデラック・ドゥビル——は映画館の側壁に衝突した。

車から降りたストリックランドは、普段通りにドアを閉めようとしたが、左手の指二本をなくした感覚にまだ慣れていなかった。そのため、彼の手はドアに届かず、思い切り雨の中で空振りをした。クソッ。買ったばかりの新車が、この短期間で二度も衝突の憂き目に遭《あ》うとは。今や後部だけではなく、フロント部分も醜く凹んでいる。アメリカンドリームは両端から潰された。でも、そんなことはどうだっていい。自分はジャングルの神。己の愚かな人間の頭蓋骨をサルどもに引き裂かれ、真の姿が露呈したのだ。足首まで浸る水たまりの中を、ストリックランドは進み出した。衝突音を聞いたのか、チケット売り場からこちらに駆け寄ってきた男が、歩道に散らばったレンガ片を見て、落胆の表情を見せている。

ジャングルでは、こんな男は、ただのうるさい蚊——carapanã《カラパナン》——だ。ストリックランドはベレッタを取り出すなり、男の鼻を銃身で殴りつけた。血飛沫が一瞬見えたが、たちまち雨に掻き消され、路上の側溝に消えていく。地面に身悶えする男を尻目に、彼は映画館へと向かい、雨にそぼ濡れて妖しい光を放つ玄関ひさしの下で足を止めた。ついに来た。ストリックランドは建物を見回し、上階のアパートへと続くドアに目をやった。イライザ・エスポジート。彼女は自分の声なき理想像であり、未来の希望であり、裏切り者であり、獲物だ。キャデラックは、映画館の横の路地を全部塞いでしまっているので、彼はギザギザになったボンネットを越えていかねばならなかった。ふたつに割れたエンジンからは、蒸気が吹き出ている。アマゾンの熱気、奇病を発症したかのような悪寒、身をくねらせる生温かいヘビ、暑さに辟易《へきえき》して跳ね回るピラニア。彼を捉えて、やがては硬く、白く、鋭く、何も余計なものがない骨にしてしまう全てが、そこにあるように感じた。

蛾《が》の羽ばたきのような明かりの下、ストリックランドは、その路地の奥にある何かに目を留めた。フロントバンパーがなくなった白いバン。車体の横っ腹に書かれた〝MILICENT《ミリセント》 LAUNDRY《ランドリー》〟の文字。ストリックランドはキャデラックから立ち上る焦げた匂いのする蒸気を押しのけて前に進み、にやりと笑った。無数の雨の矢が彼の頭蓋骨に当たっては跳ねている。その感触を存分に味わいつつ、捕食者ストリックランドは獲物を狩りに動き出した。

24

激しい雨が降り注ぐ非常階段の上で、三人はふらついていた。イライザとジャイルズの間にいる生き物は、人間ふたりに比べ背も高く、体重も重い。彼女はとりあえず何でもいいから着ようと、みすぼらしいピンクのバスローブをまとい、目についた最初の靴——ジュリアの店で買ったシルバーのラメ入りの特別な靴——を履いた。その靴は、彼女にとってお守りの意味合いもあったものの、素材的にどうしても滑りやすく、非常階段から転げ落ちそうになった。間一髪、毛布を被った生き物がイライザを摑み、難を逃れた。彼は毛布を被っているといっても、全身をすっぽり隠すまでにはいかない。少しでも人目につかないようにとの配慮だったが、この雨なら、外を出歩いている者はいないだろう。自分たちの追っ手以外は。

眼下にはパグが見える。それと、さっきの衝突音の主だろうか。旧約聖書に出てくるペリシテ人の巨人ゴリアテを彷彿《ほうふつ》とさせる大きなグリーンの車が、壁と壁に挟まれ、パグの唯一の出口となる路地のバリケードになってしまっていた。視界の外なので詳細を目で確認することはできないが、自分たちの下から物騒な物音も聞こえてきた。アーケード・アパートの表玄関のノブがガチャガチャと回され、乱暴に足で蹴られている。そして、何か耳をつんざく発砲音が鳴り響き、一瞬雨音が掻き消された。建物の窓から漏れた火薬による赤い閃光《せんこう》は、雨粒に反射し、終焉しようとしている世界が流す血の雫と化した。

上の階でドタドタと走る足音を聞きつつ、三人はようやく非常階段を下りきり、最後の一段で、今度はジャイルズがイライザを摑んで地面に足を下ろさせてくれた。一週間前、脱出させた生き物を支えて尺取虫《しゃくとりむし》のように一段ずつ上ったときとは逆で、追っ手が迫る緊迫した空気の中、濡れたステップで足を滑らせ、身体を互いにぶつけながらも、三人は向こう見ずなスピードで地上に降り立った。イライザはどのようにしてここまで来られたかはよく覚えていないが、彼にぎゅっと身を寄せ、ジャイルズのびしょ濡れのセーターを必死で摑んでいたことだけは確かだ。ジャイルズは勇敢に、すばやくふたりをリードしてくれた。新しく生えた頭髪は雨に濡れて艶やかに光り、胸ポケットに差し込んだ絵筆から緑色の染みがシャツに大きく広がっている。もしも今、ジャイルズの心臓がパンクしたら、中は緑の血液で満たされているだろう。

恐怖と不安で胸が張り裂けそうになりながらも、骨を一本も折ることなく、彼らは映画館裏の横道までたどり着いた。

「目的地まで歩かないといけない！」

ジャイルズが豪雨に負けじと叫んだ。「わずか数ブロックだ！　僕たちならできる！　議論の余地はない！　行くぞ！」

道路上には大きく凹みがところどころにあり、それが雨に覆われ、地雷原さながらの危険地帯と化していた。深いところではふくらはぎの半分が油混じりの水に埋まり、足を取られそうになる。シルバーのパンプスを脱いだ方が歩きやすいかもしれないが、バックルを外す間もなかった。彼らの歩みは、壊れかけのピストンのようだった。上がって下がって、上がって下がる。これでは時間がかかり過ぎる。それでも三人は、ようやく衝突車のところまで来た。点けっ放しのヘッドライドに目がくらむ。長い車体が道路を封鎖していたので、先に進むには、この障害物を乗り越えていかねばならない。まずは、イライザがひしゃげたボンネットに上った。続いて、ジャイルズが生き物を持ち上げ、彼女が彼の手を引っ張った。最後はジャイルズだった。落ちた毛布を拾ったジャイルズは再びそれで生物を覆い、イライザたちを反対側の道に押し出した。歩道には、鼻血を出して佇むミスター・アルゾニアンがいたが、こちらを見て呆然としている。おそらくこれまでアーケード・シネマで上映してきた中で最も奇妙な映画が、現実となったと思っているのだろう。

25

ギル神の匂いがする。ストリックランドは確信していた。アマゾンの記憶が蘇り、洪水のように押し寄せてくる。ギル神の匂いは、食塩と果実と沈泥《シルト》の匂いだ。オッカムの実験室では、殺菌クリーナーがその匂いを消していたが、あれは間違いだった。最も重要な防御感覚を奪ってしまうとは、人間のなんと愚かなことか。誰にその責任があるか、彼にはわかっていた。清掃員の連中だ。あいつらの石鹸《せっけん》や漂白剤やアンモニアでは、この世の汚物を除去することはできない。そもそも現実世界では、あいつら自身が汚物みたいなものだからな。だが、あいつらは、己の能力を発揮できる他の世界を隠している。現実世界で小さくなって、ビクビクして、無力なふりをして、優位に立つ機会を狙っていたのだ。このまま黙っているものか。すばやく行動して、あいつらの世界を終わらせてみせる。

アパートのふたつのドア。ストリックランドはまず左側のドアを選んだ。手や足をわずらわせるまでもない。彼はベレッタを取り出し、ドアノブに狙いを定めた。ドアノブは、デリラ・ブリュースターの家のものより質が悪い。たった一発で中央部分の三分の一がおがくずと化した。破壊したドアをつま先で蹴飛ばし、銃を構えて肩から室内に入る。永同郡の坑内で死体の山を前にしたあのとき同様、息のある者を片《かた》っ端《ぱし》から殺す準備はできていた。

ギル神。狭苦しい埃だらけのアパートの中心にいる、驚嘆せずにはいられない、幸福に満ちた、きらびやかな神。自分は準備ができているだと？　それは間違いだ。準備などできていない。彼は叫び、膝から崩れ落ち、発砲し、悲鳴を上げ、引き金を引き、絶叫した。銃弾はギル神を貫通したものの、反応しなかった。ストリックランドの手のひらは、拳銃の熱を感じた。続けざまの発砲で、腕が震えている。壁に寄りかかり、手で顔を覆った。ギル神はこちらをじっと見据えている。我慢強く、同じ状態のまま。

ストリックランドは目から流れる雨を拭い、ようやく理解した。このギル神は本物じゃない。殺そうと思っても殺せるものではなかった。それは絵画だったからだ。実物よりも大きく、細かく描き込まれた姿は、観る者をまごつかせる。これはこれでギル神だ。まるで彼の洞窟で採取した岩の上に、彼の鱗と血で描かれたようだった。頭の角度を変えて見てみると、ギル神の絵は腕を上げ、こちらを抱擁してくるように思えた。目の錯覚だろうか。ストリックランドは記憶を拒絶した。記憶は隙あらばこちらの中枢神経に入り込み、彼の全てを乗っ取ろうとする。破滅の入り江《バイユー》までギル神を追っていった記憶。ギル神を洞窟で追い詰めた記憶。ストリックランドの暴力、怒り、混乱を受け入れ、彼が神と呼ぶホイト元帥に感じる義理を理解した上で、ギル神がこちらに近づいてきたあの瞬間。それに対する返事として、自分は何をした？　ギル神に銛《もり》を打ち込んだ。今まで、ストリックランドは気づかなかった。あのとき、銛の反対の尖端で自分自身も突き刺していたことに。自分とギル神は、同時に怪我をし、傷と傷で結びつけられたのだ。永遠に。

26

これは奇跡以外の何ものでもない。今宵、この生き物と並んで表を歩く以外に自分に選択肢はなかった。それが、土砂降りのカーテンで目隠しをされている上、通りには自分たちの他には誰も歩いていないなんて。駐車場には、アイドリングしている車がある。運転手たちは、雨風が弱まるのを待っているのだろうが、もしかしたら、この嵐は二度とやまないのではないかと疑っているに違いない。屋根付きのバス停や店舗の軒先で、雨宿りしている孤独が好きな人たちは、増水するのを不安な面持《おもも》ちで見ている。歩道を進むのは無理だったので、道路で一番高い場所――車道の真ん中――を歩いた。ジャイルズとふたりで生き物を支えていたが、豪雨の中、彼はえらを開いていた。

びしょ濡れの部屋着では、まともに歩けない。ジャイルズも内面的には元気になったとはいえ、やっぱり高齢であることには変わりはない。そんな自分たちは、牛歩のごとく、のろのろと前進するしかなかった。アーケード・アパートに乗り込んでいた男は、きっと自分たちに追いついてしまうだろう。イライザは後ろを振り返った。今にもあの壊れたキャデラックが、戦車のように迫ってくる気がしてならない。あるいは、リチャード・ストリックランドが雨のカーテンを開けて姿を現わし、気だるそうににやりと笑い、自分に再びこう言うかもしれない。

君の声を聞くには、泣かせればいいのかな。ほんの一瞬でもいい――

もしストリックランドが来なければ、誰か親切な人が近づき、助けてくれる可能性だってある。とはいえ、全員が同じように豪雨で方向感覚を失い、迷ってしまうだろう。イライザは必死になって辺りを見回し、濡れた髪から雨粒が激しく飛んでいく。お願い。あともう一度だけ、奇跡が起きて。キーが差しっ放しのまま捨てられた車。嵐の真夜中でも走っているバス。イライザはジャイルズに〔歩くペースが遅すぎる〕と手話で伝えようとしたものの、彼はこちらを見ていなかった。隣の生き物を支える腕を少し伸ばし、ジャイルズの腕を引っ張ったが、彼は心ここにあらずといった感じで、こちらの手を優しく叩いただけだった。ところが、次の瞬間、ジャイルズは唐突に足を止めた。生き物もそれに合わせ、シルバーのパンプスを履くイライザだけが歩調を合わせられずに、前のめりになって転びそうになった。立ち止まるなんて最悪の考えだ。イライザは目で抗議しようとジャイルズをにらみつけた。ところが彼は、自分の方など全く見ていなかった。彼の視線は歩道の方に向けられ、大きく目を見開いて大雨を見つめていたのだ。

彼らの右手、側溝のところに黒い塊があった。泥？　道路にできた急流で、どこかから集まってしまったのかもしれない。しかし、その塊は動いていた。滝のような雨を切り裂いて泳いでくる。濡れた舗装道路を懸命に滑って前進していた。生き物は、微かなショックを受けていた。噴出した下水からネズミの群れが吐き出され、甲高い声を上げながら移動していたからだ。ネズミたちは我先にと競うように進み、暗い水から大量のピンクの尻尾が見え隠れしている。大群は大きく広がり、コールタールが流れるように車道を横切っていく。イライザが左を見ても、ネズミの波ができていた。彼女はジャイルズが手を強く握ってきたのを感じ、視線を左から右へとゆっくり動かした。なんということだろう。いつの間にか三人は、無数のネズミにぐるりと取り囲まれていたのだ。猛烈な雨、キーキーという声、揺れ動くピンクの尻尾。狂気はどんどん増幅されている。数百匹はいるだろうか。大挙したネズミたちは、あたかも何かの合図を待っているかのように怪しく蠢《うごめ》いている。

「正直に言うが」ジャイルズが口を開いた。「どうしたらいいか、僕にはわからない」

水を吸ってずっしりと重くなった毛布の下で、生物はネズミの光景に感動しているのが、その呼吸から感じ取れた。すると、毛布の下から彼の大きな爪の生えた手がヌッと現われた。呼吸は荒かったが、手は震えることなく、滑らかに円を描くジェスチャーをした。水かきのある手に、たちどころに雨が溜まっていく。すると、ネズミたちは波のように動き始めた。小さな身体を互いに寄せ合い、雨音に負けじと何かを引っ掻くような音を上げ、中央から左右に分かれて移動していく。イライザは目前の光景が信じられなかった。ネズミたちの何千という短い足が水を掻き集め、右と左に移動させていく。そして三人の前に、水の引いた道路が現われた。これってまるで、旧約聖書のモーセの十戒——?

イライザは信じられず、目を擦ったが、夢ではなかった。

唐突に生き物の腕がだらんと落ち、身体がふらついたので、イライザとジャイルズは彼を支えなければならなかった。

「全くもって、人間にも獣にも不向きな夜だ——」

ジャイルズがつぶやいた。「W・C・フィールズが『運命のビール』という映画で言った台詞《せりふ》だ。では、前に進むとしよう」

こうして彼らは、モーゼよろしく先へと歩を進めた。

27

燃えるような涙が、すでにキャデラックの蒸気で焼けたストリックランドの顔を焦がしていく。彼は二度と人間には戻らない。変化とは、子宮に這い戻って、過去の全てを消し去り、目的のない人生だったことを認めることだ。どれだけひどく彼が望んでも、それは不可能だった。彼はギル神を見つめることに集中し、サルに言われたことを行うのだ。サルは金切り声を出し、彼はギル神を見つめることに集中し、サルに言われたことを行うのだ。ただの絵画。ただのキャンバス。立ち上がったストリックランドは、落ち着きを取り戻していた。そうだ。それは正しい。必要とあらば、彼は別の指二本を、腕を、頭を引き抜いてやる。血がほとばしるのを見ることができる部位なら、どこでも構わない。引きちぎって、噴出する赤い血を確認し、己が絵ではなく本物だと証明するのだ。

ストリックランドは破壊されたドアに戻り、外の雨音で騒がしい廊下に出て、次のアパートの部屋の前に立った。銃弾を無駄にしない方が賢明だと判断し、六回か七回キックして、中に入った。そこは、レイニーが荷解き途中で投げ出したダンボール箱だらけの部屋よりもひどかった。害虫にふさわしい、汚れに汚れた穴蔵。イライザ・エスポジートそのもの。あの黒人女が、イライザは孤児院で育ったと言ったときに、思いつくべきだった。あんな女を望む奴など、これまでもいなかったし、これからもいないだろう。誰もイライザなど望むべきではない、

彼女の匂いを追って雑然とした寝室に入る。その部屋の壁は、靴で埋め尽くされていた。恥ずかしいことに、ストリックランドはそこにある靴の大半に見覚えがあった。その途端、彼の下半身が反応し、困惑と興奮と羞恥が綯《な》い交ぜとなって、指同様に局部も引き

ちぎりたい衝動に駆られる。だが、それはあとで、だ。ここに戻ってきて、建物全体が焼け落ちるのを見ているときでいい。ここには、ギル神の匂いも強く残っている。浴室へ急いだ彼は、そこで、浴槽が発光する鱗で覆われているのを見つけた。小さな木の形のエアフレッシュナーが、数センチごとに壁に飾られている。一体、ここで何があったんだ？　脳裏に浮かぶ考えは、ストリックランドの嫌悪と吐き気を攪拌《かくはん》させた。

フラフラと居間に戻った彼は、めまいを覚えた。どこもかしこももぬけの殻じゃないか。連中はここにはいない。どうにかして貴重品を連れ出したらしい。手の中のベレッタが急に重くなり、身体のバランスが崩れて彼は右によろけ、また右によろけ、いつ間にか円を描いて回転していた。自分が回っているのか、と思っていたが、世界の方が回っていたらしい。イライザの世界の残骸は、ぐるぐると高速回転し、醜悪な茶色の泥になっていく。渦巻く世界の中で、彼の一瞥は何かを捉えた。わずかしか残っていない知覚だが、それに気づくには十分だった。回転を止めようとした。

卓上にあったのは、日めくりカレンダーだった。今日の日付のところに、サインペンで何かが書かれていた。

真夜中――波止場

真夜中？　波止場？　ストリックランドはテーブルに置かれた時計を見た。まだ午前零時にはなっていない。間に合う可能性はあった。世界が回転するのを止められるのであれば。まっすぐに走ることができるのであれば。彼は、やはりテーブルにあった電話の受話器を取り、ダイヤルを回した。その動作を行う指は、薬指と小指がないせいか、異様に長く見え、気持ち悪いくらい細長い虫の脚のようでもあった。すぐにフレミングが応答したので、オッカムから向かってくる拘束チームの目的地を波止場に変えろと命令した。うまく相手に伝えられたかどうか、定かではなかった。ストリックランドの声は、もはや自分自身の声には聞こえなくなっていた。

28

最初はネズミしか見えなかった。ネズミが圧倒的な数だったからだ。だが、桟橋に足を乗せる頃には、イライザの目は、他の地下と地上の住人たちも捉えられるようになっていた。あらゆる生物たちは、普段なら捕食者と獲物の関係なのだろうが、皆、身体を寄せ合い、ひとつの蠢く大きな群れを形成している。その異種間の平和的な行動を見ていると、彼らはイライザと生物の関係をお手本にしているのではないかと思えてきた。大きな尻尾のリス、目の赤いウサギ、のっそりとしたアライグマ、泥だらけのキツネ、ピョンピョン跳ねるカエル、チョコチョコ走るトカゲ、滑るように進むヘビ。そして、それらの足元では、ミミズ、ムカデ、ナメクジが身をくねらせている。名前もわからないような様々な虫たちの上には、齧歯類《げっしるい》がいて、大雨の中でも黒い縞模様《しまもよう》の身体を元気よく転がしている。

その周辺には、到着したばかりの陸上生物がどんどん加わっていく。犬、猫、カモ。それにたった一匹だけ、謎めいたブタの姿もあった。ずっと出現するのを待っていた神に直接頭を下げようと、溺れるのを覚悟で来てくれた気がした。

動物や虫たちは、三人の花道といわんばかりに、両側に並んで桟橋に続く小道を作ってくれていた。桟橋は、イライザが覚えているよりも短かった。十メートルより少し長いくらいだろうか。それでも、十分な長さはある。川の水深を計測する棒は、いまや先端が辛うじて水面から顔を出している状態だ。ゆえに、放流基準の十メートルははるかに超えているだろう。実際、川の表面は、桟橋を覆うのにあと数センチのところまで迫っている上、横殴りの雨風で、橋板にはひっきりなしに水しぶきがかかっていた。増水の速度は想像以上で、もたもたしていると桟橋を渡れなくなってしまう。全ての条件は揃った。あとは水際まで行くだけ。しかし、イライザの足は動かなかった。猛烈な勢いで降り注ぐ雨粒が、ドリルのように彼女の身体を穿《うが》っている。呼吸をするのが難しいほどの雨脚だ。彼女はそのとき、ハッとした。この辛《つら》さは、彼がえらをはためかせながら空気を必死に取り込もうとする大変さと同じに違いない。すると、濡れた背中に何かがそっと触れるのがわかった。それは、ジャイルズの手だった。

「急ごう」友が耳元でそうささやく。

イライザの目からどっと涙があふれた。だが、空も同じだ。この世界全体が泣いている。人も動物も陸も水も全てが泣いていた。ふたつの異なる世界の垣根は外され、溝が埋まり、ひとつになった。イライザと彼。ふたりの間には、もはや〝種〟という壁など存在しない。愛はあらゆるものを透過する。愛に形はなく、愛に言葉は要らない。ふたりは魂の深い部分で結びつき、互いがそれをわかっていた。しかしながら、この現実では、ひとつになったふたつの世界を維持することはできないのだ。身体の脇に下がっていた彼女の腕が、冷たい鱗の感触を覚えた。彼の手がイライザの手に重なる。ふたりは手を握った。彼らが身体を触れ合う最後の瞬間。彼女は顔を上げ、雨に濡れる彼の美しい顔を見た。オニキスのような漆黒の瞳が、こちらを見つめている。川には戻らないと言いたげだ。このままこの世界にいたら、死んでしまうというのに。もしも自分が望んだら、彼はこの場所に一生佇み続けるのだろう。

だから、イライザは歩き始めた。彼の命を救うために。一歩。また一歩。桟橋は今にも水に隠れてしまいそうだ。嵐の轟音《ごうおん》の中でも、背後で動物たちが引き上げていく気配がわかった。それと同時に、ふたりの唯一の同伴者、ジャイルズが水を踏む足音も聞こえた。十メートルを進むのに、それほど長い時間はかからない。ほどなくイライザは、自分が桟橋の端まで来ていることに気づいた。もうこれ以上は進めない。ジュリアの店で買ったシルバーの靴の四角いつま先が、桟橋の縁と重なっている。隣に並ぶ彼も同じだった。彼の足の爪は桟橋から飛び出している。数センチ下では、黒い水が泡立っていた。イライザが深呼吸をすると、潮の香りがし、ここが海につながっていることを思い出させた。彼女は身体の向きを変え、生き物と向き合った。そのとき、黙示録さながらの突風に煽られ、ピンクのバスローブの紐が外れてしまった。バスローブが蝶の羽のようにはためき、イライザの裸身が見え隠れしている。

生き物の全身が、急に緑色に発光し始めた。その強い脈動する光は雨を切り裂き、灯台のように周囲を照らして全てをグリーンに染めている。最後の最後まで、彼が見せてくれる光景のなんと美しいことか。イライザは感動で息を呑んだ。そして、懸命に微笑もうとし、川を一瞥してうなずいた。深さを目測しようとしているのか、生き物はしばし水面を見つめていた。彼のえらは、水を渇望し、大きく口を開いている。再び彼がこちらを見たとき、その目から水が垂れているのがわかった。彼は泣くこともできるの？　もちろんできるはず、とイライザは思ったが、人間のように胸からこみ上げてくるものではなさそうだ。次の瞬間、頭上で雷鳴が轟いた。きっと、これが彼の泣き声なのだろう。すると、生き物はゆっくりとイライザから手を離し、手話を始めた。彼のお気に入りの言葉。

〔イ・ラ・イ・ザ〕

彼は手の水かきを閉じると、人差し指で自分の胸を指してから、水の方を指した。それから、指先を反時計回りに回した。ぎこちなかったものの、イライザにはそれが何を意味しているのか読み取れた。

〔ひとりだけ？〕

壊れかけている彼女の心のひびは、ますます広がった。彼が自身の種の最後の生き残りとなって、どのくらいの時間が経過しているのか。彼はどれだけ長いことひとりぼっちで泳いでいたのか。自分は再び彼を孤独にする。彼女の胸は張り裂けそうになった。だが、ここでくじけてはいけない。気丈に笑顔を作ろうとしたが、どうしても泣き笑いの顔になった。それでも彼女はうなずき、水を指差した。彼はそれに対し手話で返事をした。指で何かをつまむようなジェスチャーだった。
〔いやだ〕
駄々をこねる子供みたいな態度の彼に、イライザは苛立ち、思い切り両腕を下に下ろして、それを表現した。だが彼は、こちらに構わず手話を続けている。さっきよりも速く。彼女が思うよりずっと多くを学んでいたようだ。
〔私にはあなたが必――〕
イライザは彼のその手話をさえぎった。耐えられなかった。私だってあなたが必要よ。だけど、こうしなくちゃいけないの。彼女は唐突に、生き物を突き飛ばした。彼の身体は捻れ、川面《かわも》に傾き、落下しようとしている。その目はブルーからグリーンに変わり、肩を内側に丸め、迫りくる水を見つめていた。イライザは彼の背中に向け、必死で手話をした。見られていないことに安堵しながら、こう訴えた。
〔行かないで。ここにいて。私のそばにいて。ずっと。いつまでも〕
そのとき、ジャイルズの声が聞こえた。
「イライザ！」彼が私の名前を叫んでいる。「イライザ！」
なぜか友の声は、はるか遠くから聞こえてくる気がした。

29

verão《ヴェラオ》――乾季は終わった。現地では、「雨季」をなんというのか誰も教えてくれなかった。とにかく、名前と目的を秘めたまま、雨季は戻ってきた。間違いない。ネズミ、トカゲ、ヘビ、ハエ。世界は、呼吸をする生物でできている。奴らは邪悪な目を光らせ、牙の生えた口を開ける。そして奴らはこちらに向かってきた。サルたちは金切り声で命令を伝えてくるが、その命令はどれも秘められたままだ。ストリックランドは忠実な兵士であり、彼こそが貴重な存在であった。軍の、そして国の貴重品。彼は唸り声を上げて走り出したが、動きのすばやいリスは彼のズボンを駆け上がり、ネズミはふくらはぎを嚙んだ。そんな彼らに、ストリックランドは蹴りを入れ、拳を振るった。こんな小さな連中がこちらを止めることなどできやしない。自分はジャングルの神だ。罰を与えることも、脆《もろ》い頭蓋骨をかかとで踏み潰すことも、この手で細い首を絞めつけることもできる。

とうとう桟橋までやってきた。太ももに張りついていた最後のネズミを引き剝がし、ストリックランドは桟橋の橋板の上に足を置いた。川は増水し、今にも桟橋は丸ごと吞み込まれそうだ。強風で大きな波が立ち、桟橋の両脇に水の壁ができている。それはどことなく、軍人がサーベルで作るアーチを思わせた。アーチの下にあるのは漆黒のトンネルで、桟橋の端まで続いている。目を凝らしたストリックランドは、大きく破顔した。いた。やっと見つけたぞ。桟橋の外れに、イライザ・エスポジートとギル神が立っていた。こちらに背を向け、渦巻く川面を眺めている。あそこまで数秒で行ける。たとえ、川の水しぶきが足を掬《すく》おうとしても、大丈夫だ。自分の足取りは、今しっかりしている。肉体も精神も全てが研ぎ澄まれているからだ。ふたりから少し離れて、年寄りの男も立っていた。あのジジイ、見覚えがあるぞ。ははあ、あいつ、洗濯業者のバンを運転していた奴だな。なるほど。事件の関係者が全員集合ってわけだ。こりゃ楽しいことになりそうだ。

　年寄りがストリックランドの姿に気づき、「イライザ！」と大声で叫んでいる。だが、こちらがたどり着くのはあっという間だ。予想通り、ジジイはやけくそになって突進してきた。大股で肩を揺らし、威風堂々と調子よく歩いていたのに、こちらは立ち止まらなければならない。よぼよぼのジジイだから、簡単にかわせて、ダメージなどないと思っていたのが、想像以上のインパクトがあった。しかも、ぶつかったちょうどその瞬間に、水で濡れた板で足が滑ってしまった。バランスを崩した自分ができることは、ベレッタを持つ手を大きくスイングさせることだった。勢いよく腕を回して身体の重心を修正し、同時にジジイの頭に一撃を喰らわせた。一石二鳥だ。後頭部を殴られたジジイは前のめりになって倒れ、胴体を激しく桟橋に打ちつけた。桟橋の縁でジジイは木の板を摑んで落下を逃れようとしたが、そんな抵抗は無駄に終わり、荒れ狂う川の中に落下した。少し油断してしまったが、やっぱり朝飯前だった。

　イライザはこちらの一部始終を見ていた。目を剝く女に、ストリックランドは銃口を向けたが、スッと銃身を滑らせて、ギル神に照準を合わせる。距離にして三メートル。ところが、イライザの格好が彼の注意を引いた。彼女は前をはだけた部屋着一枚という姿で、その下は全裸。なのに、靴はいつも同様、とびきり美しい靴だった。シルバーにきらめく靴のヒールが、ストリックランドを痛めつけようとしている。なんという誘惑。なんというふしだらな女。なんというペテン師。彼女こそ、真のデリラだ。こっちはまんまと彼女の策略に引っかかり、貴重品強奪事件の本質になかなかたどり着くことができなかった。

しかし、もう騙《だま》されない。イライザ、俺がギル神の息の根を止める瞬間を、その目でしっかりと見るがいい。ギル神を過去の存在にしてやる。そして、今度はリチャード・ストリックランドが現在を、そして未来を象徴するのだ。そういえば、あのキャデラックのセールスマンはなんと言っていた？

未来、いいですね。未来に向かっていく男、という感じですよ。

ストリックランドは胸が躍った。口が利けないあの女から悲鳴を絞り出し、慟哭《どうこく》で喉を嗄《か》らしてやる。彼は躊躇することなく、引き金を引いた。そして、彼の望みは意外な形で実現した。声を出せないイライザが、ギル神に発砲の危険を知らせる唯一の手段は、彼女が身代わりになって撃たれることだった。彼女は、渦巻く水流に呑まれたかのように大きく息を吸い、首筋の血管を強張らせ、小さく叫び声を上げた。それが、彼女の弱々しい喉から吐き出された最初の声に違いない。微かな声だった。彼女の咽頭《いんとう》にわずかに残っていた何かが壊れた音だ。ジョセフィーナ号の甲板に括《くく》りつけたハゲワシが、エンリケ船長の航海日誌を喉に詰まらせて死んだときと同じ声だった。

イライザの小さな叫びは、土砂降りの轟音に掻き消されたかに思えたが、ギル神はそれを聞き逃さなかった。いきなりこちらに振り返り、桟橋でうずくまる彼女を見つけるや、激しく発光した。ギル神の青と緑に加え、川向こうで真っ白な稲光りが走った。しかし、ギル神よ。遅すぎたな。未来の男ストリックランドが、未来の武器の威力を見せつけてやろう。彼は引き金を引いた。一回、二回。銃声は、暴風雨でくぐもった音となり、周囲に反響することはなかった。ギル神の胸にふたつの穴が開き、その身体がぐらつくや否や、桟橋の端で膝から崩れ落ちた。胸から噴き出したおびただしい血は雨水と混ざって川へと流されていく。

ふたつの大陸を股にかけた、神に匹敵する手強《てごわ》い敵に対する壮大な追跡劇は、本当に呆《あっ》気《け》なく幕を閉じた。こんなもんか。ストリックランドは物足りなさを覚えたものの、これが狩りの本質なのだと思った。ときに獲物は、死ぬ間際《まぎわ》に凄まじい抵抗を見せ、伝説と化す場合もある。一方で、まばたきをした瞬間に相手を仕留めることができて、おとぎ話の「こうして王子様はあっという間に怪物を倒しましたとさ。めでたし、めでたし」の一行で済まされるくらい拍子抜けすることもあるものだ。しかし、ストリックランドは軍人だ。王子ではない。顔の雨を手で拭った彼は、ギル神の頭に狙いを定め、再び引き金を引いた。

30

手榴弾《しゅりゅうだん》を投げ込まれたことに気づき、咄嗟《とっさ》に仲間の盾になる兵士。子供の命を救うために自分を犠牲にする母親。何かが突発的に起こった際、愛する誰かを守れるならば全てを投げ出しても構わないと、瞬時に判断することなどできるのだろうか。常々そう思っていたイライザだったが、その瞬間、彼らの気持ちをすんなりと理解した。そして、彼女は片腕を上げた。あたかも手話だけで銃弾を避けられるかのように。今の彼女にできるのは、それだけだ。全てが一瞬の出来事だった。

発砲の瞬間、ストリックランドの身体は左の方に捻れた。その左足のつま先に、絵筆の細く鋭い尖端が突き刺さっている。ストリックランドのすぐ後ろで、ジャイルズは川面に浮上し、桟橋の縁にしがみついていたのだが、そのジャイルズを流れから引き上げ、彼のポケットから絵筆を摑み取り、ストリックランドに突き刺した勇敢な人物がいる。その人こそ、ゼルダだった。この世の終わりに姿を現わしたゼルダは、豪雨の中、なんとか桟橋までたどり着き、ジャイルズをやっとの思いで水から引き上げ、ずぶ濡れで泥まみれになりながら桟橋を這ってストリックランドに奇襲を仕掛けたのだ。彼女はまだ筆を握ったままで、その手は絵の具で緑色になっていた。

ストリックランドは足に手を伸ばそうとして、よろめきながらひざまずいた。願わくば、こちらの胸にパンチでも繰り出したいと思っているのかもしれない。しかし、意識が混濁し始めていたイライザは、相手がすでにパンチ以上のものを繰り出していたことを忘れていた。だが、肉体の異変にはすぐに気がついた。自分も、ストリックランドのように、膝から崩れ落ちていたのだ。太ももが激しく震え、それ以上足が崩れてしまわぬよう、両手でそれを締めつけていた。やがてその姿勢が維持できなくなったので、彼女は前方に身を倒し、腕立て伏せの姿勢になって己を抱き締めた。水位が上がった川は桟橋を覆い尽くそうとしており、彼女の顔、彼女の指に容赦なく水がかかった。水は黒く、青く、紫で、そして赤かった。イライザは恐る恐る自分の胸元に視線を向けた、両乳房のちょうど真ん中に弾痕ができている。鮮血がどくどくと流れて橋板を赤く染め上げても、すぐに川の水でどこかに押し流されていく。

肘は紙切れになった気分で力が入らず、視界も回ったり止まったりを繰り返している。彼女の目には、世界は逆さまに見えていた。ダークグレーの空。毛細血管のように走る稲妻。荒々しさを増す一方の雨。近くのボートに向けて点滅しているパトカーのライト。銃を探してもがくストリックランド。その背中を拳で叩くゼルダ。ゼルダに桟橋に引き上げてもらい、今はストリックランドの足首を摑もうとしているジャイルズ。イライザは緑、青、黄色の光を見た。さらに色が変化する間隔が短くなり、紫、深紅、琥珀色《こはくいろ》に。イライザは、もっとスピードアップして、桃色、オリーブ色、カナリア色にも変わっていく。見たことがある色。見知らぬ色。様々な色彩が猛烈なスピードで入れ替わっていた。発光しているのは、もちろん生き物だった。それは、彼の肉体が最後の力を振り絞って見せる光のショーのようだった。朦朧とする中、イライザは彼の腕の中にいるのがわかった。ふたりの下で互いの血が混ざり合い、川へと流れて消えていく。今、彼らの命の光はともに消えつつあった。それでも、イライザは世界で一番安心できる場所にいた。そして、とても幸せだった。

31

増水した川は強風で波立ち、桟橋の上にも波は押し寄せてきた。自分の手から離れたベレッタは水に押し流され、今にも深みに落ちそうになっている。しかし、ストリックランドの動きはすばやかった。拳銃に這い寄って摑み上げ、両手でそれをしっかりと固定した。まずは、自分に嚙みつこうとしている二匹のドブネズミを払いのけよう。彼は身体を回転させ、足元にいるジジイの顔にキックを見舞った。それから、デリラ・ブリュースターを思い切り押しやると、彼女は桟橋の数メートル先に転がっていった。ドブネズミめ、あちこち嚙みやがって。この雨でよくわからないが、つま先からの出血はひどそうだ。片肘で身体を支えた彼は、口を開け、雨を受け入れた。これは俺の雨だ。すぐに正座する姿勢をとり、首を後ろに大きく曲げてごくごくと喉を鳴らして雨を飲んだ。肺までも雨で満たしたかった。

ギル神は、ありとあらゆる色を噴き出している。奴は腕にイライザを抱いていたが、滝のような雨の向こうから、こちらをじっと見つめていた。やがて、静かに彼女を桟橋に横たえると、ギル神はゆっくりと立ち上がった。足元で川波を被るイライザは、もう動いていない。ストリックランドは、目をしばたたかさせ、目の当たりにしている光景を理解しようとした。奴は、胸に二発銃弾を喰らったよな？　なのに、なぜ立った？　歩いているのはどういうわけだ？　ギル神は桟橋をまっすぐに進み、こちらに向かってくる。夜闇の中で光る身体は、松明《たいまつ》のようだ。永遠の存在を前にしたストリックランドは、自分が愚かな人間に過ぎず、しかも有限の命であることを思い知らされた。

それでも、戦い続けなければならない。彼は震える手で銃を持ち上げ、発砲した。苛酷な天候下でも、手元が震えていても、ストリックランドの銃の腕は確かで、弾丸は確かにギル神の胸を貫いた。続けて首、腹にも命中させた。ギル神は被弾するたび、衝撃で身体を揺らしたが、すぐに銃創を手で拭った。するとどうだろう、銃弾が撃ち込まれた穴が、雨に洗い流される絵の具のように消えてしまったのだ。ストリックランドは、四方八方に水しぶきを飛ばすほど激しく頭を振った。新鮮な雨で満たされた川が、こんなパワーを与えたのか？　彼にはわからなかったし、一生わからないだろう。たかが人間の自分には、知るようには運命づけられていないのだ。ストリックランドは泣いた。大声でしゃくり上げた。息子のティミーには、絶対に許さない泣き方だった。彼は頭《こうべ》を垂れた。恥ずかしくてギル神の永久に輝き続ける目を見ることができない。

驚いたことに、ギル神は彼の前にひざまずいた。一本の爪をトリガーガードに引っ掛けて、こちらの手から拳銃を取り、それを桟橋の上に置いた。次の瞬間、黒い波が桟橋を覆い、波が引いたときにはベレッタは消えていた。ギル神は同じ爪で、今度はストリックランドの顎を持ち上げた。彼は洟《はなみず》をすすり、目を閉じていようかと思ったが、できなかった。ギル神の顔とは数センチしか離れていない。涙が頬を伝い、顎に触れていたギル神の爪から腕のきらめく鱗へと流れていく。

「――あなたが神だ。私ではなく」

ストリックランドはささやくように告げた。「申し訳ない」

ギル神は小首を傾《かし》げた。あたかも彼の言葉を熟考しているかに見えた。そして、何気なく爪をこちらの顎から首に滑らせ、一気に喉を切り裂いた。

ストリックランドは、心が解放されたのがわかった。嫌な感じではない。自分は心を閉ざしていたのだ。あまりにも頑《かたく》なに。あまりにも長く。脳内で光が弾《はじ》けるのがわかった。そして、彼は視線を落とした。滝のような血液が、裂けた喉から胸へと流れ落ちている。これまで己を縛りつけてきた全てがあふれ出て、自分は空っぽになるのだろう。金切り声を上げるサルたち、ホイト元帥、レイニー、子供たち、自分の罪。残ったものが、本当のリチャード・ストリックランドだ。彼がどうやって始まり、どうやって生まれたか。本来備わっている潜在的な力だけに満たされた容《い》れ物。やがて彼はぐらりと揺れ、後ろ向きに倒れていった。いや、倒れたのではなく、ギル神が導いてくれているのだ。毛布のように柔らかく、温かな水の中へ。こんなふうに穏やかで幸福だったのは、いつ以来だろう。彼の眼窩《がんか》は雨水であふれ、彼が見えるのは、水だけになった。これが最期か。だが、死にゆくストリックランドは笑っていた。なぜなら、これは始まりでもあったからだ。

32

ジャイルズの時間は、しばらく自然の猛威と驚異に支配されていたが、ようやく文明化されたものたちがその存在を主張し始めた。人目を引くためのわざとらしい光と赤ん坊の泣き声のような音を立てる何台もの車。波止場に駆けつけた制服と雨具を着た男たち。ガタガタと音を立て何かの装置を固定させるのに忙しい手。警察車両が横滑りして急停車してもなお、桟橋の手前には、動物や昆虫が大勢とどまっていた。前ほどではないが、それでも人々を驚かせるには十分な数だ。一般市民の野次馬たちも集まり始めた。このような雨の中、わざわざ夜中に出歩く者など普段ならいないだろうが、今宵は、違った。波止場から発せられた信じられないほどの美しい色の光の正体が一体何なのか、土砂降りの中で頭がおかしい奴が花火でもしているのかと不思議に思った、好奇心旺盛で行動力のある人々だった。

ジャイルズは咳き込み、肺の中から水を吐き出した。自分は死ぬところだった。川底にぶつかり、死に物狂いで水面まで浮き上がった記憶が蘇る。川の上に顔を出したものの、激流に揉まれ、桟橋とは逆のチェサピーク湾へと強い力で引っ張られていった。そのときだった。誰かに手首を摑まれ、桟橋に引き上げられたのは。あのような状況下では、簡単に互いの手が離れても不思議ではなかったのに、あの手は握るのに実にちょうどよかった。金ダワシやモップ、箒を日々使ってタコができた手。イライザのような手。

その手の主は、あの日、オッカムの荷物積み下ろし場でちらりと見かけた黒人女性だった。つまり、我々の秘密の共謀者だ。どうして彼女がここに来たのか、ジャイルズにはわからないが、そんなことを知らなくても、彼女の人となりは理解できる。ふくよかな体型の三十代半ばと思われる彼女は、無条件の勇敢さに突き動かされ、誰かが重大な岐路に立たされたときに姿を現わす傾向があるらしい。

ジャイルズが桟橋にしがみついていたとき、彼女は彼の胸ポケットに入っていた絵筆を引き抜き、あの武装した男に襲いかかっていった。もうあの男は死んだ。喉からの出血はあまりにもひどく、打ち寄せる波でさえも洗い流せないくらいだった。

ジャイルズは肘をついて、なんとか上体を起こそうとした。あの黒人女性が、彼の震える身体を近くに引き寄せてくれた。ふたりとも肩で呼吸をし、荒れ狂う川の水しぶきの向こうに立つ生き物を見ようと目を細めた。爪を振って付着した男の血を弾き飛ばした彼は、水かきのある足でイライザのところへと歩いていった。桟橋に横たわり、動かなくなった彼女に一歩、また一歩近づくたび、彼のまばゆい光は弱くなっていった。

「彼女は……？」

ジャイルズはしゃがれた声でつぶやいた。

「……わからない」

女性は首を横に振った。

「両手を上げろ！」

駆けつけた制服の男たちが叫んだ。生き物はそれを無視した。彼はイライザの身体を桟橋から抱き上げた。男たちの言葉が変わった。

「その女性を下に降ろすんだ！」

しかし、表現を変えても、なんの効果もなかった。生き物はその場にほんの少し佇んでいた。黒く泡立つ川を前にし、豪雨の中に立つ彼は背が高く、力強かった。アメリカの小さな桟橋の端にいても、その姿はどんなヒーローよりも神々しい。ジャイルズは疲労困憊《こんぱい》で、あまりにも悲しすぎたので、泣くことができなかった。それでも、彼の口から自然と「さよなら」という言葉が出た。それは、自分を助けてくれた生き物に向けた別れの挨拶だった。彼が自分に強さを与えてくれたおかげで、今夜、溺れないよう踏ん張ることができた。そして、自分の親友に対するこれまでの思いと感謝も込めていた。今夜、僕が溺れないよう踏ん張ることができたのは、イライザ、君が十四年間、僕に強さを与えてくれたからだよ。

音もなく、しぶきも立てず、生き物はイライザを抱えたまま水に飛び込んだ。

とうとう制服の男たちがやってきた。彼らの靴が桟橋を踏み、勢いよく水が跳ねる。彼らは銃を構えて桟橋の端に向かっていった。そして、強風で帽子が飛ばされないようにしながら、黒く濁った川に懐中電灯を当て、水中の様子を確認しようとしていた。医療器具一式を抱えた者たちは、まずは死んだ男のもとに駆け寄った。それからジャイルズと女性のところにやってきた。その救急隊員は、ジャイルズの頭、首、胴体に触れ、問いかけてきた。

「怪我は？」

「もちろん、してるわ」

ジャイルズが答える前に、隣の女性がそう返事をした。「彼も私も。みんな傷だらけよ」

彼は大声で笑った。笑っている自分に驚きもした。そして、イライザを思った。これから先、きっと彼女を恋しく思うだろう。毎晩——それが朝であるかのように、毎朝——それが昼であるかのように、食事をするのを忘れてお腹が鳴るたびに、イライザを思い出し、いなくなったことを悲しむはずだ。僕は彼女が大好きだった。いや、その言い方は正しくないな。僕は彼女が大好きだ。イライザは永遠にいなくなったわけじゃない。なぜかそう確信している。これからも、イライザはずっと存在し続ける。そして、隣にいるこの女性は……なんと言えばいいのかな？　僕の救世主？　彼女のことも好きになるかもしれない。なるだろうな。

「あなた、ジャイルズね？」

彼女は、救急隊員に傷を診《み》てもらいながら、そう話しかけてきた。

「そういう君は、ゼルダだね？」

このような黙示録的な状況下で定型的な自己紹介をしている絵面《えづら》が滑稽で、ふたりとも顔を見合わせて噴き出した。ジャイルズはふと、エレイン・ストリックランドに思いを馳せた。彼女の言葉がどれだけ自分に重要だったかを伝える前に、彼女は姿を消してしまった。もう同じ間違いは二度と犯さない。ジャイルズは腕を伸ばし、ゼルダの手を取った。海に近い、塩混じりの川の水がふたりの手の中で滑り、ゼルダはこちらの肩に頭をもたせかけた。雨は弱まる気配を見せず、容赦なく自分たちに降り注ぎ、ふたりは水に同化してしまいそうだ。同じ状況、同じ状態、同じ気持ち。土砂降りの中、ふたりはひとつの存在だった。

「ねえ、どう思ってる？」ゼルダが訊いた。

それだけで、ジャイルズは彼女が何を言いたいかを把握した。

「あのふたりは……」

「水の中よね。つまり、もしかして、ふたりは……」

ジャイルズも彼女もその先を続けることはできなかった。それでも別にいい。質問の意味を理解しているように、それに対するはっきりした答えなどないことも知っているのだから。ジャイルズはゼルダの手を強く握り、ため息をついた。吐く息の白さは、勢いよく叩きつける雨粒でたちまち霧散していく。それにしても、よく降るな。だが、いつかこの雨もやむ。実はジャイルズは、質問の答えを考えついていた。おそらくかなりいい線をいくのではないかと思う。しかし、待つことにしよう。自分たちが救急車に乗せられ（同じ車に一緒に乗せろと言い張るかもしれないが）、病院の毛布に包まれ、傷が癒えて、元気になるまで。そのときに、ゼルダが今夜の質問を覚えていたならば、の話だが。

33

イライザは沈んでいた。海の神《ポセイドン》の手に摑まれた彼女は、ワニが獲物を回転させるように、くるくると回された。彼女は二度、水面に上がろうとした。せめて最後にボルチモアの街並みを見ようとして。しかし、彼女の故郷は今、はるか遠くの、ほんの小さなきらめきとなってしまった。彼女は撃たれた。だから、最後の瞬間に川に落ちたときも、足で水を蹴ることができず、滑るように泳ぐこともできなかった。川の中は真っ暗で、空気がない。あるのは、水圧だけ。胸の傷を止血するがごとく、圧力というたくさんの手が、イライザの中の新鮮な空気を押し出そうとしている。血は傷口から逃げ出し、彼女の身体の周りで緩やかに渦を巻きながら水の中で広がっていく。流れてしまったピンクのバスローブの代わりに、深紅のガウンをまとっている感じだった。

イライザは唇を開け、冷たい水を体内に取り込んだ。

漆黒の深淵《しんえん》から、彼が現われた。無数の光の点のひとつひとつが彼の鱗だと気づくまで、それは彼ではなく、キラキラと輝く魚の群れだと思っていた。彼は真っ暗な水の中で、自分自身の太陽を持っている。その明かりの中、彼女は彼の動きを見ることができた。それは、想像を超えた華麗な動き。彼は水の中にいるのではなく、水の一部となっているのだ。歩道を歩くようにまっすぐに歩き、重力に逆らい、風に捉われた花のようにつま先で回転《ピルエット》する。どこからともなく近づいてきて、完璧なタイミングと正確さでキスをし、彼女の身体に腕を回して彼の太陽の中に包み込んでくれる。その大きな手のひらは、イライザの裸の背中を滑り、肩を撫で、乳房の間に沈み込む。あるいは、彼女が自転車の乗り方を学ぶ子供であるかのように、隣に付き添って、一緒に揺れながら泳いでくれるのだ。

　イライザがまばたきすると、まぶたは水の重みでオールを漕《こ》ぐように動く。彼女の胸の弾痕は消えていた。そのことに驚かなかった自分が驚きだった。素直に快く、傷が消えた事実を受け止めた。自分の右手を握り、少し斜め上で泳ぐ彼を愛《いと》おしそうに眺めていると、彼が手を離すそぶりをし、イライザは嫌だと首を振る。彼女のたなびく髪は、海藻みたいだ。自分はまだ準備ができていない。空いている左手で「不安」と手話で伝える。彼の四肢に比べたら、人間の手足は水を突き進むのには最適とは到底言えない。だが、彼は手を離した。イライザはどんどん沈んでいく。どこまでも落ちていく。水の中は暗く、何もないので、どれだけ落ちたかがよくわからない。もしかしたら、沈んでいると思っているだけで、実際は上っているのかもしれない。もっと上を目指し、思い切り足で水をキックした。そのとき、ジュリアの店で買った美しい靴の片方が、足から抜けた。銀色のラメ入りの靴は、熱帯魚のように水の底へと離れていく。イライザに、もう靴は必要なかった。

　彼が再び深みから現われ、彼らは立った姿勢で向き合った。ふたりの前にあるのは水だけ。彼の目に映るのは、過去の自分とは違う、生まれ変わった存在。ふたりとも、何も身にまとっておらず、大海原がふたりの楽園《エデン》だ。彼は、えらを拡張させたり収縮させたりして呼吸をするのだが、イライザもまた呼吸をしている。どうやって呼吸をしているのかは、わからない。そんなことはどうだってよかった。とにかく、水中の空気は最高なのだ。砂糖がけの苺《いちご》のような味がし、これまで感じたことのないエネルギーで全身を満たしてくれる。彼女が笑うと、口から大量の泡がシャボン玉のように躍り出し、彼がそれを次々に割って楽しそうに遊ぶ。イライザは腕を伸ばし、彼の柔らかなえらにそっと触れた。私は彼のことをずっと見ていられるだろう。永遠に。

そして、彼女は新しい可能性を感じていた。自分の中で、何かが膨らみ始めている。今思えば、ホームの寮母長がイライザをモンスターと呼んだのは、こうなることを予見していたからだろうか。イライザは、あの女性に憎しみなどこれっぽちも抱いていない。水の下では、憎しみに意味はない。ここは、友になるまで敵を抱き締める場所。ここでは、ひとつの存在であろうとするのではなく、あらゆる存在になるのだ。神、ケモシュ、そのふたつの間にある全てのものが、ここでは同等だ。イライザの変化は精神面だけはなく、肉体面でも起こっていた。肌も筋肉も以前とは異なる。彼女はようやく到達した。十二分に満たされて、完璧になったのだ。

イライザは彼に手を伸ばした。それは、彼女自身に手を伸ばしたことと同じ。何も違わない。今、彼女はそれを理解していた。イライザが彼を抱き、彼がイライザを抱く。ふたりは互いを抱き締める。全てが闇で、全てが光。全てが醜く、全てが華麗。全てが痛み、全てが悲しい。そして、全てが無で、全てが永遠なのだ――。

34

我々は待ち、我々は見、我々は聞き、我々は感じ、我々は耐える。我々はいつも耐えている。しかし、我々が愛する女性は違う。彼女には長い時間が必要。知るのにも、見るのにも、感じるのにも、覚えるのにも、時間がかかる。彼女が苦しむのを見ると、心が苦しい。彼女が痛みを感じているのを見ると、胸が痛む。だが、我々も苦しむ。我々は皆苦しむ。痛みと苦しみは大事。癒える過程で痛みと苦しみは必ず起きる。我々が癒えるときも、彼女が癒えるのを我々が手助けするときも同じ。今、それが起こりつつある。理解が起こりつつある。それは美しい。彼女も美しい。我々も美しい。それは見ていて楽しい。見ていて幸せになる。彼女の首の線。彼女は傷跡だと思っているが、傷跡ではない線。それらが開くのを見るのは楽しい。それらはえらだ。えらは開いて閉じ、閉じて開く。見ていて幸せになる。とうとう彼女は、今の彼女が何者かを知った。今の彼女は、これまでの彼女が何者だったのかと同じ。彼女は我々だ。今、我々はともに話し、ともに感じる。我々は遠くを泳ぎ、終わりを泳ぎ、始まりを泳ぐ。我々は喜んで従う者を全て受け入れる。我々は魚を受け入れ、鳥を受け入れ、虫を受け入れ、四本足の動物を受け入れ、二本足の動物を受け入れ、あなたを受け入れる。

さあ、我々のもとへ。

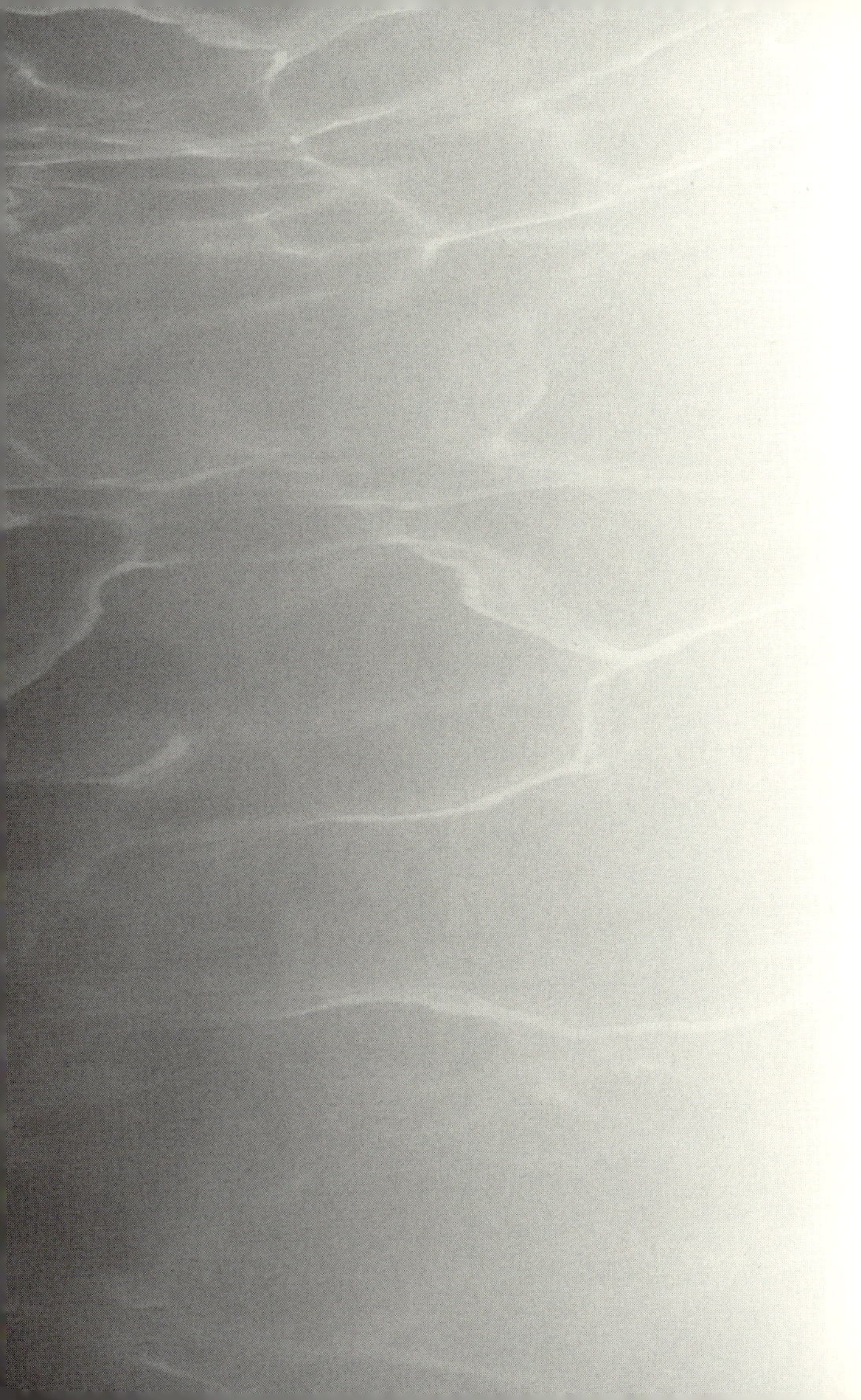

謝辞

リチャード・アベイト、アマンダ・クラウス、リチャード・ローザ、グラント・ローゼンバーグ、ナタリア・スミルノフ、ジュリア・スミス、そして、クリスチャン・トリマーに感謝の意を表したい。本当にありがとう。

訳者あとがき

私の弟はなんでも分解するのが好きな子供だった。家にあった目覚まし時計を片《かた》っ端《ぱし》からバラバラにし、内側に隠された秘密を見ていた。幼稚園でのお絵描きで、他の子供たちが色彩豊かに風景や家族の思い出を描いているとき、彼は黒一色で紙の隅っこに歯車だけをごちゃごちゃと描いていた。いつも歯車の絵しか描かなかったので、心配した教師に母親が呼び出されたこともあった。母が弟に「どうして他の絵を描かないの？　なぜいつも歯車なの？」と訊《たず》ねると、「好きなものを描きましょうと言われて、好きな歯車を描いているだけなのに、なぜ悪い。どうして他の子と同じような絵を描かないとおかしいと思われるのか」と、当時小学生だった私でも至極《しごく》真っ当だと感じた返事をしていた。彼曰《いわ》く、彼の描く歯車たちは、ちゃんと噛《か》み合っていて、紙の上で動いているのだという。他の者には見えないが、彼の中では、この歯車が右に回転すると、こっちの歯車は反対側に回って……というふうに全てが滞りなく動くよう計算し尽くされた世界になっていると熱弁をふるっていた。しかも、時計の分解癖に関しては、「時計の内側には宇宙が詰まっている」と名言を吐いていた。

そんな弟の姉であった私は、幼い頃、本気で忍者になりたいと考えていた。人形やままごとの類《たぐい》の遊びには興味がなく、ブロック塀の上をいかに華麗に走れるかを研究し、実際に自宅の屋根に登っては、見つかるたびに親に叱られ、隠遁《いんとん》の術をマスターしようとバスタオルを使ってふすまや畳になりきろうとしても、なかなか上達せずに悶々《もんもん》とした日々を送った。幸い両親は、「女の子なのに」「女の子なんだから」と忍者への夢を無理やり断ち切ることはしなかった。父がどこかに出張に行くたびにお土産《みやげ》で買ってきてくれたのは木刀で、私は小学校に上がる前にして、すでになかなかの木刀コレクションを有し、自称〝剣の達人〟だった。

私の長男は、木の枝を集めるのが好きだった。毎日遊びから帰ってくると、「今日はなかなかいい形のを見つけた」と満面の笑みで報告してきたものだった。連日収穫するものだから、まさに「おじいさんは山へ芝刈りに」状態で、自宅裏には木の枝が大量に積み重ねられる羽目になった。さすがに溜《た》まり過ぎたので、息子に黙って少しずつ処分していたところ、ある日「あの剣がない！」と大泣きされた。大人の目には、ただの枝であっても、彼にとっては、一本一本が勇者の剣であり、魔法の杖《つえ》だったのだ。

かくして、私たちは大人になった。弟は生物研究の道に進み、私は忍者にはなっていない。息子も芝刈りに行くのをとうにやめている。どれも「子供時代の懐かしい思い出」というひと言で片づけられることなのだが、子供のときに見て、感じて、確かに存在していた世界はどこに行ったのだろうと、ふと考える。

私がギレルモ・デル・トロの存在を知ったのは、メキシコ人である彼の二作目の監督作でハリウッド進出作となった『ミミック』（97）でだった。世紀末が近い当時は、人類および世界滅亡系のパニック映画の隆盛期で、『ミミック』は、遺伝子操作によって誕生した新種の昆虫〝ユダの血統〟がニューヨークの街を恐怖に陥れるという生物パニックホラー。その前にデル・トロが監督した『クロノス』(92)が吸血鬼ホラーだったので、私は漠然と彼に〝ホラー映画の監督さん〟というレッテルを勝手に貼っていた。

そんな折、デル・トロに自分との共通点がいくつかあると気づき、俄然《がぜん》、彼に興味が湧いた。中でも、彼は子供の頃に、家庭の医学的な本と百科事典を読んで育ったという事実に衝撃を受けた。私自身が(弟も)そうで、他にも大量の漫画や物語を読んでいたが、百科事典はありでも、家庭の医学を愛読書にしている子供は稀有《けう》だろうとも思っていたからだ。それを知った私は、彼に親近感を覚えた。私にとってのデル・トロ伝説はここから始まっているのだが、彼がすごいのは、七歳から二十歳まで二日に一冊の割合で本を読み続け、小学生にして英語を独学でマスターし、すでに特殊メイクの真似事《まねごと》をしていたということに留まらない。実は、当時から購入した雑誌、書籍を今もほとんど所有しているのだ。

私の中で、デル・トロは、少年の気持ちをなくすことなく大人になり、子供の頃に見えていた〝歯車の世界〟や〝時計の宇宙〟や〝木の枝の勇者の剣〟が、今も見えている人物だ。人は「そんな子供じみたこと」とか「早く大人になれ」と言うけれど、彼を見ていると、子供のまま大人になった最高のお手本のように思えてくる。

デル・トロは蒐集家《しゅうしゅうか》としても広く知られている。映画の小道具やモンスターの彫像、フィギュアなどのコレクションが有名ゆえ、「オタク」扱いされることも多いのだが、膨大な書物と絵画の所有者であることも忘れてはならない。そんな自身のコレクションを収容する場で、仕事場としても重要な役割を果たしている彼の〈荒涼館〉は、自宅のあるロサンゼルスの一画に建ち、ユダの血統よろしく増え続ける所蔵品のために増築が繰り返され、今では家二軒分以上の大きさだという。荒涼館という呼び名は、デル・トロが敬愛するイギリスの作家チャールズ・ディケンズの小説『荒涼館』に由来する。荒涼館という屋敷を舞台に、様々な登場人物が複雑に絡み合い、巧妙に伏線が張りめぐらされたディケンズの小説同様、デル・トロの荒涼館も単なるコレクション展示場ではあり得ない複雑怪奇さとセンス・オブ・ワンダーに満ちているのだ。

その館内は、テーマ別に部屋に名前が付いている。〈ホラー・ライブラリー〉には、デル・トロが多大な影響を受けたアメリカの作家H・P・ラヴクラフトの等身大の立像があり、〈ホーンテッド・マンション・ルーム〉は、彼のお気に入りのディズニーテーマパークのアトラクションにインスパイアされている。彼が主に執筆活動を行う〈レイン・ルーム〉には、オカルト関連の品が並び、雷雨の夜を再現する特殊な窓の仕掛けも設置されている。彼が「かつてここに幽霊がいた」と断言する〈アート・ルーム〉、彼の一番の宝物で、子供時代に読んだ百科事典がしまってある〈スチームパンク・ルーム〉、デル・トロが愛してやまない映画関係者たちを祀《まつ》る〈シアター・ルーム〉、コミックブック専用の部屋〈コミックブック・ライブラリー〉をはじめ、玄関、廊下、階段の踊り場、裏庭など、ありとあらゆる空間が、デル・トロにとって大切な私物と愛で満たされている。

二〇一六年から二〇一七年にかけて、デル・トロが所有するコレクションの一部が展覧会「AT《アット》 HOME《ホーム》 WITH《ウィズ》 MONSTERS《モンスターズ》」で一般公開され、私はアメリカまで足を運び、彼独自の世界の断片を間近で見ることができた。写真で見るのと、自分の目で確認するのは大違いで、ホラー・ライブラリーに入るたびに、実物大のラヴクラフト像に出迎えられるのはどんな気分なのかを体験することができ（ラヴクラフト氏は写真ほど怖くなく、紳士然としていた）、今にも動き出しそうな『パンズ・ラビリンス』（２００６）のパンやペイルマンにゾクゾクした。特に印象的だったのは、映画の小道具やコスチュームの驚くべき精密さと徹底的な作り込み具合だ。デル・トロは映画美術の面で、非常に強いこだわりを持つことでも知られているが、映画館の大きなスクリーンでも見ても、数秒しか映らず、ややもすると、観客に全く気づいてもらえないところにまで、かなりの手間隙とお金をかけている。『クリムゾン・ピーク』（15）に登場する亡霊の黒いドレスには、黒い蝶々《ちょうちょう》が無数に縫われていたが、映画では画面が暗いので観客の目はそこまで捉えられないだろうし、『ヘルボーイ』（04）でラスプーチンが使う魔術書はほんの一瞬で画面から消え、ページを埋め尽くす美しい装飾文字とユニークなイラストを観客は知る由《よし》もない。なぜ彼はここまでするのか。それは偏《ひとえ》に、彼の作品に対する愛情だ。

　本作は、デル・トロが監督する十作目の長編映画『シェイプ・オブ・ウォーター』（17）の小説版だ。この映画には、彼の様々なものに対する愛が埋め込まれている。彼は常々、モンスター愛を公言していて、フランケンシュタインの怪物、半魚人ギルマン、オペラ座の怪人が特にお気に入りだという。デル・トロは六歳の頃、『大アマゾンの半魚人』(54)を見て、水中を自由自在に泳ぐギルマンが白い水着の美女に魅せられるシーンの優美さに感動し、ギルマンの恋が成就しなかったことに胸を痛めた。ギレルモ少年の心に四十五年以上引っかかっていたその思いが、今回の映画を作る大きな要因となった。つまり彼は、モンスターとヒロインの恋が実る物語を描きたかったのだ。映画が実際のプロジェクトとして始動したのは、二〇一一年に遡《さかのぼ》る。NETFLIX《ネットフリックス》配信のアニメ『トロールハンターズ』(16)の原作の共著者ダニエル・クラウスから、「政府極秘機関の清掃員が、施設内で見つけた水陸両生のクリーチャーを脱出させて家に連れて帰ったらどうなるだろう?」という物語に関するヒントをもらったのがきっかけだった。

デル・トロがモンスターをこよなく愛するのは、モンスターがその姿形が人間と違うゆえ、疎外され、いじめられ、よそ者扱いされていることに、己を重ね、気持ちを寄り添わせているからだとも言える。誰かが作った基準に沿わないだけで、汚らわしい存在であるかのような扱いをされるのは、何もモンスターに限ったことではない。本作では、人間ではないクリーチャーはもとより、性別や人種、セクシャリティ、ハンディキャップなど、スタンダードから外れた様々なよそ者が描かれ、水陸両生の謎めいた生き物の出現により、皆の心が揺れて変化していく。それと同時に、社会に巣食う問題点が浮き彫りにされ、我々に「個々の存在とはなんだろう?」と疑問を投げかけるのだ。

さらには、モンスター愛だけでなく、映画愛も随所に散りばめられていることにも注目だ。本作の舞台は一九六〇年代のボルチモア。当時の人々に愛されていたミュージカルなどが登場する他、ラブロマンス、SF、ホラー、アクション、人間ドラマの要素がぎっしり詰まった娯楽作になっており、子供の頃に感じていたワクワク感を呼び覚ましてくれる。

本書は、映画の公式ノベライズであるが、脚本を肉づけしただけのものではなく、れっきとした本格小説。映画の原点となったヒントを与えたダニエル・クラウスがギレルモ・デル・トロと共同執筆し、映画以上の情報、心情、伏線を盛り込んでいる。しかも、映画とは若干ストーリーや設定が違っているので、新たな発見があって実に興味深い。何よりも物語全体に、愛と優しさがあふれている。

今回の翻訳に際し、寛容なお心遣いと細やかで丁寧なご指導をくださった編集者の富田利一氏、魚山志暢氏、生物分野の描出で助言をくださった阿部誠氏、英語や軍隊の知識をご教示くださったChris Oswald氏、温かく支えてくれた家族に感謝の気持ちを表したい。
本当にありがとうございました。

二〇一八年二月

阿部清美

【訳】阿部清美 Kiyomi Abe

翻訳家。映画雑誌、ムックなどで翻訳、執筆を手掛ける。主な翻訳書に『24 CTU 機密記録』シリーズ、『メイキング・オブ・「トワイライト ～ 初 恋 」』『24 TWENTY FOUR THE ULTIMATE GUIDE』『ジェームズ・キャメロンのタイタニック【増補改訂版】』『だれもがクジラを愛してる。』『サイレントヒル リベレーション』〈タイラー・ロックの冒険〉シリーズ、『NIGHTS OF THE LIVING DEAD ナイツ・オブ・ザ・リビングデッド』(竹書房 刊)、『アサシン クリード 預言／血盟』(ヴィレッジブックス 刊)、『ギレルモ・デル・トロ 創作ノート 驚異の部屋』『ギレルモ・デル・トロの怪物の館 映画・創作ノート・コレクションの内なる世界』『ギレルモ・デル・トロのシェイプ・オブ・ウォーター 混沌の時代に贈るおとぎ話』(DU BOOKS 刊) などがある。

シェイプ・オブ・ウォーター

The Shape of Water

2018年3月7日 初版第一刷発行

著……………… ギレルモ・デル・トロ、ダニエル・クラウス
訳……………………………………………… 阿部清美
編集協力………………………………………… 魚山志暢
ブックデザイン…………………………………… 石橋成哲
本文組版……………………………………………… IDR

発行人…………………………………………… 後藤明信
発行所………………………………………… 株式会社竹書房
〒102-0072 東京都千代田区飯田橋2－7－3
電話 03-3264-1576 (代表)
03-3234-6208 (編集)
http://www.takeshobo.co.jp
印刷・製本………………………………… 中央精版印刷株式会社

ISBN978-4-8019-1391-2 C0174
Printed in JAPAN